Weitere Titel der Autorin:

Im Land der Orangenblüten

Titel in der Regel auch als E-Book erhältlich

ÜBER DIE AUTORIN:

Linda Belago ist seit ihrer Kindheit durch ihre Familie mit den Niederlanden verbunden. Ihr besonderes Interesse gilt seit Langem der Geschichte dieses Landes. Ihre berufliche Tätigkeit führte sie zunächst quer durch Europa und nach Übersee. Heute lebt Linda Belago mit ihrem Mann nahe der deutsch-niederländischen Grenze.

Linda Belago
Die Blume von Surinam

Roman

BASTEI LÜBBE TASCHENBUCH
Band 16808

1. Auflage: Mai 2013

Dieser Titel ist auch als E-Book erschienen

Originalausgabe

Dieses Werk wurde vermittelt durch
die Literarische Agentur Thomas Schlück GmbH, 30827 Garbsen.

Copyright © 2013 by Bastei Lübbe GmbH & Co. KG, Köln
Lektorat: Melanie Blank-Schröder
Textredaktion: Marion Labonte
Landkarte: Reinhard Borner
Titelillustration: © Blue and yellow Macaw (colour engraving), Lear, Edward
(1812–88)/Private Collection/The Bridgeman Art Library; © Magnolia, Ehret,
Georg Dionysius (1710–70)/Victoria & Albert Museum, London, UK/
The Bridgeman Art Library; © shutterstock/Antonio Abrignani;
© shutterstock/Galyna Andrushko
Umschlaggestaltung: Kirstin Osenau
Satz: two-up, Düsseldorf
Gesetzt aus der Garamond
Druck und Verarbeitung: GGP Media GmbH, Pößneck
Printed in Germany
ISBN 978-3-404-16808-8

Sie finden uns im Internet unter
www.luebbe.de
Bitte beachten Sie auch: www.lesejury.de

Der Preis dieses Bandes versteht sich einschließlich
der gesetzlichen Mehrwertsteuer.

Heimat findet man nicht an Orten,
sondern in den Herzen anderer Menschen.
EDITH LINVERS

Zum Gedenken an meine geliebte Großmutter

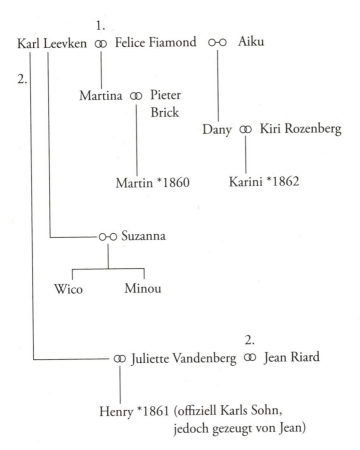

O-O bedeutet: uneheliche Verbindung

Prolog

Britisch-Indien 1876
Kalkutta

Meter um Meter kämpften sie sich durch die Menschenmenge am Hafen von Kalkutta. Inika stolperte neben ihrer Mutter vorwärts, umgeben von schiebenden und drückenden Körpern, dass ihr angst und bange wurde. Es war laut, es stank und sie würde bald keine Luft mehr bekommen, so pressten sich die vielen Menschen aneinander. Wenn sie doch nur endlich dieses Schiff erreichen würden! Dort hätten sie Platz und Luft zum Atmen und vielleicht, vielleicht gäbe es auch endlich wieder etwas zu essen.

Das schmächtige Mädchen spürte plötzlich den starken Arm seines Vaters um sich, der sie fest umklammerte und mitzog. Nun war sie ein wenig von den drängenden Menschen abgeschirmt, viel sicherer fühlte sie sich aber nicht. Die Menschenmasse schob sich unaufhaltsam dem Steg des Schiffes entgegen und Inika krallte sich mit aller Kraft am Arm ihres Vaters fest, als ihr Blick auf die Pierkante direkt neben ihnen fiel. Schwarzes, dreckiges Wasser schwappte zwischen der Mauer und dem Schiff hoch und schien nach ihr greifen zu wollen. Inika spürte die Anstrengung ihres Vaters, der versuchte, sie nach vorne zu schieben. Sie begann zu weinen und blickte sich suchend nach ihrer Mutter um.

»Gleich sind wir auf dem Schiff, Liebes, gleich!« Ihr Vater schrie förmlich in ihr Ohr, konnte den Lärm der vielen Menschen aber kaum übertönen.

Das Schiff. Wochenlang war dieses Schiff nun ihre Sehnsucht, ihre Hoffnung gewesen: seit sie ihr kleines Dorf verlassen hatten, auf dem langen Fußmarsch nach Kalkutta, über sumpfige

Straßen, in den überfüllten Lagern, in denen es von Ungeziefer wimmelte, und in der Stadt selbst, wo sie nicht einmal mehr einen Schlafplatz bekommen hatten, sondern tagelang auf ihren Gepäckbündeln am Hafen kampieren mussten.

Das Schiff – auf ihm und mit ihm würde alles besser. Sie würden einen trockenen Platz zum Schlafen bekommen, endlich auch Verpflegung – und es würde sie in ein fernes Land bringen, in dem eine sorgenfreie Zukunft auf sie wartete. So hatten es Inikas Eltern ihr immer und immer wieder erzählt.

»Bleib dicht bei mir!«, hörte sie ihren Vater jetzt ihrer Mutter laut zurufen. In seiner Stimme klang Angst mit, und Inika klammerte sich weiter an ihn, als er sich nun dem Strom der drückenden Körper entgegenwandte. Entsetzt bemerkte Inika, wie ihre Mutter mehr und mehr abgedrängt wurde.

»Sarina!« Sie sah, wie ihr Vater mit verbissener Miene versuchte, mit der freien Hand nach ihrer Mutter zu greifen.

Ihre Mutter rief etwas, das Inika aber nicht verstehen konnte, und streckte einen Arm nach ihrer Tochter und ihrem Mann aus.

Inika hörte ihren Vater leise fluchen, dann stieß er barsch ein paar Männer beiseite und bekam im letzten Moment den Arm seiner Frau zu packen. Inika sah, wie ihre Mutter vor Schmerz und Anstrengung das Gesicht verzog, und spürte, wie ihr Vater sie mit dem anderen Arm noch fester an sich drückte. Sein Gesicht war nass von Schweiß, er atmete schwer und ging gebückt unter der zusätzlichen Last des Sackes mit den Habseligkeiten auf seinem Rücken, während er mit aller Kraft seine Familie mit sich zerrte. Erst als sie vom Steg auf das Schiffsdeck gelangten, wo das Gedränge etwas nachließ und von wo aus Matrosen die Passagiere durch eine große Luke und eine steile Stiege hinunter in den Schiffsbau lotsten, lockerte sich sein Griff.

»Sarina, hier, nimm Inika.«

Er löste Inikas angststarren Griff und schob das Mädchen in den Arm ihrer Mutter. Inika war für ihre zwölf Jahre sehr klein und wie ihre Mutter von zarter Statur. Sarina drückte ihre Tochter an sich. Inika lehnte sich an den Sari ihrer Mutter und vergrub das Gesicht in den Falten des üppigen Stoffs. Sarina strich ihr über das lange, schwarze Haar und schob sie sachte weiter.

»Inika, geh, wir müssen noch ein Stück weiter. Irgendwo hier sind unsere Plätze. Kadir?«

»Ich bin hier. Ich glaube, wir müssen bis nach hinten durchgehen.«

Inikas Vater wuchtete den schweren Sack von seinem Rücken. Sie hatten nicht viel mitnehmen können; ein bisschen Kleidung, Mehl und etwas Salz und in weiser Voraussicht einige kleine Säckchen mit Heilkräutern. Die Versorgung sei für die Dauer der Schiffsreise gewährleistet, so hatte man ihnen versprochen, aber wer wusste das schon. Seine letzten Ersparnisse, ein paar Rupien, hatte Kadir sorgsam unter seinen Turban, den *pagri*, gesteckt.

Schon kam einer der Matrosen und winkte die Passagiere weiter. Nach und nach füllten sich die kleinen, hölzernen Kojen, die in Reihen den Laderaum im Schiffsbauch durchzogen. Für jede Familie gab es nur einen Schlafplatz. Kadir bemerkte Sarinas betroffenen Gesichtsausdruck, zwang sich aber zu einem ermutigenden Lächeln und stopfte den Sack ganz hinten an die Wand. Er wusste, dass man sein Hab und Gut auch hier auf dem Schiff gut bewachen musste.

Sarina bedeutete Inika, in die Koje zu steigen, in der lediglich eine dünne Strohmatte lag, und kletterte dann selbst mit einem Seufzer hinterher. »Komm her ...« Sie zog das verstörte Mädchen an sich und wiegte es sanft.

Kadir sah, dass seine Frau vor Erschöpfung und Angst den Tränen nahe war und bedachte sie mit einem mitfühlenden Blick. Auf was hatten sie sich da nur eingelassen? Er wusste, dass er seiner Familie in den letzten Wochen viel abverlangt hatte. Erst der lange Fußmarsch nach Kalkutta, dann die trostlosen Umstände und die Warterei am Hafen. Dass jetzt diese kleine Koje für mehrere Wochen ihr Lager sein sollte, verschlimmerte das Ganze für Sarina noch. Er hätte ihr gerne mehr geboten.

Sarina war vom ersten Tag an gegen die Reise gewesen. Kadir hingegen hatte, wie so viele andere Männer auch, dem Mann mit wachsender Begeisterung zugehört, der eines Tages im Dorf erschienen war und im Auftrag der englischen Kolonialverwaltung um Kontraktarbeiter für die niederländische Kolonie Surinam geworben hatte. Er war auf der Suche nach Männern, die bereit waren, sich in dieses ferne Land verschiffen zu lassen, um dort in Lohn und Brot zu gehen. Der Mann hatte die Zukunft in Surinam in den buntesten Farben gezeichnet und in den höchsten Tönen gelobt: Jeder bekäme dort Arbeit und später auch eigenes Land, die Bezahlung der Niederländer sei ausgesprochen gut und die Reise zudem von Anfang bis Ende von den Engländern organisiert.

Kadir hatte nicht lange überlegen müssen. Was hatten sie in Indien schon für Aussichten? Er war der sechstgeborene Sohn einer Bauernfamilie. Seine Eltern waren arm, es gab unzählige Münder zu stopfen. Kadir konnte sich nicht daran erinnern, dass es seiner Mutter, sosehr sie sich auch bemühte, je gelungen war, all ihre Kinder wirklich satt zu bekommen. Kadir hatte dies nicht noch verschlimmern wollen, und sein Vater hatte ihn zur Heirat gedrängt und ihm auch eine Frau gesucht, Sarina. Sie kam aus einem entfernten Dorf und entstammte einer armen Familie, welche die Brautmitgift fast in den Ruin trieb. Aber so konnten sich die Brauteltern wenigstens der Tochter entledigen. Töchter standen in der Hierarchie weitaus niedriger als Söhne, und einen Mann zu finden, der sie übernahm und versorgte, war ein großes Glück. Die beiden Brautleute sahen sich zum ersten Mal während der Hochzeitszeremonie. Kadir befand, dass er Glück gehabt hatte. Sarina war eine hübsche Frau, mit langem blauschwarzem Haar und sanften dunklen Augen. Sie erwies sich schon bald als kluge, demütige Ehefrau.

Kadir hatte, wie seine Brüder vor ihm, ein Haus auf dem Land seines Vaters gebaut, wie es die dörfliche Tradition verlangte, und versucht, sich und seine kleine Familie mit Hilfsarbeiten auf den großen Teeplantagen zu versorgen. Was ihm eher schlecht denn recht gelang. Die Bezahlung war mehr als dürftig, und die Gesamtsituation im Land war bei Weitem nicht mehr so vielversprechend wie dreißig Jahre zuvor.

Kadir hatte fieberhaft nach einem Ausweg gesucht. In einen anderen Teil des Landes zu ziehen war eine Möglichkeit, aber ob dort die Chancen auf Arbeit und gerechten Lohn besser standen, wusste niemand. Und auch dafür brauchte er Geld, das er sich erst einmal mühsam hätte ersparen müssen. Das Angebot der Engländer kam für ihn gerade im richtigen Moment. Er hatte anschließend nächtelang mit den Männern des Dorfes die Möglichkeiten und Risiken diskutiert. Kadirs Vater hingegen zuckte nur die Achseln. Er hätte seinem Sohn gerne geholfen, sah aber keine Lösung. Kadirs Geschwistern ging es schließlich nicht anders.

Sarina war nicht angetan gewesen von Kadirs Idee, aber ihr stand es nicht zu, sich dagegen aufzulehnen. Trotz der ärmlichen Verhältnisse und der Not, die sie alltäglich ertragen musste, war die kleine Hütte dennoch ihr Heim, waren die Menschen um sie herum ihre Familie. Hier fühlte sie sich sicher. Und dann war da ja noch Inika – so eine weite Reise in ein so fernes Land mit einem Kind?

»Und warum kommen sie dann nach Indien und suchen Arbeitskräfte, wenn dort doch alles so gut ist?«, hatte sie skeptisch gefragt.

»Vielleicht gibt es in diesem Niederland nicht genug Arbeitskräfte, und die Engländer helfen nun aus. Oder … es soll doch ein sehr wohlhabendes Land sein, vielleicht müssen die Menschen dort schon nicht mehr selbst die Arbeit verrichten.«

Kadirs Antwort konnte ihre Zweifel nicht zerstreuen, aber letztendlich musste auch Sarina sich eingestehen, dass die Zukunft nicht viel, sondern eher weniger für sie bereithielt. Und sie hatte ihrem Mann zu folgen, egal, wohin er ging. Sie mussten versuchen, ihr Glück selbst in die Hand zu nehmen. Also hatte Kadir, gemeinsam mit zwei weiteren Familienvätern aus dem Dorf, den Zweitagesmarsch zur englischen Verwaltung auf sich genommen und sich und seine kleine Familie als Kontraktarbeiter für die niederländische Kolonie Surinam angemeldet.

Ein Vertrag, den Kadir nicht einmal lesen konnte, hatte das Unterfangen besiegelt. Wenige Wochen später waren sie bereits nach Kalkutta aufgebrochen, um das Schiff zu besteigen, das sie ihrer neuen Zukunft im fernen Surinam entgegenbringen würde.

Een beetje wit

Ein bisschen weiß

Surinam 1876–1877
Paramaribo, Plantage Rozenburg

Kapitel 1

Karini Rozenberg wippte mit den Beinen. Heute fiel es ihr wirklich schwer, geduldig zu sein. Wie jeden Tag saß sie auf der kleinen Mauer, die den Schulhof umgab, und wartete darauf, dass es zur Pause läutete. Zweimal am Vormittag war es ihre Aufgabe, vom Stadthaus der Plantage Rozenburg in Paramaribo zur örtlichen Schule zu gehen, um den beiden jungen Masras Martin und Henry die Pausenmahlzeit zu bringen, die Karinis Mutter Kiri zuvor zubereitet hatte. Um zehn Uhr jeweils ein Glas Milch und ein Brot. Um zwölf je ein Glas Saft und eine kleine Mahlzeit. Karini war mit dieser Aufgabe nicht allein, um sie herum warteten jetzt mehrere dunkelhäutige Jungen und Mädchen darauf, dass die *blanken*, wie die Farbigen in Surinam alle Weißen bezeichneten, in die zweite Pause entlassen wurden. Die Gläser auf dem Tablett, das auf ihren Knien lag, gaben ein leises Klirren von sich, weshalb sie mitten in der Bewegung verharrte und ihren Blick über das Tablett gleiten ließ. Erleichtert stellte sie fest, dass alles noch an Ort und Stelle stand, der Inhalt der Gläser nicht übergeschwappt war und die kleinen Mahlzeiten in ansehnlicher Weise auf den Tellern lagen.

Karini seufzte. Gegen Mittag hatte sie es immer besonders eilig. Wenn sie gleich ihren Auftrag erfüllt hatte, würde sie schnell zurück zum Stadthaus laufen, das Geschirr in der Küche abgeben, sich in der kleinen Hütte im Hinterhof, die sie gemeinsam mit ihrer Mutter bewohnte, waschen, umziehen und dann selbst zum Unterricht in der Missionsschule von Pater Benedikt laufen. Karini wusste, dass diese erst nach der Abschaffung der Sklaverei in Surinam vor fast dreizehn Jahren gegründet worden war; seither musste sich jeder Sklave taufen lassen, was ihm den Besuch von Gottesdiensten und den Kindern den Besuch des Schulunterrichts ermöglichte, zumindest bis zum zwölften Lebensjahr. Gewöhnlich fingen die farbigen Kinder im Alter zwischen zwölf und vierzehn Jahren an zu arbeiten, und nur wenige Kinder hatten wie Karini das Glück, die Schule noch länger besuchen zu dürfen. Manche Eltern, überwiegend ehemalige Sklaven der Plantagen, schickten ihre Kinder auch gar nicht zur Schule, sondern ließen sie in den Häusern oder auf den Pflanzungen schuften. Die wenigsten Plantagenbesitzer nahmen die Schulpflicht für die schwarzen Kinder ernst, und die Kolonialverwaltung hatte nicht viel Einfluss auf die unzähligen Kinder im Hinterland. Misi Juliette und Masra Jean aber, denen die Zuckerrohrplantage Rozenburg gehörte, der auch sie und ihre Mutter angeschlossen waren, bestanden darauf, dass alle Kinder dort Unterricht erhielten.

Für Karini waren es die letzten Monate in dieser Schule, sie wurde bald vierzehn Jahre alt. Sie liebte den Unterricht und das Lernen und war stolz auf ihre Fortschritte: Sie konnte fließend lesen und schreiben und sogar das Rechnen fiel ihr leicht. Karini war schon immer neidisch auf Masra Henry und Masra Martin gewesen, weil diese jeden Morgen zum Unterricht gehen und den ganzen Vormittag in der Schule verbringen durften. Wie viel Zeit sie zum Lernen hatten! Und wie lange sie lernen durften! Ihr eigener Unterricht beschränkte sich auf wenige Stunden am Nachmittag und das auch nur an drei Tagen in der Woche. Die beiden Jungen allerdings teilten Karinis Begeisterung nur bedingt. Vor allem Masra Martin, der ältere der beiden Jungen, maulte morgens oft, er wäre noch müde und hätte keine Lust. »Ach, nun los«, motivierte Karini ihn dann immer, wenn sie ihm frisches Wasser für die Morgentoilette brachte, die Vorhänge aufzog und den Nachttopf abholte.

»Du hast leicht reden, du musst ja nicht jeden Tag in die Schule«, erwiderte Masra Martin dann oft missmutig.

Karini versetzte diese Antwort immer einen kleinen Stich. Täglichen Unterricht hatte sie nur auf der Plantage.

In der großen Trockenzeit zwischen August und Dezember zog Karini mit ihrer Mutter und den beiden jungen Masras gemeinsam auf die Plantage Rozenburg, die mehrere Stunden flussaufwärts im Hinterland lag. Masra Henry und Masra Martin wurden im Haus von einem eigens dafür eingestellten Hauslehrer unterrichtet, und Karini ging, wie alle Kinder aus dem Arbeiterdorf, bei Tante Fiona zur Schule. Die war nicht ihre leibliche Tante, aber im Plantagendorf sprachen die Kinder alle älteren Frauen mit Tante an.

Vor dem Jahreswechsel, zu Beginn der kleinen Regenzeit, zogen die Jungen mit Karini und ihrer Mutter wieder in das Stadthaus nach Paramaribo, um dort bis August die Schule zu besuchen. Dieser Rhythmus wurde in ganz Surinam vom Klima bestimmt. Die große Regenzeit zwischen Mitte April und August brachte nicht nur schwere Gewitter, sondern auch Heerscharen an Moskitos mit sich, was in der Stadt angenehmer zu ertragen war als auf Rozenburg, das zwischen Wald und Fluss lag. Dort hingegen ließ sich die stetig zunehmende Hitze während der großen Trockenzeit besser aushalten als in der Enge der Stadt. Misi Juliette, die Mutter von Masra Henry und Ziehmutter von Masra Martin, kam zwar im Dezember zunächst mit nach Paramaribo, um die Jungen zu verabschieden und um Geschäftliches zu erledigen, lebte aber die meiste Zeit des Jahres mit ihrem Mann, Masra Jean, auf Rozenburg und reiste nur selten in die Stadt. Der Spagat zwischen Plantagen- und Stadtleben war sicher nicht leicht für die Misi, und die Trennung von den Jungen fiel ihr jedes Mal sichtlich schwer. Aber sich bequem dem gediegenen Stadtleben hinzugeben, wie andere Frauen, ohne auf der Plantage mitzuhelfen, das war nicht die Art von Misi Juliette. Sie bestieg sogar manchmal ihr Pferd und ritt in die Felder. Das war zwar eher unschicklich für eine Dame, aber ihr Einsatz hatte sich gelohnt, das hatte Karini mitbekommen. Rozenburg hielt den schlechten Zeiten in der Kolonie wacker stand. Karini war stolz, den Namen der Pflanzung auch in ihrem Nachnamen tragen zu dürfen. Misi Juliette hatte allen Sklaven Namen mit Rozen... gegeben, und Karini nannte ihren Namen gerne, ganz im Gegensatz zu vielen anderen Sklaven, deren ehemalige Besitzer ihnen Nachnamen wie *Faulermann* oder *Waschweib* gegeben hatten.

Nachnamen trugen die ehemaligen Sklaven überhaupt erst seit ihrer Befreiung, sie waren seither sogar zur Pflicht geworden, auch wenn sich auf der Plantage im Alltag niemand darum scherte. Ebenso wenig wie um die Hautfarbe, die noch zu Zeiten des Sklavenstands eine wichtige Rolle gespielt hatte. In der Stadt hingegen achtete man immer noch sehr darauf, wessen Hautfarbe eine Nuance heller war, hier fühlten sich die hellhäutigeren Mulatten den tiefschwarzen, ehemaligen Arbeitssklaven immer noch überlegen. Trotzdem spürten auch sie den gesellschaftlichen Wandel, denn es ging nicht mehr darum, wer Sklave gewesen oder Mulatte war, sondern vielmehr darum, wer Arbeit hatte und wer nicht. Zumal Mulatten nach wie vor keine niederen Arbeiten und auch, wie schon zur Sklavenzeit, keine Arbeit auf den Plantagenfeldern verrichten durften. Karini wusste nicht genau, warum das so war. Ihre Mutter hatte angedeutet, dass es mit den Vätern der Mischlingskinder zusammenhing, die nicht wollten, dass ihre Kinder Sklavenarbeit verrichteten. Warum das allerdings für die Schwarzen nicht galt, verstand Karini nicht.

Karini fand manche Regelungen in der Kolonie sehr verwirrend. Sie fühlte sich eher den Weißen verbunden, außerdem waren Masra Henry und Masra Martin ihre besten Freunde.

Karinis Mutter Kiri war einmal die Leibsklavin von Misi Juliette gewesen. Nach der Abschaffung der Sklaverei hatte Misi Juliette Kiri einen Arbeitsvertrag angeboten, wie ihn von diesem

Zeitpunkt an alle ehemaligen Sklaven für die Übergangszeit von zehn Jahren nachweisen mussten, und Kiri war gerne bei ihr auf Rozenburg geblieben, wie die meisten Sklaven der Plantage. Die Misi hatte einige schlimme Jahre mit ihnen durchgestanden und war immer gut und gerecht zu ihnen gewesen, sie hatte die Lebensbedingungen verbessert und sich sehr um das Allgemeinwohl im Sklavendorf gekümmert. Das war bei Weitem nicht überall so, viele der alteingesessenen Plantagenbesitzer ließen nicht von ihrem brutalen Gebaren gegenüber den ehemaligen Sklaven ab. Die langen, ledernen Peitschen, die noch an vielen Gürteln baumelten, sprachen Bände. Zur Rechenschaft wurde dafür nur selten jemand gezogen, und um die vielen Tausend ehemaligen Sklaven, die weit im Hinterland auf den Pflanzungen lebten, scherte sich in der Stadt und bei der Kolonialverwaltung niemand. Und in den Niederlanden erst recht nicht, denn auch wenn dort, im fernen Europa, die Abschaffung der Sklaverei begrüßt und gefeiert wurde, wie die Zeitungen berichteten, waren die Menschen in den Kolonien am anderen Ende der Welt schnell wieder vergessen.

Mit dem Ende der Vertragspflicht hatten sich die Verhältnisse in den vergangenen drei Jahren weiter verändert. Die ehemaligen Sklaven waren nun nicht mehr an die Plantagen oder ihre Herren gebunden, sie waren freie Einwohner der Kolonie, durften leben, wo sie wollten, und ihre Arbeitgeber selbst wählen.

Kiri war nun Angestellte der Plantage Rozenburg, sie betreute die jungen Masras und führte den Haushalt im Stadthaus. Karinis Vater Dany blieb das ganze Jahr über auf der Plantage, wo er als Vorarbeiter auf den Zuckerrohrfeldern beschäftigt war. Außerdem trieb er Handel mit den Buschnegern, wobei ihm die enge Verbindung zu seinem Vater Aiku zugutekam. Der war ein Maroon, ein freier Buschneger, der als Anführer seines Stammes tief im Regenwald lebte. Karini beschlich in Gegenwart ihres *granpapa*, den sie nur äußerst selten besuchte, immer ein Gefühl der

Unsicherheit. Er war ihr unheimlich, weil er nicht sprach – oder nicht sprechen konnte, das wusste sie nicht so genau. Ihre Eltern verloren nie ein Wort darüber.

Karini mochte sich nicht entscheiden, was ihr besser gefiel: das Leben in der Stadt, wo immer etwas los war, es so viel Neues zu entdecken gab und auch der Unterricht bei Pater Benedikt viel anspruchsvoller war, als der von Tante Fiona, die selbst gerade einmal schreiben und ein wenig rechnen konnte; oder aber das beschauliche Leben auf der Plantage Rozenburg, wenn ihre Familie beisammen war und auch ihr Zusammenleben mit Masra Henry und Masra Martin sich anders gestaltete als in Paramaribo.

Auf der Plantage waren die beiden Jungen wie zwei große Brüder für Karini. Masra Henry war nur ein Jahr älter als sie, er war eher nachdenklich, liebte Bücher und konnte viele spannende Geschichten erzählen. Masra Martin hingegen gab sich mit seinen fast sechzehn Jahren schon mächtig erwachsen und war stets auf Abenteuersuche, dabei aber immer darauf bedacht, Masra Henry und sie selbst zu beschützen.

Hier in der Stadt aber war ihr Verhältnis anders. Die Jungen trafen sich mit ihren weißen Freunden, spielten mit ihren Mitschülern und mussten gewissen gesellschaftlichen Verpflichtungen nachkommen, während Karini arbeitete oder die Schule besuchte. Karini war manchmal traurig, dass sie nicht dabei sein durfte, wenn die Kinder der *blanken* sich trafen. Sie verbrachte bei Weitem nicht mehr so viel Zeit mit den jungen Masras wie früher. Aber sie waren keine kleinen Kinder mehr, jeder hatte seine Aufgaben zu erfüllen. Sie sahen sich im Moment wirklich nur kurz in den kleinen Schulpausen der Masras. Und da war es Karinis Aufgabe, ihnen das Tablett zu reichen, zu warten, bis die beiden aufgegessen und ausgetrunken hatten, und dann das Geschirr wieder mit nach Hause zu nehmen. Mehr als das Nötigste durfte sie nicht mit ihnen reden, das war hier auf dem Schulhof unerwünscht. In der Stadt waren Kontakte zwischen den *blanken* und den Schwarzen immer noch nicht gerne gesehen. Die *blanken* blieben unter sich und hier war Karini eben *nur* die Tochter der schwarzen Haushälterin. Dabei war ihre Mutter ebenfalls sehr stolz auf sie, immerhin gehörte sie selbst noch zu der Generation, die auf keinen Fall hatte lesen und schreiben lernen dürfen und es bis heute nicht konnte. Nicht einmal Niederländisch hatten die Sklaven bis 1863 sprechen dürfen, obwohl es die offizielle Sprache in der Kolonie war. Auch heute noch hielt Kiri an der Sklavensprache *taki-taki* fest, sie sprach diese mit ihrer Tochter und mit den *blanken*.

Karini fiel es manchmal schwer zu verstehen, dass ihre Mutter so stark an traditionellen Sitten festhielt und nicht von sich aus neue Wege ging. So lief sie weiterhin stets barfuß und hatte auch Karini nie Schuhe gekauft. »Die brauchen wir nicht«, hatte sie lapidar geantwortet, als Karini als kleines Mädchen einmal deswegen gequengelt hatte. Sklaven war das Tragen von Schuhen stets verboten gewesen, und wie ihre Mutter hatten viele der Älteren sie später ausprobiert, für unbequem befunden und als Fußbekleidung verworfen. Auf der Plantage störte es Karini nicht, barfuß herumzulaufen, aber in der Stadt beäugte sie die Hausmädchen mit ihren glänzenden schwarzen Lackschuhen manchmal schon mit einem Gefühl von Neid.

Erleichtert bemerkte sie jetzt, dass sich endlich die große Eingangstür öffnete und eine Schar Schüler aus dem Schulgebäude strömte. Sie hüpfte vorsichtig von der Mauer und hielt das Tablett für Masra Henry und Masra Martin bereit.

Nicht mehr lange, dann würde sie nach Hause laufen können und von dort zu ihrem eigenen Unterricht.

Kapitel 2

»Wie kommt dieses Tier hier nur immer herauf?« Juliette Riard schnappte sich die große Schildkröte und trug sie mit ausgestreckten Armen vor sich her, die Stufen der vorderen Veranda des Plantagenhauses hinunter. Das Tier wog schwer und strampelte eifrig mit seinen kurzen Beinen. Julie, wie sie in ihrer Kindheit gerufen worden war und heute noch von ihrem Mann genannt wurde, setzte das Reptil in den Schatten unter einen großen Busch und ließ den Blick über die Front des Haupthauses von Rozenburg schweifen. Das weiß gestrichene Holz glänzte in der Sonne und hob den Bau farblich vom satten Grün der umliegenden Landschaft ab. Ein paar Ausbesserungen waren an der Fassade nötig, bemerkte sie wieder einmal, als sie an einer Hausecke leicht grünliche Flecken entdeckte. Das Klima in diesem Land nagte auch an den Bauwerken. Und die starken Regenfälle der letzten Wochen hatten ein Übriges getan. Es war Ende Mai, und die Regenzeit würde noch einige Wochen andauern. Julie beschloss, die Arbeit in Auftrag zu geben, sobald das Wetter es zuließ. Ein paar Gulden würden sie dieses Jahr in das Haus investieren müssen.

Dann blieb ihr Blick an ihrem Mann Jean hängen, der auf der Veranda über seine Unterlagen gebeugt saß. Kurz blitzte die Erinnerung an ihre ersten Zusammentreffen auf. Sie musste unwillkürlich lächeln. Damals hatten sie oft stundenlang auf dieser Veranda gesessen, Julie noch als Ehefrau von Karl Leevken und Jean als Buchhalter der Plantage Rozenburg. War es wirklich schon siebzehn Jahre her, seit sie an einem heißen Märztag das Schiff verlassen hatte? Manchmal kam es ihr wie eine Ewigkeit vor, manchmal aber auch, als wäre es erst gestern gewesen. Und noch jemand war damals auf der Veranda zugegen gewesen: Nico, der Papagei, der Julie in ihren ersten Jahren als einzig guter Geist auf der Plantage begleitet hatte. Julie seufzte. Nico hatte die Plantage verlassen wie andere Geister auch. Dafür gab es nun die Schildkröte, die auf der Plantage herumkroch. Julie beobachtete, wie das Tier sich zwischen die Blätter zurückzog. Ihre Gedanken wanderten zu ihrem Sohn, der der Schildkröte sogar einen Namen gegeben hatte, Monks. Nach einer zwielichtigen Gestalt aus einem Abenteuerbuch, das er gerne las. Julie fand den Namen durchaus passend für das Tier, das die Angewohnheit hatte, immer wieder an Orten aufzutauchen, an denen man eine Schildkröte nicht unbedingt erwartete. Wie das Tier es schaffte, die Veranda zu erklimmen, war Julie nach wie vor ein Rätsel, es gelegentlich irgendwo im großen Plantagenhaus vorzufinden, schon keine Überraschung mehr. Als die Schildkröte es eines Tages sogar bis auf die Arbeitsplatte in Livs Küche geschafft hatte, was die schwarze Haushälterin mit lautem Gezeter und der Drohung quittiert hatte, eine schmackhafte Suppe aus dem Tier zu kochen, dünkte Julie, dass irgendjemand auf der Plantage diesem Tier bei seinen Ausflügen behilflich war. Vielleicht die Jungen? Diese hatten Monks auf jeden Fall mit angstvollem Blick schnell vor Livs Kochtopf gerettet.

Die Jungen. Ging es ihnen in der Stadt gut? Die Monate ohne sie auf der Plantage kamen Julie immer unendlich lang vor; waren sie dann vor Ort, schien die Zeit förmlich zu rasen. Julie vermisste sie schrecklich, und auch wenn sie versuchte, sich abzulenken, erinnerten überall kleine, alltägliche Dinge an die beiden und füllten ihr Herz mit Sehnsucht und, wie sie sich mehr als einmal eingestanden hatte, mit Trauer, begleitet von einem schlechten Gewissen. Julie seufzte leise, raffte ihren Rock und stieg die Stufen der Veranda wieder empor.

»Bald sind sie doch wieder da, Julie.« Jeans Stimme war voller Zärtlichkeit und Julie warf ihm einen dankbaren Blick zu. Er hatte wieder einmal erraten, was sie bedrückte, und hob nun den Blick von seinen Abrechnungsbüchern.

»Ja, ich weiß ... aber die letzten Wochen bis zu ihrer Ankunft kommen mir jedes Jahr wie eine Ewigkeit vor«, sagte sie leise. Sie setzte sich zu ihm und ließ ihren Blick zum Fluss gleiten. Die Regenfälle hatten für heute aufgehört, und die Sonne brachte die Luft über dem Fluss zum Dampfen. Es waren diese kurzen Momente nach den markerschütternden Gewittern der Regenzeit, in denen das Klima sich halbwegs erträglich gestaltete und an einen hitzigen Sommertag in Europa erinnerte. Allerdings würde durch die Trockenzeit schon bald die geballte Wucht der Tropenhitze zurückkommen, an die Julie sich in all den Jahren nur schwer hatte gewöhnen können. Sie brachte in ihren Augen nur ein Gutes: Die Jungen kamen nach Rozenburg.

Ihr war es nicht leichtgefallen, die Jungen in der Stadt in die Schule zu schicken. Aber die Möglichkeit, sie ganzjährig auf der Plantage unterrichten zu lassen, hatte ihr auch missfallen. Kinder in diesem Alter brauchten Kontakt zu Gleichaltrigen. Hier auf der Plantage verlief das Leben in eintönigem Gleichmaß, und Julie hatte oft genug beobachtet, dass sich die Isolation auf den Plantagen bei Heranwachsenden nachteilig auswirkte. Die eigenbrötlerischen und verzogenen Sprösslinge einiger anderer Plantagenbesitzer waren ihr Grund genug gewesen, für ihre Jungen einen anderen Weg zu wählen. Also hatte sie schweren Herzens beschlossen, Henry und Martin zumindest einen Teil des Jahres in Paramaribo wohnen und die dortige Schule besuchen zu lassen. Und sie hatte beide Jungen gleichzeitig eingeschult. Wie schnell sie doch groß geworden waren! Was sie wohl nach ihrer Schulzeit machen würden? Sie konnte sich gut vorstellen, dass Henry auf der Plantage bei Jean in die Ausbildung gehen würde, das hatte er schon mehrfach angesprochen. Aber ob Martin auch auf der Plantage bleiben wollte? Julie wusste es nicht. Es fiel ihr schwer, den Jungen zu deuten, Martin war ihr, obwohl sie ihn aufgezogen hatte, immer ein wenig fremd geblieben. Sosehr sie sich auch bemüht hatte, hatte sich der Junge ihr nie ganz geöffnet und war ein Stück unnahbar geblieben. Sie beide hatten zudem einen schwierigen Start gehabt, trotzdem liebte sie ihn so wie ihren eigenen Sohn.

Martin war damals, als die Schulzeit begann, klaglos in die Stadt gezogen. Julie hatte es nicht anders erwartet, trotzdem hatte seine spürbare Kälte sie verletzt. Henry hingegen war es sichtlich schwergefallen, sich von seinen Eltern und der Plantage zu lösen. Julie selbst ging es nicht anders, und so war sie schon im ersten Jahr zunächst mit in die Stadt gereist, ein Ritual, das sie bis heute beibehalten hatte. Sie blieb dann zumeist einige Wochen, erledigte Geschäftliches und erfüllte gesellschaftliche Verpflichtungen, bevor sie auf die Plantage zurückkehrte, um ihre Aufgaben dort wahrzunehmen. Der Abschied fiel ihr heute noch schwer, auch wenn sie jedes Mal froh war, die Stadt verlassen zu können. Sie fühlte sich dort nie besonders wohl, ließ sich das in Gegenwart der Jungen aber nicht anmerken. Die Erinnerungen an die schwere Zeit ihrer ersten Jahre in Surinam drohten sie in Paramaribo manchmal zu überwältigen, insbesondere im Stadthaus lauerten zuweilen dunkle Schatten, die sie jagten. Erinnerungen an ihren gewalttätigen ersten Mann Karl, dessen Rufe manchmal noch durch die Räume zu hallen schienen. An den Raum, in dem ihre Stieftochter, Martins Mutter Martina, gestorben war, und die Angst, welche die damalige Entführung der Kleinkinder Martin und Henry durch Martins leiblichen Vater wie einen dünnen, aber zähen Nebel hinterlassen hatte. Jean schien das Ganze nicht mehr zu berühren, doch Julie konnte das Geschehene einfach nicht vergessen.

Die Jungen hingegen kamen in der Stadt gut zurecht. Das lag nicht zuletzt an Kiri, die gut für sie sorgte und über sie wachte.

Kiri ... der Gedanke an sie erfüllte Julie mit Liebe und Sehnsucht. Kiri war früher ständig in ihrer Nähe gewesen, ihre Beziehung war schon immer weit mehr als eine zwischen Bediensteter und Herrin gewesen. Sie hatten so viele gute und schlechte Zeiten gemeinsam durchlebt, so viele Hürden genommen, und Julie wusste, dass sie sich auf ihre ehemalige Leibsklavin verlassen konnte, deren menschliche Wärme ihr hier auf der Plantage so oft fehlte, gerade in Momenten wie diesen. Julie spürte, wie sich ein Kloß in ihrem Hals bildete, und schüttelte den Gedanken ab. Meine Güte, was war sie doch sentimental! Wie oft hatte sie sich schon geschworen, nicht so zu klammern! Henry, Martin, Kiri und Karini fühlten sich wohl in der Stadt, und Julie hatte in all den Jahren nie einen wahren Grund zur Sorge haben müssen. Zumal auch ihre Freundin Erika in Paramaribo lebte, die im Notfall sofort zur Stelle wäre. Aber Julie hatte in ihrem Leben schon so viele geliebte Menschen verloren. Jetzt, da sie seit einigen Jahren in Frieden im Kreis ihrer Familie lebte, spürte sie immer noch die Angst, all dies könnte sich zerschlagen, den Jungen, ihrem Mann, oder auch Kiri, Karini und Dany könnte etwas zustoßen. Julie spürte wie häufiger in den letzten Wochen einen Anflug von Panik. *Nichts wird passieren! Alles ist gut!*, sagte sie wieder und wieder. Doch irgendwo in ihrem Kopf meldete sich eine dumpfe Vorahnung, die sich sogleich mit dem flauen Gefühl im Magen paarte.

Das energische Geraschel von Jeans Unterlagen holte sie aus ihren Gedanken. Sie hob den Blick und sah, wie er die Papiere zu einem ordentlichen Stapel zusammenschob und anschließend sein Schreibzeug danebenlegte. Er wirkte angespannt, und seine Mimik verriet ihr, dass ihm etwas auf dem Herzen lag.

»Wir müssen uns etwas überlegen«, begann er mit ernster Stimme. »Es haben schon wieder drei Arbeiter gekündigt, um zu ihren Familien zurückzukehren. Wenn das so weitergeht, geraten wir womöglich in Schwierigkeiten.« Jean lehnte sich zurück und verschränkte die Arme vor der Brust. »Ich glaube nicht, dass wir so schnell neue Arbeiter anwerben können«, fuhr er sichtlich bedrückt fort. »Jetzt, da sie selber entscheiden können, sind manche Möglichkeiten einfach interessanter. Ich kann verstehen, dass sie nach so langer Zeit den Drang verspüren, ihre weitversprengten Familien zusammenzuführen, sich keinem Herrn unterordnen zu müssen, oder dass die Arbeit in der Stadt oder auch die Goldsuche sie lockt, wo sie vielleicht sogar mehr Geld verdienen können als mit den Mindestlöhnen auf den Plantagen.«

Er brach ab und warf ihr einen Blick zu, in dem Julie so etwas wie Hilflosigkeit zu erkennen meinte. Ein Ausdruck, den sie bei Jean nicht allzu häufig gesehen hatte, doch sie musste sich eingestehen, dass sie genauso empfand. Dies waren keine guten Neuigkeiten. Sie seufzte.

»Ja, dabei rennen sie doch gerade dort in ihr Unglück. Hier können wir ihnen eine sichere Arbeitsstelle und ein festes Gehalt bieten, das gibt es auch nicht überall. Man hört so viele schlimme Dinge, und die wachsenden Armenviertel am Rande der Stadt sprechen doch Bände!« Dieses Thema brachte Julie wie so oft in Rage. Sie hatten häufig über die vielen verstreuten Armensiedlungen gesprochen, die sich im Laufe der letzten drei Jahre gebildet hatten. Das Ende der zehnjährigen Vertragspflicht hatte vielen der ehemaligen Sklaven nicht nur Segen gebracht. Solange ein ehemaliger Sklave gesund und kräftig genug war, um einen Vertrag mit einer Plantage abzuschließen, war alles in Ordnung. An den vielen Alten, Kranken und Schwachen aber hatte die Kolonialverwaltung kein Interesse. War früher ein Plantagenbesitzer dazu verpflichtet gewesen, die Sklavenfamilien zusammenzuhalten und nicht mehr arbeitsfähige Menschen in den Sklavendörfern mitzuversorgen, setzte man Letztere in den vergangenen Jahren vermehrt einfach vor die Tür. Hinzu kam nun seit drei Jahren, dass zahlreiche ehemalige Arbeiter ihr Glück lieber selbst in die Hand nahmen, als sich von einem Weißen auf einer Plantage unterjochen zu lassen. Zwar versprach man diesen *freien* Menschen neues Land und die Möglichkeit der Ansiedlung; aus welchen Töpfen man zukünftig und langfristig die Mittel für ein solches, in Julies Augen schöngeredetes Projekt schöpfen wollte, das wusste allerdings keiner der weißen Obrigkeit. «Da hält man die Menschen mit Hoffnung an der Leine», pflegte Julie zu sagen. Sie wusste, dass Jean dieses Thema ebenso echauffierte wie sie selbst. Jetzt runzelte er die Stirn und strich sich eine verirrte blonde Haarsträhne hinter das Ohr.

Julie betrachtete ihn liebevoll. Er trug seine Haare, im Gegensatz zur europäischen Mode, eher kurz und verzichtete, vornehmlich durch das Klima bedingt, auch auf einen Bart. Julie war nicht böse darum, im Gegenteil, sie mochte sein auffallend jugendliches Aussehen und hatte ihn schon das eine und andere Mal damit geneckt. Jean ging stets auf die Spielerei ein und hob dann zumeist gespielt erbost den Zeigefinger, schalt sie der Eitelkeit oder Ähnlichem, Julie aber kannte ihn gut genug um zu wissen, dass er ihre Bemerkungen als Kompliment auffasste. Jean war gewiss nicht eitel, auch wenn er sich seiner Anziehungskraft auf Frauen sicherlich bewusst war. Dennoch konnte Julie sich sicher sein, dass er nie in fremden Teichen fischen würde. Jetzt jedoch lag Jeans Stirn in tiefen Falten, ein untrügliches Zeichen dafür, dass er zutiefst besorgt war. Das Thema Arbeitskräfte verlangte eine Entscheidung.

Julie nahm sich die Liste der Angestellten, die Jean eben noch bearbeitet hatte, oben vom Stapel. Einhundertsechsundfünfzig Namen standen darauf. Einhundertfünfzig war die entscheidende Zahl; so viele Arbeiter brauchten sie mindestens, um den Betrieb der Zuckerrohrplantage zu gewährleisten, unvorhergesehene Ausfälle aufgrund von Krankheiten nicht mitbedacht. Optimal waren rund zweihundert Arbeiter. Julie seufzte. Sie wusste sehr wohl, was das bedeutete, diese Ziffern waren weit mehr als schwarze Zahlen auf weißem Papier: In Surinam standen die Zeichen seit dreizehn Jahren auf Veränderung – und nun erreichte die Welle auch Rozenburg.

Julie und Jean hatten sich damals, als die Sklavenhaltung aufgehoben wurde, zur Weiterführung der Plantage entschieden. Anders als viele andere Besitzer, fürchteten sie keine Aufstände oder Übergriffe, sondern boten den ehemaligen Sklaven Arbeitsverträge an, die fast alle, sehr zu ihrer Freude, dankend annahmen. Sie trieben die Plantage gemeinsam weiter voran und hatten auch die Änderungen vor drei Jahren weitestgehend ohne Verluste überstanden. Julie und Jean waren mit ihren ehemaligen Sklaven immer gut zurecht gekommen – zu gut, wie man ihnen gegenüber häufiger zu bedenken gab. Sogar mit den Maroons standen sie in Kontakt, diesen ehemals aufständischen Buschnegern, die schon lange ein freies Leben in den Tiefen der Wälder führten, und bei deren Anblick so mancher Kolonist eher sofort zur Waffe gegriffen hätte, als sich mit ihnen gut zu stellen.

Mittlerweile hatten die Maroons im Zuge der Sklavenemanzipation neues Selbstbewusstsein erlangt und bewegten sich inzwischen in der Hauptstadt ganz selbstverständlich als Handeltreibende. Die Gesellschaft bekam eine völlig neue Ordnung. Die zahlreichen freien Arbeiter drängten in sämtliche Berufsgruppen und Handelszweige in dem Versuch, sich eine eigene Existenz aufzubauen. Viele alteingesessene Kolonisten bangten um ihre vorherrschende Stellung in der Kolonie und taten es ihren Gesinnungsgenossen gleich, die vor dreizehn Jahren schon nach Europa oder Nordamerika geflüchtet waren. Man munkelte, dass es insgesamt überhaupt nur noch knapp tausend Europäer im Land gab, denen über fünfzigtausend ehemalige Sklaven, freie Schwarze, Mulatten, Chinesen und befriedete Indianer gegenüberstanden.

Julie hatte in letzter Zeit immer wieder gehört, dass Plantagen aufgegeben wurden. Glaubte man den neuesten Zahlen der Kolonialverwaltung, so gab es noch knapp einhundertfünfzig größere

Kakao- und Zuckerrohrplantagen, kleinere Pflanzungen, die im Laufe der letzten drei Jahre von freien Mulatten und Schwarzen übernommen worden waren, nicht mitgerechnet. Überall im Land eroberte sich der Regenwald verlassene, ehemals florierende Pflanzungen zurück. Die Tabak- und Baumwollkulturen waren fast gänzlich verschwunden, der Export nach Europa von ehemals Hunderten Schiffen im Jahr auf wenige Frachtkähne geschrumpft. Und obwohl die Plantagenwirtschaft am Boden lag, holte man nun neue Arbeitskräfte aus Indien ins Land, in dem verzweifelten Versuch, den großen Bedarf an billigen Arbeitskräften zu decken. Die ehemaligen Sklaven stellten heute Forderungen, die in Julies Augen zwar gerechtfertigt waren, die Kassen der Plantagen jedoch zusätzlich belasteten, und so manche Plantage in den Ruin trieben. Sie selbst versuchten natürlich, den Arbeitern ihre Löhne zu zahlen, aber es war eine ewige Gratwanderung. Es musste etwas passieren. Auch auf Rozenburg.

Julie legte das Papier mit den Namen beiseite. »Ja, du hast recht. Wir müssen uns etwas einfallen lassen, sonst haben wir bald nicht mehr genug Arbeiter.« Sie wusste um Jeans Bemühungen, die Arbeiter zu halten und neue anzuwerben. Sie hatte dennoch gehofft, die Anzahl der Arbeiter, die bleiben wollten, würde ausreichen. Aber nun lag es schwarz auf weiß vor ihnen. Jeans akkurat geführtes Abrechnungsbuch mahnte zu schnellem Handeln.

»Wir sollten es uns noch einmal überlegen.« Jean schob Julie einen Zettel über den Tisch. »Renzler hat gesagt, noch sind nicht alle indischen Kontraktarbeiter vergeben.«

Julie spürte sofort einen heftigen Widerwillen. Sie mochte diesen Renzler nicht, der seit Wochen von Plantage zu Plantage fuhr, um seine Kontraktarbeiter anzupreisen wie Orangen auf dem Markt. Renzler vermittelte die indischen Arbeitskräfte, die ins Land kamen, und nun war bereits das vierte Schiff mit neuen Menschen vor Paramaribo vor Anker gegangen. Julie hatte von einigen Plantagen gehört, die inzwischen ausschließlich indische

Arbeiter beschäftigten. *Jung, kräftig und arbeitswillig. Gefügiger als die Neger und von ruhigem Temperament*, so stand es auf dem Flugblatt, das Renzler ihnen bei seinem letzten Besuch übergeben hatte und das Julie nun in den Händen hielt. Sie lehnte sich auf ihrem Stuhl zurück und blickte nachdenklich auf die Zeilen. Sie wusste, welche Antwort Jean von ihr erwartete, und ihr war nicht wohl dabei. Den Kontraktarbeitern dieselben Versprechungen zu machen wie den ehemaligen Sklaven – gesicherte Löhne, Land und Unterkunft – war in Julies Augen nicht mehr als ein Luftschloss.

»Ich habe Angst, dass es diesen Menschen dann ähnlich ergeht wie den Sklaven. Ich meine, die einen sind gerade frei, da kommen schon die nächsten ... ich weiß nicht.«

»Du hast doch gehört, was Renzler gesagt hat. Und«, Jean beugte sich über den Tisch und tippte von hinten an das Blatt Papier, das Julie noch in der Hand hielt, »da steht es doch auch: Diese Arbeiter verpflichten sich für fünf Jahre und bekommen dann entweder die Rückreise in ihre Heimat bezahlt oder die Möglichkeit, sich hier auf einem Stück Land niederzulassen. Das sind doch ganz gute Bedingungen.«

»Du glaubst doch wohl nicht, dass sich dieser Plan zur Zufriedenheit aller in die Tat umsetzen lässt!«

»Julie, den Menschen wird es gut gehen auf Rozenburg! Wir brauchen dringend Arbeitskräfte, und wir können ihnen hier Unterkunft und Versorgung bieten, und ob Sklave oder Inder – wir haben genug Platz auf der Plantage.«

Julie warf ihm einen strafenden Blick zu, dem er aber auswich. Das Wort Sklave, das so viele immer noch verwendeten, hatte für sie einen bitteren und bösen Beigeschmack. Viele der anderen Plantagenbesitzer oder Geschäftsleute in der Stadt waren der festen Überzeugung, dass Gott den schwarzen Mann geschaffen hatte, um den Weißen untertan zu sein. Sie wusste, dass Jean diese Einstellung nicht teilte, ärgerte sich aber darüber, dass er so unbedarft mit den Begriffen umging. Dennoch verzichtete sie darauf, ihn deswegen zu tadeln. Sie hatten wirklich andere Probleme.

»Ich weiß nicht ...« Julie ließ resigniert das Flugblatt sinken. Ihr widerstrebte der Gedanke zutiefst, das Angebot mit den Kontraktarbeitern in Anspruch zu nehmen, doch Jean hatte recht: Sie hatten eigentlich keine andere Wahl, wenn sie die Wirtschaft auf Rozenburg erhalten wollten. Sie hob den Blick und sah geradewegs in Jeans lächelndes Gesicht. Als er sich vorbeugte und seine Hand auf ihren Arm legte, breitete sich ein wohlig warmes Gefühl in ihr aus.

»Wir können doch einfach mal nach Paramaribo fahren und uns diese Leute ansehen, wenn das Schiff kommt«, sagte er sanft, und das leichte Aufblitzen seiner blauen Augen verriet ihr, dass er noch nicht fertig war. »Und die Jungen werden sich sicher freuen, wenn wir zu einem kleinen Überraschungsbesuch in die Stadt kommen!«

Julies Herz machte einen Sprung. Natürlich brannte sie darauf, die Jungen wiederzusehen.

Als Julie wenige Tage später vom Boot aus endlich die ersten Häuser Paramaribos sichtete, schwankten ihre Gefühle wieder zwischen Freude und einer dumpfen, alten Angst. Sie war wie jedes Mal erleichtert, die mühselige Reise bald beenden zu können.

Die Fahrt mit dem Boot in die Stadt dauerte viele Stunden und war stark abhängig von den Gezeiten. Drückte das Meer bei Flut das Wasser in den Surinamfluss, kam man nur in Richtung Landesinnere gut voran. Flussabwärts dagegen war die Fahrt dann unbehaglich und langwierig. Also machte man möglichst Rast, bis das Wasser wieder in Fahrtrichtung floss. Wo und an welcher Plantage man dabei anlegte, war zumeist unvorhersehbar, für Julie in den meisten Fällen aber eine Qual. Viele der Pflanzungen waren verwaist, und die wenigen Besitzer, die Julie noch aus früheren Zeiten kannte, bedachten sie mit misstrauischen Blicken. Immer noch kursierten Gerüchte und alte Geschichten über Julie und ihren ersten Mann. Julie hatte stets das Gefühl, beobachtet zu werden, und so mied sie den Kontakt zu anderen Weißen, so weit es ging.

Der Surinam war ein breiter Strom, der mit seinem trüben Wasser immer etwas bedrohlich wirkte. Julie selbst hatte bereits einige Male erlebt, wie unberechenbar das Wasser sein konnte und wie verheerend sich der Fluss bei Überflutungen ausbreitete.

Noch bedrohlicher erschien ihr aber immer noch die Stadt. Bei ihrer Ankunft fühlte sie sich jedes Mal fremd, auch wenn Paramaribo in den letzten dreizehn Jahren durchaus einen Aufschwung erlebt hatte. War der Handel zuvor fest in der Hand der Weißen gewesen, so hatten sich nach und nach Chinesen und Farbige dazugesellt. Die Chinesen, allgemein als *kulis* bezeichnet und ebenfalls als Arbeitskräfte ins Land geholt, stellten sich schnell für die Plantagenarbeit als ungeeignet, jedoch als äußerst geschäftstüchtig heraus. Und seit den ehemaligen Sklaven ein Lohn für ihre Arbeit zustand, florierte der Handel mit den zahlreichen neuen Kunden.

Jetzt, da das Boot den Anleger ansteuerte, versuchte Julie, sich auf das Wiedersehen mit den Jungen zu konzentrieren. Jean hatte sich bereits erhoben und den Platz unter dem schützenden Zeltdach verlassen, welches das Boot am Heck überspannte. Er saß auf der Bank hinter den rudernden schwarzen Männern.

»Schau, wir sollten beizeiten darüber nachdenken, ein neues Boot anzuschaffen.« Er zeigte auf einige vertäute Boote am Anleger. Diese Boote waren deutlich größer als die Zeltboote gebaut und hatten anstatt des Lagers unter den Planen stabile Holzaufbauten am Heck, mit kleinen Kabinen für die Reisenden. Früher hatte man diese Boote nur bei sehr wohlhabenden Einwohnern gesehen, heute schienen sich mehrere solch ein Boot leisten zu können.

Julie zuckte mit den Achseln. Abgesehen davon, dass Jean genau wusste, dass die Plantage momentan kein Geld in ein neues Boot investieren konnte, mochte Julie die Zeltboote lieber. Auch wenn gelegentlich der Regen unter die gewachsten Segeltuchplanen schlug, war die Luft darunter erfrischend kühl, wenn die Sonne brannte, und selbst die allgegenwärtigen Mücken schienen sich nur ungern dorthin zu verirren.

Nun erhob sie sich vorsichtig von ihrem Platz. Jean reichte ihr die Hand, und Julie setzte sich dankbar neben ihn, während die Männer an den Rudern nach einem freien Platz am Anleger Ausschau hielten.

»Misi Juliette, Masra Jean.« Kiri stand in ihrer Hausuniform in der Eingangshalle des Stadthauses und begrüßte Julie und Jean mit einem kurzen Lächeln.

»Kiri, wie schön! Alles in Ordnung? Wo sind die Jungen?« Julie freute sich sehr. Sie nahm sich die Freiheit und drückte Kiri kurz freundschaftlich mit den Händen die Oberarme. Kiri war nun siebzehn Jahre bei ihr. Auf der Plantage hatten sie ein recht freundschaftliches Verhältnis, aber hier in der Stadt verwandelte sich ihre ehemalige Leibsklavin in eine eher streng und distanziert anmutende Haushälterin, die sich allerdings ihrer Verantwortung für die Jungen sehr bewusst war. Es entging Julie nicht, dass Kiri sich ebenfalls über das Wiedersehen freute, auch wenn sie ihrem Stand gemäß versuchte, es mit keiner Miene zu zeigen.

»Masra Henry und Masra Martin müssten jeden Moment nach Hause kommen. Dann gibt es Essen. Wenn Misi Juliette erlauben, gehe ich wieder in die Küche«, sagte sie nüchtern, aber ihre Augen blitzten. Julie kannte sie gut genug, um zu wissen, dass sie sich auf die Begegnung der beiden Jungen mit ihrer Mutter freute.

Kaum war Kiri in Richtung Küche verschwunden, ertönte ein Poltern im hinteren Flur des Hauses, und Henry und Martin kamen durch die Tür in die vordere Eingangshalle gerannt.

»Mama! Jean?«, einen kurzen Moment sah Henry sie verblüfft an, fiel seiner Mutter dann aber sichtlich begeistert um den Hals. Julie genoss die Umarmung – wie sehr hatte sie diesen Moment herbeigesehnt! Sie atmete seinen Duft ein und bemerkte erstaunt, dass er schon wieder ein Stück gewachsen war.

Henry löste sich schließlich aus der Umarmung. Sein Gesicht glühte förmlich, sein ganzer Körper schien von Freude erfüllt zu sein. »Was macht ihr denn hier? Wir wussten gar nicht, dass ihr kommt! Ich muss dir unbedingt etwas zeigen! Und in der Schule ...«, stammelte er atemlos.

Jean zerzauste sanft Henrys blonden Haarschopf, und Julie war tief berührt von der Zärtlichkeit dieser Szene. »Nun warte mal, wir sind doch auch gerade erst angekommen. Martin?«

»Jean, Tante Juliette.«

Julie registrierte den nüchternen Tonfall und trat einen Schritt auf Martin zu, der wie immer auf Distanz geblieben war. Er stand mit verschränkten Armen im Flur und machte eine ausweichende Bewegung, als Julie ihm zur Begrüßung die Hand auf die Schulter legen wollte. Julie spürte, wie sich Enttäuschung in ihr ausbreitete. Jedes Mal hoffte sie inständig auf ein wenig Nähe und Wärme, jedes Mal wurde sie wieder enttäuscht. Der Junge war so anders als Henry! Natürlich, sie hatte kein Recht, Nähe zu fordern, trotzdem schmerzte sie der Mangel daran. Das fing schon bei der Anrede an. Natürlich war Julie nicht seine Tante. Aber sich von Martin mit Großmutter anreden zu lassen, das hatte Julie nie gewollt. Martins Mutter war damals schließlich kaum jünger als Julie selbst gewesen, als Julie deren Vater, Martins Großvater, geheiratet hatte.

Nach dem Tod von Martins Mutter hatte sich Julie des Kindes angenommen, wie sie es ihrer Stieftochter auf dem Sterbebett versprochen hatte. Martins Vater wurde vor vierzehn Jahren nach grausigen Vorfällen zu Gerichtsverhandlungen in die Niederlande geschickt, und Julie hoffte insgeheim, dass er nie wieder auftauchen würde. Diesen Wunsch hielt sie vor Martin natürlich geheim, ebenso wie die Details über die damaligen Ereignisse. Der Junge selbst fieberte dem Tag entgegen, an dem er seinen Vater wiedersehen würde, und Julie konnte es ihm nicht einmal verübeln. Er war damals ein Kleinkind gewesen und hatte die Geschehnisse nicht verstehen können. Trotzdem hatte Martin mit zunehmendem Alter ein durchweg positives Bild und eine starke Sehnsucht nach seinem Vater entwickelt, was Julie zwar verstehen konnte, was ihr aber in gleichem Maße Angst einflößte. Mit Martin selbst hatte sie nie darüber geredet, es waren Henry und Karini, die ihr hin und wieder Bruchstücke von Martins Hoffnungen preisgaben. Die beiden genossen sein Vertrauen mehr als Julie und Jean es je tun würden. Julie aber wusste, dass Martins Bild von seinem Vater irgendwann zerbrechen würde, und sie fürchtete sich vor dem Moment, in dem er Fragen stellen würde. Auch wenn sein Vater ihm zweimal im Jahr einen Brief schrieb und augenscheinlich bemüht war, den Kontakt zu ihm zu halten, wusste Julie nur zu genau, dass es dem Vater dabei nicht um seinen Sohn ging, sondern vielmehr um etwas ganz anderes. Und davor würde sie nicht nur Martin, sondern auch ihren eigenen Sohn beschützen müssen.

Julie seufzte. Lange Zeit hatte ihr das verworrene Familiengeflecht Bauchschmerzen bereitet. Denn genau genommen war Henry Martins Onkel. Karl hatte Henry immer für seinen Sohn gehalten. Dass in Wirklichkeit Jean der Vater von Henry war, das wussten nur sie und Jean – und das musste auch so bleiben, denn nur so war Henry der rechtmäßige Erbe der Plantage, die Karl damals nur hatte halten können, weil Julies großes Vermögen hier investiert worden war. Daher empfand sie Rozenburg absolut als ihren Besitz und so sollte es bleiben.

Doch es bedrückte sie, dass ihr Sohn zu seinem leiblichen Vater nie *Vater* sagen würde. Henry hatte Jean dennoch immer als seinen Vater erlebt, auch wenn er ihn nur beim Vornamen nannte. Erst als sie Jean nach Ablauf ihrer offiziellen Trauerzeit und einer angemessenen Zeitspanne schließlich geheiratet hatte, war ein wenig Last von ihren Schultern gefallen. Julie war erleichtert gewesen, den Namen Leevken ablegen zu können. Aber Henry trug ihn weiterhin, und dies sollte auch so bleiben, solange es jemanden gab, der Julie und Henry die Plantage streitig machen konnte: Martins leiblichen Vater. Pieter Brick.

Kapitel 3

Die *Lalla Rookh* schob sich langsam in die Mündung des Surinamflusses. Es war Anfang Juni, und nach den langen Wochen auf See breitete sich unter den Passagieren beim Anblick von Land freudige Stimmung aus.

Inika stand auf wackeligen Beinen an der Hand ihres Vaters an der Reling. Nur schaute Inika nicht, wie die meisten Passagiere um sie herum, erwartungsvoll auf das Land, sondern war in Gedanken bei ihrer Mutter, die unter Deck lag, zu schwach, um aufzustehen. Die schlechte Verpflegung, die Enge des Schiffsbauchs und die lange Reise über das Meer hatten Krankheit und Elend an Bord heraufbeschworen. Inika war schon nach kurzer Zeit aufgefallen, dass einige bekannte Gesichter unter den Passagieren plötzlich verschwanden. Sie hatte ihren Vater gefragt, wo diese Leute geblieben waren, er hatte aber nur ausweichend geantwortet.

Gestorben seien sie, hörte sie die Frau aus dem Nachbarlager flüstern, gestorben. Inika bekam es mit der Angst, als es ihrer Mutter immer schlechter ging. Auch Inika selbst litt unter Übelkeit und Durchfall, was in der Enge unter Deck ein sehr beschämender Zustand war. Es gab nur wenige Aborteimer, und diese waren stets besetzt. Waschen konnten sie sich nur mit salzigem Wasser, und das rationierte Trinkwasser aus den Fässern hatte schon nach den ersten zwei Wochen einen fauligen Geschmack angenommen. Inika hatte gelitten wie nie zuvor. Inzwischen war sie zwar wieder genesen, wenn auch noch recht schwach. Sie hatte Schmerzen gehabt und sich schmutzig gefühlt, am Schlimmsten aber war es für sie gewesen, die besorgten Blicke ihrer Eltern auszuhalten. Sie hatte deshalb auch in der größten Not versucht, stark zu sein, ein Blick in die Augen ihrer Eltern aber verriet ihr, dass ihr das eher schlecht als recht gelang. Ihre Mutter hatte sie unablässig mit Kräutern behandelt, dabei aber ihren eigenen Zustand missachtet. Seit über einer Woche lag sie nun auf den schmutzigen Decken im Dämmerschlaf, blass und mit eingefallenen Wangen und wurde nur noch selten wach.

»Alles wird gut, Inika, alles wird gut. Wir sind bald an Land. Da wird man deiner Mutter ... da wird man uns helfen.« Kadir strich seiner Tochter immer und immer wieder über das lange schwarze Haar. Auch er sah mager und mitgenommen aus. Inika sah den Schmerz in seinen Augen und hörte die Zweifel in seiner Stimme, seine Worte beruhigten sie nicht. Und das Land, auf das sie jetzt zufuhren, erschien ihr nicht besonders freundlich. Je weiter sie den Fluss hinaufkamen, desto zäher wurde die warme, feuchte Luft. Auch in Indien war es warm, aber hier schien die Feuchtigkeit gleich in jede Falte der Kleidung zu dringen und Unmengen von stechenden Insekten, die Inika riesig vorkamen, mit sich zu bringen, die auf der Haut landeten und juckende Pusteln hinterließen. Nein – das war kein schönes Land! Während Inika versuchte, die lästigen Blutsauger zu vertreiben, zeigten andere Passagiere auf die ersten Häuser, die nun auftauchten. »Große Häuser, anders als die der Engländer«, murmelten sie und waren sich schnell einig, dass die Niederländer wohl noch reicher sein mussten als die Engländer. Das wiederum führte an Bord zu einer euphorischen Stimmung.

Inika ließ ihren Blick zum Ufer wandern. Tatsächlich, dort erstreckten sich große weiße Gebäude, mit üppigen Parkanlagen davor. Sie trat einen Schritt näher an die Reling, um besser sehen zu können, und hielt sich mit beiden Händen am vom Seewind glatt geschliffenen Holz fest. Im selben Augenblick schrak sie zurück. Neben ihrem großen Schiff tummelten sich unzählige kleine Boote mit schwarzen Männern, die mit großen, weiß leuchtenden Augen zu ihnen heraufspähten und unverständliche Dinge riefen. Inika hatte noch nie Menschen mit so tiefschwarzer Haut gesehen. Ängstlich klammerte sie sich an den Arm des Vaters.

»Das sind vermutlich … Einheimische«, versuchte er zu erklären.

»Fahren wir wieder nach Hause?« Während der ganzen Reise hatte sie versucht, artig zu sein und nicht zu klagen. Doch jetzt übermannte sie die Angst und mit ihr die Sehnsucht nach ihrer alten Heimat, denn nun, da sie bald das Schiff verlassen würden, wurde ihr schlagartig bewusst, dass hier nichts so sein würde wie in Indien.

»Irgendwann fahren wir wieder nach Hause, Inika, aber erst einmal müssen wir arbeiten und Geld verdienen.«

Ihr Vater hatte es ihr oft erklärt, doch Inika hatte immer noch nicht verstanden, warum sie dafür so weit reisen mussten. Jetzt griff er nach ihrer Hand und drückte sie.

»Komm, es kann nicht mehr lange dauern, wir packen unsere Sachen zusammen, holen deine Mutter und stellen uns schon einmal bereit, dann kommen wir als Erste vom Schiff.«

Die *Lalla Rookh* ging in der Mitte des Flusses vor Anker. Ein Matrose erklärte den Passagieren, dass es noch dauern würde, bis sie zum Festland übersetzen könnten, und mahnte zur Ruhe. Doch jeder auf dem Schiff wollte so schnell wie möglich wieder festen Boden unter den Füßen haben.

Sarina wurde von ihrem Mann mehr getragen, als dass sie selbst stand oder lief. Ihr Gesicht zeigte eine ungesunde graugrüne Farbe, ihr Sari war zerknittert und beschmutzt, und sie konnte kaum die Augen aufhalten, so schwach war sie. Kadir drängte trotzdem weit nach vorne, an die Stelle der Reling, wo die Boote vermutlich zum Übersetzen festmachen würden. Es dauerte aber noch eine scheinbare Ewigkeit, bis sich aus dem Hafen weitere kleine Boote dem Schiff näherten. Das Gedränge an Bord wurde immer stärker, und Inika fühlte sich zunehmend unwohl.

Plötzlich spürte sie die Hand ihrer Mutter auf der Schulter. Mit glasigem Blick fixierte Sarina ihre Tochter und flüsterte: »Das kleine Säckchen, Inika, hinter der Planke, hast du es mitgenommen?«

Inika wusste im ersten Moment nicht, wovon ihre Mutter sprach. Dann kam ihr ein Bild aus den ersten Tagen auf See in den Sinn, als ihre Mutter das kleine Beutelchen mit ihrem Schmuck unter einer losen Planke der Bettstatt versteckt hatte. Sie hatte Inika angesehen, den Zeigefinger auf die Lippen gelegt und auf die anderen Passagiere gedeutet. Jeder wusste, dass es schon zu Diebstählen gekommen war, selbst die Matrosen standen im Verdacht, sich am Gepäck der Passagiere zu schaffen zu machen.

Inika hatte gewichtig genickt und zur Sicherheit noch eine der fadenscheinigen, dreckigen Decken darübergelegt. Jetzt pochte ihr Herz wild vor Aufregung. Das Säckchen! Ihr Vater wusste gar nicht, dass ihre Mutter es dort versteckt hatte. Sie musste es holen, aber würde die Zeit reichen? Sie warf einen Blick auf die Boote und bemerkte erleichtert, dass diese noch ein Stück entfernt waren. Wenn sie sich eilte, würde sie es rechtzeitig schaffen. Sie nickte ihrer Mutter kurz zu und drängte sich dann durch die Menschen zurück zum Laderaum im Bauch des Schiffes. Als sie die Stiege hinabkletterte, schlug ihr der beißende moderige Geruch der menschlichen Ausscheidungen der vergangenen Wochen entgegen. Sie unterdrückte ein Würgen und stolperte vorwärts über dreckige Decken und aufgerissene Strohsäcke, die aussahen, als hätte man etwas aus ihnen hervorgezogen. Schlagartig wurde Inika bewusst, dass offensichtlich auch andere etwas versteckt hatten.

Als sie endlich bei der Koje angekommen war, in der sie die letzten vierzehn Wochen mit ihren Eltern verbracht hatte, zerrte sie schnell die schmutzigen Decken beiseite. Ihr Vater hatte, im Gegensatz zu manch anderem Mitreisenden, darauf verzichtet, diese mitzunehmen. Er war der festen Überzeugung, dass sich ihre Situation gleich nach Verlassen des Schiffes bessern würde. Sie würden frische, saubere Decken bekommen und auch etwas zu essen, so hatte er gesagt. Das, was man ihnen auf dem Schiff vorgesetzt hatte, war kaum genießbar gewesen.

Inika kniete sich auf das harte Holz und suchte eilig mit den Fingern nach dem losen Brett. Sie fand es bald, aber es hatte sich mit den umliegenden Brettern verkeilt. Es dauerte eine Weile, bis sie ihre schmalen Finger zwischen die Latten geschoben hatte, dann zerrte sie mit aller Kraft daran. Das Brett bewegte sich nicht. Im Gegenteil, es gab kurz nach, um dann aber zurückzurutschen und ihr schmerzhaft den Daumen einzuklemmen. Ihr liefen vor Anstrengung und Schmerz die Tränen über die Wangen, doch sie hatte keine Wahl: Sie musste an dieses Säckchen kommen! Entschlossen machte sie sich wieder an die Arbeit. Plötzlich gab das Brett mit einem knackenden Geräusch nach. Inika wurde nach hinten geschleudert, rappelte sich schnell wieder hoch und fischte im Dunkel des klaffenden Lochs. Endlich stießen ihre Finger gegen Stoff, und sie zog das Säckchen hervor. Sie wollte schon losrennen, als ihr ein Gedanke durch den Kopf schoss: Was, wenn sie damit in der Hand jetzt an Deck kam? Wenn sie es verlor oder es ihr jemand im Gedränge gar fortnahm? Sie musste es verstecken, aber wo? Kurz entschlossen zog sie ihren Sari hoch und stopfte das Säckchen in ihr Unterkleid. Dort, an ihrem Bauch, würde sie es nicht verlieren. Inika war zufrieden mit sich und hoffte inbrünstig, dass nicht allzu viel Zeit vergangen war. Hastig lief sie wieder in Richtung Stiege, durch die sie das Licht von oben hereinfallen sah.

Plötzlich schob sich eine große Gestalt vor sie. Inika erschrak zutiefst, als ein bulliger Matrose ihr den Weg versperrte und dann sogar nach ihr griff. Sein Gesicht war gerötet, seine Züge angespannt und er sprach mit lauter Stimme für Inika unverständliche Worte, die in ihren Ohren wütend klangen. Nein, dieser Mann wollte ihr ganz sicher nicht helfen. Sie musste weg, und das ging nur in eine Richtung. Inika wandte sich um und floh zurück in den dunklen Schiffsbauch, den Matrosen polternd und stolpernd hinter sich. Mit einem Satz sprang Inika in eine der dunklen Kojen und hoffte, dass er sie nicht sehen würde. Ihr Herz klopfte bis zum Hals, als der Mann näher kam, jetzt mit einem lockenden, rauen Singsang. Inika hielt voller Panik die Luft an und drückte sich in die hinterste Ecke. Erleichtert hörte sie, dass seine Schritte an der Koje vorbeiführten. Doch wie lange würde er sich täuschen lassen? Sie wartete, bis er sich noch ein wenig weiter entfernt hatte, dann nahm sie allen Mut zusammen, sprang aus ihrem Versteck und rannte los. Der Mann rief ihr etwas nach, aber Inika hörte keine Schritte mehr hinter sich. Verzichtete er etwa darauf, ihr zu folgen? Sie wagte nicht, sich umzudrehen, und kletterte hastig hinauf an Deck. Die helle Sonne blendete sie kurz, und sie brauchte einen Moment, um sich zu fassen. Sie sah, dass sich alle Passagiere an einer Stelle an Deck drängten. Hatte man doch schon mit dem Übersetzen angefangen? Ihre Augen suchten das Deck nach ihrem Vater und ihrer Mutter ab, konnten sie in dem Gedränge aber nicht erblicken. Es waren immerhin fast vierhundert Menschen, die jetzt möglichst schnell das Schiff verlassen wollten.

Plötzlich spürte sie einen harten Griff an der Schulter. Ein hochgewachsener Mann sagte etwas in einer fremden Sprache zu ihr, das sie nicht verstand. Sein Blick war mürrisch, und seine buschigen Augenbrauen zog er so zusammen, dass sie sich fast über der Nasenwurzel berührten. Seine Finger gruben sich schmerzhaft in Inikas Schulter.

Sie versuchte, sich loszureißen, und rief laut: »Meine Eltern! Meine Eltern sind da vorne irgendwo!«

Doch der Mann verstand sie ganz offensichtlich nicht und Inika spürte die Panik in sich wachsen. Wieder und wieder rief sie die Worte, doch der Mann starrte sie nur wütend an. Schließlich packte er sie barsch am Oberarm und deutete mit dem Finger mehrmals auf den Boden. Offensichtlich wollte er, dass sie dort stehen blieb. Inika überlegte fieberhaft, was sie tun konnte. Der Mann schien wütend, und sie mochte sich nicht ausmalen, was geschah, wenn sie seinen Anweisungen nicht folgen würde. Sie traute sich nicht, an ihm vorbeizuhuschen, außerdem würde es hier auf dem Boot schwer werden, ihm zu entkommen. Und wie sollte sie ein Boot erreichen, ohne dass er es bemerkte? Sie warf einen kurzen Blick über die Reling und sah, dass schon zahlreiche Boote mit Menschen an Bord in Richtung Ufer ruderten. Aus dem Augenwinkel erblickte sie nahe dem Ufer ein Boot, auf dem, so meinte sie, der orangefarbene Sari ihrer Mutter aufblitzte. Sie kniff die Augen zusammen, um besser sehen zu können, da hatte sich das Boot aber schon wieder seitlich gedreht. »Mama!«, schrie sie laut, in dem Versuch, das Gemurmel der Menschen an Bord und die Entfernung zu übertönen. Sie zog den Mann hektisch am Ärmel und zeigte mit dem Finger in Richtung Ufer.

Aber der Mann, der rücklings zu ihr stand, drehte nur kurz den Kopf und wies mit dem Finger auf die Stelle, an der Inika stand. Sie sollte da stehen bleiben. Inika spürte, wie Tränen in ihre Augen traten und ergab sich ihrem Schicksal. Welche andere Wahl hatte sie? Sie würde hier ausharren, bis man sie in ein Boot setzte und zum Ufer brachte. Dort würden ihre Eltern auf sie warten.

Dass es aber noch einige Stunden dauern würde, bis man sie, neben einem Jungen, der ebenfalls verwirrt und allein an Deck gestanden hatte, in das letzte Boot setzte, als alle anderen Passagiere bereits fortgebracht worden waren, das ahnte das Mädchen nicht.

Kapitel 4

»Findest du nicht, dass er immer stiller wird?« Julie sah Martin mit besorgtem Blick nach, der sich gleich nach dem Abendessen sehr förmlich entschuldigt hatte, mit der Bitte, sich in sein Zimmer zurückziehen zu können.

»Julie, er ist fast sechzehn, und wir haben uns wochenlang nicht gesehen. Ich denke, er braucht einfach etwas Zeit.« Jean blätterte in Henrys Schulheften, die der Junge ihm sichtlich begeistert zur Ansicht gegeben hatte. Er war schon wieder losgelaufen, um noch etwas zu holen, was er seinen Eltern unbedingt zeigen wollte.

»Hier, schau mal, er wird noch Mathematiker.« Mit einem stolzen Gesichtsausdruck hielt Jean Julie ein sauber und ordentlich mit Zahlen gefülltes Heft hin. Julie lächelte und zwinkerte Jean zu. Als sie ihn nun einen Moment von der Seite betrachtete, während er die Heftseiten genau studierte, durchfuhr sie eine warme Welle der Liebe. Jean hatte immer zu ihr gehalten, war immer an ihrer Seite gewesen. Henry und Martin war er zudem ein liebevoller Ziehvater.

Schritte, die sich aus der Eingangshalle näherten, rissen Julie aus ihren Gedanken.

»Mama, Jean? Seht mal!« Henry kam mit einem riesigen Gebilde auf dem Arm, an dem er schwer trug, durch die Tür des Speisezimmers gewankt. Julie betrachtete ihn zärtlich. Wie stark er doch war. Und wie er sich um die Aufmerksamkeit seiner Eltern mühte. Nicht mehr lange, und er wird seine eigenen Wege gehen, dachte Julie wehmütig. Er stand mit seinen vierzehn Jahren an der Schwelle zum Erwachsenwerden, in jeglicher Hinsicht.

Eben noch war er ein ernsthafter Jugendlicher gewesen, jetzt aber wieder das verspielte, unbefangene Kind von einst.

»Was ist denn das?« Jean erhob sich, um Henry das Gebilde abzunehmen und es auf den Tisch zu stellen.

Henry baute sich stolz daneben auf. Seine Augen blitzten, als er Julie sichtlich aufgeregt ansah. »Mama, schau, kennst du das?«

Julie erhob sich und trat an den Tisch. Von hinten sah der Kasten recht unscheinbar aus, und sie hatte keine rechte Idee, was das sein könnte. Neugierig schritt sie um den Tisch. Und dann, von vorne betrachtet, erkannte sie es sofort, auch wenn es schon so lange zurücklag … »Henry, das ist ja wunderschön!« Julie spürte, wie sich in ihrem Hals ein Kloß bildete.

»Weil du doch aus Rotterdam kommst. Das ist die Facharbeit für den Geschichtsunterricht, ich habe ein Bild in der Zeitung gefunden, danach habe ich … es ist noch nicht ganz fertig, wir müssen es erst in ein paar Wochen abgeben.«

Julie blickte in das eifrige Gesicht ihres Sohnes und strich ihm liebevoll übers Haar. Dann beugte sie sich vor, um den kleinen Nachbau der Laurenskerk von Rotterdam genauer zu begutachten. Ihr Sohn hatte die Kirche mithilfe von vielen winzigen Holzstückchen und Schindeln verblüffend gut nachempfunden. Ganz tief in ihrem Herzen verspürte Julie einen Stich. Früher, als kleines Kind, war sie einige Male in dieser Kirche gewesen. Mit ihren Eltern. Und soweit sie sich erinnerte, hatte dort später sogar der Trauergottesdienst für ihre Eltern stattgefunden. An dem sie nicht hatte teilnehmen können, sie war schwer verletzt gewesen nach dem schlimmen Kutschunfall, der ihre Eltern das Leben gekostet hatte. Der Gedanke an einen verpassten Abschied quälte sie noch heute manchmal.

Julie versuchte, die Gedanken abzuschütteln, und tätschelte ihrem Sohn anerkennend die Schulter. »Henry, das ist wirklich wunderschön. Hast du das allein gebaut, oder hat Martin dir geholfen?«

Henry verzog das Gesicht und senkte den Blick. »Nein, Martin meint, das wäre … Kinderkram … er hat lieber ein Schiff gebaut, so ein schnelles Dampfboot mit Kanonen, und schwarz angemalt hat er es auch. Aber ich glaube, es wird nicht schwimmen.«

»Muss es das denn?« Jean schmunzelte.

Henry gab keine Antwort und wandte den Blick ab. »Aber ganz allein hab ich das trotzdem nicht gemacht«, fügte er leise hinzu.

»Na, wer hat dir denn geholfen? Ich finde, dem zweiten Baumeister gebührt auch Lob«, ermunterte Julie ihn. Seine Ehrlichkeit freute sie.

Henry schluckte. »Karini hat mir geholfen, sie hat viel kleinere Finger als ich und kann viel besser die Dachschindeln ankleben.«

»Aha, Karini also.« Jean beugte sich vor und nahm das kleine Kirchendach genauer in Augenschein. Er stupste mit dem Finger vorsichtig an eine der winzigen Dachschindeln, die allerdings unlösbar auf dem Modell saß. »Womit habt ihr das denn festgemacht?«

»Das …«, Henry machte eine bedeutungsvolle Geste, »ist das Geheimnis der Bauherren.«

Julie und Jean lachten. Der leicht süßliche Geruch, den das Kirchenmodell verströmte, verriet von selbst, mit welchem Wunderstoff ihm Festigkeit verliehen worden war. Und Karini kannte das Rezept ganz sicher von ihrer Mutter, klebte Kiri doch zu festlichen Anlässen mit diesem Gemisch aus Mehl, Wasser und Zucker die Dekoration auf die Torten.

»Na, vielleicht werden die Baumeister mit ihrem neuen Wundermörtel ja noch berühmt. Komm, ich helfe dir, es wieder in dein Zimmer zu tragen.« Jean hob die Laurenskerk vom Tisch und trug sie sicher die Treppe hinauf in die erste Etage. Henry folgte ihm und hielt dabei einen kurzen Vortrag über die Geschichte der Kirche. Julie sah den beiden voller Liebe nach. Wie ähnlich sie sich doch waren! Sofort mischten sich Zweifel in ihr

Wohlgefühl. Vermutlich würde Henry das irgendwann auch bemerken und Rückschlüsse daraus ziehen. Oder überhaupt Fragen nach dem Tod seines vermeintlichen Vaters stellen. Julie fürchtete diesen Moment, hoffte aber, dass es noch dauern würde. Sie hatte keine Ahnung, wie sie Henry die Geschehnisse vor vierzehn Jahren erklären sollte. Und ob sie überhaupt viele Worte darüber verlieren sollte. Offiziell war Karl Leevken bei einem Sturz am Fluss ums Leben gekommen. Doch trug Julie eine schwere Bürde auf ihrem Herzen.

Am Nachmittag ließ Jean eine Droschke kommen, und sie machten sich auf den Weg zum alten Fort Zeelandia, wo man die neuen Kontraktarbeiter in einem Kasernengebäude untergebracht hatte. Dort würden sie auch Renzler treffen.

Es hatte in den letzten Tagen nicht viel geregnet, und die Straßen aus weißem Muschelsand bekamen allmählich ihre helle Farbe zurück. Dies war bei Trockenheit ein hübscher Anblick, so fand Julie, als Kontrast zu den üppigen Palmenalleen, die von zart blühenden Orangenbäumen durchsetzt waren, und zu den Grachten, welche die ganze Stadt durchzogen. In der Regenzeit verwandelten sich aber auch hier die Wege in einen graubraunen Matsch, der zudem noch streng nach Meer und Pferdemist roch, obwohl viele schwarze Straßenkehrer unablässig mit der Reinhaltung der Straßen beschäftigt waren.

»Ist das Schiff nicht erst heute Morgen angekommen?« fragte Julie, während sie durch die Straßen von Paramaribo fuhren.

»Ja, sie haben die Leute gleich zum Fort gebracht, dort sollen sie bleiben, bis sie zu den Plantagen überführt werden.«

»Ins Gefängnis also ...«, unkte Julie, denn das Fort wurde seit vier Jahren ausschließlich zur Unterbringung Strafgefangener genutzt.

»Ach Julie, nun sieh doch alles nicht immer so negativ. Man will diesen Leuten dort vermutlich erst einmal etwas Ruhe gönnen und die Chance, sich zu akklimatisieren.« Er sah sie aufmunternd an.

Ja, das war schon ein Fortschritt, wenn auch ein kleiner, das musste Julie zugeben. Früher hatten die Händler die Sklaven gleich am Hafen verschachert. Julie zweifelte allerdings daran, dass es den Händlern um das Wohl der Arbeiter ging. Insbesondere Renzler traute sie da nicht. Aber es war typisch für Jean, dass er immer zuerst das Gute im Menschen vermutete.

»Zudem ... unter Umständen ist eine gewisse Quarantänezeit angebracht«, fügte er jetzt hinzu.

»Meinst du, sie schleppen Krankheiten ein? Als ob das jemanden interessieren würde. Die Schwarzen hat man doch früher auch nicht unter Quarantäne gestellt!«

Im Gegenteil, man hatte alles, was nicht mehr stehen oder gehen konnte, wie Unrat noch auf See über Bord geworfen, das war ein offenes Geheimnis. Julie hatte selbst eine lange Schiffsreise, wenn auch erster Klasse, hinter sich gebracht, um hierherzukommen, und während der Fahrt die Augen durchaus nicht vor den Zuständen an Bord verschlossen. Das, was sie gesehen hatte, hatte ihr nicht gefallen, und sie zweifelte ernsthaft daran, dass sich diese Sitten geändert hatten, allen Verträgen zum Trotz.

Sie befuhren die Gravenstraat in Richtung Fluss. Als sie die Residenz des Gouverneurs passierten, hinter der sich der Palmengarten erstreckte, machten die düsteren Gedanken einem tiefen Glücksgefühl Platz. Hier hatte sie sich früher heimlich mit Jean getroffen. Ihre Gedanken wanderten zu Martins Großtante Valerie, der Schwester von Karls erster Frau Felice, die ihnen diese Treffen im Park ermöglicht hatte. Julie war Valerie dafür noch heute zutiefst dankbar, umso mehr erschütterte sie deren Schicksal. Valerie hatte nach dem Tod von Martins Mutter Martina und dem Ableben ihrer eigenen Mutter große Angst vor dem Alleinleben gehabt. Bevor Julie jedoch ihr Versprechen einlösen und sie auf die Plantage holen konnte, hatte Valerie plötzlich ihr Herz an einen Schiffskapitän verloren. Julie hatte sich sehr über Valeries spätes Glück gefreut. Die kurze, intensive und tiefe Liebe des Paares aber hatte ein jähes Ende gefunden; der Mann hatte von einer seiner Seefahrten eine ansteckende Krankheit mitgebracht. Die Schamesröte, mit welcher der Arzt Julie damals an Valeries Krankenbett zu erklären versucht hatte, woran die Frau litt, sagte alles über den Umstand der Erkrankung. Julie hatte ihr Bestes gegeben, Valerie und die Liebe ihres Lebens zu versorgen, doch beide starben kurz nacheinander einen schnellen und gnädigen Tod. Valeries Geist traf Julie in der Stadt immer wieder, und sie gedachte ihrer stets voller Zuneigung.

Julie und Jean kamen an beschaulich wirkenden Offiziershäusern vorbei, die im Schatten der Bäume liegend bei Julie immer die Illusion einer kleinen niederländischen Stadt hervorriefen. Das friedliche Bild änderte sich, als die wuchtige Mauer des Forts in Sicht kam. Die Befestigungsanlage war schon vor zweihundert Jahren gebaut worden und hatte sich im Laufe der Zeit zu einer kleinen, aber bullig wirkenden Trutzburg entwickelt. Der Kutscher steuerte den viereckigen Wachturm an, unter dem sich der Torbogen der Einfahrt befand. Dahinter drängten sich viele Gebäude um einen zentralen Innenhof. Julie überlegte noch, wo man wohl die vierhundert Neuankömmlinge untergebracht hatte, als aus einem der Gebäude schon Renzler auf sie zukam. Jean half Julie aus dem Wagen, während der rotwangige Renzler eifrig den Hut zog.

»Mijnheer Riard, Mevrouw ... es freut mich außerordentlich, dass Sie es einrichten konnten ...« Renzler schüttelte Jean übertrieben lange die Hand, bevor er Julie mit einem Handkuss begrüßte. Dass er diesen nicht nur andeutete, sondern seine feuchten Lippen auf ihren handschuhlosen Handrücken drückte, ließ Julie kurz vor Ekel erschaudern. Dann zwang sie sich zu einer freundlichen Miene, schließlich hatte dieser Mann vielleicht neue Arbeitskräfte für sie.

»Kommen Sie, kommen Sie …« Renzler schob Julie und Jean zwischen den Gebäuden auf eine große hölzerne Lagerhalle zu. »Sie sind heute Morgen alle wohlbehalten ausgeschifft worden. Es gab während der Fahrt nur geringe Verluste, die Engländer haben sich beim Transport sehr bemüht. Es sind viele junge, kräftige Männer dabei.«

Mit diesen Worten öffnete Renzler das Tor zur Lagerhalle. Julie musste sofort husten. Die Luft, die ihr entgegenschlug, war ausgesprochen schlecht, es roch nach Schweiß, Kot und Krankheit. In dem lang gestreckten Raum war es schummerig, durch die schmalen Fenster fiel nur wenig Licht. Julies Augen brauchten eine Weile, um sich an das Halbdunkel zu gewöhnen. Was sie jedoch sah, ließ ihr den Atem stocken.

Vor ihnen erstreckten sich lange Reihen von Feldbetten und Hängematten, in denen teils mehrere Personen lagen. Für so viele Menschen auf engstem Raum war es beunruhigend still. Sie sah, dass die meisten erschöpft auf ihren Lagern ruhten. Hier und da drangen leise, klagende Laute an ihr Ohr.

»Sie sind noch etwas erschöpft von der Reise«, versuchte Renzler die Situation zu erklären, hielt sich dabei aber selbst pikiert ein Taschentuch vor die Nase.

Julie warf Jean einen Blick zu und sah, dass sich sein eben noch fröhlicher Gesichtsausdruck in Betroffenheit verwandelt hatte. Sie wusste, wie sehr er es verabscheute, wenn Menschen unverschuldet leiden mussten. Und das hier lag weit über der Grenze des Erträglichen! Entschlossen betrat Julie die Halle und schritt durch die Gänge zwischen den Lagern. Dunkle Augen aus eingefallenen, müden Gesichtern starrten sie an. Ihre Abscheu Renzler gegenüber drohte in Wut umzuschlagen. Gerade als sie ihn anfahren wollte, sprang ein junger Mann auf, dessen Lager sie passierte. Er begann, laut auf Julie einzureden und mit den Armen zu gestikulieren. Immer und immer wieder zeigte er auf das Feldbett, auf dem eine junge Frau lag.

»Zurück! Zurück, sage ich!« Renzler trat mit einer Reitpeitsche fuchtelnd auf ihn zu. Der junge Inder zuckte zurück, sprach aber weiterhin, jetzt mit gedämpft flehender Stimme, zu Julie.

Julie verstand die Sprache des Mannes nicht, die Verzweiflung in seiner Stimme aber war unmissverständlich. Ihr war sofort klar, was er ihr sagen wollte. Die junge Frau auf dem Lager hatte die Augen geschlossen, ihr aschfahles Gesicht glänzte von Fieber und ihr Atem ging flach und schnell.

Jean kam ihr zuvor. »Renzler!«, herrschte er den übereifrigen Mann mit scharfem Ton an. »Viele dieser Leute sind krank! Hat man schon nach einem Arzt geschickt?«

»Ähm ... Arzt? Na ja, so schlimm sieht es doch nun auch nicht aus ... schauen wir doch mal dahinten ...«

Julie traute ihren Ohren nicht. Renzler versuchte doch tatsächlich, sie vom Lager der kranken Frau wegzuführen! Sie baute sich vor ihm auf und fixierte ihn mit dem Blick. »Sie lassen jetzt sofort einen Arzt rufen! Sehen Sie nicht, dass einige der Menschen hier dringend Hilfe brauchen?«, stieß sie hervor. Julie sah, dass Renzler und auch einige der Arbeiter kurz zusammenzuckten, die Wut war ihrer Stimme deutlich anzuhören. Er schien kurz zu überlegen, dann registrierte sie, dass er tatsächlich Anstalten machte, ihrem Befehl zu folgen. Er zuckte die Schultern, dann nickte er kurz. »Wenn Sie meinen, Mevrouw«, sagte er gelangweilt und wandte sich zum Gehen. Julie war erleichtert, traute ihm aber nicht. Sie blickte zu Jean, der sie kurz ansah, nickte und Renzler dann nach draußen folgte. Julie wusste, dass Jean sich von dem Mann nicht umstimmen lassen würde. Er würde erst zurückkommen, wenn ein Arzt gerufen war.

Julie wandte sich um, schob sich zwischen die eng beisammenstehenden Feldbetten und nahm die Hand der kranken Frau in ihre.

»Wir werden Ihnen jetzt helfen, haben Sie keine Sorge«, flüsterte sie und versuchte, ihrer Stimme einen möglichst beruhigenden Tonfall zu geben.

Der Mann der Frau bedachte Julie mit einem dankbaren Blick, während er sich auf die andere Seite des Bettes kauerte und seiner Frau liebevoll über die Wange strich. In einem leisen, wohlklingenden Singsang sprach er auf sie ein, und ihre Atmung schien sich für einen Moment zu beruhigen. Flatternd öffnete sie ihre Augenlider und sah ihren Mann an. Dann hauchte sie ein einziges Wort. Julie hatte es nicht richtig verstanden, aber es klang wie ein Name. Inika.

Kapitel 5

Inika saß zusammengekauert neben dem Jungen, mit dem sie im letzten Boot das große Schiff verlassen hatte. Der Junge starrte seit einer Ewigkeit still auf den Boden vor sich. Er war etwa zwei Jahre älter als Inika, die sich nicht erinnern konnte, ihn auf dem Schiff gesehen zu haben.

Inika hatte zunächst geschrien, dann geweint und gefleht. Sie wollte zu ihren Eltern, aber keiner der Männer schien sie zu verstehen oder erweckte auch nur den Anschein, ihr helfen zu wollen. Wie lange sie jetzt hier schon am Rande des Hafens saß, wusste sie nicht. Ihre Kehle war trocken, ihr Hals war rau und ihr Kopf tat weh. Es war so schrecklich heiß, und sie hatte Durst. Inika hatte keine Energie mehr, sie fühlte sich unendlich müde. Der bullige Mann hatte sie hier abgesetzt und ihnen bedeutet, sich nicht wegzubewegen. Seine Gesten waren unmissverständlich gewesen.

Als rechts von ihr jetzt eine Stimme ertönte, schreckte sie hoch. War sie eingeschlafen? Verwirrt schaute sie sich um. Neben ihr stand eine weiße Frau und hielt ihr die Hand hin. Inika verstand nicht, was die Frau sagte, aber sie hatte ein freundliches Gesicht und sprach leise und aufmunternd. Vielleicht würde sie Inika zu ihren Eltern bringen! Inika sprang auf die Füße und redete auf die Frau ein, dass sie ganz dringend nach ihnen suche. Die Frau schien sie nicht zu verstehen, nickte aber und nahm Inika bei der Hand. Inika zögerte kurz, dann aber fiel ihr Blick auf den bulligen Mann, der das Geschehen aus einigen Metern Entfernung beobachtete. Sie hatte Angst vor ihm, da ging sie lieber mit der Frau.

»Sie hätten mir auch eher Bescheid geben können, dass hier zwei Kinder warten.« Erika Bergmann funkelte den Hafenvorsteher mit schmalen Augen noch einmal böse an. »Wie lange sitzen die beiden hier schon in der Hitze? Seit heute Mittag?«

»Jetzt sind sie doch in guten Händen, und so klein sind die Bälger schließlich auch nicht mehr.« Der Mann schien unbeeindruckt, er wirkte eher ungeduldig. Vermutlich wollte er diese beiden letzten Passagiere so schnell wie möglich loswerden, um endlich seinen Feierabend in der Hafenkneipe einläuten zu können.

Aber Erika ließ noch nicht locker. »Was ist denn mit den Kindern? Haben sie keine Eltern?«

Der Mann zuckte die Achseln. »Keine Ahnung, auf dem Schiff schienen sie zu niemandem zu gehören, ich schätze … Na ja, Mevrouw … es gab schon einige … Verluste auf der Überfahrt. Wahrscheinlich … tut mir leid.«

Erika war fassungslos. »Verluste? Es tut Ihnen leid? Es ist aber doch schon merkwürdig, dass der Mannschaft erst jetzt aufgefallen ist, dass es zwei Waisen an Bord gibt.« Erika schnaubte wütend und schüttelte den Kopf.

Sie hatte schon gehört, in welchem Zustand die Passagiere der *Lalla Rookh* heute bei ihrer Ankunft im Hafen gewesen waren. Die armen Kinder, was mussten sie in den vergangenen Wochen erlebt haben! Sie schenkte dem Hafenvorsteher einen letzten, strafenden Blick, dann wandte sie sich ab und widmete sich ihren beiden neuen Schützlingen. »Dann kommt mal mit, ich werde euch jetzt helfen.« Die beiden schauten sie aus großen braunen Augen an, ließen sich aber bereitwillig von ihr fortführen. Als sie in die Droschke steigen sollten, zögerten sie kurz. Erika dünkte es, dass sie in ihrer Heimat wahrscheinlich nie mit einer Droschke gefahren waren. Nach ein paar aufmunternden Worten kletterten beide jedoch zu ihr in den Wagen, und das Mädchen rückte ängstlich dicht an sie heran. Erika nahm sie liebevoll in den Arm. »Alles wird gut!«

Der Junge starrte unentwegt auf seine nackten Füße, während das Mädchen schüchtern, aber offenbar neugierig die Stadt beäugte, die sie auf ihrem Weg in Richtung Kinderhaus durchkreuzten.

Minou stand bereits vor der Tür und wartete auf die Neuankömmlinge, als die Droschke mit Erika und den Kindern um die Straßenecke in den Geenkamper Weg einbog. Erika musste lächeln, als sie die junge Frau vor der Tür stehen sah. Minou war nun vierundzwanzig Jahre alt und so hübsch, dass sich alle jungen Männer der Stadt nach ihr umdrehten. Aber Minou hatte mit Männern noch nichts im Sinn. Sie führte das Kinderhaus am Geenkamper Weg mit viel Engagement.

Juliette und Jean Riard hatten anlässlich ihrer Hochzeit ihre Gäste um Spenden für ein Kinderhaus gebeten.
»Was soll ich mit viel Tand, da kann ich mit dem Geld, das die Gäste für Hochzeitsgeschenke ausgeben, doch etwas Besseres anfangen«, hatte Juliette damals gesagt. Zwar waren nicht viele zur Hochzeit der beiden geladen gewesen, immerhin war es Juliettes zweite Ehe und mancher Bewohner der Kolonie sah dies mit äußerst kritischem Blick, aber die, die gekommen waren, ließen sich gerne auf Juliettes Idee ein. So hatte Juliette schließlich zusammen mit Minous Mutter Suzanna ein altes Haus am Geenkamper Weg kaufen können, in das auch Erika bald mit ihren Kindern einzog. Auch das hatte Aufsehen erregt.
Die Freundschaft zwischen Juliette und Suzanna war ungebührlich, aber Juliette ließ sich nie darin beirren, was Erika sehr beeindruckte. Immerhin war Suzanna die surinamische Ehefrau von Juliettes verstorbenem Mann, mit dem sie zwei Kinder hatte, Minou und Wico. Verbindungen zwischen weißen Männern und schwarzen Frauen waren in der Zeit vor 1863 durchaus nicht ungewöhnlich, und die Männer kümmerten

sich meist um ihre schwarzen Gespielinnen, auch wenn sie daheim zugleich ein gesittetes Eheleben mit einer weißen Ehefrau führten. Als der Sklavenstand jedoch aufgehoben wurde und ein Großteil der Weißen das Land verließ, blieben die Geliebten mittellos mit ihren Kindern zurück. Und genau für solche Kinder war das Haus am Geenkamper Weg gedacht: für uneheliche Kinder von weißen Männern und schwarzen Frauen, Mulatten, für die in der Welt der Väter kein Platz war und deren Mütter sich nicht um sie kümmern konnten oder durften. Die Schwangerschaften waren verpönt, vor allem weil zu erwarten war, dass die Kinder eine deutlich hellere Hautfarbe hatten als ihre Mütter, die selbst oft Mulatten waren. Sie waren meist Küchenmädchen, Hausangestellte oder ehemalige Arbeiterinnen auf den Plantagen und konnten sich mit Mühe und Not selbst versorgen.

Suzanna hatte Juliette damals schnell für ihre Pläne gewinnen können, ein solches Haus zu gründen, so hatte sie es Erika erzählt. Das Kinderhaus war zunächst als Tagesstätte für die Kinder gedacht, damit die Frauen ihren Lebensunterhalt verdienen konnten. Die Zeit nach 1863 aber brachte neue Gepflogenheiten mit sich. Schwarze Frauen ohne festen Arbeitgeber wurden als Freiwild betrachtet, Prostitution wurde plötzlich im großen Stil populär. Suzanna versuchte, den Frauen zu ehrbaren Arbeitsstellen zu verhelfen, aber es kamen immer mehr Babys unbekannter Herkunft zur Welt. Für einige dieser Kinder wurde das Haus am Geenkamper Weg ein Zuhause.

Leider hatte Suzanna das alles nicht mehr lange miterleben können. Viele Jahre hatte sie gegen wiederkehrende Fieberschübe gekämpft, aber im Frühjahr 1869, die Regenzeit war besonders feucht und heiß gewesen, erlag sie diesem Leiden. Ihre Tochter Minou, die sich bereits in jugendlichem Alter sehr im Kinderhaus eingebracht hatte, flehte Juliette und Erika an, eine Lösung zu finden, um das Haus weiterführen zu können.

»Erika, du solltest das übernehmen«, hatte Juliette schließlich zu ihrer langjährigen Freundin gesagt.

Erika aber zögerte zunächst. Ihr Mann Reinhard war damals gerade gestorben und sie war unschlüssig, was sie tun sollte. Gemeinsam waren sie in dieses Land gekommen, um die Herrnhuter in der Missionstätigkeit zu unterstützen. Reinhard machte sich sehr bald auf, den Menschen im Hinterland von Gottes Taten zu berichten. Erika arbeitete zunächst in der Missionsstation in Paramaribo und konzentrierte sich auf die Erziehung ihres gemeinsamen Sohnes Reiner. Nach langen Jahren der Trennung und Ungewissheit, in denen Erika nichts von Reinhard hörte, machte sie sich auf die Suche nach ihm. Sie verdingte sich als Kindermädchen auf einer Holzplantage im Hinterland, um die für die Suche notwendigen finanziellen Mittel ansparen zu können; die Erlebnisse dort gehörten zu den dunkelsten Kapiteln ihres Lebens, die sie stets weit in die hinterste Ecke ihres Bewusstseins verdrängte. Doch selbst als ihr schließlich mit Reiner die Flucht gelang, hielt Gott weitere Prüfungen für sie bereit. Zum einen trug sie das Kind des gewalttätigen Plantagenbesitzers unter ihrem Herzen, Hanni, das sie bis heute nie so hatte lieben können, wie sie es sich wünschte. Ebenso schwer wog der Schock, als sie Reinhard schließlich fand, auf der Leprastation Batavia. Seine schwere Erkrankung machte ein Zusammenleben unmöglich und so unterstützte sie ihren Mann aus der Ferne, der dort seiner Bestimmung in der Missionstätigkeit folgte. Nach Reinhards Tod spielte sie kurz sogar mit dem Gedanken, zurück nach Europa, in ihre alte Heimat Deutschland zu reisen. Aber ihre Kinder waren in Surinam fest verwurzelt. Sie waren hier geboren und aufgewachsen, sprachen kaum Deutsch, dafür fließend Niederländisch und *taki-taki*. Erika beschloss, in Surinam zu bleiben.

Juliette bestärkte sie darin: »Deine Heimat ist nun hier, die Zukunft deiner Kinder liegt hier, und genau deswegen solltest du das Kinderhaus übernehmen.«

Erika überlegte eine Weile und übernahm dann gemeinsam mit Minou die Leitung. Und während Minou inzwischen die Organisation des Alltags oblag, kümmerte sich Erika um die Beziehung zwischen dem Haus und der Kolonialverwaltung sowie um Spenden, denn diese Aufgaben konnte Minou nicht übernehmen – wer hätte sie schon angehört, sie war ein Mulattenkind. Suzannas Sohn Wico hatte zunächst bei Juliette und Jean auf der Plantage gearbeitet, dann aber einen guten Posten auf einer Holzplantage angenommen. Nicht ohne Stolz brachte er, wenn er einmal im Jahr in die Stadt kam, dem Kinderhaus eine kleine Spende mit. Juliette hatte Suzanna versprochen, auf Minou und Wico achtzugeben und gegebenenfalls für sie zu sorgen. Sie waren die Kinder von Karl Leevken, wenn auch ohne jeglichen Anspruch auf ein Erbe oder sonstige Versorgung. Erika rechnete es Juliette hoch an, dass sie sich trotzdem um die beiden kümmerte.

»Wir sind da.« Erika sprach jetzt mit ruhiger Stimme, auch wenn sie sich ziemlich sicher war, dass ihre beiden indischen Schützlinge sie nicht verstanden. Sie half ihnen aus der Droschke und führte sie zum Haus.

Minou stutzte sichtlich, als sie die beiden sah. »Ich dachte … als der Botenjunge sagte, am Hafen wären zwei …«

Erika lachte kurz auf. Von Zeit zu Zeit wurden sie zum Hafen gerufen, um dort Kinder aus dem Hinterland abzuholen. »Ja, ich habe auch gedacht, sie wären jünger und … schwarz, aber heute morgen ist das Schiff mit den indischen Kontraktarbeitern angekommen. Die beiden hier sind übrig geblieben. Weiß der Himmel … Ich vermute, ihre Eltern …« Erika brach ab, das Schicksal der beiden ging ihr nahe. Nicht auszudenken, was sie erlebt haben mussten!

»Oh nein!« Auch Minou wirkte ehrlich bestürzt. »Wie schrecklich, so eine lange Reise und dann auch noch …« Erika sah, dass sie schluckte und einen Moment schwieg, wie um sich zu sammeln.

Dann wandte sich Minou mit freundlicher Miene an die beiden Kinder, die sie aus großen, müden Augen anschauten.

»Na, kommt mal mit.«

Doch die Kinder rührten sich nicht.

»Sie verstehen uns nicht, oder?«, wandte sich Minou Hilfe suchend an Erika.

»Ich befürchte, nein.« Erika schob die beiden sanft in Richtung Tür. In der Küche setzte Minou sie an den Tisch und stellte ihnen zwei Schälchen mit dampfender Suppe hin. Die Kinder griffen sofort hungrig zu. Erika und Minou warfen sich einen vielsagenden Blick zu. Während sie die beiden beim Essen beobachteten, krempelte Erika sich bereits die Ärmel ihrer Bluse hoch. Der unappetitliche Geruch, der von den beiden ausging, durchzog inzwischen die ganze Küche.

»Sie brauchen dringend ein Bad.«

Minou nickte. »Ich werde gleich Wasser in den Zuber bringen, dann können sie baden, danach sollten wir sie zu Bett schicken, sie sehen erschöpft aus.« Minou schaute zu dem Jungen, der fast über seinem Teller einnickte.

Inika versuchte, der dunkelhäutigen Frau mit lautem Protest und wilden Gesten klarzumachen, dass sie ihren Sari unter keinen Umständen ausziehen würde.

Nach dem Essen hatte die Frau die beiden auf eine Veranda hinter dem Haus geführt, auf der ein Waschzuber stand. Inzwischen hatten sich einige andere Kinder eingefunden, welche die Neuankömmlinge und das Schauspiel, das sich nun bot, aus sicherer Entfernung neugierig beäugten. Inikas Begleiter hatte sich schnell aus seiner Wickelhose befreit und saß bereits im Wasser.

Inika wünschte sich auch nichts sehnlicher, als sich endlich den Gestank vom Körper zu waschen, so viele Wochen hatte sie das nicht mehr getan. Aber unter keinen Umständen wollte sie sich ausziehen. Nicht, weil sie sich genierte, sondern weil sie Angst hatte, man würde das kleine Säckchen in ihrem Unterkleid finden und es ihr gar fortnehmen.

Die weiße Frau, die sie vom Hafen abgeholt hatte, trat hinzu und wechselte einige unverständliche Sätze mit der anderen, bevor sie die Veranda eilig verließ. Diese nickte dann, gab dem Jungen ein Zeichen, aus dem Wasser zu steigen, reichte ihm ein Tuch zum Abtrocknen und bedeutete ihm, ins Haus zu gehen. Dann rief sie den neugierigen Kindern, die durch die Holzbalustrade der Veranda lugten, ein paar Sätze zu. Die Kinder verschwanden sofort.

Die Frau wandte sich wieder Inika zu, sprach ruhig zu ihr und zeigte auf ein paar saubere Tücher neben der Wanne und auf ein buntes Kleid, das über einem Stuhl hing. Dann deutete sie auf den Waschzuber, wieder auf Inika, nochmals auf sich und abschließend auf die Tür. Inika verstand nicht. Aber die Frau verschwand ebenfalls im Haus, und Inika stand allein auf der Veranda. Erleichtert seufzte sie auf und zog sich schnell ihren verschmutzen Sari aus. Das Säckchen behielt sie fest in der linken Hand, während sie in den Zuber kletterte und sich hastig wusch.

Gerade als sie das saubere Kleid angezogen hatte, das sich ähnlich wickeln ließ wie ihr Sari, und das Säckchen wieder sicher an ihrem Leib verschnürt hatte, trat die weiße Frau aus der Tür und lächelte.

Kapitel 6

Julie fühlte sich müde und erschöpft, als sie am Abend wieder im Stadthaus eintrafen. Sie hatten so lange im Lager der indischen Arbeiter ausgeharrt, bis der Arzt schließlich eingetroffen war und gleich fünfzig schwerere Krankheitsfälle in die Krankenstation überwiesen hatte. Darunter auch die junge Frau, deren Hand Julie gehalten hatte.

»Das sieht mir verdächtig nach Ruhr aus«, hatte der Mediziner bemerkt und im selben Atemzug eine zweiwöchige Quarantäne über das Lagerhaus verhängt.

Renzler hatte sich darüber sehr aufgeregt, sah er doch vermutlich seine Geschäfte zunächst stillgelegt. »Das können Sie nicht machen! Sehen Sie doch, die meisten sind gesund und munter.«

Der Arzt aber schenkte ihm keine Beachtung und ordnete sofort alle notwendigen Maßnahmen an.

Julie war froh, dass ausgerechnet sie und Jean Renzlers Einladung zur Besichtigung der Kontraktarbeiter als Erste gefolgt waren. Andere Plantagenbesitzer hätten diese Leute womöglich, ohne mit der Wimper zu zucken, auf ihre Plantagen transportieren und dort auch sofort arbeiten lassen. Nun, nach der Rückkehr ins Stadthaus, regte sich Julie immer noch darüber auf. Beide wuschen sich zunächst gründlich, wie der Arzt es ihnen geraten hatte.

»Stell dir mal vor, diese Menschen wären so auf die Plantagen gebracht worden! Nicht auszudenken! Sie hätten eine Epidemie über das ganze Land bringen können.«

»Jetzt wird ihnen ja erst einmal geholfen.« Jean bedachte seine Frau mit einem liebevollen Blick, während er sich die Arme mit Wasser und Seife abschrubbte. Sie hatten sich umgezogen und Kiri ihre Kleidung zum Waschen gegeben. Julie hatte dennoch das Gefühl, die faulige Luft hafte noch an ihr, und betupfte sich ein zweites Mal mit Blütenwasser.

»Ich hoffe, ich hoffe«, sagte sie leise und bat im Stillen darum, dass der Arzt sich nicht doch noch von Renzler umstimmen ließ.

Julie und Jean hatten sich gerade erschöpft im Salon des Stadthauses gesetzt und von Kiri dankend zwei Gläser mit kühlem Saft entgegengenommen, als aus der oberen Etage lautes Geschrei ertönte und Türen knallten. Julie zuckte zusammen und stellte abrupt ihr Glas auf den Tisch.

»Was ist denn da los?« Sie stand auf und ging durch die Tür zur Eingangshalle. An der Treppe traf sie auf Kiri, die ebenfalls auf dem Weg nach oben war, aber nur mit den Achseln zuckte. In diesem Moment kam Karini tränenüberströmt die Treppe heruntergelaufen, stieß ihre Mutter unwirsch beiseite und verließ das Haus durch die Hintertür. Julie schwante nichts Gutes, so aufgelöst hatte sie Karini noch nie gesehen. »Sieh nach ihr, Kiri, ich schaue oben bei den Jungen, was los ist.«

Kiri folgte eilig ihrer Tochter, während Julie in die obere Etage lief, wo die Schlafzimmer untergebracht waren. Hier war es jetzt vollkommen still. Julie klopfte an Henrys Tür, bekam aber keine Antwort. Als sie nochmals energischer klopfte, vernahm sie aus dem Zimmer ein leises Schluchzen. Sie öffnete die Tür einen Spalt. »Henry? Was ist denn? Darf ich reinkommen?« Als sie keine Antwort erhielt, betrat sie vorsichtig das Zimmer und schloss die Tür hinter sich. Henry lag bäuchlings auf seinem Bett und versteckte den Kopf zwischen den Kissen, sein Körper bebte.

Ein Blick auf den Fußboden ließ Julie erahnen, welches Malheur sich hier abgespielt hatte. Das Modell der Laurenskerk stand neben dem Bett, ringsumher diverse Baumaterialien, aber der Turm der Kirche hatte einen deutlichen Knick, der zuvor nicht vorhanden gewesen war.

»Ach, Henry«, Julie setzte sich zu ihrem Sohn auf die Bettkante, »das ist doch nicht schlimm, das kann man bestimmt wieder richten.«

Henry schluchzte nochmals leise. Julie strich ihm beruhigend über den Rücken.

»Na komm ... wie ist das denn passiert?«

»Martin hat ... er ist so gemein.« Henry hob endlich sein Gesicht aus den Kissen und wischte sich mit dem Hemdsärmel die Tränen von den Wangen. Sein Kinn bebte. »Er hat ... nur weil er das Schiff ... und Karini ...«

»Nun beruhige dich erst mal und erzähl mir, was passiert ist.« Julie reichte ihm ihr Taschentuch, in das er geräuschvoll schnäuzte.

Dann schaute er betroffen auf das lädierte Modell der Kirche. »Karini und ich hatten gerade die Schindeln auf den Glockenturm geklebt, da kam Martin und hat gemeint, das hält sowieso nicht. Karini hat gesagt, sie ist sich sicher, dass das hält, aber Martin hat nur gelacht. Karini hat dann gesagt, dass Martins Boot doch auch nicht schwimmen kann. Da hat Martin plötzlich ganz böse geguckt und gesagt ... da hat er gesagt ...«, noch einmal wischte sich Henry mit dem Ärmel über das Gesicht, »wenn Karini da mitgebaut hat, wird das sowieso nicht halten, weil Neger ja nichts könnten, und ich würde Ärger in der Schule bekommen, wenn der Lehrer erfährt, dass ein Neger an meinem Modell mitgebaut hat.«

Julie war entsetzt. Sie konnte die barsche Bemerkung, die ihr auf der Zunge lag, nur mit Mühe unterdrücken. Ein seltsam kaltes Gefühl breitete sich in ihr aus. Martin wurde ihr, je älter er wurde und je mehr Wochen zwischen ihren Wiedersehen lagen, zunehmend fremd. Solche Worte hatte sie aus seinem Mund bisher noch nicht vernommen. Kein Wunder, dass Karini in Tränen aufgelöst war! Wo sie doch eigentlich fast wie Geschwister waren.

»Ach Schatz, das hat Martin doch bestimmt nicht so gemeint«, versuchte sie, die Situation zu retten. Ihr war durchaus bewusst, dass diese Worte nicht nur Henry, sondern vielmehr auch sie selbst beruhigen sollten.

»Doch, hat er und dann … hat er mit dem Fuß …«, Henry zeigte mit dem Finger auf den abgeknickten Turm, bevor er beschämt den Blick senkte und leise gestand: »Ich bin dann rüber und … das Boot …«

»Oh weh!« Julie ahnte, dass sie in einem weiteren Zimmer gebraucht wurde. »Hör zu, Henry, ich rufe jetzt Jean, er hilft dir, den Turm wieder zu richten. Ich spreche mit Martin.« Sie strich ihrem Sohn liebevoll übers Haar, bevor sie das Zimmer verließ. Im Flur rief sie nach ihrem Mann und erklärte ihm kurz leise, was passiert war, bevor sie ihn zu Henry ins Zimmer schob. »Hilf ihm … ich schaue mal, was Martin macht.«

Julie klopfte zweimal an Martins Tür und trat, als keine Reaktion erfolgte, leise ein. Der Junge saß auf dem Fußboden neben seinem Modellschiff. Der große Dampfschornstein stand ähnlich schief in der Luft wie Henrys Kirchturm. Julie erschrak über das aggressive Äußere des Modells: Es war ein Kriegsschiff, tiefschwarz und mit mächtigen Kanonen bestückt. Julie raffte ihren Rock und hockte sich neben Martin, doch als sie ihre Hand auf seine Schulter legte, zuckte er zurück.

»Lass mich!«, maulte er, wobei seine Stimme einen sprunghaften Wechsel der Tonlage zeigte.

»Ach Martin, was ist denn los?« Julie bemühte sich um einen tröstenden Tonfall und war zugleich darauf bedacht, ihn nicht wie ein Kind zu behandeln.

»Nichts!« Martin stand auf und ging zum Fenster.

Julie erhob sich ebenfalls und stemmte die Hände in die Hüften. »Warum streitet ihr über so etwas? Es gibt doch nun wirklich keinen Grund ...«

»Doch!« Martin drehte sich heftig zu ihr um. Die Wut stand ihm förmlich im Gesicht geschrieben. Julie fiel auf, dass sich auf Martins Kinn ein leichter Bartflaum zeigte. War es schon so lange her, dass sie ihn sich genau angesehen hatte? Als er fortfuhr, zwang sie ihre Gedanken zurück zum Thema.

»Henry lässt sich von Karini helfen und ...«

»Was und? Das macht doch nichts, oder?«

»Doch, es ist *unser* Schulprojekt! *Unser*, der weißen Schule. Damit hat Karini nichts zu tun.«

»Ja, aber was ist so schlimm daran, wenn Henry und Karini das zusammen machen?« Julie war erschüttert, jetzt wirklich aus Martins Mund zu hören, dass der Grund für seine Wut tatsächlich in der Hautfarbe lag. Aber es kam noch schlimmer.

»Karini ist ein Negermädchen. Neger dürfen sowas nicht!«, gab Martin zutiefst überzeugt von sich und verschränkte die Arme vor der Brust. Julie erstarrte. In diesem Moment erinnerte Martin sie so sehr an seinen Vater, der nie anders als in genau diesem Ton von den Schwarzen gesprochen hatte.

»Ach, sonst habt ihr doch auch immer mit Karini gespielt, warum ist das denn plötzlich anders?« Es gelang ihr nicht, den aufkeimenden Ärger zu unterdrücken. Julie hatte ehrlich keine Ahnung, was diesen für sie plötzlichen Sinneswandel bei Martin bewirkt haben könnte.

»Ja, das war einmal.«

Julie meinte, in seinem Blick kühle Berechnung auszumachen.

»Aber ich spiele nicht mehr mit Negern, ich bin auch schon ein bisschen alt zum Spielen, wie dir vielleicht aufgefallen ist.« Seine Stimme hatte einen spitzen Unterton. »Das ist ein ernst zu nehmendes Projekt, es ist die Abschlussarbeit für dieses Jahr. Wenn in der Schule jemand erfährt, dass an Henrys Modell ein Neger mitgearbeitet hat, was macht das denn für einen Eindruck? Er macht sich doch lächerlich!« Und fügte dann in einem altklugen Ton hinzu: »Weiße sollen nicht mit Negern Umgang pflegen.«

Julie war schockiert. »Was für ein Unsinn! Wer sagt denn so etwas?«

»Lehrer Grevender«, lautete Martins knappe Antwort, begleitet von einem trotzigen Nicken.

Jetzt stieg die Wut in Julie. Die Mehrheit der Weißen betrachtete die Schwarzen immer noch geringschätzig, aber sie hatte gehofft, dass zumindest in der Schule inzwischen etwas aufgeklärter mit dem Thema umgegangen wurde. Henry, Martin und Karini waren auf der Plantage wie Geschwister zusammen aufgewachsen, und Julie hatte immer versucht, den Jungen zu vermitteln, dass die schwarzen Menschen waren wie sie. Sie bemühte sich um einen ruhigen Tonfall.

»Also, ich finde, Lehrer Grevender ist im Unrecht. Du weißt genau, dass Karini nicht dumm ist, und geschadet haben euch die Schwarzen bisher auch nicht. Ich finde, du solltest dich bei Karini entschuldigen.«

»Nein, werde ich nicht.« Martin drehte sich hastig wieder zum Fenster um.

»Doch, das wirst du, junger Mann.« Julie erhob eigentlich nie die Stimme gegen die Jungen, aber diese Ansichten und diese Widerspenstigkeit brachten sie durcheinander. Als er nicht reagierte, ging sie zu ihm, packte ihn an der Schulter und drehte ihn zu sich um. »Doch, du gehst, und zwar jetzt sofort. Ich möchte nicht, dass unter meinem Dach gestritten wird, schon gar nicht über solche Dinge.«

Martin wand sich aus ihrem Griff. »Du hast mir gar nichts zu sagen, du bist nicht mal meine Mutter«, zischte er und stürzte aus dem Zimmer.

Julie blieb verdattert stehen. So hatte Martin noch nie zu ihr gesprochen. Er war zwar immer der wildere der beiden Jungen gewesen, aber noch nie hatte er sich so gegen sie aufgelehnt. Kurz überlegte sie, ihm nachzulaufen, aber dann entschied sie sich anders. Es war wohl besser, wenn er sich erst einmal wieder beruhigte. Nachdenklich betrat sie noch einmal Henrys Zimmer. Jean und Henry saßen gemeinsam um das Kirchenmodell und versuchten, den beschädigten Turm zu richten. Jean blickte kurz auf, als Julie zu ihnen trat.

»Alles in Ordnung?«

Julie zuckte mit den Achseln und wuschelte Henry kurz mit der Hand durch den blonden Haarschopf. Dann sagte sie leise: »Ich weiß nicht …«

Kapitel 7

»Warum sagt mir niemand, was damals wirklich passiert ist?« Martin starrte Julie herausfordernd an.

Julie rang nach Worten. Sie hatte die drei jungen Leute nach dem Streit am Abend zuvor nun nochmals in den Salon zu einem Gespräch gebeten. Sie wollte nicht, dass tagelang schlechte Stimmung zwischen den dreien herrsche. Zunächst hatte sie darauf gehofft, dass Martin sich bei Karini und Henry entschuldigen und die Sache damit vergessen sein würde. Martin aber war offensichtlich anderer Ansicht. Anstatt um Verzeihung zu bitten, hatte er das Gespräch wieder auf seine leiblichen Eltern gelenkt. Henry und Karini standen mit hängenden Köpfen neben ihm, ihnen war die Situation sichtlich unangenehm. Julie seufzte innerlich auf, nun war er gekommen, der Moment, vor dem sie sich all die Jahre gefürchtet hatte. Sie fühlte sich immer noch nicht bereit, aber würde sie das jemals sein? Sie betrachtete Martin nachdenklich und holte tief Luft.

»Also gut. Henry, Karini, geht bitte nach oben, wir sprechen später noch einmal. Martin, setz dich.« Sie zeigte auf den Stuhl neben sich.

Während Henry und Karini den Raum verließen, trat Martin zwar einen Schritt näher, machte aber keine Anstalten, Platz zu nehmen. Julie wartete eine Weile, dann stand sie auf und ging zum Fenster. Sie wusste nicht, wie sie anfangen sollte. Jean hatte sie oft genug gedrängt, das Thema mit Martin zu besprechen, aber sie hatte sich immer davor gescheut und nie den vermeintlich richtigen Zeitpunkt gefunden. Und nun war Martin schon fast sechzehn! War es jetzt gar zu spät? Andererseits ... war er überhaupt reif genug für die Wahrheit? Würde er ihr verzeihen, ihn so lange im Unklaren gelassen zu haben?

»Martin ... deine Mutter war damals sehr krank«, begann sie schließlich zögerlich. »Sie hatte hohes Fieber. Das habe ich dir bereits mehrmals erklärt.« Sie drehte sich zu dem Jungen um und sah ihm in die Augen.

Martin reckte den Kopf, in seinem Gesicht lag plötzlich ein verächtlicher Ausdruck. »Ja, und deine Sklavin hat sie in die Stadt gebracht. Wie dumm von ihr, sie ist schuld an ihrem Tod! Wäre meine Mutter damals bei Vater geblieben ...«

»Nein, das stimmt nicht!« Julie musste sich beherrschen, nicht laut zu werden. Anscheinend hatte Martin sich im Laufe der Zeit eine Geschichte zusammengereimt.

»Kiri hat deine Mutter damals auf ihren eigenen Wunsch von der Plantage in die Stadt gebracht. Auf der Plantage ... deine Mutter hatte ... sie meinte, in der Stadt würde man ihr besser helfen können.«

»Aber Vater ist Arzt! Er hätte ihr geholfen, wenn deine dumme Sklavin sie nur dagelassen hätte.«

Julie fühlte sich zunehmend unbehaglich. Martins Ausdrucksweise erinnerte sie unangenehm an seinen Vater, und die Tatsache, dass er seinem Vater nicht nur äußerlich, sondern auch in der Art seiner Rede immer ähnlicher wurde, trieb Julie einen kalten Schauder über den Rücken. Und wie in den Konfrontationen mit Pieter spürte sie Wut in sich aufsteigen. So war es damals nicht gewesen, aber konnte sie dem Jungen das sagen? Doch so konnte sie es auch nicht stehen lassen.

»Martin. Setz dich!« Ihr Ton duldete keinen Widerspruch, und sie beobachtete angespannt, dass er tatsächlich Platz nahm. Seufzend zog sie sich ihren Stuhl heran und beugte sich vor. »Also gut, ich erzähle dir jetzt, was damals vorgefallen ist. Vorab möchte ich dir allerdings sagen, dass wir dich sehr lieben und du absolut nichts für das kannst, was damals passiert ist. Es war der letzte

Wunsch deiner Mutter, dass ich mich um dich kümmere wie um einen eigenen Sohn. Und das habe ich immer getan und werde es auch immer tun. Egal, was passiert.« Julie versuchte, seine Hand zu nehmen, aber er entzog sie ihr.

»Ich war damals in der Stadt …«, Julie hielt inne. Da ging es doch schon los. Sie konnte Martin nicht erklären, dass sie in die Stadt geflohen war, um Jean zu suchen, der damals gar nicht wusste, dass Henry sein leiblicher Sohn war. Und dass Martins Vater das Kind unterdessen auf der Plantage als Pfand benutzte, um Julie zu erpressen. Weil er verhindern wollte, dass Julie nach Karls Tod Ansprüche auf die Plantage Rozenburg anmeldete, die sie als dessen Witwe, ebenso wie Henry als dessen offiziell anerkannter Sohn, durchaus hatte. Pieter aber hatte die Verwaltung der Plantage an sich gerissen und sich sogar das Sorgerecht für Henry kurzzeitig erstritten. Er war der Ansicht, die Plantage stünde ihm und seiner Frau Martina zu, Karls Tochter aus erster Ehe. Julie hatte damals keinen anderen Ausweg gesehen, als Jean zu finden, der ihr helfen sollte und der sicher wusste, was zu tun war. Die Suche aber hatte länger gedauert als geplant, und sie wusste bis heute nicht mit Bestimmtheit, was in der Zwischenzeit auf der Plantage geschehen war. Sicher war zumindest, dass Pieter aufgrund von illegalen Medikamentenversuchen den Tod einiger Sklaven verschuldet hatte und auch seine Frau in dieser Zeit schwer erkrankte. Dass es seinem Vater damals egal gewesen war, was aus seiner kranken Frau wurde, konnte sie Martin auf keinen Fall sagen. Sie wollte dem Jungen schließlich kein gänzlich schlechtes Bild von seinen Eltern vermitteln. Und dass seine Mutter so große Angst vor seinem Vater gehabt hatte, dass sie es vorzog, schwer krank mit den Kindern in die Stadt zu flüchten, anstatt weiterhin in seiner Nähe auszuharren, das hatte einen guten Grund gehabt. Aber wie sollte sie ihm das erklären?

»Deine Mutter fühlte sich nicht sicher auf der Plantage, dein

Vater ... er hatte andere Dinge im Kopf und hat wohl den Ernst der Krankheit nicht ...« Sie hörte selbst, wie lahm das klang.

»Das ist nicht wahr!«, sagte Martin leise und verbittert. »Vater hätte Mutter geholfen, ganz bestimmt.«

»Das konnte er aber offensichtlich nicht, sonst hätte deine Mutter die gefährliche Fahrt in die Stadt doch wohl nicht auf sich genommen.« Dass Martina damals heimlich von der Plantage flüchtete, um sich und die Kinder vor Pieter zu schützen ... das konnte Julie Martin unmöglich sagen. »Dein Vater war damals vermutlich so auf seine Arbeit konzentriert, dass er gar nicht bemerkte, wie krank deine Mutter war.« Sie beschloss, dass das als Erklärung im Hinblick auf Pieter reichen musste. »Kiri hat deine Mutter damals in die Stadt begleitet, schließlich war der Wunsch deiner Mutter ihr Befehl und sie musste ja auch für deine und Henrys Sicherheit sorgen. Kiri trifft an der ganzen Sache überhaupt keine Schuld, sie hat nur getan, was ihr gesagt wurde. Deine Mutter wollte in die Stadt. Als sie hier ankam, war sie bereits sehr geschwächt ... Wir konnten nichts mehr für sie tun.«

Martins Augen glänzten, und Julie sah, dass er versuchte, die aufsteigenden Tränen mit stetigem Blinzeln zu unterdrücken. Sie widerstand dem Impuls, ihn in den Arm zu nehmen.

»Warum ... Warum habt ihr dann nicht nach Vater gerufen? Er hätte ... er hätte ...«

»Martin – er war kurz darauf hier, aber auch er konnte nichts mehr tun.« Julie hoffte, dass Martin jetzt nicht fragen würde, warum er des Landes verwiesen worden war, aber sie hatte den Gedanken kaum zu Ende gesponnen, da hob Martin den Kopf und schaute sie vorwurfsvoll an.

»Warum hat man Vater fortgeschickt?«

Julie war der Verzweiflung nahe. Warum konnte der Junge die Dinge nicht einfach auf sich beruhen lassen! Die Geschehnisse nach Martinas Tod lasteten immer noch schwer auf Julies Herz. Nie in ihrem Leben hatte sie so viel Angst gehabt wie damals und sie hoffte inständig, so etwas nie wieder erleben zu müssen. Doch gerade deshalb durfte sie dem Jungen diesen Teil der Geschichte nicht vorenthalten, auch wenn sie damit an dem Bild seines Vaters kratzte. »Martin, dein Vater ... es war wohl alles etwas viel damals für ihn ... aber ... er hat dich und Henry entführt und ins Hinterland verschleppt.« Allein die Erinnerung ließ einen Kloß in ihrem Hals entstehen. »Ich hatte damals fürchterliche Angst um euch.«

»Aber er ... er hätte uns doch nichts ... getan?« Martin schaute Julie mit verwirrtem Blick an.

»Ich weiß es nicht. Ich denke nicht, aber ... er war außer sich ... er schien damals zu allem fähig. Und er ... er hat dann immerhin auf Jean geschossen.«

»Er hat *was?*« Martin starrte sie mit großen Augen an. In seinem Blick lag mehr als Überraschung, Julie meinte für einen Augenblick, Abscheu darin gesehen zu haben.

»Ja, Martin, er hat auf Jean geschossen und deswegen ... und weil er euch entführt hat und wegen seines Fehlverhaltens als Arzt gegenüber den Sklaven der Plantage, musste er sich dann vor einem Gericht in den Niederlanden verantworten.«

Martin sagte eine Weile kein Wort, und Julie sah, dass er mehrfach heftig schluckte. Sie ahnte die Trauer und die Enttäuschung hinter seiner harten Fassade, und es tat ihr unendlich leid, ihn durch ihre Worte in dieses Gefühlschaos gestürzt zu haben.

»Und ... und wann kommt er endlich wieder?«, fragte er plötzlich zögernd, mit der Stimme eines verzweifelten Kindes. Julie zerriss es fast das Herz.

»Das weiß ich nicht, mein Junge.« Sie streichelte Martin kurz vorsichtig über den Kopf. Julie wusste auf seine letzte Frage wirklich keine Antwort, sie hoffte aber inständig, dass Pieter nie zurückkehren würde.

»Du hast es ihm also wirklich endlich erzählt?« Jean schien zufrieden zu sein und betrachtete sie mit einem zärtlichen Blick. »Er ist jetzt auch wirklich alt genug, um die Wahrheit zu erfahren.«

»Na ja, ein paar Dinge habe ich natürlich ausgelassen.« Julie nahm einen kräftigen Schluck Dram aus ihrem Glas und lehnte sich dann auf dem Stuhl zurück. Der Schnaps tat ihr gut, obwohl es ganz gegen ihre Gewohnheit war, Alkohol zu trinken.

Sie saßen auf der hinteren Veranda des Stadthauses. Die vordere war zu schmal, um dort zu verweilen, und bot auch nicht die Ruhe, wie hier hinter dem Haus. Eigentlich war die hintere Veranda früher ausschließlich den Sklaven als Arbeitsplatz bestimmt gewesen, sie diente Kiri noch heute als Erweiterung der Küchenräume, die sich am anschließenden Hof in einer Hütte befanden. Aber Julie nahm die Aufteilung der Wohn- und Wirtschaftsbereiche nicht so genau, außerdem waren ihr die Ruhe und die Stille wichtiger als die strenge Trennung zwischen Schwarz und Weiß. Hier spielten die Kinder, hier traf man sich, und weder Julie noch Jean störte es, wenn Kiri mit Töpfen und Pfannen hantierte. Nur die Türen, die benutzten alle aus Gewohnheit noch wie damals: Vorne sowie hinten am Haus gab es jeweils zwei Eingangstüren, von denen früher die eine einzig den Weißen bestimmt war, die Sklaven durften nur die für sie vorgesehene benutzen. Julie hatte das schon immer für umständlich gehalten und hätte nichts dagegen gehabt, wenn Kiri die gleichen Türen wie sie benutzte. Kiri aber weigerte sich immer noch strikt, durch die Türen der Weißen zu treten, und hatte auch ihrer Tochter eingeschärft, dass sich das nicht gehörte.

Der kräftige Zuckerrohrschnaps brannte in Julies Kehle und sorgte schnell für ein warmes und entspannendes Gefühl im Bauch. »Natürlich habe ich versucht, Pieter nicht schlechtzureden. Martin soll ja nicht denken, dass sein Vater ein Monster ist.«

»Ja, ist ja schon gut. Von mir erfährt er nichts. Ich befürchte sowieso, dass wir uns eines Tages wieder mit ihm beschäftigen müssen«, fügte er dann nachdenklich hinzu, bevor er sein Glas Dram mit einem einzigen Schluck leerte.

Derweil saßen die Jungen in Martins Zimmer zusammen um das Modellboot herum. Der Streit war schon fast wieder vergessen, denn auch wenn er dieses Mal heftiger gewesen war als sonst, so kannten sie sich lange genug, um zu wissen, dass sie besser zusammenhielten. Martin und Henry waren sich so nahe wie Brüder, da war ein Streit meist schnell beigelegt. Doch Martin war heute stiller als sonst. Nachdenklich setzte er die letzten runden Holzplättchen an den Bug des Schiffes, wo sie als Bullaugen dienten.

»Eines Tages«, sagte er plötzlich, »eines Tages werde ich mit so einem Schiff nach Europa reisen. In die Niederlande. Und da, da werde ich bei meinem richtigen Vater leben.«

Kapitel 8

»Was möchte die Frau denn? Gibt es hier niemanden, der ihre Sprache spricht?« Julie hielt der jungen Inderin, die ohne Unterlass auf sie einredete, beruhigend die Hand, verstand aber nichts von dem, was die Frau ihr mitteilen wollte.

Julie war mit Jean zur Krankenstation gefahren, wo die Kontraktarbeiter untergebracht waren, die noch zu schwach waren, um zu ihren endgültigen Bestimmungsorten aufzubrechen. Das Gros der Menschen aus dem Fort hatte man bereits zu den Plantagen gebracht. Auch Julie und Jean hatten insgesamt achtundvierzig neue Arbeiter angestellt. Zwei von ihnen befanden sich noch hier auf der Krankenstation, die anderen im Fort – Julie bestand darauf, dass sie alle gleichzeitig auf Rozenburg ankamen. Sie hatte ein gutes Verhältnis zu ihren Arbeitern, und ihr war bewusst, dass es für die alteingesessenen ehemaligen Plantagensklaven nicht leicht sein würde, plötzlich mit den indischen Arbeitern konfrontiert zu werden.

»Jean, wir müssen bei der Ankunft dabei sein, wir können sie nicht einfach so unvorbereitet dort ankommen lassen. Sie können die wenigen Tage noch im Fort bleiben und das Schiff besteigen, wenn wir auch zurück zur Plantage reisen.«

Jean hatte ihr zugestimmt.

Nun stand die Abreise unmittelbar bevor, und Julie wollte sich noch einmal selbst davon überzeugen, dass es der Frau mit dem orangefarbenen Sari inzwischen besser ging und sie auch transportfähig war. Die Frau schien in der Tat genesen, was ihr der Arzt nach der Untersuchung auch bestätigt hatte, war aber sehr aufgeregt. Ihr Mann saß mit betrübtem Gesicht neben ihr auf dem Feldbett.

Julie sah sich Hilfe suchend um und wandte sich dann an Jean. »Was machen wir denn nun? Sie will uns doch irgendetwas mitteilen.«

Jean runzelte unzufrieden die Stirn. »Ich habe keine Ahnung. Hätte man nicht wenigstens dafür sorgen können, dass jemand die Sprache dieser Leute versteht?«

Der Arzt zuckte derweil resigniert mit den Achseln. »Versuchen Sie es doch mal auf Englisch, ich habe mitbekommen, dass einige im Fort zumindest ein paar Brocken können.«

Julie sah Jean auffordernd an, sie wusste, dass er diese Sprache beherrschte. Ihr Mann aber hatte dem Arzt eine Frage zur weiteren Behandlung der Arbeiter gestellt und schien ihren Blick nicht zu bemerken. Ihre eigenen Englischkenntnisse waren seit ihrer Schulzeit verblasst, sie hatte die Sprache nie wieder angewendet. In der Kolonie sprach man ungern Englisch, schließlich hatten die Engländer mehrmals versucht, sich das Land anzueignen. Französisch sprachen viele, Jiddisch auch, Englisch aber war verpönt.

Julie gab sich einen Ruck, einen Versuch war es wert. »What do you want?«, fragte sie leise.

Die Frau hob überrascht die Augenbrauen und sprach dann hastig zu ihrem Mann. Der wiederum sprang vom Feldbett auf und begann mit den Händen zu gestikulieren.

»Missing daughter!«, sagte er immer und immer wieder.

»Ihr vermisst eure Tochter?« Julie war ehrlich überrascht. Sie wandte sich an den Arzt. »Wo könnte die Tochter denn sein? Gab es im Fort noch Kinder ohne Eltern?«

Der Arzt schüttelte den Kopf. »Nein, dort waren keine Kinder mehr, außer denen, die bei ihren Familien waren. Vielleicht … vielleicht haben sie ihr Kind in Indien zurückgelassen oder es … die Überfahrt war ja lang und beschwerlich.«

»Oh nein!« Julie senkte betrübt den Blick, was die junge Inderin sogleich zu leidvollem Jammern brachte. Julie versuchte zu beschwichtigen. »Tomorrow we go to the plantation. But we will ask around for your daughter in the city.«

Der Mann übersetzte wieder für seine Frau. Diese legte schluchzend den Kopf an seine Schulter und nickte unter Tränen.

»Wir können ja morgen, bevor wir fahren, noch einmal am Hafen fragen, ob jemand etwas über das Mädchen weiß«, sagte Julie sanft.

»Ja, können wir. Aber das Schiff ist schon seit über einer Woche wieder fort, versprich dir nicht zu viel davon«, bremste Jean ihre Erwartung.

Julie wusste, dass er recht hatte, trotzdem wollte sie die Hoffnung nicht aufgeben. Wenn das Mädchen lebte, musste es auch irgendwo zu finden sein. »Lass es uns wenigstens versuchen.«

Sie hatten keinen Erfolg. Vor ihrer Abfahrt befragten sie jeden im Hafen, den sie trafen, aber niemand hatte eine brauchbare Information. Das Boot und seine Mannschaft waren zudem schon zu lange wieder auf See. Nur ein sichtlich verlebter Hafenarbeiter winkte auf ihre Nachfrage hin ab. »Über Bord geschmissen haben sie das Balg bestimmt ... wollten sie nicht hier noch mit durchfüttern müssen.«

Julie fuhr mit einem ungutem Gefühl zurück auf die Plantage. Sie hätte der Frau gerne geholfen, ihre Tochter zu finden oder zumindest etwas über ihren Verbleib zu erfahren. Jean gab zu bedenken, dass es ebenso gut sein konnte, dass sie ihr Kind in Indien zurückgelassen hatten. Auf genaue Nachfrage hatte der Mann aber immer nur: »No, daughter here! Daughter on ship!«, gesagt. Der Arzt hatte vermutlich recht, die Tochter der beiden hatte die Überfahrt wohl nicht überstanden.

Jetzt befanden sich der Mann und seine Frau auf dem Boot, das die Inder nach Rozenburg bringen sollte. Julie und Jean fuhren mit ihrem kleineren Zeltboot hinterher. Julie hatte eigentlich noch vorgehabt, Erika zu besuchen, aber wie immer war es hektisch zugegangen vor der Abfahrt und sie hatte nicht die nötige Zeit gefunden. Julie war es sehr schwergefallen, Henry und Martin wieder allein in der Stadt zurückzulassen. Es würden noch gut sechs Wochen vergehen, bis sie ebenfalls auf die Plantage kamen. Sie hoffte, dass es keine weiteren Streitigkeiten zwischen den Jungen geben würde. Alles in allem war der Besuch in der Stadt nicht sehr erbaulich gewesen.

Julie entspannte sich etwas, als sie nach einigen Stunden die ihr so gut bekannte Uferzone der Plantage erblickte. Zwischen den Bäumen des dichten Urwaldes lichtete sich eine Gartenfläche, auf der von Weitem die üppige Blütenpracht der Orangenbäume und Blumen zu erkennen war. Julie liebte den parkartigen Garten und setzte alles daran, dass er stets gut gepflegt war. Jean neckte sie manchmal damit.

»Es gibt doch nun wirklich genug Gewächse in diesem Land.« Wie recht er damit hatte! Bei genauem Hinsehen erspähte man in dem scheinbar undurchdringlichen Grün des Regenwaldes eine bunte Vielfalt, und auch in den Uferzonen hingen üppige, doldenartige Blütenstände im Licht, umringt von Schwärmen bunter Schmetterlinge. Aber der Garten vor dem Plantagenhaus war anders, fand Julie. Geordneter. Zudem gab es einige Rosenstöcke, die noch von Karls erster Ehefrau gepflanzt worden waren. Felice hatte der Garten besonders am Herzen gelegen, hatte Martina Julie erzählt, obwohl sie selbst noch sehr klein gewesen war, als ihre Mutter starb. Und Julie war der Meinung, sie müsse zur Erinnerung an Felice, die es auch nicht leicht gehabt hatte auf dieser Plantage, und deren Tochter wenigstens dieses Erbe erhalten.

Seitlich des Gartens, wo dieser fast an den Regenwald grenzte und die hohen Bäume mit ihren moosbehangenen Lianen die Erde beschatteten und wo das Hochwasser nicht hinkam, lagen die Gräber der Familie. Dort ruhten Karl und Martina. Für Felice gab es nur einen Gedenkstein; ihre Familie hatte damals auf einer Bestattung in der Stadt beharrt. Martinas Tante Valerie lag nun ebenfalls auf dem Friedhof in der Stadt begraben, gleich neben ihrem Kapitän.

Ein wenig abseits hatte Julie eine weitere Grabstätte für die Menschen, die sie während ihrer Zeit in Surinam bereits verloren hatte, einrichten lassen. Dort lagen in schlichten Gräbern Amru, die ehemalige Haussklavin, neben ihrem Mann Jenk, den Martins Vater hatte zu Tode foltern lassen. Amru hatte den Verlust nie verschmerzen können und war ihrem Mann nur drei Jahre später ins Grab gefolgt. Und hier lag auch Suzanna begraben. Julie hatte damals verhindert, dass man sie auf einem der schäbigen Armenfriedhöfe begrub. Nach Karls Tod war Julie sehr froh gewesen, durch einen Zufall von Suzanna und ihren Kindern erfahren zu haben. Suzanna hatte sich zunächst geziert, Julies Hilfe anzunehmen. Aber Julie hatte sie davon überzeugen können, dass sie und die Kinder ein Recht auf Versorgung durch die Plantage Rozenburg hatten. Denn, und das wusste außer Julie niemand, Suzanna war nicht nur die surinamische Frau von Karl gewesen, sondern auch seine Halbschwester. Ihre Mutter hatte bei Karls Vater die gleiche Aufgabe erfüllt wie Suzanna später bei dessen Sohn. Suzannas Mutter hatte nicht nur Karl als Amme und dessen Vater als surinamische Frau gedient, sondern ihm auch ein Kind geboren.

Bis heute schockierte Julie jeder Gedanke an diese Beziehungen. Insgeheim war wohl ein Großteil der Kolonie verwandt oder verschwägert.

Julie seufzte leise und atmete dann tief ein. Sie sog den feuchtschweren Duft ihres geliebten Gartens ein, der bis zum Ufer herüberwehte. Jetzt, Ende Juni, waren die Pflanzen dank des üppigen Regens kräftig, und Julie freute sich auf das Ende der Regenzeit, wenn aus den noch zarten Blüten eine wahre Explosion der Farben und Düfte entstehen würde. Und dann würden auch bald die Jungen wiederkommen ... Nun aber galt es, die gegenwärtige Situation zu meistern, und Julie bereitete sich auf das bevorstehende Anlegen vor. Das Boot der indischen Arbeiter war bereits am Steg vertäut, es hatte sich auf dieser langen Strecke dank der kräftigen Ruderer einen kleinen Vorsprung erarbeitet.

Auf dem hölzernen Steg erspähte sie die Gestalt von Liv. Liv war als junges Mädchen zunächst die Leibsklavin von Martina gewesen, nach deren und Amrus Tod hatte sie auf der Plantage die Rolle der Haushälterin übernommen. Julie bemerkte sofort, dass Liv von einer gewissen Unruhe ergriffen schien.

»Masra Jean, Misi Juliette, gut, dass Sie ankommen.«

»Liv, was ist denn los?« Julie kletterte schnell aus dem Boot, wobei ihre Beine durch das schnelle Aufstehen nach dem langen Sitzen wie von tausend Ameisen befallen kribbelten.

»Misi, die Arbeiter, die angekommen sind ... nun ... es ... Sie sollten gleich zum Arbeiterdorf gehen.« Liv nestelte nervös an ihrer Kittelschürze. Julie betrachtete sie nachdenklich. Sie kannte sie schon so lange, sie selbst hatte zu Karls Zeit dafür gesorgt, dass Liv als Leibsklavin von Martina eingesetzt wurde, um die Haushälterin Amru zu entlasten. Für Liv war es damals ein schweres Los gewesen, aber sie hatte sich nach und nach gut in ihre neue Stellung eingefunden und war inzwischen eine unverzichtbare Stütze für den Haushalt, vor allem, wenn Kiri in der Stadt war. Dennoch würde sie nie die Selbstsicherheit erlangen, wie Kiri sie in sich trug. Es fiel ihr sichtlich schwer, die Hausherren jetzt gleich mit einer schlechten Nachricht empfangen zu müssen.

Jean hob resigniert die Arme. »Ich gehe schon, mach du dich erst einmal frisch.«

Beide hatten sich nach der langen Bootsfahrt bei drückend schwülwarmem Wetter auf den Schatten des Hauses, ein erfrischendes Getränk und kühles Wasser zum Waschen gefreut.

»Nein, ich komme mit.« Schon war Julie auf dem Weg.

Im Arbeiterdorf herrschte ein unübersichtliches Durcheinander. Die indischen Arbeiter saßen auf ihrem Gepäck, einige der schwarzen Bewohner standen in Grüppchen zusammen und diskutierten lautstark und gestenreich. Als Jean und Julie eintrafen, wurden sie von ihren angestammten Arbeitern gleich bestürmt.

»Langsam, langsam, was ist denn los?« Jean versuchte, sich einen Überblick über das Durcheinander zu verschaffen.

Joshua, einer der Vorarbeiter, ergriff das Wort. »Masra, die neuen Arbeiter, sie wollen nicht in die Hütten, die wir ihnen zugewiesen haben.«

»Sie wollen *was* nicht?« Jean schien ehrlich verblüfft.

»Masra, wir verstehen diese Leute nicht, aber die meisten weigern sich, gemeinsam in die Hütten zu ziehen.«

Julie und Jean hatten für die achtundvierzig neuen Arbeiter fünfzehn der ehemaligen Sklavenhütten vorgesehen. Das erschien ihnen mehr als ausreichend. Die verwandtschaftlichen Verhältnisse waren schwer zu durchschauen, aber sie waren sich sicher, dass einige Familien darunter waren, sodass fast jede Familie eine eigene Hütte bekam. Wo also lag das Problem?

Jean suchte zwischen den Indern nach dem Mann der Frau mit dem orangefarbenen Sari. Er hoffte, von diesem eine Erklärung bekommen zu können. Es dauerte eine geraume Zeit, bis Jean zwar nickte, dann jedoch mit ein paar scharfen Worten auf die Hütten und auf die Inder zeigte. Achselzuckend kam er zu Julie zurück. »Es geht wohl nicht nur um Familien, sondern ... ich habe es nicht ganz verstanden, ich glaube, einige fühlen sich den anderen überlegen, wiederum andere waren doch keine Familie, er sprach von *castes*, ich weiß allerdings nicht, was er damit meint. Ich habe jetzt gesagt, sie sollen machen, was man ihnen sagt, sonst würden wir sie gleich wieder in die Stadt zurückschicken.«

»Jean!«

»Ach, was soll ich denn machen, wenn sie gleich am ersten Tag hier aufbegehren ...«

Julie seufzte. Er hatte ja recht. Es waren Arbeiter, und sicherlich war die Situation für alle nicht leicht, doch sie mussten ihre Unterkünfte akzeptieren, sonst würde es auf Dauer nicht gut gehen. Jean stand immer im Zwiespalt zwischen einer liberalen Plantagenführung und der Strenge, die vonnöten war. Er vertraute darauf, dass seine Arbeiter zuverlässig und bereitwillig arbeiteten, was sie auch taten. Aber ob die Neuankömmlinge sich auch so anstellig zeigen würden?

Julie und Jean blieben noch so lange im Arbeiterdorf, bis alle Inder sich mit ihrem Hab und Gut auf die Hütten verteilt hatten. Es gab zwar noch das eine und andere laute Wort, doch Kadir, wie der Inder hieß, mit dem Jean geredet hatte, sprach seinen Landsleuten gut zu.

Dass dies nicht das letzte Mal gewesen sein sollte, dass es Probleme mit den indischen Kontraktarbeitern gab, ahnten weder Julie noch Jean.

Kapitel 9

Inika fand schnell Anschluss. Misi Minou sorgte liebevoll dafür, dass keines der Kinder in ihrem Haus von den anderen geärgert oder gar gehänselt wurde. Zudem waren Inika und der Junge etwas älter als die meisten Kinder im Kinderhaus. Da sie aber alle das gleiche elternlose Schicksal teilten, hielten sie auch zusammen, zumal sie auf der Straße oft genug Anfeindungen ausgesetzt waren.

Nach ein paar Tagen hatte Inika verstanden, dass ihre einzige Chance, ihre Eltern wiederzufinden, darin bestand, sich den Menschen in diesem Land verständlich zu machen. Daher schaute sie sich bei den anderen Kindern wissbegierig die Sprache ab. Jetzt waren sie schon einige Wochen in Surinam, und Inika war stolz darauf, schon etliche Worte sprechen zu können. Zumal das nicht ganz so einfach war, schien es doch in diesem Land unterschiedliche Sprachen zu geben, darunter die der Farbigen, ein lustiges Geschnatter mit vielen weichen Tönen und einem melodischen Klang, und dann noch die Sprache der Weißen, härter im Ton, mit kurzen Silben und holpernden Tönen, die ihre Zunge nicht so recht zu formen vermochte. Inika mühte sich, beide zu lernen, denn einerseits war sie in ihrem Alltag von Farbigen umgeben, oft genug kamen aber auch Weiße ins Kinderhaus.

Sie würde mit den Weißen sprechen müssen, um zu erfahren, was mit ihren Eltern geschehen war. Ihr Vater hatte ihr auf dem Schiff mehrfach erklärt, dass sie in dieses ferne Land reisten, um dort auf den Plantagen zu arbeiten und viel Geld zu verdienen. Also, vermutete Inika, waren ihre Eltern inzwischen an ihrem Bestimmungsort angekommen. Wo der aber lag und wie groß dieses Land wirklich war, das wusste sie nicht.

Misi Minou lobte Inika jedes Mal, wenn sie ein neues Wort gelernt hatte. Inika freute sich darüber, und schon bald konnte sie allerlei Dinge des Alltags benennen und verstand sogar kurze Sätze. Nur das richtige Wort für Eltern, das fand sie nicht heraus – schließlich gab es in diesem Haus keine.

Erika beobachtete Inika gerne. Sie freute sich über die Lernbereitschaft und die Anpassungsfähigkeit des indischen Mädchens. Das Kind würde es noch schwer genug haben in dieser ihm fremden Welt. Es hatte etwas Ruhiges und Würdevolles in seinem Ausdruck, bewegte sich mit Bedacht und schien immer leicht zu tänzeln. Es war nicht so ungestüm wie die anderen Kinder, rannte nie kopflos drauflos und machte auch die wilden Tobereien im Hof nicht mit. Stattdessen saß es gerne da, beobachtete die anderen Kinder und die Erwachsenen und ahmte deren Sprache nach. Erika schätzte, dass es nicht lange dauern würde, bis man sich mit dem Mädchen ausführlich verständigen konnte.

Der indische Junge tat sich da wesentlich schwerer, er war schüchtern und zurückhaltend und sprach kein Wort. Selbst Inika gelang es nicht, ihn zum Sprechen zu bringen, vielleicht konnte er es einfach nicht. Erika hoffte, dass er eines Tages seine Stimme wiederfinden würde. Sie hatte Inika mehrfach gefragt, ob er ihr Bruder sei, aber das Mädchen hatte stets den Kopf geschüttelt. Der Junge verrichtete die ihm gestellten kleinen Aufgaben im Haus mit Eifer und Zuverlässigkeit und freute sich sichtlich über jedes Lob. Erika hatte ihn zusammen mit Minou aus der Not heraus schließlich Bogo getauft.

Erika schätzte das Mädchen auf zwölf bis dreizehn Jahre, obwohl sein Verhalten und sein Gesichtsausdruck es manchmal schon wie eine kleine Erwachsene wirken ließen. Bei den seltenen Ausflügen in die Stadt hatte Erika aber immer ein besonderes

Auge auf Inika. Sie trug die Wickelröcke so, wie sie es aus ihrem Land kannte, eleganter geschlungen als bei den Einheimischen in Surinam, und bedeckte auch ihr Haar in der Öffentlichkeit mit einem Teil des Tuches. Erika war froh darüber, denn das Mädchen trug goldene Ohrringe. Ein kunstvoller Schmuck, der bei anderen Kindern oder gar Erwachsenen sicherlich Begehrlichkeiten geweckt hätte. Das Mädchen legte diesen Schmuck nie ab, er schien eine besondere Bedeutung zu haben. Doch Erika war nicht wohl dabei, dass das Kind so wertvolles Geschmeide trug. Vielleicht war das in seinem Heimatland Sitte und vor allem möglich, aber in Surinam war Gold etwas Besonderes und sprach von einem gewissen Reichtum. Erika hatte gehört, wie einige ehemalige Sklavinnen sich in der Stadt darüber erregt hatten, dass die indischen Arbeiter wohl zu wohlhabend wären, um auf den Plantagen mitzuhelfen; angeblich waren unter ihnen einige Frauen, die mit üppigem Schmuck ausgestattet gewesen waren, und auch die Männer hätten unverhohlen ihr Hab und Gut zur Schau getragen. »Das haben Sie noch nicht gesehen: Goldketten vom Ohr bis zur Nase«, hatte ihr eine Frau auf dem Markt erzählt. Hoffentlich gab es damit auf den Plantagen keine Probleme. Die dort ansässigen ehemaligen Sklaven waren durchweg arm, und Erika fragte sich, nach welchen Kriterien die indischen Arbeiter ausgewählt worden waren.

Sonderbar war auch das Essverhalten der kleinen Inderin. Sie schien kein Fleisch zu mögen. Nicht, dass dies alltäglich auf dem Speiseplan des Kinderhauses stand, aber Minou und Erika versuchten durchaus, ihren heranwachsenden Schützlingen eine ausgewogene Kost anzubieten. Das Mädchen aber verweigerte Fleisch und Fisch mit verwundertem Blick und hielt sich an Obst und Gemüse.

Erika vermutete, dass die Religion auch im Leben der Inder eine wichtige Rolle spielte. Inika hatte in einer Ecke des Zimmers, das sie mit zwei etwas jüngeren farbigen Mädchen teilte, einen kleinen Schrein angelegt. Dort streute sie jeden Tag frische Blüten, die sie zuvor mit einem feierlichen, leisen Singsang hin und her geschwenkt hatte. Die anderen Mädchen hatte Erika angewiesen, Inika in ihrem Tun nicht zu stören. Diese Handlung schien dem Kind ungemein wichtig zu sein.

Erika freute sich darauf, bald besser mit diesem Mädchen kommunizieren zu können, auch wenn sie Angst hatte, ihm sagen zu müssen, dass es seine Eltern für immer verloren hatte.

Kapitel 10

Als Henry und Martin, begleitet von Kiri und Karini, in der ersten Augustwoche aus der Stadt zurückkehrten, wurde es nicht ruhiger auf Rozenburg. Während Julie und Jean alle Hände voll damit zu tun hatten, die Inder einzuarbeiten, und auch das Zusammenleben der ehemaligen Sklaven und der Inder im Dorf sich nicht gerade einfach gestaltete, stritten auch Henry und Martin sehr häufig miteinander. Manchmal wusste Julie nicht einmal, worum es ging, aber ihre Geduld wurde immer wieder auf die Probe gestellt.

»Es sind junge Burschen«, ermahnte sie sich dann stets, doch manchmal, nach einem langen Tag, an dem sie versucht hatte, den indischen Frauen mehr oder weniger mit Händen und Füßen die Arbeiten und Tätigkeiten rund um das Plantagenhaus, den Garten und die Kostäcker zu vermitteln, konnte sie es sich nicht verkneifen, die Jungen scharf anzureden, wenn diese wieder lauthals zankten. Natürlich lag es auch daran, dass die Jungen hier auf der Plantage mehr Zeit hatten als in der Stadt. Und ein unglücklicher Umstand befreite sie sogar zunächst vom häuslichen Schulunterricht.

Für ebendiesen Unterricht hatte Julie den jungen Lehrer Paul Rust engagiert. Paul Rust jedoch war noch nicht lange genug im Land, als dass sich sein Körper hätte akklimatisieren können, und so kämpfte er zusehends mit den Problemen, welche die Tropen für einen Europäer bereithielten. Jean hatte Julie genau davor gewarnt, aber ihr hatte die aufgeschlossene Art des jungen Niederländers gut gefallen. Der Hauslehrer, den sie im vergangenen Jahr auf Empfehlung eines Geschäftspartners aus der Stadt angestellt hatten, war ein mürrischer Kerl gewesen, und Julie wollte dieses Jahr nicht wieder den Fehler begehen, jemanden unbesehen einzustellen. Zumal sie eigentlich eine Person suchte, die diese Aufgabe bis zum Ende der Schulzeit der Jungen übernehmen konnte. So hatte sie in der Stadt Erkundigungen eingezogen und war dabei auf Paul Rust gestoßen.

»Er ist noch keine acht Wochen im Land. Du weißt, was ihm droht«, hatte Jean ein wenig spöttisch angemerkt.

Julie hatte den jungen Mann trotzdem eingestellt. Er war wenige Tage vor den Jungen angereist, um sich einzurichten, dann aber ereilte ihn in der Tat das von Jean vorhergesagte Schicksal: Durchfälle, Übelkeit, Fieber. An Unterricht war zunächst nicht zu denken. Paul Rust lag in seiner kleinen Gästekammer, und Liv mühte sich den ganzen Tag, ihm frisches Wasser, Tücher und Schalen zu bringen. Zumindest bezüglich des ausgefallenen Unterrichts waren Henry und Martin sich einig. Entspannt beobachteten sie das Leiden ihres Hauslehrers und sparten nicht mit Witzen.

Als Julie schon in Erwägung zog, den kränkelnden Hauslehrer zurück in die Stadt zu schicken, besserte sich sein Zustand so weit, dass einige Stunden Unterricht am Morgen möglich waren. Dies brachte dann auch die Jungen wieder zu einem geregelten Tagesablauf und dämmte ihre gegenseitigen Sticheleien ein. Kaum aber war das eine Problem gelöst, tauchte ein neues auf.

»Sie wollen in den nächsten Tagen nicht arbeiten!« Jean stieg mit großen Schritten die Treppe zur Veranda hinauf. Fast stolperte er dabei über Monks, der schon wieder fast die oberste Stufe erreicht hatte.

Julie hatte sich dort in den Schatten gesetzt und genoss den leicht kühlen Lufthauch, der um die Hausecke strich. Es war Anfang Oktober, und die Hitzewelle hatte noch nicht einmal ihr volles Ausmaß erreicht, lähmte aber am Tag schon jegliche Tätigkeit. Jean hatte bereits seine Sorge geäußert, dass die Zuckerrohrfelder zu trocken werden könnten, und war deshalb von einer nervösen Unruhe befallen, die seiner Laune nicht zum Besten gereichte.

»Wer will nicht arbeiten?« Julie sah verblüfft von ihrer Zeitung empor. Jean war verschwitzt und ausgelaugt, seine Haare klebten an seiner Stirn und sein Gesicht war blassrot. Er war eindeutig zu lange in der Sonne gewesen. Zum wiederholten Male. Schnell reichte sie ihm ein Glas Wasser. »Du solltest bei dem Wetter nicht so lange auf den Feldern bleiben«, mahnte sie.

Jean trank mit großen Schlucken, stellte dann das Glas auf den Tisch und schüttelte den Kopf. »Ich muss! Die Gräben müssen kontrolliert werden«, sagte er mit matter Stimme und ließ sich auf den freien Stuhl neben Julie fallen. Mit dem Hemdsärmel wischte er sich den Schweiß von der Stirn, woraufhin Julie ihm wieder einen tadelnden Blick zuwarf. Sie benahm sich hier auf der Plantage zwar auch nicht immer wie eine feine Dame aus der Stadt, versuchte aber doch, in ihrer Familie Anstand zu wahren.

Julie sah ihm an, dass der zusätzliche Ärger ihn zermürbte. »Sie sagen, sie müssen jetzt irgendein Fest feiern, *durga puja* oder so ähnlich. Jetzt habe ich sie gerade so weit eingearbeitet, dass ich sie ohne Bedenken auf die Felder lassen kann und dann ...« Jean hob resigniert die Hände.

Julie konnte seine Enttäuschung gut verstehen, er kämpfte schließlich hart um das Wohl der Plantage. »Naja, den Sklaven haben wir ja auch das eine oder andere Fest zugestanden, und wir versuchen, am Sonntag nicht zu arbeiten. Ich denke, wir sollten diesen Leuten auch ihren Glauben lassen.« Sie wusste, dass er es sich mit den Indern leichter vorgestellt hatte. Hatten die ehemaligen Sklaven und die nachfolgenden Arbeiter doch allesamt Erfahrungen auf den Zuckerrohrfeldern gehabt, so musste er nun die gut einunddreißig einsetzbaren Arbeitskräfte von Grund auf anlernen, der Rest waren Frauen und Kinder. Zwar halfen ihm seine drei Vorarbeiter Dany, Joshua und Galib, ihnen fiel der Umgang mit den Fremden allerdings noch schwerer.

Galib hatte bereits einmal einen Tumult heraufbeschworen, als er einen der Zugochsen, der an der Mühle eingesetzt wurde, mit der Peitsche antrieb. Einige der Inder schienen ihm dies sehr übel zu nehmen und redeten wild auf ihn ein. Die Schwarzen lösten Konflikte unter sich meist mit den Fäusten, die Inder hingegen waren zäh und drahtig, aber an Körpergröße und Kraft den Schwarzen bei Weitem unterlegen. Nachdem die indischen Männer bei einigen kleineren Auseinandersetzungen schon deutliche Blessuren davongetragen hatten, hatte Jean seine Vorarbeiter angewiesen, tunlichst darauf zu achten, dass es zwischen den Schwarzen und den Indern nicht zu Handgreiflichkeiten kam. Aber als Galib sich so offensichtlich angegriffen gefühlt und die schwarzen Arbeiter sofort Partei für ihn ergriffen hatten, hatte Jean mit seinem Pferd in die Menge sprengen müssen, um die Streitenden auseinanderzutreiben.

Alles in allem, so hatte Jean vor ein paar Tagen beim Abendessen Resümee gezogen, hatten die indischen Kontraktarbeiter bisher mehr Arbeit gemacht als geleistet. Julie hatte gehofft, das würde sich allmählich zum Besseren kehren, aber die Botschaft, die Jean ihr nun gerade unterbreitet hatte, ließ Schlimmes erahnen.

Am späten Nachmittag versuchte Julie zu erfahren, was es mit dem Fest auf sich hatte. Sie wandte sich an Sarina, die junge Inderin, derer sie sich im Fort angenommen hatte. Sarina arbeitete seit ihrer Ankunft auf der Plantage im Haus und Julie war begeistert von deren Fingerfertigkeit beim Nähen. Binnen weniger Tage war es der jungen Frau gelungen, sämtliche Vorhänge des Hauses nach einer Vorlage nachzuarbeiten, die Julie einem älteren Magazin entnommen hatte und die die europäische Mode der

Fensterdekoration abbildete. Die alten schweren Vorhänge, die schon seit vielen Jahren vor den Fenstern hingen und an einigen Stellen recht fadenscheinig wirkten, waren Julie längst ein Dorn im Auge gewesen. Da die Plantage aber gerade einmal genug zum Leben abwarf, konnte Julie es sich nicht leisten, einfach in der Stadt eine neue Innendekoration zu bestellen. Zudem fehlte ihr jeglicher Eitel, was die Wohnräume anging.

Julie war froh, diese Aufgabe für Sarina gefunden zu haben. Die Beschäftigung der anderen neuen weiblichen Arbeitskräfte gestaltete sich hingegen schwieriger. Liv hatte die indischen Frauen für die Küche und die Kostäcker angelernt, damit sie sich selbst versorgen konnten. Jede Hütte des Dorfes besaß einen eigenen Kostacker, auf dem die Bewohner allerlei anbauen konnten, nicht wenige besaßen dort sogar einen Hühnerstall. Aber insgesamt entsprachen diese Tätigkeiten der Arbeiterinnen nicht dem Pensum eines ganzen Tages. Jean sprach schon davon, sie auch auf den Feldern einzusetzen, aber Julie zögerte noch, dem zuzustimmen, die Arbeit dort war hart. Und da Sarina von allen am anfälligsten schien, hatte Julie bestimmt, dass ihr zunächst nur Aufgaben im Haus zugeteilt würden. Nachdem Julie per Zeichensprache versucht hatte herauszufinden, was Sarina konnte, und diese daraufhin unter eifrigem Nicken nachdrücklich Nähbewegungen gemacht hatte, hatte Julie es darauf ankommen lassen. Und es nicht bereut.

Eben war Sarina dabei, ein weiteres Paar geänderter Vorhänge wieder aufzuhängen. Julie beschloss, die Gelegenheit beim Schopfe zu packen und Sarina nach dem Fest zu fragen. Die Inderin hatte in den letzten Wochen eifrig einige Wörter und Sätze Niederländisch gelernt, somit war zumindest schon einmal eine einfache Konversation möglich. Julie war dafür dankbar, denn außer Sarina und deren Mann Kadir zeigte keiner der Inder Interesse, die Sprachen des Landes zu lernen.

»Dann müssten sie ja auch verstehen und gehorchen«, unkte

Jean manchmal, dem die mangelnde Sprachkenntnis auf den Feldern mehr Schwierigkeiten bereitete als Julie im Haus.

»Sarina, was für ein Fest wollen deine Leute feiern?« Julie zupfte den Stoff vor den Fenstern zurecht.

»Oh Misi, feiern *durga puja*. Wichtiges Fest. Großes Fest. Ist für Göttin Durga.« Sarina strahlte, dann aber huschte ein Schatten über ihr Gesicht. »Wird nicht Fest wie in Indien. Können feiern nicht richtig, fehlen viele Dinge.«

»Vielleicht können wir diese Dinge ja noch besorgen«, warf Julie beruhigend ein, bevor sie zögerlich fortfuhr: »Aber ... wann werdet ihr wieder arbeiten? Der Masra macht sich Sorgen wegen ...«

»Masra nicht Sorgen machen – nicht lange dauern Fest, arbeiten wieder in Tagen ...« Sarina zeigte mit den Fingern in die Luft.

»Elf?« Julie seufzte. Elf Tage ohne die indischen Arbeiter, wie sollte sie das Jean beibringen?

»So lange? Das geht nicht! Nein!« Jean war wie erwartet zornig, als er beim Abendessen von den Plänen seiner neuen Arbeiter hörte. Mit einem ernüchterten Gesichtsausdruck warf er seine Serviette auf den Tisch und sah Julie vorwurfsvoll an.

Julie versuchte, ihn zu beruhigen. »Sarina hat gesagt, dass ... dass nicht alle die ganze Zeit feiern, einige könnten auch arbeiten, und sie hat versprochen, mit Kadir zu reden, dass er das organisiert. Ich habe ihr gesagt, dass sie feiern dürfen, solange die Plantage nicht darunter leidet.«

»Julie, du weißt doch gar nicht, was und wie sie feiern. Wenn sie ... wie ... und das elf Tage lang?«

Die Schwarzen feierten selten, aber wenn, dann waren ihre *dansi* rauschende Feste.

»Nein, schau dir die Leute doch an, sie entsagen doch jeder Völlerei. Ich kann mir nicht vorstellen, dass sie sich wild betrinken, dass es Probleme gibt.«

»Das hoffe ich. Elf Tage lang sturzbetrunkene Arbeiter können wir momentan wirklich nicht gebrauchen.«

Die Inder betranken sich nicht. Trotzdem brachten sie den Rhythmus auf der Plantage mit dem *durga-puja*-Fest ordentlich durcheinander. Am Morgen ertönte das helle Klingen eines Glöckchens, und während sich die Schwarzen noch einmal in ihren Hängematten umdrehten, pilgerten die Inder, begleitet von melodischem Singsang, zum Fluss, um sich zu waschen. So weit erschien Julie noch nichts sonderlich außergewöhnlich. Am Tage gingen die Männer sogar arbeiten, während die Frauen die Wege zwischen den Hütten schmückten und allerlei Süßigkeiten zubereiteten. Die Frauen brachten jeden Nachmittag ihrem Masra und ihrer Misi eine Schale voll davon als Geschenk. Die Jungen waren begeistert, und selbst Jean ließ sich von dem Süßzeug milde stimmen. Ab dem fünften Tag aber begannen die eigentlichen Festlichkeiten, und Julie war froh, dass es auf der Plantage keinen christlichen Missionar gab. Dieser hätte wohl sein Heil in der Flucht gesucht. Stattdessen war es Karini, die eines Abends plötzlich verschreckt auf der hinteren Veranda auftauchte und mit großen Augen berichtete, die Inder würden jetzt schaurige Geister herumtragen.

»Das müssen wir uns ansehen. Los, Henry.« Martin wollte schon loslaufen, als Julie ihn stoppte.

»Ihr bleibt schön hier. Ich gehe erst mal schauen, was da los ist.«

Die Jungen quittierten das Verbot mit missmutigem Gequengel, sie seien doch keine kleinen Kinder.

»Geht rein. Es wird gleich dunkel, ihr könnt morgen gucken, heute nicht mehr.« Julie schob die beiden Jungen durch die Hintertür ins Haus. Karini ging freiwillig mit, sie hatte ganz offensichtlich wenig Lust, die Geister noch einmal zu sehen.

»Wenn Sie erlauben, Mevrouw Riard, werde ich Sie begleiten.« Paul Rust war ebenfalls auf die Veranda getreten.

»Gerne.« Julie kam das Angebot des jungen Lehrers ganz recht. Jean war noch auf den Feldern, und sie hatte keine Ahnung, was sie im Arbeiterdorf erwartete. Sie war von den ehemaligen Sklaven und auch von den Maroons einige ihr fremde Feste und Rituale gewohnt, und sie war neugierig, was dort vor sich ging.

Im Dorf hatten sich bereits etliche Schwarze als Schaulustige eingefunden. Leise murmelnd bestaunten sie die Prozession, die gerade zwischen den Hütten entlangkam. An der Spitze trugen die Männer Fackeln und große Bananenpflanzen, die mit einem Sari umwickelt waren und sogar Perücken aus Grasbüscheln trugen. Begleitet wurde der Zug von Tanz und einem beschwörenden Gesang, zu dem die großen Bananenpflanzenpuppen sich zu bewegen schienen.

Julie und der Hauslehrer beobachteten das Geschehen aus dem Hintergrund. Die Inder schritten einmal durch das ganze Dorf, um dann wieder in den Bereich zurückzukehren, in dem ihre Hütten standen. Die Dunkelheit war inzwischen hereingebrochen, und die gesamte Prozession wurde nur vom Schein der Fackeln erhellt. Julie und Paul Rust folgten dem Zug. Was Julie dann auf einem freien Platz zwischen den Hütten im Feuerschein erblickte, ließ ihr zunächst den Atem stocken. Dort hatten die indischen Arbeiter einen bunt geschmückten Altar aufgebaut, auf dem eine große Figur stand.

»Ich glaube, das soll die Göttin Durga darstellen«, flüsterte Paul Rust, der fasziniert auf das Schauspiel schaute.

Julie ahnte, was Karini so erschreckt hatte: Die große Figur war offensichtlich aus Stoff und Gras und allerlei sonstigen Materialien zusammengesetzt. Sie sah auf den ersten Blick menschlich aus, auf den zweiten aber erkannte Julie insgesamt zehn Arme, in deren Händen die unterschiedlichsten Waffen steckten. Im Schein der Fackeln schien sich die Figur zu bewegen.

Paul Rust beobachtete aufmerksam das Geschehen zwischen den Hütten. »Wussten Sie, dass in der indischen Gesellschaft ein ganz anderes System herrscht als bei uns?« Er deutete auf die einzelnen Grüppchen von Menschen, die zusammenstanden. »Die Inder haben ein sogenanntes Kastensystem: Jeder wird in seine Stellung hineingeboren und kann diese auch nicht verlassen. Aus seiner Kaste kann man nicht heraus, allerhöchstens im nächsten Leben. Die unteren Kasten haben ein schweres Los, sie sind in Indien das, was hier einst die Sklaven waren. Die Menschen der einzelnen Kasten bleiben dann auch am liebsten unter sich.«

Julie betrachtete ihn interessiert von der Seite. Sie war fasziniert von seinem Wissen und lauschte seinen Worten aufmerksam. So genau hatte sie sich mit der Kultur der Inder nicht befasst. Plötzlich aber verstand sie, was Kadir Jean am Tag der Ankunft auf der Plantage mit dem Wort *castes* zu erklären versucht hatte. Offensichtlich hatten die Leute deswegen nicht zusammen in den Hütten leben wollen.

Julie ließ ihren Blick zurück zur Figur wandern und deutete Paul Rust an, dass sie sich zurückziehen wollte. Sie hatte genug gesehen. Auch die Schwarzen hielten respektvoll Abstand, war ihnen diese Zeremonie doch ebenso fremd wie den Weißen.

Noch weitere vier Tage und Nächte wurde im indischen Teil des Dorfes gefeiert. Henry und Martin beäugten am Tag interessiert den Altar mit der Figur. Julie hatte ihnen aber befohlen, Distanz zu wahren. »Wir müssen ihre Religion respektieren, habt ihr das verstanden?«

Martin konterte spitz: »Die einzig richtige Religion ist die der Christen! Das, was sie da machen, ist Götzenverehrung.«

Julie wollte gerade etwas erwidern, als Jean ihr mahnend die Hand auf die Schulter legte. Julie aber fühlte sich an Martins Vater und seine Ansichten erinnert, mit denen sie nie zurechtgekommen war. Sie hatte sich häufig mit Pieter gestritten, als sie gezwungen gewesen war, mit ihm unter einem Dach auf der Plantage zu leben. In der Zeit, in der er das Sorgerecht für Henry an sich gerissen und sie erpresst hatte, sodass sie monatelang keinen

Einfluss auf Pieters Treiben auf der Plantage gehabt hatte, war sein wahres Wesen hervorgebrochen. Julie hatte nie herausgefunden, warum er solch einen Hass auf alle Farbigen in sich trug. Diese Zeit der Hilflosigkeit hatte eine tiefe Wunde in ihrer Seele hinterlassen.

Kapitel 11

»Ich freue mich sehr, dass Erika uns besuchen kommt.« Julie legte den Brief beiseite und betupfte sich mit einem Taschentuch die Stirn. Es war Ende Februar, und nach der kleinen Regenzeit war es sehr schnell drückend heiß geworden. Das ließ erahnen, dass die große Regenzeit zwischen April und August auch in diesem Jahr starke, feuchtwarme tropische Hitze bringen würde.

Bei ihrer Ankunft in Surinam vor nunmehr ziemlich genau achtzehn Jahren hatte Julie sich noch auf den dauerhaften Sommer gefreut, dann aber schnell lernen müssen, dass das tropische Klima mit europäischen Verhältnissen nicht zu vergleichen war. Hitze und Feuchtigkeit forderten den Menschen manchmal nahezu alles ab, schienen sie auszulaugen und zu zermürben und brachten nicht selten schwere Krankheiten mit sich.

Julies alte Freundin Erika hatte eine Nachricht aus der Stadt geschickt, mit der Bitte, Rozenburg mit einigen der von ihr betreuten Kinder in den Wochen der kurzen Trockenzeit zwischen Ende Februar und April besuchen zu dürfen. Sie machte sich Sorgen, dass die Kinder aufgrund des außergewöhnlich schwülen Wetters vom Fieber heimgesucht werden könnten. Das Fieber war ein tückisches Alltagsleiden in der Kolonie, fast jeder Zweite war früher oder später davon betroffen – auch Julie hatte in den letzten Jahren mehrmals daniedergelegen und gegen diese Geißel gekämpft. Sie war gleich geneigt gewesen, ihre Jungen auch aus der Stadt zu rufen. Aber Jean hatte sie beschwichtigt.

»Es ist doch jedes Jahr so. Erikas Kinder sind von schwacher

Konstitution, viele waren schon krank, bevor sie zu ihr kamen. Henry und Martin geht es gut, glaub mir, und sie sind schon viel älter und kräftiger, als die Kinder, die Erika betreut.«

Für Kinder war das Tropenfieber besonders gefährlich, immer noch war die Sterberate gerade in der ärmeren Bevölkerungsschicht sehr hoch. Erika versuchte, die Bewohner des Kinderhauses, so gut es ging, davor zu schützen, schrieb aber, dass einige der neu aufgenommenen Schützlinge von sehr zarter Gesundheit seien.

Julie freute sich auf die Abwechslung zum eintönigen Plantagenalltag. Früher, als die Jungen noch dauerhaft daheim und auch unter den Arbeitern viele Familien gewesen waren, hatte es im Haus oder auf dem Wirtschaftshof dahinter immer Kinderlachen gegeben. Julie vermisste diese Zeiten schmerzlich.

Julie wies Sarina und Liv an, einige Zimmer im Gästehaus herzurichten, und erklärte, dass ihre Freundin mit einigen Kindern aus Paramaribo anreisen würde. Bei der Erwähnung der Kinder huschte ein trauriger Schatten über Sarinas Gesicht, und Julie verspürte einen Stich im Herzen. Sie hatte nie herausgefunden, was mit Sarinas Tochter passiert war. Die Inderin sprach auch nicht darüber. Manchmal aber starrte sie gedankenverloren auf den Fluss und versank in Melancholie.

Das Gästehaus lag hinter dem Plantagengebäude am Rande des Wirtschaftshofes und wurde eher selten genutzt. Früher hatten sich die Plantagenbesitzer gelegentlich untereinander besucht, dem kolonialen Luxus gefrönt und den Vorzug genossen, nicht selbst arbeiten zu müssen. Doch diese Zeiten waren längst vergangen. Heute waren die Plantagenbesitzer ebenso gefordert wie ihre Arbeiter. Um eine Plantage wirtschaftlich zu betreiben, bedurfte es heutzutage mehr als ein paar Hundert Arbeitssklaven und genügend Land. Einige wenige alteingesessene Kolonisten hatten dies zwar noch nicht so recht verstanden und versuchten weiterhin, den alten Lebensstil zu genießen, mussten aber schließlich einsehen, dass die goldenen Zeiten vorbei waren.

Plantagenbesitzer wie Julie und Jean, die sich redlich bemühten, ihre Pflanzungen zu erhalten, hatten in den ersten Jahren nach der Sklavenemanzipation oft nur ein mitleidiges Lächeln geerntet. Vor allem Julie, die sich auch in der Stadt um die geschäftlichen Kontakte kümmerte, wurde als Frau zunächst nicht ernst genommen. Als sich aber herausstellte, dass eine Zuckerrohrplantage nur mit viel Fleiß und Beharrlichkeit geführt werden konnte, und jeder, der am alten Lebensstil festhielt, plötzlich um seine Existenz kämpfen musste, belächelte man sie nicht mehr. Julie war stolz darauf, dass es ihr zusammen mit Jean bisher gelungen war, Rozenburg durch die schweren Zeiten zu bringen. Aber noch waren diese nicht überstanden.

Schon zwei Wochen später legte das Boot von Erika an der Plantage Rozenburg an. Hinter Erika kletterten acht Kinder an Land. Eines davon war Erikas Tochter Hanni, ein zartes, hellblondes Mädchen in Henrys Alter. Julie war verwundert, da Hanni ebenfalls in der Stadt die Schule besuchte, die dunklen Augenringe des Kindes verrieten ihr aber, dass auch sie Erholung nötig hatte. Neben Hanni standen fünf farbige Kinder verlegen am Steg, und neben diesen wiederum zwei größere, die denen der indischen Arbeiter glichen.

»Herzlich willkommen.« Julie ließ es sich nicht nehmen, ihre Freundin trotz der anhaltenden Hitze des Tages persönlich am Ufer zu begrüßen. Erika und die Kinder wirkten müde und erschöpft. Sie waren verschwitzt, da das Boot am Heck nicht mit einem Segeltuch überspannt war und die kleine Reisegesellschaft somit während der letzten Stunden in der prallen Sonne gesessen hatte. Erikas Gesicht und Hände waren krebsrot.

Julie seufzte, als sie ihre Freundin in die Arme schloss. Sie freute sich sehr, sie zu sehen. »Erika, wie schön, dass du hier bist!

Warum habt ihr denn ein offenes Boot genommen?«, fragte Julie, obwohl sie die Antwort kannte. Mietboote waren teuer, und Erika hatte nach wie vor nicht viel Geld.

»Ach, das ging schon.« Erika betastete vorsichtig ihre roten Wangen.

»Ja, das sehe ich. Komm, ich lass dir von Liv gleich eine Salbe mischen.« Julie führte Erika in Richtung Haus.

Die Kinder tappten mit schüchternen Schritten hinterher. Als Julie, Erika und Hanni die vordere Veranda erreichten, bemerkten sie, dass die Kinder ihnen nicht gefolgt waren. Sie standen auf dem Weg aus hellem Muschelsand und beäugten neugierig einen Gegenstand zu ihren Füßen.

»Kinder?« Julie ging zurück. Sie lachte, als sie sah, was sie aufgehalten hatte, und hockte sich amüsiert hin. »Das ist nur eine Schildkröte. Keine Sorge, sie tut euch nichts.« Dabei tätschelte sie Monks den Panzer, der wie versteinert auf seinen kurzen Beinen auf dem Weg stand. »Sie heißt Monks«, erklärte sie, »und wohnt hier im Garten unter den Büschen. Wenn ihr möchtet, dürft ihr sie morgen einmal füttern.«

Die Kinder machten große Augen. Julie wunderte sich zum wiederholten Male, wie wenig diese Kinder in der Stadt von der Natur um sich herum mitbekamen. Eine Schildkröte, so dachte sie, war für ein surinamisches Kind doch nichts Außergewöhnliches.

»Und nun kommt, ihr habt bestimmt Hunger und Durst.« Julie geleitete die Kinder um das Haus herum, wo Liv im Schatten der Bäume bereits einen langen Tisch aufgebaut hatte.

Nachdem die Kinder Platz genommen hatten und Erika sie ermahnt hatte, artig zu sein, was Julie angesichts ihrer verschüchterten Blicke für überflüssig hielt, gingen die beiden Frauen und Hanni in das Plantagenhaus. Im Esszimmer hatte Sarina den Tisch gedeckt und Getränke bereitgestellt.

»Oh – ihr habt ja auch indische Kontraktarbeiter aufgenommen«, sagte Erika erstaunt, als sie Sarina in ihrem bunten Sari sah.

»Ja, Jean hielt es für das Beste. Wir hatten Probleme, weil so viele der ehemaligen Sklaven nun eigene Wege gehen wollen.« Julie geleitete Erika in den kühlen Raum.

»Sind zwei der Kinder, die mit dir gekommen sind, auch indischer Herkunft?«

»Ja, die beiden sind nach der Ankunft eines Schiffes im Hafen gestrandet. Die Armen, erst so eine lange Reise und dann auch noch die Eltern verloren ... ich frage mich, wann man die Transportbedingungen für Arbeiter endlich verbessern wird.«

Julie nickte zustimmend und hob ihren Kopf in Richtung Sarina, die gerade den Raum verließ. »Sie hat auch ihr Kind verloren.«

Einen Moment schwiegen die Freundinnen bedrückt. Beide wussten, wie grausam der Verlust eines geliebten Menschen war.

»Und, gibt es Neuigkeiten aus der Stadt?«, wechselte Julie das Thema.

Erika lächelte. »Du willst doch nur wissen, ob ich deine Jungen noch besucht habe, bevor ich aufgebrochen bin. Ja, ihnen geht es gut. Keine Sorge. Kiri kümmert sich bestens um die beiden.«

Julie war ehrlich erleichtert.

»Allerdings ...«

»Allerdings was?« Julie spürte, wie sie sofort von einer tiefen Besorgnis befallen wurde.

»Nichts Schlimmes, Juliette.« Erika tätschelte ihrer Freundin beruhigend die Hand. »Kiri deutete nur an, dass ... Martin momentan etwas schwierig sei.«

Julie seufzte. »Ja, es war schon bei ihrem letzten Besuch hier nicht einfach. Ich weiß nicht, was ich machen soll, er ...« Sie flüsterte fast, als sie die Erkenntnis zum ersten Mal aussprach, »er wird seinem Vater immer ähnlicher.«

Kapitel 12

Karini erreichte atemlos den Schulhof von Masra Henry und Masra Martin. Gerade noch rechtzeitig, denn die ersten Schüler kamen bereits aus dem Gebäude. Sie hatte sich eilen müssen. Über ihre eigenen Aufgaben, die sie noch zu erledigen gehabt hatte, hatte sie fast die Pause vergessen. Nun, da sie selbst nicht mehr zur Schule ging, beauftragte ihre Mutter sie zunehmend mit allerlei Dingen im Haushalt. Karini schmerzte es, nun arbeiten zu müssen und all die vielen wertvollen Dinge, die sie noch nicht wusste, nicht lernen zu können. Wenn sie im Stadthaus putzte, nahm sie gerne ein Buch aus einem der Regale und blätterte vorsichtig darin. So auch heute. Hätte ihre Mutter nicht gerufen …

Während des schnellen Laufs war etwas Milch aus den Gläsern geschwappt. Vorsichtig versuchte sie, das Malheur mit einem Tuch aus ihrer Kittelschürze zu beseitigen. Eines der Brote aber hatte einige Tropfen abbekommen und weichte nun sichtlich auf.

Eilig ging sie auf die jungen Masras zu, um ihnen ihr Frühstück zu übergeben. Während Masra Henry ihr flüsternd erzählte, was er gerade über chemische Reaktionen von Wasser gelernt hatte und gar nicht auf die Mahlzeit achtete, erwischte Masra Martin ausgerechnet das aufgeweichte Brot. Plötzlich bekam sein Gesicht einen bösen Ausdruck, und er hielt Karini das Brot unter die Nase.

»Was soll das? Soll ich das etwa noch essen?«

Masra Henry hielt inne und starrte Masra Martin verblüfft an. Masra Martin ließ den Teller mit einem Scheppern auf das Tablett fallen und verschränkte die Arme vor der Brust. »Manchmal wäre es besser, man dürfte euch Neger noch bestrafen«, gab er von sich.

Karini traute ihren Ohren nicht.

Masra Henry fand seine Sprache wieder. »Martin, hör auf! Was soll das?«

Inzwischen hatten sich einige Schüler zu ihnen umgedreht und beobachteten das Geschehen gespannt. Karini war unwohl. Sie hatte mehrmals erfahren müssen, dass Masra Martin in der Gegenwart anderer *blanker* nicht besonders freundlich zu ihr war. Eigentlich war er, seit sie wieder in der Stadt waren, ihr gegenüber die ganze Zeit sehr ablehnend gewesen. Dass er sie aber öffentlich tadelte wie eine Untergebene, das war noch nie vorgekommen.

Sie trat einen Schritt zurück. Masra Henry stellte sich schützend vor sie.

»Lass sie in Ruhe Martin, das kann doch mal passieren.«

Masra Martin, der, wie Karini schlagartig klar wurde, wusste, dass sie beobachtet wurden, gab so schnell nicht klein bei. »Du läufst jetzt los und holst mir ein neues Brot.«

»Martin, das ist doch Quatsch, das schafft Karini nicht bis zum Ende der Pause. Hier ... du kannst meines haben.« Masra Henry hielt Masra Martin versöhnlich sein Pausenbrot hin.

Inzwischen waren einige andere Schüler näher getreten und tuschelten.

»Ich will dein Brot nicht.« Mit einer unwirschen Handbewegung schlug Masra Martin Masra Henry das Brot aus der Hand, sodass es im staubigen Sand des Schulhofes landete.

»Hey, was soll das?« Masra Henry machte einen Schritt nach vorn und schubste seinen Kontrahenten.

Die umstehenden Kinder und Jugendlichen johlten auf, als Masra Martin zurückschubste. Karini stand hilflos mit ihrem Tablett daneben.

»Was geht hier vor?« Eine tiefe Männerstimme setzte der Schubserei ein jähes Ende.

Die Schüler, die sich um die beiden Streithähne geschart hatten, traten respektvoll auseinander, und die hochgewachsene, breite Gestalt von Lehrer Grevender trat hervor. Masra Martin und Masra Henry ließen voneinander ab. Masra Henry senkte sofort den Blick, Masra Martin jedoch funkelte Karini böse an. Dann zeigte er mit dem Finger auf sie und beschwerte sich.

»Sie hat sich erlaubt, mir ein schlechtes Brot zu bringen, und weigert sich, mir ein neues zu holen.«

Karini sah, wie der Lehrer sie kurz mit seinem Blick fixierte. Dann wandte er sich wieder an Masra Martin.

»Euch hat auch keiner beigebracht, wie man mit diesem Negerpack richtig umgeht.« Er gab Masra Martin seinen Zeigestock in die Hand, den er stets bei sich trug.

Karini lief ein eiskalter Schauder den Rücken hinunter, als ihr klar wurde, was das bedeutete.

»Martin!« Masra Henry starrte seinen Ziehbruder erschrocken an, während Karini einen weiteren Schritt zurückwich. Die Angst steigerte sich in Panik.

Masra Martin zögerte. Die Wut, die ihn eben noch so offensichtlich getrieben hatte, war aus seinem Gesicht gewichen. Unsicher starrte er auf den Stock in seiner Hand. Bevor er aber reagieren konnte, riss ihm der Lehrer diesen wieder aus der Hand.

»Verweichlicht seid ihr alle, verweichlicht ... und du ...« Er machte einen Schritt auf Karini zu, holte blitzschnell aus und hieb ihr mit einem kräftigen Schlag auf den Oberarm.

Karini schrie vor Schreck und Schmerz auf, ließ das Tablett fallen und rannte, so schnell sie konnte, davon.

Im Stadthaus stürmte Karini tränenüberströmt an ihrer Mutter vorbei, ignorierte deren Rufe und verschwand sofort in ihrer Kammer im Hinterhaus. Im schummerigen Licht der kleinen

Hütte fühlte sie sich sicher, verkroch sich in ihrer Hängematte und zog sich ihr Schlaftuch über den Kopf.

»Karini, was ist denn los?« Kiri war ihrer Tochter gefolgt und schaute nun besorgt durch die Türöffnung.

Als Karini sich nicht regte, trat sie zu ihr an die Hängematte und versuchte, das Tuch von Karini zu ziehen.

»Lass mich!«, heulte Karini auf.

Aber es war zu spät. Ihre Mutter hatte das Tuch angehoben. Die lange, rote Strieme auf Karinis Arm war selbst im schummerigen Licht der Hütte nicht zu übersehen.

»Wer war das?«, fragte sie mit harter Stimme.

Karini gab keine Antwort. Was sollte sie auch sagen? Dass Masra Martin, den sie bis heute für ihren Freund gehalten hatte, sie verpetzt hatte, sodass dieser Lehrer sie geschlagen hatte? Dass sie diesen Schulhof nie, nie, nie wieder betreten würde? Karini heulte.

Ihre Mutter strich ihr beruhigend über das Haar. »Ach, Karini«, ihre Stimme war jetzt weicher, »hast du denn etwas angestellt?«

Karini schüttelte schnell den Kopf. Obwohl ... »Ich hab«, schluchzte sie, »ich hab nur versehentlich etwas von Masra Martins Milch verschüttet ... da kam ... da war ... der Lehrer.«

Kiri seufzte und umarmte ihre Tochter. »Karini, so schwer das auch ist, es gibt leider immer noch *blanke*, die noch nicht verstanden haben, dass wir inzwischen auch Rechte haben. Damit müssen wir leider leben und damit müssen wir leider auch lernen umzugehen.«

Karini wischte sich die Tränen aus dem Gesicht. »Er hat mich geschlagen«, flüsterte sie.

»Ja, Kind, ich weiß, aber das kannst du nicht ändern, du kannst ihm nur wieder entgegentreten, um zu zeigen, dass wir uns von so etwas nicht einschüchtern lassen. Deswegen wirst du dich jetzt waschen, ich gebe Salbe auf deinen Arm und dann wirst du gleich wieder hingehen und den Jungen ihre nächste Pausenmahlzeit bringen.«

Karini war entsetzt. »Nein!«

»Doch, das wirst du, und jetzt steh auf und wasch dir die Tränen ab.« Mit diesen Worten verließ Kiri die Hütte.

Karini starrte ihrer Mutter wütend nach. Doch als diese ihr beim Verlassen der Hütte den Rücken zukehrte, wurde Karini schlagartig bewusst, warum ihre Mutter das von ihr verlangte. Sie wusste, dass der Rücken ihrer Mutter übersät war von alten Narben. Narben von Peitschenschlägen. Sie waren alt, und Karini konnte sich nicht vorstellen, dass ihre Mutter diese Narben durch die Hand von Masra Jean oder der Misi Juliette bekommen hatte. Aber sie waren da, und das bedeutete, dass sie in ihrem Leben mehr als einmal die Peitsche eines *blanken* zu spüren bekommen hatte.

Karini schämte sich und drückte absichtlich fest auf die Strieme auf ihrem Oberarm. Was hatte ihre Mutter schon alles erleiden müssen durch die *blanken* – und sie selbst jammerte jetzt, weil sie einmal einen Stock zu spüren bekommen hatte, den ersten ihres Lebens. Aber ob es nun am Schlag lag oder an der Gewissheit, dass Masra Martin soeben einen Keil in ihre Freundschaft getrieben hatte, war Karini bewusst, dass sich ab heute einiges ändern würde.

Sie raffte sich auf, reinigte ihr Gesicht und machte sich auf den Weg in die Küche, um ein neues Tablett von ihrer Mutter in Empfang zu nehmen. Sie würde gleich wieder zur Schule gehen und den Jungen ihr Essen bringen. Sie würde sich nicht unterkriegen lassen. Sie war nämlich schwarz … und nur ein bisschen weiß.

Kapitel 13

Inika war beeindruckt gewesen, als sie das imposante Plantagenhaus auf dem erhöhten Ufer aus der Ferne vom Boot aus erspäht hatte. Sie hatte auf der stundenlangen Fahrt von der Stadt hierher einige Plantagen vorbeiziehen sehen, aber nicht damit gerechnet, dass sie auch an einem so herrschaftlichen Ort anlegen würden. Doch dann geschah es in der Tat. Eine blonde, sehr freundliche Frau hatte sie dort in Empfang genommen. Sie hieß Misi Juliette, wie Misi Erika ihnen noch auf dem Schiff erklärt hatte. Misi Juliette und ihrem Mann Masra Jean gehörte diese Plantage. Inika war froh gewesen, das Boot verlassen zu können. Der Fluss war breit und führte dunkles Wasser, sie wusste nie, was unter ihr war. Auf einigen großen Sandbänken hatten merkwürdige Tiere gelegen. Im ersten Moment hatten sie ausgesehen wie Baumstämme, im nächsten hatten sie aber ihre großen Mäuler aufgesperrt und waren mit einer blitzschnellen Bewegung im Wasser verschwunden. Dass diese Tiere dann gar unter dem Boot im Wasser herumschwammen, beruhigte Inika nicht gerade.

Inika war sich, wie die anderen Kinder auch, von Anfang an unsicher gewesen, wie sie sich der weißen Misi gegenüber verhalten sollte. Und dann waren sie hier begrüßt worden, als wäre es ganz alltäglich, dass eine Schar fremder Kinder an einer Plantage von einem Boot stieg. Aber das wusste Inika ganz genau: Es war eben nicht alltäglich. Und deshalb war sie misstrauisch, was sie wohl erwartete. Sie und Bogo hatten sich in der Stadt und im Kinderhaus gut eingelebt, vertrugen das Essen und verstanden mittlerweile viele Worte der neuen Sprache, wobei Inika sich damit leichter tat als ihr Begleiter, der überhaupt nicht sprach. Und nun sollten sie wieder einige Wochen an einem ganz anderen Ort verbringen. Auf dieser Plantage.

Die jüngeren Kinder schienen ihre Bedenken nicht zu teilen. Sie redeten wild durcheinander und konnten vor Aufregung kaum still sitzen, als sie an einem großen Tisch Platz nehmen sollten, um zu essen. Eine schwarze Frau trug den Kindern nun das Essen auf, Misi Erika war mit Misi Juliette und Misi Hanni in das Plantagenhaus gegangen. Inika versuchte, die fünf kleineren Kinder am Tisch ruhigzuhalten. Und hatte damit alle Hände voll zu tun.

Als sie nach dem Essen von Misi Erika in ein kleines Haus hinter dem großen Plantagengebäude geführt wurden, sahen sich die Kinder mit großen Augen um. Das Kinderhaus in der Stadt war ein schönes Haus mit Zimmern, in denen jeweils zwei bis vier Kinder wohnten. Hier aber schienen die Zimmer noch größer zu sein, und die Betten darin ließen die Kinder an einen Traum glauben. Es waren nicht, wie im Kinderhaus, einfache Gestelle, aus Latten zusammengezimmert, sondern richtige Betten aus weiß gestrichenem Holz.

Ja, sie dürften darin schlafen, erklärte Misi Erika, aber sie sollten sich bitte vorher die Füße waschen. Diese Ermahnung wiederum hätte sie sich sparen können, denn gerade die schwarzen Kinder wuschen sich abends immer die Füße. Denn eines lernten sie hier vom ersten Lebenstag an: Abendliches Füßewaschen schützte vor Fieber. Inika hingehen hatte das noch nie gehört, befolgte diese Anweisung aber auch, zumal es gegen die allgegenwärtigen Sandflöhe half, die unablässig versuchten, sich in die Haut und unter die Zehennägel zu setzen. Ob diese das besagte Fieber übertrugen, das wollte sie lieber nicht herausfinden.

Nachdem sie gemeinsam die Kleinen in die Betten gebracht hatten und Misi Erika sich wieder in das Plantagenhaus begeben hatte, ging Inika auf das Zimmer, in dem sie und Bogo schlafen sollten. Bogo stand etwas verloren in der Mitte des Raumes und starrte schüchtern auf seine Füße, Inika aber schritt bedächtig durch den schönen, großen Raum und betrachtete alle Möbel und Gegenstände genau. Wie schön das alles war, wie neu! Es gefiel ihr hier. Sie fühlte sich ein bisschen wie eine kleine Maharani in einem Palast. Ihre Gedanken wanderten zu ihren Eltern. Ob sie auch so gut untergebracht waren? Vielleicht stimmte es ja, was ihr Vater gesagt hatte, vielleicht war es gar nicht so schlecht auf den Plantagen. Die Häuser waren jedenfalls groß und geräumig, das musste Inika zugeben, möglicherweise lebten hier sogar die Arbeiter etwas bequemer als die Arbeiter in Indien auf den Teeplantagen. Ihre Eltern hatten wohl recht gehabt damit, dass es ihnen in diesem Land besser ergehen würde als in der Heimat. Sie hoffte nur, dass ihre Mutter wieder gesund war.

Als sie aus dem Fenster schaute, sah sie den Wirtschaftshof der Plantage im Licht der untergehenden Sonne. Gegenüber, hinter den Küchengärten, die mittig auf dem Hof lagen und von gepflegten, weißen Wegen durchzogen waren, lagen Stallungen. Drei Pferde, deren Fell im Licht des Abends glänzte, standen am Zaun und spitzten die Ohren in Richtung des Plantagenhauses.

Dort, auf der hinteren Veranda, tauchten nun Misi Juliette und ein Mann auf. Er war hochgewachsen und hatte blondes Haar. Wohl der Masra Jean, von dem Misi Erika erzählt hatte. Beide gingen nebeneinander zum Gatter der Pferde, die leise wieherten und unruhig mit den Vorderhufen scharrten. Inika beobachtete die Pferde genau. Sie mochte diese edlen Tiere und hatte früher in Indien schon immer die vollblütigen Reitpferde der Engländer bewundert. Zwar hatten auch im Dorf einige Pferde besessen, aber diese waren Arbeitstiere und durchweg kleiner und struppiger gewesen als die englischen Pferde.

Die Misi und der Masra waren am Gatter der Pferde angekommen und fütterten sie mit irgendetwas. Die Tiere hatten sich beruhigt, sie kauten zufrieden und ließen sich von den Menschen die Köpfe streicheln.

Plötzlich erspähte Inika eine weitere Gestalt, die aus dem Haus kam. Eine Frau, die das bunte Kleid der Einheimischen wie zu einem Sari gewickelt trug und das Haar sittsam bedeckt hielt.

Inika stockte der Atem. Der Gang dieser Frau, die Geste, mit der sie sich das Tuch wieder über die Haare zog, als es zu verrutschen drohte, und das Kopfnicken, als sie an der Misi und dem Masra vorbeikam …

Mit einem Aufschrei, der Bogo zusammenzucken ließ, rannte Inika aus dem Zimmer.

Het loopt altijd anders dan je denkt

*Es kommt immer anders,
als man denkt*

*Surinam 1877–1878
Plantage Rozenburg, Paramaribo,
Plantage Berg en Dal*

Kapitel 1

Julie parierte Fina zum Halten durch.

Es war Anfang August, die Regenfälle wurden weniger, und die Hitze nahm mit jedem Tag zu. Die braune Stute gehorchte wie immer brav ihrer Reiterin, schnaubte und blieb am Rande des weitläufigen Zuckerrohrfeldes stehen. Julie atmete tief die noch kühle Luft des Morgens ein und streichelte ihrem Pferd den Hals.

Sie war Jean dankbar, dass er nicht müde geworden war, sie zu überreden, wieder auf ein Pferd zu steigen. Immerhin war sie jahrelang nicht geritten. Und in diesem Land gab es auch keinen Damensattel für den Seitsitz, wie sie ihn in den Niederlanden auf dem Landgut ihrer Freundin Sofia zum Reiten gehabt hatte. Das Landgut – für Julie lagen diese Zeiten wie in einem fernen Traum lange zurück. Die Sommer bei Sofia und ihrer Familie hatten ihr über ihre triste Jugend zwischen den grauen Internatswänden hinweggeholfen. Die Erinnerungen waren zumeist verblasst, aber der Wind in ihrem Haar, wenn sie und Sofia über die Felder geritten waren, der süßliche Duft von Heu und der kühle Morgentau würden für immer in ihrem Gedächtnis sein. Diese Erinnerungen hatten die Sehnsucht nach dem Gefühl von Freiheit auf dem Pferderücken in ihr geweckt, das Verlangen, wenigstens für kurze Zeit dem Alltag entfliehen zu können. Aber der Erfüllung dieser Sehnsucht des jungen Mädchens hatte zunächst der Anstand einer erwachsenen Frau im Weg gestanden. Allein die Vorstellung, sich breitbeinig auf ein Pferd zu setzen, hatte ihr jedes Mal die Schamesröte ins Gesicht getrieben.

»Jean, ich kann doch nicht ... ich setze mich doch nicht wie ein Landjunker auf ein Pferd! Nein!«

»Ach, das sieht doch keiner!« Jean hatte dieses Argument nicht gelten lassen wollen. Er hatte sie verschmitzt angelächelt und sie auf das Pferd zugeschoben. Julie hatte vergeblich versucht, sich aus seinen Armen zu winden.

»Doch, die Arbeiter sehen das ... und ... und du. Und außerdem habe ich keinen Reitrock und überhaupt ...«

»Na, dann zieh eine Hose von mir unter das Kleid, mich stört es nicht«, hatte Jean immer noch schmunzelnd entgegnet.

Julie war empört gewesen. Eine Hose! Man würde sie vermutlich für verrückt erklären. Die Chance, von einem anderen Weißen auf der Plantage gesehen zu werden, war zwar verschwindend gering, aber auch die Arbeiter würden sich ihren Teil denken. Sie hatte eine Weile gezögert, die Verlockung war dann aber doch zu groß gewesen. Und so war sie am frühen Morgen, noch bevor die Arbeiter aus ihren Hütten kamen, schließlich auf die Stute gestiegen, und Jean hatte sie sichtlich erfreut in die Felder begleitet. Schon bald hatte Julie wieder ein Gefühl für das Tier unter sich bekommen, hatte die Freude an einem schnellen Ritt, mit Gefühlen zwischen Angst und Lust, sie gepackt. Sie hatte das Pferd angetrieben und im gestreckten Galopp das erste Mal die wahre Größe ihrer Plantage erfahren.

Nach diesem Tag war Julie einmal mehr froh gewesen, auf Jean gehört zu haben, hatte sie doch zunächst mit dem Gedanken gespielt, die Pferde von Karl zu verkaufen. Jean aber hatte darauf beharrt, die Tiere zu behalten.

»Erstens brauche ich ein Pferd, um die Felder zu beaufsichtigen, und zweitens sind Pferde in diesem Land sehr wertvoll. Nicht, weil man hier besonders gut reiten könnte, sondern weil der Transport aus Amerika oder Europa teuer und aufwendig ist. Viele der Tiere vertragen das Klima hier nicht und sterben, und Liebhaber sind bereit, hohe Preise für eine gute Nachzucht zu zahlen«, hatte er Julie erklärt. Sie kannte ihn gut genug und wusste, dass er die Pferde durchaus nicht allein aus wirtschaftlichen Gründen, sondern vor allem aus Liebe zu diesen Tieren behalten wollte. Natürlich konnte sie ihm die Bitte nicht abschlagen.

Sie hatten also den Hengst und die Stuten behalten. Und schließlich war Fina in Julies Beisein zur Welt gekommen. Nie würde sie diese mondhelle Nacht vergessen.

Mit erfahrenen Handgriffen hatte Jean der Stute geholfen, das Fohlen zu gebären. Julie hatte ihn überrascht beobachtet, diese Seite an ihm hatte sie bisher nicht gekannt. Er war die Liebe ihres Lebens, ihr bester Freund und Berater, und er überraschte sie dennoch immer wieder aufs Neue, was ihre Liebe zu ihm, tief in ihrem Herzen, immer noch steigerte.

»Mein Vater hatte früher einige Zuchtstuten«, hatte er lapidar geantwortet und liebevoll das kleine Fohlen trocken gerieben.

Julie fragte nicht nach, Jean sprach nicht gerne über seine Eltern, die vor langer Zeit verstorben waren. Mit ihnen war auch deren Plantage und damit der gesamte Familienbesitz verloren gegangen. Diesen Verlust seines Zuhauses hatte Jean nie ganz überwunden, und vermutlich war er der Grund für die strenge Disziplin, die Jean bei der Bewirtschaftung von Rozenburg an den Tag legte.

Jean hatte sich zunächst als Buchhalter über Wasser gehalten und war in dieser Eigenschaft zu Karls Lebzeiten häufiger auf der Plantage gewesen – so lange, bis Karl den Verdacht hegte, Julie hätte ein Verhältnis mit Jean. Karl hatte ihn entlassen, Julie aber nach Henrys Geburt etwas besser behandelt als zuvor und das Kind als das seine anerkannt. Julie war sich bis heute nicht sicher, ob Karl gewusst hatte, dass Henry unmöglich sein Sohn sein konnte.

Im Gegensatz zu Karl ließ Jean Julie an allen Geschehnissen rund um die Plantage teilhaben. Er berichtete ihr immer ausführlich von den Arbeiten auf den Feldern, von seinen Plänen für die Plantage und so auch von der bevorstehenden Geburt des Fohlens. Als bei der Stute die Wehen eingesetzt hatten, hatte Jean Julie gefragt, ob sie dabei sein wollte. Sie war ihm dankbar für dieses Angebot gewesen, das nicht wenige Männer sicher als unpassend für eine Dame gehalten hätten.

»Aber so eine Geburt, na ja …«, hatte Jean schließlich auch zu bedenken gegeben.

»Ich habe immerhin auch schon ein Kind zur Welt gebracht«, Julie hatte lachen müssen.

Die Nacht im Stall, das kleine Wunder, das sich vor ihren Augen abgespielt hatte, das war einer dieser Momente, in denen Julie klar wurde, dass sie alles richtig gemacht hatte. Auch wenn ihr Weg steinig gewesen war. In diesem Moment war sie glücklich.

»Es ist eine kleine Stute. Gib ihr einen Namen«, hatte Jean gesagt, als das langbeinige, feuchte Fohlen neben der Stute lag.

»Fina«, hatte Julie geflüstert und dem kleinen Fohlen sachte über die weiße Schnippe zwischen den Nüstern gestreichelt.

Fina hatte sich schnell zu einer zierlichen, aber wunderschönen Stute entwickelt, und nachdem Jean sie eingeritten hatte, hatte er Julie feierlich Finas Kopfstück gereicht und gesagt: »Sie ist dein Pferd.«

Julie hatte ihn freudig umarmt und Fina sofort mit einigen Leckerbissen verwöhnt. Und in der Tat, trotz des noch jungen Pferdealters und trotz Julies geringer Reitkenntnisse fand Julie von diesem Tag an große Freude daran, auf ein Pferd zu steigen. Nicht nur die Kontrollritte zwischen den Feldern zu den Arbeiterkolonnen, sondern auch die seltenen, unbeschwerten morgendlichen Stunden auf dem Pferderücken genoss sie in vollen Zügen.

Auf der Plantage und zwischen den Feldern gab es nur wenige befestigte Wege, und eigentlich ritt man immer nur im Kreis, aber diese Zeit, am frühen Morgen kurz vor Sonnenaufgang, in der es schon hell, die Sonne aber noch nicht über die Baumkronen des Regenwaldes gestiegen war, gehörte Julie. Jetzt trieb sie die Stute wieder zu einem schnellen Galopp, die aus den Feldern aufsteigende Feuchtigkeit des Morgens benetzte ihr Haar und Gesicht. Der Weg endete am Flussufer, und sie parierte die Stute abermals durch, beobachtete mit den Zuckerfeldern im Rücken die Sonne auf der anderen Seite des Flusses, die über dem Regenwald aufging. Für einen kurzen Moment war es still, selbst die Brüllaffen schwiegen. Der neue Tag brach an.

Sie stieg vom Pferd und betrachtete andächtig die ersten Sonnenstrahlen, die das sonst so dunkle Wasser des Flusses silbrig glänzen ließen und tausend kleine tanzende Sterne auf das Wasser zauberten. Wo hatte sie das Leben nur hingeführt?

Karl hatte sie damals nicht aus Liebe geheiratet. Sie hatte sich als junge Frau von seinem charmanten Schauspiel täuschen lassen und seinen Antrag als Flucht vor einer Zukunft in einem Kloster gesehen. Ihr Onkel Wilhelm, der als ihr Vormund nur ihr großzügiges Erbe im Blick gehabt hatte, hätte alles dafür getan, das Geld zu bekommen. Dass dann Karl, an seiner statt, das Erbe erhielt und allein zu seinen Gunsten einsetzte, schmerzte sie heute kaum noch. Jean wusste, als ehemaliger Buchhalter der Plantage, dass Karl einen Teil des Geldes in den Niederlanden investiert hatte. Allerdings hatten sie nie genau herausgefunden, um welche Beträge es sich genau gehandelt hatte. Julie erstickte sämtliche Nachforschungen über dessen Investitionen im Keim, sie hatte das Kapitel abgeschlossen und wollte zudem nie wieder mit ihrem Onkel konfrontiert werden. Denn auch wenn Julie etwas Geld verloren hatte, so hatte sie auch etwas gewonnen: ein Zuhause, die Plantage Rozenburg. Und gerade weil ein Großteil ihres Erbes über Karl damals in diese Plantage geflossen war, war es in Julies Augen mehr als rechtens, für sich und ihren Sohn Anspruch auf die Plantage zu erheben.

Dass Karl sie nie geliebt und sich nach ihrer Ankunft in Surinam als grausamer Tyrann erwiesen hatte, das lag inzwischen in weiter Ferne. Julie hatte diese Jahre überstanden und hinter sich gelassen. Weder damals noch heute hatte sie für sich eine Zukunft in Europa gesehen, und so war sie ihrer neuen Heimat treu geblieben. Hier hatte sie viele Menschen kennengelernt, die ihr lieb und teuer waren, hier lag ihre Zukunft.

Fina trippelte plötzlich unruhig hin und her.

»Ist ja gut, ist ja gut.« Julie klopfte der Stute beruhigend den Hals und stieg wieder auf.

Kaum war der Zauber der morgendlichen Stunde verflogen, begann in diesem Land mit einem Schlag das wirkliche Leben. Sobald sich die Sonne über das Kronendach der Bäume geschoben hatte, gingen Myriaden von Stechmücken auf die Jagd – ein Pferd samt Reiterin war für sie ein willkommener Schmaus.

Julie wendete die Stute und ließ sie antraben, um dem Angriff der Mücken zu entkommen.

Als Julie ihr Pferd wieder auf den Hauptweg zwischen den Zuckerrohrfeldern gelenkt hatte, sah sie in der Ferne bereits den Tross der Feldarbeiter nahen. Vorweg ritt Jean, der die Arbeiter, wie jeden Morgen, zu den zu bestellenden Feldern führte.

Fina gab ein leises Wiehern von sich, das sogleich laut von Jeans Pferd beantwortet wurde. Julie sah, dass Jean seinen Hut zog und winkte. Sie ließ Fina in einen leichten Galopp fallen und ritt ihrem Mann entgegen.

Julie begleitete Jean ein Stück in Richtung der Felder.

»Du musst mit Sarina reden, Julie. Es hat gestern Abend schon wieder eine Auseinandersetzung im Dorf gegeben.«

»Zwischen den Indern und den Schwarzen?« Julie runzelte die Stirn.

»Nein, diesmal haben die Inder unter sich gestritten. Einer der Männer wurde sogar verletzt.« Jean wirkte ungehalten, und Julie wusste, dass ihm die bevorstehende Ernte im Kopf herumging und Unruhe unter den Arbeitern das Letzte war, was er jetzt gebrauchen konnte.

Julie beunruhigte diese Information ebenfalls. Sie gaben sich viel Mühe, die Kultur der Inder zu verstehen und ihr gerecht zu werden, aber es war kompliziert. »Ich werde mit ihr reden und sie fragen, was vorgefallen ist. Mach dir keine Sorgen.« Sie bemühte sich um einen beruhigenden Tonfall. »Bist du bis Mittag zurück, oder bleibst du den ganzen Tag auf den Feldern?«, fügte sie noch hinzu, während sie ihre Stute wendete, um zurück in Richtung Plantage zu reiten.

»Es wird wohl Abend werden. Du weißt, in wenigen Tagen können wir das Zuckerrohr wieder pressen.«

»Dann bis heute Abend.« Julie wusste nur zu gut, was er meinte. Die Zuckermühle auf der Plantage Rozenburg wurde mit Wasserkraft betrieben. Karl hatte das Zuckerrohr früher alle vier Wochen pressen lassen, aber Jean nutzte inzwischen jede Springflut, die hoch genug ausfiel, um die Mühle anzutreiben. Die Springfluten traten etwa vierzehntägig bei Voll- und Neumond ein. Dann war die Tide vom Meer so hoch, dass das Wasser in den Surinam und bis weit in das Landesinnere in die Kreeke gedrückt wurde und die Wasserräder die Mahlsteine auf den Plantagen in Bewegung setzen konnten. Zusätzlich ließ Jean seit einigen Jahren Ochsen an das Mahlwerk spannen, um mit voller Kraft das Zuckerrohr auspressen zu können. Da nie sicher war, wie stark eine Springflut ausfiel, musste in kurzer Zeit möglichst viel Zuckerrohr geerntet und verarbeitet werden. Die Arbeiter schlugen die Pflanzen auf den Feldern mit langen Macheten ab, luden sie auf Ochsen- und Maultierkarren und lenkten diese so schnell wie möglich zur Mühle. Dort wurde das Zuckerrohr zwischen die Mahlsteine gelegt und der Saft herausgepresst. Anschließend wurde dieser in einem weiteren Gebäude in großen Zubern zu zähflüssiger Melasse eingekocht und in Fässer abgefüllt, die mehrmals im Monat auf Booten nach Paramaribo transportiert und an eine Rumdestillerie oder auf Schiffe nach Übersee geliefert wurden.

Ein Zuckerrohrfeld konnte im besten Falle bis zu fünf Jahre jeweils einmal im Jahr abgeerntet werden. Die Stumpen der Pflanzen trieben wenige Wochen nach der Ernte neu aus, um dann nach zwölf Monaten wieder erntereif zu sein. Ein Teil der Felder diente dem Stecklingsanbau. Trieben die Pflanzen nach einigen Jahren nicht mehr aus, so mussten pro Feld viele Tausend neue Zuckerrohrpflanzen gesetzt werden. Neben der Hege der Pflanzungen, der Ernte, der Zucht von Stecklingen und der Neupflanzung oblag den Arbeitern auch die Instandhaltung der Be- und Entwässerungskanäle sowie der Brücken und Wege durch und entlang der Felder. Arbeit gab es also mehr als genug, das ganze Jahr über.

Die Tage vor dem Pressen waren immer besonders arbeitsintensiv, und meist sah Julie Jean dann nur kurz zum Abendessen oder erst, wenn es zu Bett ging. Sie wusste, dass auch ihn dies schmerzte, verbrachte er doch so viel Zeit wie möglich mit ihr und den Jungen. Er war ein liebevoller Ehemann und Ziehvater, und neben seiner Familie waren Rozenburg und die dazugehörigen Arbeitskräfte sein ganzer Lebensinhalt.

Julie winkte ihrem Mann noch einmal zum Gruß. Dann ließ sie Fina, die jetzt in Richtung Stall drängte, in einen leichten Trab fallen. Die Stute schnaubte zufrieden. Trotz der Nachricht, dass es wieder Ärger im Arbeiterdorf gab, war Julie guter Dinge. In wenigen Tagen würden die Jungen zurück auf die Plantage kommen. Wie jedes Jahr für sie um diese Jahreszeit ein Grund zu großer Freude.

Kapitel 2

Inika saß im Schneidersitz auf dem Boden der kleinen Hütte ihrer Eltern und versuchte, den Saum eines Tuches umzunähen. Dabei stach sie sich in den Finger, schrie auf und warf den Stoff samt Nähzeug wütend von sich. Wieso verlangte ihre Mutter nur diese unsäglichen Näharbeiten von ihr? Sie hatte deren Talent in dieser Sache nun wirklich nicht geerbt. Inika konnte die Tränen nicht zurückhalten, die über ihre Wange rannen, aber weniger wegen des Nadelstichs als wegen der Erkenntnis, die sich in den letzten Wochen mehr und mehr in ihrem Kopf eingeschlichen hatte: Sie hatte ihre Eltern wiedergefunden und doch einiges verloren.

Als sie im März ihre Mutter auf der Plantage entdeckt hatte, war sie außer sich vor Freude gewesen. Sie war, so schnell sie konnte, aus dem Gästehaus und über den Hof gelaufen und hatte immer wieder laut »Mama« gerufen. Misi Juliette und Masra Jean hatten ihr verblüfft nachgesehen, und ihre Mutter Sarina, die schon fast das Dorf erreicht hatte, hatte sich ruckartig umgedreht und war ihr mit ausgebreiteten Armen entgegengerannt. Es hatte viele Tränen der Freude gegeben, und zur Feier des Tages hatte Masra Jean den Dorfbewohnern sogar das Essen für ein Fest spendiert. Ihr Vater hatte sein Glück kaum fassen können und seine verloren geglaubte Tochter immer und immer wieder auf dem Arm durch das Dorf getragen und den Göttern gedankt.

Misi Erika war es dann aber sichtlich schwergefallen, sie auf der Plantage zurückzulassen. »Sie ist doch jetzt wieder bei ihren Eltern«, hatte Misi Juliette Misi Erika beruhigt.

Aber jetzt, nach einigen Monaten auf der Plantage, wünschte sich Inika manchmal, dass sie mit Misi Erika in die Stadt zurückgegangen wäre. Das Leben auf der Plantage war nicht zu vergleichen mit dem in der Stadt, obwohl sie hier bei ihren Eltern war. Selbst in Indien, befand Inika, war es ihnen besser ergangen als hier.

Die kleine Hütte, in der ihre Eltern hausten, war nichts gegen das Kinderhaus in Paramaribo und schon gar nichts gegen das Gästehaus der Plantage mit seinen weißen, weichen Betten. Letzteres durfte sie sich jetzt nur noch von außen ansehen.

Es war eng in der Hütte, es gab gerade einmal genug Platz, dass Inika und ihre Eltern sich dicht beieinander hinlegen konnten. Während die Schwarzen in Hängematten schliefen, zogen die Inder den Boden vor. Also mussten sie auch mit dem Ungeziefer zurechtkommen, das bei Nacht durch die Ritzen der Hütten kam und die auf dem Boden Schlafenden belagerte. Hier gab es keine Waschschüsseln aus Emaille, sondern Holzeimer mit Wasser vom Fluss, und gegessen wurde nicht an einem Tisch, sondern auf dem Fußboden. Sie lebten in ärmlichen Verhältnissen, und Inika kam es auch so vor, als wären sie ärmer denn je. Trotz des Säckchens, das ihre Mutter nun wieder sorgsam versteckt hatte. Es gab wenig Lichtblicke in dem tristen Alltag auf der Plantage. Sarina betraute Inika mit kleinen Aufgaben rund um das Plantagenhaus wie Hilfstätigkeiten im Küchengarten und in der Küche selbst. Sie musste abwaschen, Gemüse und Obst schälen und putzen und alle zwei Tage zum Fluss laufen, wenn die Fischer ihren Fang brachten. Der Fisch musste immer frisch verarbeitet werden.

Inika fand es ekelerregend, wenn die schwarze Haushälterin Liv den Fischen mit einem scharfen Messer die Bäuche auftrennte und die Innereien herausnahm, die Inika dann in einem Eimer entsorgen musste. Sie hasste den Geruch, zumal er stundenlang an ihrer Kleidung zu haften schien. Inika hatte wenig Lust auf diese Arbeiten, sie wollte lieber lernen und war daher froh, dass sie zumindest die Dorfschule besuchen konnte. Obwohl sie schon fast vierzehn Jahre alt war, durfte sie dort am Unterricht teilnehmen. Sie verstand bei Weitem nicht alles, so gut waren ihre Sprachkenntnisse noch nicht. Aber genau deswegen hatte die Misi angeordnet, dass sie dorthin ging, und Inika dankte ihr im Stillen dafür. Während der restlichen Zeit musste sie arbeiten. Ihr Vater hatte es so bestimmt, zumal jede arbeitende Hand mehr Geld für die Familie und somit eine bessere Zukunft bedeutete.

Insgeheim wollte Inika das alles nicht. Sie wünschte sich sehnlichst zurück in die gepflegten Häuser und Unterkünfte, die sie hatte kennenlernen dürfen. Sie wollte nichts mehr, als viel zu lernen, um eines Tages auch eine Dame zu werden wie Misi Juliette oder Misi Erika. Sie wollte nicht bis an ihr Lebensende Fischinnereien in Eimern herumtragen und schon gar nicht wollte sie irgendwann groß und kräftig genug sein, um auf die Zuckerrohrfelder geschickt zu werden.

Es gab zwar nicht viele Frauen unter den Kontraktarbeitern, aber Misi Juliette hatte nach wenigen Wochen bestimmt, dass zwei, die schwarze Haushälterin Liv und Inikas Mutter, für den Haushalt durchaus genügten. Also mussten die restlichen Inderinnen auch mit auf die Felder. Zwar arbeiteten sie dort nicht mit den schweren und gefährlichen Macheten, standen dafür aber oft stundenlang hüfttief in den Bewässerungsgräben und klaubten den pflanzlichen Unrat zusammen, der sich dort angesammelt hatte.

Im Gegensatz zu den schwarzen Frauen, die diese Arbeit gewohnt waren, bekamen die indischen Frauen von der Feuchtigkeit und den kleinen Wassertieren Hautgeschwüre und nässenden Ausschlag.

Missmutig nahm Inika wieder Nadel und Faden zur Hand. Ihre Mutter erwartete von ihr, dass sie diese Arbeit fertigstellte, und Inika musste sich eilen. Am Nachmittag würde Liv sie in der Küche brauchen, zum Abend wurden Gäste erwartet.

Hoffentlich gab es keinen Fisch.

Kapitel 3

Karini konnte es kaum erwarten, auf die Plantage zurückzukehren. Die vergangenen Monate in der Stadt waren überschattet gewesen von einer angespannten Stimmung zwischen Masra Henry, Masra Martin, ihr selbst und ihrer Mutter. Kiri hatte die Jungen für den Vorfall auf dem Schulhof gerügt. Masra Henry war das Ganze sichtlich unangenehm gewesen, und er hatte versucht, sich bei Karini zu entschuldigen. Masra Martin tat nichts dergleichen, was Karini umso mehr enttäuschte. Im Gegenteil, er hatte Kiri sogar böse angeblafft, sie hätte ihm gar nichts zu befehlen. Kiri war nicht weiter darauf eingegangen. Wieder einmal hatte Karini ihre Mutter für die Gabe bewundert, manche Dinge stoisch zu ertragen, darüber hinwegzusehen und so weiterzumachen wie gewohnt. Sie selbst hingegen war noch nach Tagen aufgewühlt und ärgerte sich. Nicht einmal Masra Henry hatte sie beschwichtigen können. Je näher die Abfahrt nach Rozenburg rückte, desto mehr legte sich jedoch ihr Unmut.

Als das Boot jetzt am Flussufer bei der Plantage anlegte, stutzte Karini überrascht. Neben Misi Juliette, die ihnen wie immer fröhlich zuwinkte, und der schwarzen Haushälterin Liv standen noch zwei Personen am Ufer: eine zierliche, unverkennbar indische Frau mit einem Mädchen, ungefähr im gleichen Alter wie sie selbst.

»Schön, dass ihr wieder da seid!« Misi Juliette umarmte Masra Henry und Masra Martin, wobei Letzterer sich schnell aus ihren Armen löste und das Gesicht verzog. Masra Henry hingegen blieb gleich am Arm seiner Mutter hängen und redete aufgeregt drauflos. Misi Juliette hörte ihm zu, strich Karini dabei aber kurz zur Begrüßung über das Haar. Karini ließ es geschehen, obwohl in ihr in den letzten Monaten eine gewisse Abneigung gegenüber den *blanken* gewachsen war. Der Schlag des Lehrers und Masra Martins Verhalten hatten ihr Vertrauen erschüttert. Aber galt das auch in Bezug auf Misi Juliette? Die Misi hatte ihr nie etwas Böses gewollt und sie sogar wie ein Kind des Hauses aufwachsen lassen. Sie wusste, dass auch ihre Mutter immer gut von der Misi behandelt worden war und große Stücke auf sie hielt, und auch ihr Vater Dany, der Aufseher auf der Plantage Rozenburg war, hatte mehr als einmal die gute Beziehung zu Misi Juliette und Masra Jean betont. Karini war hin- und hergerissen.

»Karini, das ist Inika«, durchbrach die Stimme von Misi Juliette nun ihre Grübeleien. »Inika ist seit einigen Monaten hier auf der Plantage, ich fände es nett, wenn du ihr etwas helfen könntest und ... ihr seid ja ungefähr gleich alt.« Misi Juliette schob Karini aufmunternd auf Inika zu, während sie an Kiri gewandt erklärte: »Sarina arbeitet jetzt mit im Haus. Liv hat sie gut eingewiesen.«

Aus den Augenwinkeln bemerkte Karini, dass ihre Mutter die Augenbrauen hob. Karini war selbst erstaunt, damit würden nun mit Kiri, Liv, Karini und dieser Inderin vier Frauen im Haus beschäftigt sein. Kurz überlegte sie, die Misi zu dieser Situation zu befragen, hielt dann aber den Mund. Es stand ihr nicht zu, die Entscheidung der Misi infrage zu stellen. Sicher würde sich eine Lösung finden. Sie ließ ihren Blick zu Masra Henry wandern und fing erstaunt die neugierigen Blicke auf, mit denen er und Masra Martin das Mädchen betrachteten. Karini fühlte sich unwohl und ließ ihren Blick zu Inika wandern. Sofort fielen ihr die mandelförmigen dunklen Augen mit den langen Wimpern und die schlanke Gestalt des Mädchens auf. Es schien zart und schmächtig wie eine junge Pflanze – die man hier allerdings an einem falschen Ort gesetzt hatte. Das Mädchen hatte langes blauschwarzes Haar, das teilweise von einem fast durchsichtigen orangefarbenen

Tuch bedeckt war. Dann trat Masra Henry an das Mädchen heran und begrüßte es mit einem Lächeln, das Karini bei ihm so noch nicht gesehen hatte. Ein kleiner, eifersüchtiger Stich traf sie im Herzen.

»Hallo, ich bin Henry.« Er reichte ihr die Hand zum Gruß, und das Mädchen sah ihn verschüchtert an.

Masra Martin hingegen rollte mit den Augen und machte sich ohne ein Wort oder einen Gruß direkt auf den Weg zum Plantagenhaus.

Das indische Mädchen hatte derweil Masra Henry kurz zaghaft ihre zierliche Hand gereicht und starrte nun verlegen auf ihre nackten Füße. Karini entging nicht der entgeisterte Blick, den Misi Juliette Masra Martin hinterherwarf. Dann klatschte die Misi in die Hände und sagte in betont fröhlichem Ton: »Na, ihr werdet euch ja in den nächsten Tagen kennenlernen. Kommt, wir gehen rein. Ihr seid bestimmt hungrig.«

Kiri und Karini machten sich auf den Weg zum Arbeiterdorf. Die indische Frau und das Mädchen folgten ihnen schweigend auf ihrem Weg vorbei am Plantagenhaus und am Wirtschaftshof.

Karini war ehrlich erstaunt, seit ihrem letzten Besuch hatte sich im Dorf einiges sichtlich verändert. Die Hütten waren nun allesamt bewohnt, und der Anblick des Dorfes war von den zahlreichen Indern in bunter Kleidung geprägt. Karini brauchte einen Augenblick, um sich daran zu gewöhnen. Mit Schaudern dachte sie an die merkwürdigen Götterbilder, welche die Inder bei ihrem letzten Besuch durch das Dorf getragen hatten. Ihr waren diese Menschen nicht geheuer. Sie war froh, als sie mit ihrer Mutter zu ihrer Hütte kam und sie alles noch so vorfand wie bei ihrer Abreise. Nur ihr Vater war nicht da.

»Dany ist im Wald.« Das Gesicht von Tante Faruga, ihrer Nachbarin, tauchte in der Türöffnung auf, gerade als Karini ihr weniges Gepäck in ein paar Kisten im hinteren Teil der Hütte verstaute.

»Das hab ich mir schon gedacht«, hörte sie ihre Mutter antworten. »Hat er gesagt, wann er wiederkommt?«

Tante Faruga schüttelte nur den Kopf. Karinis Mutter seufzte. Es war nicht ungewöhnlich, dass Dany für längere Zeit verschwand, aber Karini wusste, dass ihre Mutter sich gefreut hätte, ihn anzutreffen.

Normalerweise durften Arbeiter die Plantage nicht ohne Genehmigung des Masra verlassen und mussten dies auch immer extra anmelden. Warum ihr Vater Dany aber das Dorf mehrmals im Jahr verlassen und für einige Wochen zu seinem Vater Aiku ins Dorf der Maroons im Regenwald ziehen durfte, ohne dass der Masra Einwände erhob, war Karini ein Rätsel. Ihr Vater war schließlich selbst kein Maroon. Aber er genoss gegenüber den anderen Arbeitern einige Privilegien, und das nicht nur, weil er Vorarbeiter war. Misi Juliette und Masra Jean behandelten Dany und auch Kiri durchaus mit einer gewissen Bevorzugung, auch wenn das niemand zugegeben hätte. Ihr Vater schien das, abgesehen von seinen Besuchen im Regenwald, nicht auszunutzen, aber solange Karini denken konnte, hatte er sie dazu ermahnt, auf ein gutes Verhältnis zu Misi Juliette und Masra Jean zu achten – die beiden hätten sie schließlich stets wie Familienmitglieder behandelt. Und das stimmte. Je länger Karini jetzt darüber nachdachte, während ihre Mutter im Hintergrund mit Tante Faruga redete, desto seltsamer schien ihr das alles plötzlich.

Und jetzt war ihr Vater also wieder bei den Maroons. Früher hatte er Karini oft mit zu ihrem Großvater genommen, aber als sie älter wurde und ihre Mutter regelmäßig mit den jungen Masras in die Stadt begleitete, wurden diese Besuche immer seltener.

»Du musst lernen, in der Stadt und mit den *blanken* zurechtzukommen. Dein Großvater wird immer dein Großvater bleiben und er liebt dich sehr, aber das Maroondorf ist jetzt kein Ort mehr für dich. Deine Zukunft liegt nicht im Regenwald, sondern hier auf der Plantage«, hatte ihr Vater ihr erklärt.

Als Karini später zum Plantagenhaus ging, um dort ihrer Mutter und Liv zur Hand zu gehen, traute sie kaum ihren Augen. Auf der hinteren Veranda saßen Masra Henry und Masra Martin neben dem indischen Mädchen auf einer Matte. Beide redeten abwechselnd auf es ein und lachten laut. Als Karini näher trat, hörte sie, dass die Jungen offensichtlich versuchten, dem Mädchen die niederländische Sprache beizubringen. Das Mädchen lächelte verhalten und wandte immer wieder schüchtern das Gesicht ab, was die Masras nur noch mehr anspornte, es zum Nachsprechen der Wörter zu ermutigen.

Als Masra Henry sie bemerkte, rief er: »Komm zu uns, Karini, wir bringen Inika gerade ein paar neue Wörter bei.«

Karini spürte Wut in sich aufwallen. Sie hatte überhaupt keine Lust, sich dazuzusetzen. Überhaupt, was bildeten sich die Jungen ein? Vor ein paar Tagen noch, in der Stadt, hatte Masra Martin sie wie Luft behandelt und jetzt saßen sie beide ungerührt neben diesem Inderkind?

Karini straffte den Rücken und eilte sich, ins Haus zu kommen. »Ich hab jetzt keine Zeit«, murmelte sie im Vorbeigehen. Sie zog es heute vor, ihrer Mutter und Liv zu helfen.

In den nächsten Tagen wurde es nicht besser. Masra Henry und Masra Martin buhlten regelrecht um Inikas Aufmerksamkeit, die sie auch bekamen. Dafür musste Karini Inikas Aufgaben übernehmen. Weder Liv noch ihre Mutter schien das sonderlich zu beschäftigen. Wenn die beiden jungen Masras wünschten, Zeit mit Inika zu verbringen …

Ein kleiner Lichtblick für Karini war in diesen Tagen die Rückkehr ihres Vaters. Auch er freute sich sichtlich, seine Tochter und seine Frau zu sehen, und überbrachte Grüße vom Großvater. Dann aber musste er auch schon wieder auf die Felder.

Karini beschloss, Inika entgegen der Anweisung der Misi Juliette, so gut es ging, zu ignorieren. Das Mädchen schien ihre Unterstützung schließlich nicht zu brauchen ... Aber es schmerzte sie sehr zu sehen, wie ihre Freunde sich plötzlich dem anderen Mädchen zuwandten.

»Warum gehst du nicht auch zu ihnen?«, wollte ihre Mutter wissen, als Karini schmollend den Eimer mit frischem Wasser mit einer barschen Bewegung auf die Veranda stellte. Eben hatte sie gesehen, dass die drei vorne im Garten saßen.

»Was soll ich denn da? Masra Martin hält mich doch sowieso für ... und Masra Henry ...«

»Ist euer Streit immer noch nicht begraben?«

Karini zuckte mit den Achseln. Eigentlich hatten sie kein Wort mehr über den Vorfall verloren. Sie wollte auch nicht darüber sprechen, schon gar nicht mit den jungen Masras. Insgeheim hatte sie schon gehofft, dass sie sich jetzt auf der Plantage wieder etwas mehr für sie interessieren würden. Aber nun hatten sie ja Inika gefunden.

Ihre Mutter, die sie sehr genau beobachtete, lachte plötzlich auf. »Bist du gar eifersüchtig?«

Karini warf ihr einen bösen Blick zu. »Ich?« Aber der kleine, schmerzende Stich, den sie bei den Worten ihrer Mutter in ihrem Herzen spürte, sprach eine deutliche Sprache.

Kapitel 4

Inika war es zunächst unangenehm gewesen, von den beiden jungen Masras des Hauses so viel Aufmerksamkeit zu bekommen. Aber Misi Juliette schien nichts dagegen zu haben und hatte sie sogar ermutigt, sich in die Gesellschaft der beiden zu begeben.

Ihre Mutter war sogar sehr deutlich geworden: »Wir arbeiten hier, und wenn die jungen Masras deine Gesellschaft wünschen, ist es deine Aufgabe, diesem Wunsch zu entsprechen. Und wenn du dabei noch etwas lernst, umso besser. Trotzdem darfst du deine Pflichten nicht vernachlässigen.«

Und so freute sich Inika schließlich auch über die Abwechslung. Die anderen Aufgaben, die ihr zugeteilt waren, bereiteten ihr keine große Freude, und bald genoss sie jede Stunde, die sie bei den Jungen verbringen durfte. »Sie bringen mir jeden Tag ein paar neue Wörter bei«, erzählte sie stolz ihrer Mutter. Diese nickte zwar wohlwollend, aber an ihrem Blick sah Inika sofort, dass sie Bedenken hegte.

»Vielleicht solltest du dich auch einmal an Karini halten«, gab Sarina zu bedenken. »Du weißt, dass die Sprache der Weißen anders ist als die der Schwarzen, und auch mit ihnen müssen wir sprechen. Also solltest du auch diese lernen.«

Inika gefiel die Wendung, die das Gespräch genommen hatte, ganz und gar nicht. »Aber Misi Juliette hat auch gesagt, dass es gut ist, dass ich die Sprache lerne, und überhaupt können Masra Henry und Masra Martin mir viel mehr beibringen, als die Negerin in der Dorfschule. Und ich muss doch nicht *taki-taki* lernen, sondern richtiges Niederländisch.« Sie hörte selbst, wie trotzig ihre Stimme klang, dennoch meinte sie jedes ihrer Worte ernst. Sie wollte gar nicht mit den Schwarzen sprechen, also brauchte sie auch kein *taki-taki*. Sie wollte mit den Weißen reden, es ihnen recht machen, um bei ihnen Ansehen zu erlangen. Denn eines hatte Inika schon verstanden: Als Schwarzer war man wenig in diesem Land, als Inder noch weniger. Die Weißen aber, die hatten alles und die durften alles. Und das wollte sie auch, und wenn sie schon keine Weiße werden konnte, dann wollte sie wenigstens deren Sprache und Sitten so gut kennen, dass sie sich in deren Welt zurechtfand. Denn eines wusste sie ganz genau: Als Hausmädchen, das nach Fisch roch, wollte sie nicht ihre Zeit in diesem Land verbringen. Die Stimme ihrer Mutter riss sie aus ihren Gedanken. Sie klang ärgerlich.

»Ach was, alles was du wissen musst, kannst du auch in der Dorfschule lernen. Dein Vater wird noch böse, wenn du nur mit den Masras faulenzt. Du bist kein Kind mehr, du musst arbeiten.« Inika spürte den Blick ihrer Mutter auf sich, wagte aber nicht, sie anzuschauen. »Sie sind nicht wie wir, Inika, und sie sind auch nicht unsere Freunde. Wir sind ihre Angestellten, und so sollten wir uns auch verhalten«, fügte sie etwas sanfter hinzu.

Inika war nicht gewillt, sich auf diese Diskussion einzulassen. »In ein paar Wochen kehren Masra Henry und Masra Martin in die Stadt zurück, dann werde ich wieder jeden Tag fleißig arbeiten«, versuchte sie ihre Mutter zu beschwichtigen. Bis dahin war es ja noch eine Weile. Und sie wusste, dass ein Gespräch mit ihrer Mutter darüber sinnlos war. Sarina tat immer nur, was ihr gesagt wurde, entweder von ihrem Mann oder von der Misi, sie kannte es nicht anders. Ihren eigenen Willen, den hatte Sarina lange zuvor in Indien bereits verloren. Inika aber hatte beschlossen, dass genau das ihr nicht passieren würde.

Eines späten Nachmittags im Oktober eilte Inika in den Garten vor dem Plantagenhaus, wo sie mit den beiden Masras verabredet war. Aber es war niemand zu sehen, wahrscheinlich saßen die beiden Jungen noch im Haus bei ihrem Lehrer. Ach, was hätte Inika darum gegeben, auch in das große Plantagenhaus gehen zu können oder vielleicht sogar am Hausunterricht teilzunehmen! Ihr blieb nichts, als draußen zu warten. Sie wanderte durch den Garten und beobachtete die kleinen Vögel, die zu dieser Tageszeit hervorkamen und die üppigen Blüten der Büsche und Blumen umflatterten. Kolibris hießen sie, das hatte ihr Masra Henry erklärt, als sich einmal einer der Vögel dem bunten Tuch auf ihrem Haar genähert hatte.

»Er denkt wohl auch, dass du eine surinamische Blume bist«, hatte Masra Henry geflüstert und Inika dabei mit einem seltsam verklärten Blick angesehen. Sie hatte zu Boden geschaut und nicht gewusst, was sie sagen sollte. So eine Schmeichelei hatte sie noch nie zu hören bekommen.

Nun senkte sich die Sonne schon über die Baumkronen des Waldes für eine angenehme Kühle sorgte. Immer wieder warf sie einen Blick zum Haus, sie hoffte, die Jungen würden bald herauskommen. Ein leichtes Kribbeln breitete sich in ihr aus, und sie begann voller Vorfreude auf das Zusammentreffen zu summen.

Plötzlich ertönte hinter ihr ein tiefes Knurren. Inika wurde von großer Angst erfasst und blickte sich vorsichtig um. Nur wenige Meter von ihr entfernt stand einer der großen Jagdhunde der Aufseher. Er hatte braunes struppiges Fell, das sich nun auf seinem Rücken sträubte, und er hatte seine Lefzen so weit hochgezogen, dass Inika seine langen gelben Zähne sehen konnte. Ein tiefes Grollen drang aus seiner Kehle. Inika wurde starr vor Schreck. Die Hunde liefen selten frei auf der Plantage herum, sondern lagen immer an Ketten. Sie wusste, dass die Tiere auf Aufforderung, oder wenn sie sich bedroht fühlten, sehr aggressiv werden konnten, aber sie wusste nicht, was sie tun sollte. Weglaufen kam nicht infrage, das war ihr klar. Sie hatte schon oft beobachtet, dass die Hunde die Hühner jagten, wenn diese ihnen zu nahe kamen, und je schneller das Federvieh lief, desto stärker wurden die Hunde dadurch angespornt. Dann zerrten und zogen sie an den Ketten und regten sich so auf, dass die Aufseher sie in die Verschläge sperren mussten. Was also sollte sie tun? Inika traute sich kaum zu atmen. In ihren Ohren rauschte es, und dieses Rauschen vermischte sich mit dem Knurren des Hundes zu einem Lärm, der ihren ganzen Kopf zu erfüllen schien. Wenn doch nur Hilfe käme! Wo blieben denn die Masras? Es dauerte eine scheinbare Ewigkeit, bis sie aus dem Augenwinkel sah, dass Masra Henry und Masra Martin aus dem Haus traten. Die beiden gingen von der vorderen Veranda in den Garten vor dem Haus, wo Inika mit ihnen verabredet gewesen war. Wenn es ihr nur gelänge, die beiden auf sich aufmerksam zu machen, ohne den Hund dadurch noch wütender zu machen ... Sie versuchte, den Arm zu heben, aber das Tier zuckte sofort und knurrte nur noch mehr. Inika spürte, wie ihr der Schweiß ausbrach.

»Nicht bewegen!«, sagte plötzlich eine leise Stimme neben ihr. Dann sprach die Stimme ruhig, aber in strengem Ton einige unverständliche Worte zu dem Hund. Und zu Inikas großer Überraschung sprang dieser plötzlich mit einem großen Satz, der sie fast seine struppigen Haare an ihrem Arm spüren ließ, begleitet von lautem Gebell, direkt an ihr vorbei in das nahe Unterholz.

Inikas Beine drohten vor Schreck ihren Dienst zu versagen. Schwankend suchte sie Halt.

»Ist ja gut, er ist weg. Er wollte dir nichts tun, er hat dich beschützt.« Erstaunt bemerkte Inika, dass es das schwarze Mädchen, Karini, war, das neben ihr stand und sie jetzt auffing, als sie zu stürzen drohte.

Beschützt, hatte Karini gesagt. Aber wovor? Inika konnte keinen klaren Gedanken fassen. Sie war sich sicher, knapp dem Angriff eines Hundes entkommen zu sein.

Durch das laute Gebell waren offensichtlich auch Masra Henry und Masra Martin aufmerksam geworden, sie kamen jetzt eilig angerannt.

»Masra Henry!«, hörte sie Karini neben sich rufen. »*Tigri, tigri!*«

Inika beobachtete erstaunt, dass Masra Henry überrascht zu ihnen herübersah, sofort kehrtmachte und zum Haus zurückrannte.

Masra Martin hingegen kam atemlos bei den Mädchen an. »Alles in Ordnung?«

Inika war immer noch unfähig, sich zu bewegen, ihr war zudem schwindelig, während ihr immer wieder der Schweiß ausbrach. Sie sah aber, dass Karini nickte und hinter sie in den Regenwald deutete.

»Ich denke, der Hund hat ihn schon verjagt.«

In diesem Moment kamen Masra Henry und Masra Jean aus dem Haus gerannt. Masra Jean hielt sein Gewehr in der Hand und stürmte an ihnen vorbei ins Unterholz. Er gab einen lauten Pfiff von sich, woraufhin aus der Ferne sofort das Gebell des Hundes ertönte.

Jetzt kam auch Misi Juliette mit gerafftem Rock und besorgter Miene angelaufen. »Was ist passiert? Oh mein Gott, Inika! Ist alles in Ordnung?«

»Misi Juliette, ihr ist nichts passiert. Der Hund hat den *tigri* verjagt«, hörte Inika Karini an ihrer Stelle antworten. Sie warf ihr einen dankbaren Blick zu. Auch wenn sie nicht verstand, was genau geschehen war, so hatte Karini sie gerettet, da war Inika sich sicher. Sie war außerdem beeindruckt von Karinis Mut, sich diesem knurrenden Hund entgegenzustellen.

Die Misi schien jedoch nicht beruhigt, im Gegenteil. »Ein Jaguar? Hier auf der Plantage? Kommt mit, kommt sofort mit zum Haus!«

Inika wusste nicht, wie ihr geschah. Misi Juliette wirkte äußerst beunruhigt und schob Inika und Karini jetzt energisch vor sich her. Als die beiden jungen Masras zögerten und begierig in den Wald starrten, wo Masra Jean eben verschwunden war, wurde die Misi böse.

»Ihr auch, sofort!«, herrschte sie die beiden an.

Auf der Veranda rief Misi Juliette nach Liv und Kiri. Die Unruhe war ihrer Stimme deutlich anzuhören. Beide traten sofort mit besorgtem Blick durch die ehemalige Sklaventür.

»Misi Juliette, Karini? Was ist passiert?« Karinis Mutter blickte forschend in die Runde.

Karini flüsterte nur wieder: »*tigri!*«, woraufhin ihre Mutter die Hand vor den Mund schlug und ein paar klagende Laute von sich gab, bevor sie ihre Tochter in den Arm nahm.

»Los, alle ins Haus! Solange Jean nicht wieder da ist, will ich niemanden draußen wissen.« Misi Juliettes Stimme war ungewöhnlich streng.

Tigri – Jaguar? Inika kannte die Bedeutung dieser Worte nicht, dennoch zeigte ihr das Verhalten der anderen, dass etwas äußerst Gefährliches geschehen war. Nie zuvor hatte sie solche Angst gehabt, und nun bemerkte sie beschämt, dass ein paar dicke Tränen über ihre Wangen rollten. Sie bemühte sich, sie wegzuwischen, trotzdem gelang es ihr nicht, sie vor Misi Juliette zu verbergen.

»Alles gut, er ist ja weg«, sagte diese mit ruhiger Stimme, während sie Inikas Arm tätschelte. Inika war die Geste peinlich, und schließlich gelang es ihr, den Kloß in ihrem Hals herunterzuschlucken. Dennoch beruhigten sie die Worte nicht. Sie spürte, dass die Misi sehr besorgt war. Immer wieder blickte sie durch das Fenster zum Waldrand, und die Angst und die Spannung, die in der Luft lagen, waren unverkennbar.

Masra Jean kam wenig später zum Haus zurück. Auch er wirkte

angespannt und schüttelte den Kopf. »Er ist fort. Ich werde ein paar Männer zur Wache abstellen, sie sollen alle Hunde rauslassen.« Sein Blick fiel auf Karini und Inika.

»Kommt, ich bringe euch ins Dorf«, sagte er sanft. »Und ich möchte nicht, dass ihr jungen Leute in den nächsten Tagen allein auf der Plantage herumlauft«, fügte er in strengem Tonfall hinzu, während sein Blick auch zu Masra Henry und Masra Martin wanderte.

Wenig später lief Inika neben Karini hinter Masra Jean her zum Arbeiterdorf. Was war eigentlich geschehen? Hatte der Hund sie beißen wollen? Aber warum hatte der Masra dann gesagt, die Aufseher sollten alle Hunde rauslassen? War das nicht viel gefährlicher?

Sicher war nur, dass Karini ihr aus einer sehr bedrohlichen Situation geholfen hatte. Zögerlich betrachtete Inika sie von der Seite, und plötzlich wurde ihr bewusst, dass sie seit Karinis Ankunft auf Rozenburg noch nicht mit ihr geredet hatte. Eigentlich hatte sie sogar versucht, alle Schwarzen zu meiden. Andererseits machten auch die meisten Schwarzen keinen Hehl aus ihrer Abneigung gegen die Kontraktarbeiter, die in der Meinung gründete, die Inder würden sich in ihre Bereiche drängen, auf ihre Arbeitsplätze, in ihr Land. Aber vielleicht war Karini ja gar nicht so? Inika gab sich einen Ruck. »Danke«, sagte sie zaghaft.

Karini war sichtlich überrascht und betrachtete sie einen Moment von der Seite. »Ist schon gut, das war doch selbstverständlich, du konntest ja nicht wissen …«, sagte sie schließlich freundlich.

Inika bemerkte erleichtert das verständnisvolle Lächeln auf ihren Lippen und setzte zu einer weiteren Frage an. »Was war mit dem Hund vorhin?«, fragte sie leise.

Wieder wirkte Karini überrascht, und Inika fürchtete schon, die gute Stimmung zwischen ihnen zerstört zu haben, als Karini plötzlich loslachte. »Mit dem Hund? Du weißt auch gar nichts, kleines indisches Mädchen, oder? Der Hund wollte dich nur beschützen. Dich hat vorhin fast ein Jaguar gefressen! Der saß im Gebüsch hinter dir.«

Kapitel 5

»Julie. Das Tier ist fort. Mach dir keine Sorgen.«

Julie stand am Fenster und spähte in die Dämmerung. Jean trat an ihre Seite und legte ihr beruhigend den Arm um die Schultern. Sie lehnte ihren Kopf an seine Brust, ohne dabei den Blick vom Fenster abzuwenden. Es tat gut, seine Nähe zu spüren. Viel zu selten hatten sie Zeit füreinander. »Nicht auszudenken, was passiert wäre, wenn der Hund nicht da gewesen wäre«, sagte sie leise.

Jeans Griff um ihre Schulter wurde für einen Moment fester. »Die Aufseher lassen die Hunde jetzt draußen an den Ketten, und in der Nacht patrouilliert alle paar Stunden einer von ihnen mit einem Hund. Ich glaube nicht, dass der Jaguar der Plantage noch einmal nahekommt.«

Das beruhigte Julie zumindest ein wenig. Die großen Jagdhunde der Aufseher würden jedes Tier melden, das sich der Plantage näherte. Normalerweise waren die Hunde in Verschlägen untergebracht und gingen nicht auf Menschen los. Früher waren sie auch dazu abgerichtet worden, flüchtige Sklaven zu jagen, selbst Karl und Pieter hatten diese Hetze praktiziert. Einige der älteren Arbeiter hatten große Narben und heute noch Angst vor den Hunden, obwohl Jean die Tiere vor Jahren ausnahmslos ausgetauscht hatte und keiner von ihnen auf Menschen abgerichtet war. Die ehemaligen Sklaven waren den Tieren gegenüber jedoch immer noch sehr misstrauisch und trauten sich kaum aus ihren Häusern, wenn die Hunde frei herumliefen. Daher sollten diese auch eigentlich in den Verschlägen bleiben oder zumindest an den Ketten liegen. Dass der Hund sich heute davongemacht hatte, war Inikas Glück gewesen.

Julie wusste, dass man in diesem Land mit wilden Tieren rechnen musste. Im Laufe der Jahre hatte sich so manches Urwaldgeschöpf auf den Grund der Plantage verirrt. Affen, Tapire und Wasserschweine gab es überall im Wald, dazu noch die zahlreichen flinken Papageien. Ein Opossum hatte sie sogar einmal gejagt. Aber der Jaguar war nun einmal das gefährlichste aller Tiere. Er war leise, schlau und außerordentlich angriffslustig. Julie hatte von einer Plantage gehört, auf der das Raubtier über Monate Menschen aus dem Arbeiterdorf gerissen hatte. Manche seiner Opfer hatte es sogar verschleppt, man hatte ihre Leichen nie gefunden. Trotz guter Jagdhunde war es nicht gelungen, dem Tier auf die Spur zu kommen.

»Ich habe zudem im Dorf die Anweisung gegeben, in den nächsten Tagen keine Hühner zu schlachten. Der Geruch könnte den Jaguar anlocken. Julie, es wird nichts passieren.«

Julie schmiegte sich an ihn. »Ja, vermutlich hast du recht.«

Julie konnte ihre Unruhe in den nächsten Tagen trotzdem nur schwer im Zaum halten. Immer wieder trat sie auf die Veranda und spähte zum Wald oder warf einen kurzen Blick aus dem Fenster, um sich zu versichern, dass draußen alles in Ordnung war.

Für die Jungen hingegen war das Auftauchen des Jaguars eine willkommene Abwechslung. Haarklein diskutierten sie die Geschehnisse und schmückten den Vorfall in ihrer Fantasie weiter aus.

»Hätte ich ein Gewehr gehabt, ich hätte ihn erschossen«, behauptete Martin.

Henry lachte. »Ach, du hättest womöglich Inika oder Karini getroffen, du hast den Jaguar doch gar nicht sehen können, er war doch schon längst weg, als du ankamst.«

»Doch, ich habe seine großen gelben Augen gesehen, er stand ganz dicht hinter den Mädchen.«

»Jetzt ist es aber mal gut.« Julie konnte das Gerede nicht mehr hören. Schlimm genug, dass das gefährliche Tier sich bis hierher vorgewagt hatte, es hätte ohne Weiteres einen der Bewohner schwer verletzen oder sogar töten können. Dass es immer noch frei irgendwo dort draußen herumlief, war Ärgernis genug. Aber musste man deshalb das Thema immer und immer wieder aufbringen?

»Ach, Mutter ...« Henry war ebenso wie Martin wütend, als sie ihnen weitere Unterhaltungen zu dem Thema untersagte.

»Nein, es ist Schluss. Außerdem macht ihr den Mädchen nur noch mehr Angst.«

Ihre Gedanken wanderten zu Inika. Nachdem das Mädchen erfahren hatte, welchem Schicksal es so knapp entgangen war, traute es sich kaum noch, zwischen dem Dorf und dem Plantagenhaus hin- und herzulaufen. Julie hoffte, dass die Angst sich wieder legen würde, das Mädchen war ein so zartes und zerbrechlich wirkendes Geschöpf.

Am folgenden Nachmittag fiel Julie siedend heiß ein, dass sie Sarina zu den Vorfällen im Arbeiterdorf befragen wollte. Sie hoffte, von ihr mehr Informationen über die aufgeheizte Stimmung dort zu bekommen. Jean hatte die Arbeiter schon befragt, die aber hüllten sich in Schweigen.

Nach dem Abendessen schien Julie die Gelegenheit günstig. Jean war bei den Pferden, die Jungen auf ihren Zimmern und Sarina und Kiri auf der hinteren Veranda, die Julie nun ebenfalls betrat. Sie setzte sich an den Tisch und bat Sarina auf ein Wort. Kiri zog sich sofort zurück, was Julie dankbar zur Kenntnis nahm. Sie nickte ihr kurz wohlwollend zu, dann wandte sie sich an Sarina.

»Sarina, wir machen uns Sorgen über die Stimmung im Dorf,

vor allem wegen der Auseinandersetzungen zwischen den indischen Männern. Kannst du dazu etwas sagen?«

Sarina wischte sich verlegen mit einem Tuch die Hände ab. »Misi Juliette, ich weiß nicht ...« Sie senkte den Blick.

Julie hatte befürchtet, dass das Gespräch nicht ganz einfach werden würde und gab sich Mühe, eine gewisse Strenge in ihre Stimme zu legen. »Doch, du weißt es, und du wirst es mir jetzt sagen. Wir können keine Unruhe im Dorf gebrauchen.« Forsches Auftreten war eigentlich nicht Julies Art, aber hier bedurfte es klarer Worte. Es brodelte hinter ihrem Rücken auf ihrer eigenen Plantage, und ob Schwarzer, Weißer oder Inder – ein friedliches Miteinander war das Wichtigste. So hatten sie es immer gehalten, und so sollte es auch weiterhin bleiben. Umso mehr verärgerte sie jetzt Sarinas ausweichende Antwort.

»Misi Juliette, ich denke, das ist Sache unter den Männern.«

»Himmel, Sarina!« Julie traute ihren Ohren nicht. Sie sprang vom Stuhl auf und hob vorwurfsvoll die Hände. »Es hilft uns allen nicht, wenn selbst du mir verschweigst, was bei deinen Leuten los ist. Die Männer reden nicht mit Jean, und wenn du jetzt auch noch ausweichst ... Wir wollen doch nur helfen!«

Ihr ungewollt barscher Ton zeigte offensichtlich Wirkung. Sarina blickte betroffen auf ihre nackten Füße.

»Es ist nur, Misi, die Männer ... sie streiten sich um die Heirat. Das muss so, ist schon richtig.«

Julie war verblüfft. Sie hatte sich viele Gründe für die Streitigkeiten ausdenken können, aber ... dass es um Frauen ging? Sie bemühte sich um einen versöhnlicheren Tonfall. »Du meinst also, sie streiten sich um die Frauen? Aber sind denn nicht alle eure Frauen verheiratet?«

Sarina nickte, schüttelte aber sogleich auch den Kopf.

»Misi, eine Frau noch nicht verheiratet, da nicht viele Frauen da, die Männer streiten, wer darf heiraten diese Frau nächstes Jahr.«

»Gut, du meinst also, diese Unruhe gibt sich bald wieder?«
Sarina nickte nachdrücklich.

»Sarina, ich verlasse mich auf deine Aussage. Noch mehr Ärger im Dorf wird Jean nicht tolerieren. Richte deinen Leuten bitte aus, dass sie diese Hochzeitssache schnell regeln sollen.«

»Ja, Misi Juliette, ich werde es den Männern sagen. Darf ich gehen, Misi?«

Julie nickte, und Sarina eilte sofort davon.

Nicht nur Julie, sondern auch Kiri, die sofort wieder auf die Veranda trat, blickte ihr nachdenklich hinterher.

»Misi Juliette?« Kiri trat nun mit besorgter Miene neben Julie. »Sarina macht in den letzten Tagen einen verstörten Eindruck. Sie ist unaufmerksam bei der Arbeit.«

Kiris Sorge rührte Julie. Sie warf ihr einen liebevollen Blick zu. »Ja, ich weiß, ich habe es auch schon bemerkt. Aber vielleicht liegt das an dem Vorfall mit Inika und dem Jaguar. Na ja, und wenn es dann noch Streitigkeiten zwischen den eigenen Leuten gibt ...« Julie seufzte und zuckte die Achseln. »Ich möchte sie noch nicht tadeln, geben wir ihr ein paar Tage Zeit.«

Kiri nickte und wandte sich wieder ihrer Arbeit zu. Scheppernd stapelte sie einige Töpfe auf dem Arbeitstisch, der als Erweiterung der Kochstelle auf der Veranda diente.

Julie setzte sich und beobachtete Kiri. Kurz fühlte sie sich zurückversetzt in ihre erste Zeit hier auf der Plantage. Oft hatte sie sich hierher auf die hintere Veranda geflüchtet, in das Reich der damaligen Haushälterin Amru. Sie war in diesem Haus immer Julies einzige Stütze gewesen. Dass Amrus langjährige Tätigkeit in diesem Haus ein solch dramatisches Ende genommen hatte, schmerzte Julie bis heute. Ihr Blick wanderte hinüber zu dem großen Seidenwollbaum in der Nähe der Zuckermühle, dessen Wipfel über dem Dach des Gästehauses gerade noch zu erkennen war. Würde er nicht dem Vorplatz der Mühle Schatten spenden, hätte Julie ihn längst fällen lassen. Dieser Baum war einmal der Ort gewesen, an dem die Sklaven bestraft worden waren.

So hatte Kiri, auf Anweisung von Martina, einst hier gestanden, um ausgepeitscht zu werden, ebenso wie unzählige andere Menschen, die an diesem Baum jahrzehntelang unsägliche Qualen ausgestanden hatten. Und hier war Amrus Mann zu Tode gekommen. Pieter hatte ihn des Verrats bezichtigt und ihn grauenhaft foltern lassen. Amru hatte bis zu seinem Tode bei ihm ausgeharrt und war daran zerbrochen wie auch daran, dass die Familie ... ihre Familie, der sie seit Jahren diente, deren Amme sie gewesen war, deren Kinder sie großgezogen hatte ... dass diese Familie ihr schließlich den Mann genommen hatte.

Julie scheuchte verbissen die dunklen Gedanken fort und stand auf. Es dämmerte bereits, und sie wollte noch einmal nach den Jungen sehen. Dabei fiel ihr auf, dass sie nichts über die Heiratssitten der Inder wusste. Nicht einmal nach dem Namen der Braut hatte sie sich erkundigt. Nun, wir werden es wohl früh genug mitbekommen, dachte sie bei sich und ging ins Haus.

Kapitel 6

Karini war ein bisschen stolz. Eigentlich hatte sie nur intuitiv gehandelt, als sie Inika dort im Garten starr vor Angst hatte stehen sehen. Sie hatte die Situation schnell erfasst, die Körpersprache des Hundes war eindeutig gewesen. Sie wusste, dass er jedes Raubtier, das es gewagt hätte, eine Pfote auf den Plantagengrund zu setzen, angegangen wäre. Der Jaguar hätte es also zuerst mit dem Hund zu tun bekommen, eigentlich hatte in erster Linie er Inika geholfen. Aber Masra Henry und Masra Martin stellten sie nun als Heldin dar, die sich todesmutig zwischen Inika und die Raubkatze geworfen hatte. Auch wenn das so nicht ganz stimmte, es schmeichelte ihr. Karini gesellte sich seither öfter zu Masra Martin, Masra Henry und Inika. Die nachmittäglichen Treffen waren, auf Weisung von Misi Juliette, vom Garten auf die vordere Veranda verlegt worden. Dort kroch höchstens die Schildkröte herum, von der, so hatte Masra Henry zu Beginn unter großem Gelächter bemerkt, aber keine Gefahr ausging.

Karini hatte lange überlegt und ihren Widerstand schließlich aufgegeben. Und sie genoss die Gesellschaft am Nachmittag. Inika hatte sich mehrmals bei ihr bedankt und schaute sie immer wieder mit bewunderndem Blick an. Außerdem, so spürte sie, machte es ihr durchaus Spaß, sich in Anwesenheit der jungen Masras gegenüber Inika behaupten zu können. Momentan achteten diese nämlich nicht auf deren glockenhelles Lachen oder geschmeidige Bewegungen. Jetzt stand das Abenteuer im Vordergrund. Die Gefahr und der Mut. Und da war Karini diejenige, die die Masras beeindruckt hatte.

Selbst Masra Martin merkte an, dass er es wagemutig fand, sich dem Jaguar in den Weg zu stellen. »Wo er doch schwarzes Fleisch viel lieber mag als weißes«, behauptete er im nächsten Atemzug.

Karini spürte Wut in sich aufsteigen. Warum musste Masra Martin auch bei diesem Thema gleich wieder auf die Unterschiede zwischen Schwarzen und Weißen zu sprechen kommen? »Ach, das ist doch Unsinn«, sagte sie so gelassen wie möglich. »Du hast ja noch nie einen Jaguar gesehen. Außer seine Augen«, fügte sie stichelnd hinzu. So leicht würde sie sich nicht geschlagen geben.

»Doch, hab ich«, erwiderte Masra Martin sofort. Er sprang auf und zeigte mit den Armen die vermeintliche Größe des Tieres an, um seine Behauptung zu untermauern. »So groß war der. Viel größer als dieser jetzt.« Dann setzte er sich mit einem zufriedenen Gesichtsausdruck wieder auf die Veranda.

Masra Henry kicherte. »Das war ja fast schon ein Pferd.«

Karini sah, dass Inikas Blick verschreckt zwischen den Masras hin- und herwanderte. Das Mädchen hatte offensichtlich immer noch keine Vorstellung davon, wie groß oder was überhaupt ein Jaguar war. Karini hatte ihr mehrmals gesagt, dass ein Jaguar so etwas wie eine übergroße Katze sei. Aber die struppigen Rattenjäger im Arbeiterdorf wären selbst in dreifacher Größe kaum als imposant zu bezeichnen. »Glaub Masra Martin kein Wort, so groß sind die Tiere nicht. Aber gefährlich sind sie trotzdem.«

Doch Masra Martin gab keine Ruhe. »Ach ja, und woher willst du das wissen, Karini?« Er fixierte sie mit kampflustigem Blick.

Karini spürte instinktiv, dass sie besser nicht auf die Provokation eingehen sollte, aber der Stich, den er ihr mit der Bemerkung versetzt hatte, fachte ihre Wut erneut an. Warum nur wollte er sie ständig niedermachen? Trotzig verschränkte sie die Arme vor der Brust. »Ich habe schon mal einen gesehen. Als ich mit Vater im Busch war. Ich durfte mit zur Jagd und da ...« Dass das schon lange her war und sie in Wirklichkeit auch nur einmal einen erlegten Jaguar gesehen hatte, das mussten die Jungen jetzt ja nicht wissen. Und dass sie von diesem hier eigentlich auch fast nichts gesehen hatte, auch nicht.

»Als ob die Männer dich, ein Mädchen, mit auf die Jagd nehmen würden«, lachte Masra Martin.

Was fiel diesem Kerl nur ein? Außer sich vor Zorn sprang Karini auf und schubste ihn. »Musst du gerade sagen, du hast ja noch nicht mal einen Schuss aus einer Flinte abgegeben.«

Sie wusste, dass diese Bloßstellung Masra Martin verletzen würde, und spürte plötzlich, dass sie genau das wollte. Sie wollte ihm wehtun, wollte, dass er litt, wollte ihm die Demütigungen der letzten Zeit heimzahlen. Sie hatte versucht, diese Gefühle zu verdrängen, zumal er in den letzten Wochen auf der Plantage einigermaßen nett zu ihr gewesen war. Jetzt aber kochte in Karini die verdrängte Verbitterung über sein Verhalten in der Stadt wieder hoch. Ein Blick in seine Augen verriet ihr, dass sie ihn getroffen hatte. Sofort sprang sie von der Veranda und lief los. Masra Martin setzte zur Verfolgung an.

»Na warte!«

Sie rannte im Zickzack zwischen den Büschen des Gartens hindurch, schlug einen Haken und verschwand im Dickicht unter dem großen Mangobaum. Ein großer Schwarm Schmetterlinge stob erschrocken empor. Masra Martin war aber ebenso schnell wie sie und bekam sie von hinten zu packen, bevor sie sich verstecken konnte. Atemlos zog er an ihrem Arm, sodass sie gezwungen war, einen Schritt zurück zu machen, direkt in seine Arme.

Seine Stimme klang nun ganz dicht an ihr Ohr. »Du bist ganz schön frech, kleines Negermädchen.«

Und plötzlich war, zu Karinis großer Überraschung, die Wut verflogen. Anstatt ihn für diese Worte böse anzufahren, schwieg sie und versuchte eher halbherzig, sich aus seinem Griff zu lösen. Masra Martin zog sie noch etwas dichter an sich heran. Es waren nur Sekunden, aber Karinis Herz machte einen ungewohnt nervösen Sprung, und in ihrem Bauch breitete sich ein Kribbeln aus. Atemlos standen sie einen Moment so da, er hielt sie immer noch fest, doch der Griff hatte nichts Zwingendes mehr. Sie spürte seine Wärme, sein Herzklopfen, seinen Atem an ihrem Ohr.

»Hey!« Masra Henrys Ruf ließ beide zusammenzucken.

Masra Martin ließ sie ohne ein Wort los und ging aus dem Gebüsch hinaus. Karini folgte ihm langsam zurück in den Garten. Sie war vollkommen erfüllt von der Gefühlswelle, die sie eben durchströmt hatte. So etwas hatte sie noch nie erlebt.

Von diesem Tag an betrachtete Karini Masra Henry und Masra Martin mit anderen Augen. Ihr fiel plötzlich auf, dass ihre beiden Freunde sich zu jungen Männern entwickelt hatten. Sie waren gewachsen, Masra Henrys Stimme wechselte manchmal vom kindlichen zu einem tieferen Ton, was sich anhörte, als wäre er heiser, wohingegen Masra Martins Stimme sich bereits auf einer tiefen Stimmlage eingependelt hatte. Ihre Körper waren kräftiger und ihre Schultern breiter geworden, wobei Masra Martins etwas stattlicher anmuteten als Masra Henrys, der alles in allem zierlicher war. Aber er war ja auch jünger. Gar nicht so viel älter als sie selbst ... Masra Martin strich sich ab und zu mit stolzer Miene über sein Kinn, auf dem sich ein deutlicher Bartflaum zeigte.

Karini versuchte fortan, sooft es eben ging, mit den beiden zusammen zu sein. Dabei, so spürte sie überrascht, genügte es ihr nicht, mit Masra Martin und Masra Henry belanglos zu reden. Am wohlsten fühlte sie sich, wenn sich die Situation um sie drehte, und sie ertappte sich immer wieder bei dem Versuch, die Aufmerksamkeit der beiden auf sich zu ziehen. Ihre Mutter hatte sie bereits zweimal ermahnt, mit den Jungen nicht zu sehr zu kokettieren, obwohl Karini nicht genau wusste, was sie damit meinte. Sie hatte sich das eine Mal nach der Küchenarbeit doch nur ein frisches Kleid angezogen und sich das andere Mal prüfend im Spiegel der Eingangshalle betrachtet. Kiri hatte sie dabei erwischt und fortgescheucht. Karini waren die besorgten Blicke ihrer Mutter dennoch nicht entgangen.

Viel mehr Kopfzerbrechen bereitete ihr mit zunehmender Zeit allerdings Inika. Manchmal konnte Karini tun, was sie wollte, die Jungen beachteten trotzdem nur das indische Mädchen. Sie schien sie mit ihrer bloßen Anwesenheit in ihren Bann zu ziehen. Karini machte das wütend, und sie strengte sich dann jedes Mal umso mehr an, die Aufmerksamkeit der Masras zu erlangen. Wenn es ihr nicht gelang, zog sie sich meist schmollend zurück und ließ die drei einfach sitzen, was ihr allerdings auch nicht leichtfiel. Nicht ohne die Hoffnung, dass ihr wenigstens Masra Henry folgen würde, um sie zu fragen, was los sei.

Eines Nachmittags saß Karini auf der hinteren Veranda und polierte im Auftrag ihrer Mutter das Silberbesteck des Hauses. Eine langweilige Tätigkeit, aber Karini hatte beschlossen, dass es besser war, ihre Mutter nicht noch mehr zu erzürnen. Sie hatte in letzter Zeit genug Schelte bekommen, dass sie ihre Aufgaben vernachlässige. Das tat sie vielleicht auch, aber die Zeit mit den anderen war für sie kostbar, und sie konnte es einfach schlecht ertragen, wenn die anderen beisammen waren, ohne sie. Sie hoffte, schnell mit dem Silber fertig zu sein.

Ihre Mutter und Sarina standen an der langen Arbeitsplatte, schnitten Gemüse und unterhielten sich leise. Karini wusste, dass es sich nicht gehörte zu lauschen, aber das war leichter gesagt als getan, schließlich hatte sie jetzt schon mehrmals Inikas Namen aufgeschnappt. Sie rückte also vorsichtig etwas näher und neigte den Kopf so, dass sie besser hören konnte.

»Aber, Sarina, sie ist doch noch so jung.«

Karini bemerkte sofort, dass ihre Mutter sich über irgendetwas aufregte. Diesen Tonfall kannte sie nur zu gut.

»Kadir sagt, es ist Zeit. Ich kann nichts machen, ich bin seine

Frau, was er sagt, geschieht. Er hat den Mann gewählt ... wir müssen tun, was er sagt.« Sarinas Stimme klang eher traurig.

»Dem Masra und der Misi wird das nicht gefallen, das sage ich dir gleich, Sarina.« Karini sah aus dem Augenwinkel, dass Sarina ihre Mutter überrascht ansah.

»Was haben denn der Masra und die Misi damit zu tun?«

»Na, sie müssen jeder Hochzeit auf der Plantage zustimmen.«

Hochzeit? Karini hielt verwundert mitten in der Bewegung inne. Sollte Inika etwa heiraten? Aber das Mädchen war doch sogar noch jünger als sie selbst! Natürlich wusste Karini, dass es nicht ungewöhnlich war, dass Mädchen früh heirateten, und offensichtlich gab es diese Sitte auch bei den Indern. Sie hatte schon miterlebt, dass unter den Schwarzen manchmal Sechzehnjährige, getreu dem Wunsch der Weißen, vor Gott den Bund der Ehe schlossen. Und auch bei den Maroons gab es dies, nur besiegelte dort nicht ein Priester, sondern der *granman* des Dorfes die Ehe. Selbst bei den Weißen in der Stadt hatte Karini schon sehr junge Bräute gesehen. Schöne Bräute, in langen weißen Kleidern, mit hübsch gemachtem Haar. Plötzlich erschien vor Karinis Augen das Bild von ihr selbst, als hübsch geschmückte Braut. Wen sie wohl eines Tages heiraten würde? Vielleicht sogar ...? Nein! Das durfte sie nicht einmal denken. Sie war die Tochter einer ehemaligen Sklavin! Aber vielleicht, wenn sie alt genug wäre, vielleicht wäre es dann als schwarzes Mädchen nicht mehr so schwer, einen Weißen zu heiraten ...

»Karini, bist du bald fertig?« Die Stimme ihrer Mutter riss sie aus ihren Gedanken.

Schnell machte sich Karini wieder ans Werk, aber in ihrem Kopf kreisten die Gedanken. Inika tat ihr schon ein bisschen leid. Den Mann nicht selbst auswählen zu dürfen, das war sicher nicht angenehm. Und sie war doch noch so jung. Allerdings konnte Karini sich nicht ganz erklären, wen Inika wohl heiraten sollte. Jungen in Inikas Alter gab es bei den Indern nicht. Dann nahm ein anderer Gedanke Gestalt an: Sie würde Inika bald los sein! Ihr Mann würde es bestimmt nicht dulden, dass sie sich ständig mit den Söhnen der Misi herumtrieb. Karini schmunzelte. Bald würde sie also wieder mit Masra Henry und Masra Martin allein sein, und so leid es ihr für Inika tat, Karini konnte nicht umhin, sich über diese Wendung zu freuen.

Kapitel 7

Die Novembersonne heizte das Land unbarmherzig auf. Julie hatte das Gefühl, dass die Trockenzeiten immer heißer wurden. Selbst der auffrischende Ostwind über dem Meer brachte im Hinterland kaum Abkühlung. Bereits morgens fühlte sie sich matt und erschlagen, gegen Mittag wurde ihr häufig übel und am Abend schmerzte ihr Kopf. Besorgt legte sie sich immer wieder die Hand an die Stirn und kontrollierte die Temperatur. Sie hatte große Angst, wieder wochenlang einem Fieberschub zu erliegen. Aus Sorge vor einer nahen Krankheit stand es mit ihrer Laune nicht zum Besten. Zwar versuchte sie, sich nichts anmerken zu lassen, doch manchmal fuhr sie die Kinder oder Jean aufbrausend an. Deren verdatterte Blicke verrieten ihr, dass sie überreagiert hatte, und sie entschuldigte sich. Aber nach ein paar Wochen wurde ihr bewusst, dass ihre Familie begann, ihr aus dem Weg zu gehen. Sie ärgerte sich über sich selbst, konnte jedoch nichts gegen ihren Zustand tun.

Wenigstens hatten sich die Wogen auf der Plantage etwas geglättet. Die indischen Arbeiter waren ruhiger, vermutlich auch, weil der Zwist um die Eheschließung beigelegt worden war, wie Sarina ihr erzählt hatte. Julie war froh, dass die Ernten ertragreich waren und gut verliefen und somit auch Jean sich etwas entspannte. Die Plantage Rozenburg würde auch dieses Jahr den harten Zeiten trotzen, dennoch würden sie wohl noch einige Jahre kämpfen müssen, bis ihre Existenz nachhaltig gesichert war. Wenn ihnen dies überhaupt jemals gelang.

Julie hatte sich nach dem Essen gerade zu einer kleinen Pause in die kühleren Wände des Salons zurückgezogen, als Sarina in die Tür trat.

»Misi Juliette?«

Julie winkte sie herein, eigentlich war sie müde und hatte gehofft, hier eine Stunde Ruhe zu finden. Aber Sarina würde sie nicht stören, wenn es nicht dringlich wäre, also gewährte Julie ihr den Moment.

Sarina schien unruhig, sie knetete unablässig ihre Finger. »Misi Juliette, ich möchte fragen, ob wir für Hochzeit im Januar von den Händlern am Fluss dürfen Stoffe kaufen. Für Braut, Kleid ... Misi weiß schon.«

»Natürlich, Sarina, warum solltet ihr das nicht dürfen?«

Etwas in Sarinas Blick verriet Julie, dass die Frau ihr mehr als diese banale Frage mitteilen wollte.

»Danke Misi, wir ... als Eltern von Braut müssen uns darum kümmern, dass ...«

Julie war mit einem Schlag hellwach. »Ihr? Als Eltern der Braut?« Sie sprang von ihrem Sessel hoch, und es gelang ihr nur mit Mühe, den Schwindel, der sie sofort befiel, zu beherrschen. Sie war schockiert in Anbetracht dessen, was Sarina ihr gerade gesagt hatte. »Sarina, ihr wollt doch nicht Inika verheiraten, sie ... sie ist doch noch ein Kind!«

Sarina starrte auf ihre Füße und nestelte an ihrem Sari herum. »Misi Juliette, mein Mann Kadir sagt, Inika ist alt genug.«

»Sie ist doch gerade mal höchstens dreizehn!«

»Vierzehn«, hauchte Sarina. »Meine Tochter ist vierzehn.«

Julie war entsetzt. »Sarina, das werden wir nicht erlauben.«

Sarina zuckte resigniert die Achseln. »Misi Juliette, Kadir sagt, weil unsere Tochter nicht heiratet wie Christ, sondern wie Hindu, kann auch niemand verbieten die Hochzeit.«

»Ja, aber ihr seid Arbeiter auf unserer Plantage, und wir haben sehr wohl ein Recht darauf zu bestimmen, wer wen heiraten darf.« Julie hörte selbst, dass sie sehr laut geworden war. Sie wusste auch, dass das Gesagte so nicht mehr stimmte, doch sie konnte auf keinen Fall erlauben, dass das Mädchen verheiratet wurde. Julie betrachtete Sarina nachdenklich, der ihre Not deutlich anzusehen war. Sie war sich fast sicher, dass auch sie nicht mit der Entscheidung ihres Mannes einverstanden war, allein die Art, wie sie seinen Namen betont hatte, verhieß nichts Gutes. Aber die Frau schien nicht in der Lage zu sein, sich gegen ihren Mann aufzulehnen. Auch das konnte sie nachvollziehen, und es versetzte ihr einen schmerzhaften Stich. Auch sie hatte einst lange nicht den Mut gehabt, sich gegen Karl zu wehren.

»Sarina, das geht nicht, wir können euch doch nicht das Kind verheiraten lassen. Wer soll überhaupt der Mann sein?«, fragte sie sanft.

Sarina hob nun den Kopf und in ihrem Blick lag tiefe Verzweiflung.

»Wer ist es?«

»Baramadir ...«

»Der ist doch dreißig Jahre älter als Inika!«, entfuhr es Julie entsetzt. Obwohl sie sich manchmal schwertat, die indischen Arbeiter auseinanderzuhalten oder gar bei ihren komplizierten Namen zu nennen, so war ihr Baramadir, der Mann mit dem unverkennbaren blauen Turban, durchaus ein Begriff. War Kadir ehrgeizig und stets bemüht, sich strebsam in der Arbeitergruppe hervorzutun, so war Baramadir Kadirs hartnäckiger Widersacher. Stets fiel er durch seine grobschlächtige und ungehobelte Art auf und zeigte auch gegenüber Jean wenig Respekt. Julie wunderte sich, dass gerade diese beiden Männer sich einig waren, und ahnte, dass es schwierig werden würde, sie von ihren Plänen abzubringen. Sie schauderte. Dieser grobe und brutal anmutende Mann, gebunden an Inikas Seite ...

»Sarina!« Julie packte ihre indische Arbeiterin bei den Schultern. »Du willst doch nicht wirklich deine Tochter mit diesem Mann verheiraten!«

Sarina schaute Julie mit gequältem Blick an. »Was soll ich machen, die Männer haben so entschieden.« Eine dicke Träne kullerte über ihre Wange. Julie lockerte ihren Griff und widerstand nur schwer dem Drang, diese Frau in den Arm zu nehmen. Und sie fasste einen Entschluss: Diese Hochzeit musste verhindert werden! Am liebsten wäre sie sofort selbst zu Kadir gegangen, aber sie wusste, dass das zu nichts führen würde. Es wäre sinnlos, wenn sie als Frau Baramadir und Kadir zur Rede stellte. Das musste Jean regeln, doch er war auf den Feldern. Und Jean würde der Hochzeit eines vierzehnjährigen Mädchens mit Baramadir nicht zustimmen, da war sie sich sicher, selbst wenn es dadurch Unruhe unter den indischen Männern geben würde.

»Das mag ja sein – aber wir haben dem noch nicht zugestimmt. Sag am besten nichts zu Kadir, ich werde erst mit Jean reden.«

Sarina nickte untergeben.

Nachdrücklich wiederholte Julie: »Du sagst kein Wort zu Kadir, bevor ich nicht mit Jean gesprochen habe, hörst du!« Mit diesen Worten raffte sie ihr Kleid und machte sich auf den Weg in Richtung Stall. Kiri, die auf der hinteren Veranda Gemüse putzte, warf ihr einen verwunderten Blick zu, und Julie rief ihr kurz zu, sie sei auf dem Weg zu Jean in die Felder. Sie war sich sicher, dass sie jetzt gleich mit Jean reden musste, die Situation duldete keinen Aufschub. Neben die Angst um Inika trat die Sorge um Sarina. Wer wusste schon, was Kadir mit Sarina machen würde, wenn er erfuhr, dass Sarina mit ihr gesprochen hatte? Julie musste sich eingestehen, dass sie die indischen Männer unterschätzt hatte. Jean würde mit ihnen reden und sie zur Vernunft bringen müssen. Sie konnte sich gut vorstellen, dass diese älteren, allein gereisten indischen Männer sich nach einem zarten Geschöpf wie Inika die Finger leckten. Da waren Männer, egal welcher Hautfarbe, oftmals leider alle gleich. Oft genug hatte Julie erleben müssen, dass ältere weiße Herren sich kleine schwarze Dienstmädchen hielten. Es war ein offenes Geheimnis, dass diese Mädchen ihrem Herrn nicht nur am Tisch zu Diensten waren. Julie würde nicht zulassen, dass auf ihrer Plantage einem kleinen Mädchen ein ähnliches Schicksal drohte.

Wütend sattelte und zäumte sie ihre Stute. Fina war von dieser Handlung am Nachmittag sichtlich überrascht, ihre Reitzeit lag doch in den frühen Morgenstunden, auch wenn Julie in den letzten Wochen häufig darauf verzichtet hatte, weil ihr unwohl war. Das Tier tänzelte nervös, als Julie es in Richtung der Zuckerrohrfelder lenkte. Julie trieb die Stute dennoch unerbittlich an. Sie hatte keine Ahnung, wo Jean gerade die Arbeiter beaufsichtigte, die Felder waren groß, und das Zuckerrohr stand so hoch, dass sie es vom Pferd kaum überblicken konnte. Ihr blieb also nichts anderes übrig, als immer und immer wieder die Querwege abzureiten, in der Hoffnung, die Arbeiter irgendwo zu erspähen.

Als sie einen der Wege bis an den Wald abgeritten war, wurde Fina zunehmend nervös. Das Tier schwitzte inzwischen, schaumige Flocken flogen aus seinem Maul. Es war eigentlich viel zu heiß, um hier zwischen den Feldern herumzuirren.

Plötzlich spitzte die Stute die Ohren. Julie dachte zuerst, Fina hätte vielleicht Jeans Pferd gewittert. Im gleichen Moment aber gab die Stute ein erschrockenes Prusten von sich und richtete sich auf die Hinterbeine auf. Julie hörte noch ein leises Fauchen, als sie vom Rücken ihres Pferdes rutschte. Selbst der Griff zu Finas Mähne konnte ihr nicht helfen, sie verlor das Gleichgewicht und stürzte nach hinten. Schlagartig wurde es dunkel um sie.

Kapitel 8

»Wenn wir wieder in der Stadt sind, werde ich herausfinden, wo mein Vater in den Niederlanden ist, und ihm einen Brief schreiben«, sagte Masra Martin entschlossen und starrte auf den Fluss.

Karini blickte Inika und Masra Henry, die neben ihr unter dem großen Mangobaum am Ufer saßen, kurz an. Ihr war aufgefallen, dass Masra Martin immer öfter von seinem Vater sprach. Sie verstand nicht ganz, warum. Immerhin hatte dieser Vater ihn vor fünfzehn Jahren hier in Surinam zurückgelassen, da war Masra Martin gerade erst zwei Jahre alt gewesen. Seine Erinnerungen an ihn waren, wenn überhaupt, vermutlich nur spärlich. Trotzdem sprach er manchmal von seinem Vater, als wäre er ihm vertraut.

Karini wusste ebenso gut wie Masra Henry, dass es besser war, nicht weiter auf das Thema einzugehen. Masra Martin wurde dann meistens böse. Inika hingegen schien dies noch nicht verstanden zu haben.

»Warum ist dein Vater eigentlich nicht in Surinam?«, fragte sie jetzt. Masra Henrys warnenden Blick schien sie nicht zu bemerken.

Masra Martins Augen wurden schmal, als er Inika fixierte. »Weil Leute wie du ... und wie sie«, er deutete auf Karini, »ihn damals verleugnet haben.«

Nicht schon wieder! Karinis Magen zog sich vor Wut zusammen.

»Ach, Martin, nun hör doch auf, Karini und Inika können

doch wirklich nichts dafür«, nahm Masra Henry die beiden Mädchen gleich in Schutz.

Karini war ihm dankbar für seinen Einsatz, wusste aber auch, dass das Thema sehr heikel war. Und wenn Masra Martin sich jetzt erst in Rage redete ...

Inika schien die Spannung, die in der Luft lag, nicht zu spüren. Sie sah ihn verblüfft an und fragte unverhohlen: »Warum?«

Karini stand auf und strich sich das Kleid glatt. Das wollte sie sich lieber nicht anhören, denn es war genau dieses Thema, das einen Keil zwischen sie und Masra Martin trieb. Ihr tat es weh, wenn Masra Martin sie als minderwertige Schwarze betitelte und lange Vorträge über die Weißen hielt und darüber, welches Glück diese doch über den *wilden schwarzen Mann* gebracht hätten. Das machte sie wütend, vor allem weil es bei Masra Martin sprunghaft auftrat. Im einen Moment hatten sie noch zusammen gelacht, oder waren sich nahe gewesen, wie neulich, als er so dicht neben ihr gestanden und ihren Herzschlag beschleunigt hatte, aber im nächsten ... Karini wollte ihn jetzt nicht herausfordern, sonst würde die Stimmung wieder tagelang schlecht sein. Als sie sich zum Gehen wandte, ertönten hinter dem Haus plötzlich aufgeregte Schreie. Karini erkannte die Stimme ihrer Mutter. Sofort sprangen auch die anderen auf die Beine, gemeinsam rannten sie durch den Garten und um das Haus herum.

Auf dem Wirtschaftshof erblickte Karini ihre Mutter und Liv, die beide mit erhobenen Armen, jede ein Tuch schwenkend, versuchten, Fina anzuhalten, die aufgeregt am Zaun entlang zu ihrem Stall trabte.

»Vorsicht! Geht zur Seite und lasst das mit dem Tüchern! Ihr macht das Tier ja nur noch mehr verrückt.« Masra Martin sprang mit einem beherzten Satz auf das Pferd zu, während Kiri zurücktrat und dabei fast stolperte.

»Mama!« Karini packte sie am Arm und zog sie beiseite, als das Pferd ihr erneut gefährlich nahe kam. Sie griff mit der freien

Hand nach Inikas Arm, die wie versteinert dastand. Gemeinsam zogen sie sich in sicherer Entfernung zum Pferd zurück.

»Henry! Henry, mach das Tor auf!«, rief Masra Martin, während er versuchte, die Stute in der Nähe des Zauns zu halten. Masra Henry öffnete das Tor zum Gatter, und das Pferd sprang mit einem Satz an ihm vorbei, woraufhin Masra Henry schnell das Gatter schloss. Martin stieg über den Zaun und sprach beruhigend auf das nervöse Tier ein, bis er es am Zügel fassen konnte. Das Pferd bebte und zitterte am ganzen Körper, Blut und Schweiß tropften an seinen Seiten herab.

Karini sah, dass Masra Henry plötzlich kreideweiß wurde.

»Kiri? Ist meine Mutter mit Fina unterwegs gewesen?«

Eigentlich war diese Frage überflüssig. Außer Julie, und gelegentlich Masra Henry, ritt niemand die Stute.

»Sie wollte in die Felder zu Masra Jean«, erwiderte Kiri mit belegter Stimme.

Jedem der Anwesenden war klar, was der leere Sattel auf dem Pferderücken bedeutete.

»Gib mir die Zügel, Martin.«

»Bist du verrückt? Was hast du vor?« Masra Martin versuchte, Masra Henry von seinem Vorhaben abzuhalten.

Karini spürte, wie es ihr eiskalt den Rücken hinunterlief. »Masra Henry, tu es nicht! Schau doch, das Pferd blutet.«

»Sie hat es bis hierher geschafft, dann schafft sie es auch noch einmal.« Mit diesen Worten packte er die Zügel und stieg auf das tänzelnde Tier. »Mach das Tor auf Martin, ich muss meine Mutter suchen.«

Masra Martin öffnete das Gatter, und schon trieb Masra Henry die Stute seiner Mutter im gestreckten Galopp vom Wirtschaftshof in die Felder hinein.

Karini trat neben Masra Martin, der sichtlich unentschlossen zwischen dem davonreitenden Masra Henry und dem Stall hin und her blickte. Nach dem Tod einer Stute kürzlich stand nur noch ein junger Hengst im Stall, der aber noch nicht vollständig zum Reitpferd ausgebildet war. Die geschulten Pferde waren einzig Masra Jeans Hengst und die Stute der Misi. Karini nahm Masra Martins Hand. »Vergiss es. Bis du das Pferd gesattelt hast ... und gerade mit diesem Tier ist es zu gefährlich«, beschwor sie ihn.

»Hast du ihre Flanke gesehen, Karini, das waren eindeutig Kratzspuren, der Jaguar ... wenn Henry jetzt auch ...«

Karini hörte die Angst in Masra Martins Stimme und spürte, dass er ihre Hand drückte. Sie wusste, wie viel Masra Henry und auch Misi Juliette ihm bedeuteten, auch wenn er dies nicht häufig zeigte. Sie sah, wie sehr er jetzt mit sich rang, und war ihm dankbar, dass er nicht einfach heldenhaft versuchte, auf das Pferd zu springen.

»Ich schicke die Männer los, sie sollen suchen helfen.« Und schon lief Masra Martin in Richtung Arbeiterdorf. Dort hielten sich immer ein paar Männer auf, die aus verschiedenen Gründen von der Arbeit auf den Feldern freigestellt waren.

Karini blickte unentschlossen zu ihrer Mutter und Inika, aber es war wohl besser und sicherer, hier zu warten. Sie hatte große Angst um die Misi. Vor ihrem inneren Auge blitzten schaurige Bilder von riesigen Jaguaren auf. Und von bockenden und stürzenden Pferden. Wenn die Misi nun von dem Jaguar ... oder unter das Pferd geraten war ... sie kniff die Augen zusammen und holte tief Luft. Nein! Alles würde gut werden, wahrscheinlich war das Pferd nur fortgelaufen, und die Misi würde gleich lachend zu Fuß den Weg von den Feldern gelaufen kommen. Aber die Misi kam nicht.

Kaum hatten sie sich auf die Veranda zurückgezogen, ertönte aus der Ferne ein Schuss. Alle zuckten zusammen. Das konnte nur einer der Aufseher oder Masra Jean gewesen sein.

Danach verging die Zeit im Schneckentempo. Karini stand an

der Balustrade und drückte immer und immer wieder nervös die Fingernägel in das weiche Holz. Eine Ewigkeit später hörte sie von Weitem das Wiehern eines Pferdes. Sie rannte sofort los. Bis zu den Zuckerrohrfeldern musste sie den Wirtschaftshof überqueren und durch das ganze Arbeiterdorf laufen, aber Karini konnte auf dem langen Weg, der fast schnurgerade in die Felder führte, bereits die beiden Pferde sehen. Einige Frauen aus dem Dorf und auch ihre Mutter eilten ihr nach.

Es war Masra Jean, der Misi Juliette auf seinen Armen trug, dahinter folgte Masra Henry mit den Pferden an der Hand.

Masra Jean rief von Weitem: »Wasser! Stellt im Haus Wasser bereit!«, woraufhin Liv auf dem Absatz kehrtmachte und in Richtung Plantagenhaus zurückrannte. Kiri hingegen eilte dem Masra zu Hilfe, dicht gefolgt von Inika und Karini. Masra Jean trug unbeirrt Misi Juliette, die schlaff in seinen Armen lag, weiter in Richtung Plantage. Die Misi blutete am Kopf. Karini wurde starr vor Schreck, und ihr Magen krampfte sich zusammen.

»Ist sie …?«, hörte Karini Inika leise neben sich flüstern.

»Nein, ich glaube, sie lebt«, flüsterte Karini, mehr hoffend als wissend. Sie konnte den Blick nicht von den blutverklebten Haaren der Misi lösen. Ein Schnauben schließlich ließ ihren Blick zu Masra Henry und den Pferden wandern. Die Stute der Misi lahmte deutlich und ließ den Kopf fast bis auf den Boden hängen. Ein Arbeiter, der hinter den Pferden ging, musste sie immer wieder sanft antreiben, damit Masra Henry sie überhaupt weiterführen konnte.

Hinter dem Arbeiter erblickte Karini eine Schar weiterer Männer, von denen zwei auf ihren Schultern eine lange Stange trugen. An dieser hing, mit den großen Pranken nach oben festgebunden, der leblose Körper eines mächtigen Jaguars. Inika gab beim Anblick des großen Tieres einen entsetzten Laut von sich.

»Ist das …?«

Karini nickte. »Ja, der Jaguar, aber er ist tot. Komm, Inika, wir müssen helfen.« Sie zog das sichtlich schockierte Mädchen mit sich hinter Masra Henry her zum Stall, wo er die Pferde anband und ihnen die Sättel abnahm, während Masra Martin half, die Misi ins Haus zu bringen, dicht gefolgt von Tante Aniga, die als Heilerin für das Wohl der Menschen auf der Plantage zuständig war.

Karini nahm Masra Henry über den Zaun hinweg einen der Sättel ab. Masra Henry war verschwitzt und voller Dreck. Sie sah den Schmerz in seinen Augen, seine Miene war starr, seine Bewegungen verkrampft und zielstrebig. Sie kannte ihn gut genug, um zu wissen, wie sehr er litt, trotzdem konnte sie sich die Frage nicht verkneifen. Sie musste es einfach wissen. »Deine Mutter ... hat der Jaguar ...?«

»Nein.«

Nein. Karini spürte, wie sie ein Gefühl der Erleichterung überkam. Die Misi lebte.

»Ich schätze, Fina hat gescheut und sie abgeworfen«, sagte Masra Henry jetzt leise. »Sie lag auf einem Weg nahe am Waldrand. Das Pferd hat die Raubkatze bestimmt gewittert. Dem Himmel sei Dank, dass der Jaguar es dann aber wohl auf die Stute abgesehen hat.« Er zeigte auf die blutende Flanke der Stute. »Sie hat sich vermutlich gewehrt und ihm ein paar heftige Huftritte verpasst. Wir haben ihn in einiger Entfernung zu meiner Mutter gefunden, er lebte noch, aber die Stute hatte ihm übel zugesetzt. Jean hat ihm dann den Gnadenschuss gegeben.« Anerkennend klopfte er dem erschöpften Tier den Hals, um dann mit besorgtem Blick die Wunde zu begutachten. Karini sah, dass seine Hand zitterte. Das Blut war zu dunklen Schlieren getrocknet, und unzählige Fliegen umschwirrten die Wunde. Auch die Misi hatte eine blutende Wunde gehabt. Am Kopf ...

»Ist ... ist deine Mutter schwer verletzt?«, fragte Karini leise.

»Ich hoffe nicht.« Masra Henry schaute besorgt zum Haus hinüber. »Äußerlich konnten wir nichts sehen, sie blutete am Kopf, aber ihre Knochen schienen heil zu sein. Aber sie war nicht bei Bewusstsein.« Seine Stimme klang seltsam belegt, und er wandte den Kopf ab. Dann sagte er: »Karini, gib den Pferden etwas Wasser, nur nicht zu viel, sie sind noch sehr erhitzt. Dann lauf ins Dorf und sag Kaluma, er soll kommen und sich Fina ansehen. Ich muss jetzt ins Haus zu meiner Mutter.«

Karini nickte. Kaluma war ein alter ehemaliger Sklave, der sich auf die Heilkunst bei Tieren verstand. Karini wusste, dass er genauso tüchtig war wie seine Frau Aniga. Mit seiner Hilfe würde die Stute es schaffen. Und seine Frau würde der Misi helfen. So hoffte Karini zumindest.

Kapitel 9

Inika machte sich große Sorgen um Misi Juliette. Sie hatte so leblos in den Armen des Masra gelegen, das konnte nichts Gutes bedeuten. Unschlüssig stand sie auf dem Weg, der das Dorf durchzog, und wusste nicht, ob sie zum Haus gehen oder lieber im Dorf warten sollte. Ihre Mutter war Liv und Kiri zu Hilfe geeilt, Karini war bei den Pferden. Inika hätte sich auch gerne nützlich gemacht, wusste aber nicht, was sie tun sollte.

Als sie aus Richtung der hinteren Hütten laute Männerstimmen hörte, wurde sie neugierig. Die Männer hatten vorhin das riesige Tier genau in diese Richtung getragen. War das wohl derselbe Jaguar gewesen, dem sie nur knapp entkommen war? Ihr lief ein kalter Schauder über den Rücken.

Als sie nun um die Ecke bog, sah Inika, dass die Männer das Tier am Balken zwischen zwei Hütten aufgehängt hatten. Jetzt standen sie in einer großen Traube um den Kadaver herum und diskutierten lauthals. Inika verstand nicht genau, worum es ging, aber es hatte wohl mit der Aufteilung der Trophäen zu tun. Die ehemaligen Sklaven trugen gerne Anhänger aus den Krallen dieser Tiere. Angeblich schützten sie vor Geistern und Flüchen, machten gesund und stark.

Die Inder standen etwas abseits und beäugten das Treiben der Schwarzen. Sie hatten kein Interesse an den Überresten des Jaguars. Für Hindus hatten andere Dinge gewichtige Bedeutung, wenn es um Glück oder Unglück ging.

Inika erspähte ihren Vater zwischen den Männern. Er redete leise, aber sichtlich aufgeregt auf einen anderen Mann ein. Inika musste daran denken, wie sehr sich die Beziehung zu ihrem Vater doch verändert hatte, seit sie in Surinam waren. Er war viel ernster als früher. Er versorgte sie und ihre Mutter, aber die vertrauten und liebevollen Momente waren selten geworden. Nicht nur zwischen ihm und ihr, auch gegenüber ihrer Mutter verhielt er sich anders. Inika hatte die beiden des Öfteren beim Streiten erwischt. Dies hatte ihr Sorgen bereitet, sie hatte es aber auf die angespannte Situation im Dorf geschoben. Denn unter seinen Landsleuten hatte ihr Vater sich im vergangenen Jahr nicht nur Freunde gemacht. Inika wusste nicht genau, warum manche ihm gegenüber so abweisend und manchmal sogar aggressiv waren. Ihre Mutter hatte ihr nur erklärt, dass einige der Inder es nicht gut fanden, dass Kadir sich gegenüber Masra Jean so hervortat. Inika fand das ungerecht. Ihr Vater hatte immerhin in den ersten Monaten häufig übersetzt und somit auch dazu beigetragen, dass sie alle schnell auf der Plantage heimisch werden konnten.

Neugierig betrachtete sie ihren Vater. Sie wusste, dass er gerne diskutierte, so aufgewühlt wie jetzt hatte sie ihn allerdings selten gesehen. Worum es wohl ging? Inka schlich näher und trat von der Seite einer Hütte an die Gruppe heran. Die Männer standen mit dem Rücken zu ihr. Sie hörte ganz deutlich die Stimme ihres Vaters.

»Ich sage dir doch, Baramadir, es ist alles geregelt.«

Inika kannte Baramadir nur zu gut. Er war einer der auffälligsten Arbeiter, hochgewachsen und kräftig und für einen Inder eher grobschlächtig. Man erkannte ihn immer an seinem blauen Turban. Er war nicht sonderlich beliebt im Dorf, und auch Inika fühlte sich in seiner Gegenwart immer unwohl. Inika fragte sich, was ihr Vater wohl mit ihm zu schaffen hatte.

»Ich hoffe es. Dein Wort zählt, und du hast zugesagt, dass alles ohne Probleme ablaufen wird.«

»Der Masra wird seine Zustimmung geben, mach dir keine

Sorgen. Die Misi hat nichts zu sagen. Sie können uns unsere Traditionen nicht verbieten.«

Baramadir lachte. Es klang bedrohlich. »Ich verlasse mich auf dich. Im neuen Jahr will ich das Mädchen zu meiner Frau nehmen. Vergiss nicht, Kadir, das wird dir und deiner Frau das Leben leichter machen. Und um deine Tochter kümmere ich mich dann schon.«

Für einen Moment schien die Welt stillzustehen. Um dann in rasender Geschwindigkeit um Inika herumzuwirbeln. Sie stützte sich mit der Hand an der Hüttenwand ab, um nicht zu fallen. Das konnte doch unmöglich wahr sein? Wie konnten ihre Eltern das tun? Und warum hatten sie ihr von den Plänen noch nichts erzählt? In ihrem Hals stieg ein heißes Brennen empor, sie drehte sich um und hastete davon. Tränen rannen über ihre Wangen, während ihre Füße wie besessen über den Boden trappelten.

Inika rannte über den Wirtschaftshof, am Plantagenhaus vorbei in den vorderen Garten. Dort versteckte sie sich im Schatten des großen Mangobaumes am Ufer des Flusses. Sie setzte sich mit dem Rücken zum Stamm und umschlang ihre Knie mit den Armen. Trotz der tropischen Hitze war ihr unsäglich kalt. Sie zitterte regelrecht und versuchte, ihre Gedanken unter Kontrolle zu bekommen. Immer wieder schob sich ein Bild vor ihr inneres Auge.

Baramadir. Er war dreißig Jahre älter als sie, wenn nicht sogar mehr. Er war groß, grob und benahm sich schlecht. Wie kamen ihre Eltern nur darauf, dass sie ihn heiraten sollte? Darauf konnte es nur eine Antwort geben: Baramadir war bekannt dafür, trotz aller Widrigkeiten immer viel Geld zu haben. Keiner wusste genau, wie es ihm gelang, immer ein bisschen mehr Geld zu verdienen als die anderen Inder, aber man munkelte so einiges.

Doch Inika war es egal, ob Baramadir Geld hatte oder nicht. Sie hatte bis jetzt nicht einmal selbst ans Heiraten gedacht, wieso kam dann ihren Eltern diese Idee? Ging es ihnen so schlecht, dass sie ihre Tochter als Pfand abgeben mussten? Es war die einzige Erklärung. Gleich drückte Inika das schlechte Gewissen. Dann wäre es ihre Pflicht, ihren Eltern zu helfen. Aber doch nicht so! Zutiefst traurig ließ sie ihren Tränen freien Lauf.

Kapitel 10

»Julie? ... Julie?«

Irgendwo aus weiter Ferne hörte Julie eine Stimme, die nach ihr rief. Aber es war so dunkel. Sie wollte schlafen, und zudem war ein dumpfer Druck in ihrem Kopf.

»Julie, mach die Augen auf!«

Julie erkannte die Stimme, es war Jean. Warum weckte er sie? Julie versuchte die Augen zu öffnen, doch ihre Lider waren schwer wie Blei. Je mehr sie sich anstrengte, desto größer wurde der Schmerz in ihrem Kopf. Sie wollte ihre Hand zur Stirn führen, doch auch ihr Arm schmerzte und gehorchte ihr nicht recht. Schlagartig wurde ihr bewusst, dass sie keineswegs geschlafen haben konnte. Mit einem Ruck zwang sie sich, die Augen zu öffnen. Das Licht stach schmerzhaft, und sie versuchte, den Kopf abzuwenden, doch auch das tat weh. Was war nur los?

»Julie! Dem Himmel sei Dank! Du bist wach.«

Julie sah, wie sich eine Gestalt über sie beugte und ihr liebevoll über das Haar strich. »Was ist passiert?«, flüsterte sie. Ihr Mund fühlte sich trocken an, und sie meinte, Sand zwischen ihren Zähnen zu spüren. »Wasser ... kann ich einen Schluck Wasser haben?«

»Natürlich.« Jean schob vorsichtig seinen Arm hinter ihre Schulter, richtete sie etwas auf und hielt ihr ein Glas Wasser an die Lippen. Gierig trank sie ein paar Schlucke. Als sie die Lippen vom Glas löste, ließ Jean sie sanft zurück in die Kissen gleiten. Jede Faser ihres Körpers schmerzte. Wie war das möglich? Sie zwang sich, die Augen offen zu halten, und sah sich um. Sie lag in ihrem Bett, daneben saß Jean mit besorgtem Blick, immer noch das Glas Wasser in der Hand. Hinter ihm erkannte sie die Gestalt von Aniga mit einem Lächeln auf den Lippen. Ja, sie sah irgendwie erleichtert aus.

»Julie, ich habe mir solche Sorgen gemacht.« Jean stellte das Glas beiseite und nahm ihre Hand in seine. »Weißt du, was passiert ist?«

Julie versuchte, sich zu erinnern. Sie war ... sie war in die Felder geritten, um irgendetwas mit Jean zu besprechen. Sie hatte ihn nicht gefunden. Am Ende eines Weges hatte Fina gescheut und ... sie hatte noch ein Fauchen gehört! Schlagartig war sie hellwach. »Fina? Was ist mit Fina?«

Jean lachte auf. »Dem Pferd geht es gut, sie hat nur ein paar Kratzer, das wird verheilen. Du hast unsagbares Glück gehabt. Der Jaguar hätte dich auch ... aber deine Stute hat ihm den Rest gegeben.«

»Ein Jaguar? Und du meinst, sie hat ihn abgewehrt?«

»Ja, er lag ein Stück von dir entfernt, mit zertrümmerten Knochen. Er wäre vermutlich sowieso verendet, aber wir haben ihn zur Sicherheit erschossen. Nicht auszudenken, was passiert wäre, wenn ...« Er schluckte hörbar, und seine Stimme versagte. Er wandte den Kopf ab und räusperte sich.

Julie wurde bewusst, in welcher Gefahr sie sich befunden hatte, und sie brauchte einen Moment, um sich zu sammeln. Es war ja gut gegangen, bis auf die Schmerzen, vor allem im Kopf. Vorsichtig bewegte sie die Beine und die Arme, alles schmerzte und gehorchte ihr nur zögerlich, aber es schien nichts gebrochen.

Sie stöhnte leise. Jean war sofort wieder an ihrer Seite. Sie sah Tränen in seinen Augen glitzern. Liebevoll drückte er ihre Hand immer und immer wieder zaghaft.

»Aniga hat dich untersucht, du hast ein paar Prellungen, aber es ist nichts gebrochen. Nur eine große Beule am Kopf, da wirst du ein paar Tage Schmerzen haben.« Er hielt kurz inne. »Du hast

Glück gehabt«, fuhr er leise fort, »wir haben Glück gehabt ... und ... Julie? Warum ... warum hast du denn nichts gesagt?«

Nichts gesagt? Julie verstand nicht, was Jean meinte. Sie war doch losgeritten, um ihm etwas zu sagen, wegen ... sosehr sie auch versuchte, sich zu erinnern, ihr fiel der Grund nicht ein.

»Ich ... ich wollte doch zu dir reiten und ... und etwas mit dir besprechen ... ach, ich weiß auch nicht.«

Julie sah, dass er jetzt schmunzelte, und in seinen Augen lag ein seltsamer Glanz, der nicht von den Tränen herrührte. Er drückte ihre Hand jetzt ganz fest. »Aniga sagt ... sie hat gesagt, dass du in deinem Zustand gar nicht aufs Pferd hättest steigen sollen.«

»In meinem Zustand?« Julie hatte keine Ahnung, wovon er sprach.

Da trat Aniga an ihr Bett. Das schwarze runzelige Gesicht der alten Frau strahlte förmlich. »Misi muss sich jetzt schonen, war großer Schreck für Misi und hätte auch für Baby schlimm ausgehen können. Misi sollte nicht mehr steigen auf das Pferd.«

»Baby?« Julie setzte sich ruckartig im Bett auf. Ihr Kopf reagierte mit einem unfassbaren Dröhnen.

Aniga legte ihr beruhigend die Hand auf die Schulter und drückte sie wieder sanft zurück in die Kissen. »Ja, Baby ... Misi schwanger.«

»Aber ich ... ich dachte ...« Julie war sprachlos und spürte, wie Tränen ihre Wangen herabliefen. Sie war schwanger! Dabei hatte sie nicht damit gerechnet, überhaupt noch einmal ein Kind auszutragen. Sie hatte ihr Unwohlsein der letzten Wochen auf Fieber oder eine schlimme Krankheit geschoben. Sie hatte sich Sorgen um ihre Zukunft und um die ihrer Familie gemacht. Aber nie hatte sie daran gedacht ... sie war doch schon so alt! Mit Ende dreißig bekam man doch keine Kinder mehr. Außerdem ... Sie und Jean hatten nach ihrer Hochzeit versucht, noch ein Kind zu bekommen, aber es hatte nicht klappen wollen. Julie war anfangs sehr traurig gewesen, hatte es dann jedoch auf das Fieber geschoben, das bei vielen Frauen in Surinam als Ursache für unerfüllten Kinderwunsch galt. Und dann hatten sie sich um andere Dinge kümmern müssen, die Plantage, Henry und Martin … dass sie gerade jetzt noch einmal … Sie konnte es kaum fassen.

»Ich freu mich so«, flüsterte Jean ihr zu und strahlte über das ganze Gesicht.

Julie drückte seine Hand und betrachtete ihn zärtlich. Sie wusste, dass es an ihm genagt hatte, nichts von ihrer Schwangerschaft mit Henry gewusst zu haben und seinen Sohn erst kennengelernt zu haben, als dieser schon fast ein Jahr alt gewesen war. Julie sah in Jeans strahlendes Gesicht und horchte in sich hinein. Nein, sie empfand keine grenzenlose Freude, eher eine vorsichtige Skepsis. Jetzt noch einmal ein Kind? Die Plantage war immer noch nicht aus den gröbsten Problemen heraus, und manchmal dachte sie daran, was wäre, wenn sie Rozenburg nicht erhalten konnten. Wie würden sie dann ihren Lebensunterhalt bestreiten? Würde Jean als Buchhalter arbeiten? Müssten sie dann in der Stadt leben? Wenn sie jetzt schwanger war, würde sie sich nicht mit vollem Einsatz auf der Plantage einbringen können. Auch später nicht, ein Baby forderte schließlich viel Aufmerksamkeit. So recht konnte Julie sich noch nicht freuen. In Anbetracht von Jeans glückseligem Gesichtsausdruck rang sie sich jetzt aber ein Lächeln ab. Irgendwie würden sie auch das schaffen.

Kapitel 11

Inika hatte sich wochenlang jeden Tag davor gefürchtet, dass ihre Eltern ihr mitteilen würden, heiraten zu müssen. Immer und immer wieder hatte sie fieberhaft darüber nachgedacht, wie sie ihre Eltern davon überzeugen konnte, die Hochzeit aufzuschieben oder sie zumindest nicht ausgerechnet an Baramadir zu vergeben. Als ihr Vater sie eines Tages schließlich zu einem Gespräch rief, verlief dieses allerdings ganz anders, als Inika es sich in ihrer Vorstellung ausgemalt hatte. Die entscheidenden Worte »Du wirst Baramadir im Januar heiraten« tatsächlich aus dem Mund ihres Vaters zu hören, verschlugen ihr die Sprache. Sie hatte sich vorgenommen, zu protestieren, hatte erklären wollen, dass das nicht die Zukunft war, die sie für sich wollte. Aber der Tonfall seiner Stimme und der Blick, den er ihr zuwarf, duldeten keinen Widerspruch. Was hätte es auch genützt? Das Wort ihres Vaters galt. Unter Tränen flüchtete sie aus der Hütte. Als hätte ihre Mutter es geahnt, fing sie Inika ab und drückte sie fest an sich. Inikas Körper bebte.

»Ich will das nicht. Du musst mit Vater sprechen. Bitte!«

»Kind, beruhige dich, alles wird gut.« Sarina strich ihr liebevoll über das Haar, und in Inika flammte kurz die Hoffnung auf, dass ihre Mutter ihr helfen würde. Dann aber verhärteten sich Sarinas Gesichtszüge.

»Er ist ein wohlhabender Mann, er wird dir ein gutes Leben bieten können«, sagte sie tonlos.

In diesem Moment wurde Inikas Herz zu Stein. Ihre Mutter würde tun, was der Vater sagte. Stoisch ertrug sie die Versuche ihrer Mutter, sie zu trösten und ihr Mut zuzusprechen. Ihre Mutter sprach davon, dass sie als Inderinnen darauf achten mussten, ihre Herkunft zu wahren, die indischen Sitten zu pflegen und einen indischen Ehemann zu finden. Wirklich trösten oder gar überzeugen konnten Inika die Worte ihrer Mutter nicht. Zumal sie das Gefühl hatte, dass ihr die Entscheidung auch nicht gefiel.

Inikas Enttäuschung galt aber nicht nur der Hochzeit mit diesem Mann, auch etwas anderes hatte ihr in den letzten Wochen immer wieder schlaflose Nächte bereitet. »Aber wenn ... wenn ihr dann eines Tages wieder nach Indien geht ... ich werde ... werde hierbleiben müssen.«

Inika sah, dass sich das Gesicht ihrer Mutter schmerzlich verzog, sie spürte deren Hand, die sachte über ihren Kopf strich.

»Ach, wir werden wohl nie mehr nach Indien zurückkehren. Unsere Zukunft liegt in diesem Land, wir können hier wirklich mehr verdienen als dort«, sagte sie leise.

Inika war trotz ihrer eigenen Trauer verwirrt. Sie war bisher immer davon ausgegangen, dass ihre Eltern nichts sehnlicher wünschten, als eines Tages wieder in ihre Heimat zurückzukehren, und sie hatte insgeheim immer gehofft, dass es so kommen würde. In ihren Träumen hatte sie sich ausgemalt, wie sie mit dem Geld, das die Familie hier verdient und gespart hatte, in Indien ein neues Leben anfangen würden. Aber ihre Eltern würden nicht nach Indien gehen und sie schon gar nicht. Sie würden kein besseres Leben führen, kein größeres Haus haben ... Die Luftschlösser, die Inika sich gebaut und die ihr Leben in Surinam irgendwie erträglich gemacht hatten, zerfielen auf einen Schlag.

Inika spürte plötzlich eine unsägliche Wut auf ihre Eltern. Was hatten sie hier schon für Aussichten? In die Kreise der Weißen würden sie nie aufsteigen können, geschweige denn, dass Inika ebenso viel lernen durfte, wie die Kinder der Plantagenbesitzer. Ihre Aufgabe würde immer in der Verrichtung niederer Hausarbeit bestehen – und das nicht nur als Dienstmädchen, sondern bald auch noch für einen Mann, den sie nicht ausstehen konnte. Es gelang ihr nicht, die aufsteigenden Tränen zu unterdrücken. Warum taten ihre Eltern ihr das an? Warum hatten sie sie nur in dieses Land gebracht?

Aber sie durfte ihrem Vater nicht widersprechen. Und in den bittenden Augen ihrer Mutter sah sie, dass es großes Unglück über die Familie bringen würde, wenn sie sich gegen diese Entscheidung wehren würde. Also fasste Inika schweren Herzens einen Entschluss: Sie würde eine folgsame Tochter sein und ihre Eltern stolz machen. Was blieb ihr schon anderes übrig.

Nur zwei Wochen später, es war Anfang Januar, war es so weit. Inika hatte sich in der letzten Zeit kaum aus der Hütte getraut. Einerseits, weil die indischen Bewohner sie unentwegt mit Glückwünschen überhäuften, über die sie sich aber nicht freuen konnte, und andererseits, weil Baramadir sie seit dem Tag der offiziellen Verkündung mit einem solch fordernden Blick betrachtete, den sie kaum ertragen konnte. Jedes Mal, wenn Inika daran dachte, dass sie bald eine Hütte mit diesem Mann teilen musste, stieg Übelkeit in ihr hoch. Inika hatte noch gehofft, die Misi oder der Masra würden einschreiten. Aber im Plantagenhaus drehte sich alles nur um die schwangere Misi und ihre Genesung nach dem Sturz. Die jungen Masras und Karini waren wieder in der Stadt, aber vor deren Abfahrt hatte es auch für sie nur ein Thema gegeben: die Misi und ihr Baby. Inika hatte sich nicht getraut, von ihrem eigenen Leid zu berichten, zumal sie die drei nur noch selten gesehen hatte. Inika fühlte sich einsam und alleingelassen.

Sarina versuchte, ihrer Tochter den Einstieg in die Ehe so leicht wie möglich zu machen. Inika musste einige Gespräche über sich ergehen lassen, die sie eher beschämten, denn auf das vorbereiteten, was auf sie zukommen würde. Zumal sie dieses Thema bisher, so gut es ging, verdrängt hatte. Sie würde diesem Mann auch als Ehefrau beiliegen müssen. Sie hatte gar keine Vorstellung, was …

»Es ist nicht schlimm, wenn du dich nicht dagegen wehrst«, bemerkte ihre Mutter.

Das war der Moment, in dem Inika das erste Mal ans Fortlaufen dachte. Aber wohin sollte sie schon fliehen in diesem Land? In die Stadt? Vielleicht zu Misi Erika und Misi Minou? Nein, die würden sie vermutlich gleich wieder zur Plantage zurückschicken. Außer dem Fluss, dem unendlich weiten und vor allem undurchdringlichen Regenwald und wenigen, vereinzelten Plantagen, deren Besitzer sich zudem alle kannten, gab es also kein Ziel. Sie würde wahrscheinlich eher von einem gefährlichen Tier, vielleicht sogar einem Jaguar, gefressen werden, als dass es ihr gelingen würde, ein sicheres Versteck zu finden, so es denn überhaupt eines gab. Es war aussichtslos.

Die erste Hochzeit im Kreise der Arbeiter aus Indien auf der Plantage Rozenburg war ein großes Ereignis. Die Hochzeitsvorbereitungen hatten viele Tage in Anspruch genommen, und alle waren voller Vorfreude, ihre Kultur zumindest ein wenig aufleben lassen zu können. Zwar hielten die Hindu an ihren Traditionen, so gut es ging, fest, aber es war doch vieles anders als in der Heimat. Es gab keine Tempel, zu denen sie pilgern konnten, es gab keine großen Götterstatuen und auch keine Priester und Brahmanen. Alle freuten sich nun, eine Hochzeit standesgemäß ausrichten zu können.

Inika bemühte sich, den Erwartungen ihrer Eltern zu entsprechen, aber eine glückliche Braut, das war sie nicht.

»Du kennst deinen zukünftigen Mann doch, also zier dich nicht so«, hatte eine Nachbarin ihr Mut zugesprochen. Inika wusste, dass sie damit im Kern sogar recht hatte, aber sie war sich nicht sicher, ob es ein Segen oder ein Fluch war, dass sie bereits wusste, wer ihr Mann werden würde. Manchmal versuchte sie, sich vorzustellen, dass sie ihn noch gar nicht kannte, aber immer tauchte Baramadirs grobes Gesicht vor ihrem inneren Auge auf, und sie erschauderte.

Die kleine indische Gemeinde baute für Inika und ihren Bräutigam vor der Hütte von Inikas Eltern einen Baldachin und eine dazugehörige Feuerstelle auf, auch der Platz zwischen den Hütten wurde festlich geschmückt. Inika hatte gehört, dass der Masra über die Planungen, die Hochzeitsfeierlichkeiten über mehrere Tage zu strecken, nicht erfreut gewesen war, und so wurde die Feier doch auf einen einzigen Tag beschränkt.

Am frühen Morgen des Hochzeitstages kamen die Frauen, um Inika für die Zeremonie vorzubereiten. Inika erlebte die folgenden Stunden wie in Trance. Sie ließ eine rituelle Waschung über sich ergehen, dann kleideten die Frauen sie in einen festlichen Sari, besprenkelten sie mit duftendem Orangenwasser und schmückten sie mit Blüten. Widerstandslos ließ sie sich unter den Baldachin vor dem brennenden Feuer führen, wo sie sich im Schneidersitz neben ihren zukünftigen Mann setzen musste.

Inika hatte die letzten Nächte kaum geschlafen und heimlich so viele Tränen vergossen, dass sie sich jetzt unendlich kraftlos fühlte und kaum die Worte des Mannes nachsprechen konnte, der als Priester fungierte. Die zukünftigen Eheleute mussten zunächst stundenlang den rezitierten Sanskrit-Mantras lauschen und viele davon nachsprechen, so gab es das sogenannte Hochzeits-Yajna vor. Für Inika eine quälende Prozedur, sie wünschte sich nichts sehnlicher, als dass der Tag endlich zu Ende ging. Wie bei diesem langen Ritual üblich, lauschten nur wenige der anwesenden Inder, die meisten saßen leise redend vor den Hütten und genossen die köstlich angerichteten Speisen. Dem Ritus entsprechend hätten eigentlich Inikas Eltern das über den ganzen Tag dargebotene Festessen spendieren müssen, in Ermangelung eigener Vorräte aber hatten alle Frauen der Gemeinschaft ihre Kostäcker geplündert und der Familie bei der Verköstigung geholfen. Immer wieder sah Inika aus den Augenwinkeln sogar, dass sich einige der schwarzen Dorfbewohner zu den Indern gesellten.

Angezogen von dem üppigen Mahl verfolgten sie das Hochzeitsgeschehen neugierig.

Am frühen Nachmittag kam es schließlich zur Eheschließung. Inika war speiübel, und ihre Beine drohten, den Dienst zu versagen. Dem Kanyadan-Ritual folgend, übergab Inikas Vater seine Tochter an den Ehemann: Inika ließ teilnahmslos geschehen, dass ihr Vater ihre Hände nahm und sie dann zusammen mit Baramadirs Händen über einem Krug zusammenlegte. Sie hörte wie aus weiter Ferne, dass ihr Vater Ganesha anrief und auch mehrmals Kama, den Gott der Liebe. Inika beobachtete, wie er ihre und Baramadirs Hände über dem Krug mit einem roten Tuch und einer prachtvollen Blütengirlande aus wilden Orchideen umwickelte. Sie nahm wahr, wie er das Brautpaar mit Flusswasser segnete, und hätte fast gelacht. Sie wusste, wie sehr sich ihr Vater grämte, dafür nicht das heilige Wasser des Ganges verwenden zu können, er hatte sich mehr als einmal lautstark darüber aufgeregt. Sie vermutete, dass es das dunkle Wasser des Surinam war, das ihre Ehe nun besiegelte. Als Kadir dann an Baramadir ein kleines Säckchen übergab, traute Inika ihren Augen kaum. Es war das Säckchen mit dem Schmuck ihrer Mutter, das sie damals in höchster Eile aus dem Schiffsbauch geholt hatte. Der wertvolle Schmuck war also gar nicht die Absicherung ihrer Eltern für ein besseres Leben gewesen! Es war die bereits zusammengesparte Brautmitgift, die Kadir jetzt an ihren zukünftigen Ehemann übergab, der das Säckchen lächelnd in seiner Hand abwog. Ihr wurde schlagartig bewusst, dass ihre Verheiratung von Beginn an geplant gewesen war.

Inika folgte der Prozedur weiter wie in Trance, das alles schien gar nicht sie zu betreffen. Wieder folgten gesprochene Mantras, bis die Frauen an das Ehepaar herantraten und als Zeichen ihrer nun unlösbaren Verbindung Inikas Sari mit Baramadirs Schultertuch verknoteten. Dies führte nicht nur im Geiste zu einer engen Verbindung, auch physisch fühlte sich Inika nun unlösbar mit diesem Mann verbunden, den sie weder liebte noch ehrte geschweige denn begehrte.

Als Baramadir ihr schließlich zum Zeichen seiner Verehrung die Blütenketten um den Hals legte, war Inika einer Ohnmacht nahe. Sie fühlte sich wie in einem schlechten Traum. Ihr war schwindelig von den Mantras und vom langen Sitzen am heißen Feuer. Aber selbst der jetzt niedergehende Regenschauer konnte das letzte Ritual nicht verhindern, das die Ehe endgültig besiegeln würde: das *saptapadi* – die sieben Schritte.

Als Inika schwankend aufstand, mehr von ihrem Mann gezogen als aus freiem Willen, widerstand sie dem Impuls, sich in das Feuer fallen zu lassen. Sie wusste, dass ihre Eltern von ihr erwarteten, diese Bürde nun zu tragen.

Also schritt Inika schweigend an der Hand von Baramadir siebenmal um das Feuer. Als sie schließlich stehenblieben, trat eine Frau an Baramadirs Seite und reichte ihm einen kleinen Topf mit roter Farbe. Und während er Inika mit dem Segenszeichen einer verheirateten Frau versah, ihr den Scheitel rot färbte und ihr einen *bindi*, einen roten Punkt, auf die Stirn zwischen die Augen tupfte, flüsterte Inika, wie es ihr befohlen war: »Du bist mir willkommen.« Sie spürte heiße Tränen der Angst und Verzweiflung über ihre Wangen rinnen.

Kapitel 12

»Hochzeit?« Julie hatte sich gewundert, dass Jean so früh von den Feldern zurückgekehrt war. Auf ihre besorgte Nachfrage hatte er ihr geantwortet, dass die indischen Arbeiter darum gebeten hatten, einen Tag freizubekommen, da im Dorf eine Hochzeit gefeiert werden sollte.

»Warum hast du mir das nicht erzählt?« Julie fühlte sich wie so oft in den letzten Wochen überflüssig. Aufgrund ihrer Schwangerschaft nahmen Liv und Sarina ihr jede Tätigkeit ab, und auch Jean behandelte sie wie eine zerbrechliche Vase. Anfangs hatte ihr das geschmeichelt, inzwischen störte es sie aber sehr. Sie konnte sich nicht an den Gedanken gewöhnen, die kommenden Monate nur herumzusitzen, Handarbeiten zu verrichten und zu lesen, wie so viele andere Frauen. Julie fühlte sich zwar häufig unwohl, wollte aber unbedingt so viel wie möglich am Plantagenleben teilhaben. Dass Jean ihr von einem solch großen Ereignis im Arbeiterdorf nicht berichtet hatte, ärgerte sie umso mehr. Obwohl … in ihrem Hinterkopf regte sich eine schwache Erinnerung. Hochzeit … indische Arbeiter … Dorf. Plötzlich traf es sie wie ein Schlag. Genau das war damals doch der Grund gewesen, warum sie überhaupt losgeritten war, um Jean zu suchen! Aufgeregt sprang sie vom Stuhl auf der Veranda auf, dass dieser fast umkippte. »Jean, wer heiratet? Hast du das erlaubt?«

Jean zuckte mit den Achseln. »Ich weiß nicht, reg dich doch nicht auf! Was hast du denn?«

Julie jedoch schwante Böses. »Wer hat dich gefragt?«

»Kadir vor ein paar Wochen, warum?«

»Und du hast es erlaubt?« Für einen kurzen Moment hoffte sie, dass er die Worte nicht aussprechen würde, von denen sie wusste, dass sie jetzt kommen würden.

»Ja, natürlich ...«

Julie hatte für einen winzigen Moment das Gefühl, dass die Welt stillstand, nur um sich dann mit rasanter Geschwindigkeit weiterzudrehen. »Oh Jean ... sie verheiraten Inika!«

Jean wurde kreidebleich und starrte sie an. »Julie, das Mädchen ist doch noch viel zu ...«

»Eben darum, ich wollte es dir damals sagen, als ich zu dir geritten bin, ich hatte es nur ... der Sturz ...« Julie raffte ihren Rock und eilte los.

Jean folgte ihr auf den Fersen. »Nun warte doch.«

Als Julie atemlos das Dorf erreichte, sah sie Inika umringt von den anderen auf dem kleinen, geschmückten Platz vor den Hütten stehen. Trotz des üppigen Schmucks wirkte das Mädchen wie ein Häufchen Elend. Ihr leerer Blick sprach Bände.

Julie war empört. Es zerriss ihr das Herz, das so stille, aber doch lebensfrohe Mädchen so verschüchtert zu sehen. Wütend marschierte sie mitten in die offensichtlich gerade beendete Zeremonie und stellte sich neben Inika. Sie widerstand dem Drang, Baramadir vor die Füße zu spucken, und mühte sich stattdessen um ein forsches Auftreten. »Ich kann das nicht erlauben«, sagte sie laut und deutlich.

Baramadir, der Inika soeben mit roter Farbe bemalt hatte, sah Julie kurz verwundert an. Dann rief er nach Kadir.

Kadir trat neben Julie. Er richtete nicht, wie sonst, den Blick unterwürfig zu Boden, sondern reckte Julie das Kinn entgegen.

»Misi, der Masra hat die Hochzeit erlaubt«, sagte er mit fester Stimme. Jean trat hinzu und fasste Julie am Arm.

»Julie«, sagte er leise und beschwörend. »Komm mit, es ist nicht gut, was du hier gerade machst.«

Julie traute ihren Ohren nicht. Anstatt Inika zu Hilfe zu eilen, versuchte er, seine eigene Frau zu maßregeln! Verstand er denn gar nicht, was diese Hochzeit bedeutete?

»Lass mich los Jean, sie können das Kind doch nicht einfach ...«

Sie hörte, dass Kadir sich räusperte, und wandte ihm den Blick zu. Mit einem triumphierenden Blick auf Inika sagte er: »Misi, die Hochzeit ist gerade beendet.«

Julie fixierte Kadir mit wütendem Blick. In der Luft lag plötzlich eine bedrohliche Stimmung, und die indischen Männer um sie herum traten ein paar Schritte näher. Julie blickte kurz zu Inika, die wie eine hölzerne Puppe dastand und sie mit großen, angstvoll geweiteten Augen anschaute. Julie bemerkte, dass Jean den Griff um ihren Arm verstärkte, und versuchte, sie aus der Runde der Inder zu ziehen.

»Julie, komm bitte, das hat keinen Zweck.«

Julie wusste, dass er recht hatte, sie waren zu spät gekommen! Eine Welle der Hilflosigkeit strömte durch ihren Körper und machte sie nur noch wütender. Sie sah Kadir und Baramadir, der jetzt lässig grinsend den Arm um Inika gelegt hatte, wutschnaubend an. »Ich warne euch: Kommt mir auf meiner Plantage zu Ohren, dass dem Mädchen irgendetwas passiert ...«, sagte sie drohend.

»Julie!« Jean zog sie aus der Menge und fort vom Festplatz. »Was soll das, bist du nicht bei Sinnen? Du kannst doch den Arbeitern gegenüber nicht so auftreten. Fast hättest du einen Aufstand ausgelöst. Sie hätten uns angreifen können.« In Jeans Stimme schwang ein vorwurfsvoller Ton, aber auch Sorge mit.

»Nicht so auftreten? Jean, sie haben gerade ein vierzehnjähriges Mädchen mit einem alten Mann verheiratet. So etwas dürfen wir doch auf unserer Plantage nicht dulden!« Sie riss sich von Jean los. »Und du hast das auch noch erlaubt!«, schnaubte sie wütend. Sie war frustriert und fühlte sich das erste Mal von ihrem Mann im Stich gelassen. Jean hielt doch sonst seine Hand über alles, was auf der Plantage geschah. Warum duldete er dieses Verhalten der Arbeiter?

»Julie, ich wusste doch nicht, dass sie das Mädchen verheiraten, ich dachte, es ging um eine der erwachsenen Frauen ...«

Sie sah die Verzweiflung in seinen Augen, trotzdem gelang es ihr nicht, die Wut in ihrem Bauch zu mäßigen. Am meisten aber ärgerte Julie sich über sich selbst. Sarina hatte es ihr bereits vor vielen Wochen gesagt. Wie hatte sie eine solch wichtige Sache nur vergessen können! Natürlich, sie war vom Pferd gefallen und hatte auch infolge der Schwangerschaft schon die eine oder andere Sache vergessen, aber das alles war in Anbetracht des Schicksals, das Inika ereilt hatte, keine Entschuldigung. Jetzt war Inika verheiratet, und Julie ahnte, was das für das Mädchen bedeutete. »Du weißt, was er mit ihr machen wird«, zischte sie leise.

Jean zuckte hilflos mit den Achseln. »Julie, das ist bei den Indern wahrscheinlich so Sitte, schau doch ... bei den Negern ...« Ein Argument, das Julie zur Weißglut trieb. Jean kannte die Sitten der ehemaligen Sklaven ebenso gut wie sie. Aber ob weiß, schwarz, gelb oder rot – es gab in ihren Augen Dinge, die in keiner Kultur einem jungen Mädchen gegenüber gerechtfertigt waren.

»Da passiert das auch wohl kaum im Sinne der Mädchen«, stieß sie hervor. Mit Schaudern dachte sie daran, was sie vor vielen Jahren hier auf der Plantage mitbekommen hatte. Und es war nicht ein Schwarzer, sondern Martins Vater Pieter gewesen, der offensichtlich eine Vorliebe für kleine schwarze Mädchen hatte und ... Julie würde die Bilder des geschändeten Kindes nie aus ihrem Kopf verbannen können. Damals war es ihr mit viel Mühe schließlich gelungen, weitere derartige Vorfälle zu vereiteln. Aber auf ihre Arbeiter, auf die Schwarzen und auf die Inder, würde sie dahingehend keinen Einfluss haben, ohne ... ohne dass es der Plantage schaden würde. Und genau diesen Gedanken sprach Jean jetzt aus.

»Wir sollten uns da heraushalten. Gibt es Unruhe unter den Arbeitern, schadet das der Plantage, das weißt du ganz genau.«

»Wenn du das so siehst...«

»Außerdem solltest du dich schonen. Reg dich doch bitte nicht so auf.« Er warf einen Blick auf ihren Bauch und sah sie dann vorwurfsvoll an.

»Mir geht es gut. Löblich, dass du dich um unser Kind sorgst, dafür aber ein anderes seinem Schicksal überlässt.«

Julie drehte sich wutschnaubend um und lief in Richtung Plantagenhaus.

Wenige Tage später musste Julie sich eingestehen, dass die Aufregung wirklich nicht gut gewesen war. Die Übelkeit übermannte sie von Tag zu Tag mehr, und sie fürchtete, dass das monatelang so weitergehen würde. Jean ließ mehrmals Aniga kommen. Sein sorgenvoller Blick sprach Bände, aber Julie strafte ihn mit Ignoranz, zu schwer lastete das Geschehen um Inika auf ihrem Herzen. Gerne wäre sie zum Dorf gegangen und hätte nach dem Mädchen geschaut, aber das eine Mal, als sie es versuchte, versagten ihr bereits auf der Treppe die Beine. Hätte Kiri sie nicht aufgefangen, wäre sie gestürzt.

»Sag das nicht dem Masra«, hatte Julie Kiri beschworen und sich zurück in ihr Bett helfen lassen. Resigniert lag sie dort, verdammt dazu, abzuwarten, bis ihr das Baby unter ihrem Herzen wieder ein normales Leben gestattete.

Kapitel 13

Karini stand auf dem Vorhof der Schule in Paramaribo, während der Februarregen ihr unangenehm kalt in den Nacken tropfte. Die Brote der Jungen lagen sicher unter einem Teller, Karini aber hatte sich nur notdürftig ihr Tuch über den Kopf legen können. Vorsichtig griff sie mit den Fingern nach einer verirrten Strähne und versuchte, sie zurück in ihren geflochtenen Zopf zu stecken. Ihre Haare waren tiefschwarz und viel glatter als die der meisten schwarzen Mädchen. Sie schielte zu dem lang gezogenen Vordach des Schulgebäudes hinüber, wo die Masras sie bei schlechtem Wetter erwarteten. Erst wenn die Pause begann, würde sie dorthin gehen dürfen, vorher war es den farbigen Bediensteten untersagt, sich dort aufzuhalten. Manchmal sehnte sie sich danach, dass die Schulzeit der Jungen endete und sie alle auf der Plantage blieben.

»Du gehst mit Liv in die Stadt, ich werde bei der Misi auf der Plantage bleiben«, hatte ihre Mutter gesagt. Karini grollte ihrer Mutter immer noch. Und zwar nicht wegen der Aussicht, mit Liv die kommenden Monate in der Stadt verbringen zu müssen, was für Karini deutlich mehr Arbeit bedeutete, weil Liv die Haushaltsführung in der Stadt nicht kannte und Karini sie dort unterstützen musste. Nein – es ging genau um die Situation, in der sie jetzt war: als schwarzes Dienstmädchen frierend im Regen auf die Masras warten zu müssen.

Auf der Plantage hatten sie nach dem heftigen Streit zu Beginn wieder freundschaftlich zueinandergefunden. Sie hatten zusammen gelacht, zusammen am Fluss gesessen, die alte, fast kindliche

Vertrautheit zwischen ihnen hatte sich wieder eingestellt. Auch das Problem mit Inika hatte sich gelöst, da das Mädchen in den letzten Wochen kaum noch aufgetaucht war. Die Jungen hatten Karini gefragt, was mit Inika los sei. »Sie muss arbeiten«, hatte Karini abgewunken, niemals aber ihrem schlechtem Gewissen ob dieser Lüge entfliehen können.

Das zarte Band der Freundschaft mit den Masras war gerissen, sobald sie wieder in der Stadt angekommen waren. Insbesondere Masra Martin war sofort dazu übergegangen, Karini herumzukommandieren und zu bevormunden. Gerade in der Gegenwart von Freunden ließ er Karini hin- und herlaufen und benahm sich im Stadthaus, als wäre er der erwachsene Eigentümer. Selbst vor Liv scheute er nicht zurück, wobei diese dem jugendlichen Masra stets gehorchte und keinen Widerstand bot. Karini ärgerte sich über Livs Verhalten. Ihre Mutter hätte dieses Benehmen niemals geduldet.

Sie hasste das Gefühl der Demütigung und hatte viel darüber nachgedacht. Masra Martins Verhalten und Livs Reaktion machten ihr bewusst, in welch aussichtsloser Situation sie sich befand. Eigentlich war schon mit ihrer Geburt festgelegt, welches Leben sie führen würde: Als Tochter einer ehemaligen Sklavin würde sie ebenfalls dem Haushalt der Plantage dienen müssen. Natürlich durften die Schwarzen inzwischen wählen, für wen sie arbeiteten, aber das half ihr auch nicht weiter. Sie könnte später einmal in einen anderen Haushalt wechseln, ja, aber die Aussichten dort waren auch nicht besser. Von anderen farbigen Mädchen wusste sie, dass viele *blanke* ihre Dienstmädchen nicht sonderlich gut behandelten, da war es um sie unter der Obhut von Misi Juliette und Masra Jean noch gut bestellt.

Jetzt öffnete sich die Tür des Schulgebäudes. Karini seufzte und balancierte das volle Tablett vorsichtig mit einer Hand, während sie sich mit der anderen den Regen von der Stirn wischte.

Nach der Pause eilte sich Karini, zurück zum Stadthaus zu kommen, sie war nass bis auf die Haut. Und sie fror. Das war ungewohnt für sie, aber in diesem Jahr brachten die Regenfälle ungewöhnlich kalte Luft mit sich. Die meisten Bewohner der Stadt freuten sich darüber, bereitete doch das feuchtheiße Klima nicht selten den Nährboden für allerlei Übel und Krankheit. Karini aber fand, dass es nun allmählich reichte.

Sie hatte sich ihr Kopftuch tief in das Gesicht gezogen und hastete mit gesenktem Kopf in Richtung Stadthaus. Als sie um eine Straßenecke bog, stieß sie mit jemandem zusammen. Um ihre Füße kullerten sogleich zahlreiche Orangen, und ihr Gegenüber stieß einen leisen Fluch aus.

Karini erschrak. »Entschuldigung!« Sie zog ihr Kopftuch zurück und blickte auf.

»Kannst du nicht aufpassen?« Vor ihr bückte sich ein junger Mann und begann, die Orangen aufzusammeln. Karini eilte sich, ihm zu helfen.

Als sie ihm die letzte Orange reichte, blickte sie ihm ins Gesicht. Seine Haut war deutlich heller und seine schwarzen, kurzen Haare weniger kraus als die eines Schwarzen, aber er war unzweifelhaft noch ein Mulatte. Doch irgendetwas an seinen Gesichtszügen war ungewöhnlich, befand Karini sofort. Dann blickte sie ihm in die Augen, während sie nochmals eine Entschuldigung stammelte.

»Na, ist doch nichts passiert.« Er lächelte sie an.

Karinis Herz machte einen merkwürdigen Hopser, und ihr Mund wurde plötzlich trocken.

Mit einem Blick auf das Tablett, das neben ihr auf dem Boden lag, fragte der junge Mann: »Bist du ein Frühstücksmädchen?«

Jeder in der Stadt wusste, was ein Mädchen tat, wenn es am Morgen mit einem Tablett durch die Straßen lief.

Karini nickte nur.

Er fixierte sie, immer noch lächelnd, mit seinen dunkelbraunen Augen. »Na dann, Frühstücksmädchen, pass mal auf, dass du nicht noch jemanden umrennst.« Mit diesen Worten tippte er sich zum Gruß kurz mit der Hand an die nicht vorhandene Mütze und ging weiter.

Karini drehte sich um und starrte ihm noch einen Moment hinterher.

Als er sich wiederum umwandte und ihr noch einmal zuwinkte, erschrak sie fast. Sie griff nach dem Tablett und den Tellern und Bechern und eilte weiter. Aber die braunen Augen des jungen Mannes sollten sie noch den ganzen Tag im Geiste verfolgen.

Kapitel 14

»Hier, Inika, trink das.«

Inika nahm den Becher von ihrer Mutter entgegen und führte ihn mit zitternder Hand zum Mund. Das Gebräu schmeckte schrecklich, aber ihre Mutter hatte gesagt, dass es gegen die Schmerzen helfen würde.

Wie so oft in den letzten Wochen war Inika in die Hütte ihrer Eltern geflüchtet, sobald die Männer auf den Feldern waren. Hier fühlte sie sich sicher, hier würde ihr Baramadir nichts antun.

Sie hatte wirklich versucht, ihren Eltern eine gute Tochter zu sein, und sich deren Entscheidung, sie an Baramadir zu verheiraten, gebeugt. Deren Beweggründe aber hatte sie bis heute nicht verstanden. Baramadir war wohlhabend, natürlich, aber ihre Eltern mussten doch gewusst haben, was für ein Mensch er war und was er mit ihr als Ehefrau machen würde. Umso schlimmer, dass sie ihn dann für sie ausgewählt hatten. Inika hatte eine unbändige Wut auf ihren Vater entwickelt. Seit der Hochzeit hatte sie kein Wort mehr mit ihm gesprochen. Und insgeheim warf sie ihrer Mutter vor, die Hochzeit nicht verhindert zu haben und Inika auch jetzt nicht aus dieser grausamen Situation zu helfen, dabei wusste sie nur zu gut, dass ihrer Mutter nicht viel mehr Mittel als Tee und Zuneigung zur Verfügung standen. Inika unterdrückte die aufkommende Wut gegen ihre Mutter. Sie fühlte sich so entsetzlich hilflos, so ausgeliefert, und ihre Mutter war der letzte Halt, den sie hatte.

Doch auch ihr gegenüber konnte Inika nicht in Worte fassen, was Baramadir ihr Nacht für Nacht antat. Sie hatte nicht einmal mehr Kraft zu weinen. Das Laufen und das Sitzen fielen ihr sichtlich schwer, aber vielleicht war dies etwas, was Frauen im Allgemeinen zu ertragen hatten, sagte sich Inika im Stillen immer und immer wieder. Wenn sie im Dorf jedoch die anderen Frauen sah … keine von ihnen schien ähnliches Leid ertragen zu müssen. Oder sie hatten sich daran gewöhnt.

Inika würde sich nie daran gewöhnen können, da war sie sich sicher. Wo waren nur all die süßen Gefühle und das liebevolle Miteinander, die in den Liedern immer besungen wurden? Das hier war keine Liebe, das war Folter.

Ihre Mutter bedachte sie immer mit einem mitleidigen Blick und strich ihr über das Haar. Aber selbst diese Berührung ließ Inika inzwischen zurückzucken. Sie trank ihren Becher in kleinen Schlucken leer und erhob sich schließlich mühevoll. Sie musste zurück in Baramadirs Hütte, bevor dieser von den Feldern kam. Traf er sie dort nicht an, wurde er wütend, und das musste sie um jeden Preis vermeiden. Es war so schon schlimm genug. Grußlos verließ sie die Hütte ihrer Eltern, dem traurigen Blick ihrer Mutter wich sie so gut es ging aus, sie konnte ihn kaum ertragen.

Obwohl Baramadir unter den Indern als wohlhabend galt, war seine Hütte noch kleiner als die ihrer Eltern und schändlich heruntergekommen. Im Dorf mühten sich alle, ihre kleinen Behausungen so ordentlich zu halten wie möglich. Die Inder hatten sich bei den Schwarzen die Bauweise der Dächer aus Palmwedeln abgeschaut, ebenso wie das Verputzen der Wände mit Lehm und das Ausbessern der Holzbalken. Baramadir aber scherte sich nicht darum. War ein Loch in der Wand, zuckte er mit den Achseln und hängte eine alte Decke davor, war das Dach undicht, schob er nur mit einem leisen Fluchen die Palmwedel weiter zusammen, dass auf der einen Seite das Dach dann zwar dicht war, auf der anderen aber ein umso größeres Loch entstand.

In dem Bereich der Hütte, in dem das Dach noch in Ordnung

war, lag die Bettstatt. Ein wahllos zusammengewürfelter Haufen alter Decken und Säcke. Es gab eine schmale Hängematte, deren Vorzüge die Inder inzwischen zu schätzen gelernt hatten. Baramadir nutzte sie allerdings allein, Inika musste auf den muffigen Decken auf dem Boden schlafen. Einerseits, weil Baramadir das, was er ihr nachts abverlangte, kaum in einer Hängematte hätte bewerkstelligen können, und andererseits, weil er seine Ruhe haben wollte. Inika aber war froh darum. Sie hätte danach nie und nimmer seine Nähe in der Hängematte gesucht, lieber ließ sie sich die ganze Nacht von Insekten beißen und stechen.

Inika ging zunächst einmal um ihre Hütte herum. Dahinter lag trostlos und verwildert ihr kleiner Kostacker. Baramadir hatte sich nie darum gekümmert, verlangte dies jetzt aber von Inika und forderte möglichst schnelle Erträge. Wie Inika es anstellen sollte, dass die Pflanzen schneller wuchsen und Früchte trugen, wusste sie nicht. Mühevoll hatte sie den Acker gelichtet und vom Unkraut befreit, die Pflanzreihen neu angelegt und die Büsche beschnitten, aber noch war sie sowohl auf die Rationen angewiesen, die von der Plantage an die Arbeiter ausgegeben wurden, als auch auf Geschenke der Nachbarinnen. Traurig blickte sie über den Acker. Mit der Gewissheit, dass sich in Bezug auf das Wachstum hier auch heute wieder kein Wunder getan hatte, drehte sie dem Acker den Rücken zu und ging in die Hütte. Sie würde den Reis kochen und etwas Kassavebrot über dem kleinen Feuer, das nur brannte, wenn es gerade nicht durch das Dach regnete, rösten und warten, dass ihr Mann heimkam.

Er würde, wie jeden Tag, essen und Schnaps trinken. Dann müsste sie sich auf die dreckigen Decken legen, ihren Sari hochziehen und … sie hatte schon wieder einen Kloß im Hals.

Kapitel 15

»Hallo!«

Karini schrak zusammen. Sie hatte für Liv einige Besorgungen erledigt und trug nun den großen geflochtenen Korb mit allerlei Gemüse zurück in Richtung Stadthaus, als jemand sie kurz nach Verlassen des Marktes von hinten ansprach. Sie drehte sich so schnell um, dass sie mit beiden Händen an den Korb fassen musste, damit ihr dieser nicht vom Kopf fiel.

»Langsam«, lachte die Stimme. Karini mühte sich, das Gleichgewicht ihrer Last wiederherzustellen, und hob dann den Blick. Sie schaute geradewegs in das Gesicht des jungen Mannes, mit dem sie einmal zusammengestoßen war. Ihr Herz machte einen kleinen Sprung, und in ihrem Magen schienen plötzlich Tausende Schmetterlinge zu flattern. Sie hatte seine braunen Augen nicht vergessen können, und jetzt stand er plötzlich vor ihr.

»Hallo«, stammelte sie.

»Jetzt, da wir uns schon wieder begegnen, sollten wir uns vielleicht einander vorstellen.« Der junge Mann grinste immer noch über das ganze Gesicht. Er stellte den Korb mit Orangen ab, den er wieder bei sich trug, streckte Karini die Hand hin und verneigte sich leicht. »Ich bin Julius.«

Karini war erstaunt, so huldvoll hatte sich ihr gegenüber noch nie jemand präsentiert. Langsam schwand ihre Nervosität. »Ich bin Karini.« Sie reichte ihm die Hand.

»Freut mich, Mejuffrouw Karini.«

Jetzt musste sie lachen. *Fräulein* hatte sie auch noch nie jemand genannt. »Ich denke, Karini reicht … Julius.«

»Karini …«, er sah sie mit seinen warmen dunklen Augen an, und obwohl er jetzt gerade nicht mehr lachte, funkelten sie immer noch verschmitzt, »... darf ich dich ein Stück begleiten?«

»Gerne.« Sie gingen nebeneinander, vom Markt fort in Richtung Stadt. Karini war verlegen. Sie wusste nicht, was sie sagen sollte, aber Julius nahm ihr dieses Problem ab. Er erzählte vom Markt, welche Preise die Orangen in den letzten Wochen erzielt hatten und beschwerte sich über das diesjährige Wetter.

Karini hörte zu und versuchte sich zwischendurch immer wieder an einem vorsichtigen Nicken. Was er sagte, bekam sie gar nicht richtig mit, sie lauschte wie gebannt nur dem Klang seiner warmen Stimme, betrachtete aus den Augenwinkeln seine braunen Augen, die lebhaft glitzerten, und die bronzefarbene Haut seines Gesichts. Karini schätzte, dass er ungefähr zwei Jahre älter war als sie, vielleicht war er schon siebzehn. Er sah sehr gut aus, musste sie feststellen, und genau in diesem Moment flatterte der Schmetterlingsschwarm in ihrem Bauch erneut auf.

Viel zu schnell kamen sie am Stadthaus an.

»Warte, ich helfe dir.« Julius stellte seinen Korb mit den Orangen beiseite und trat an Karini heran, um ihr beim Absetzen des Korbes behilflich zu sein. Er stand ganz dicht vor ihr, und Karini hatte für einen Moment das Gefühl, in Ohnmacht fallen zu müssen. Julius war fast einen Kopf größer als sie und hob nun mit seinen kräftigen Armen ihre Einkäufe von ihrem Kopf. Er roch nach Orangen und ein bisschen nach Salzwasser. Ob er am Meer lebte? Kurz überlegte sie, ihn danach zu fragen, aber sie war sich sicher, nur verwirrtes Gestammel hervorbringen zu können.

»Dass ihr Frauen das so auf euren Köpfen tragen könnt! Ich habe es einmal versucht, frag nicht, was mit den Orangen passiert ist.« Er setzte den Korb ab und lächelte sie wieder an. »Gehst du am Freitag wieder zum Markt, Karini?« fragte er leise, fast schüchtern.

»Ja, aber erst am Nachmittag.«

»Vielleicht ... wir könnten ... ich hoffe, wir treffen uns dort wieder.«

»Karini?« Livs Ruf ertönte aus dem Haus.

Karini schreckte auf. »Ja ... das wäre nett ... vielleicht ... bis Freitag ... ich muss jetzt ins Haus.« Karini nahm den Korb und ging zum Eingang für die Dienstboten. Bevor sie durch das Tor den Hof betrat, drehte sie sich noch einmal um. Julius hatte seinen Korb bereits wieder auf dem Arm, winkte aber mit einer Hand zum Gruß. Karini konnte nicht winken, ihr großer Korb war zu schwer, aber sie lächelte ihn noch einmal an, dann eilte sie sich, die Einkäufe zu Liv zu bringen.

Liv empfing sie mit skeptischer Miene. »Wer war das?«

»Ach ... ich kenne ihn vom Markt. Er hat mich ein Stück begleitet.« Karini versuchte, ein möglichst gleichgültiges Gesicht zu machen, dabei klopfte ihr das Herz noch bis zum Hals. Sie hatte eine Verabredung. Sie würde ihn wiedersehen.

Am darauffolgenden Freitag brauchte Karini eine ganze Weile, um sich für den Markt herzurichten. Bisher war sie zum Einkaufen immer einfach losgelaufen. Ob sie eine fleckige Kittelschürze aus der Küche trug oder das Kleid, mit dem sie zuvor im Hausgarten oder im Hühnerstall des Stadthauses gewesen war – ihrer Kleidung hatte sie bisher nie Beachtung geschenkt. An diesem Freitag aber lief sie extra noch einmal zurück in ihre Kammer auf dem Hof und zog sich schnell ein frisches Kleid an.

Liv beäugte sie misstrauisch, als Karini den Korb abholte. »Hast du dich umgezogen?«

Karini zuckte unschuldig mit den Achseln. »Ach, ich habe eben etwas Wasser verschüttet, das Kleid war nass.«

Livs Blick wurde noch misstrauischer, draußen sah es sehr nach Regen aus. »Na ja, wenn du meinst.«

Karini griff nach dem Korb und eilte los, bevor Liv weitere Fragen stellen konnte.

Wenig später kam sie atemlos am Markt an. Vor dem Wochenende war es hier immer besonders voll. Die meisten *blanken* luden am Samstag Gäste ein, und die Bediensteten hatten lange Einkaufslisten abzuarbeiten. Es wurde gedrängelt und gefeilscht, und die Verkäufer versuchten, sich gegenseitig mit lauten Stimmen zu übertrumpfen. Zudem tauschten zwischen den Gängen die Frauen mit den Körben auf den Köpfen die neuesten Nachrichten aus. Der Markt war ein willkommener Treffpunkt.

Karini schlängelte sich zwischen den Verkaufsständen hindurch. Sie hatte heute kein besonders wachsames Auge auf die Dinge, die sie besorgte. Nachlässig prüfte sie die Früchte auf ihre Reife und zählte auch nicht gewissenhaft mit, wenn die Verkäufer ihr die Waren hinlegten. Sie nickte immer nur kurz, bezahlte und ließ dann bereits wieder ihren Blick durch das Getümmel schweifen, in der Hoffnung, Julius zu entdecken.

»Hallo Karini.« Letztendlich war er es, der sie fand. Mit einem breiten Lachen tauchte er neben ihr auf, wieder einen Korb mit Orangen am Arm.

»Hallo.« Karini lächelte verlegen. Die ganze Woche hatte sie überlegt, was sie sagen würde, jetzt aber verschlug es ihr regelrecht die Sprache.

»Musst du noch viel besorgen?«, fragte er und deutete dabei auf ihren Korb.

Schnell schüttelte sie, soweit das mit dem Korb möglich war, den Kopf.

»Hast du … ich meine … wollen wir … wenn du noch Zeit hättest, könnten wir noch kurz zum Hafen rübergehen?«

»Ja, ein bisschen Zeit habe ich noch.« Karinis Stimme klang heiser. Sie räusperte sich und mühte sich nach Kräften, sich ihre Aufregung nicht weiter anmerken zu lassen.

Er wirkte erleichtert, seine braunen Augen strahlten, als er sie ansah. »Fein. Dann lass uns gehen.«

Julius schob sich durch das Marktgedränge voran, Karini folgte ihm. Als sie endlich den Rand des Marktes erreicht hatten, atmeten beide auf.

»Ich habe das Gefühl, es wird von Freitag zu Freitag schlimmer. Entweder wird der Markt kleiner, oder immer mehr Menschen kommen zum Einkaufen«, bemerkte Julius, blickte dabei aber besorgt gen Himmel. »Und regnen wird es auch gleich wieder. Komm, Karini, lass uns schnell gehen.«

Am Hafen liefen sie die lange Promenade entlang. Karini schmunzelte. Früher wäre das ein Unding gewesen, damals durften hier inoffiziell nur die *blanken* flanieren. Heute sah man sie hier aber kaum noch, der Hafen war kein besonders schöner Ort mehr, die Mole war baufällig, die Bänke an der Promenade verwittert, und dank des schlechten Wetters der letzten Wochen lagen zudem zahlreiche abgebrochene Äste und Palmwedel herum. Über dem Fluss sah Karini bereits wieder eine dichte Wolkenwand heranziehen, die schon bald einen kräftigen Regenschauer bringen würde. Karini war das egal. Sie lief glücklich neben Julius her und lauschte gebannt seiner Stimme. Diesmal erzählte er vom Hafen, den großen Schiffen und den Fischern. Wieder konnte Karini sich nicht recht auf die Geschichten konzentrieren, Julius redete und redete, und sie genoss es, schweigend neben ihm zu laufen.

Als er sie schließlich fragte, ob sie das ganze Jahr über in der Stadt sei oder von einer Plantage käme, fand sie ihre Sprache wieder. Sie erzählte ihm von Rozenburg, von der Plantage und vom Stadthaus und dass sie immer in der Stadt sei, außer während der großen Trockenzeit, wenn sie die beiden jungen Masras auf die Plantage begleitete.

Die Zeit verging viel zu schnell, und als Karini die Kirchturmglocken läuten hörte, schrak sie auf. Meine Güte, schon so spät! Liv machte sich sicher Gedanken. Und auch wenn sie nichts lieber wollte, als für immer hier mit Julius zu stehen, musste sie der Realität doch ins Auge sehen. »Ich muss jetzt los«, stammelte sie.

»Ich begleite dich noch.«

Karini hatte gehofft, er würde diesen Satz sagen. Ein warmes Glücksgefühl durchströmte ihren Körper.

Wieder brachte Julius sie bis zum Stadthaus. Inzwischen goss es wie aus Kübeln. Karini hatte versäumt, die Einkäufe im Korb abzudecken, und durch das Korbgeflecht rann das Wasser inzwischen über ihre Schultern. Aber sie bemerkte es kaum.

Und wieder half Julius ihr, den Korb abzusetzen.

Sie wollte sich gerade von ihm verabschieden, als sie seine Stimme dicht an ihrem Ohr vernahm: »Karini ... nächste Woche ... ich weiß ja nicht, ob du Zeit hast, aber ... es gibt ein *dansi* ... vielleicht hast du ja Lust.«

Ein *dansi!* Karini jauchzte innerlich. Wie lange hatte sie das nicht mehr erlebt! Sie liebte diese Feiern, welche die Schwarzen zu allen möglichen Anlässen veranstalteten: eine Eheschließung, eine Geburt oder ein Tag, an dem offiziell ein christliches Fest begangen wurde, die Schwarzen aber meist ihren eigenen Göttern huldigten. Früher hatte ihre Mutter sie öfter mitgenommen, dann hatte sie mit ihren nackten Füßen um das Feuer getanzt. Aber in den letzten Jahren war immer so viel im Stadthaus zu tun gewesen, ihre Mutter hatte Masra Henry und Masra Martin nicht allein lassen wollen, und auf der Plantage waren diese Feiern auch immer seltener geworden. Und nun lud Julius sie zu einem *dansi* ein! Natürlich würde sie teilnehmen, auch wenn sie ziemlich sicher war, dass Liv ihr das nicht erlauben würde. Aber ihr würde schon etwas einfallen. Karini sah Julius fest ins Gesicht. »Ja, gerne. Wann?«

Julius strahlte trotz des strömenden Regens. »Ich hol dich ab, Dienstagabend.«

»Dann bis Dienstag.«

»Bis Dienstag ...«

Karini ahnte nicht, dass sie in diesem Moment aus dem oberen Stockwerk des Stadthauses beobachtet wurden. Es war nicht Liv, die dort argwöhnisch durch das Fenster schaute, sondern Masra Martin, dessen Augenbrauen sich böse zusammenzogen.

Kapitel 16

Wenn das so weiterging, würde sie bald sterben, da war Inika sich bereits vier Monate nach der Hochzeit sicher. Unter ihrem Sari war sie grün und blau von den groben Attacken Baramadirs, und zwischen den Beinen schmerzte es mehr denn je. Sie wünschte sich nichts sehnlicher, als dass dieser Albtraum endete, aber dafür hätte jemand sie anhören müssen. Und wem sollte sie ihr Leid anvertrauen? Einmal hatte sie all ihren Mut zusammengenommen und ihrer Mutter alles erzählen wollen, diese hatte aber sofort abgewinkt.

»Das gibt sich bald, du wirst dich an die Ehe gewöhnen. Wie wir alle«, hatte sie gesagt, auch wenn ihr Blick durchaus das Mitgefühl in ihrem Herzen verriet.

Inika war bitter enttäuscht von ihrer Mutter. Tief in ihrem Inneren glaubte sie nicht, dass ihr Vater ihrer Mutter diese Dinge antat, und damit hatte ihre Mutter leicht reden, aber dass sie ihr nicht einmal zuhörte, versetzte Inika einen Stich. Sie ging ihr seither aus dem Weg. Kurz hatte sie gehofft, Misi Juliette könnte vielleicht etwas tun. Schließlich hatte sie auf der Hochzeit laut bekundet, dass sie mit Inikas Verheiratung nicht einverstanden war. Aber die Misi trug schwer an ihrer Schwangerschaft, und man sah sie nur selten außerhalb des Plantagenhauses, geschweige denn im Dorf der Arbeiter. Die Misi wurde von Übelkeit geplagt und war oft tagelang zu schwach, um das Bett zu verlassen. Masra Jean hatte aus Sorge mehrmals nach der schwarzen Heilerin schicken lassen. Von ihrer Mutter wusste Inika, dass diese absolute Ruhe für die Misi angeordnet hatte. Jeder im Haus hielt sich strikt daran, der Misi diese Ruhe zu verschaffen. Inika würde da keine Ausnahme machen.

Fortlaufen wäre eine Lösung, dachte sie jetzt immer öfter. Aber wohin? Misi Erika würde sie zurückschicken und allein im Regenwald würde sie nur wenige Tage überleben.

In ihrer Not hoffte Inika sogar, Karini und die jungen Masras würden bald zurückkehren. In ihrer Gesellschaft hatte sie sich wohlgefühlt. Vielleicht hätte sie dann wenigstens jemanden, mit dem sie reden konnte, auch wenn Karini ihr ganz sicher nicht helfen konnte. Aber die weilte in der Stadt. Was also sollte sie tun? Inika sah keinen Ausweg.

Eine Möglichkeit ergab sich ganz plötzlich Anfang Juni. Zwei Missionare und zwei Schwestern der Herrnhuter Gemeine legten eines Abends mit einem großen Zeltboot und mehreren Ruderern an und machten auf Rozenburg Rast.

Masra Jean begrüßte die Reisenden auf der vorderen Veranda, nicht ohne sich für die Abwesenheit der Misi zu entschuldigen. »Meine Frau ist in anderen Umständen und fühlt sich nicht wohl.«

Inika, die seit Karinis Abwesenheit gelegentlich im Haushalt half, bekam den Auftrag, Getränke für die Gäste zu bringen.

Als sie das Tablett auf den Tisch stellte und aus der Karaffe Wasser mit Orangensaft eingoss, konnte sie nicht umhin, das Gespräch am Tisch zu belauschen.

»Wir werden morgen mit der ersten Flut vor Sonnenaufgang wieder aufbrechen. Haben Sie Dank, Mijnheer Riard, dass wir bei Ihnen übernachten dürfen.«

Mit der ersten Flut vor Sonnenaufgang hallten die Worte in Inikas Kopf wider. Vielleicht war das ihre Chance! Vor Aufregung bekam sie eine Gänsehaut. Ihr wurde heiß und kalt, und sie musste sich zusammenreißen, das Zittern ihrer Hand unter Kontrolle zu halten.

Sie brachte die Karaffe wieder in den Küchenbereich und begab sich auf Anweisung von Kiri zum Gästehaus, um die Zimmer herzurichten. Zum ersten Mal seit ihrer Ankunft auf der Plantage Rozenburg betrat Inika wieder die schönen Räume. Schmerzlich erinnerten sie die sauberen Zimmer und die weißen, weichen Betten an die kurze, schöne Zeit, die sie bei Misi Erika gehabt hatte. Dieses Leben schien eine Ewigkeit entfernt zu sein. Und jetzt? Jetzt bestand ihr Leben aus dem vollkommenen Gegenteil. Inika strich verbittert über die Laken. Wenn sie hier fertig war, würde sie zurückmüssen in Baramadirs Hütte. Er war sicherlich wütend, weil sie bei seiner Rückkehr aus den Feldern nicht auf ihn wartete. Dass sie auf Geheiß von Masra Jean im Haus geholfen hatte, zählte für ihn nicht als Argument. Inika schauderte bei dem Gedanken an das, was ihr heute noch widerfahren würde. Und morgen. Und übermorgen. Und an allen anderen Tagen, die sie hier auf der Plantage verbrachte. Nachdenklich verrichtete sie ihre Tätigkeiten, strich wiederholt die Laken glatt, stellte Schüsseln und Waschkannen parat. Nein, das wollte sie nicht mehr. Nie wieder wollte sie einen Fuß in Baramadirs Hütte setzen, nie wieder diese Gewalt erfahren, die Demütigung. Und es gab nur eine Lösung: Sie musste fort. Vielleicht gelang es ihr ja, irgendwo ein anderes Leben zu führen, auf einer der Plantagen im Hinterland, oder vielleicht doch bei Misi Erika, aber auch wenn sie die Flucht nicht schaffen und vielleicht gar sterben würde, war das allemal besser, als jede Nacht unter dem schwitzenden und stinkenden Körper dieses Mannes zu liegen. Alles in ihr wehrte sich gegen den Gedanken, noch einen Tag länger auf Rozenburg zu bleiben.

Und jetzt, da sie die Betten für die Gäste bereitete, nahm ein Plan in ihrem Kopf Gestalt an. Die Gäste kamen ihr wie gerufen. Die Herrnhuter waren christliche Missionare, sie würden ihr nichts tun. Wenn Inika es nur bis auf das Schiff und weit fort von der Plantage schaffen würde …

Sie eilte sich, ihre Arbeit fertigzustellen, und entschuldigte sich bei Kiri unter dem Vorwand, ihr sei nicht gut. Vorsichtig schlich sie in den Garten und versteckte sich hinter einigen Büschen, bis ihre Mutter und Kiri nicht mehr auf der hinteren Veranda zu sehen waren. Dann lief sie um das Plantagenhaus herum. Erleichtert stellte sie fest, dass auch die vordere Veranda inzwischen leer war, vermutlich hatte sich Masra Jean mit den Gästen in den Salon zurückgezogen. Misi Juliette hatte ihr Schlafzimmer den ganzen Tag nicht verlassen, und die Ruderer des Bootes waren schon vor Stunden in Richtung Arbeiterdorf gegangen.

Inika huschte im Schutz der langen Schatten der Büsche und Palmen am Rand des Gartens zum Flussufer. Dort lag sicher vertäut das Zeltboot der Herrnhuter. Vorne im Bug war allerlei Gepäck verstaut, das nun mit Planen abgedeckt war. Inika hatte keine Ahnung, wohin die Reise der Missionare führte, da sie aber auf die Flut warteten, schloss sie, dass es auf jeden Fall in Richtung Landesinnere und nicht in Richtung Stadt ging.

Inika rutschte mit nackten Füßen vorsichtig die Uferböschung zum Anleger hinab. Sie lauschte hinaus in die Dunkelheit und blickte sich wachsam um. Als kein menschlicher Laut zu hören war, hob sie vorsichtig eine der Planen am Bug des Bootes an. Ihr Blick fiel auf einige Holzkisten und auf die Lücken zwischen ihnen. Ob sie …?

Inika maß den Zwischenraum mit den Augen ab. Ja, es könnte gehen. Sie würde es versuchen, aber jetzt war es noch zu früh. Die Herrnhuter würden erst kurz vor Sonnenaufgang weiterreisen und bis dahin würde Baramadir Alarm schlagen. Schweren Herzens fasste sie den Entschluss, bis zur späten Nacht zu warten und noch ein letztes Mal in die Hütte zurückzukehren. Das war die Bedingung dafür, den Plan in die Tat umsetzen zu können.

Noch nie war ihr eine Nacht so unendlich lang vorgekommen. Baramadir lag schon einige Stunden in seiner Hängematte und schnarchte, als Inika sich schließlich aufgeregt von ihrem schmutzigen Deckenlager erhob. Vorsichtig tappte sie im Dunkeln aus der Hütte. Sie nahm nichts mit. Sie hatte ja auch nichts.

Den Weg zum Ufer bewältigte sie problemlos. Sie hoffte inständig, dass keiner der Ruderer für die Nacht als Wache abgestellt worden war, und atmete erleichtert aus, als sie das Boot verlassen im Mondschein liegen sah. Inika huschte über den Anleger. Vorsichtig kletterte sie ins Boot und versuchte, sich mittig zwischen die Kisten zu zwängen. Es war eng, aber es gelang ihr schließlich, das Gepäck etwas beiseitezuschieben. Neben den Kisten lagen einige Säcke mit Getreide oder Reis. Inika zog und zerrte an ihnen, sie waren schwer, aber schließlich schaffte sie es, einen Sack so vor die Lücke zu ziehen, in die sie sich gequetscht hatte, dass man sie nicht sofort entdecken würde, selbst wenn die Plane etwas angehoben wurde. Sie zitterte am ganzen Körper vor Anstrengung und lauschte aufmerksam in die Stille.

Die Zeit, bis die Flut eintraf, kam ihr noch einmal unendlich lang vor. Ihr Körper schmerzte bereits von der eingeengten Stellung. Dann aber ging alles ganz schnell. Stimmen erklangen, Ruder klapperten, das Boot schwankte, die Fahrt ging los. Inika fiel ein Stein vom Herzen. Wie sehr hatte sie befürchtet, ihr Verschwinden würde bemerkt werden, bevor die Herrnhuter aufbrachen! Nun hoffte sie, dass möglichst viel Zeit verging, bis Baramadir aus seiner Hängematte stieg.

Schon bald jedoch wich Inikas Glücksgefühl der quälenden Gewissheit, einen Fehler gemacht zu haben. Inika hatte nicht bedacht, etwas zu trinken oder zu essen mitzunehmen. Unter der Plane war es heiß und stickig, und schon bald war ihre Kehle trocken. Inika wurde von starkem Durst gequält. Sie setzte ihre Hoffnungen auf den ersten Halt. Am Abend des ersten Tages machte das Boot endlich wieder am Anleger einer Plantage fest. Diesmal allerdings blieben die Ruderer in der Nähe. Inika hörte ihre Stimmen und ihr Schnarchen, traute sich aber trotz des quälenden Durstes nicht, ihr Versteck zu verlassen. Am nächsten Tag, so sprach sie sich selber Mut zu, würde sie mehr Glück haben. Aber es wurde nicht besser, im Gegenteil, in dieser Nacht schliefen anscheinend sogar alle Passagiere im Boot, anstatt an Land zu gehen. Inika hatte das Gefühl, zu vertrocknen, und ihr Magen knurrte so laut, dass sie meinte, jeder auf dem Boot müsse es hören. Der Tag wurde noch heißer. Und am Morgen danach öffnete Inika noch einmal kurz die Augen, um auf die dunkle Plane zu blicken, dann schwanden ihr die Sinne.

Kapitel 17

»Jean, Inika ist verschwunden!« Julie war in heller Aufregung. Sarina hatte ihr soeben berichtet, was sich am Morgen im Arbeiterdorf zugetragen hatte. Baramadir war außer sich und durchsuchte jede Hütte und jeden Winkel wutschnaubend nach seiner Frau.

Julie hatte von Anfang an Böses geahnt und immer wieder ihre Zweifel an der Verbindung geäußert. Aber Jean hatte sie mehrmals ermahnt, sich nicht einzumischen und den Indern nicht in ihre Kultur hineinzureden. Jetzt machte sie sich große Vorwürfe. Natürlich verlief die Schwangerschaft alles andere als unkompliziert und kostete sie viel Kraft, aber dass sie das indische Mädchen dabei vollkommen aus den Augen verloren hatte ... sie hatte sich in den letzten Monaten zu wenig um die Arbeiter und insbesondere um Inika gekümmert.

Jean saß noch am Frühstückstisch und runzelte die Stirn, als Julie ihm nun die Nachricht überbrachte.

»Jean, wir müssen sie suchen! Ruf ein paar Männer zusammen.«

Doch Jean machte keine Anstalten aufzustehen. Seine Stirn lag in Falten, er schien nachzudenken. Julie wusste, dass es besser war, ihn jetzt nicht zu drängen, trotzdem brachte sie das Warten fast um den Verstand. Schließlich sagte er ruhig: »Setz dich Julie, denk an das Kind. Du sollst dich nicht aufregen ...«

Julie traute ihren Ohren nicht. Ein Kind war verschwunden, und er verlangte von ihr, sich zu setzen? »Ich soll mich nicht aufregen? Jean, das Mädchen ist weg. Wir müssen etwas tun!« Sie blickte ihn herausfordernd an. Ein Blick in seine Augen jedoch verriet ihr, dass er bei Weitem nicht so gelassen war, wie er tat. Im Gegenteil, er wirkte angespannt.

»Ich habe lange darüber nachgedacht«, er schluckte, »und ich muss eingestehen, dass es ein Fehler war, die Hochzeit zuzulassen.«

»Diese Einsicht kommt vielleicht ein bisschen spät«, sagte Julie matt und setzte sich schließlich doch. Das Baby in ihrem Bauch hatte angefangen zu strampeln. Wenn das Kind so wild sein würde, wie es sich jetzt schon zeigte … Behutsam legte sie die Hände auf den Bauch und versuchte, sich und das Kind zu beruhigen.

Jean stand auf und hockte sich neben ihren Stuhl. Die Sorge stand ihm im Gesicht geschrieben. »Alles in Ordnung?«

»Ja, es ist nur … das Baby strampelt so stark.« Sie nahm seine Hand und legte sie auf ihren Bauch. Sogleich traf ein kräftiger Tritt diese Stelle.

Jean lachte leise. »Na, na, da ist aber jemand ungehalten heute.«

Plötzlich schien all ihre Wut verraucht. Julie betrachtete Jean zärtlich. Sie wusste, dass es ihm nicht leichtfiel, die Plantage mit der nötigen Strenge zu führen, im Grunde seines Herzen war er ein gütiger Mensch. Er war immer gerecht zu seinen Arbeitern und genoss ein hohes Ansehen. Es war ein schmaler Grat, auf dem er wanderte. Gerade in aufgewühlten Momenten, wie damals bei Inikas Hochzeit, war es nötig, streng und resolut zu handeln. In dem Moment hatte er gesehen, dass Julie sich durch ihr kopfloses Handeln in Gefahr gebracht hatte. Er hatte sie nur in Sicherheit bringen wollen. Er hatte für sie, und nicht gegen Inika gehandelt. Und nun war Inika verschwunden.

»Jean, bitte, wir müssen sie suchen.«

Ihr Mann aber antwortete nicht. Mit einem Seufzer legte er seinen Kopf in ihren Schoß, während seine Hand unentwegt zärtlich über ihren gewölbten Bauch strich. Julie genoss diesen

Moment der Nähe, davon hatte es in letzter Zeit viel zu wenige gegeben, und strich ihm übers Haar.

»Julie, ich ... vielleicht ist es besser, wenn wir sie gar nicht suchen«, flüsterte er plötzlich mit einem verschwörerischen Blick.

»Was?« Julie dachte zunächst, sie hätte sich verhört.

Jean hob vorsichtig den Kopf und blickte sie an. »Wir können ihr nicht helfen, ihre Eltern haben sie diesem Kerl zum Mann gegeben. Kommt sie zurück, wird es endlos so weitergehen und ...« Sie folgte seinem Blick auf ihren gerundeten Bauch.

Julie legte ihre Hand auf seine. Die Gedanken wirbelten in ihrem Kopf umher. Was hatte das arme Mädchen die letzten Monate mit diesem Mann durchstehen müssen? Julie hatte selbst damals auch einen Mann geheiratet, den sie weder liebte noch ... aber sie war achtzehn Jahre alt gewesen. Und das, was ihr nach ihrer Hochzeit widerfahren war, hatte sie lange genug daran zweifeln lassen, ob es Männer auf der Welt gab, die Frauen zärtlich behandelten. »Aber sie ist noch so jung. Und sie ist allein da draußen, wer weiß ... im Regenwald ist es gefährlich.« Ihr behagte der Gedanke nicht, obwohl sie wusste, dass Jean recht hatte: Eine Rückkehr Inikas wäre nur gleichbedeutend mit der Fortsetzung ihres Leidens.

Jean schien ihre Gedanken zu erahnen. »Sie ist ein schlaues Mädchen, sie schafft das schon. Ich denke, dort, wo sie ist, ist es für sie fast sicherer als bei diesem Baramadir.«

Julie seufzte. Alles war besser, als das Mädchen diesem Mann zu überlassen. »Also gut, aber wir sollten trotzdem Erika benachrichtigen, falls Inika in der Stadt auftaucht. Immerhin hat sie Erika immer vertraut. Und auch Dany sollten wir Bescheid sagen, falls sie es bis zu einem Maroondorf schafft.«

Jean warf ihr einen dankbaren Blick zu. »Ja, das machen wir. Aber offiziell suchen werden wir sie nicht.«

Die Nachricht, dass keine Arbeiter zur Suche nach dem Mädchen abgestellt werden würden, löste im Arbeiterdorf einen Aufstand aus. Während sich Inikas Vater Kadir noch zurückhielt, ging Baramadir auf Jean los und konnte nur mit Mühe von zwei Männern zurückgehalten werden. Julie beobachtete das Geschehen aus sicherer Entfernung. Baramadirs mangelnder Respekt, seine Aggressivität und Gewaltbereitschaft machten ihr Angst. Was, wenn der Kerl sich allein davonmachte, um Inika zu suchen? Nicht auszudenken, was geschehen würde, wenn er sie fand ...

»Er macht sich Sorgen, dass wir Mitgift zurückfordern, falls Inika nicht wiederkommt«, flüsterte Sarina, die neben Julie stand und den Streit der Männer beobachtete.

Julie hatte Sarina so sachlich wie möglich erklärt, dass es keine Suche nach Inika geben würde. Sarina hatte laut geschluchzt, kurz darauf aber genickt. In ihrem Blick lag Erleichterung. Welche Qualen musste Sarina durchlitten haben! Seit der Hochzeit hatte sich Sarina Julie gegenüber sehr distanziert verhalten. Julie wusste nicht, ob sie ihr böse war, weil sie ihr nicht hatte helfen können, oder ob Sarina gar wegen Julies Verhalten auf der Hochzeit ungehalten war. Sie hatten nie darüber gesprochen, aber etwas stand zwischen ihnen.

Nun drangen wieder lautstarke Stimmen aus dem Dorf an ihr Ohr. Baramadir regte sich so auf, dass Jean den Befehl geben musste, ihn in seine Hütte zu bringen. Er setzte ihn unter Arrest und wechselte noch ein paar Worte mit Kadir.

Als er eine ganze Weile später zu den Frauen trat, schüttelte er resigniert mit dem Kopf. »Der Mann ist außer sich ...«

Am nächsten Morgen, noch bevor der eigentliche Tag anbrach, war es wieder Sarina, die in das Plantagenhaus stürmte. Sie schrie so laut, dass Julie und Jean sowie Kiri binnen Sekunden herbeigeeilt kamen. Sarinas Kleidung war blutbespritzt, und auch ihre

Hände, die sie immer wieder kreischend und weinend in die Höhe reckte, waren rot gefärbt.

Kiri fing sich als Erste. Sie packte Sarina an den Schultern und schüttelte sie. »Was ist passiert? Sarina? Was ist passiert?«

Doch sie erntete nicht mehr als ein Stammeln. »Kadir ... Baramadir ...« Sarina fiel auf die Knie.

Jean fluchte laut und rannte, nur mit einer Hose bekleidet, zur Hintertür aus dem Haus.

Julie und Kiri kümmerten sich um Sarina.

»Er ... er ist einfach in unsere Hütte gekommen und ...« Sarinas Stimme brach.

Eine gefühlte Ewigkeit später kam Jean zurück in das Plantagenhaus. Julie und Kiri hatten Sarina in den Salon geführt. Ihr Blick war teilnahmslos, immer wieder wurde ihr Körper von lautem Schluchzen geschüttelt.

Jeans nackter Oberkörper war mit Streifen von Blut übersät, und er wischte sich immer und immer wieder die Hände an der Hose ab. Er schüttelte nur den Kopf, sein Blick sprach Bände, noch bevor er die Worte aussprach. »Sarina ... es tut mir leid. Kadir ist tot. Baramadir hat ... hat wohl mit dem Messer ... die Kehle ...«

Sarina heulte auf.

Julie war entsetzt. Sie konnte nicht glauben, was sie gerade gehört hatte. Niemals hätte sie damit gerechnet, dass die Streitigkeiten um Inika so ausufern würden. Doch ihr schwante Schlimmeres. »Was ... was ist mit Baramadir?«, fragte sie leise.

Jean zuckte die Achseln. »Kadir hat ... neben ihm lag sein eigenes Schlagmesser und vor der Hütte war auch eine Menge Blut ... aber er ist weg.«

»Oh Gott.« Julie hatte für einen Moment das Gefühl, den Halt zu verlieren.

In den nachfolgenden Tagen suchten unzählige Arbeiter nach

Baramadir, aber seine Spur verlief sich am Rande des Waldes. Am dritten Abend gaben die Männer auf.

Julie harrte jeden Abend auf der Veranda aus, bis Jean kam und ihr von der Suche berichtete.

Kiri leistete Misi Juliette auf dem Boden sitzend Gesellschaft wie früher, als sie noch ihre Leibsklavin gewesen war. Sich auf einen Stuhl neben die Misi zu setzen, das hätte Kiri sich nie getraut. Da die Misi schwieg und nachdenklich zum Fluss starrte, schwieg auch Kiri. Sie machte sich große Sorgen um die Misi, so viel Aufregung war in ihrem Zustand nicht gut. Noch mehr Sorgen aber machte sich Kiri um Inika.

Langsam zog dichter Abenddunst den Fluss hinauf. Die letzten Sonnenstrahlen ließen auf der Oberfläche Tausende kleine Sterne tanzen. Kiris Blick wanderte zu der Stelle, an der das Boot der Herrnhuter noch vor drei Tagen vertäut gewesen war, und eine Erinnerung schoss ihr in den Kopf wie ein heller Blitz.

Sie selbst war als Kind von einer Plantage geflüchtet, geflüchtet vor rebellischen Maroons, die die Plantage verwüsteten, den damaligen Masra töteten und die Männer und Frauen der Sklaven verschleppten. In großer Angst war sie damals zum Fluss gelaufen und hatte sich unter der Plane eines Bootes versteckt. Das hatte ihr das Leben gerettet. Und plötzlich huschte ein Lächeln über Kiris Gesicht. Sie ahnte, wie Inika die Flucht von der Plantage gelungen war.

Der Masra kam mit schnellem Schritt auf die Veranda zu. Sein Gesichtsausdruck verhieß nichts Gutes. Als er sagte, dass sie nicht weitersuchen würden, brach Misi Juliette unvermittelt in Tränen aus.

»Aber Jean, wenn er noch lebt und Inika findet ...«

Masra Jean nickte. »Ich habe mit Dany gesprochen, er sieht das Problem genauso wie ich. Ich kann einfach keine Arbeiter zur Suche losschicken, sonst gefährde ich die nächste Ernte. Aber er hat versprochen, dass er ein paar Männer aus dem Maroondorf zur Suche abstellt. Sie finden sie ganz sicher. Und vor allem vor Baramadir.«

Kiri atmete auf. Wenn sich jemand im Busch auskannte, dann die Maroons. Ihr Mann Dany würde alles in Bewegung setzen, um das Mädchen zu finden. Sie haderte mit sich. Eigentlich stand es ihr nicht zu, ungefragt zu sprechen, und sie war sich nicht sicher, wie der Masra darauf reagieren würde, andererseits lag ihr das Wohl des Mädchens sehr am Herzen. Aber nachdem sie ihre anfängliche Vermutung bezüglich der Flucht mit dem Boot jetzt mehrfach durchdacht hatte, wuchs in ihr die Überzeugung, dass diese gar nicht so abwegig war. Sie nahm all ihren Mut zusammen. »Masra ... Sagen Sie Dany, die Männer sollen flussaufwärts suchen.«

Der Masra wandte sich ihr zu. Erleichtert sah sie, dass in seinem Blick nicht Wut oder Irritation, sondern vielmehr Neugier lag. »Wieso? Weißt du etwas, Kiri? Dann sag es!« Seine Stimme klang drängend.

»Nein, Masra, ich weiß nichts«, antwortete Kiri wahrheitsgemäß und beschloss, einen Versuch zu wagen, »aber es könnte sein, dass ... die Missionare sind vor drei Tagen abgefahren.«

Der Masra wirkte überrascht. »Das wäre natürlich eine Möglichkeit«, sagte er zögernd, »aber sie wollten zur Missionsstation nach Berg en Dal. Und dort werden die Maroons nicht nach Inika suchen wollen«, seufzte er.

Kiri hegte die gleichen Bedenken. Die Maroons sträubten sich erfolgreich gegen jegliche Missionsversuche und mieden alles, was damit zu tun hatte.

»Jean, wenn Inika vielleicht dort ist, dann müssen wir nach ihr suchen!« Die Stimme der Misi Juliette klang flehend, und auch Kiri hoffte, dass Masra Jean zumindest versuchen würde, die Maroons von einem Versuch zu überzeugen.

Der blickte seine Frau jetzt zärtlich an.

»Julie, wenn Inika wirklich bis nach Berg en Dal mitgefahren ist, dann ist sie dort auf jeden Fall in Sicherheit«, sagte er behutsam. »So weit kommt Baramadir, so er denn noch lebt, niemals zu Fuß. Und selbst wenn er sich irgendwie ein Boot beschaffen würde, schafft er es nicht allein, die Station liegt mehrere Tage flussaufwärts. Meiner Meinung nach hat Inika einen guten Vorsprung. Wir werden sie finden, eher als Baramadir.« Er hielt inne. »Julie, ist alles in Ordnung? Du siehst blass aus.«

Kiri hörte die Unruhe in seiner Stimme und betrachtete die Misi besorgt. Die Misi schien seine Worte nicht zu hören, sondern stöhnte jetzt auf und hielt sich mit schmerzverzerrtem Gesicht den Rücken. Sie wirkte plötzlich müde und ausgelaugt. Immer wieder war sie in den letzten Tagen zu Kiri gekommen, um sich um Sarina zu kümmern. Kiri war ihr dankbar dafür, sie wusste, dass die Anwesenheit und Unterstützung der Misi der indischen Frau gutgetan hatten. Aber ihr war nicht entgangen, dass die Sorge um Inika und Sarina die Misi zusätzliche Kraft gekostet hatte, die ihr nun, am Ende der Schwangerschaft, fehlte. Es war deutlich zu sehen, dass sie erschöpft war. Jetzt erhob sie sich schwerfällig von ihrem Stuhl und begann sogleich zu schwanken.

Kiri sprang herbei und hielt sie aufrecht, Masra Jean stützte sie ebenfalls.

»Komm, ich bringe dich nach oben.«

Dass Jeans besorgter Gesichtsausdruck nicht nur in der Angst um das Mädchen und in der Sorge um Julie selbst gründete, das ahnten die Frauen nicht. Er trug noch eine schlechte Nachricht mit sich herum. Aber er hatte beschlossen, dass diese noch ein paar Tage warten konnte, bis sich die Gemüter etwas beruhigt hatten, denn diese Nachricht konnte tief greifende Konsequenzen nach sich ziehen. Behutsam half er seiner Frau in ihr Schlafzimmer. Kaum lag Julie in ihrem Bett, setzten die Wehen ein. Anstatt Ruhe stand ihr nun eine kräftezehrende Geburt bevor.

Kapitel 18

Karini war Julius durch die Straßen gefolgt, weit hinaus in ein Viertel, in dem überwiegend Schwarze lebten. Schon von Weitem hörte sie die Trommeln, und als sie näher kamen, vermischten sich Gesang und Musik zu einem lockenden Rhythmus, der sie magisch anzog. Sie hatte Julius in den letzten Wochen mehrmals zu verschiedenen *dansi* begleitet und freute sich jedes Mal mehr darauf. Nicht nur wegen Julius, sondern auch, weil das Tanzen sie so einnahm. Zur Musik am Feuer schienen sich ihre Beine zu verselbstständigen, ihr Körper folgte der Musik über viele Stunden und sie vergaß die Welt um sich herum. »*Tongo! Tongo!*«, riefen die Menschen – jeder sang und tanzte. Und wenn Julius sie dann mit seinen tiefbraunen Augen im Feuerschein ansah, ihre Hand nahm und sie mitzog, dann klopfte ihr Herz bis zum Hals und ihr wurde ganz schwindelig vor Glück.

Als sie spät in der Nacht zum Stadthaus zurückschlichen, war sie zutiefst erfüllt und aufgeregt. Leise scherzte sie mit Julius, der ihre Hand genommen hatte, was zum wiederholten Male ein warmes Kribbeln in ihrem Bauch hervorrief. Karini mochte seine Nähe und sehnte schon jetzt ihr nächstes Treffen herbei, aber die Tage dazwischen waren immer unendlich lang. Sie konnten sich nur freitags auf dem Markt treffen, wo sie sich dann heimlich für einen weiteren Abend in der Woche verabredeten.

Nun verweilten sie noch einen Moment vor der Hofpforte. Julius ließ ihre Hand los, stellte sich dicht vor sie und spielte mit ihrem Haar. Sie ließ es geschehen, spürte seine Finger sanft über ihren Kopf streichen, die Wärme seines Körpers dicht vor ihrem. Aufgeputscht vom Rhythmus der Musik, der in ihrem Körper nachbebte, und der Macht der aufwallenden Gefühle, stellte sie sich auf die Zehenspitzen und küsste ihn auf den Mund. Noch während ihre Lippen die seinen berührten, durchzuckte Karini der Gedanke, einen Fehler zu begehen, doch die Sehnsucht nach seinen weichen, vollen Lippen, die schon so lange in ihr wohnte, war stärker. Julius schien im ersten Moment verdutzt, dann aber öffnete er seine Lippen und erwiderte ihren Kuss. Karini hatte das Gefühl, als würde das Feuer, um das sie vorhin noch gemeinsam getanzt hatten, in ihr neu entfacht, ihr wurde heiß, dann durchströmte sie eine wohlige Wärme, und einen Moment glaubte sie, der Boden würde sich unter ihren Füßen auftun, so schwindelig war ihr zumute.

»Ich muss jetzt gehen«, flüsterte sie.

Julius nickte und strich ihr mit der Hand zärtlich zum Abschied über die Wange. »Wir sehen uns bald wieder.«

»Ja, das tun wir.« Sie drückte kurz seine Hand an ihre Wange und wandte sich dann ab. Glücklich schlüpfte Karini durch die Pforte zum Hinterhof des Stadthauses.

Sie erschrak fast zu Tode, als an der Hausecke jemand nach ihrem Arm griff und sie zu sich hinzog. »Wo kommst du her? Wer war das?«, drang Masra Martins Stimme leise und bedrohlich an ihr Ohr.

Karini war vollkommen überrumpelt. »Was machst du hier … und … das geht dich gar nichts an.«

»Nein? Das glaub ich aber schon, immerhin … du …«

Sie spürte, wie ihre anfängliche Überraschung in Ärger umschlug. Was wollte er von ihr, sie war ihm keine Rechenschaft über ihr Tun in ihrer Freizeit schuldig. »Immerhin *was?* Und es ist mitten in der Nacht. Was machst du selbst hier draußen?«

Andererseits … was, wenn er Liv von ihrem nächtlichen Ausflug berichtete? Sie hatte sich nie die Erlaubnis dazu geholt, sondern das Haus jedes Mal mehr oder weniger heimlich, manchmal unter einem fadenscheinigen Vorwand verlassen und bisher nie das Gefühl gehabt, dass Liv etwas von ihren Ausflügen ahnte.

Masra Martin riss sie aus ihren Gedanken. »War das dein Freund?«

»Nein ... ja ... vielleicht.« Karini wusste es selbst nicht genau. Hatte sie jetzt einen Freund? Immerhin hatte Julius sie geküsst, oder mussten sie sich dafür noch öfter küssen? In ihrem Kopf wirbelte alles durcheinander.

»Ich möchte nicht, dass du dich mit fremden Männern herumtreibst«, hörte sie Masra Martin nun leise und ernst sagen.

Karini traute ihren Ohren nicht. Sie hätte fast aufgelacht. »Warum nicht? Weil ich euer schwarzes Dienstmädchen bin?« Sie hörte selbst, dass ihre Stimme zynisch klang. Aber es war genau das, was sie empfand. Masra Martin hatte sie in den letzten Monaten nicht nett behandelt, er hatte sie in Anwesenheit anderer *blanker* immer wieder gedemütigt, wenn auch nicht ganz so schlimm, wie damals auf dem Schulhof. Und selbst wenn sie mit Masra Martin und Masra Henry allein war, hatte er ihr das eine und andere Mal Anweisungen gegeben, deren Sinn selbst Masra Henry infrage stellte. Sie wusste, dass ihre Antwort frech war, schließlich war sie ja wirklich sein Dienstmädchen, und es stand ihr nicht zu, so mit ihrem Masra zu reden. Sie fürchtete schon, ihn mit ihrer Bemerkung ernsthaft erzürnt zu haben, bemerkte dann jedoch erstaunt, dass er den Blick gesenkt hielt, als er antwortete.

»Nein. Nicht weil du ... unser Dienstmädchen bist, Karini, sondern weil ... weil ...«, er stockte.

Karini beobachtete ihn verwundert, es war lange her, dass er sich ihr gegenüber unsicher gezeigt hatte. Gespannt wartete sie auf die Fortsetzung.

»Ich dachte, Karini ... ich dachte, du bist ... unsere ... meine Freundin?«, kam es schließlich zögerlich.

Ein Blick in seine flehenden Augen ließ Karini ein Lachen unterdrücken. Natürlich waren sie Freunde, waren es immer gewesen, aber sein Verhalten in der letzten Zeit hatte ihrer Freundschaft einen Knacks versetzt. Und dafür war allein er verantwortlich, schließlich war er es, der sie entweder nicht beachtete oder demütigte. Der ihre Beziehung immer wieder auf die Hautfarbe reduzierte und nicht müde wurde, seine gesellschaftliche Überlegenheit auszuspielen. Wie konnte er ernsthaft davon ausgehen, dass ihre Freundschaft sich durch solches Verhalten nicht verändert hatte? Plötzlich drängte sich ein Gedanke auf. Es gab nur eine einzige Erklärung für seine Frage. »Bist du etwa eifersüchtig?«, fragte sie überrascht. Sein verlegenes Schweigen war Antwort genug. Er wich ihrem Blick aus.

Karini schluckte. Dass Masra Martin ... damit hatte sie überhaupt nicht gerechnet! Aber wenn er wirklich ... warum verhielt er sich dann so abweisend? Natürlich mochte sie ihn, und einmal hatte sie sogar in seiner Gegenwart dieses Kribbeln gespürt, das Julius gerade eben wieder in ihr geweckt hatte. Julius ... Masra Martin ... in Karinis Kopf purzelten die Gedanken wild durcheinander.

Karini wusste nicht, was sie sagen sollte, und auch Masra Martin schien sprachlos. Schließlich räusperte er sich. Sein Blick war immer noch auf den Boden gerichtet, als er sagte:

»Eigentlich hab ich auf dich gewartet, weil ich dir sagen wollte, dass wir morgen in aller Frühe anfangen zu packen. Wir fahren zur Plantage.«

Karini war überrascht. »Nach Rozenburg? Aber eigentlich sind doch noch ein paar Wochen Zeit? Warum?«

»Tante Juliette hat ihr Baby bekommen. Onkel Jean hat einen Boten geschickt und erlaubt, dass wir eher anreisen, und einen Brief an die Schule hat er wohl auch schon geschickt. Henry will natürlich sein Geschwisterchen sehen, und er will sofort morgen losfahren.«

»Ja, aber ...«

Kapitel 19

Wie klein ihre Fingerchen waren, die Nase so zart und erst der Flaum auf ihrem Köpfchen! Julie konnte sich an dem kleinen Wunder, das sie in den Armen hielt, kaum sattsehen. Helena – Julie hatte ihre Tochter nach ihrer Mutter benannt.

»Ist sie nicht wunderschön?«

»Ganz die Mutter.« Jean streichelte seiner wenige Tage alten Tochter zärtlich das Köpfchen.

Es war alles sehr schnell gegangen. Nach der Geburt war das Kind zwar wohlauf, Julie aber maßlos erschöpft.

Julie schlief viel, stillte das Kind und genoss die Nähe des Neugeborenen. Erleichtert stellte sie fest, dass sie sich langsam erholte. Sie wusste, dass Jean sich große Sorgen um sie gemacht hatte. Seit der Geburt stürmte er mehrmals in der Stunde in den Raum und fragte, ob alles in Ordnung sei.

»Jean, du warst gerade mal ein paar Minuten fort! Ja, es ist alles in Ordnung.« Julie lachte, aber ihr Herz war sehr gerührt. Dieses kleine, zarte Baby in ihren Armen brachte ihn aus dem Konzept. Er machte einen hilflosen und verlorenen Eindruck, er wollte sie beschützen und umsorgen, in jeder Sekunde. Das Wunder der Geburt von Helena hatte ihn in den letzten Tagen völlig in seinen Bann gezogen. Aber nun war es an der Zeit, ihn wieder ins Hier und Jetzt zu holen. »Hast du die Männer schon losgeschickt, um nach Inika zu suchen?«

Sein Gesichtsausdruck verriet ihr sofort, dass sie mit ihrer Vermutung richtiglag: Es war nichts passiert. »Dann los! Es ist schon viel zu viel Zeit vergangen.«

»Wir werden sie schon finden, momentan ist es wichtig, dass du wieder auf die Beine kommst und es der Kleinen gut geht.«

Doch das Argument ließ Julie nicht gelten. »Mir geht es gut. Ich bin nicht krank, ich habe ein Baby bekommen und außerdem ... ob ich nun hier liege oder nicht, die Männer können trotzdem den Fluss hinauffahren, ich habe doch gar nichts damit zu tun.«

»Also gut. Ich kümmere mich heute Abend darum«, sagte er. Dann blitzten seine Augen auf, und Julie warf ihm einen neugierigen Blick zu.

Jean schmunzelte. »Ach ja ... und da wäre noch etwas ...« Jetzt grinste er übers ganze Gesicht, »heute kommen die Jungen nach Hause!«

Julie traute ihren Ohren nicht. »Henry und Martin? Aber es ist doch noch gar nicht August?« Dankbar sah sie ihren Mann an, der sie liebevoll anlächelte.

»Henry wollte doch im Dezember schon am liebsten hierbleiben, und jetzt brennt er darauf, seine Schwester kennenzulernen.«

Julie musste bei dem Gedanken an ihren Sohn ebenfalls lächeln. Er hatte sich nach ihrem Unfall große Sorgen gemacht, war ihr bis zu seiner Abfahrt kaum von der Seite gewichen und hatte ihr in den letzten Monaten fast wöchentlich einen Brief geschrieben. Julie hatte ein bisschen Angst gehabt, dass Henry vielleicht eifersüchtig auf das Baby sein könnte, aber mit seinen nun sechzehn Jahren schien er sich eher mächtig auf die Rolle als großer Bruder zu freuen. Martin hingegen hatte die Nachricht von Julies Schwangerschaft mit sparsamer Freude entgegengenommen. Aber von Martin war Julie auch keine sentimentalen Gefühlsausbrüche gewohnt. Jean hatte seine Einstellung treffend beschrieben: »Martin ist siebzehn, er will ein starker Mann sein.«

Nachdem am Nachmittag das Boot mit Martin, Henry, Liv, Karini und Henry angelegt hatte, war es natürlich Henry, der als

Erster in Julies Schlafzimmer gestürmt kam. Als er bemerkte, dass er nicht einmal geklopft hatte, stand er schon im Zimmer. Er stammelte eine Entschuldigung.

Julie musste lachen. »Ach, komm her. Ich weiß doch, dass du neugierig bist.«

Helena lag in ein weißes Steckkissen gebunden in Julies Armen und schlummerte friedlich. Julie hatte in den letzten Tagen einige Male darüber nachgedacht, ob der kleine Wirbelwind, der in ihrem Bauch so viel getreten hatte, nun still war, weil er endlich das Licht der Welt erblickt hatte, oder ob das Baby nur eine Weile verschnaufte. Sie hoffte, Helena würde sich so pflegeleicht zeigen, wie Henry es gewesen war. Ihr Erstgeborener war immer ein sehr stilles Baby gewesen und hatte mit seinen großen Augen die Welt um sich herum beäugt.

Wie groß Henry geworden war! Er schien in den letzten sechs Monaten in der Stadt auch sehr viel reifer geworden zu sein. Leise trat er an ihr Bett heran. Seine Augen leuchteten, als er ihr einen Kuss auf die Wange hauchte und dann verzückt das Baby in ihrem Arm betrachtete.

»Sie ist ja winzig«, staunte er.

Helena reckte im Schlaf die Ärmchen. Henry sah Julie fragend an. Julie nickte und schmunzelte.

»Du darfst deine Schwester ruhig streicheln.«

Henry berührte mit der Kuppe seines Zeigefingers zaghaft die kleine Babyhand. Diese fasste reflexartig nach dem Finger und umklammerte ihn.

»Oh …«

Julie lachte. »Ja, Henry, siehst du? Deine Schwester hat dich schon im Griff.«

Henry lächelte versonnen, setzte sich vorsichtig auf die Bettkante und hielt geduldig mit seinem Finger das Händchen des kleinen Mädchens.

Wenig später klopfte es. Auf Julies Aufforderung betraten die übrigen Ankömmlinge das Zimmer. Karini und Martin tappten zögerlich hinter Liv her.

»Misi, sie ist wunderschön!« Karinis Zurückhaltung verschwand, sobald sie das Baby sah, und sie hockte sich neben das Bett. Martin blieb am Fußende stehen und nickte lediglich kurz. Der Blick, mit dem er das Baby auf Julies Arm betrachtete, schien fast misstrauisch. Julie entschied sich, nicht darauf einzugehen.

Im Raum herrschte einen Moment lang vollkommene andächtige Stille, und als Jean Sekunden darauf ebenfalls eintrat, musste Julie ein paar Tränen unterdrücken. Um sie und die kleine Helena herum stand ihre ganze Familie. Sie empfand nichts als Glück.

Jean räusperte sich und brach damit den Zauber. »Morgen früh werden vier Männer losfahren, um Inika zu suchen.«

Martin, Henry und Karini schauten Jean gleichsam verwundert an.

»Suchen? Warum denn suchen? Ist Inika weg?«, fragte Henry.

Jean warf ihm einen durchdringenden Blick zu. »Ja«, sagte er ernst, »aber das ist eine längere Geschichte. Ich erkläre euch das gleich unten, wir lassen Julie und Helena ein bisschen schlafen.«

Julie betrachtete ihn dankbar. Sie war erleichtert, dass die Suche nach Inika endlich begann. Sie wusste, dass Jean die Männer hauptsächlich ihretwegen losschickte, er selber war der Meinung, dass das Mädchen längst in Sicherheit war.

Als hätte sie geahnt, dass sie gleich mit ihrer Mutter allein sein würde, begann Helena zu krähen – ein untrügliches Zeichen dafür, dass sie hungrig war.

Kapitel 20

Karini war entsetzt, als Masra Jean im Salon berichtete, was während ihrer Abwesenheit auf der Plantage geschehen war.

»Und ihr Vater ist tot?« Auch Masra Henry machte ein betroffenes Gesicht.

»Ja.« Masra Jean nickte.

»Habt ihr diesen anderen Kerl gefunden? Den muss man doch … Wenn er die Plantage verlassen hat … das ist doch verboten!« Masra Martin schien eher verwirrt als entsetzt. Die Tatsache, dass die Arbeiter zu solchen Handlungen fähig waren, schien ihn mehr zu erschrecken, als dass es einen Toten gegeben hatte.

»Wir vermuten, dass er schwer verletzt wurde. Ich denke, er ist nicht weit gekommen. Und wenn Kiri recht hat und Inika heimlich mit den Missionaren nach Berg en Dal gefahren ist, ist sie dort auf jeden Fall in Sicherheit. Ist sie allerdings auf eigene Faust in den Wald gelaufen …«

»Oh Gott! Dann hat sie es nicht weit geschafft«, vollendete Masra Henry den Satz. Er sprang auf. »Wir müssen sie suchen, wir müssen sehen, ob sie in Berg en Dal angekommen ist.«

»Ich sagte doch, ich schicke morgen ein paar Männer los.«

»Ich werde mitfahren.« Masra Henry nickte bestimmt, wie um seine Worte zu unterstreichen.

»Ach Henry, denkst du nicht, dass es besser ist, wenn du hierbleibst? Denk allein an die zusätzliche Aufregung für deine Mutter, die wird ihr nicht guttun.«

Masra Henry verzog das Gesicht, hob dann aber resigniert die Hände.

Karini verfolgte die Diskussion wie aus weiter Ferne. In ihr setzte sich ein Gedanke fest, der ihre ganze Aufmerksamkeit erforderte. Die Entscheidung, die sie traf, fiel ihr nicht leicht, aber sie war richtig.

»Ich ... ich könnte mitfahren«, flüsterte sie schließlich.

Masra Martin lachte auf. »Ha, und dann womöglich diesen flüchtigen Kerl noch stellen!«

Masra Jean schüttelte den Kopf. »Nein. Die Suche nach Baramadir ist auch erst einmal zweitrangig. Ich denke, wir werden ihn, wenn überhaupt, nur noch tot finden.«

Dann schaute er Karini fragend an.

»Vielleicht ... fährt mein Vater auch mit?«, überlegte sie laut.

»Ja, er fährt mit. Aber meinst du das wirklich ernst? Ich meine ... würdest du die Männer begleiten? Ich befürchte nämlich, dass Inika sich versteckt, wenn wir sie aufspüren. Dich aber kennt sie, und ich glaube, sie vertraut dir.« Er seufzte. »Es ist bestimmt nicht leicht, ihr zu erklären, was hier vorgefallen ist, aber ... ihre Mutter kann ich nicht mitfahren lassen, sie ist außer sich vor Sorge und Trauer, das will ich nicht riskieren.«

Karini ahnte, dass die Worte dem Masra nicht leichtgefallen waren. Er schien fast dankbar über ihr Angebot – und Dankbarkeit war ein Gefühl, dass Bedienstete nur selten zu spüren bekamen. Karini fühlte sich geschmeichelt.

»Ja, natürlich Masra, ich fahre gerne mit.« Noch stärker aber wog ihr schlechtes Gewissen. Schließlich hatte sie noch vor Inika selbst von den Hochzeitsplänen gewusst. Und kein Wort darüber verloren. Hätte sie etwas gesagt, vielleicht wäre dann alles nicht so schlimm gekommen! Aber warum war Inika überhaupt geflohen? Karini vermutete, dass etwas Schreckliches vorgefallen war. Inika war doch eher ängstlich, außerdem kannte sie sich überhaupt nicht aus in diesem Land – wenn sie sich gezwungen gesehen hatte, allein zu fliehen, musste deutlich mehr dahinterstecken.

Während ihre Gedanken um Inika kreisten, hörte sie im Hintergrund Masra Martin mit Masra Jean diskutieren, was man mit Baramadir machen sollte, so man ihn lebend fand.

»Martin, er wird tot sein. Du weißt selbst, wie gefährlich es dort draußen im Busch ist. Und wenn, dann müsste man ihn in die Stadt bringen und der Polizei übergeben. Wir können doch nicht einfach wie früher … Wie kommst du überhaupt darauf? Die Zeiten, in denen man entflohene Sklaven selbst richten konnte, sind schon lange vorbei. Punkt.«

Die energischen Worte des Masra holten Karini in die Wirklichkeit zurück. Misstrauisch schaute sie Masra Martin an. Der hatte eben allen Ernstes vorgeschlagen, Baramadir einzufangen und am Baum auspeitschen zu lassen. Es waren genau diese Momente, in denen Karini sich vor Masra Martin fürchtete.

Am nächsten Morgen bestieg Karini, zusammen mit ihrem Vater Dany und drei weiteren Männern mit einem kleinen Bündel Gepäck das Boot, das flussaufwärts nach Inika suchen sollte. Auch Masra Henry war zur Anlegestelle gekommen. Karini fand die Besorgnis, mit der er seit einigen Minuten auf sie einredete, fast schon amüsant.

»Bist du sicher, dass du das schaffst?«, fragte er nun zum wiederholten Male.

»Masra Henry – ich kenn mich dort draußen besser aus als ihr alle zusammen. Und außerdem ist doch mein Vater bei mir. Mir passiert schon nichts! Ich will nur Inika finden und sie sicher wieder zurück nach Rozenburg bringen. Die Arme, sie kann doch nicht mal eine Schlange von einer Liane unterscheiden.« Eigentlich war Karini nicht zum Scherzen zumute, aber sie wollte sich Masra Henry gegenüber auch nicht anmerken lassen, dass sie durchaus nervös war. Zumal die Männer des Suchtrupps sich nicht unbedingt um das indische Mädchen scherten, sondern die Tage eher als willkommene Freizeit ansahen. Ihr war nicht verborgen geblieben, dass niemand im Arbeiterdorf Inika zutraute, mit dem Boot der Missionare geflohen zu sein, geschweige denn länger als zwei Tage außerhalb der Plantage überlebt zu haben.

Als die Männer das Boot nun vom Anleger in die Strömung des Flusses lenkten, winkte Karini Masra Henry noch einmal zu.

Jetzt lag es an ihr, Inika zu finden.

Kapitel 21

Julie war besorgt. Als Jean ihr berichtete, dass Karini sich nun mit den Männern auf den Weg gemacht hatte, bedachte sie ihn mit einem langen Blick. Sie hatten die Entscheidung am vorangegangenen Abend noch lange diskutiert, und es war Jean nicht gelungen, ihre Zweifel auszuräumen.

»Ich weiß nicht, ob es gut ist, dass wir Karini haben fahren lassen. Sie ist doch selbst noch so jung.«

Jean warf ihr einen liebevollen Blick zu. »Ihr Vater ist dabei, und sie kennt sich da draußen besser aus als jeder Weiße und so mancher Neger. Sie hat durch ihren Vater und ihren Großvater eine Menge Erfahrung. Karini ist stark, sie wird schon zurechtkommen. Ich vertraue den beiden. Dany wird für eine sichere Reise sorgen, und Inika wird Karini vertrauen, wenn sie sie finden.«

Julie nickte zögerlich, trotzdem blieb das ungute Gefühl. Zärtlich legte sie eine Hand auf seine. Als sie seinem Blick begegnete, sah sie darin, aller Beteuerungen zum Trotz, plötzlich Sorge.

»Ist alles in Ordnung?«, fragte sie vorsichtig.

Jean seufzte und setzte sich in den Sessel neben Julies Bett. Einen Moment lang hatte Julie das Gefühl, dass er sie und Helena, die satt und friedlich in ihrem Arm lag, gar nicht wahrnahm.

Dann schien er sich zu besinnen. »Julie, ich muss dir noch etwas sagen«, begann er zögerlich. »Der Brief kam schon vor einigen Wochen, aber irgendwie ...«

»Was für ein Brief?« Julie war jetzt hellwach. Ein Brief von der Bank, bei der sie sich Geld für die Plantage geliehen hatten? Irgendetwas von der Kolonialverwaltung?

»Aus den Niederlanden«, fügte Jean hinzu.

Julie gefror das Blut in den Adern. »Aus den Niederlanden?«, fragte sie stockend. Das konnte doch nur eines bedeuten ... Kam Pieter wieder? Panik wallte in ihr auf, sie holte Luft und wollte Jean schon erläutern, was sie bei Pieters Rückkehr alles zu erwarten hätten, doch er kam ihr zuvor. »Es ist so ... dein Onkel ... er ist gestorben.«

»Mein Onkel?« Das brachte Julie vollkommen aus dem Konzept. Fast hätte sie vor Erleichterung laut aufgelacht. Es war natürlich in gewisser Hinsicht traurig, aber Jean musste doch wissen, dass sie ihrem Onkel überhaupt nicht nahegestanden und auch keinen Kontakt zu ihm gepflegt hatte. Das war nun wirklich kein Grund, so betrübt dreinzublicken, wie Jean es jetzt tat. »Das ist sicherlich tragisch, aber ich habe seit vielen Jahren keinen Kontakt mehr zu ihm, das weißt du doch! Nun mach nicht so ein Gesicht!«

»Es ist aber so, dass ... der Brief ist von einem Notar. Es geht um das Erbe.«

Natürlich. Das Erbe. Julie grollte. Immer, wenn ihr Onkel auftauchte, ging es um Geld. Jetzt sogar nach seinem Tod. Karl hatte sie damals nur wegen ihres durchaus beträchtlichen Erbes geheiratet, und auch ihrem Onkel war es bei dieser arrangierten Heirat nicht um ihr Wohl, sondern um seinen persönlichen Vorteil gegangen. Als ihr Ehemann hatte Karl Julies Erbe treuhänderisch übernommen. Julie war damals noch keine einundzwanzig Jahre alt gewesen und hatte nicht selbst darüber verfügen dürfen. Karl hatte dann einen großen Teil des Geldes in die Firma ihres Onkels investiert, und so war es für beide Männer ein lohnendes Geschäft gewesen.

Jean riss sie aus ihren Gedanken. »Auf jeden Fall hat dein Onkel anscheinend den Anteil aus deinem Vermögen in seine Firma investiert, und jetzt schreibt der Notar, dass dein Cousin dir deinen Anteil gerne wieder übergeben würde.«

Julie war sprachlos. Damit hatte sie nicht gerechnet. Ihr Cousin? Wim, ja, sie erinnerte sich gut an ihn. Er war etwas jünger als sie selbst und der Einzige der ganzen Familie, den sie damals gemocht hatte. Seine beiden größeren Schwestern waren unausstehliche Biester gewesen und seine Mutter eine herrische Matrone. Wim hingegen hatte sich ihr gegenüber immer korrekt verhalten, er hatte sie sogar am Tag ihrer Abreise noch am Hafen von Amsterdam gewarnt und ihr erzählt, dass Karl und ihr Onkel die Ehe ausschließlich des Geldes wegen arrangiert hatten. Damals hatte sie ihm nicht recht glauben wollen. Sie war überzeugt gewesen, Karl hätte sie tatsächlich aus Liebe geheiratet. Ein fataler Trugschluss, wie sie schon wenige Wochen später eingestehen musste. Diese Ehe hatte eine Menge Leid in ihr Leben gebracht und auch, wenn das Kapitel weit zurücklag, würden die Narben auf ihrer Seele sie doch ihr Leben lang daran erinnern.

Ihr Entschluss stand fest. »Ich will nichts von dem Geld meines Onkels!«

Sie wusste, dass Jean ihren Standpunkt kannte und teilte, umso erstaunter war sie jetzt, die folgenden Worte aus seinem Mund zu hören: »Julie, ich kann das verstehen, aber ... ich meine, der Plantage geht es noch nicht so gut, das weißt du, und ... und vielleicht könnte uns das ein wenig helfen.«

Sie bedachte ihn mit einem zärtlichen Blick. Er kämpfte wie ein Löwe um die Plantage, und in Geldangelegenheiten kannte er sich als Buchhalter hervorragend aus. Aber dieses Geld würde sie nicht annehmen.

»Nein. Wir haben es bis hierher ohne Hilfe geschafft, und wir werden es auch jetzt schaffen. Ich will nichts von dem Geld. So es sich denn überhaupt um Geld handelt, vielleicht erbe ich ja auch nur Schulden. Zuzutrauen wäre es der Familie meines Onkels, dass sie selbst jetzt noch versucht, mich für irgendetwas zu benutzen. Früher war es mein Erbe ... vielleicht wäre ich heute wieder als Sündenbock geeignet.«

Jean schien skeptisch. »Ich weiß nicht ... In dem Brief steht nichts Genaueres. Sie bitten dich, nach Amsterdam zu kommen, um das persönlich zu regeln.«

Julie zuckte zusammen. »Das geht doch nicht! Jean, wie sollte ich das denn machen? Mit dem Baby und ... nein! Schreib ihnen zurück, dass wir uns für die Nachricht bedanken, aber keine Möglichkeit sehen, in die Niederlande zu reisen, und dass wir auch kein Interesse haben, dort irgendein Erbe oder irgendwelche Anteile anzunehmen.«

»Aber, Julie, vielleicht sollten wird doch ...?«

Julie warf ihm einen bösen Blick zu. »Wirklich Jean – nicht für Tausende von Gulden möchte ich mit dieser Familie wieder etwas zu tun haben.«

Er seufzte noch einmal, ließ es dann aber auf sich beruhen. »In Ordnung.«

Dass sich in den Niederlanden jemand mit dieser Antwort aus Surinam nicht zufriedengeben würde, das ahnten weder Julie noch Jean.

Kapitel 22

Inika stand am Waschzuber und schob immer wieder die fadenscheinigen Laken über das Waschbrett. Ihre Finger waren aufgeweicht von der Seifenlauge, und ihr rann der Schweiß von der Stirn. Doch diese Arbeit hatte etwas Befreiendes, sie konnte ihre Gedanken ruhen lassen und konzentrierte sich nur auf die gleichmäßigen Bewegungen ihrer Arme.

Sie wusste nicht genau, wie lange sie jetzt schon auf Berg en Dal war, ein paar Tage, eine Woche? Oder gar länger? Sie hatte auf dem Boot irgendwann die Besinnung verloren und war erst in der kleinen Krankenstation der Plantage wieder aufgewacht. Schwester Daria hatte sie vorsichtig wieder auf die Beine gebracht und immer und immer wieder betont, welch großes Glück sie gehabt hatte, dass man sie noch rechtzeitig gefunden hatte.

»Du wärest fast verdurstet, Mädchen. Wie konntest du nur so töricht sein?« Schwester Daria hatte zudem dafür gesorgt, dass niemand Anstalten machte, Inika fortzuschicken. Inika ahnte auch den Grund dafür: Sie war in einem frischen Hemd aufgewacht, und wenn Schwester Daria sie umgezogen hatte, während sie bewusstlos gewesen war, dann hatte sie auch die vielen, fast schwarzen Blutergüsse auf Inikas Körper gesehen. Sie hatten nie darüber geredet, und der Gedanke daran war Inika furchtbar peinlich, aber insgeheim war sie froh, nichts erklären zu müssen.

Schwester Daria kümmerte sich sofort intensiv um sie, sodass sie schon nach kurzer Zeit wieder aufstehen konnte, ohne zu schwanken. Dann wies sie ihr eine Hängematte in der Hütte der

Dienstmädchen der Mission zu und gab Anweisung, sie leichte Arbeit verrichten zu lassen, ohne sie zu überanstrengen.

Berg en Dal war im Grunde genommen eine große Holzplantage, die aber so weit im Hinterland am Surinamfluss lag, dass sie als eine der letzten größeren Ansiedlungen galt. Und so war Berg en Dal mehr als eine Plantage mit Herrenhaus und Arbeiterdorf. Hier gab es auch eine Missionsstation, die von den Herrnhutern geleitet wurde, eine hölzerne Kirche und eine Krankenstation. Schwester Daria hatte Inika am Krankenbett erzählt, dass es flussaufwärts nur noch wenige Plantagen und einen Militärposten namens Victoria gab. Das Land gehörte aber ab hier überwiegend den Saramaccanern, einem Maroon-Stamm. Und genau aus diesem Grund war Berg en Dal auch als Missionsstation ausgewählt worden.

Inika wusste nicht viel über die Maroons. Karini hatte ihr einmal erklärt, dass die Maroons von entflohenen Sklaven abstammten, die dann im Regenwald eigene Dörfer gegründet hatten. Aber warum die Maroons im Wald lebten und warum das Verhältnis zwischen den Weißen und den Maroons so schwierig war, wusste Inika nicht genau. Hier auf Berg en Dal fühlte Inika sich aber zunächst einmal sicher. Die Station lag weit von der Plantage Rozenburg entfernt, hier würde man sie so schnell nicht finden, so hoffte Inika jedenfalls. Aber sie musste sich etwas einfallen lassen. Irgendwann würde jemand wissen wollen, wo sie herkam, und sie vielleicht sogar zurückschicken. Bis dahin würde sie versuchen, möglichst wenig aufzufallen und artig die ihr aufgetragenen Arbeiten zu verrichten.

Kapitel 23

Der Masra hatte ihrem Vater und den Männern auf dem Boot die Anweisung gegeben, so schnell zu fahren, wie es nur ging. So bemühten sich die Männer nach Kräften und legten am ersten Tag bereits ein gutes Stück des Weges zurück.

Abends ließen sie das Boot auf einer großen Sandbank im Fluss auflaufen, um dort die Nacht zu verbringen. Zwar gab es in der Umgebung sicher auch gefährliche Tiere, die unter Umständen den Weg bis hierher durch den Fluss finden konnten, aber es war immer noch deutlich sicherer, auf der Sandbank zu nächtigen als am Ufer, mit dem Wald im Rücken. Nie steuerten die Schwarzen Plantagen an, wie die *blanken* es auf Reisen taten.

Karini lag im noch warmen Sand und starrte durch die Gaze, die sie über ihr Lager gespannt hatte, in den Nachthimmel. Diese sollte sie nicht nur vor den Stechmücken schützen, hier draußen gab es auch Vampire – kleine, schnelle Fledermäuse, die sich gerne an Schlafenden labten. Man merkte ihren Biss erst, wenn es zu spät war, und aus irgendeinem Grund versiegte das Blut nicht so schnell. Alle Reisenden hatten Angst vor diesen Tieren, waren doch viele Menschen nach einem Biss mysteriösen Krankheiten erlegen.

Die Männer hatten in weiser Voraussicht Holz mitgenommen und damit nun ein Feuer entzündet, denn auf der Sandbank gab es keinen Baum und keinen Strauch. Besorgt hatte sich einer der Männer, Mapito, nach Karinis Befinden erkundigt. Sie kannte die Männer, solange sie denken konnte, und keiner von ihnen hätte zugelassen, dass ihr etwas zustieß. Karini genoss es, mit ihrem Vater unterwegs zu sein, auch wenn der Anlass ein trauriger war.

Karinis Gedanken wanderten zu Julius. Wo er jetzt wohl war? Vielleicht auf einem *dansi?* Sie hatte sich nicht von ihm verabschieden können, hoffte jedoch, dass er, wenn sie sich eines Tages wiedersahen, verstehen würde, warum sie so plötzlich zur Plantage aufgebrochen war. Aber es würde wohl noch Monate dauern, bis sie zurück in die Stadt käme. Sie war sich inzwischen ihrer Gefühle auch nicht mehr ganz sicher, vor allem nach Masra Martins nächtlichem Geständnis. Sie wusste nicht, was sie davon halten sollte. Natürlich war sie ein bisschen verliebt in Julius, und Masra Martin war eher wie ein großer Bruder für sie. Aber irgendetwas zog sie zu Masra Martin hin. Er wusste immer, was er wollte, und setzte seinen Willen meist durch. Aber sie hatte auch Angst vor ihm, seine Äußerungen und sein Verhalten waren nicht selten verachtend. Anderseits ... Es nutzte nichts, sie würde abwarten müssen, wie sich die Dinge entwickelten. Sie hatte sowieso keine Wahl, in die Stadt würde sie vorerst nicht zurückkommen.

»Karini?« Sie hörte die Stimme ihres Vaters ein Stück entfernt. Es war bereits dunkel und der Mond noch nicht aufgegangen. Im Schein des Lagerfeuers sah sie ihn auf ihren Lagerplatz zukommen.

»Ich muss mit dir sprechen.« Der Ernst in seiner Stimme war unverkennbar und Karinis Gedanken an Julius und Masra Martin waren wie fortgeblasen.

Dany hockte sich in den Sand neben seine Tochter. »Ich wollte das eigentlich auf Rozenburg mit dir besprechen, aber dort war es in den letzten Tagen einfach zu unruhig. Hör zu, mir fällt das nicht leicht, aber ... ich werde die Plantage verlassen. Mein Vater, dein Großvater ... ist krank und kann das Dorf der Maroons nicht allein führen. Ich werde zu ihm gehen, um ihm zu helfen.«

Karini war geschockt. Sie wusste, dass er seinen Vater sehr liebte und ehrte, aber dass er Rozenburg verließ? Wie sollte das gehen? »Aber du kannst doch nicht von Rozenburg fort? Was ist mit mir und Mutter? Der Masra wird das nicht erlauben!«

»Doch, es ist schon alles besprochen, der Masra weiß davon und hat zugestimmt.« Ihr Vater hielt kurz inne, dann fuhr er unvermindert ernst fort. »Was ich dir jetzt sage, ist ganz wichtig. Du musst dich auf der Plantage immer gut benehmen und immer gut zu Misi Juliette sein. Ich ... wir haben ihr sehr viel zu verdanken. Eines Tages wirst du verstehen, was ich meine. Aber du musst unbedingt auf der Plantage bleiben. Das ist auch für deine Zukunft sehr wichtig.«

Karini wusste nicht, wovon er sprach, spürte aber die Dringlichkeit hinter seinen Worten. Selten hatte sie ihn so ernst gesehen. Sie nickte.

»Du bist ein großes Mädchen. Und du kannst mich mit Kiri jederzeit besuchen kommen. Das hat der Masra zugesagt. Ich bin stolz auf dich.« Mit diesen Worten nahm er sie in den Arm und sie erwiderte seine Umarmung. Lange saßen sie so da und genossen die Nähe des anderen.

Karini schwirrten in dieser Nacht viele Gedanken durch den Kopf. Dass ihr Vater gehen würde, tat ihr weh. Andererseits hatten sie sich in den letzten drei Jahren kaum gesehen, und sie wusste, dass nichts in der Welt ihn von seiner Entscheidung abhalten würde. Irgendwann fiel sie in einen unruhigen Schlaf. Sie träumte von ihrem Vater, von Julius, Masra Henry und Masra Martin und immer wieder von Inika, die voller Angst durch den Regenwald lief und drohte, verloren zu gehen.

Am nächsten Morgen brachen sie früh auf. Die ersten Sonnenstrahlen waren noch nicht über dem Blätterdach emporgestiegen, nur ein rötlicher Saum am Himmel kündigte den baldigen Aufgang der Sonne an. Dies weckte aber bereits die ersten Waldbewohner, wie vereinzelte Vogelrufe bewiesen, und wenn es die Sonne nicht tat, waren es die Brüllaffen, die letztendlich jedem

Lebewesen den Morgen verkündeten. Karini packte ihre Schlafdecke und den Gazeüberwurf in das Boot und wartete, dass die Männer es in das Wasser schoben.

Der Tag auf dem Fluss war langweilig. Das Ufer zeigte nur undurchdringliches Grün, zuweilen von Plantagenhäusern durchbrochen. Viele der Pflanzungen waren verlassen, und Karini versuchte sich vorzustellen, wie es wohl gewesen war, als noch unzählige weiße Kolonisten das Hinterland bevölkerten und unzählige Sklaven auf den Pflanzungen lebten. Heute konzentrierten sich die Ansiedlungen auf die nähere Umgebung von Paramaribo oder die Küstenstreifen. Lange Strecken des Surinamflusses waren verwaist, und der Fluss diente mehr oder weniger nur noch als verlässlicher Transportweg von den Goldgebieten in den Bergen sowie den Dörfern der Schwarzen und Indianer in die Stadt. Zeltboote, wie sie die *blanken* nutzten, sah man kaum noch hier oben.

Immer wieder wanderten Karinis Gedanken zu Inika. Die Träume der vergangenen Nacht hatten Karini Angst gemacht. Sie hatte Inikas Not förmlich spüren können. Ihr Verschwinden musste etwas mit der Hochzeit und mit Baramadir zu tun haben. Hätte sie selbst doch bloß gleich, nachdem sie das Gespräch zwischen ihrer und Inikas Mutter belauscht hatte, etwas gesagt, dann wäre es vielleicht gar nicht zu der Hochzeit gekommen! Aber jetzt? Jetzt war Inikas Vater tot, ihre Mutter krank vor Sorge und möglicherweise befand sich Baramadir doch noch irgendwo. Was, wenn er Inika eher fand als sie?

Nach zwei weiteren Nächten auf einsamen Sandbänken und unendlich langen Stunden an den Tagen näherten sie sich ihrem Ziel.

»Wach auf. Wir müssten gleich da sein.« Dany weckte Karini am Nachmittag, sie war durch das sanfte Schaukeln des Bootes eingenickt. Karini schreckte hoch und spähte zum Ufer. In der Tat zeigte sich kurz darauf die Spitze des kleinen Kirchturmes über den Baumkronen, er wirkte vom Fluss aus wie ein mahnender Finger. Dann kamen die weißen Gebäude mit ihren blaugrauen Dächern zum Vorschein. Karini staunte. Berg en Dal war größer, als sie gedacht hatte. Kurz darauf sah sie eine Schar Kinder laut lärmend zum Flussufer eilen, um die Ankömmlinge zu begrüßen. Vermutlich dachten sie, es würde sich um fahrende Händler handeln.

Karini war mulmig zumute, schließlich würde sie gleich einigen *blanken* erklären müssen, warum sie hier waren. Aber sie schluckte den Kloß in ihrem Hals herunter. Hier ging es nicht um sie, sondern um Inika. Wenn sie hier war, musste Karini sie finden.

Hinter der Kinderschar erschien jetzt eine Frau, die unverkennbar eine Schwesterntracht trug, bestehend aus einer grauen Kittelschürze, einer karierten Bluse mit weißem Kragen sowie einer weißen Haube.

»Hallo, möchtet ihr etwas verkaufen?« Der Blick aus ihren Augen war warm, ihre Stimme freundlich.

»Nein«, Karini eilte sich, aus dem Boot zu klettern, es schien ihr unpassend, ihr Anliegen vom Wasser aus vorzubringen. Außerdem wollte sie, und nicht ihr Vater, sprechen, wusste sie doch, dass weiße Frauen schwarzen Männern häufig misstrauen.

»Misi ... Schwester ... Mevrouw ...« Ihr fehlte das Wissen um die passende Anrede. Kurzerhand knickste sie höflich und versuchte es mit einem freundlichen Lächeln.

Die Frau in der Schwesterntracht lächelte zurück. »Was kann ich dann für euch tun, braucht ihr ein Lager? Wollt ihr Rast machen?«

»Nein, mein ... unser Masra schickt uns. Wir kommen von der Plantage Rozenburg, wo ...«, Karini fühlte sich hilflos und dumm. »Da waren Gäste, die von der Mission kamen und hierher reisen wollten ... wir ... mein Masra vermisst seitdem ein Mädchen«, stammelte sie.

»Ein Mädchen?« Die Frau schien nachzudenken. Dann sagte sie sanft: »Komm mit. Ich weiß jemanden, der dir vielleicht helfen kann.«

Karini folgte der Frau erleichtert den Steg hinunter. Ihr Vater winkte ihr aufmunternd zu, während die Ruderer das Boot vertäuten und dann in Richtung des Arbeiterdorfes gingen. Als Karini mit der Schwester auf die Gebäude der Plantage zuging, sah sie, dass sich hinter der Plantage eine Bergkuppe erhob. Sie mussten also sehr weit im Hinterland sein, denn nur dort gab es Berge, hatte ihr Vater ihr immer erzählt. Nebel schien sich an den Hängen der Erhebung zu fangen, und die Bäume ringsherum waren dicht behangen mit Moosen und Flechten. Dass sich der Boden auf solch eine Höhe erheben konnte, flößte Karini unwillkürlich Respekt ein. Ihr war nun klar, warum die Plantage Berg en Dal hieß. Karini fühlte sich winzig, und dennoch beschützt, am Fuße dieses Kolosses.

Die Schwester schien ihre Bewunderung bemerkt zu haben. »Das ist unser Blauer Berg«, sagte sie und warf selbst kurz einen andächtigen Blick darauf.

Auf der Veranda vor dem Missionshaus stand eine weitere Schwester und legte große weiße Laken zusammen.

»Schwester Daria?«

Die Frau ließ das Laken sinken. »Ja?«

»Das Mädchen hier«, die Frau schob Karini vor, »sucht ein anderes Mädchen, das auf einer Plantage abhandengekommen ist.«

Karini beobachtete Schwester Daria genau und sah sofort, dass die Schwester etwas wusste. Aber wie sollte sie diesen Frauen erklären, was vorgefallen war?

»Komm mal her. Wie ist dein Name?«, sagte Schwester Daria jetzt. Auch ihre Stimme war freundlich.

»Karini, Karini Rozenberg von der Plantage Rozenburg.«

»Rozenburg, hm? Und warum sucht ihr dieses Mädchen? Ist es weggelaufen?«

»Ja ... nein ... es gab einen Streit ... mit ihrem ... Mann«, stammelte Karini.

»Mit ihrem Mann?« Schwester Daria schien entsetzt.

In diesem Moment trat Inika mit einem Korb voller weißer Laken um die Hausecke.

»Inika!«, rief Karini erleichtert.

Inika schaute erschrocken auf, ließ dann aber den Korb fallen und rannte davon.

Karini zögerte nicht eine Sekunde, sie rannte ihr nach und spürte die Blicke der beiden verdutzten Schwestern in ihrem Rücken.

Karini folgte Inika in rasendem Tempo bis ins Hüttendorf, wo diese zwischen den Gebäuden verschwand. Karini verlangsamte die Geschwindigkeit und sah sich suchend um. Plötzlich hörte sie einen Schrei, und kurz darauf trat Dany mit der zappelnden und heulenden Inika am Arm hinter einer Hütte hervor.

Karini spürte, wie die Erleichterung sie wie eine Welle durchflutete. Sie hatte Inika gefunden, und es ging ihr augenscheinlich gut! »Inika ... Inika, so beruhige dich doch. Es ist alles gut«, sagte sie so sanft wie möglich.

»Nichts ist gut! Ihr seid gekommen, um mich zurückzubringen!«, heulte Inika, wehrte sich aber nicht mehr gegen Danys Griff.

»Ja, aber lass uns ...«

»Lassen Sie sofort das Mädchen los!«, ertönte eine Stimme, die keinen Widerspruch duldete.

Dany zuckte zusammen und gab Inika sofort frei.

Als die Missionsschwestern die Gruppe erreichten, versteckte Inika sich Schutz suchend hinter Schwester Daria. Die andere Schwester trat warnend auf Dany zu. Inzwischen waren auch andere Bewohner der Plantage auf das Geschehen aufmerksam geworden und kamen neugierig herbeigelaufen.

»Ich denke, wir sollten das in Ruhe besprechen.« Schwester

Daria drehte sich um und legte Inika den Arm um die Schultern. Dann gab sie Karini ein Zeichen, ihnen zu folgen.

Auf der Veranda des großen Gebäudes wies die Schwester die Mädchen schließlich an, sich auf die Hocker zu setzen. Inika schluchzte leise vor sich hin und wischte sich mit einem Zipfel ihres Kleides immer wieder über die Wange.

»So, du erzählst uns jetzt, was auf eurer Plantage vorgefallen ist«, sagte Schwester Daria bestimmt.

Karini schluckte. Aber so unangenehm es ihr auch war und sosehr sie diesen Moment auch gefürchtet hatte – die Wahrheit war unumgänglich. Und so begann sie zu erzählen.

Die Schwestern bekreuzigten sich immer wieder und stöhnten erschreckt auf, als Karini vom Streit zwischen Baramadir und Inikas Vater berichtete. Inika schrie auf.

»Mein Vater ist tot?«

Karina sah den Schmerz in den Augen des Mädchens. Wie gerne hätte sie ihr diese Wahrheit erspart. »Ja, Inika, es tut mir leid«, sagte sie traurig.

»Bei Shiva … meine Mutter … ich muss sofort zurück zur Plantage!« Inika sprang von der Veranda und wandte sich in Richtung Fluss.

Karini war vollkommen überrascht. Mit dieser Reaktion hatte sie nicht gerechnet. Ein Blick auf die Schwestern zeigte ihr, dass diese ähnlich empfanden.

»Aber, Kind, nun warte doch erst einmal …«, rief Schwester Daria beruhigend.

Inika blieb tatsächlich stehen, sah aber Karini mit flehendem Blick an. »Bitte! Es ist wirklich dringend, wir müssen sofort zurück! Meine Mutter …«

»Inika, deiner Mutter droht keine Gefahr. Baramadir ist weg, und selbst wenn er zurückkäme, würde er es doch wohl kaum wagen …«

»Es geht doch gar nicht um Baramadir!« Das Mädchen hob flehend die Arme gen Himmel. »Karini, es eilt! Sie werden ... meine Mutter muss ... wir müssen ihr helfen.«

Karini verstand immer noch nicht, aber jetzt weinte Inika wieder heftig und ließ sich zudem plötzlich auf die Knie fallen. »Vielleicht ... vielleicht ist es auch schon zu spät«, stieß sie hervor.

»Zu spät? Wofür zu spät? Was ist denn los?« Karini hielt es jetzt nicht mehr auf ihrem Hocker, sie lief zu Inika und hockte sich neben sie auf den staubigen Boden. Das Mädchen bebte am ganzen Körper, und als Karini jetzt ihren Arm um sie legte, spürte sie, dass sie zitterte. »Inika, ich verstehe nicht. Wofür ist es zu spät?«

»Meine Mutter ... weil mein Vater ... sie werden sie mit ihm ... verbrennen.«

Kapitel 24

»Sie kommen!« Henry lief aufgeregt zum Fluss, als er in der Ferne das Boot entdeckte.

Julie blieb mit Helena auf der vorderen Veranda stehen. Sie blinzelte und versuchte, im Schein der hochstehenden Sonne zu erkennen, ob Inika mit im Boot war. Kurze Zeit später sah sie vom Ufer mehrere Personen den Weg heraufeilen, allen voran zwei Mädchen. Erleichtert atmete Julie auf. Doch während Karini in den Weg zum Plantagenhaus einbog, rannte Inika schnurstracks, ohne ein Wort, gefolgt von Dany und Henry, am Plantagenhaus vorbei. Julie blickte ihnen verwundert hinterher.

Karini erreichte indes atemlos die Veranda. Sie deutete kurz einen Knicks an, während die Worte schon aus ihr heraussprudelten. »Misi, Inika ist wieder da, aber ... ihre Mutter ... hat man den Vater schon bestattet?« Ihre Augen waren angstvoll geweitet.

Die Frage des Mädchens verwirrte Julie. »Ich weiß nicht. Warum? Gut, dass du Inika gefunden hast ...«

Julie kam gar nicht dazu, das Mädchen zu loben, denn Karini machte auf dem Absatz kehrt und lief um das Haus herum.

»Was um Himmels willen ist hier los?«, fluchte Julie leise, überlegte kurz und ging dann mit Helena auf dem Arm in die Richtung, in welche die Kinder verschwunden waren.

Schon aus der Ferne sah sie, dass die indischen Frauen aus dem Arbeiterdorf in hellem Aufruhr waren. Als sie näher trat, erspähte sie Dany und Henry, die sich schützend im Eingang von Sarinas Hütte aufgebaut hatten. Julie spürte, wie die Unruhe in ihr wuchs.

Auch wenn sie nicht verstand, was vor sich ging, so verhieß der Lärm und vor allem Henrys angespannte Miene nichts Gutes. Als Julie die Hütte erreichte, traten die Frauen respektvoll zur Seite.

»Henry, was ist hier los?«

Das Gesicht ihres Sohnes war gerötet, und Julie kannte ihn gut genug, um zu wissen, dass er Angst hatte.

»Mutter ... Inika sagt ... ihre Mutter ... das wäre Sitte.«

»Was ist Sitte? Wo ist Inika?«

Henry deutete mit dem Kopf in Richtung Hütte.

Julie trat an ihrem Sohn vorbei in das Innere der Behausung. Dort, in der Mitte des kleinen Wohnraumes, stand Sarina und umarmte ihre verloren geglaubte Tochter. Julie spürte, wie sich Erleichterung in ihr ausbreitete. Sie hatte in den letzten Tagen viel Zeit mit Sarina verbracht, hatte versucht, für sie da zu sein, und auch wenn sie kaum geredet hatten, so wusste sie doch, wie sehr sie unter dem Verschwinden ihrer Tochter und dem Tod ihres Mannes litt. Nun hatte sie immerhin ihre Tochter zurück. Neben ihnen stand Karini, deren Gesicht wie Henrys nicht Erleichterung, sondern Schreck ausdrückte.

»Inika ...«

»Misi ...« Inika löste sich von ihrer Mutter und drehte sich zu Julie um. »Misi, es tut mir leid. Ich hätte nicht ...«

»Ist schon gut. Ich freue mich, dass du wieder da bist. Du wirst sehen, jetzt wird alles gut. Aber was ist hier los, warum ist da draußen so ein Tumult?« Julie versuchte, das Baby auf ihrem Arm beschwichtigend zu wiegen. Helena hatte leise angefangen zu wimmern, auch sie schien die angespannte Situation zu spüren.

»Misi, das ist so ...«, setzte Karini gerade an, als Inika ihr ins Wort fiel.

»Misi, bei uns ist es Sitte, dass ... dass die Frau dem Mann in den Tod folgt. Nur so kann sie *sati* werden, eine *gute Frau*.«

»Was?« Julie traute ihren Ohren nicht.

»Und da mein Vater schon einige Tage tot ist, drängt das Dorf nun darauf, ihn zu bestatten. Normalerweise werden Tote bei uns innerhalb eines Tages ...«

Julie sah die beiden Frauen entsetzt an. »Das werde ich auf keinen Fall dulden. Sarina! Du willst doch nicht ...«

Sarina zuckte traurig die Achseln.

Inika aber schüttelte nachdrücklich den Kopf. »In Indien haben es die Engländer schon lange verboten, aber hier ... und ich ... wenn Baramadir auch tot ist, dann ...«

»Das werde ich nicht zulassen, keinesfalls!« Nie im Leben würde sie erlauben, dass auf ihrer Plantage ein Mensch starb, ob aus religiösen Gründen oder nicht. Sie würde alles tun, was in ihrer Macht stand, um das zu verhindern. Julie überlegte kurz, dann stand ihr Entschluss fest. »Ihr kommt jetzt erst mal mit rüber ins Haus, und wenn Jean von den Feldern zurück ist, werden wir das weitere Vorgehen besprechen.« Mit diesen Worten trat sie vor die Tür, dicht gefolgt von Karini, Sarina und Inika. Helena wimmerte immer noch, und das Geschrei der Frauen vor der Hütte wurde lauter. »Tretet zurück!« Julie bemühte sich um einen strengen Tonfall und umklammerte Helena. In diesem Moment bezweifelte sie, dass ihr liberaler Umgang mit den Arbeitern, die sie jetzt wenig respektvoll anstarrten, richtig gewesen war. Und es war töricht gewesen, das Baby mitzunehmen, aber sie hatte ja nicht ahnen können, dass es hier einen Aufstand geben würde. Schon gar nicht, nachdem ein verschwunden geglaubtes Mädchen wieder aufgetaucht war. Inika und Sarina wurden auf der einen Seite von Karini und Dany, auf der anderen von Henry und Julie flankiert. Die indischen Frauen riefen für Julie unverständliche Dinge, aber am Tonfall und an Inikas und Sarinas Gesichtsausdruck konnte sie ablesen, dass es nicht freundlich gemeint war. Sie wurden regelrecht umkreist, und Julie konnte die Panik, die in ihr aufstieg, nur mit Mühe unterdrücken.

Julie war nass geschwitzt, als sie schließlich das Dorf verließen und der Pulk der Frauen am Dorfrand zurückblieb. Sie war froh, dass die Männer noch auf den Feldern waren, sonst wären sie vielleicht nicht bis zum Plantagenhaus gekommen.

Atemlos wandte sie sich an Dany. Das Gesicht des Aufsehers wirkte angespannt. »Sorge im Dorf für Ruhe, bis Jean wieder da ist. Und dass mir keiner der Inder in die Nähe des Hauses kommt!«

Dany nickte und eilte davon. Julie schob Sarina, Inika und Karini ins Haus. Dort ließ sie die Frauen in den Salon und versuchte zunächst einmal, Helena zu beruhigen. Das Baby wimmerte auf ihrem Arm, während Henry immer wieder nervös zur Hintertür lief. Er schien zu befürchten, dass ihnen doch jemand gefolgt war.

»Wir bleiben jetzt hier.« Julie wandte sich an ihre indische Arbeiterin. »Mach dir keine Sorgen, wir werden nicht erlauben, dass so etwas auf dem Boden unserer Plantage geschieht.« Aber wirklich beruhigen konnte Julie sie nicht.

Bei Einbruch der Dunkelheit kamen endlich, nach einigen unruhigen Stunden des Wartens, Jean und Martin von den Feldern. Verwundert blickten die beiden auf die kleine Versammlung im Salon. Schon hörte man laute Rufe hinter dem Plantagenhaus. Inika und Sarina klammerten sich angstvoll aneinander.

Bevor Julie Jean eine Erklärung für das Geschehen liefern konnte, wandte dieser sich sichtlich verwundert in Richtung der hinteren Veranda, um zu sehen, was dort vor sich ging. Martin war schneller als er und ihm ein paar Schritte voraus.

»Jean, warte! Es ist kompliziert. Diese Inder... da gibt es eine Sitte ... sie wollen, dass Sarina mit dem Leichnam ihres Mannes verbrannt wird.«

»Sie wollen *was?*« Jean drehte sich ruckartig um. Auch er schien fassungslos.

»Wir müssen das verhindern! Und auch Inika ist in Gefahr, sollte Baramadir ...«

Martin tauchte wieder auf.

»Onkel Jean, du solltest mal kommen … hinterm Haus …«

Julie sah Martins angstvollen Blick, allein die Tatsache, dass er ihn Onkel nannte, sprach Bände.

Jean murmelte einen leisen Fluch, bevor er Martin folgte. Julie war hin- und hergerissen. Schließlich bedeutete sie den Frauen im Salon, dort zu warten und ging zu Jean und Martin auf die hintere Veranda. Auf dem Platz davor standen zahlreiche indische Männer und Frauen mit Fackeln.

»Was ist hier los?« Jean stieg vor bis zur Balustrade der Veranda.

Ein Mann trat vor. »Masra, wir wollen die Frau und ihre Tochter. Es ist Zeit für sie, sie müssen ihren Männern folgen. Jetzt ist die Tochter wieder da, jetzt können wir beginnen.«

Jean unterbrach ihn. »Ich werde nicht erlauben, dass ihr eure barbarischen Sitten hier auslebt! Geht zurück in eure Hütten.«

»Masra, Ihr habt nicht das Recht dazu …«

Die Menge rückte näher an die Veranda heran. Julie trat einen ängstlichen Schritt zurück. Ein solches Aufbegehren hatte es auf der Plantage, seit sie und Jean sie übernommen hatten, noch nie gegeben, weder bei den Schwarzen noch bei den Indern.

Jeans Stimme durchschnitt laut das Gezeter der Inder. »Ich sagte: Geht zurück in eure Hütten! Die Frau wird nicht …«

»Wenn die Frau nicht rauskommt, werden wir sie holen!« Der Mann machte, gefolgt von weiteren Männern, ein paar Schritte auf das Haus zu.

Plötzlich fiel ein Schuss. Julie zuckte zusammen. Auch alle anderen schienen vor Schreck zu erstarren.

»Ihr werdet gar nichts! Habt ihr nicht gehört, was der Masra gesagt hat?«

Es war Martin, der von der rechten Seite der Veranda mit der Flinte auf den Rädelsführer zielte.

Die indischen Arbeiter zogen sich nicht zurück, sondern schwenkten wütend ihre Fackeln.

Aufgeschreckt vom Schuss eilten aus dem Dorf nun die schwarzen Aufseher herbei und brachten sich gleich zwischen den Indern und ihrem Masra in Position. Julie sah Jean die Erleichterung an. Die Inder zogen sich murrend zurück.

»Dany, Galib, sorgt dafür, dass die Leute das Dorf heute Nacht nicht mehr verlassen. Joshua und David sollen mit Wache halten«, wies Jean seine Männer an. »Jeder, der versucht … ihr habt alle eure Waffen dabei.« Jean war nun sichtlich wütend. »In die Stadt zurückschicken sollte ich dieses Volk, am besten zurück zu Renzler. Die machen nichts als Ärger. Julie, Martin – kommt mit ins Haus.«

Im Salon stellte Jean sich ans Fenster und Kiri reichte ihm ein großes Glas Dram. Er leerte es in einem Zug, wischte sich mit dem Hemdsärmel über den Mund und starrte einen Moment hinaus, bevor er sich umdrehte. Julie empfand großes Mitleid mit ihm, er wirkte zutiefst erschöpft, und das Geschehene hatte ihn sichtlich erschüttert. Ihr selbst ging es ähnlich, die Situation war äußerst angespannt gewesen und hatte sie alle viel Kraft gekostet. Die Gefahr war zwar für den Moment vorüber, aber Julie zweifelte nicht daran, dass dies noch nicht das Ende der Geschichte war.

Jean ließ sich in einen Sessel fallen. »Was machen wir jetzt? Sarina und Inika können unmöglich ins Dorf zurück. Womöglich … lynchen die anderen sie dann.« Er schüttelte entsetzt den Kopf.

Inika begann zu weinen, und Julie nahm sie schützend und tröstend in den Arm.

»Wir dürfen auf keinen Fall zulassen, dass sie ihr Vorhaben in die Tat umsetzen. Vielleicht … vielleicht können wir Sarina und Inika erst einmal zu Erika in die Stadt schicken? Da wären sie zumindest in Sicherheit.«

Jean seufzte. »Das wird wohl das Beste sein. Ich will wieder Ruhe haben unter den Arbeitern, und wenn ... ich will es nicht erzwingen müssen, Julie, das weißt du.« Und mit dem Finger auf Martin zeigend fügte er hinzu: »Das gilt auch für dich. Du hast vorhin geschossen. Darüber reden wir noch, mein Junge!«

*Weet wat je zegt, maar zegt
niet alles wat je weet*

*Wisse, was du sagst, aber sage
nicht alles, was du weißt*

*Vereinigtes Königreich der Niederlande,
Surinam 1878–1879
Amsterdam, Plantage Rozenburg, Paramaribo*

Kapitel 1

Amsterdam, den 15. Oktober 1878

Liebe Juliette,

vielen Dank für Deine Zeilen. Ich beglückwünsche Dich zur Geburt Deiner Tochter und verstehe, dass Dir eine Reise nach Europa nicht möglich ist.

Da es bezüglich des Erbes allerdings einige Dinge zu besprechen gibt, habe ich beschlossen, die Gelegenheit zu nutzen und selbst einmal die Kolonie zu bereisen. Ich werde in der letzten Woche des Februars in Surinam eintreffen.

Ich freue mich auf ein Wiedersehen.

Es grüßt Dich
Dein Cousin Wim

Wim wartete einen Moment, bis die Tinte auf dem Papier getrocknet war, dann faltete er den Brief sorgsam zusammen und steckte ihn in einen Umschlag. In zwei Tagen würde ein Schiff auslaufen und den Brief mit in die Kolonie nehmen. In ungefähr fünf Wochen dann, so Gott wollte, würde Juliette die Nachricht erhalten, und nur wenige Wochen später würde er selbst ein Schiff besteigen.

Ihm war etwas mulmig zumute. Er hatte diese Reise recht kurzentschlossen gebucht, nachdem er die Fahrpläne der Schiffe studiert hatte – eigentlich, um zu erfahren, wann er den Antwortbrief aufgeben konnte. Aber an der Hafenmeisterei hatte ihn dann die Sehnsucht gepackt, einfach an Bord eines dieser Schiffe zu gehen und davonzufahren. Das Gefühl war so stark gewesen, dass er einen Moment nach Atem hatte ringen müssen.

Der Tod seines Vaters hatte alles verändert. Nicht, dass er über dessen Ableben sonderlich bestürzt war, in den letzten zehn Jahren hatte er sich mit seinem Vater mehr gestritten als harmonische Momente erlebt. Dabei ging es meist um Wims berufliche Zukunft. Sein Vater sah in ihm den künftigen Leiter des Handelskontors, Wims größter Wunsch aber war es schon immer gewesen, als Korrespondent zu arbeiten. Was er letztendlich hin und wieder auch tat, er schrieb gelegentlich für ein Amsterdamer Handelsblatt – aber nur, weil sein Vater es ihm gestattete. Wim liebte diese Tätigkeit und hatte die Hoffnung nie aufgegeben, sich, was seine berufliche Laufbahn anging, gegen den Willen seines Vaters auflehnen zu können und irgendwann hauptberuflich als Korrespondent tätig zu sein. Aber als letzten Hieb gegen seinen Sohn hatte Wilhelm Vandenberg ihm schließlich die Geschäfte des Kontors übertragen, obwohl ihm immer bewusst gewesen war, dass Wim nicht in seine Fußstapfen treten wollte. Jeder andere hätte sich vermutlich glücklich geschätzt, dieses gut laufende Handelsgeschäft übernehmen zu dürfen, für Wim aber war es eine Bürde, an der er schwer trug. Sein Vater hatte gewusst, dass Wim sich trotz allem beugen würde, zumal nicht nur er finanziell von dem Kontor abhängig war, sondern auch der Rest der Familie: seine Mutter Margret und seine beiden älteren Schwestern samt deren Männer und Kinder. Wilhelm hatte es verstanden, seine Familie von sich abhängig zu halten. Sein Tod, der plötzlich, aber bei seinem Lebenswandel nicht gänzlich unerwartet gekommen war, hatte die Familie erschüttert. Nicht aus Kummer, sondern einzig aus Sorge um das Geld. Wer sollte von jetzt an das Familienvermögen verwalten und mehren? Für diese Aufgabe kam einzig Wim infrage. Die Männer seiner Schwestern waren blassgesichtige große Jungen und beide nicht im Handel tätig. Wim erinnerte sich noch gut daran, dass beide damals mit

Freude den Bund der Ehe mit seinen Schwestern eingegangen waren, aber nur, weil Wilhelm ihnen eine finanziell gesicherte Zukunft versprochen hatte. Keiner von ihnen war dem Charme der jeweiligen Frauen erlegen. Ohne diesen kleinen Anstoß hätte sein Vater seine wenig liebreizenden Töchter wohl kaum verheiraten können. Martha war das perfekte Pendant zu Wims Mutter: klein, hager, mit stoisch hochmütigem Gesicht und herrischem Wesen. Dorothea hingegen war sehr füllig, melancholisch und zerfloss die meiste Zeit in Depressionen.

Wim seufzte und strich mit der Hand über das dunkle Holz des Schreibtisches. Ein altes, seltenes Holz, das irgendwann einmal als stolzer Baum gefällt worden war, um dann hier in diesem dunklen Büro im Amsterdamer Kontor des Wilhelm Vandenberg zu enden. Wie so vieles, was Wilhelm Vandenberg einfach nach seinem Gutdünken gefällt und eingefordert hatte. Auch Wim hatte zur Genüge erfahren müssen, dass sein Vater nur eine Meinung kannte, und das war seine eigene.

Bei allen Handlungen seines Vaters steckte stets ein Plan dahinter. Wim hätte ahnen müssen, dass sein Vater ihm das Verfassen der Artikel nicht ohne Hintergedanken gestattete, war aber dennoch überrascht gewesen, als Wilhelm schließlich seine Verbindungen spielen ließ.

Der Verleger, Karel van Honthorst, war eine angesehene Persönlichkeit der Amsterdamer Gesellschaft – und er hatte eine Tochter, Gesine. Bevor Wim sich versah, hatte sein Vater hinterrücks die Fäden gesponnen und in Wims Namen bei van Honthorst um Gesines Hand angehalten. Wim kochte noch heute vor Wut, wenn er daran dachte. Er hatte sich fürchterlich mit seinem Vater gestritten, aber der war auf Wims Widerstand vorbereitet: Wollte Wim seine Arbeit als Korrespondent behalten und auch den Verleger nicht vor den Kopf stoßen, was zur Folge gehabt hätte, dass Wim in den Niederlanden im journalistischen Bereich nie wieder eine anständige Anstellung bekommen hätte, musste er die Pläne seines Vaters wohl oder übel erfüllen und Gesine heiraten. Für Wilhelm ging es allein um die damit etablierte Beziehung zwischen dem Handelskontor Vandenberg und dem Verlagshaus van Honthorst.

Dass Wilhelm Vandenberg damit weitaus mehr zerbrochen hatte als Wims augenscheinliche Aufmüpfigkeit, das wusste niemand außer Wim. Die Heirat mit Gesine war für ihn gleichbedeutend mit einem schier unermesslichen Verlust, musste er doch in diesem Moment den Menschen zurücklassen, der ihm in seinem Leben wichtiger gewesen war als alles andere: Hendrik. Wim kannte Hendrik schon aus Studienzeiten, und es war durchaus mehr als Freundschaft gewesen, was die beiden verbunden hatte. Wim hatte der Sinn nie recht nach jungen Damen gestanden, was ihm selbst lange Zeit Sorge und Unbill bereitet hatte. Erst als Hendrik ihn mitnahm in die *Gesellschaft*, die sich nachts traf, wo man debattierte, diskutierte, aber auch Beziehungen der ungewöhnlichen Art pflegte, wurde ihm klar, dass er sich wegen seiner Neigung nicht länger Sorgen machen musste. Trotzdem war es ein Geheimnis, das er wahren musste; nicht auszudenken, wenn sein Vater davon erfahren hätte.

Wim war sich allerdings bis zuletzt nie ganz sicher gewesen, ob dieser nicht doch etwas geahnt hatte. Wilhelm Vandenberg hatte seinen Sohn mit siebzehn Jahren in ein Freudenhaus geschleppt, um ihn in den Umgang mit Frauen einzuführen. Das war nicht unüblich, allerdings hatte Wim sich sehr geniert. Nicht vor den Damen, sondern weil sein Vater dort ganz offensichtlich Stammgast war. Madame Isabella … die Frau hatte Wim zwar mit viel Feingefühl eingewiesen, die Freude an Frauen wollte sich bei Wim trotzdem nie einstellen.

Jetzt schmunzelte er bei dem Gedanken an diese Nacht. Eigentlich sollte er seinem Vater und vor allem Madame Isabella dankbar sein, seine ehelichen Pflichten gegenüber Gesine hätten sonst wohl in einer Katastrophe geendet.

Hendrik war Wim über die Jahre stets ein guter Freund gewesen und letztendlich auch sein Liebhaber geworden. Seines Vaters Weisung zur Heirat mit Gesine hatte diese wertvolle Beziehung zerbrechen lassen. Wim hatte darüber viele Wochen hitzig mit Hendrik gestritten. Hendrik hatte nicht verstanden, warum Wim sich seinem Vater nicht widersetzte.

»Ich werde alles, aber auch wirklich alles verlieren«, hatte Wim um Verständnis gebeten.

»Du bist ein Angsthase!«, hatte Hendrik ihm ins Gesicht geschmettert. »Du wirst nie aus dem Schatten deines Vaters heraustreten können.«

Wim ahnte, dass er recht hatte, und war innerlich fast daran zugrunde gegangen. Dieser elende Zwiespalt! Aber er wusste, dass seine Liebe zu Hendrik nie mehr als eine heimliche Passion sein würde.

Und wohin hatte ihn das geführt? Jetzt saß er hier im ehemaligen Büro seines Vaters und hatte nicht einmal das Erbe des Kontors ablehnen können. Er hatte es nicht übers Herz gebracht, seine Schwestern und seine Mutter einer finanziell ungesicherten Zukunft auszuliefern, auch wenn er ihnen gegenüber wenig Liebe empfand. Wim ging gänzlich ohne Enthusiasmus an diese Arbeit, aber er musste – ob er wollte, stand gar nicht zur Debatte. Ihm war klar, dass er in eine Sackgasse geraten war, an deren Ende eine hohe Mauer seinen weiteren Lebensweg versperrte. Seine journalistische Tätigkeit war von seinem Schwiegervater abhängig, er hatte eine junge hübsche Frau an seiner Seite, die aber im Grunde für alle nur Mittel zum Zweck gewesen war und die er auch nicht liebte, geschweige denn begehrte, und deren schwieriger Charakter sich erst nach der Hochzeit offenbart hatte. Und, was am schlimmsten wog, er hatte seinen Liebsten verloren.

Wim stützte den Kopf in seine Hände und fuhr sich dann durch das blonde Haar. Was hatte er nur getan? Er eignete sich weder zum Handelsmann noch zum Ehemann. Sein Vater hatte seinen Plan an ihm verwirklicht, und Wim hatte nicht den Mut gehabt, ihn zu durchkreuzen und eigene Wege zu gehen. Am Ende hatte Hendrik recht behalten: Er war ein Angsthase.

Am Hafen hatte ihn dann die Sehnsucht fortzulaufen einfach überwältigt. Und so hatte er sich nicht nur nach der Möglichkeit, einen Brief nach Surinam zu schicken, erkundigt, sondern wie in Trance gleich auch auf einem weiteren Schiff eine Passage für sich selbst gebucht. Er musste fort von hier, musste sich über einige Dinge klar werden, und vielleicht würde er auf dieser Reise auch zu sich selbst finden. Das konnte er nicht hier in der bedrängenden Enge Amsterdams, wo ihn zudem jeder kannte. Jetzt musste er nur noch seiner Frau Gesine seine Pläne darlegen.

»Du willst *wohin?* Aber nein, das geht doch nicht ... was ist denn mit mir?« Gesine hob anschuldigend die Arme, verdrehte die Augen und sackte in ihrem Stuhl zusammen.

Wim hatte es geahnt. Er warf seine Serviette wütend auf den Teller, während das Hausmädchen Gesine bereits zu Hilfe eilte. Als hätte er nicht schon genug Probleme mit dieser Ehe, trieb Gesines Hang zu Ohnmachtsanfällen Wim fast in den Wahnsinn. Kaum kam ihr etwas ungelegen oder gefiel ihr nicht, kaum erregte etwas ihren Ärger oder ihre Wut, entschwand ihr Bewusstsein.

Leider zeigte sich diese Neigung insbesondere bei gesellschaftlichen Anlässen, wodurch sie jedes Mal sofort in den Mittelpunkt des Geschehens rückte. Denn sobald sie die Augen wieder aufschlug, schaute sie mit einem engelsgleichen Unschuldsblick in die Runde, woraufhin sich von diesem Zeitpunkt an alle um sie bemühten. Besorgte junge Männer eilten herbei, reichten ihr ein Glas Wasser und boten ihre weißen Taschentücher dar, damit sie sich die Stirn tupfen konnte, die Frauen umringten sie und gaben Ratschläge, wie mit solchen Unpässlichkeiten umzugehen sei, und auch Wim wurde jedes Mal umfangreich bemitleidet, weil seine Frau von so zarter Konstitution war. Dabei war Wim sich insgeheim sicher, dass Gesine keineswegs so zart besaitet war, wie sie zur Schau stellte. Zu Hause war sie eine kratzbürstige Katze, zumindest kam ihm dieses Bild recht häufig in den Sinn. Alles und jeder im Haus musste sich ihrem Willen beugen, und auch Wim bot ihr nur selten die Stirn. Gesine war von Haus aus verwöhnt, verhätschelt, und wenn sie ihren Willen nicht bekam ...

Darum machte Wim sich in diesem Moment auch keine Sorgen um Gesine. Das Hausmädchen fächerte ihr Luft zu, und in wenigen Sekunden würde sie die Augen aufschlagen, in der Hoffnung, Wim würde seine Ankündigung zurücknehmen. Das aber hatte er keinesfalls vor. Diesmal würde er an seinem Plan festhalten.

»Aber Wim, das ist eine hervorragende Idee. Gesine hat mir eben berichtet, dass ihr eine umfangreiche Reise in die Kolonien plant. Man sollte sich als Handelsführender wirklich selbst ansehen, woher die Güter kommen. Es wird dem Kontor sehr zuträglich sein, dass du dich selbst um diese Belange kümmerst.«

Wim war überrascht, am Abend im Salon auf seinen Schwiegervater zu treffen.

»Und du kannst nebenbei auch etwas für mich tun: Ich erwarte von dir eine umfangreiche Berichterstattung aus der Kolonie, wir können darüber zum Beispiel eine mehrteilige Serie machen. Man kümmert sich in den letzten Jahren doch eher wenig um die Länder, aus denen die meisten Waren kommen, und es ist an der Zeit, das Thema wieder etwas aufzufrischen.«

Karel van Honthorst prostete Wim zu und wandte sich dann wieder an seine Tochter. »Mein Kind, hast du dir das auch gut überlegt? Dieses Land ist weit weg und ... ich weiß ehrlich gesagt nicht, wie es dort um die Lebensumstände bestellt ist. Ich hoffe, mein Kind«, er tätschelte Gesine zärtlich den Oberarm, »dass du dort auch den angemessenen Komfort findest.« Und mit einem bestimmenden Blick zu Wim fügte er hinzu: »Du wirst dafür

Sorge tragen, dass meine Tochter einen angenehmen Aufenthalt hat.«

Wim traute seinen Ohren nicht. Doch bevor er etwas entgegnen konnte, kam ihm Gesine zuvor.

»Ach Vater, mach dir keine Sorgen, Wims Cousine erwartet uns dort. Sie hat eine große Plantage und wird sich sicher um uns kümmern. Ach, ich freue mich so! Exotische Bälle, ein Treffen mit dem Gouverneur ... das alles wird sehr aufregend.«

Wim starrte seine Frau an. Diese erwiderte seinen Blick mit einem triumphierenden Gesichtsausdruck. Und ihr Blick gab ihr recht: Hier, in Gegenwart ihres Vaters, konnte Wim nicht sagen, dass er eigentlich geplant hatte, ohne Gesine zu reisen. Wütend ballte er die Fäuste, zwang sich aber zu einem Lächeln. »Ja, es wird eine schöne Reise werden.«

Kapitel 2

»Ich weiß nicht, Jean ... ich weiß nicht.«
Julie starrte gedankenverloren auf Helena, die zu ihren Füßen in einem weißen Flechtkörbchen lag und mit ihren kleinen Armen wedelte. Jean saß vornübergebeugt neben Julie, stützte die Ellenbogen auf den Knien ab und spielte über seiner Tochter mit der einen Hand in der Luft, mit der anderen hielt er immer noch den Brief, den er eben von Julie zum Lesen bekommen hatte.

»Ich denke, wir sollten erst einmal abwarten. Wenn dein Cousin diese Reise wirklich antreten möchte, dann ist es jetzt zu spät, ihn schriftlich davon abzubringen. Und wenn er wirklich hier ankommt, werden wir schon sehen, was für ein Mensch er ist. Vielleicht schlägt er ja gar nicht nach deinem Onkel.«

»Ach, Jean, wie sagt man doch so schön: Der Apfel fällt nicht weit vom Stamm. Mein Onkel wird es geschafft haben, Wim nach seinem Gutdünken zu manipulieren, genau wie er es schon immer mit allen und mit jedem gemacht hat. Dass Wim jetzt die Mühe auf sich nimmt, nach Surinam zu reisen, verheißt doch nichts Gutes. Wahrscheinlich ... Karl hat damals durch seine Investitionen mit meinem Erbanteil irgendwelche Bande mit dem Kontor meines Onkels geknüpft, und Wim wird jetzt Forderungen stellen.« Natürlich wollte Julie gerne glauben, dass Wim immer noch der nette und ehrliche Junge von damals war, aber sie wusste nur zu gut, wie sehr sich Menschen im Laufe der Zeit verändern konnten.

Jean schüttelte den Kopf. »Nein, das wüsste ich, ich kenne die Bücher der Plantage seit Langem und in den letzten Jahren ...

ich hätte bemerkt, wenn etwas nicht in Ordnung gewesen wäre. Da brauchst du keine Angst zu haben.« Jean lehnte sich wieder in seinem Stuhl zurück. »Natürlich werden auch Chargen von unserer Plantage an das Handelshaus Vandenberg geliefert, aber das geht alles mit rechten Dingen zu.«

Julie schnaubte. »Wer weiß, was sie damals ausgehandelt haben, vielleicht liegen in den Niederlanden noch irgendwelche Schriftstücke, die Karl unterzeichnet hat, von denen wir gar nichts wissen. Er war doch nur auf das Geld aus! Damals stand es nicht gut um die Plantage, hätte Karl mich nicht geheiratet und mein Erbteil bekommen, er hätte doch aufgeben müssen!«

»Ja, du hast recht, die Bücher sprachen damals eine deutliche Sprache.« Julie sah, dass sich ein Lächeln auf seinem Gesicht ausbreitete. »Und schau, so hatte es doch etwas Gutes! Ich meine, jetzt sitzen wir hier. Zusammen.« Er machte eine ausschweifende Handbewegung mit dem Arm, was seine Tochter im Körbchen zum Glucksen brachte.

Julie betrachtete ihn zärtlich. Natürlich hatte er recht, aber ihr Glück hier auf Rozenburg war zerbrechlich, es stand und fiel mit der Plantage. Sie seufzte. »Ja, noch. Du weißt besser als ich, wie schwer es in den letzten Jahren war, die Plantage zu erhalten. Schau dich doch mal um, überall werden Pflanzungen aufgegeben oder zu großen Betrieben zusammengelegt, von Geldgebern aus Europa, deren Verwalter sich dann hier darum kümmern und die nur darauf warten, dass nicht nur der Zucker in Säcken den Atlantik überquert, sondern auch das Geld. Rozenburg ist doch ein kleiner Garten gegenüber diesen großen Pflanzungen.«

Jean schwieg. Julie wusste, dass sie einen wunden Punkt getroffen hatte. Jean lebte in der stillen Hoffnung, dass es immer so weitergehen würde. Aber sein besorgtes Gesicht, wenn er aus dem Büro kam, sprach Bände. Die Plantage Rozenburg musste bald einen Weg finden, sich gegen die großen Plantagen zu profilieren, sonst bestand die Gefahr, dass sie spätestens in ein paar Jahren ebenso vom Regenwald zurückerobert werden würde wie so viele der anderen kleineren Pflanzungen.

Julie schauderte. Sosehr sie sich auch mühte, den Gedanken zu verdrängen, es gelang ihr nicht. Was würden sie dann tun? Sie hatten nicht, wie so viele andere Kolonisten, die Möglichkeit, in den sicheren Schoß des europäischen Kontinents zurückzukehren und dort von einem anderen Familienzweig, der vom ehemaligen Reichtum der Plantage in Übersee noch wohlhabend dastand, aufgenommen zu werden.

Nicht umsonst hatten in den letzten dreißig Jahren die Kolonisten ihre Sprösslinge überwiegend in die Niederlande oder nach England geschickt und hatten sich schließlich auch dort aufs Altenteil zurückgezogen. Die Kolonie starb aus, oder besser gesagt die weißen Kolonisten. Junge Leute, wie Julie und Jean, die noch am Anfang ihrer Existenz standen, gab es kaum, und wenn, dann wurden sie als gutgläubige Enthusiasten belächelt.

Der überwiegende Teil der Kolonie war inzwischen fest in der Hand der ehemaligen Sklaven, Chinesen und unzähligen Mulatten. Selbst die jüdischen Händler wurden nach und nach verdrängt. Sie hatten einen eigenständigen Kreis aufgebaut, der allerdings nicht auf den Export von Gütern ausgelegt war, sondern den inneren Handel der Kolonie bediente. Dadurch hatten sich auch die Niederlande als Handelspartner immer mehr zurückgezogen. Handelswaren wie Kaffee und Kakao gab es auch in profitableren Kolonien. Die Zuckerexporte waren durch die Zuckerrübenindustrie in Europa fast zum Erliegen gekommen, und selbst der Versuch mit den indischen Kontraktarbeitern war eine halbherzige Aktion gewesen, das Stück Land am anderen Ende der Welt weiterhin zu bewirtschaften. Ohne Kolonisten aber war dies fast unmöglich.

Julie konnte sich nicht dran erinnern, wann die letzten Neusiedler angekommen waren. Seit ihrer eigenen Ankunft in Surinam hatte es eigentlich keine nennenswerten Übersiedlungen gegeben. Karl hatte ihr noch vorgeschwärmt, dass neue Landstriche urbar gemacht würden, um die Plantagenwirtschaft zu erweitern. Die wenigen Ankömmlinge indes waren zumeist schnell wieder in die Stadt oder gar nach Europa zurückgekehrt oder einer der tückischen Tropenkrankheiten erlegen. Wenigen Deutschen war es gelungen, sich mithilfe der Holzwirtschaft im Hinterland zu etablieren, der Handel jedoch fand überwiegend mit der benachbarten französischen Kolonie Guyana oder mit Nordamerika statt. Die meisten Menschen, die von den Schiffen aus einen Fuß auf surinamischen Boden setzten, zog es inzwischen gleich tief in den Regenwald zu den Goldvorkommen. Wo es aber mehr Opfer als große Goldfunde zu verzeichnen gab.

Jean nahm Julies Hand. Beide schwiegen nachdenklich. Julie ahnte, dass Jean keine Ruhe geben würde, bis er nicht wusste, was Wim wollte. Julie hingegen dachte an die alten Zeiten in den Niederlanden. Wim war damals ein Freund für sie gewesen. Und in diesem Moment bedauerte sie, dass sie sich nie bei ihm gemeldet hatte. Vielleicht … vielleicht war es wirklich an der Zeit, ihn wiederzusehen.

Jean schien wieder einmal ihre Gedanken gelesen zu haben. »Lass uns erst einmal abwarten. Ich bin mir ziemlich sicher, dass dein Cousin keine bösen Hintergedanken hat. Wir werden ihn als Gast aufnehmen, wie es sich gehört, und dann herausfinden, was ihn hierhertreibt.«

»Eine andere Möglichkeit haben wir ja gar nicht.« Julie zuckte mit den Achseln, beugte sich vor und hob ihre Tochter aus dem Körbchen.

Kapitel 3

»Gesine, ich glaube nicht, dass wir das alles mitnehmen können.«

Wim stand vor einem großen Stapel Handkoffer, die flankiert waren von vier weiteren mannshohen Schrankkoffern. Das Hausmädchen wuchtete zudem gerade einen weiteren Koffer die Treppe hinab.

»Aber, Wim, ich brauche das alles.« Gesine hatte sich mit einem vorwurfsvollen Gesichtsausdruck neben dem Stapel aufgebaut und verschränkte trotzig die Arme vor der Brust. Ihre braunen Löckchen umspielten ihr Gesicht wie kleine Medusenarme, und ihre Augen wurden bereits wieder schmal.

Wim trat an einen der Schrankkoffer und schob ihn auf. Darin hingen mehrere Mäntel und sogar zwei Pelze. »Gesine«, er hob vorwurfsvoll die Arme, »wir fahren in ein Land, in dem es durchschnittlich fünfundzwanzig Grad warm ist. Glaubst du, da sind Pelze und Mäntel wirklich wichtig?«

»Ich brauche sie! Und am Abend wird es wohl auch dort kühler sein«, konterte sie.

Wim schüttelte den Kopf. »Nein, das bleibt hier.«

Gesine verdrehte die Augen, und Wim spürte Wut in sich aufsteigen. Noch bevor Gesine anfing zu taumeln, herrschte Wim sie an: »Lass das, Gesine! Und gewöhn dir das gefälligst ab. Nicht, dass du in Surinam umfällst und irgendein wildes Tier dich frisst, bevor dir jemand zu Hilfe eilen kann. Du kannst zwei Mäntel in den anderen Koffer packen, das wird reichen.«

Mit diesen Worten drehte er sich um, ohne Gesine die Möglichkeit zu geben, etwas zu erwidern. Mit großen Schritten ging er in sein Zimmer. Alles, was er mitnahm, passte in einen Koffer. Gesines Maßlosigkeit war unerträglich. Was dachte sie eigentlich? Dass er eigens für sie ein Transportschiff gechartert hatte?

In seinem Zimmer angekommen, setzte er sich auf die Bettkante und stützte den Kopf in die Hände. Würde er in Surinam zu sich selbst finden können, jetzt, da Gesine ihn begleitete? Schließlich, und das hatte er sich im Stillen eingestanden, war er auf der Flucht vor seinem Leben hier in Amsterdam. Und nun begleitete ihn ausgerechnet ein großer Teil dessen, vor dem er fortzulaufen versuchte! Wahrscheinlich war es ein Wink des Schicksals. Er seufzte.

Trotz Wims Versuch, Gesine davon abzuhalten, nicht den halben Hausstand oder zumindest ihre komplette Jahresgarderobe, die immerhin beachtlich war, einzupacken, waren am Tag der Abreise zwei Droschken vonnöten, um das Gepäck und sie selbst zum Hafen zu bringen.

Gesine hatte sich am Vorabend in einer tränenreichen Szene von ihrem Vater verabschiedet. Sie hatte seit ihrer Entscheidung, ihren Mann nach Surinam zu begleiten, vor ihren Freundinnen den Eindruck zu erwecken versucht, Wim nötige sie zu der Fahrt in diese unzivilisierte Kolonie, und so hatte Wim kurz die Hoffnung gehegt, ihr Vater würde sich ob der zahlreichen Tränen doch noch gegen diese Reise aussprechen. Aus Sicht seines Schwiegervaters gehörte eine Frau aber an die Seite ihres Mannes, und vielleicht hegte er auch die Hoffnung, dass diese Reise seine Tochter reifer und selbstständiger werden ließe. Wim bezweifelte, dass Gesine sich je ändern würde.

»Ob wir zum Kapitänsdinner geladen werden?« Gesine rutschte aufgeregt auf ihrem Sitz in der Droschke hin und her und plapperte unentwegt.

»Gesine, wir reisen mit einem Handelsschiff, ich denke nicht, dass es dort …« Wim sprach nicht weiter. Er hoffte, dass es am Hafen gleich nicht zu einem Eklat mit seiner Frau kommen würde. Sie reisten schließlich nicht mit einem der luxuriösen, modernen Dampfschiffe, sondern mit einem großen, aber recht einfach gehaltenen Handelssegler, der *Maria Dora*. Gesine war das anscheinend immer noch nicht bewusst, allen Erklärungsversuche zum Trotz.

Am Hafen war es laut und dreckig, und es herrschte ein reges Durcheinander. So wie jeden Tag eigentlich. Der Amsterdamer Hafen war einfach zu klein bemessen, und trotz mühevoller Erweiterungsversuche seitens der Stadt herrschte auf den Kais und den Pieren dichtes Gedränge. Die Schiffe lagen teils nebeneinander an den Anlegern, da sie hintereinander keinen Platz fanden. Kein Wunder, dachte Wim, dass Rotterdam Amsterdam inzwischen den Rang des Handelshafens abgelaufen hatte.

Als der Kutscher anhielt, umringten sofort einige junge Burschen den Wagen, um ihre Dienste als Gepäckträger feilzubieten. Wim war froh und heuerte gleich drei kräftige Knaben an. Auf keinen Fall gedachte er, Gesines Gepäck selbst auf das Schiff zu bringen.

»Die sollen vorsichtig sein mit den Koffern.« Gesine stand noch auf dem Trittbrett der Droschke und wedelte mit ihrem Taschentuch abwechselnd vor ihrer Nase oder an ihrem Kleid herum, als müsste sie dort Staub abschütteln. Staubig war es wahrlich nicht im Hafen, dafür war der Boden trotz der Pflasterung matschig und mit Unrat übersät, und ein salziger Fischgeruch drang sofort in ihre Nasen. Gesine zierte sich, einen Fuß in diesen Dreck zu setzen. Vermutlich würde sie den Kutscher noch belangen, sie bis auf das Schiff zu transportieren. Wim ärgerte sich schon wieder über sie. Er packte sie entschlossen an der Hand und zog sie von der Kutsche herunter.

»Komm jetzt, wir haben es eilig.« Ohne sich umzudrehen, machte er sich auf, einen Matrosen nach dem Weg zum Schiff zu fragen. Gesine würde ihm schon folgen, da konnte er sich sicher sein. Er musste fast lächeln, als ihm ein Matrose schließlich mitteilte, sie müssten zunächst ein anderes Schiff überqueren, um die *Maria Dora* besteigen zu können. Den Burschen, die das Gepäck trugen, schien dies nicht viel auszumachen, sie liefen mit den Koffern über die hölzernen Stiegen und Planken, die als provisorische Brücke dienten. Wim blickte sich kurz um und sah, dass Gesine ihm mit gerafften Röcken und bitterer Miene folgte. Nachdem sie das Deck des ersten Schiffes überquert hatten, zögerte Gesine. Sie blicke über die Reling, wo das schmutzig braune Wasser des Hafens zwischen den Schiffen nach oben schwappte.

»Oh nein, da gehe ich nicht rüber!«, hörte er ihre kreischende Stimme hinter sich.

Wim zuckte nur die Achseln und machte sich auf den Weg über die Planken. Gesine hatte schließlich keine Wahl – außer sie wollte in den Niederlanden bleiben. Und den Gefallen würde sie ihm nicht tun, da war er sich sicher. Und richtig: Den Rock gerafft und die Nase gen Himmel gereckt, um nicht in die schmutzigen Fluten unter sich blicken zu müssen, schwankte sie über die Planken hinüber auf das Schiff, das sie nach Surinam bringen sollte.

Die *Maria Dora* wirkte jetzt im Vergleich zu anderen Schiffen gar nicht mehr so groß und schien alles in allem etwas heruntergekommen. Wim vermutete, dass es sich um ein Frachtschiff handelte, das einst auf einer wichtigeren Route gefahren war. Nach Nordamerika oder in die östlichen Kolonien fuhren inzwischen schnelle Klipper und sogar schon Dampfboote. Surinam hingegen war nur ein kleiner, unwichtiger Fleck auf der Schifffahrtskarte. Wim hatte es nicht anders erwartet und mehr als einmal versucht, Gesine darauf vorzubereiten. Was ihm nicht gelungen war, wie ihr mürrisches Gesicht jetzt zeigte. Sie sagte nichts, aber ihre Gesichtsfarbe hatte sich zu einem mehligen Blass gewandelt, sei es aufgrund des Schwankens des Schiffes oder einer nahenden Ohnmacht. Wim wandte sich ab.

Ein Matrose führte sie zu den Kabinen. Dafür mussten sie zunächst durch die Messe, die gleich neben der halb offenen Kombüse lag und deren Holzbänke nicht gerade zu einem Kapitänsdinner einluden. Im Anschluss an den Speiseraum ging es in einen langen Gang, von dem links und rechts jeweils Türen zu den Kabinen führten.

Wim und Gesine bekamen die dritte Kabine auf der linken Seite zugeteilt. Wim öffnete die Tür und betrat den Raum. Die kleine Kammer war mit dunklem Holz verkleidet, sie wirkte düster und wenig einladend. Aus ebensolchem Holz waren die beiden Etagenbetten, der Tisch und die beiden Stühle. Die Einrichtung schien verschlissen, ob nun durch unzählige Tage starken Seegangs oder jahrelangen Gebrauchs durch Reisende vermochte Wim nicht zu sagen. Ihm war es im Grunde auch egal. An ihrem abschätzigen Blick sah er Gesine hingegen an, dass es ihr hier deutlich an Bequemlichkeit mangelte. Ihre schmalen Lippen fest aufeinandergepresst, blickte sie sich im Raum um. Wim wuchtete unterdessen bereits sein Handgepäck auf die obere der beiden Kojen, in der Annahme, dass Gesine nicht oben schlafen wollte. Dabei stieß er gegen den Tisch und bemerkte, dass dieser fest im Boden verankert war. Wegen des Seegangs? Ihm wurde mulmig, er ließ sich aber gegenüber Gesine nichts anmerken. Sie stand immer noch in der Tür.

»Das ist ja nicht größer als eine Abstellkammer!« Sie starrte ihn mit großen Augen an. »Wir können doch nicht wirklich hierbleiben! Wo ist das Bad?«

»Mevrouw ... den Gang hinunter«, antwortete eine Stimme hinter ihr. Ein junger hochgewachsener Mann öffnete gerade die Kabinentür auf der anderen Gangseite.

Gesine sah sich verschreckt um und eilte sich dann, die Tür zu schließen. Fassungslos stand sie im Raum, während, so vermutete

Wim, in ihr endlich die Erkenntnis reifte, dass dies keine behagliche Fahrt mit einem Touristenschiff werden würde.

Wim versuchte, sich ein Lächeln zu verkneifen, innerlich freute er sich aber sehr über Gesines Entsetzen. Seine Frau würde nun, ob sie wollte oder nicht, aus ihrem kleinen, glänzenden Traumpalast herauskommen müssen. Er wusste, dass es noch das eine oder andere Mal schwer werden würde mit ihr, aber das erste Mal, seit sie verheiratet waren, fühlte er sich ihr wirklich überlegen. *Er war jetzt am Zug*, nicht sie mit ihren Ohnmachtsanfällen oder gar ihr Vater mit seiner Bevormundung. Ab jetzt würde sie tun, was er sagte.

Das Schiff passierte den Noordhollands Kanaal im eisigen Wind des 12. Januar, um dann bei Den Helder in die Nordsee zu gelangen. Anschließend ging es in westliche Richtung auf England zu. Die Insel begrüßte sie mit den Kreidefelsen von Dover, und Heerscharen von Möwen begleiteten das Schiff. Ab dort wurde der Kanal breiter, und nur wenig später, bei günstigem Wind und mäßig ruhiger See, gelangten sie in den Atlantischen Ozean.

Wim stand an Deck, beschwingt von einem Gefühl von Freiheit. Ganz so, als hätte er die Last, die auf seiner Seele ruhte, an Land zurückgelassen. Seemeile um Seemeile wurde ihm leichter ums Herz. Der Wind, der salzige Geschmack auf den Lippen und das stetige Auf und Ab des Schiffes, das sie unermüdlich weiterbrachte, gaben ihm neuen Mut.

Gesine schmollte derweil in der kleinen Kabine. Sie hatte nichts übrig für die Schönheit des offenen Meeres. Sie hätte es genossen, jeden Tag ein anderes Kleid an Deck zur Schau tragen oder abends ihren Schmuck präsentieren zu können, geschmeichelt von den bewundernden Handküssen der männlichen Passagiere. Doch bis auf die ältere Frau eines jüdischen Händlers gab es keine Damen auf dem Schiff, die Gesine beim Flanieren hätte beeindrucken können, und auch die männlichen Passagiere waren nicht die Art von Männern, die sie mit Bewunderungen überhäuften.

Wim hatte sich die anderen Passagiere während der ersten Morgenmahlzeit, die aus einem undefinierbaren Brei bestand, angesehen. Bis auf zwei Männer in den Dreißigern bis Vierzigern waren überwiegend betagtere Mitreisende an Bord. Wim fragte sich, warum sie diese unbequeme und mühevolle Reise auf sich nahmen.

An Deck stand er meist für sich allein. Die älteren Passagiere schienen nicht sehr kontaktfreudig zu sein und zeigten bis auf einen kurzen Gruß selten eine Regung, wenn man ihnen begegnete. Auch bei den Mahlzeiten hatte Wim noch keine Kontakte knüpfen können. Er saß neben Gesine am Tisch, flankiert von dem älteren jüdischen Ehepaar und zwei Schiffsoffizieren. Zwar versuchte er, seine Mitreisenden mit höflicher Konversation zu einem Gespräch zu ermuntern, die Antworten fielen allerdings eher knapp und mürrisch aus. Die Frau des jüdischen Händlers hatte Gesine als Gesprächspartnerin auserkoren, weshalb Gesine bereits nach wenigen Tagen die Mahlzeiten lieber allein in der Kabine einnahm.

Wim ging, sooft es das Wetter erlaubte, an die frische Luft. An Deck musste er allerdings aufpassen, den Matrosen, die unentwegt in die Takelage stiegen, Segel rafften oder das Deck putzten, nicht im Weg zu stehen. Immer wieder zog es Wim hierher. Fast liebevoll strich er über das glatt geschliffene Holz der Reling. Wo dieses Schiff wohl schon überall gewesen war? Wie viele Stürme hatte es überstanden, welche Schicksale hatte es erlebt?

»Was für ein herrlicher Tag. Am Nachmittag passieren wir die Azoren.«

Wim schreckte auf, als er plötzlich eine Stimme neben sich hörte. Es war einer der jüngeren Männer, hochgewachsen, mit krausem dunkelblondem Haar, das jetzt unbändig im Wind um seinen Kopf zu tanzen schien. Seine grünen Augen, die eine gewisse Fröhlichkeit versprühten, waren an Wim vorbei in die Ferne gerichtet.

»Ja, einer der Matrosen sagt, wir haben Glück, hier kann das Wetter auch ganz anders sein«, antwortete Wim, der sich über das Gesprächsangebot freute. Er hatte durchaus die Hoffnung gehegt, bereits auf dem Schiff Kontakte zu knüpfen. Nicht zuletzt, weil er nicht wusste, ob Juliette ihn überhaupt aufnehmen würde. Von dieser Befürchtung wiederum wusste Gesine nichts. Wim hatte ihr nicht gesagt, dass die zeitliche Planung nicht erlaubt hatte, auf eine Antwort aus der Kolonie zu warten.

Der Mann stellte sich neben ihn, stützte die Arme auf die Reling und atmete ein paarmal tief ein und aus. Dann wandte er sich an Wim.

»Thijs Marwijk mein Name.« Er reichte Wim die Hand.

»Vandenberg, Wim Vandenberg, es freut mich.«

Thijs Marwijk nickte ihm freundlich zu.

»Und, was treibt Sie in die *grüne Hölle?*«, fragte er lachend.

»Ich ... wir, also ich und meine Frau, besuchen dort eine Verwandte.«

»Hm ... «

»Und Sie? Geschäftliches, nehme ich an?« Die akkurate, moderne Kleidung ließ Wim darauf schließen, dass Marwijk ein Handelsreisender war.

Sein Gesprächspartner schmunzelte. »Nicht nur, aber schon ein bisschen. Ich bin dort geboren.«

»In der Kolonie? Dann kennen Sie sich dort ja bereits aus.«

»Nun ja, ich bin mit zehn Jahren zu Verwandten in die Niederlande geschickt worden. Meine Eltern führten in Surinam eine Plantage, die sie aber vor vielen Jahren aufgegeben haben. Die Sklavenbefreiung ... Sie wissen schon.«

Nein, Wim wusste nicht. Aber er hörte Marwijk gespannt zu.

»Vor einem Jahr starb erst mein Vater, dann kurze Zeit später meine Mutter.« Marwijks Gesicht wurde von einem kurzen

Schatten überzogen. Dann leuchteten seine Augen wieder auf. »Mein Vater hatte es mir gar nicht erzählt, aber der Grund der Plantage Watervreede gehört uns immer noch, er hat es wohl nie übers Herz gebracht, das Land zu verkaufen. Ich fand die Unterlagen erst nach seinem Tod und nun will ich sehen, was aus der Plantage geworden ist. In den Niederlanden hielten das alle für einen verrückten Plan«, er lachte auf, fuhr dann aber mit einem nachdenklichen Ton fort, »aber seit ich auf dem Schiff bin ... ich glaube, es ist richtig, dass ich fahre.« Thijs Marwijk schien jetzt von einer gewissen Erleichterung beseelt.

»Dann wissen Sie also gar nicht, was Sie in Surinam erwartet?«, fragte Wim nach.

»Nein, ich hab keine Ahnung. Wenn ich Pech habe, ist es ein großes Stück Land mit unheimlich viel Urwald darauf.« Er lachte wieder auf.

»Dann sind Sie ja sozusagen auf Abenteuerreise«, bemerkte Wim.

»Ja, das kann man so sagen. Und Sie? Freuen Sie sich auf Ihre Verwandten? Waren Sie schon einmal in Surinam?«

»Ich habe meine Verwandten lange nicht gesehen ... und wir reisen auch zum ersten Mal in die Kolonie.«

»Na, dann sind Sie ja auch auf Abenteuer aus! Sagen Sie doch bitte Thijs zu mir.«

»Wim.« Er reichte Thijs nochmals die Hand. Dieser klopfte ihm schon fast freundschaftlich mit der anderen Hand auf die Schulter.

»Dann, Wim, hoffe ich mal, dass uns die Kolonie wohlgesonnen sein wird.«

Etwas abseits stand ein weiterer Reisender. Er hatte das Gespräch belauscht und war plötzlich hellhörig geworden. Er kannte den Namen Vandenberg nur allzu gut.

Kapitel 4

Zunächst war es ein auffrischender Wind gewesen, dann hatte er sich zu einem Sturm ausgewachsen. Der Wind schien von allen Seiten zu kommen. Zudem trieb er nasse, warme Böen vor sich her, nicht kalte Luft wie in Europa. Das Schiff kletterte über die Wellen, und alles an Bord musste diesem wilden Ritt standhalten.

Wim hatte in der Kabine vorsorglich das Gepäck, so gut es ging, gesichert, trotzdem polterten Schuhe, die beiden Stühle und einige Bücher über den Boden. Gesine lag in ihrer Koje und jammerte leise vor sich hin. Bisher hatte sie dem Seegang überraschend tapfer getrotzt, aber als das Schiff immer ungestümer vom Meer getragen wurde, die weiße Gischt mit wuchtigen Schlägen gegen das kleine Bullauge trommelte und der Horizont nicht mehr zu erkennen war, gab auch Gesine die Contenance auf. Erst wurde sie blass, dann musste sie würgen und letztendlich spucken. Zunächst war sie noch jedes Mal zum Abort zum Ende des Ganges gestürzt. Da dort aber einige andere Passagiere das gleiche Übel plagte, hatte Wim ihr die Waschschüssel gegeben und ihr befohlen, in der Koje zu bleiben.

»Gesine, zier dich nicht so. Bevor du im Gang stürzt oder gar noch Schlimmeres passiert, bleibst du besser hier, das ist am sichersten.«

Wim war auch nicht wohl, aber seine Übelkeit war nicht ganz so schlimm.

Der Sturm hielt an, Stunde um Stunde. In der Nacht war an Schlaf nicht zu denken. Gegen Mitternacht drang durch das Heulen des Windes das Geräusch von berstendem Holz. Wim erschrak und hangelte sich schwankend bis zur Tür, um auf dem Flur nach dem Rechten zu sehen. Dort standen schon einige Männer, die sich an den Wänden abstützten, beisammen. Nervöse Rufe mischten sich unter das Sturmgetöse. Gegenüber ging die Kabinentür auf, und Thijs' Kopf erschien in der Öffnung.

»Wim? Hast du das gehört? Was ist passiert?«

Wim stand breitbeinig und mit ausgestreckten Armen im Türrahmen, um Halt zu finden. »Ich weiß es nicht!«, brüllte er zurück.

»Sollen wir nachsehen?« Thijs deutete auf den Speiseraum und den daran anschließenden Aufgang. »Vielleicht braucht man an Deck Hilfe?«

Wim überlegte kurz und nickte dann.

»Wim, du bleibst hier«, hörte er hinter sich Gesine mit angsterfüllter Stimme aus ihrer Koje rufen.

»Ich bin gleich wieder da! Bleib in der Kabine.« Sonst schrie sie doch auch nicht nach ihm! Aber sie würde allein zurechtkommen müssen, das Wohl des Schiffes stand über dem von Gesine. Wenn es seiner Hilfe bedurfte, damit es diese sturmgepeitschte Nacht überstand, würde er sie anbieten.

Wim folgte Thijs den Gang entlang durch die Messe, wo allerhand Dinge herumlagen, die aus den Regalen des Kochbereichs gefallen waren. Keiner der anderen Passagiere machte Anstalten, ihnen zu folgen. Es war nicht einfach, die Stiege zu erklimmen, da das Schiff sich stetig hob und senkte. Immer wieder drohten ihre Füße von den Stufen zu rutschen. Eine gefühlte Ewigkeit später sah Wim Thijs mit der Tür zum Deck kämpfen. Thijs lehnte sich mit seinem ganzen Körpergewicht, so gut es eben ging, dagegen, doch der Sturm drückte von außen. Kaum war sie einen Spalt geöffnet, spritzte eiskaltes Wasser herein.

»Halt dich gut fest! Da draußen ist die Hölle los«, schrie Thijs, bevor er die Tür mit aller Macht aufdrückte.

Sofort schlug ihnen salziges Wasser ins Gesicht, der Wind pfiff heulend um ihre Ohren. Wim versuchte, dicht hinter Thijs zu bleiben. Sie hangelten sich um den Aufbau im vorderen Bereich des Decks herum, Regen und Gischt durchnässten sie binnen kürzester Zeit.

Wim erkannte zahlreiche Matrosen, die mit der Takelage des Fockmastes kämpften. Am vorderen Mast baumelten unzählige Taue herab, an deren Enden zerborstene Holzstücke hingen – Teile der Fockrahe, des Quergestänges, das eigentlich die dazugehörigen Segel hielt.

»Hier ... hier«, brüllte ihnen ein Matrose zu, der an einem der Taue hing und es kaum zu halten vermochte. Thijs und Wim eilten zu ihm, hängten sich ebenfalls an das Tau und hielten mit allen Kräften gegen den Sturm.

»Das Segel ... kappen ... dann loslassen!«, brüllte der Matrose.

Wim sah durch das aufgepeitschte Wasser, das über Deck getrieben wurde, nach oben. Es war dunkel, aber er konnte einige gespenstische Gestalten in der Höhe erkennen. Tatsächlich hangelten sich im Gestänge des Fockmastes einige Männer in Richtung des wild umhertanzenden Untersegels und hieben schließlich auf die Taue ein. Plötzlich durchschnitt ein zischender Laut das Getöse, es regnete Takelage und der Matrose brüllte: »Jetzt!«

Sie ließen sofort los und Wim sah, wie das gerissene Segel von dem Sturm von Bord gewebt wurde. Der Matrose klammerte sich erschöpft an die Reling.

»Sie ... wieder unter Deck ... zu gefährlich ... !« Er zeigte abwechselnd auf Wim, Thijs und den Fockmast. Wim spürte, dass seine Kräfte schwanden. Thijs schien es ähnlich zu gehen, er war blass und seine Gesichtszüge wirkten angespannt. Wim nickte ihm auffordernd zu und sie zogen sich an den Aufbauten entlang zur Einstiegsluke. Sie fielen die Stiege mehr hinunter, als dass sie gingen, und blieben im Gang zu den Kabinen erschöpft gegen die Wand gelehnt stehen.

»Ob das Schiff einen schweren Schaden hat?« Wim war völlig außer Atem.

»Ich denke nicht«, keuchte Thijs, »die anderen Segel schienen noch funktionstüchtig.« Dann lachte er plötzlich laut auf und klopfte Wim anerkennend auf die Schulter, wobei er fast das Gleichgewicht verlor. »Abenteuer ... sag ich doch! Da hast du es, Wim ...«

Wim fühlte sich mit einem Mal stolz – ein Gefühl, das er lange nicht hatte erleben dürfen. Ja, dies war das erste richtige Abenteuer in seinem Leben. Und aller Gefahr und Erschöpfung zum Trotz fühlte er sich gut. Als er tropfnass durch seine Kabinentür wankte, stieß er fast mit einem Mann zusammen.

»Langsam, langsam.« Er fing Wim ab.

»Wer sind Sie? Was machen Sie in unserer Kabine?« Wim war völlig überrumpelt.

»Setzen Sie sich erst einmal. Sie sind ja vollkommen durchnässt. Waren Sie an Deck?« Der Mann stellte einen der Stühle auf und schob ihn Wim hin.

»Ein Segel ... man musste es ...«, stammelte Wim. Er war verwirrt, den fremden Mann in seiner Kabine zu wissen.

»Stehen die Masten noch?«, fragte der Mann. Die Sorge stand ihm im Gesicht geschrieben.

Wim nickte.

»Dann überstehen wir den Sturm, keine Sorge.« Der Mann wandte sich Gesine zu, während er sich erklärte. »Mijnheer, ich war so frei, Ihrer liebreizenden Gattin zu helfen, sie war auf dem Flur gestürzt.«

»Gesine, ich hatte doch gesagt, du sollst nicht ...« Wim war eher irritiert denn besorgt. Auf den ersten Blick sah sie recht munter aus, und jammern konnte sie auch bereits wieder.

»Ihr ist nichts passiert, sie hat nur eine kleine Beule am Kopf. Machen Sie sich keine Sorgen, ich bin Arzt.«

Wim unterdrückte mit Mühe eine spitze Bemerkung. Er stand

auf, zog sich sein nasses Hemd über den Kopf und wischte sich damit über das Gesicht. Seine Augen brannten vom Salzwasser und vom Wind.

Plötzlich spürte er eine Hand an seinem Arm. »Was haben Sie da? Zeigen Sie mal.«

Wim ließ seinen Blick den Arm hinunterwandern und erblickte erstaunt eine blutige Wunde an seinem Unterarm.

»Das ist nur eine Schramme, Sie sollten das aber mit klarem Wasser auswaschen.«

»Danke.« Wim spürte keinen Schmerz, war für den Hinweis jedoch dankbar. Er reichte dem Mann die Hand, der sie sofort ergriff.

»Ich glaube, wir hatten uns noch nicht vorgestellt. Mein Name ist Pieter Brick.«

»Wim Vandenberg ... meine Frau Gesine. Angenehm.« Mehr brachte Wim nicht hervor, er war bis ins Mark erschöpft.

Der Mann wandte sich zum Gehen. »Ziehen Sie die nasse Kleidung aus, damit Sie keine Lungenentzündung bekommen. Wir sehen uns ja noch ... sofern uns der Sturm nicht noch in die Tiefe reißt.«

Gesine gab ein klägliches Wimmern von sich.

»Mevrouw, machen Sie sich keine Sorgen.« Er tippte sich zum Gruß an die Stirn, während er sich mit der anderen Hand an der Wand abstützte, und verließ dann die Kabine.

Kapitel 5

Seit sie wieder in der Stadt war, hatte Karini Julius noch nicht wiedergesehen. Sooft sie konnte, war sie zum Markt gegangen und sogar eines Abends heimlich aus ihrer Hütte hinter dem Stadthaus geschlüpft, um zu einem *dansi* zu laufen, von denen sie so viele besucht hatten. Aber Julius war wie vom Erdboden verschluckt. Karini war enttäuscht und traurig und machte sich Vorwürfe. Er war bestimmt wütend auf sie, weil sie ohne ein Wort des Abschieds die Stadt verlassen hatte. Dabei hatte sie doch eigentlich keine Wahl gehabt.

Leider hatte Karini nicht viel Zeit, um nach ihm zu suchen. Kiri war ebenfalls mit in die Stadt zurückgekehrt, und damit verlor Karini die Freiheit, die sie in den Monaten genossen hatte, in denen Liv das Stadthaus gehütet hatte. Karini hatte eigentlich geplant, am heutigen Nachmittag noch einmal durch die Stadt zu laufen, aber …

»Wir müssen in den oberen Schlafräumen noch die Laken wechseln, bevor die Misi und der Masra nächste Woche kommen. Heute machen wir aber erst einmal die Zimmer der Jungen«, hatte ihre Mutter ihr soeben mitgeteilt.

»Ja, Mutter.« Karini wusste, dass Widerspruch zwecklos war.

Seit Misi Juliette ihre Tochter geboren hatte, war Kiri noch sorgfältiger als ohnehin schon, und es war ihr sichtlich schwergefallen, die Misi unter Livs Obhut auf der Plantage zurückzulassen.

»Kiri, wenn die Gäste kommen, soll im Stadthaus alles in bester Ordnung sein. Deshalb denke ich, dass es besser ist, wenn du mitfährst«, hatte Misi Juliette aber angeordnet, und so waren Karini und Kiri mit Henry und Martin im Dezember in die Stadt gereist. Die Jungen gingen wieder zur Schule, und Karini half ihrer Mutter im Haushalt.

Die Gäste. Karini hatte noch nicht recht herausgefunden, wer da nun aus Europa anreiste. Anscheinend irgendwelche Verwandten der Misi. Bisher hatte Karini nicht einmal gewusst, dass die Misi noch Kontakt nach Europa hatte. Masra Henry, den die Nachricht ebenso überrascht hatte, schien sich aber zu freuen.

»Stell dir das mal vor, das ist mein Großcousin. Er führt ein großes Handelshaus in Amsterdam.«

Masra Martin hingegen war in den vergangenen Wochen eher still gewesen. Wenn er sich überhaupt äußerte, dann in Form von Kritik an allem, was die Misi betraf. Karini ärgerte sich darüber, immerhin war die Misi wie eine Mutter für Masra Martin. Auch über den Besuch hatte er sich Masra Henry und Karini gegenüber negativ geäußert.

»Passt mal auf, jetzt tauchen da irgendwelche entfernten Verwandten auf und wollen auch noch Geld von der Plantage haben.«

Masra Henry hatte diese Aussage geärgert. »Das ist Unsinn! Die sind doch selber reich dort in den Niederlanden, was sollten sie schon von uns wollen?«

Masra Martin hatte nur mit den Schultern gezuckt. »Du wirst schon sehen«, hatte er mit grimmiger Miene hinzugefügt.

Er war nicht der Einzige, der Misstrauen hegte, auch Misi Juliette hatte Bedenken geäußert. Masra Jean hingegen schien sich keine Sorgen zu machen. Karini hatte gehört, dass der Masra und die Misi mehrmals darüber gestritten hatten. Karini war durchaus neugierig auf diesen Besuch, schließlich kamen nicht alle Tage Leute aus Europa in die Kolonie. Und wenn es um Europa ging, war Karini immer neugierig. Sie hatten in der Schule viel darüber geredet, insbesondere natürlich über die Niederlande. Dort gab es Schutzwälle gegen das Meer, es gab neben Regen noch Schnee, der, so hatte der Lehrer gesagt, aussah wie die Samen vom Seidenwollbaum und am Boden eine weiche Matte bildete, in der die Kinder gerne spielten, und außerdem gab es einen König und eine Königin. Für Karini hatte das schon immer wie ein geheimnisvolles Märchenland geklungen.

Bereits als Kind hatte sie der Misi gespannt zugehört, wenn diese den Jungen von den Niederlanden erzählte. Wenn sie dann aber ihrer Mutter davon berichtete, hatte diese sie eher getadelt: »Europa ist das Land der *blanken*. Du solltest dich mehr für die Heimat unserer Vorfahren interessieren.« Dabei kannte Karini die alten Geschichten aus dem Land der Schwarzen längst, die aber fand sie nicht besonders aufregend. Außer Stammeskriegen, Lehmhütten, großen Ziegenherden und sehr viel Wildnis hatte es dort ihrer Meinung nach nicht viel gegeben. Gerade die inzwischen greisen Salzwassersklaven, die letzten, die mit den Sklaventransporten vom Schwarzen Kontinent gekommen waren, berichteten wahrlich Grausiges aus diesem Land. Nein, da waren Karini die Geschichten aus den Niederlanden lieber. Zumal, und für die Bemerkung hatte Karini sich als kleines Mädchen von ihrer Mutter eine Ohrfeige eingefangen, Kiri ja nicht einmal selbst schwarz war. Ihre Hautfarbe war deutlich die einer Mulattin, ebenso wie die von Karinis Vater. Als Kind hatte Karini immer geglaubt, dass ihre Großmutter eine Frau aus dem Maroondorf gewesen sei. Gestorben sei sie früh, hatte man ihr erzählt. Aber dann war Karini stutzig geworden: Ihr Großvater war ein hochgewachsener, breitschultriger Schwarzer, und ihr Vater war ein Mulatte – im Maroondorf aber gab es ganz sicher keine weißen Frauen. Und irgendwie war das alles auch seltsam: Jeder war gerne mit ihrem Großvater zusammen, aber niemand redete über ihn. Immer, wenn das Gespräch auf ihn kam, wurde schnell das Thema gewechselt, kaum eine von Karinis Fragen war je beantwortet worden. Und schon gar keine zu ihrer Großmutter. Ihr Vater hatte sicherlich seine Gründe, warum er nie von seiner Mutter sprach. Aber nach der Ohrfeige hatte Karini auch nicht mehr gewagt, danach zu fragen.

Als sie nun die Laken in die obere Etage trug, blieb ihr Blick, wie so oft schon, an den Ölgemälden an der Wand hängen. Dort gab es Abbildungen von der niederländischen Landschaft: satte grüne Wiesen mit vielen Pferden, Bäume, die Früchte trugen, die sie nicht kannte, und große, runde Häuser mit seltsamen langen Brettern am Giebel.

»Windmühlen«, hatte Masra Henry ihr einmal vor Jahren erklärt.

Sie erinnerte sich gut an die Situation, sie war der festen Überzeugung gewesen, dass Masra Henry einen Scherz mit ihr treiben wollte: Wind musste man ja schließlich nicht zermahlen! Aber Masra Henry hatte nur gelacht, und Karini war sehr wütend auf ihn geworden. Er war schließlich auch noch nie in den Niederlanden gewesen. Doch schon damals hatte sich in Karini der Wunsch geregt, eines Tages dieses wundersame Land, in dem anscheinend alles so viel besser war als in Surinam, zu sehen.

Seufzend brachte sie die Laken in die Zimmer. Wenn die Masras nach Hause kamen, wollte sie fertig sein. Sie hasste es, in ihrer Gegenwart Hausarbeit verrichten zu müssen. Zudem trieb die Sehnsucht, Julius ausfindig zu machen, sie eher aus dem Haus und durch die Stadt. Hier Laken aufschütteln zu müssen passte ihr gar nicht. Aber es war ihre Aufgabe, und so nahm sie sich vor, diese zügig zu verrichten.

Sie beschloss, in Masra Martins Schlafraum anzufangen. Lustlos zog sie das alte Laken ab. Plötzlich hörte sie ein Rascheln. Sie hielt inne, dann schüttelte sie das Tuch durch. Nichts. Das Geräusch musste also irgendwo vom Bett gekommen sein. Neugierig ließ sie das Laken auf den Boden fallen und ging einmal um das Bett herum. Gerade als sie dachte, sie hätte sich verhört, sah sie zwischen dem Bettrahmen und der Matratze ein Stück Papier hervorschauen. Gespannt zog sie es heraus und hielt schließlich einen gefalteten Brief in den Händen. Ein Brief in Masra Martins Bett? Das konnte nur bedeuten, dass er ihn verstecken wollte. Aber wer sollte Masra Martin schon einen Brief schreiben? Karini zögerte einen Moment und lauschte angestrengt, aber aus dem Haus war kein Laut zu hören. Neugierig faltete sie das Papier auseinander und begann zu lesen. Der Text war in Niederländisch geschrieben und Karini hatte Mühe, die Handschrift zu entziffern.

Mein lieber Sohn,

es freut mich, Dir mitteilen zu können, dass ich im Februar in die Kolonie zurückkehren werde. Ich freue mich auf ein Wiedersehen.

Hochachtungsvoll, Dein Vater

Karini traute ihren Augen nicht. Masra Martins Vater kam in die Kolonie! Nachdenklich ließ sie den Brief sinken. Masra Martin musste der glücklichste Mensch der Welt sein, warum hatte er das niemandem erzählt? Nicht einmal Masra Henry und ihr? Misi Juliette allerdings würde nicht begeistert sein, da war Karini sich sicher, zu oft hatten sie und Masra Martin schon über seinen Vater gestritten.

In Karini regte sich ein schlechtes Gewissen. Als sie das letzte Mal ein Geheimnis für sich behalten hatte, war es in einer Katastrophe geendet. Sollte sie jetzt jemandem davon berichten? Wem? Ihrer Mutter? Die hatte auch nie ein gutes Wort über Masra Martins Vater verloren. Im Gegenteil, sie verbat Karini jedes Mal das Wort, wenn das Gespräch auf ihn kam, und Karini kannte sie gut genug, um zu wissen, dass dieser Mann ihre Mutter offensichtlich sehr aufregte.

Karini steckte den Brief schnell wieder zurück in das Versteck und eilte sich, das Laken auf das Bett zu ziehen. Sie würde erst einmal so tun, als hätte sie diesen Brief nie gefunden. Das war vermutlich das Beste.

Kapitel 6

Die *Maria Dora* hatte den Sturm überstanden. Wim war unter dem Vorwand, sich über den Zustand des Schiffes erkundigen zu wollen, an Deck gegangen. Insgeheim ertrug er aber Gesines Gejammer nicht mehr. Um die kleine Beule, die man kaum sah, machte sie einen riesigen Wirbel, und zudem behauptete sie auch noch steif und fest, sich den Fuß vertreten zu haben und nicht aufstehen zu können. Wim hatte ihr also noch gehorsam das Frühstück in die Kabine gebracht, sich dann aber geeilt, an die frische Luft zu kommen.

Die Schäden an Deck sahen nicht bedrohlich aus, und die Matrosen versicherten, dass das verlorene Segel die Weiterfahrt nicht beeinträchtigen würde.

Das Meer war wieder ruhig, das Wetter warm und freundlich, das Schiff schob sich durch sanfte Wellen und wurde an den Seiten von Delfinen flankiert.

»Man glaubt kaum, dass es uns gestern noch so durchgeschüttelt hat.« Thijs war ebenfalls an Deck. Er saß in einem der Holzstühle, welche die Matrosen bereits wieder aufgestellt hatten, die Beine lässig überkreuzt.

»Ja, es war eine unruhige Nacht, das muss ich schon sagen.« Wim rückte sich ebenfalls einen Stuhl zurecht und nahm Platz. Die Sonne schien, und es war angenehm warm im Schutz der Deckaufbauten.

Thijs richtete den Blick auf den Horizont. »Wenn wir jetzt gut weiterkommen, sind wir in fünf Tagen da.«

»Hast du deine Heimat nie vermisst?« Wim war neugierig, er

hatte viel über dieses Thema nachgedacht. »Ich meine, wenn man als Kind schon so früh das Elternhaus verlässt.«

»Doch natürlich, es fiel mir ungemein schwer. Ich habe damals nicht verstanden, warum meine Eltern mich nach Europa schickten. Surinam und die Plantage Watervreede erschienen mir damals wie das Paradies. Noch mehr, als ich dann in den Niederlanden angekommen war.« Er lachte leise auf. »Es war so fürchterlich kalt in diesem Land. Und damit meine ich nicht nur das Wetter ...« Als würde ihn die Erinnerung immer noch schmerzen, schwieg er einen Moment. Dann stellte er die Füße auf den Boden, beugte sich vor und stützte die Ellenbogen auf die Knie. Den Blick in die Ferne gerichtet, fuhr er fort. »Das Schlimmste war nicht, dass ich meine Eltern verlassen musste, sondern meine Amme Hestia.«

»Du hattest eine Amme ... und die hieß Hestia, wie die Göttin?« Wim war es fast unangenehm, danach zu fragen, aber es kam ihm doch recht seltsam vor.

»Ja, genau. Hestia – wie die griechische Göttin für Herd und Heim.« Wieder lachte Thijs. »In Surinam hatte damals jede Familie eine Amme, die sich um die Kinder kümmerte. Die Damen, so auch meine Mutter, hätten nie selbst ... Na ja, auf jeden Fall war Hestia wie eine Mutter für mich. Meine Mutter selbst ...« Er brach ab.

Wim staunte. Die Gepflogenheiten schienen ihm ungewohnt, ebenso wie der Name der Amme. »Darf ich fragen, warum deine Amme einen griechischen Namen trug? Ich meine, hatten die Sklaven nicht Namen, die, wie soll ich sagen, eher ihrer Art entsprachen?«

Thijs setzte sich aufrecht hin und verschränkte die Arme lässig vor der Brust. »Du weißt wirklich nicht viel über die Kolonie, oder? Die Sklaven trugen nach ihrer Geburt häufig die Namen, die ihnen ihre Besitzer gaben. Mein Vater hatte einen Hang zur griechischen Mythologie. Alle unsere Sklaven hatten solche Namen, und wenn ihm die Götter und Helden ausgingen, nahm er das griechische Alphabet oder einfach Zahlwörter.« Thijs schmunzelte. »Wie auch immer, Hestia hat mich aufgezogen wie ein leibliches Kind, ihre beiden Kinder Deka und Pente waren wie Geschwister für mich.«

»Zehn und Fünf?«

»Ja genau. Zehn und Fünf.«

»Was ist aus ihnen geworden?«

»Ich weiß es nicht.« Thijs schlug einen Moment den Blick nieder. »Ich bin 1857 in die Niederlande gebracht worden, sechs Jahre später, als die Sklaven befreit wurden, kamen meine Eltern nach, da war ich gerade sechzehn.« Er nestelte an seinen Fingern und sprach dann langsam weiter. »Seitdem habe ich nichts mehr aus der Kolonie gehört. Surinam rückte in weite Ferne und ich, ich machte meinen Abschluss, ging an die Hochschule …«

Wim blieb nicht verborgen, dass Thijs tief berührt war, und wechselte das Thema. »Du hast studiert?«

»Ja, Ingenieurwesen, das war aber nicht gerade mein Lieblingsthema … ich hätte besser Agrarwirtschaft wählen sollen. Ich hatte damals schon den Traum, nach Surinam zurückzukehren und eine Plantage zu bewirtschaften. Ich wollte nach Hause.«

Wim wusste nur zu gut, wie es war, jahrelang einem Traum nachzujagen. »Und warum hast du es nicht gemacht … ich meine, warum bist du nicht nach Surinam zurückgekehrt?«

»Tja«, Thijs hob die Hände als Zeichen der Resignation, »mein Vater war bereits gesundheitlich angeschlagen, als meine Eltern in die Niederlande kamen, und ich versuchte einfach, seinem Willen gemäß zu handeln. Ich studierte, arbeitete, war erfolgreich.«

Jetzt lachte Wim leise auf. Er kannte das nur zu gut.

»Nun, vielleicht kann ich jetzt noch etwas von meinem Kindheitstraum erfüllen«, fuhr Thijs, nun mit fester Stimme, fort. »Als ich die Unterlagen im Schreibtisch meines Vaters fand, stand mein Entschluss fest. Auch wenn der Urwald sich den Grund zurückerobert hat, will ich es wenigstens versuchen. Ich habe jedenfalls mit einigen Fachleuten in den Niederlanden gesprochen, und alle meinten, dass eine gut geführte Plantage durchaus noch eine lohnende Investition ist. Jetzt habe ich Geld, jetzt will ich es wagen. Ich will eine moderne Zuckermühle auf Watervreede bauen. Der Kolonialzucker hat, seit Zuckerrüben angebaut werden, kaum noch Wert. Dennoch, wenn er günstig und schnell in großen Mengen produziert werden kann ... ganz umsonst soll mein Studium nicht gewesen sein.« Er lachte und blickte Wim offen ins Gesicht. »Und du, Wim, was machst du so?«

Wim erwiderte den Blick und seufzte. »Ich trage auch das Lebenswerk meines Vaters auf«, sagte er wahrheitsgemäß, und dabei gelang es ihm nicht, einen sarkastischen Unterton zu unterdrücken. »Ich habe ein Handelskontor von ihm geerbt.«

»Oh«, in Thijs' Blick lag Erstaunen, »und um welche Güter geht es bei dir?«

Wim zuckte die Achseln. »Kolonialwaren: Zucker, Rum, Tee, Kaffee. Alles, was sich günstig importieren lässt und in Europa Geld einbringt.« Er seufzte erneut.

Thijs hingegen verzog sein Gesicht zu einem leichten Grinsen. »Prima, vielleicht kommen wir dann ja eines Tages sogar ins Geschäft.«

Wim lächelte, musste sich aber im Stillen eingestehen, dass wohl weder der Handel ihm, noch Thijs die Plantagenwirtschaft eine große Zukunft versprach.

Bei ruhiger See gesellte sich am nächsten Tag auch der Arzt Pieter Brick zu Wim und Thijs.

»Mijnheer Vandenberg, wie geht es Ihrer Frau?«

»Recht annehmbar, danke. Es war sehr freundlich von Ihnen, sich um sie zu kümmern.« Er war dem Mann in der Tat dankbar, trotzdem befiel ihn in seiner Gegenwart ein Unbehagen, das er nicht einordnen konnte. Sein Auftreten erschien Wim unnatürlich und stets gestellt. Außerdem verspürte Wim wenig Lust, über Gesine zu reden. Er war um jede Minute froh, die er ohne sie an Deck verbringen konnte.

»Keine Ursache. Und Sie, ich hoffe Sie haben sich keinen Lungenkatarrh zugezogen in der kalten Nacht?«

»Nein, mir geht es gut.«

»Setzen Sie sich doch.« Thijs deutete auf einen freien Stuhl.

»Gern.«

Einen Moment genossen die Männer schweigend die laue Seeluft. »Und, Mijnheer Brick, was treibt Sie in die Kolonie? Wollen Sie dort praktizieren?« Thijs war kein Mann, der lange um den heißen Brei herumredete, das war Wim schon aufgefallen. Pieter Brick aber schien sich nicht daran zu stören und gab bereitwillig Antwort.

»Nein, eigentlich praktiziere ich nicht mehr. Meine Reise ist eher ... geschäftlicher Natur.«

»Ach, Sie wollen dort auch Geschäfte machen.« Thijs' Neugier schien geweckt, er beugte sich vor und legte die Hände auf die Knie. »Das trifft sich doch wunderbar, kennen Sie sich in der Kolonie aus, Mijnheer Brick? Um welche Art von Geschäft handelt es sich, wenn ich mir die Frage erlauben darf?«

»Ich gedenke, wieder in die Plantagenwirtschaft einzusteigen. Ich bin erst vor wenigen Jahren nach Europa gereist«, sagte Brick langsam, und Wim beschlich sofort das Gefühl, dass er etwas verschwieg. Europa schien ihm kein angenehmes Thema zu sein.

Thijs jedoch schien erfreut hinsichtlich dieser Pläne. »Siehst du, Wim, du hast gute Chancen, schon auf der Reise viel zu erfahren und Kontakte zu knüpfen.« Er lächelte. »Mijnheer Vandenberg und seine Gattin bereisen die Kolonie zum ersten Mal. Aber er führt in Amsterdam ein Handelskontor«, fügte er an Brick gewandt erklärend hinzu.

Wim fühlte sich unwohl, als Pieter Brick ihn jetzt aufmerksam musterte.

»Dann erwartet Sie ja ziemlich viel Neues. Das Leben in der Kolonie ist mit dem in den Niederlanden nicht zu vergleichen.« Er lachte kurz auf. »Und nehmen Sie sich vor den Negern in Acht. Seit sie sich in Freiheit wähnen …«

Wims Unbehagen wuchs, ihm missfiel die Art dieses Mannes, vor allem sein überheblicher Tonfall. Er bemühte sich, seine Stimme möglichst ruhig zu halten. »Wirklich? Man hört doch nichts Negatives.«

»Nichts Negatives?« Brick lehnte sich etwas vor und fixierte Wim mit seinem Blick. »Immerhin hat es dazu geführt, dass fast achtzig Prozent der Weißen das Land verlassen haben.«

Wim rutschte unwillkürlich so weit als möglich auf seinem Stuhl zurück. »Nun, das stimmt sicherlich, aber die Auswanderung der Weißen hängt ganz sicher nicht mit der Freilassung der Sklaven zusammen«, versuchte er zu argumentieren. Er hatte sich eingehend mit dem Thema beschäftigt, aber sein Wissen stammte aus zweiter Hand, Brick hingegen hatte in Surinam gelebt. Und plötzlich fühlte Wim sich unangenehm an Juliettes ersten Mann erinnert. Er hatte Karl Leevken damals kennengelernt, als der um Juliettes Hand anhielt; auch er hatte mehr als einmal Ansichten über Sklaven geäußert, die Wim erschüttert hatten. Der abwertende Ton, den Brick anschlug, ließ keinen Zweifel daran, was dieser Mann von der schwarzen Bevölkerung des Landes hielt.

»Die Neger hätte man einfach nicht freilassen dürfen«, bemerkte er jetzt.

Wim verspürte wenig Lust, das Thema weiter zu erörtern, wollte den Satz aber nicht unkommentiert lassen. »Mijnheer Brick, ich denke, dass es durchaus ein Weg war, um die niederländischen Kolonien profitabler zu machen. Sie wissen doch selbst, dass die Menschen in Europa den Kolonien, die noch Sklavenhaltung betrieben, kritisch gegenüberstanden«, sagte er so ruhig wie möglich.

»Ach, die Leute hatten doch keine Ahnung von der Wirklichkeit! Der Neger an sich ist gar nicht fähig, ein selbstbestimmtes Leben zu führen. Und es war auch nur Glück, dass es nicht wieder zu Aufständen kam. Denken Sie mal einhundert Jahre zurück – da hat man fast dreißig Jahre gegen die aufständischen Sklaven kämpfen müssen.« Und mit einem stolzen Unterton fügte er hinzu: »Selbst mein Großvater hat damals 1775 an der Seite von John Stedman gekämpft.«

Wim wusste, wovon er sprach. Er hatte sich über die Geschichte der Kolonie informiert, dennoch waren gerade Hinweise in dieser Richtung eher spärlich gewesen. »Wurden die Neger nicht um 1760 alle befriedet?«

»Ja. Die Buschneger schon, zumindest offiziell. Inoffiziell kam es aber immer wieder zu Aufständen, insbesondere der Plantagensklaven. Ich selbst habe vor einigen Jahren noch miterleben müssen, wie sich dieses Volk auflehnte ... und dann haben sie sie einfach freigelassen.« Brick schüttelte den Kopf.

»Mijnheer Brick, Sie werden doch zugeben müssen, dass die aufständischen Sklaven durchweg von den Kolonisten dazu getrieben worden sind!« Jetzt war Wim wirklich verärgert. Bei einigem, was er über die Sklavenhaltung gehört hatte, konnte er es so manchem Sklaven nicht verübeln, sich gegen seinen Peiniger aufgelehnt zu haben. Natürlich, die Befürworter der Sklavenhaltung verwiesen immer auf die Bibel, und auch darauf, dass schon die alten Griechen ja für sich arbeiten lassen hätten, aber sie lebten doch jetzt in einer modernen Gesellschaft. Wims Meinung nach fand die Versklavung von Menschen zu keiner Zeit und in keiner Kultur ihre Rechtfertigung.

Brick aber redete sich richtig in Rage. »Mijnheer Vandenberg, glauben Sie denn, es hat sich in all den Jahren irgendetwas geändert? Nein! Außer, dass der Weiße sich nicht mehr zur Wehr setzen darf gegen die Neger. Sie werden ja sehen, was dadurch mit der Kolonie passiert ist. Zugrunde geht sie ... zugrunde. Es wird

Zeit, dass wieder Männer ins Land kommen, die etwas von der Plantagenwirtschaft verstehen.«

Wim war gar nicht wohl bei dieser Diskussion. Er blickte Hilfe suchend zu Thijs, der entgegen seiner Erwartung zu dem Thema bisher schwieg. Dabei hatte er doch so positiv über die ehemaligen Sklaven seiner Plantage gesprochen. Schlummerten in ihm gar ähnliche Ansichten, wie Brick sie hatte?

Erleichtert bemerkte er, dass Thijs sich jetzt endlich regte. »Sie wollen sich also trotz allem in der Plantagenwirtschaft versuchen?«

Brick warf Wim einen langen Blick zu, den Wim nicht so recht deuten mochte, und wandte sich dann an Thijs. Schnell entspann sich ein lebhaftes Gespräch über die Bewirtschaftung einer Plantage, hier glänzte Brick mit großem Wissen um den Zuckeranbau und das Exportgeschäft. Thijs war sichtlich erfreut und stellte viele Fragen. Bald drehte sich das Gespräch um Zuckerrohr und dessen Verarbeitung. Brick gab bereitwillig Auskunft und erkundigte sich seinerseits wiederholt nach Thijs' Plänen bezüglich der Zuckermühle.

Wim lehnte sich erschöpft im Stuhl zurück. Die Ansichten, die Pieter Brick geäußert hatte, gingen ihm nicht aus dem Kopf. Sie waren tief verwurzelt, voller Emotion und kompromisslos. Wim hoffte inständig, dass sich in den letzten zehn Jahren einiges in der Kolonie geändert hatte.

Dass einiges sich nie ändern würde in diesem Land, das ahnte er nicht.

Kapitel 7

Inika war Misi Erika sehr dankbar. Sie hatte sie und ihre Mutter freundlich aufgenommen. Vor fast acht Monaten hatte das Boot mit ihr und ihrer Mutter früh am Morgen heimlich von der Plantage abgelegt. Dany und seine Männer hatten sie sicher von der Plantage Rozenburg den Fluss hinab nach Paramaribo und zum Haus am Geenkamper Weg gebracht. Misi Juliette hatte ihnen einen Brief mitgegeben, und Misi Erika war noch während der Lektüre in Tränen ausgebrochen. Liebevoll hatte sie Inika in den Arm genommen.

»Mädchen, was habt ihr bloß erleben müssen … Jetzt wird alles gut«, hatte sie immer wieder geflüstert.

Inika hätte ihr gerne Glauben geschenkt, allerdings gaben sowohl ihr Gefühl als auch ihre Gedanken keine Ruhe. Inika traute sich immer noch kaum aus dem Haus. Sie fühlte sich immer und überall beobachtet und war ständig auf der Hut. Zwar war sie mit ihrer Mutter dem Feuertod entkommen, aber falls Baramadir noch lebte, würde er sie suchen und, da war sie sich sicher, eines Tages finden.

Seit ihrer Ankunft wich Bogo nicht von ihrer Seite. Inika hatte ihn zunächst kaum wiedererkannt. Nichts erinnerte mehr an den ängstlichen Jungen, der vor knapp drei Jahren am Hafen zusammengekauert neben Inika gesessen hatte. Er war gewachsen, muskulös und fast schon ein stattlicher junger Mann. Nur sprechen, das tat er immer noch nicht. Inika spürte, dass er sie beschützen wollte, trotzdem wurde sie die Angst nie ganz los.

Es hatte Wochen gedauert, bis Inika wieder einigermaßen ruhig schlafen konnte, und nicht selten erwachte sie schreiend, weil sie im Traum den Schatten ihres Mannes oder das Bild eines brennenden Holzhaufens gesehen hatte. Es war Bogo, der dann aufgeschreckt zu ihr gerannt kam und in erträglichem Abstand still dasaß, bis sie sich wieder beruhigt hatte. Beim ersten Mal hatte er noch versucht, sie tröstend in den Arm zu nehmen, was allerdings bei Inika unwillkürlich zu weiterem hysterischem Schreien geführt hatte. Sie wusste zwar, dass Bogo ihr niemals etwas tun würde, aber allein die Berührung hatte sie in Panik versetzt. Misi Erika kümmerte sich liebevoll um sie, Inika war jedoch nicht entgangen, dass sie sie manchmal mit nachdenklichem Blick beäugte. Sie hatte gehört, wie Sarina der Misi erklärt hatte, dass Baramadir sie geschlagen hatte. Doch an Misi Erikas Blick konnte Inika erahnen, dass sie sehr wohl wusste, welche Pein sie hatte erleiden müssen. Und da war noch etwas … ein Schatten von tiefstem Verständnis huschte über Misi Erikas Gesicht, wenn Inika von ihrer Angst überwältigt wurde.

Erika waren die hysterischen Reaktionen von Inika natürlich nicht verborgen geblieben. Insbesondere nachts oder auch bei den seltenen Kontakten mit Männern, die handwerkliche Aufträge im Haus erfüllten, geriet das Mädchen außer sich. Erika erinnerte sich gut an einen Nachmittag vor wenigen Wochen, als das Mädchen im Garten des Hauses ein paar Bananen ernten sollte. Plötzlich hatte Inika hoch und schrill geschrien, Erika hatte den Wäschekorb sofort abgestellt und war zu ihr gelaufen. Sie schauderte jetzt noch, wenn sie an das Bild dachte, das sich ihr geboten hatte: Inika stand, hysterisch schreiend, vor den Büschen und zielte mit dem Schlagmesser für die Bananen auf den Nachbarn. Ihr Körper zitterte und bebte, und ihr Gesichtsausdruck war seltsam entrückt. Dem dunkelhäutigen Mann stand der Schreck im Gesicht geschrieben, schließlich hatte er, so hatte Erika anschließend herausgefunden, dem Mädchen nichts zuleide getan, sondern war lediglich hinter den Büschen hervorgetreten, um sie zu grüßen. Erika war zutiefst erschüttert gewesen, hatte dem verschreckten Kind vorsichtig das Messer aus der Hand genommen und sie zum Haus zurückgeführt.

»Inika, alles wird gut. Ich kann dir deine Erinnerungen nicht nehmen, aber ich kann dir sagen, dass sie mit der Zeit verblassen werden«, hatte sie mit ruhiger Stimme geflüstert, während sie mit der einen Hand über das Haar des Mädchens strich, das sich leise schluchzend an sie gelehnt hatte.

Und Erika hoffte inständig, dass das wirklich geschehen würde. Sie selbst verzweifelte noch heute manchmal an den Schatten der Vergangenheit. Umso mehr beobachtete sie das indische Mädchen. Was auch immer Inikas Mann dem Kind angetan hatte, Erika war erleichtert, als sie im Verlauf der Zeit bemerkte, dass dies keine Schwangerschaft zur Folge gehabt hatte. Denn die Bürde einer Misshandlung zu tragen war eine Sache, ein Kind auf die Welt zu bringen, das aus einer solchen entstanden war, das war kaum zu ertragen.

Das hatte sie am eigenen Leib erfahren müssen. Noch heute schwang jedes Mal, wenn sie ihre Tochter Hanni ansah, ein Gefühl der Verletztheit mit, und sie musste sich zusammenreißen, alleinig an das Kind und sein Wohl zu denken und nicht an die Umstände, unter denen es gezeugt worden war. Das Kind konnte nichts dafür. Erika hatte sich mehr als einmal dafür gescholten, stets nach Ähnlichkeiten zwischen Hanni und ihrem Erzeuger zu suchen. Aber sie konnte nicht anders und sie konnte dieses Mädchen auch nicht aus vollem Herzen lieben wie ihren Sohn. Sie hatte sich immer Mühe gegeben, ihrer Tochter trotzdem eine gute Mutter zu sein, aber die Kluft zwischen ihr und diesem Kind war allgegenwärtig. Hanni hatte sich trotzdem zu einem selbstbewussten Mädchen entwickelt, welches seiner Mutter aber weitestgehend aus dem Weg ging.

Auch mit ihrem großen Bruder Reiner verband Hanni nicht

viel. Vielleicht spürte sie, dass sie nicht den gleichen Vater hatten?

Hanni hatte nie nach ihrem Vater gefragt. Erika hatte sie in dem Glauben gelassen, sie sei Reinhards Tochter, auch wenn die beiden sich nie kennengelernt hatten. Reinhard war nach dem Aufbruch von der Missionsstation zu lange fort gewesen, als dass er ihr Vater hätte sein können, und hatte nach dem Ausbruch der Leprakrankheit nicht von Batavia zurückkehren können. Dennoch hatte er von Hannis Existenz gewusst und sich bei Erikas Besuchen dort immer nach ihrem Wohlergehen erkundigt.

Die Reisen zur Leprastation waren für Erika immer sehr anstrengend gewesen. Einzig Reiner hatte sie einmal mit dorthin genommen. Ein körperlicher Kontakt war undenkbar und sie hatte ihm nicht erlaubt, das Schiff zu verlassen, und so hatten Reinhard und sein Sohn in sicherem Abstand über das Ufer hinweg einige kostbare Stunden gemeinsam verbracht.

Erika machte sich heute durchaus Sorgen um ihren Sohn. Reiner hatte sich mit der Zeit zu einem eigenbrötlerischen Jungen entwickelt, getrieben von einer starken Sehnsucht nach einem Leben im Buschland.

Dabei konnte Erika Letztere in gewisser Weise sogar verstehen. Als Kleinkind hatte Reiner gemeinsam mit ihr einige glückliche Wochen bei den Oayanas, einem Eingeborenenstamm, im Regenwald verbracht, die ihn offensichtlich so geprägt hatten, dass er heute noch immer vom Wunsch getrieben war, dorthin zurückzukehren. Erika dachte mit Schaudern an die Zeit, die diesem Aufenthalt vorangegangen war. Sie hatte sich als Hausmädchen auf einer Plantage im Hinterland verdingt und dabei die dunkelsten Momente ihres Lebens durchlitten. Schließlich hatte sie keine andere Möglichkeit als die Flucht gesehen und letztendlich den Tod in Kauf genommen, um nicht mehr unter dem Scheffel des gewalttätigen Plantagenbesitzers leben zu müssen. Zumal sie von ihm schwanger war. Und so hatte sie eines Nachts mit Reiner einen Fluchtversuch mit dem Boot gewagt, bei dem sie ertrunken wären, hätten die Eingeborenen sie nicht rechtzeitig gefunden.

Die Oayanas hatten nicht gefragt, wo sie herkamen, sie hatten sie einfach bei sich aufgenommen und wieder zu Kräften kommen lassen. Reiner war schon damals sehr glücklich dort gewesen und blieb auch heute nie lange zu Besuch in der Stadt. So denn er überhaupt kam. Seit ihrem letzten Kontakt waren Monate vergangen. Aber er war fast erwachsen und Erika hatte kaum noch Einfluss auf sein Leben.

Kapitel 8

»Oh, ist das nicht wunderschön?« Gesine hatte sich nun, am Tag der Ankunft, doch noch aus der Kabine gewagt. Sie stand neben Wim an Deck und wirkte zum ersten Mal seit vielen Tagen zufrieden. Es war der 20. Februar, und das kalte Winterwetter hatte sich während ihrer Fahrt westwärts in tropisches Klima verwandelt.

Sie waren eine Weile zuvor in den Surinamfluss eingefahren und sahen nun am Ufer die ersten Häuser. Wim musste seiner Frau ausnahmsweise einmal recht geben. Die augenscheinlich kleine niederländische Stadt mit dem üppigen tropischen Hintergrund war wahrlich hübsch anzusehen. Hohe Palmen winkten den Reisenden vom Ufer aus mit ihren weit ausladenden Wedeln zu, und Schwärme von bunten Vögeln zogen über den Fluss.

Je näher sie der Stadt kamen, desto mehr kleine Boote kreuzten oder begleiteten das große Schiff.

»Schau doch ... all diese Mohren! Wie tüchtig sie rudern!« Gesine winkte überschwänglich zu den kleinen Booten hinüber, deren Führer stoisch die Ruder durch das Wasser zogen und Gesine beharrlich ignorierten. »Aber diese Hitze ...« Gesine tupfte sich mit einem Taschentuch die Stirn ab. Wim machte die Hitze nicht viel aus. Er war froh, endlich Land zu sehen.

»Mevrouw, das wird leider an Land nicht besser werden. Dabei haben wir heute Glück. Die kleine Regenzeit neigt sich gerade dem Ende zu, hier hat es vermutlich seit Wochen fast unentwegt geregnet.« Thijs war lachend neben Wim und Gesine aufgetaucht. »Sie sollten sich auf jeden Fall die ersten Tage schonen.«

Wim betrachtete ihn von der Seite. Ob er Thijs in Surinam wiedersehen würde? Zwischen ihnen hatte sich während der langen Überfahrt eine herzliche Freundschaft entwickelt, und Wim fühlte sich in Thijs' Gegenwart sehr wohl. In den letzten Jahren hatte er Freundschaften vermieden; Freundschaft konnte auch Verlust bedeuten, und Verluste hatte es in seinem Leben genug gegeben. Er hatte versucht, sich davor zu schützen, und es seit der Trennung von Hendrik bei oberflächlichen Kontakten belassen. Und nun war auf dem Schiff zwischen ihm und Thijs doch eine starke Vertrautheit gewachsen. Und mit ihr die Angst, ihn zu verlieren. Als Freund.

»Was wirst du tun, wenn wir an Land sind? Reist du gleich weiter oder bleibst du noch etwas in der Stadt?«

»Ich werde noch einige Tage in der Stadt bleiben und dann die Fahrt flussaufwärts in Angriff nehmen.«

Wim war erleichtert, dass Thijs nicht gleich in eine entlegene Ecke des Landes verschwinden würde. Dann aber stellte sein Freund die Frage, um die so viele seiner Gedanken gekreist waren.

»Wo musst du eigentlich hin? Du hast mir gar nicht erzählt, wo die Plantage deiner Cousine liegt?«

»Das weiß ich ehrlich gesagt gar nicht so genau.« Je länger die Fahrt gedauert hatte, desto mehr Sorgen hatte Wim sich über seinen Besuch bei Juliette gemacht. Er hoffte sehr, dass sein Brief überhaupt angekommen war, nicht einmal in dieser Hinsicht konnte er sich sicher sein. Und selbst wenn, dann wusste er nicht, wie sie reagieren würde. Er hatte immer ein gutes Verhältnis zu Juliette gehabt, und wenn ihn die Erinnerung nicht täuschte, meinte er, dass auch sie ihn gemocht hatte. Was nicht selbstverständlich war, so wie sein Vater und vor allem seine Mutter sie behandelt hatten. Und wenn sich diese Einstellung nicht geändert hatte, freute sie sich ja vielleicht, ihn zu sehen. Immer wieder ertappte er sich bei der Hoffnung, dass sie ihn schon am Hafen empfangen würde oder, falls das wegen des Kindes nicht möglich war, zumindest einen Boten geschickt hatte. Wenn nicht, hatte er entschieden, würde er zunächst in Paramaribo eine Unterkunft suchen, bis er herausgefunden hatte, wo die Plantage lag und wie er dorthin reisen konnte. Und dann würde er schon sehen, wie sie ihn empfing.

Thijs riss ihn aus seinen Gedanken. »Wie heißt die Plantage denn?«

Immerhin, das wusste er. Er hatte sich immer über den Namen gewundert. »Rozenburg.«

»Ach!« Thijs grinste. »Das ist ja ein Zufall! Rozenburg liegt ganz in der Nähe der alten Plantage meiner Eltern. Wir sind sozusagen Nachbarn, auch wenn die Entfernung nicht unbeträchtlich ist. Dann verlieren wir uns ja vielleicht gar nicht aus den Augen.« Er zwinkerte Wim fröhlich zu.

Wim traute seinen Ohren nicht. Was für eine glückliche Fügung! Er befragte Thijs nach dem Weg zu Juliettes Plantage und war zutiefst beruhigt. Sollten sie in der Stadt nicht erwartet werden, würde er sich in Paramaribo nach einem günstigen Boot erkundigen und dann schon in wenigen Tagen nach Rozenburg aufbrechen.

Aber noch waren sie ja nicht einmal an Land. Wim schaute sich um. An der Reling stand Pieter Brick, er wirkte angespannt und war ungewöhnlich schweigsam.

»Mijnheer Brick, werden Sie auch in Pamabibo verweilen?«, fragte Gesine jetzt.

»Paramaribo heißt die Stadt.« Seine Stimme klang kühl, dann huschte ein Lächeln über sein Gesicht. »Mevrouw Vandenberg, ich denke, wir werden uns in der Stadt sicherlich noch einmal sehen.«

Gesine schien diese Antwort sichtlich zu erfreuen. Wim selbst war nicht sonderlich erpicht auf Bricks Gesellschaft, auch wenn der Mann meist freundlich gewesen war und Gesine geholfen hatte. Weitere Gespräche an Bord hatten Wims ersten Eindruck bestätigt. Der Mann war ein unbelehrbarer Altkolonist, der keinen Hehl daraus machte, dass er jedem Menschen anderer Hautfarbe am liebsten mit der Peitsche begegnen würde. Er hatte Wim so ausführlich und detailliert den früheren Umgang mit den Sklaven beschrieben, dass Wim sich sicher war, dass Brick aus einem umfangreichen eigenen Erfahrungsschatz gesprochen hatte. Wim war gespannt, wie die Stimmung und der Umgang untereinander im Land wirklich war, immerhin war die Sklaverei vor gut fünfzehn Jahren abgeschafft worden.

Dieser Umstand allerdings schien seiner Frau nicht bewusst zu sein. Nachdem das Schiff in der großen Bucht vor der Stadt vor Anker gegangen war und die Passagiere in kleinen Booten an Land übergesetzt hatten, stand sie mit erhobenem Haupt am Pier und herrschte den erstbesten schwarzen Jungen an: »Du, Mohr! Komm her und trage meinen Schirm!«

Der Junge schaute Gesine mit seinen großen braunen Augen einen Moment verwundert an und rannte dann lachend davon.

Gesine war sichtlich erbost über dieses Verhalten. »Ich denke, die Mohren sind Diener?«

Thijs, der den Vorfall amüsiert beobachtet hatte, trat neben sie. »Mevrouw, die Schwarzen sind hier freie Menschen, und wenn jemand Ihren Schirm tragen soll, dann werden Sie dafür bezahlen müssen.«

»Bezahlen?« Gesine kreischte fast.

»Ja, Gesine, wie unsere Dienstboten zu Hause, die werden auch bezahlt«, konnte Wim sich nicht verkneifen zu sagen. Ein Blick in das Gesicht seiner Frau zeigte ihm, dass sie einer Ohnmacht nahe war. Wim spürte, wie Ärger in ihm aufwallte. Seufzend lenkte er jedoch ein. »Und nun komm, ich trage deinen Schirm. Wir müssen gehen.« Sie folgten dem hölzernen Pier, bis sie auf den Kai kamen, der zugleich die breite Hafenpromenade bildete.

Wim blickte sich irritiert um. Die Stadt erweckte den Anschein, man wäre in den Niederlanden, trotzdem mutete alles sehr befremdlich und exotisch an. Auf dem Kai ging es sehr belebt zu, Wim sah Menschen verschiedener Hautfarben, nur Weiße waren kaum darunter. Wim blickte sich suchend um.

»Holt deine Cousine euch nicht hier ab, Wim?«

»Doch, ich denke schon ... wenn ihr nichts dazwischengekommen ist.« Und in diesem Moment, als er wirklich niemanden erblicken konnte, der auf ihn wartete, traf ihn die Angst mit voller Wucht, dass Juliette ihn wirklich zurückweisen würde. Vielleicht war es doch eine törichte Idee gewesen, auf Gutdünken in dieses völlig fremde Land zu kommen. Einen kurzen Moment drohten seine Knie weich zu werden, dann besann er sich. Jetzt war er hier, jetzt würde er diese Chance nutzen.

Thijs klopfte ihm freundschaftlich auf die Schulter. »Gut, ich werde dann mal weiterziehen. Hier, Wim, ich habe dir meine vorläufige Adresse in der Stadt aufgeschrieben. Ich werde zunächst bei Bekannten meiner Eltern unterkommen. Meldet euch, falls ihr Hilfe braucht. Oder einfach so.« Thijs zwinkerte Wim aufmunternd zu, griff dann nach seinem Handgepäck und winkte nach einer Droschke. Nachdenklich blickte Wim dem Fahrzeug hinterher, bis ihn die quäkende Stimme seiner Frau aus seinen Gedanken riss.

»Wo ist denn deine Cousine nun? Ich dachte, wir werden erwartet?« Gesine war sichtlich ungeduldig.

Wim atmete tief durch. »Gesine, die Schiffe laufen hier nicht nach einem festen Fahrplan ein, es dauert sicher einige Zeit bis ... bis man weiß, dass das Schiff angekommen ist.« Er hörte selbst, wie wenig überzeugend seine Stimme klang

»Da vorne! Da vorne, das sind sie bestimmt.« Henry war in der Droschke aufgesprungen und wäre fast aus dem Gleichgewicht geraten, als der Wagen auf die Hafenpromenade einbog.

»Henry! Setz dich wieder hin«, herrschte Julie ihren Sohn an, ließ ihren Blick aber in die Richtung wandern, in die Henry gezeigt hatte. In der Tat standen dort ein Stück entfernt ein Mann und eine Frau etwas verloren am Kai. Der Mann war Wim, unverkennbar. Zwar hatte Julie ihren Cousin viele Jahre nicht gesehen, aber den blonden Haarschopf erkannte sie wieder. Wie ein Blitz im Gewitter schossen ihr Bilder durch den Kopf, wie sie als Kind mit Wim gespielt hatte, wie er als frecher Zwölfjähriger mit ihr einen Kuchen stibitzt hatte, aus der Küche im Haus ihres Onkels, und das letzte Bild, an das sie sich erinnerte, war, wie er mit besorgter Miene am Hafen in Amsterdam gestanden hatte und sie mit Karl hatte gehen lassen müssen. Nein, Jean hatte recht, Wim hatte ihr früher in der Tat nie etwas Böses gewollt, aber … das war zwanzig Jahre her. Und als sie ihn nun sah, wie er sich suchend am Hafen umblickte, durchströmte sie plötzlich eine Welle der Zuneigung. Verflogen waren all die Sorgen und Gedanken um seine Ankunft und Absichten.

Julie wies den Kutscher an, auf das Paar zuzusteuern. In ihrem Bauch kribbelte es nervös, sie fühlte sich plötzlich wieder wie ein kleines Mädchen. Kaum stand die Droschke, sprang Henry als Erster behände heraus und stürzte auf den Mann und die Frau zu.

»Wim Vandenberg?«, sprach er atemlos den Mann an.

Julie, die gerade aus der Droschke gestiegen war, sah, wie er Henry verwundert anblickte und nickte, bevor sein Blick den ihren traf und sich ein sichtlich erleichtertes Lächeln auf seinem Gesicht ausbreitete.

»Juliette!«, rief er und ging ihr winkend ein paar Schritte entgegen.

»Wim!« Julie fiel ihm um den Hals. Wim erwiderte ihre Umarmung und Julie genoss die Freude, die sie durchströmte, bis schließlich ein Räuspern zu hören war. Julie drückte Wim noch einmal kurz und trat dann einen Schritt zurück. »Ich freue mich wirklich, dich wiederzusehen, Wim.« Dann wandte sie den Blick zu der Frau, die jetzt sichtlich pikiert neben ihn getreten war. In diesem Moment wurde ihr bewusst, wie ungebührlich ihre Begrüßung gewesen war, sie waren schließlich keine Kinder mehr. Andererseits ... sie hatten sich so lange nicht gesehen und Julie freute sich so sehr. Auch Wim strahlte über das ganze Gesicht, ihre Freude war also nicht einseitig. Julie war immer der Meinung gewesen, dass man sich, wenn es die Situation erforderte, über Konventionen auch einmal hinwegsetzen konnte, und diese, so beschloss sie jetzt, war eine solche. Sie hatte das Gefühl, wie ein Schulmädchen kichern zu müssen, trotzdem bemühte sie sich um einen ernsten Gesichtsausdruck, während sie zu ihrem Sohn trat.

Henry trat unruhig von einem Bein auf das andere, sein Gesicht war vor Aufregung gerötet. Seit Tagen hatte er diesem Moment entgegengefiebert. Warum Henry sich so auf die Bekanntschaft mit seinem Großcousin freute, wusste Julie nicht. Sie hatte nie viel von Wim gesprochen, es gab keinerlei aktuelle Berührungspunkte. Trotzdem hatte Henry sie mit Fragen über ihn und vor allem die Niederlande gelöchert, die sie nach bestem Wissen beantwortet hatte.

Wim trat mit einem langen Schritt auf sie zu, nahm ihre Hand und hauchte einen Kuss darauf, wie in dem Versuch, der stürmischen Begrüßung einen Hauch von Etikette zu verleihen. Er zwinkerte ihr kurz zu, und wieder musste sie lachen. Dann sah er ihr fest in die Augen. »Juliette, es freut mich, dass du es einrichten konntest.« Er zögerte einen kurzen Moment. »Das ist meine Frau Gesine.«

Julie bemühte sich, ihr Lächeln aufrechtzuerhalten. Sie war gar nicht davon ausgegangen, dass er verheiratet war, geschweige denn seine Frau mitbrachte. Warum eigentlich nicht? Irgendwie passte das nicht zu ihm. Ein Blick auf die Dame neben Wim bestärkte ihr mulmiges Gefühl. Sie war klein, schmächtig und hatte etwas Katzenhaftes in ihren Augen. Julie fühlte sich sofort an ihre Stieftochter Martina erinnert. Sie trat einen Schritt vor und reichte Gesine die Hand.

»Herzlich willkommen in Surinam.« Die Frau erwiderte ihren Gruß nicht, sondern musterte Julie unablässig durchdringend. Julie fühlte sich äußerst unwohl und wandte sich wieder an Wim.

»Das ist mein Sohn Henry. Er freut sich sehr, dich zu treffen, wie du vielleicht schon bemerkt hast.«

Julie beobachtete amüsiert, wie Henry Wim ernst und fast schon ehrfürchtig die Hand zum Gruß reichte. Wim betrachtete ihren Sohn sichtlich verblüfft und neugierig. Abgesehen von der Geburt von Helena hatte er ja nicht wissen können, dass Julie eine Familie hatte. Julie hatte nach der Hochzeit mit Karl jeglichen Kontakt in die Niederlande abgebrochen. Plötzlich verspürte sie tiefe Reue. Sie hätte wenigstens Wim ab und zu einen Brief schreiben können.

»Es freut mich sehr, Henry«, sagte dieser jetzt ernst.

»Es ... es freut mich, dich kennenzulernen.« Dann fehlten Henry auch schon wieder die Worte.

Sie sah seine Verlegenheit und beschloss, ihm aus der Patsche zu helfen. »Henry, kümmere dich bitte darum, dass das Gepäck zum Stadthaus gebracht wird.«

»Ja, Mutter.« Henry warf Wim einen verlegenen Blick zu, verließ dann die kleine Zusammenkunft und eilte zum Pier, wo die ersten Gepäckstücke von den kleinen Transportbooten geladen wurden.

»Kommt, wir nehmen die Droschke, ihr seid sicherlich erschöpft von der Reise. Henry wird sich darum kümmern, dass euer Gepäck zum Haus gebracht wird. Wir fahren zunächst für ein paar Tage ins Stadthaus, bevor wir uns dann auf den Weg nach Rozenburg machen.«

Während Gesine sich sofort wortlos in Richtung des Wagens begab, blieb Wim kurz neben Julie stehen. Sie bemerkte sein Zögern und warf ihm einen aufmunternden Blick zu.

»Es ... ich hoffe, wir machen dir keine Umstände, Juliette. Es tut mir leid, dass wir so kurzfristig anreisen.« Er flüsterte fast.

Sein Gesichtsausdruck rührte Julie, und plötzlich war er wieder da, der kleine Junge, den sie so gerngehabt hatte.

»Mach dir keine Gedanken, Wim. Natürlich bleibt ihr bei uns! Wir haben ausreichend Platz, und ich freue mich, dich jetzt in meiner Nähe zu haben. Wir haben uns eine Menge zu erzählen.« Sie drückte ihm kurz den Arm.

Sein dankbarer Blick sprach Bände.

So still Wims Frau am Hafen gewesen war – sobald sie in der Kutsche Platz genommen hatten, plapperte sie ohne Unterlass, während sie sich mit ihrem Taschentuch Luft zuwedelte. »Ach, ich freue mich ja so, ist die Plantage groß? Wann genau werden wir dort hinfahren? Ach schau, ein Theater gibt es hier auch … aber diese Hitze.«

Wim war dies sichtlich unangenehm, und Julie bemühte sich, Gesines Monolog hin und wieder mit einem freundlichen Kopfnicken zu beantworten. Sie war bereits jetzt gespannt auf das Zusammentreffen von Gesine und Jean. Frauen, die unentwegt redeten, waren ihrem Mann ein Graus, das wusste sie. Aber er hatte diesen Besuch befürwortet, dann würde er sich auch ein bisschen um die Gäste kümmern müssen. Auch um diesen zusätzlichen Gast. Wim und Jean würden sich gut verstehen, daran hegte Julie keinen Zweifel, aber Gesine und Jean … Julie schmunzelte.

Dabei hatte er sie schon nur widerwillig in die Stadt begleitet. »Ach, Julie, eigentlich muss ich auf die Felder. Es müssen noch drei Parzellen Stecklinge gesetzt werden«, wollte er die Arbeit als Argument vorschieben. Aber Julie wusste genau, dass dies nicht der einzige Grund war. Jean mochte die Menschenmengen in der Stadt nicht, und gesellschaftliche Verpflichtungen waren ihm zuwider. Trotzdem hatte er sich seinem Schicksal gefügt. Julie hatte ihn lächelnd betrachtet. Natürlich hatte die Sache auch für ihn ein Gutes, denn dort würde er Henry und Martin wiedersehen. Und das wusste er ganz genau.

Als die Droschke sich schließlich dem Stadthaus näherte, erblickte Julie auf der schmalen Veranda das Empfangskomitee, bestehend aus Jean mit Helena auf dem Arm, Martin, Kiri und Karini. Kaum kam die Droschke im Schatten der Palmen zum Stehen, trat Jean an den Wagen. Helena gab ein fröhliches Quietschen von sich und wedelte mit ihren Ärmchen. Julie bemerkte Jeans kurzen, verblüfften Blick auf Gesine, bevor er die Gäste standesgemäß willkommen hieß: »Wim, und ähm, deine Frau, nehme ich an, es freut mich außerordentlich, euch kennenzulernen.«

Julie betrachtete ihn dankbar. »Das sind mein Mann Jean und unsere Tochter Helena«, sagte sie lächelnd, bevor sie aus dem Wagen stieg und Jean Helena abnahm. »Jean, das ist Gesine, Wims Frau.«

Jean half sogleich Gesine aus der Kutsche.

»Oh, die ist ja herzallerliebst.« Gesine bedankte sich nicht einmal, sondern wandte sich Helena zu, die der fremden Frau sofort ein entzückendes Lächeln schenkte.

»Ich bin ebenfalls sehr erfreut, Jean.« Wim stieg als Letzter aus dem Wagen.

»Und das hier«, Julie musste Martin am Ärmel nach vorne ziehen, »ist mein Enkelsohn Martin.« Es war für Julie immer wieder unangenehm, Martin als ihren Enkel vorzustellen, aber so war es nun einmal. Martin missfiel das ebenfalls sichtlich.

Gesine gab ein verblüfftes »Oh« von sich. Wim warf Julie einen erstaunten Blick zu und reichte Martin dann ohne weitere Nachfrage die Hand. »Freut mich, freut mich ausgesprochen.«

Julie beobachtete ärgerlich, dass Martin die Begrüßung nicht erwiderte und sich nicht einmal die Mühe gab, ein freundliches Gesicht zu machen. Sie würde bei Gelegenheit mit ihm darüber reden müssen. Sie war Wim dankbar, dass er Martins Benehmen nicht kommentierte.

In diesem Moment kamen die nächste Kutsche und ein voll beladener Lastkarren über die Palmenallee auf das Stadthaus zu. Auf dem Bock, neben dem Kutscher, saß unverkennbar Henry. Julie staunte, der Junge musste sich wirklich beeilt und auch die Gepäckträger am Hafen zur Eile angetrieben haben, er hatte wirklich nicht lange gebraucht, zumal der Ladewagen mannshoch mit Koffern bepackt war. Das konnte ja heiter werden. Wo sollte sie die ganzen Sachen nur unterbringen? Egal, es würde sich schon ein Ort dafür finden, jetzt mussten erst einmal alle ins Haus.

»Martin, Henry – ihr helft Kiri und Karini beim Abladen«, bestimmte sie rasch. »Kommt, es ist heiß hier draußen, lasst uns reingehen. Karini, bring unseren Gästen und uns bitte zuerst noch Getränke in den Salon.«

Wim und Gesine folgten Julie über die Veranda in das Stadthaus, während Jean den Jungen half, die großen Koffer von dem Transportkarren zu hieven.

Julie entging nicht, dass sich Gesine sofort beim Betreten des Hauses abschätzend umsah. Julie versuchte zu ergründen, welchen ersten Eindruck diese Frau aus Europa wohl von den Lebensumständen hier in Surinam hatte. Sie war sicherlich Luxus gewöhnt, aber galt dieses Haus für europäische Verhältnisse noch als luxuriös? Julie lag es fern, gegenüber dieser Frau auftrumpfen zu wollen. Aber sie kam nicht umhin, dass es ihr nicht ganz egal war, wie deren erster Eindruck ausfiel. Immerhin war sie Wims Frau, auch wenn Julie sofort aufgefallen war, dass die beiden unterschiedlicher nicht hätten sein können. Gesine passte so wenig zu Wim, wie sie nach Surinam zu passen schien.

»Bitte, nehmt doch Platz.« Im Salon deutete Julie auf die Sessel. Karini kam weisungsgemäß und stellte in zwei Karaffen frisches kühles Wasser und Orangensaft bereit. Julie bemerkte Gesines deutlich pikierten Gesichtsausdruck und folgte ihrem Blick zu Karinis Füßen. Sie waren nackt. Julie konnte sich ein Schmunzeln gerade noch verkneifen.

Kapitel 9

»Hattet ihr eine ruhige Überfahrt?« Jean betrat den Salon. Wim bemerkte seinen kritischen Blick auf die Wasserkaraffe, bevor er sich dem kleinen Vertiko zuwandte und zwei Gläser mit einer goldfarbenen Flüssigkeit füllte. Eines reichte er nun Wim.

»Danke.«

»Das ist bester surinamischer Dram.« Jean erhob kurz das Glas und trank es dann in einem Zug leer.

Wim tat es ihm gleich, obwohl er dem Alkohol selten zusprach. Sofort begann er heftig zu husten. Dieser Schnaps war zwar süß vom Geschmack, brannte aber in der Kehle wie Feuer. Es war in der Tat genau das, was er jetzt brauchte.

»Jean.« Juliette schüttelte den Kopf und wandte sich dann an Wim. »Entschuldigung, Wim, Jean hätte dich vielleicht warnen sollen, dass unser Dram etwas … kräftiger ist als der europäische Rum.«

»Nein, sehr schmackhaft.« Wim versuchte ein Lächeln, musste aber immer noch husten.

»Nun, wie war die Überfahrt?« Jean wiederholte seine Frage, während er sich ebenfalls setzte.

Gesine kam Wim zuvor. »Oh, es war stürmisch, sehr stürmisch und wir hatten sogar einen Mastbruch.« Allein der leidvolle Blick, den sie Jean zuwarf, machte Wim ärgerlich.

»Gesine, der Mast war nicht gebrochen, nur ein Querbaum des Focksegels«, korrigierte er seine Frau. Es gelang ihm nicht, den belehrenden Tonfall zu unterdrücken. »Bis auf den einen

Sturm war die Überfahrt recht angenehm, wir können nicht klagen.«

»Ach, was sagst du«, fiel Gesine ihm ins Wort. »Das Essen war schrecklich, die Unterbringung spartanisch und alles in allem war das Schiff sehr unkomfortabel. Es wundert mich unter diesen Bedingungen nicht, dass so wenig Leute in die Kolonie reisen.«

»Gesine, bitte.« Wim konnte diese ewigen Klagen nicht mehr hören.

»Na ja«, Jean versuchte zu beschwichtigen, »Surinam ist nun mal kein Land, in das man Vergnügungsfahrten macht, Gesine.«

»Ja, aber selbst Geschäftsleute dürften es unter diesen Reiseumständen doch wohl meiden«, konterte Gesine spitz.

Wim stöhnte und hörte, dass Juliette ein leises, verlegenes Husten von sich gab. Er wandte den Blick in ihre Richtung.

»Wim, ich möchte dir noch einmal unser Beileid zum Tode deines Vaters aussprechen.« Kein Muskel in ihrem Gesicht verriet, dass dieser Mann ihr zeit seines Lebens nichts Gutes getan hatte. Wim konnte nicht umhin, sie für diese Selbstbeherrschung zu bewundern. »Es tut uns leid, dass wir auf deine erste Nachricht nicht in die Niederlande reisen konnten, aber Helena war einfach noch zu klein«, fügte sie hinzu und wiegte das Mädchen in ihren Armen.

Wim schwieg einen Moment. Wie erwachsen Juliette doch geworden war! Das letzte Mal, als er sie gesehen hatte, war sie gerade einmal achtzehn Jahre alt gewesen, und nun saß hier eine gestandene Frau mit Familie vor ihm. Er hatte oft an sie gedacht, vor allem nach dem plötzlichen Abschied. Er hatte sie ungern ziehen lassen, insbesondere nachdem er herausgefunden hatte, dass die Ehe mit Karl Leevken arrangiert gewesen war. In den letzten Jahren waren seine Gedanken immer häufiger zu ihr gewandert, und er hatte so sehr gehofft, dass es ihr gut ging. Jetzt rührte ihn, dass Juliette es, trotz aller Widrigkeiten, geschafft hatte, sich in Surinam ein eigenes Leben aufzubauen. Und er spürte plötzlich, dass es ihn schmerzte, sie dabei nicht begleitet zu haben. Karl war damals nicht der Mann gewesen, den er sich für Juliette gewünscht hätte, aber so, wie er sie jetzt sah, an der Seite von Jean, schien sie ihr Glück gefunden zu haben.

»Das Gepäck ist auf den Zimmern.« Es war Henry, der den kurzen Moment des unangenehmen Schweigens brach und gemeinsam mit Juliettes Enkel Martin den Raum betrat. Wim musterte die beiden Jungen. Martin war etwas größer und anscheinend auch älter als Juliettes Sohn. Wie konnte es sein, dass sie bereits einen Enkelsohn hatte? Wim hatte keine Ahnung, aber Karls Vergangenheit hatte für Juliette offensichtlich einige Überraschungen bereitgehalten.

Jetzt nickte er Henry anerkennend zu. »Vielen Dank.«

»Henry hat sich sehr auf deine Ankunft gefreut, Wim. Ich hoffe, er wird dich in den nächsten Tagen nicht zu sehr mit seinen Fragen belästigen.« Jean lächelte verschmitzt, während Henry errötete.

Wim warf Henry einen aufmunternden Blick zu. »Nein, keine Sorge, du kannst fragen, was immer du möchtest. Ich werde sehen, ob ich eine Antwort finde.« Der junge Mann blickte ihn dankbar an.

»Auf jeden Fall war die Überfahrt schrecklich, ich weiß nicht, ob ich die Rückreise überleben werde ...« Gesine nahm ihren Faden wieder auf. »Dieser Sturm hat uns ganz schön durchgeschüttelt, ich habe mich sogar verletzt, Gott sei Dank hatten wir einen Arzt an Bord.«

»Ach ...«

Wim hörte deutlich, dass diese Bemerkung eher der Höflichkeit denn echtem Interesse geschuldet war.

»Ja, ich habe mir böse den Kopf angeschlagen und Wim, er war ja an Deck – als hätte er dort etwas ausrichten können ...«

»Na, immerhin konnten wir das beschädigte Segel entfernen.«

Wims Wut auf Gesine wuchs. Wenn sie doch nur endlich einmal

ihren Mund halten würde! Aber mit seiner Bemerkung goss er nur Öl in Gesines Feuer.

»In Lebensgefahr hast du dich gebracht! Auf jeden Fall hat dieser Arzt mich sehr nett versorgt.«

Wim sah im Hintergrund die schwarze Haushälterin durch die Tür treten. Henry machte einen Schritt beiseite, als die Frau ein Tablett mit frischem Obst und einem kleinen Imbiss hereinbrachte. Allein der Gedanke an frisches Obst und Gemüse ließ Wim das Wasser im Mund zusammenlaufen.

Gesine redete derweil unbeirrt weiter. »Wim meinte zwar, dass meine Kopfverletzung nicht so schwerwiegend gewesen sei, aber Doktor Brick sagte ...«

Die schwarze Haushälterin ließ scheppernd das Tablett fallen, und Juliette sprang ruckartig von ihrem Platz auf, wodurch sich das Kind auf ihrem Arm so erschreckte, dass es anfing zu schreien. Juliette hastete mit Helena auf dem Arm aus dem Raum. Erstaunt beobachtete Wim, dass auch Jean sofort aufsprang und seiner Frau mit versteinerten Gesichtszügen hinterhereilte.

Kapitel 10

»Juliette, so beruhige dich doch.«
»Ich soll mich beruhigen? Jean! Er ist wieder da!« Julies Herz klopfte bis zum Hals, und in ihren Ohren rauschte es unangenehm. »Oh, wäre dieses Schiff doch in dem Sturm gesunken.«

»Pst …! Nun schrei doch nicht so. Wim und Gesine können nun wirklich nichts dafür. Und sie konnten ja auch nicht ahnen, wer da mit ihnen an Bord ist. Es war doch zu befürchten, dass er eines Tages wieder auftaucht.«

Jean nahm Julie Helena ab. In den Armen ihres Vaters beruhigte sich das kleine Mädchen schnell und so bettete er es in sein Körbchen. Dann drehte Jean sich zu Julie um und fasste sie an den Schultern. Sie versuchte nicht, sich seinem Blick zu entziehen, und spürte, dass sie ruhiger wurde.

»Julie, wir wussten, dass er eines Tages wiederkommen würde, und du weißt auch, dass es sein gutes Recht ist«, hörte sie Jean mit ruhiger Stimme sagen.

»Aber … Martin … ach Jean, warum? Warum gerade jetzt?«

Die Erinnerungen brachen über Julie herein. Pieter hätte damals beinahe alles zerstört. Womöglich … womöglich säße sie sogar im Gefängnis. Sie schauderte.

Wieder drang Jeans Stimme an ihr Ohr. »Julie, wir können gar nichts machen außer abwarten.«

Jean wollte sie in den Arm nehmen, doch sie schob ihn fort.

»Er wird sich Martin holen, und er wird auch versuchen, an die Plantage zu kommen. Das weißt du. Pieter wollte immer nur die Plantage.«

»Julie!« Jean hob resigniert die Hände. »Das ist sechzehn Jahre her. Vielleicht ... vielleicht hat er sich mit den Jahren geändert.«

»Er hat dich damals fast erschossen, das kannst du doch nicht einfach vergessen!«

Ein Schatten huschte über sein Gesicht. »Nein, das tue ich auch nicht. Aber Martin ist und bleibt sein Sohn, daher denke ich, dass wir unter Umständen einfach tolerieren müssen, dass Pieter nicht gänzlich aus unserem Leben verschwinden kann. Ich werde dafür sorgen, dass er uns kein Leid zufügt, aber wir können ihn nicht verleugnen. Jetzt, da er wieder da ist, müssen wir mit der Situation besonnen umgehen und nicht voreilig ...«

»Ich habe dieses Kind aufgezogen, ich habe mich um Martin gekümmert. Pieter hat kein Recht ...« Julie liefen die Tränen über die Wangen. Sie verstand nicht, wie Jean Pieter nach all dem noch einen Funken Toleranz entgegenbrachte.

»Wir warten erst einmal ab, was passiert. Und jetzt sollten wir uns wieder um unsere Gäste kümmern.«

Auch wenn Julie in diesem Augenblick der Sinn weniger nach Gästen stand, schon gar nicht nach Wims Frau – Jean hatte recht.

Sie warf einen Blick in Helenas Körbchen. Das Baby war eingeschlafen.

»Lassen wir sie schlafen.« Jean zupfte Julie am Ärmel. »Komm. Wir sollten unsere Gäste nicht warten lassen.«

»Was ist passiert?« Karini erschrak, als ihre Mutter sichtlich verstört die hintere Veranda betrat, in den Händen das Tablett, auf dem die Zwischenmahlzeit nun völlig durcheinanderlag.

»Nichts ... mir ist das Tablett heruntergefallen. Hier ...«, Kiri stellte es auf die Arbeitsfläche, »mach das neu, ich bringe es dann nach vorne.«

Während sich ihre Mutter auf einen der Hocker setzte und gedankenverloren immer und immer wieder mit den Händen ihre Schürze glatt strich, bereitete Karini schnell einen neuen Imbiss für die Herrschaften. Ihre Mutter schien nicht einmal zu bemerken, dass Karini kurz darauf mit dem Tablett wieder in das Haus huschte.

Als sie in den Salon kam, herrschte dort eine merkwürdige Stille. Misi Juliette und Masra Jean waren nicht da, Masra Henry saß mit leicht gerötetem Gesicht neben dem Gast, dessen Frau nippte verlegen an ihrem Glas, und Masra Martin stand starr neben der Tür und verzog keine Miene. Niemand sprach ein Wort. Ein Blick in Masra Martins und vor allem in Masra Henrys Gesicht ließ nur einen Schluss zu: Hier war etwas Besonderes vorgefallen. Aber was? Beunruhigt stellte Karini so leise wie möglich den Imbiss ab und eilte zurück auf die hintere Veranda.

Dort hatte ihre Mutter ihre Starre abgelegt und begonnen, das Gemüse zu schneiden. Karini hatte sie selten so aufgewühlt gesehen, das Messer wetzte über die Auberginen, als gelte es, diese in Rekordzeit zu verarbeiten. Karinis Unruhe wuchs.

»Mutter? Was ist los? Ich habe den Imbiss in den Salon gebracht, aber Misi Juliette ist nicht bei ihren Gästen.«

Ihre Mutter hieb heftig auf das Gemüse ein. »Das Baby hat geschrien, da ist die Misi vermutlich nach oben gegangen«, stieß sie hervor.

»Und der Masra?«, bohrte Karini weiter.

»Der wohl auch! Kind, hör auf zu fragen, hilf mir lieber«, fuhr ihre Mutter sie an.

Karini zuckte zusammen. Sie konnte doch nichts dafür! Sie biss sich auf die Zunge, um ihre Mutter nicht mit einem entsprechenden Kommentar weiter zu verärgern, und tat, wie ihr geheißen. Trotzdem war ihre Neugier nicht im Entferntesten gestillt.

Wenig später, als Karini den Tisch für das Abendessen deckte, kam Masra Henry aus dem Salon. »Ist meine Mutter immer noch oben?«

Karini nickte nur. »Was ist denn passiert?«, fragte sie vorsichtig. Masra Henry stieß einen leisen Seufzer aus und blickte sich um, als hätte er Angst, jemand könnte sie belauschen. Dann zog er Karini zu sich heran und sagte im Flüsterton: »Du wirst es nicht glauben ... weißt du, wer auch auf dem Schiff war, mit dem mein Großcousin gekommen ist?«

Karini überkam eine böse Ahnung.

»Martins Vater!«

Karini war entsetzt. Sie hatte ja gewusst, dass es eines Tages geschehen würde, und immer wieder überlegt, Masra Henry in das Wissen einzuweihen, aber sie wollte nicht als Schnüfflerin dastehen und irgendwie hatte sich nie die richtige Situation gefunden. Und nun war es also so weit. Sie schluckte.

»Mutter hat sich darüber, glaube ich, sehr aufgeregt. Sie ist einfach aus dem Raum gestürzt. Ich muss jetzt wieder in den Salon, wir können unsere Gäste nicht so lange allein lassen.«

Mit diesen Worten verschwand Masra Henry aus dem Raum.

Karini stellte nachdenklich die Teller auf den Tisch und legte die Servietten bereit. Dann hielt sie mitten in der Bewegung inne. Jetzt war es also wirklich passiert. Masra Martins Vater war zurück nach Surinam gekommen. Karini konnte eine gewisse Neugier nicht leugnen, schließlich lag immer eine Spannung in der Luft, sobald sein Name fiel. Die Misi und der Masra sprachen so gut wie nie von ihm, Masra Martin wiederum nur in Gegenwart von Masra Henry und Karini, denn die Misi regte sich jedes Mal fürchterlich auf, wenn Masra Martin seinen Vater auch nur erwähnte, auch wenn sie sich bemühte, sich nichts anmerken zu lassen. Was hatte dieser Mann nur getan, dass die Misi ihn so sehr hasste? Sie wurde dann rot vor Zorn und manchmal einfach nur blass und still.

Nun fiel Karini das bleiche Gesicht ihrer Mutter ein, als diese eben verstört aus dem Salon gekommen war. Hatte sie das Tablett etwa fallen gelassen, weil sie diese Nachricht gehört hatte? Karini konnte sich nicht daran erinnern, dass ihre Mutter sich überhaupt einmal zu Masra Martins Vater geäußert hatte. Was ungewöhnlich war, normalerweise hielt Kiri zumindest in Karinis Beisein nicht mit ihrer Meinung hinterm Berg. Verband am Ende auch Kiri mit diesem Menschen eine negative Erfahrung?

Nachdenklich wandte Karini sich um. Sie musste sich eilen, um den Tisch rechtzeitig zum Abendessen fertig zu bekommen. Mehrmals lief sie zwischen der hinteren Veranda und dem Speisezimmer hin und her, bis die Tafel fertig vorbereitet war. Normalerweise speiste die Familie nicht so opulent. Anlässlich des Besuches aber hatte die Misi aufgetragen, ein mehrgängiges Menü zu servieren. Schließlich trat Karini in den Salon, knickste höflich und verkündete, das Abendessen könne aufgetragen werden. Sie fühlte sich unwohl, solche Auftritte als Dienstmädchen schätzte sie nicht gerade.

Masra Martin regte sich als Erster. »Danke, Karini.« Etwas verblüfft sah sie ihn an. Sonst bedankte er sich doch auch nicht bei ihr. »Wim ... wenn ich bitten darf ... meine Tante kommt bestimmt gleich dazu.« Karini war erstaunt, wie erwachsen er plötzlich wirkte.

»Ich dachte, sie ist deine Großmutter«, platzte Misi Gesine verwirrt dazwischen.

»Danke, mein Junge«, Masra Wim bedachte Masra Martin und Masra Henry mit einem freundlichen Blick und lächelte.

Karini sah förmlich, wie Masra Henry ein Stein vom Herzen fiel. Sie wusste, dass die angespannte Situation im Salon ihn bedrückte.

»Ja, nehmt doch bitte Platz«, sagte er sichtlich erleichtert und fügte mit einem Seitenblick zu Masra Martin und einem entschuldigenden Lächeln hinzu: »Meine Mutter fühlt sich noch ein bisschen zu jung, um als Großmutter betitelt zu werden.« Und an Karini gewandt: »Dann tragt bitte auf.«

Karini huschte wieder durch das Haus, zurück auf die Veranda, wo ihre Mutter bereits die Speisen zum Hereintragen bereitgestellt hatte. Im gleichen Moment kamen auch die Misi und der Masra zurück. Karini sah sofort, dass die Misi aufgewühlt war, auch wenn sie sich sicher bemühte, sich nichts anmerken zu lassen. Und dann erhaschte Karini den Blick, den ihre Mutter und die Misi sich zuwarfen. Der keiner Worte und auch keiner Erklärungen bedurfte. In diesem Moment verstand Karini, dass die beiden etwas zu verbergen hatten. Und damit war Karinis Neugier vollkommen entflammt. Sie würde herausfinden, was an Masra Martins Vater so besonders war.

Als Julie und Jean ins Speisezimmer kamen, saßen Henry und Martin sowie Gesine und Wim bereits am Tisch.

»Verzeiht bitte … das Baby … Helena hatte sich erschreckt, als das Tablett fiel«, stammelte Julie und nahm am Tisch Platz. Sie hoffte sehr, dass niemand ihren plötzlichen Aufbruch mit Pieter in Zusammenhang gebracht hatte. Sie schenkte Kiri, die mit harten Gesichtszügen neben dem Tisch stand, ein kurzes, entschuldigendes Lächeln.

Kiri trug die Schalen auf, und Julie kannte ihre ehemalige Leibsklavin gut genug, um zu erkennen, dass sie hinter der äußerlich ruhigen Fassade aufgewühlt war. Pieter Brick war wieder im Lande. Der Mann hatte ihnen beiden großes Leid zugefügt und dies hatte ein Band zwischen ihnen geknüpft, auch wenn jede von ihnen noch eine weitere Last mit sich trug.

»Nun, Wim, welche Pläne hast du für deinen Aufenthalt in Surinam?« Julie war Jean dankbar, dass er versuchte, das Interesse auf etwas anderes zu lenken.

»Oh, mein Schwiegervater ist Verleger eines großen Handelsblattes und würde sich freuen, Nachrichten und Berichte aus der Kolonie zu bekommen. Ich hoffe, ich wirke nicht zu aufdringlich, aber ich würde mich sehr freuen, wenn ihr mir einen Einblick in die Plantagenwirtschaft gewähren würdet.«

Jean freute sich sichtlich. Er lachte. »Natürlich, sehr gerne, das sollte das geringste Problem sein.«

Wim fuhr fort, allerdings in gedämpftem Ton, wie Julie bemerkte. War ihm ihre Reaktion nach der Erwähnung von Pieters Namen doch aufgefallen?

»Wir haben auf dem Schiff noch jemanden kennengelernt, einen Niederländer, der in Surinam geboren wurde. Sein Name ist Thijs Marwijk, auch er möchte wieder in die Plantagenwirtschaft einsteigen.«

»Marwijk?« Julie stutzte.

»Ja, er sprach von einer Plantage, die einst von seinen Eltern bewirtschaftet wurde.«

Jean nickte. »Wir kennen die Plantage der Familie Marwijk. Watervreede liegt nicht weit von Rozenburg. Also von unserer Plantage.«

»Vielleicht ein günstiger Zufall.« Julie spürte, dass Wim sie von der Seite musterte. »Mit den Marwijks sind wir immer gut ausgekommen«, sagte sie ehrlich.

An die Marwijks hatte sie in der Tat positive Erinnerungen, auch wenn die Familie bereits 1863 das Land verlassen hatte. Julie versank in Gedanken. Dass die Marwijks einen Sohn in Europa hatten, war ihr allerdings nicht mehr bewusst gewesen.

»Und nun möchte Thijs die Plantage seiner Eltern besuchen und hofft, dort die Bewirtschaftung wieder aufnehmen zu können«, beendete Wim gerade seinen Bericht.

Jean runzelte die Stirn. »Da wird Marwijk aber viel Arbeit investieren müssen. Die Plantage Watervreede ist ... gelinde gesagt ... in einem schlechten Zustand. Die meisten Felder hat Julies erster Mann damals gekauft, und den größten Teil der noch vorhandenen Fläche hat sich der Regenwald zurückerobert, schätze ich.«

Wim zuckte die Achseln. »Ich denke, dass Thijs sich keine falschen Vorstellungen von dem macht, was ihn erwartet. Er hat allerdings neue Pläne für den alten Plantagengrund, eben weil er weiß, dass die Plantage auf die alte Art gar nicht mehr zu bewirtschaften ist.«

»So?« Das schien in der Tat Jeans Neugier zu wecken.

Julies Blick fiel derweil auf die Jungen. Henry lauschte den Berichten von Wim gebannt. Martin hingegen starrte ihr jetzt unverwandt in die Augen, und in seinem Blick lag etwas, das ihr nicht gefiel. Dort war ein Funke entbrannt, und in diesem Augenblick verstand sie, dass er nicht zu löschen sein würde. Martin würde alles daransetzen, seinen Vater zu sehen. Und sie durfte ihn nicht davon abhalten. Ihr Magen krampfte sich schmerzhaft zusammen.

Kapitel 11

Karini stand mit Masra Henry im Salon und blickte immer wieder durch das Fenster auf die Straße, in der Hoffnung, Masra Martin zu erspähen. Dieser war am Mittag aus dem Haus geschlichen, und die beiden wussten nur zu gut, wohin es ihn trieb. Seit er von der Ankunft seines Vaters gehört hatte, war Masra Martin sichtlich unruhig gewesen. Karini ging es ähnlich. Sie wusste, was das bedeutete: Veränderungen. Sie seufzte. »Meinst du, er hat ihn gefunden?«

»Sicherlich«, meinte Masra Henry, »so groß ist Paramaribo ja nicht. Und unter den Weißen sprechen sich Neuankömmlinge schnell herum.« Er deutete auf den Flur. In der kleinen Silberschale auf der Anrichte stapelten sich bereits die Einladungen für Misi Juliette, oder besser gesagt für Masra Wim und Misi Gesine. Wie immer brannten die weißen Kolonisten darauf, die aus Europa Angereisten einzuladen, um Neuigkeiten aus der alten Heimat zu hören.

»Mit Misi Gesine werden sie ihren Spaß haben«, bemerkte Karini grinsend. Noch nie hatte sie eine Frau kennengelernt, die so viel redete. Aber die Misi hatte auch wunderschöne Kleider und teuren Schmuck. Karini hatte helfen dürfen, die unzähligen Koffer der Misi auszupacken und andächtig in aller Heimlichkeit den Stoff eines jeden Kleidungsstückes vorsichtig befühlt. Wie weich die Kleider waren! Karini befand, dass Misi Gesine eine richtige Dame war. Aber ihre Redseligkeit war für alle in diesem Haus ungewohnt.

Selbst mit Karini hatte die Misi Gesine ununterbrochen gesprochen. Oder besser gesagt, sie hatte geredet, und Karini hatte schweigend zugehört. Ein bisschen stolz war Karini schon, dass Misi Juliette ihr aufgetragen hatte, sich um das Wohl von Misi Gesine zu kümmern. Das bedeutete für Karini, dass Misi Juliette ihr zutraute, diese Aufgabe zu ihrer Zufriedenheit zu erledigen. Ihre Mutter hatte zwar die Stirn gerunzelt, auch weil Kiri sehr wohl wusste, dass ihre Tochter die Rolle des Dienstmädchens nicht gerne übernahm. Aber sie konnte ja nicht wissen, dass Karini sich dieses Mal sogar sehr darüber freute. Denn wo hätte sie mehr über Europa und das Leben als Dame dort erfahren können, als von Misi Gesine? Dafür nahm sie sogar in Kauf, von Misi Gesine herumkommandiert zu werden.

Masra Henry riss Karini aus ihren Gedanken. »Wenn er nicht bald zurückkommt, wird Mutter etwas bemerken.«

»Er wird schon aufpassen, ich glaube nicht, dass er es jetzt schon auf einen Streit ankommen lässt.« Karini schob nochmals die Vorhänge beiseite. Plötzlich sah sie Masra Martin die Straße entlanghasten. Er lief leicht gebeugt und hielt den Kopf gesenkt, als wolle er nicht entdeckt werden. Karini nickte in Richtung des Fensters. »Da kommt er«, sagte sie und folgte Masra Henry dann mit großen Schritten durch den Salon bis zur Tür.

Masra Martin schloss hastig die Tür und schrak zurück, als er die beiden entdeckte. Dann blickte er sich hastig um.

»Keine Sorge, Misi Juliette ist mit Helena noch auf ihrem Zimmer«, flüsterte Karini.

Einen Moment herrschte vollkommene Stille, dann atmete Masra Martin hörbar aus und wandte sich in Richtung Treppe. Karini aber musste wissen, was passiert war. »Hast du ... hast du ihn getroffen?«, stellte sie die Frage, die ihr auf der Seele brannte.

Masra Martins Augen weiteten sich kurz. Dann nickte er, während er den Finger auf die Lippen legte und mit der anderen Hand die Treppe hinaufwies. Einen kurzen Moment sahen sich alle drei verschwörerisch an, dann liefen sie nach oben. Als sie

Misi Juliettes Zimmer passierten, schlich Karini auf baren Sohlen daran vorbei, die Schuhe von Masra Martin und Masra Henry aber schienen in ihren Ohren zu dröhnen. Doch nichts regte sich.

In Masra Martins Zimmer schloss Masra Henry, so leise es ging, die Tür und ließ sich dann auf den Stuhl an dem kleinen Schreibtisch unter dem Fenster fallen. Karini atmete erleichtert aus und hockte sich, wie immer, auf den Boden, während Masra Martin an der Wand neben der Tür stehen blieb und sich mit einer fahrigen Geste die Haare aus der Stirn strich. Sein Gesicht war leicht gerötet, und er schien sehr aufgewühlt zu sein.

»Nun erzähl schon«, drängte Masra Henry.

»Ich habe gar nicht lange fragen müssen, er … mein Vater … ist als Gast bei John Therhorsten untergekommen.«

Karinis Herz schlug schneller in ihrer Brust. »Und? Hast du ihn besucht?«, fragte sie neugierig.

»Bist du verrückt … ich kann da doch nicht einfach hingehen«, zischte Masra Martin vorwurfsvoll.

Karini musterte ihn überrascht. Masra Martin hatte so lange auf ein Wiedersehen mit seinem Vater gehofft. Jetzt war er hier, Masra Martin wusste sogar wo, aber er ging nicht hin?

»Warum nicht?«

Masra Martin zuckte die Achseln. Dann ließ er sich rücklings die Wand heruntergleiten, kauerte sich auf den Boden und legte den Kopf auf die Knie. »Ich … ich weiß doch gar nicht, ob er mich wiedersehen will.« Seine Stimme bebte und Karini bemerkte erstaunt, dass er weinte. Hilfe suchend warf sie Masra Henry einen Blick zu. Diese Seite hatte sie an ihm, dem stets Resoluten, Zielstrebigen, aber auch Verschlossenen, noch nie gesehen.

Masra Henry zuckte nur die Achseln. Karini empfand ein starkes Bedürfnis, Masra Martin zu trösten, und rutschte ein Stück an ihn heran. Denn auch wenn er sie in den letzten Monaten immer wieder gedemütigt hatte, rührten seine Tränen sie zutiefst. Sie zögerte einen Moment, legte ihm dann aber entgegen jeglicher Etikette beruhigend eine Hand auf den Arm. Seine Haut war warm und weich, und Karini spürte überrascht, dass sie die Berührung genoss. Ihr Körper wurde von einem angenehmen Prickeln ergriffen, und alles um sie herum schien einen Augenblick in weite Ferne zu rücken.

»Dein Vater ist jetzt um die halbe Welt gereist, und ich bin mir sicher, er wäre nicht nach Surinam zurückgekommen, wenn er nicht auch vorhätte, dich zu sehen«, sagte sie schließlich sanft.

»Ja, nun warte doch erst einmal ab, das Schiff hat vor gerade einmal vierundzwanzig Stunden angelegt. Ich denke, dein Vater hat erst mal andere Dinge regeln müssen.« Karini war Masra Henry dankbar für seine Unterstützung.

Masra Martin hob den Kopf und blickte ihr direkt ins Gesicht. Für einen kurzen Moment meinte Karini, so etwas wie Dankbarkeit in seinen geröteten Augen zu erkennen, dann wurde sein Blick hart. Er schüttelte ihre Hand ab, rappelte sich auf und strich sein Hemd gerade. »Ich würde gerne ... etwas allein sein.«

Masra Henry stand auf, hob kurz die Arme und ging zur Tür. Karini wollte sich vom Boden hochstemmen, als Martin ihr die Hand zu Hilfe reichte. Erstaunt griff sie zu. Es war das zweite Mal, dass sie ihn heute berührte, und auch jetzt durchfuhr sie ein Kribbeln. Er zog sie hoch und stand plötzlich ganz dicht vor ihr.

»Danke«, flüsterte er und ließ den Blick aus seinen dunkelbraunen Augen einen kurzen Moment auf ihr ruhen. Karinis Herz machte einen ungelenken Hüpfer.

Kapitel 12

Wim stand am Fenster und blickte hinaus. Seine Fingerspitzen strichen vorsichtig über die zarte Gaze, die auf den Rahmen gespannt war, während er über seine ersten vierundzwanzig Stunden auf surinamischem Boden nachdachte.

Das Klima in diesem Land war so heiß. Gestern war er viel zu aufgeregt gewesen, um die Hitze wirklich wahrzunehmen, aber jetzt hatte er bereits die obersten Knöpfe seines Hemdes geöffnet und trotzdem nicht das Gefühl, dass es Erleichterung brachte.

Gesine schien die Hitze körperlich noch mehr zuzusetzen. Sie hatte sich gleich nach dem Frühstück mit Kopfschmerzen entschuldigt. Wim war nicht entgangen, dass sie die Aufmerksamkeit, mit der das junge schwarze Mädchen um sie herumlief, zu genießen schien. Mehrmals hatte Wim aus dem Nebenzimmer leise Gespräche belauscht, im Stile von: »Ja Misi, etwas kaltes Wasser zum Waschen bringe ich noch, möchte die Misi auch noch etwas zu trinken?« Wim schmunzelte. Das gefiel Gesine sicherlich. Und er war froh, ihre Leiden jetzt nicht ertragen zu müssen.

Dabei war sie bei Weitem nicht die Einzige, die litt. Wims Gedanken wanderten zum vorangegangenen Abend. Dass Gesine mit der Erwähnung von Pieter Brick starke Aufregung ausgelöst hatte, war seiner Frau selbst wohl bis jetzt nicht bewusst geworden.

»Etwas tollpatschig, diese Mohren«, hatte sie mit einem Blick auf das am Boden liegende Tablett der schwarzen Haushälterin pikiert gesagt. Wim aber hatte die Spannung sofort gespürt. Die

Blicke, die Juliette, ihr Mann und der Junge sich zugeworfen hatten, konnten nur eines bedeuten: Hier lag etwas im Argen.

Nach dem Abendessen hatte Jean Wim zu einem Umtrunk unter Männern in sein Büro gebeten. Wim wusste, was das bedeutete, Juliettes Mann war ganz offensichtlich ein Mann der Tat. Er hatte zwei Gläser Dram eingeschenkt und Wim eines gereicht.

»Wim, erlaube mir die Frage: Was hat dich wirklich nach Surinam geführt?«, hatte er nicht lange um den heißen Brei herumgeredet. »Versteh mich bitte nicht falsch, aber Julie regt das Thema Erbe immer sehr auf, sie ist seit deinem Brief sehr aufgewühlt.«

Sofort hatte sich Wims Gewissen gemeldet. Vielleicht war er zu egoistisch gewesen? Er war schließlich vor seinem eigenen Leben davongelaufen und stolperte, nein drängte dabei nun einfach in Juliettes Leben hinein. Aber er hatte das Erbe nur vorgeschoben, weil er nicht den Mut gehabt hatte, den wahren Grund für seine Reise zu offenbaren. Weder jemandem in den Niederlanden, noch Juliette in Surinam.

Juliettes Mann war ihm durchaus sympathisch. Er machte einen aufrichtigen Eindruck, und wie er sich um Juliette sorgte, rührte Wim zutiefst. Er selbst hätte seine Ehefrau lieber am anderen Ende der Welt gewusst. Natürlich hatte Gesine nicht wissen können, dass Pieter Brick in diesem Haus bekannt war, aber vieles wäre eben leichter, wenn Gesine einfach manchmal den Mund halten würde oder besser noch, gar nicht erst mitgefahren wäre.

Wim hatte also versucht, Jeans Sorgen zu beschwichtigen. Nichts lag ihm ferner, als dieser Familie Unbill zu bereiten. Wim bemühte sich, versöhnlich zu lächeln. »Jean, es war nicht meine Absicht, Juliette Kummer zu machen. Und es tut mir leid, dass meine Frau heute Nachmittag eine solche Aufregung ausgelöst hat. Aber wir konnten ja nicht ahnen...«

»Schon gut.« Jean winkte ab. »Du solltest nur wissen, dass Pieter Brick unserer Familie schon sehr viel Leid zugefügt hat. Sein plötzliches Wiederauftauchen hat ... Julie etwas verstört.« Es war offensichtlich, dass Jean das Thema nicht vertiefen wollte.

Wim zögerte kurz. Pieter Brick war ihm vom ersten Moment an unsympathisch gewesen, und Jeans Bemerkung ließ darauf schließen, dass ihn sein Gefühl nicht täuschte. »Darf ich ... darf ich fragen, in welchem Verhältnis ihr zu Brick steht?«, fragte er schließlich.

Jean gab einen leisen Seufzer von sich und zuckte die Achseln. »Er ist genau genommen Julies Schwiegersohn und ... Martins Vater.«

»Oh.« Wim war ehrlich überrascht. Vor allem, weil Pieter Brick mindestens zehn Jahre älter war als Juliette.

»Mit wem ... ich meine ...?«

Jean bedachte ihn mit einem langen Blick. »Ist schon gut, du kannst das nicht wissen. Julies erster Mann Karl hatte eine Tochter, die damals kaum jünger war als Julie selbst. Julie hat von ihr auch erst nach der Hochzeit erfahren.«

Wim spürte, dass er zornig wurde. »Dieser Leevken, ich wusste damals schon, dass ...«

Jean hob die Hand, und Wim hielt inne.

»Wim, es gibt in diesem Zusammenhang einiges, das du nicht weißt. Ich möchte dir den dringenden Rat geben, die Dinge auf sich beruhen zu lassen. Julie ... spricht nicht gerne über ihre ersten Jahre hier in Surinam. Sie hat viel erdulden müssen und diese Dinge eigentlich überwunden. Dass du jetzt in einer Erbsache zu uns kommst, hat alte Wunden bei ihr aufgerissen.«

Wim war entsetzt. Ihn überkam das Gefühl, versagt zu haben. Er hätte Juliette damals beschützen müssen. Hätte er diese unselige Heirat doch nur verhindert! Jeans Worte ließen keinen Zweifel daran, dass Karl Leevken nicht der Mensch war, für den er sich bei Wims Vater ausgegeben hatte, ganz so, wie Wim selbst es vermutet hatte. Seine Cousine hatte offensichtlich gelitten, umso mehr berührte es ihn jetzt, dass sie anscheinend wirklich Angst vor ihm gehabt hatte.

»Oh bitte, Juliette sollte sich deswegen doch keine Sorgen machen, im Gegenteil!«

Jean bedachte ihn mit einem langen Blick, sagte aber nichts. Also fuhr Wim fort: »Es geht im Grunde um Folgendes: Leevken hat damals aus Juliettes Erbteil, den sie mit in die Ehe brachte, einen großen Betrag wieder in das Handelskontor meines Vaters investiert.« Wim lachte kurz leidlich auf. »Das war vermutlich der Brauthandel. Man kann diesem Leevken ja einiges nachsagen ... aber das Geld hat er sinnvoll investiert. Heute ist daraus ein kompletter Betriebszweig des Kontors geworden. Und da die ganze Familie Gewinn daraus zieht, halte ich es nur für fair, dass Juliette auch wieder einige Anteile bekommt. Schließlich war es doch das Vermächtnis ihrer Eltern an sie.« Wim war froh, dass Jean das Thema angesprochen hatte und beobachtete ihn jetzt, wie er nachdenklich in sein Glas starrte und es dann mit einem Zug leerte.

»Das wäre natürlich sehr großzügig von dir, Wim. Ich weiß nur nicht ...«

»Für Juliette besteht absolut kein Risiko.« Wim hob als Zeichen der Ehrwürdigkeit die Arme. »Ich würde ihr einige Anteile übertragen, und es ginge alleinig um eine Gewinnbeteiligung. Sollten die Anteile zu einem Verlustgeschäft werden, hat sie keinerlei Verpflichtungen, das übernimmt alles das Handelshaus Vandenberg.«

Wieder schwieg Jean einen Moment, und Wim wartete nervös auf die Antwort. Schließlich lehnte Jean sich nach vorne und stützte die Hände auf seinen Schreibtisch. »Also gut, wenn du erlaubst, würde ich das gerne in Ruhe mit Julie besprechen.«

Wim fiel ein Stein vom Herzen, Jean schien seinem Vorschlag zumindest nicht vollkommen ablehnend gegenüberzustehen. Er lächelte und hob sein Glas. »Gerne. Ich bin ja noch eine Weile hier«, sagte er augenzwinkernd.

Jean lächelte. »Und wo wir gerade über das Geschäftliche sprechen: Könntest du mich vielleicht mit Thijs Marwijk bekannt machen? Diese Geschichte mit der Zuckermühle ist nicht uninteressant für Rozenburg.«

Wim reichte ihm die Hand. »Aber gerne, er wird sich freuen, dich kennenzulernen, da bin ich mir sicher.« Und das entsprach vollkommen der Wahrheit.

Kapitel 13

»Ich wusste ja, dass hier tropisches Klima herrscht, aber dass es hier auch so heftig regnet ...« Gesine schaute mit einem vorwurfsvollen Blick aus dem Fenster des Salons.

Julie saß mit Helena auf dem Schoß in einem der Sessel. »Das ist vor allem in der Regenzeit so, aber die neigt sich jetzt dem Ende. In der Trockenzeit wird es sehr heiß, da wünscht man sich manchmal den Regen zurück.« Sie schaukelte Helena auf den Knien, und das Kind gab ein fröhliches Quietschen von sich.

»Aber man kann gar nicht vor die Tür bei diesem Wetter, ich hätte mir so gern die Stadt angesehen.«

Julie versuchte, den anklagenden Ton in Gesines Stimme zu ignorieren. Schließlich konnte auch sie nichts für das Wetter, gab sich aber Mühe, ihren Gast milde zu stimmen. »Das sind meist nur kräftige Schauer, gegen Abend kann das schon wieder viel besser aussehen.«

Ihr war nicht verborgen geblieben, dass Gesine schon jetzt, am zweiten Tag im Stadthaus, von einer rastlosen Unruhe befallen war. Den ersten hatte sie klagend, mit Kopfschmerzen, in ihrem Zimmer verbracht, aber seit dem heutigen Morgen lief die junge Frau umher wie ein eingesperrtes Tier, hatte sich bereits dreimal umgezogen und auch die Frisur jeweils mit der Garderobe geändert. Immer begleitet von Karini, die ihre Aufgabe, zur Überraschung aller, mit viel Herzblut ausfüllte. Zumal Gesine es für selbstverständlich hielt, dass Karini jederzeit auf Abruf für sie bereitstand. Julie betrachtete sie nachdenklich. Ihr war diese Anspruchshaltung schon immer zutiefst zuwider gewesen, aber nun musste sie überrascht feststellen, dass die Bediensteten ihr selbst ebenfalls selbstverständlich geworden waren. Aus Leibsklavinnen waren Haushälterinnen und Dienstmädchen geworden, die für eine geringe Entlohnung immer noch in gewisser Weise Leibeigene ihrer Dienstherren waren. Auch wenn Julie sie schon zu Zeiten des Sklaventums respektiert hatte, war sie wirklich froh, dass einige von ihnen sie heute noch begleiteten.

Karl hatte ihr direkt nach ihrer Ankunft in Paramaribo Kiri gekauft. Es hatte eine Weile gedauert, bis Julie sich mit der Gepflogenheit einer persönlichen Leibsklavin zurechtgefunden hatte, dann aber war Kiri ihr zu einer unerlässlichen Hilfe geworden, und das war sie auch heute noch. Es bedurfte nie vieler Worte zwischen ihnen, Kiri half ihr wenn nötig beim Ankleiden oder der Versorgung von Helena und kümmerte sich zudem um den gesamten Haushalt.

Mit Schaudern dachte Julie daran, dass Karl seinen Leibsklaven Aiku unter grausamen Umständen an sich gebunden hatte und kaum eine Stunde ohne ihn verbringen wollte. Diese Zeiten waren aber vorbei, kein Schwarzer musste sich mehr von den Weißen quälen lassen. Zumindest nicht in ihrem Hause und auch nicht auf der Plantage Rozenburg.

Gesine riss sie aus ihren Gedanken. »Hoffentlich kann das Abendessen heute überhaupt stattfinden«, bemerkte sie spitz.

Julie betrachtete sie irritiert. Es brauchte schon ein bisschen mehr Regen, um ein Essen zu verhindern. Auf das sie sich im Übrigen sehr freute. Jean hatte Wim gebeten, Thijs Marwijk zum Abendessen einzuladen. Er brannte geradezu darauf, mehr über dessen Pläne für die Zuckermühle zu erfahren. Julie wusste, dass dieses Vorhaben auch für sie einschneidende Veränderungen mit sich bringen würden, so es ihm denn gelang, es umzusetzen.

Gesines Sorge war vollkommen unbegründet. Thijs Marwijk stand pünktlich um sieben Uhr vor der Tür des Stadthauses.

Neben Jean hingen auch Henry und Martin den ganzen Abend an seinen Lippen und folgten den ausführlichen Beschreibungen seiner Pläne auf Watervreede. Julie mühte sich ebenfalls, ihre Aufmerksamkeit auf das Thema zu konzentrieren, musste sich aber nebenbei immer wieder mit Gesine unterhalten, die der technischen Erklärungen bald überdrüssig war.

Am späten Abend, als der Gast verabschiedet war und alle sich in ihre Gemächer zurückgezogen hatten, lag Julie neben Jean und starrte an die Decke. Er hatte ihr gerade Wims Vorschlag bezüglich des Erbes erklärt. Julie war ehrlich überrascht. Als Jean dann aber von Thijs Marwijks Plänen zu schwärmen begann, wurde ihr mulmig zumute. Das alles kam so überraschend, und es ging ihr zu schnell. Ihr Leben könnte in Zukunft eine völlig neue Richtung einschlagen! Jean hatte Marwijk sogar, ganz entgegen seiner Art und sehr zu Julies Überraschung, im Verlauf dieses ersten Treffens das Du angeboten. Ein untrügliches Zeichen, dass es ihm ernst war. Sie spürte seine Begeisterung für das Vorhaben, konnte sie aber nicht teilen.

Jetzt stupste Jean sie sanft an. Als sie sich zu ihm drehte, konnte sie förmlich sehen, wie der Eifer in seinen Augen brannte.

»Und? Was denkst du? Das hört sich doch alles sehr gut an, was Thijs auf Watervreede plant.«

Julie war bemüht, ihn zu bremsen. »Ja, aber er ist noch nicht einmal dort gewesen! Du weißt doch selbst, wie schnell die Plantagen verfallen, wenn sie nicht bewirtschaftet werden. Ich glaube nicht, dass er sich im Klaren darüber ist, dass ihn dort ein altes Plantagenhaus und eine vollkommen verwilderte Plantage erwarten. Ich befürchte, er wird einen Schreck bekommen, wenn er dort ankommt.«

Jean schien das nicht zu beeindrucken. »Ja, das kann sein, aber ich finde, er macht einen sehr entschlossenen Eindruck.«

Julie musste lächeln. Sie konnte sich gut erinnern, mit welchem Einsatz Jean sich damals an die Rettung der Plantage Rozenburg gemacht hatte. Ohne seine Entschlossenheit und seine Tatkraft wären sie sicherlich gescheitert. Sie betrachtete ihn zärtlich von der Seite. Sie wusste, dass sie das Feuer, das diese Idee in ihm entfacht hatte, nicht löschen konnte. Trotzdem galt es, alle Aspekte zu betrachten. »Er muss das alles aber auch finanzieren können. Allein die Instandsetzung der Plantage wird Unsummen kosten. Und dann noch die neue Mühle …«

Jean runzelte die Stirn, dieser Punkt schien auch ihn zu beschäftigen. »Ja, du hast recht. Aber er scheint über umfangreiche Geldmittel zu verfügen. Zudem möchte Wim offensichtlich auch investieren.« Er zögerte einen Moment. »Und wir könnten überlegen«, fügte er langsam hinzu, »einen Teil des Geldes einzubringen, das du erhalten würdest, wenn du das Angebot von Wim annehmen würdest.«

Julie spürte Ärger in sich aufwallen. Das Angebot war verlockend, sicher, aber sie war müde und musste erst ihre Gedanken ordnen. Sie würde morgen in Ruhe darüber nachdenken und später eine Entscheidung fällen. Und schon gar nicht wollte sie sich von Investitionen locken lassen, die mit diesem Geld möglich wären.

»Ich denke, wir sollten nicht zu euphorisch sein. Wenn der Plan dieses Abenteurers scheitert, reißt er uns vielleicht mit ins Verderben.«

Jean stützte sich auf den Ellenbogen und sah ihr ins Gesicht. »Ja, du hast recht, aber erst einmal birgt es für uns doch kein Risiko. Wir können ihm einige Arbeitskräfte überlassen, für die er uns entlohnt, und beobachten nebenbei, was aus seinen Bauplänen wird.« Er strich ihr eine Strähne aus dem Gesicht. »Und du solltest über Wims Angebot nachdenken, vielleicht hilft uns das ja ebenfalls weiter.«

Julie wusste, dass er es gut mit ihr meinte, trotzdem wandte sie ihr Gesicht ab. »Ich will aber keine Almosen von meinem Cousin.« Sie hörte selbst, wie trotzig ihre Stimme klang.

»Das sind doch keine Almosen! Er bietet dir an, dich an dem, was dein Onkel aus deinem Erbe gemacht hat, zu beteiligen. Ich finde das sehr großzügig von ihm. Außerdem war es einmal dein Geld, es kommt aus deinem Erbe, warum soll es jetzt nicht wieder dir gehören?«

»Wer weiß, was er später als Gegenleistung dafür haben will«, sagte sie lahm.

»Ach Julie, so ein Mensch scheint Wim wirklich nicht zu sein … und überleg doch mal: Hat er dir jemals absichtlich Schaden zugefügt?« Sie hörte, wie Jean sich wieder auf den Rücken drehte, bevor er fortfuhr: »Stell dir mal vor, es wird alles so, wie Thijs sich das ausmalt. Dann hat Rozenburg, in direkter Nachbarschaft, einen großen Vorteil: Wir können die Zuckermühle ganz einfach und ohne viel Aufwand beliefern, schneller produzieren und höhere Gewinne einfahren. Julie, auf so eine Chance haben wir doch im Grunde lange gewartet. Das ist doch unser Lichtstreif am Horizont.«

Julie seufzte und wandte sich ihm wieder zu. »Ja, sicherlich. Aber wir sollten uns darauf nicht verlassen. Dass er nun aus den Niederlanden auftaucht, ist nicht mehr als ein Zufall. Wir hätten die nächsten Jahre auch ohne ihn planen müssen und«, sie betrachtete ihn zärtlich, »wir hätten sie bewältigt. Ich will doch nur, dass du nicht zu viel Hoffnung hineinsteckst.«

Jean machte ein gespielt böses Gesicht. »Du bist immer so pessimistisch … möchtest du nicht«, er fuhr mit dem Finger über ihr Dekolleté und Julie reagierte mit einem leichten Zittern, »schöne Geschmeide tragen und teure Kleider?«

Sie musste lachen. »Ich bin bis jetzt auch ohne Geschmeide und teure Kleider ausgekommen.« Liebevoll streichelte sie seinen Unterarm.

Er küsste sanft ihren Hals und ließ seine Lippen langsam über die Haut wandern. Julie erschauderte.

»Julie, es … es wäre nur einfach so wundervoll, wenn wir endlich etwas sorgenfreier auf Rozenburg leben könnten«, flüsterte er ihr ins Ohr.

»Ja«, seufzte sie und gab sich seinen Küssen hin. Sie wollte jetzt im Moment nicht daran denken.

Einen Tag später stürmte Julie aufgebracht in Jeans Büro. Soeben hatte ein kleiner Mulattenjunge an der Haustür eine Nachricht abgegeben.

»Da hast du es! Er will ihn sehen.«

Während Jean die Nachricht las und die Stirn runzelte, rauschten tausend Gedanken durch Julies Kopf.

»Wenn wir ... wenn wir Martin nach Rozenburg schicken, können wir vielleicht noch hinauszögern. Oder wir verbieten Pieter einfach, ihn zu sehen. Aber Paramaribo ... in dieser Beziehung ist es ja ein Dorf, es ist fast unmöglich, sich länger aus dem Weg zu gehen. Also nach Rozenburg? Jean?«

Julie schaute ihren Mann erwartungsvoll an. Dieser ließ die kleine Karte mit der Nachricht sinken. Ein Blick in sein Gesicht verriet ihr, dass er betroffen war.

»Julie ... ich verstehe deine Sorge«, er blickte ihr tief in die Augen, »aber wir können es ihm nicht verbieten. Was, glaubst du, macht er, wenn wir es ihm untersagen? Martin fortzuschicken ist auch keine Lösung, ich bitte dich. Er wird seinen Vater sehen wollen. Und das werden wir nicht verbieten können.«

Julie ließ sich resigniert auf einen Stuhl vor Jeans Schreibtisch fallen. Sie hatte gehofft, dass es nicht so bald dazu kommen würde. Plötzlich überfiel sie große Angst. Was, wenn Martin Gefallen an seinem Vater fand? Was, wenn es Pieter gelang, Martin um den Finger zu wickeln? Julie war nicht bereit, Martin in die Fänge dieses Mannes zu übergeben. Aber Martin war jetzt achtzehn, sie würde ihn nicht aufhalten können.

Sie erwiderte Jeans Blick. »Ich habe Angst, dass wir Martin verlieren.«

»Julie.« Jean stand auf, ging um den Schreibtisch herum und legte ihr den Arm um die Schultern. »Martin ist jetzt alt genug. Ich werde vorher noch einmal mit ihm reden, aber wenn er seinen Vater sehen will, wovon ich überzeugt bin, müssen wir das tolerieren und ... am besten noch beobachten.«

»Du willst *was*? Ich will Pieter nicht sehen, auf keinen Fall, und du willst doch nicht wirklich anwesend sein?«

»Wir waren Martin gegenüber immer ehrlich. Ich würde aber nicht davon ausgehen, dass das bei Pieter auch so ist. Aber wenn wir dabei sind, kann Pieter Martin keine verdrehten Tatsachen über die Vergangenheit erzählen, ohne dass wir einschreiten, oder? Und ich finde, wir dürfen jetzt nicht feige sein. Wir müssen ihm die Stirn bieten, sonst ...«

Julie wusste instinktiv, dass Jean recht hatte, ihr Verstand aber sträubte sich gegen seinen Vorschlag. »Ich habe so sehr gehofft, dass dieser Augenblick niemals kommen würde. Und jetzt ... ich habe so große Angst davor, ihn wiederzusehen.«

Jean zog sie an sich und küsste sie auf ihr Haar. »Ich weiß, Julie, ich weiß ...«

Julie ahnte, dass ihr die Begegnung mit Pieter viel Kraft abverlangen würde. Aber Jean hatte wirklich recht, sie mussten die Herausforderung annehmen, sie durften keine Schwäche zeigen. Der Mann verfolgte sicherlich einen Plan – und was immer er wollte, er würde mit allen Mitteln versuchen, es zu bekommen.

»Mir ist auch nicht wohl dabei, aber wir haben gar keine andere Möglichkeit.« Jean überlegte einen Moment. »Vielleicht sollten wir den Umstand nutzen, dass Wim, Thijs und Gesine ihn bereits kennengelernt haben. Wir sprechen eine Einladung aus oder noch besser: Wim soll ihn einladen, er steht wegen Gesines Unfall auf dem Schiff vermutlich noch in seiner Schuld. In Gegenwart von Wim, Gesine und Thijs wird er sich zu benehmen wissen. Wir können dann einfach sehen, was er will, und Martin hat eine Chance, ihn zu treffen.«

»Du willst ihn in unser Haus lassen?«, fuhr Julie ihn an.

Jean bedachte sie mit einem langen Blick, dann umspielte ein Lächeln seine Lippen. »Ja. Manchmal muss man, was der Seele lieb ist, in des Feindes Hand geben.«

Kapitel 14

Wim war ehrlich überrascht, als Jean ihm vorschlug, Thijs und Pieter Brick zu einem gemeinsamen Abendessen ins Stadthaus zu laden. Nun, da er die Vorgeschichte zumindest ansatzweise kannte, war es ihm ein Rätsel, was Jean mit dieser Einladung bezweckte.

»Wenn es dir nichts ausmacht?«, fragte er vorsichtshalber nach.

»Nein ... aber vielleicht möchte sich deine Frau bei Pieter bedanken, dass er sich auf dem Schiff um sie gekümmert hat und ... Martin möchte seinen Vater natürlich auch endlich wiedersehen.«

Wim blieb nicht verborgen, dass Jean anscheinend ganz und gar nicht wohl in seiner Haut war. Wie musste es da erst seiner Cousine gehen?

»Und Juliette?«

»Wim, es ist alles in Ordnung, mach dir keine Sorgen. Wir ... wir mussten ja damit rechnen, dass Pieter eines Tages nach Surinam zurückkehrt.«

Jeans Anspannung war nicht zu übersehen. Wim stimmte zu, fragte aber nicht weiter nach. Irgendetwas war in der Vergangenheit vorgefallen, was so gravierend gewesen sein musste, dass nicht einmal darüber gesprochen wurde.

Wim behagte genau dieser Gedanke nicht. Er hasste es, nicht genau zu wissen, was vor sich ging. Wie oft war er nicht von seinem Vater vor vollendete Tatsachen gestellt worden und wie oft hatte er viel zu spät erfahren, dass etwas hinter seinem Rücken geschah. Und jetzt war er schon wieder in dieser Situation. Wim überlegte, ob er sich einmischen sollte, aber eigentlich ging ihn das alles nichts an. Andererseits war Pieter Brick hier erst durch Gesine zur Sprache gebracht worden, wenn auch aus Versehen und anscheinend schneller, als allen lieb gewesen war. Und Juliette war seine Cousine, die ihm am Herzen lag, auch wenn er sie jahrelang nicht gesehen hatte. Er würde sich über die Hintergründe informieren.

Dazu blieb aber kaum Zeit. Bereits zwei Tage später stand das Abendessen an, und Gesine machte schon am Nachmittag einen Wirbel, als würde der Gouverneur höchstpersönlich erwartet.

»Oh, ist es nicht schön, dass wir Doktor Brick einladen durften? Ich freue mich so, ihm nochmals meinen Dank aussprechen zu können.«

Wim ließ Gesines Überschwang unkommentiert. Je näher der Abend rückte, desto mulmiger wurde ihm zumute. Nicht nur, weil dieser Brick das erste Mal seit so vielen Jahren wieder auf seinen Sohn treffen würde, sondern auch, weil Juliette und Jean deutlich angespannt waren.

Schließlich war es Gesine, die von dieser Stimmung nichts mitzubekommen schien, die Pieter Brick nach seinem Eintreffen überschwänglich begrüßte. Der Gast reagierte nur mit einem kurzen Nicken. Wim war ihre Aufdringlichkeit zuwider, und er ließ seinen Blick zu Juliette wandern. Sie stand blass und stocksteif in der Eingangshalle, während sich ihr Mann neben ihr sichtlich um Contenance bemühte.

»Pieter.« Jean trat einen Schritt auf Brick zu und reichte ihm steif die Hand.

Und dann war Martin an der Reihe, seinen Vater zu begrüßen. Wim hatte diesen Moment mit Spannung erwartet und beobachtete nun, wie Martin vortrat und seinen Vater sehr förmlich begrüßte. »Vater, es freut mich.« Ein leichtes Zittern in seiner Stimme verriet Wim, wie aufgewühlt der Junge war.

»Mein Sohn.« Es waren die ersten Worte, die Pieter Brick

sprach, seine Stimme war tonlos und distanziert. Er wirkte fast teilnahmslos, bemerkte Wim irritiert, er hätte zumindest ein wenig mehr Herzlichkeit erwartet. Zugleich fühlte er sich in seiner Einschätzung bestätigt: Der Mann war herzlos und kalt. Hätte er sich seinem Sohn gegenüber ein wenig verunsichert gezeigt, wäre das zumindest verständlich gewesen. Aber ihn mit diesem Tonfall so knapp anzusprechen, nach so langer Zeit, das brachte nur ein Mensch fertig, der eiskalt kalkulierte. Sofort regte sich Mitleid mit Martin, der an den Lippen seines Vaters hing und innerlich zu beben schien. Wim konnte sich gut vorstellen, wie der Junge sich fühlte, und hätte ihn am liebsten beiseitegenommen und ihm gesagt, dass Väter manchmal schwer zu verstehen waren. Brick hingegen schien nicht gewillt, seinem Sohn noch mehr Aufmerksamkeit zuteilwerden zu lassen, er wandte sich sogleich Juliette zu. Und plötzlich hatte seine Stimme die Schärfe eines Messers.

»Juliette ... wie ich sehe, hast du dich vorzüglich um mein Kind gekümmert. Und«, er ließ den Blick kurz schweifen, »um den Nachlass meiner Frau.«

Wim sah, wie Juliettes Augen sich bei dieser spitzen Bemerkung lauernd zu schmalen Schlitzen verengten und in ihr eine tief sitzende Wut hochzusteigen schien. Er kannte sie noch gut genug, um zu wissen, dass sie dieser Wut bald freien Lauf lassen würde. Schon als junges Mädchen hatte er diese Ausbrüche vorhersagen können und sie auch das ein oder andere Mal provoziert. Aber das hier war kein Kinderspiel, hier ging es um viel bedeutsamere Dinge. Die Luft schien vor Anspannung zu vibrieren. Ein Funke, und es würde lichterloh brennen. Das wusste offensichtlich auch Jean, der hastig das Wort ergriff.

»Lasst uns zu Tisch gehen.«

Sie hatten gerade Platz genommen, als Thijs eintraf. Er entschuldigte sich für die Verspätung und verlor sogleich viele belanglose Worte über die derzeitigen Wetterverhältnisse.

Wim setzte sich auf seinem Stuhl zurecht und musterte die Anwesenden aus den Augenwinkeln. Thijs redete immer noch über den Regen und den schlechten Zustand der Straßen, als wäre dies das wichtigste Thema der Welt. Auch er schien zu merken, dass dies kein gewöhnliches Abendessen war. Juliettes Gesicht war leicht gerötet, und sie atmete hastig. Die Anspannung war ihr deutlich anzusehen, auch wenn sie sich sicher um Beherrschung mühte. Martin hingegen hing nach wie vor an den Lippen seines Vaters, dankbar für jeden Satz, den er ihn jetzt sprechen hörte. Auch wenn sein Vater kein einziges Wort an ihn persönlich richtete. Henry saß schweigend neben Jean, sein Blick wanderte unablässig von seiner Mutter zu Martin und von diesem zu Pieter Brick. Er wirkte nervös. Wim hoffte, dass es nicht zu einem Eklat kam, die Spannung im Raum war für jeden greifbar. Außer für Gesine, wie Wim entnervt bemerkte. Seine Frau rutschte ungeduldig auf ihrem Stuhl hin und her, bis Thijs seine Ausführungen über das Wetter beendete. Gesine bedankte sich lange und ausschweifend bei Brick, nicht ohne die Schiffsreise noch einmal Revue passieren zu lassen. Ihr Mundwerk wollte nichtstill stehen. Dass ihr niemand richtig zuhörte, schien ihr nicht bewusst zu sein. Es gelang Wim nur mit Mühe, eine spitze Bemerkung zu unterdrücken.

Als Pieter Brick etwas später schließlich doch das Wort an seinen Sohn richtete, wurde die Spannung fast unerträglich. Er erkundigte sich jedoch zunächst lediglich nach dessen Befinden, den schulischen Leistungen und allgemeinen Interessen. Sein Tonfall war eher höflich denn interessiert, was Martin jedoch nicht zu bemerken schien. Er freute sich sichtlich über diese Wendung und mühte sich redlich, seinem Vater Rede und Antwort zu stehen. Wim entspannte ein wenig. Brick wusste offensichtlich, was von ihm erwartet wurde, und es war unwahrscheinlich, dass er die Situation in eine offene Konfrontation würde münden lassen.

Wim hoffte nun auf einen glimpflichen Ausgang des Abends und lehnte sich im Stuhl zurück.

Als die schwarze Haushälterin schließlich die Teller abräumte, um den nächsten Gang zu servieren, bemerkte Wim überrascht, dass ihre Hände stark zitterten, insbesondere als sie sich um das Geschirr von Brick kümmerte. Hatte etwa auch sie etwas mit dieser Geschichte zu tun? Wie weit ging Bricks negativer Einfluss in diesem Haus?

Es war Henry, der das Gespräch schließlich auf Thijs' Pläne auf Watervreede lenkte. Wim war nicht verborgen geblieben, dass Thijs Brick ebenfalls aufmerksam beobachtet hatte.

»Nun, Mijnheer Brick, was beabsichtigen Sie denn als Erstes in der Kolonie zu tun?«, fragte Thijs jetzt.

Brick lächelte. »Ich gestehe, dass ich mich noch nicht abschließend entschieden habe. Wie auf dem Schiff angedeutet, würde ich gerne wieder in die Plantagenwirtschaft einsteigen.« Dabei warf er Juliette einen Blick zu, den Wim nicht richtig zu deuten vermochte, der Juliette aber offensichtlich wieder in Wallung brachte. Nervös tupfte sie sich mit der Serviette die Mundwinkel ab, ohne Brick anzusehen.

Thijs fuhr unbeirrt fort. »Ich würde mich sehr freuen, wenn wir uns diesbezüglich einmal unterhalten könnten, Mijnheer Brick. Allerdings nicht jetzt«, Thijs bedachte Juliette und Jean mit einem entschuldigenden Blick, »ich möchte dieses Essen nicht für geschäftliche Dinge nutzen, aber meine Pläne für die Plantage meiner Familie könnten durchaus auch für Sie interessant sein.«

Brick erhob sein Glas in Richtung Thijs. »Sehr gerne, Mijnheer Marwijk, sehr gerne.«

Wim sah, dass Martins Augen einen glänzenden Zug angenommen hatten. In Juliettes Blick wiederum, den sie Hilfe suchend auf ihren Mann gerichtet hatte, lag ein Anflug von Panik. Was auch immer in dieser Familie vorgefallen war, Wim würde es herausfinden.

Kapitel 15

Pieter lehnte sich am späten Abend, nachdem er vom Abendessen im Stadthaus der Riards heimgekehrt war, zufrieden auf seinem Stuhl zurück und winkte nach dem schwarzen Hausmädchen.

»Bring mir einen Dram.«

Die Kleine huschte lautlos von der Veranda und kam mit einem Glas und einer Karaffe zurück.

Kurz ließ Pieter seinen Blick über die dunkle glänzende Haut des Mädchens gleiten, nahm dann aber das Glas und bedeutete ihr mit einem Nicken, dass sie verschwinden solle.

Ach, was ist es doch schön, das süße Leben in der Kolonie wieder aufnehmen zu können, dachte er bei sich, während er den Blick über den Fluss schweifen ließ.

Er war bei einem ehemaligen Freund, John Therhorsten, untergekommen. Dessen Haus lag etwas außerhalb der Stadt, am Ufer des Surinam. Von hier aus schien alles unverändert, aber in der Stadt ... Pieter war ganz und gar nicht erfreut über die Zustände. Wie konnte man die Zügel nur so schleifen lassen! Dass die Schwarzen sich in Paramaribo wie Ungeziefer ausgebreitet hatten, war ihm gleich nach seiner Ankunft unangenehm aufgefallen. Er war durchaus dankbar, dass Therhorsten ihm eine Unterkunft gewährte, sonst hätte er womöglich noch in die verwanzte Herberge eines Mulatten gehen müssen.

Therhorsten war, wie viele der alteingesessenen Kolonisten, unzufrieden mit der Entwicklung in der Kolonie. Allerdings suchten die meisten Weißen nach wie vor eher ihr Heil in der Flucht aus der Kolonie, anstatt das Übel an der Wurzel zu packen, hatte Therhorsten ihm bei seiner Ankunft erklärt. Er hatte sich hocherfreut gezeigt, dass mit Pieter ein *Mann der alten Werte*, wie er es nannte, in die Kolonie zurückkehrte. Mit Therhorsten hatte Pieter bereits beim ersten Abendessen die Problematik der Kolonie diskutiert. Der derzeitige Gouverneur Cornelis Ascanius van Sypesteyn hatte sich in den knapp sechs Jahren seiner Amtszeit nicht viele Freunde gemacht.

Kein Wunder, dachte Pieter bei sich, van Sypesteyn kam aus den Niederlanden und seine Erfahrungen mit kolonialen Angelegenheiten waren eher theoretischer Natur. So hatte er zum Beispiel eine allgemeine Schulpflicht eingeführt, die die meisten farbigen Kinder mindestens bis zum zwölften Lebensjahr, fast alle Weißen aber weitaus länger erfüllten. Pieter hatte lauthals aufgelacht, als Therhorsten ihm davon berichtete. Das gab es ja nicht einmal in den Niederlanden.

»Will er die Mulatten jetzt schlauer machen als die Niederländer?«, hatte Pieter gescherzt, aber die Neuerungen waren in der Tat besorgniserregend.

Therhorsten brachte es auf den Punkt. »Van Sypesteyn ist bei der farbigen Bevölkerung hoch angesehen, während die weißen Kolonisten auf ihre kleinen Dienstmädchen verzichten müssen, weil sie lesen und schreiben lernen müssen. Ich weiß ehrlich gesagt nicht, in welche Richtung er das Boot steuern will, aber es hat den Anschein, als ob er geradewegs auf eine Sandbank zuhält, um die Kolonie stranden zu lassen.«

Pieter verfolgte Therhorstens Berichte mit Interesse. Er musste wissen, was in den letzten sechzehn Jahren in der Kolonie vorgegangen war, um dies in seine Pläne mit einzubeziehen. Die Jahre in den Niederlanden waren hart gewesen. Nur der Gedanke, sich eines Tages wieder hier niederzulassen und eine eigene Plantage zu führen, hatte ihn angetrieben. Wobei ihn natürlich nur eine Plantage interessierte: Rozenburg.

Diese Juliette hatte sich mit ihrem Bastardkind sein Erbe ergaunert. Allein der Gedanke an diese Frau ließ die Wut in ihm hochsteigen, aber er mahnte sich zur Ruhe. Er nahm einen großen Schluck Dram.

Die Geräusche des Regenwaldes verstärkten sich im Licht der untergehenden Sonne, und eine angenehme Kühle machte sich breit. Gerne hätte er sein Ziel schneller erreicht: Rozenburg wieder unter seine Fittiche zu bringen und die unsägliche Juliette zum Teufel zu jagen. Er hatte überlegt, schon von den Niederlanden aus eine Klage einzureichen, das Vorhaben angesichts der liberalen Obrigkeit aber verworfen. Er hatte entschieden, sich zu gedulden und von Surinam aus zu handeln. Pieter musste fast lachen. Nie im Leben hatte er gedacht, schon auf der Schiffsreise den Grundstein für seine Pläne legen zu können. Jetzt wusste er, was er tun würde. Die Pläne, die der in seinen Augen naive Thijs Marwijk hier verwirklichen wollte, waren verlockend. Er selbst würde nichts überstürzen müssen, sondern einfach andere für sich arbeiten lassen. Wenn die moderne Mühlenanlage auf Marwijks Plantage erst einmal ihren Betrieb aufgenommen hatte, würden alle Plantagen in der Umgebung ihr Zuckerrohr auf Watervreede verarbeiten lassen müssen. Auch Rozenburg, die Plantage lag schließlich in direkter Nachbarschaft. Einen kleinen Haken hatte die Sache allerdings … bisher wusste niemand, wie es wirklich um Watervreede gestellt war. Wenn der Regenwald die Plantage zurückerobert hatte, stand zunächst viel schweißtreibende Arbeit an. Aber Marwijk war abenteuerlustig und hoch motiviert. Sollte er sich doch erst einmal dort durch das Unkraut wühlen, Pieter selbst würde bequem nachkommen, wenn die Plantage wieder bewohnbar war und man mit dem Bau der Mühle beginnen konnte. Pieter brauchte sich also nur bei Marwijk einzubringen, um auf Watervreede die Direktion zu übernehmen. Dieser Grünschnabel hatte in seinen Augen gar keine andere Wahl. Pieter hatte es ihm nach dem Abendessen bereits freimütig angeboten – und Marwijk war dankbar darauf eingegangen. Pieter schmunzelte. Er war völlig mittellos nach Surinam aufgebrochen, hatte sein letztes Geld in die Reise investiert und sich im Vorfeld mehr als einmal Gedanken darüber gemacht, wie er hier zu Geld kommen konnte. Und jetzt war er schneller als gedacht sogar an einen Direktionsposten auf einer Plantage gelangt! Letztendlich würde ihn dieser Weg an sein Ziel führen.

Mit der alten Mühlentechnik würde man auf Rozenburg nicht mehr gegen die neuen Verarbeitungswege der Konkurrenz ankommen, also müsste man das Zuckerrohr in Lohn auf Watervreede mahlen lassen. Er, als Verwalter der Mühle, würde damit auch seinen Einfluss auf Rozenburg zurückerobern. Und Juliettes Existenz langsam zu zerstören war noch reizvoller, als ihr die Plantage einfach streitig zu machen. Er würde sie quälen. Wenn es ihm gelang, Juliette und Jean aus dem Geschäft zu drängen, dann müssten sie ihm die Plantage irgendwann aus Geldnot überlassen. Oder, besser noch, er würde ihnen großmütig unter die Arme greifen, auch seinem Sohn zuliebe, und Rozenburg vor dem Untergang retten. Somit wäre Rozenburg wieder sein. Sechzehn Jahre seines Leben hatte Juliette ihm gestohlen! Und seinen Sohn hatte sie wahrscheinlich ganz nach ihrem Gutdünken erzogen. Pieter nahm einen großen Schluck Dram. Er hatte eigentlich nicht vor, nun die Vaterrolle für diesen Achtzehnjährigen zu übernehmen. Es sei denn, er könnte ihn gebrauchen, schließlich hatte der Junge ein Anrecht auf die Plantage. Er würde dieses Pfand zu gegebener Zeit einzusetzen wissen. Martin war ihm gegenüber zutraulich, und in Bezug auf Juliette hatte er einen Plan, schließlich wusste er um zwei ihrer dunkelsten Geheimnisse. Sie würde ihm keine Probleme bereiten. Diesmal nicht.

Kapitel 16

»Er hat *was?*« Zur selben Zeit saß Julie in ihrem Bett, froh, dass der Abend zu Ende war.

»Er hat sich bei mir entschuldigt.« Jean knöpfte sich soeben sein Hemd auf. Nach dem Essen hatte er die Männer auf eine Zigarre und einen Drink in sein Büro gebeten, vermutlich um die prekäre Situation bei Tisch aufzulösen. Henry und Martin hatten folgen wollen, Julie aber hatte die Jungen angewiesen, auf ihre Zimmer zu gehen. Pieter war noch an seinen Sohn herangetreten und hatte ihm gesagt, dass sie ja noch viel Zeit hätten, sich jetzt näher kennenzulernen. Julie hätte ihm am liebsten die Augen ausgekratzt, tat dieser hinterhältige Mensch doch jetzt genau das, wovor sie die größte Angst hatte: Er versuchte, sich in ihre Familie einzuschleichen. Jean setzte sich auf die Bettkante. »Na ja, nicht direkt. Ich denke, er wollte nicht, dass Wim und Thijs etwas von den Vorfällen erfahren. Aber er hat zu mir gesagt, dass er hofft, dass die Jahre die Wogen vielleicht etwas geglättet haben, es ihm durchaus leidtäte, was damals vorgefallen ist, und er hofft, dass man auf neuem Grund bauen kann, nach all der Zeit.«

Julie schnaubte verächtlich. »Was denkt er sich eigentlich? Dass er jetzt hier einfach hereinmarschieren kann, um Martin und alles andere wieder in seinen Besitz zu bringen?«

»Ich glaube nicht, dass er das vorhat«, gab Jean zu bedenken.

»Weshalb sollte er denn wohl sonst wiedergekommen sein?«

»Julie, er ist hier geboren. Surinam ist seine Heimat, da kann man ihm wohl nicht zur Last legen, dass er nach all den Jahren wieder hierher zurückkehrt.«

Julie verschränkte die Arme vor der Brust. Sie fror trotz der schwülwarmen Nacht.

»Ich weiß wirklich nicht, weshalb er sich damals so verhalten hat. Ich weiß auch nicht, was er vorhat, und trauen tue ich ihm schon gar nicht. Aber er hat heute keine böswilligen Absichten erkennen lassen, und um Martins willen ...«

»Ich weiß, ich weiß ... wir müssen uns in Toleranz üben und dürfen ihm nicht den Kontakt zu seinem Sohn verwehren.«

Julie erntete einen vorwurfsvollen Blick von Jean, als sie ihn jetzt nachahmte. »Er hat dich fast umgebracht!« Hilflos hob sie kurz die Hände und ließ sie dann resigniert in ihren Schoß sinken.

Jean sagte dazu nichts.

»Du weißt, dass er uns durchaus gefährlich werden kann«, stellte sie leise, aber in versöhnlicherem Ton fest.

»Ja, das weiß ich, aber was sollen wir machen? Ich denke, ein direktes Aufeinanderzugehen ist immer noch der beste Weg, um ihn gar nicht erst auf dumme Gedanken kommen zu lassen.«

Julie musste zugeben, dass dies verständlich klang, auch wenn sie sich insgeheim sicher war, dass Pieter schon hinterhältige Gedanken hegte. Sie hätte ihn gerne einfach aus ihrem Leben gestrichen!

»Du wirst sehen, alles wird gut.« Jean legte ihr den Arm um die Schultern und küsste sie zärtlich auf den Hals.

»Ach, Erika, ich weiß wirklich nicht, was ich machen soll.« Julie war froh, als sie zwei Tage später Besuch von ihrer alten Freundin bekam. Sie hatte Erika soeben ihr Leid geklagt, schließlich hatte diese damals miterlebt, zu welchen Dingen Pieter fähig war. Jetzt aber machte sie ein ratloses Gesicht.

»Juliette, ich weiß nicht, was ich sagen soll. Es ist sicherlich schwer, aber ...«

»Ja, ich weiß, Jean sagt auch immer, dass wir damit rechnen mussten, dass er eines Tages wieder auftaucht. Ich will dich damit auch gar nicht belasten. Verzeih, dass ich schon wieder davon anfange, aber ich ...«

»Ist schon gut, Juliette! Ich kann verstehen, dass dich das sehr aufwühlt.«

Julie war Erika für diese Worte wirklich dankbar, manchmal zweifelte sie schon an ihrem Verstand. Sie konnte es drehen und wenden, wie sie wollte, sie kam immer zu demselben Schluss: Sie traute Pieter nicht über den Weg. »Jetzt erzähle aber du bitte: Wie geht es Inika und Sarina?«

Erika zögerte einen Moment, der plötzliche Themenwechsel schien sie zu überraschen.

»Ist schon in Ordnung, Erika, ich schaffe das schon. Pieter hat uns damals nicht zerstört und wird es auch in Zukunft nicht tun.« Beruhigend tätschelte sie ihrer Freundin die Hand.

Erika schenkte ihr ein Lächeln und fing dann zögerlich an zu erzählen. »Sarina geht es sehr gut ... Inika macht mir manchmal noch etwas Sorgen. Sie ist sehr ängstlich.«

Julie nickte verständnisvoll. »Vielleicht bekommen wir auf Rozenburg wenigstens irgendwann die Nachricht, dass jemand etwas über den Verbleib von Baramadir weiß oder«, Julie verzog das Gesicht, »vielleicht sogar seine Leiche gefunden wurde ...«

Erika nickte. »Ja, das würde dem Seelenheil des Mädchens sicherlich guttun. Ihre Mutter aber«, Erika seufzte, »ach Juliette, du weißt ja selbst, wie das ist. Sarina ist eine wunderschöne Frau ... ich kann sie nicht ohne Begleitung aus dem Haus lassen, weil ihr in unserem Viertel überall Männer auflauern. Und ich weiß nicht, wie lange ich sie so beschützen kann. Wenn es mir nicht gelingt, fürchte ich ...« Erika senkte betroffen den Blick.

Julie seufzte. Sie wusste, was Erika meinte. In diesem Land weckte eine Frau, wenn sie nicht weißer Hautfarbe war, schnell Begehrlichkeiten bei den Männern. Kiri hatte ihr von schlimmen Vorfällen erzählt. Es gab in der Stadt einfach viel mehr Männer als Frauen, das war allgegenwärtig. Insbesondere in dem Viertel, in dem auch das Kinderhaus lag, gehörten Übergriffe, Belästigungen oder gar Schlimmeres inzwischen zum Alltag. Erikas Haus bot den Kindern eine rettende Insel. Aber den Frauen des Hauses drohte eine lauernde Gefahr.

»Was ist mit dir, Hanni und Minou?«, fragte Julie besorgt. Erika war schließlich alleinstehend, ihre Tochter entwickelte sich allmählich zu einer hübschen jungen Frau, was Minou längst war.

Erika lachte. »Mach dir um mich und Hanni keine Sorgen. Sie wird in ein paar Tagen auf eine Missionsstation an den Parafluss reisen, um dort zu lernen. Außerdem sind wir weiß, uns lässt man in Ruhe. Und Minou hat einen Partner, der sie beschützt.«

Juliette war ehrlich überrascht. »Ach, hat sie? Und Hanni will fort aus der Stadt? Erika, ich habe ein schlechtes Gewissen, ich sollte mich mehr um euch kümmern. Ich weiß gar nicht mehr, was bei euch vorgeht.«

Erika winkte ab. »Juliette, du hast wirklich genug zu tun, mach dir keine Sorgen. Aber für Sarina muss ich mir etwas einfallen lassen. Am liebsten wäre es mir, wenn ich sie als Haushälterin irgendwohin vermitteln könnte. Ich glaube, in der Stadt ist sie einfach nicht sicher.«

»Wir können sie auf keinen Fall zurück nach Rozenburg nehmen. Ich befürchte, unsere indischen Arbeiter tragen ihr noch nach, mit der Tradition gebrochen zu haben.«

»Nein, das wäre keine gute Idee. Aber vielleicht hörst du ja mal etwas. Melde dich doch bei uns, wenn jemand eine freie Stelle hat.«

»Ich werde mich umhören, versprochen. Ich weiß, dass Sarina eine sehr gewissenhafte und anständige Arbeiterin ist, ich kann sie also wirklich empfehlen.«

Der Blick, den Erika ihr zuwarf, drückte Dankbarkeit aus. Dann seufzte sie. »Und du? Wirst du mit all dem fertigwerden?«

Julie hatte sich die Frage schon selbst oft gestellt. Und keine eindeutige Antwort gefunden. Manchmal hatte sie das Gefühl, dass ihr die Dinge über den Kopf wuchsen. Andererseits hatte sie keine Wahl. Und sie wusste, wofür sie kämpfte. »Ja, ich denke … ich muss.«

»Wenn irgendetwas ist, lass es mich wissen, ja?«

Julie sah ihre Freundin dankbar an. Wie schmerzlich war es doch, dass sie sich so selten sahen und die meiste Zeit so weit voneinander entfernt waren. Aber die Gewissheit, in Erika eine gute Freundin zu haben, spendete Julie Trost.

Kapitel 17

»Karini!«

Karini fuhr erschrocken herum. Es war bereits dunkel in den Straßen von Paramaribo. Sie hatte für Misi Gesine ein Kleid von der Schneiderin holen müssen und das Stadthaus nun fast wieder erreicht.

»Julius?« Karini traute ihren Augen nicht. Dort stand er, lässig an den Stamm einer Palme gelehnt, als hätte er sie erwartet.

»Schön, dich mal wiederzusehen«, sagte er und trat auf sie zu.

»Ja, ich ... wir ... mussten damals sehr überraschend abreisen. Ich habe dich gesucht, aber ... du warst nicht zu finden.«

»Ja, ich war eine Zeit lang nicht in der Stadt. Du bist gewachsen, kleine Karini ...«

Karini war nervös. Trotz aller Freude entging ihr nicht, dass er mit schwerer Zunge sprach und lallte. Er trat noch einen Schritt auf sie zu, deutlich schwankend. Karini fuhr der Schreck in die Glieder: Julius war betrunken.

»Ich ... ich muss gehen ... ich werde erwartet«, stieß sie hervor und rannte an ihm vorbei in Richtung Haus. Doch er holte sie schon nach wenigen Schritten ein und packte sie am Arm.

»Na, wer wird sich denn so zieren«, lallte er, »ich dachte, wir machen dort weiter, wo wir beim letzten Mal aufgehört haben.« Er versuchte, Karini an sich zu ziehen. Karini erschauderte. Nichts in dieser Situation erinnerte an den Julius, den sie kannte. Seine Kleidung war zerlumpt und zerrissen, er roch sehr streng und war umgeben von einer Schnapsfahne.

»Lass mich los! Du bist ja betrunken.« Karini versuchte, sich zu befreien. Entsetzt bemerkte sie, dass er noch fester zupackte und versuchte, sie zu küssen.

»Nicht!« Karini wand sich und ließ dabei das Kleid von Misi Gesine fallen. Julius trampelte achtlos darauf herum, in dem Versuch, sie wieder an sich zu ziehen.

»Komm jetzt her.« Er versuchte mit der freien Hand nach ihrer Brust zu grabschen.

Karini gelang es, eine Hand zu befreien. Sie holte aus und schlug ihm, so fest sie konnte, auf die Wange. Kurz hielt er verwundert inne, dann holte auch er aus und schlug ihr mit voller Wucht ins Gesicht. Karini stürzte und Julius zog sie lachend wieder auf die Füße und presste sie an sich. Sie spürte seine Erregung durch seine lumpige Hose. Seine Augen glänzten lüstern.

»Na komm, kleine Karini, nun hab dich doch nicht so.«

»Hey … Hey … lass sofort das Mädchen los«, ertönte plötzlich eine Stimme.

Zu Karinis Überraschung tauchte Masra Henry durch die Pforte zum Hinterhof auf.

»Aaaaah, schau an, die kleine Karini hat einen *blanken* zum Freund … na komm, den lässt du doch bestimmt auch ran.« Julius machte keine Anstalten, Karini loszulassen, sondern versuchte, sie hinter sich herzuschleifen, fort vom Haus. Karini trat ihm mit aller Kraft gegen das Schienbein. Julius zuckte zusammen und ließ los. Karini sprang sofort beiseite.

»Komm hierher, zu mir.« Masra Henry zog sie hinter sich und baute sich vor Julius auf. Der war aber trotzdem fast einen Kopf größer.

»Was ist … willst du die Kleine ganz für dich allein?« Julius torkelte auf die beiden zu. »Gib deinem schwarzen Freund doch mal was ab …«

Masra Henry ballte die Fäuste und wirkte entschlossen, als er einen Schritt auf Julius zutrat.

»Komm, Weißnase ... komm.« Auch Julius ballte die Fäuste und machte einen ungelenken Hüpfer.

Masra Henry überlegte nicht lange und verpasste Julius einen Hieb ins Gesicht. Ehe Karini sich versah, waren die beiden jungen Männer zu einem Knäuel auf dem Boden verschmolzen.

Für Karini sah es nicht so aus, als ob Masra Henry gegen seinen größeren Gegner eine Chance hätte. Hektisch überlegte sie, was sie tun konnte. Als Julius, mit dem Rücken zu ihr, auf die Knie gelangte, während er versuchte, Masra Henry am Boden zu halten, holte sie einfach mit dem rechten Bein Schwung und trat ihm mit dem Fuß zwischen die Beine. Sie wusste, dass Jungen dort sehr empfindlich waren ...

Der Tritt verfehlte seine Wirkung nicht. Julius sackte stöhnend zusammen, und Masra Henry war frei. Er sprang auf, packte Karini am Arm, schob sie hastig durch die Hofpforte und verriegelte das Tor von innen. Schwer atmend, die Hände auf die Knie gestützt, blieb er vornübergebeugt stehen.

»Wer war denn das?«, keuchte er, als er sich aufrichtete.

»Ich ... du blutest ja.« Karini tupfte Masra Henry vorsichtig mit einem Zipfel ihrer Schürze die Spuren des Kampfes aus dem Gesicht.

»Du gehst ab heute nicht mehr allein vor die Tür, wenn es dunkel ist.« Sein Tonfall war ungewohnt streng. Dann aber grinste er sie spitzbübisch an. »Da habe ich dich wohl gerettet.«

Karini hielt einen Moment mit der Hand an Masra Henrys Gesicht inne. Ja, er hatte sie gerettet. »Danke.«

Plötzlich erschien vor ihrem inneren Auge das Bild von Masra Martin. Auch mit ihm hatte sie vor einigen Monaten hier hinter diesem Tor gestanden, in einer ähnlichen Situation. Und mit genau demselben Blick, den Masra Martin damals gehabt hatte, sah Masra Henry sie gerade an.

Karini trat einen Schritt zurück. »Ich ... ich glaube, wir sollten noch das Kleid holen. Misi Gesine wird ... böse sein.«

»Sag einfach, dich hätte fast eine Droschke überfahren … du hättest es fallen gelassen vor Schreck«, sagte Masra Henry leise, streckte kurz die Hand nach ihr aus, ließ den Arm dann aber wieder sinken. Er drehte sich zum Tor und schaute durch einen Spalt zwischen den Brettern. »Der Kerl ist fort.«

Karini nickte und hoffte inständig, dass sie ihn so schnell nicht wiedersehen würde.

Kapitel 18

Wim war gemeinsam mit Jean auf dem Weg zu Thijs, um die weitere Planung für die Zuckermühle zu besprechen. Wim und Thijs waren nun seit gut zwei Wochen in Surinam, und Jeans Interesse an Thijs' Plänen war unvermindert groß. Wim verstand noch nicht genug von der Plantagenwirtschaft, aber dass ein solches Vorhaben, so es denn umgesetzt werden konnte, für die Plantage Rozenburg zu einem lohnenden Geschäft werden könnte, war ihm bewusst. Er genoss den kühlenden Wind der Kutschfahrt und atmete tief die süßlich tropische Meeresbrise ein. Er war froh, seiner Frau einige Stunden entkommen zu können.

Gesine langweilte sich im Stadthaus. Wider Erwarten gab es in der Kolonie nicht so viel zu erleben, wie sie gehofft hatte. Keine rauschenden Bälle, keine prunkvollen Feste, keine wirklich standesgemäße Gesellschaft, in die sie sich einbringen konnte. Sie war aus Neugier einigen der Einladungen gefolgt, die nach ihrer Ankunft im Haus eingetroffen waren. Aber wirklich befriedigend waren diese Teestunden bei überwiegend älteren Damen für Gesine nicht gewesen. Daheim in den Niederlanden hatte sie fast jeden Tag mit anderen jungen Damen die Teekultur gepflegt, sich stundenlang unterhalten, und es war kaum ein Freitagabend vergangen, an dem sie nicht zum Tanz geladen gewesen waren. Wim war dies nicht immer recht gewesen. Im Gegensatz zu Gesine mochte er diese gesellschaftlichen Verpflichtungen nicht. Hier aber fehlte seiner Frau diese Zerstreuung, und das merkte ihr inzwischen jeder an. Sie war unausstehlich.

»Die Menschen hier sind so ... so ... altbacken«, hatte sie sich bei Wim beschwert. Er konnte dem nicht widersprechen, in Surinam schien die Uhr um einige Jahre zurückgedreht.

Doch im Gegensatz zu Gesine fühlte Wim sich hier sehr wohl. Ja, er fühlte sich in diesem Haus sogar bei Weitem wohler, als er es in den Niederlanden in den letzten Monaten getan hatte. Jean hatte ihm bereits einige interessante Männer vorgestellt, die zwar auch alle auf Berichte über die neuen Entwicklungen in Europa brannten, aber Wim hatte es keineswegs als Last empfunden, darüber Auskunft zu geben. Durch die Gespräche mit diesen Männern lernte er die Gegebenheiten in der Kolonie besser kennen, und vielleicht würde ihm eine dieser neuen Bekanntschaften später hilfreich sein, man konnte schließlich nie wissen.

Während sie durch breite Palmenalleen und über hölzerne Brücken fuhren, genoss Wim die Ansichten der Stadt. Er staunte zum wiederholten Male über den Kontrast, der sich ihm bot. Viele Dinge waren nicht anders als in Europa, doch immer wenn er gerade der Vorstellung erlag, in der Heimat zu sein, gab es etwas, das nicht in das Bild passen wollte. Mal war es ein besonders großer, farbenprächtiger Vogel, mal ein schwer tragender Orangenbaum oder einfach eine Gruppe schwarzer Frauen, die sich lautstark am Straßenrand unterhielten. Aber Wim fand die Stimmung in Surinam wesentlich angenehmer und gelassener als in der Heimat. Hier schien alles etwas lockerer und nicht so formell wie in Europa zu sein. So zumindest war sein erster Eindruck. Hier gab es keinen Stress, kaum Zeitdruck, und die Tage verliefen stets im Rhythmus des Wetters. Wenn es regnete oder besonders heiß war, verlegte man die Arbeit kurzerhand in die Abendstunden. Dafür hatte man morgens wiederum etwas mehr Zeit zum Müßiggang. Wim hatte sich schnell an diesen Rhythmus gewöhnt.

Als sie an einer Kreuzung das Tempo verlangsamten und schließlich abbogen, fiel Wims Blick auf einen jungen schwarzen Mann, der einen hölzernen Karren schob. Der Jüngling war wohlgebaut, seine Haut glänzte über seinen gespannten Muskeln. Wim musste nach Luft schnappen, ihn übermannte ein kurzes, aber beißendes körperliches Begehren. Schnell wandte er den Blick ab. Er durfte und würde dem nicht nachgeben.

»Da vorne ist das Haus der van Dravens. Ich finde es sehr höflich, dass sie Thijs das Haus überlassen haben«, zerstreute Jean Wims Gedanken.

Wim hatte nicht damit gerechnet, dass es sich beim Stadthaus der ehemaligen Bekannten der Marwijks um einen so imposanten Bau handeln würde. Es war eines der wenigen Häuser, dessen Veranda nicht bis an den Straßenrand heranreichte, das Haus stand vielmehr ein Stück zurückgesetzt und bot somit einer kleinen Auffahrt Platz, die wiederum mit einer gepflegten Zitronenhecke umpflanzt war.

Unter den eisernen Rädern der Kutsche gab der feine Muschelkalk ein leises Knirschen von sich, als der Wagen zum Stehen kam. Ein Schwarzer in akkurater Livree trat aus der Eingangstür und öffnete die kleine Tür der Droschke, um Wim und Jean aussteigen zu lassen.

Ihr Gastgeber erwartete sie in der Eingangshalle.

»Hallo, ich freue mich, euch wiederzusehen.« Thijs reichte beiden Männern die Hand, während der Bedienstete ihnen die Jacken und Hüte abnahm.

Wim schaute sich mit anerkennendem Blick um. Dieses Haus sprach von dem einstigen Reichtum der Kolonie und von dem Prunk, in dem die Weißen hier gelebt hatten. Plötzlich wunderte es ihn nicht mehr, dass viele der alten Kolonisten so verbittert schienen. Sie hatten in der Tat viel verloren.

»Ich lasse es mir noch etwas gut gehen, bevor ich in den Regenwald reise«, scherzte Thijs, während er seine Gäste in den großzügigen Salon führte. »Wobei wir auch gleich beim Thema wären. Nehmt doch Platz.« Thijs setzte sich auf einen der gepolsterten Sessel, und Wim und Jean taten es ihm gleich. »Ich hoffe, du kannst mir noch etwas über den Zustand der Plantage Watervreede berichten. Ich will nicht gänzlich unvorbereitet dort hinfahren«, fuhr er an Jean gewandt fort.

Wenig später saßen die Männer über eine vergilbte Karte gebeugt. Jean erläuterte die genaue Lage der Plantage und der vermeintlich noch vorhandenen Ländereien sowie der Kreeke, die das Land zur Bewässerung durchzogen.

Wim konnte auf der schemenhaften Zeichnung nicht viel erkennen. Entlang des Flussufers waren die Plantagen jeweils als große Rechtecke eingezeichnet, deren Grenzen stets schnurgerade verliefen. Jean hatte viele dieser Rechtecke mit einem Kreuz markiert als Zeichen dafür, dass sie aufgegeben worden waren. Wim bemerkte erstaunt, dass es deutlich mehr markierte als freie Rechtecke gab. Gerade kennzeichnete Jean die Bereiche, die Karl Leevken seinerzeit, kurz nach der Hochzeit mit Juliette, von den Marwijks übernommen hatte. Die Plantage Watervreede schrumpfte zusehends.

Jean richtete sich im Sessel auf. »Mach dir keine Sorgen, Thijs. Es ist trotzdem noch einiges an Land vorhanden, und soweit ich mich erinnere, hat das ehemalige Sklavenpaar, das dort wohnte, einige kleine Kostäcker auch noch bewirtschaftet. Ich weiß allerdings nicht, ob sie noch leben.« Jean lehnte sich in seinem Sessel zurück. »Ich befürchte aber, dass das Haus dir nicht so viel Komfort bieten wird wie dieses hier.«

Thijs winkte ab. »Es würde mir schon reichen, wenn es zunächst einmal noch halbwegs bewohnbar wäre. Ich habe mich schon nach Handwerkern umgehört, die es wieder instand setzen könnten. Für die ersten Wochen muss es dann eben erst einmal so gehen.«

Jean nickte. »Du wirst einige der Kreeke verbreitern und vertiefen müssen. Momentan sind die Anlagen auf Springfluten ausgelegt, führen also nur zu bestimmten Zeiten genug Wasser.

Wenn du die Mühle mit Wasserdampf betreiben willst, brauchst du einen regelmäßigen Wasserzufluss.«

»Ja, das habe ich befürchtet. Es ist allerdings gar nicht mehr so einfach, Arbeiter anzuwerben. Die ehemaligen Sklaven sind ja etwas ... wählerisch geworden, was ihre Tätigkeiten angeht.«

Jean beugte sich wieder etwas vor. »Ich habe mit meiner Frau bereits darüber gesprochen. Wir könnten dir einige von unseren Arbeitern leihen. Sie haben bereits Erfahrung im Kanalbau, auch wir haben Bewässerungsgräben. Dann müsstest du dafür keine anderen Arbeitskräfte anheuern. Um Arbeiter für die Felder musst du dich später allerdings selbst kümmern, wir können keine entbehren.«

Wim fand dieses Angebot von Jean sehr großzügig. Thijs schien es ebenso zu sehen. »Das ist sehr freundlich von dir und wird mir eine große Hilfe sein. Wann gedenkst du wieder nach Rozenburg zu reisen? Ich plane meine erste Fahrt nach Watervreede in ungefähr einer Woche.«

»Ja, ich denke, wir werden auch um die Zeit abfahren. Was meinst du, Wim?«

Wim nickte zustimmend. Ihm war es im Grunde egal, wann sie zur Plantage aufbrachen. Gesine würde es sicherlich nicht passen, die Stadt zu verlassen. Wenn sie sich in Paramaribo schon langweilte, würde ihre Zufriedenheit auf der Plantage nicht steigen, schließlich ging es dort noch beschaulicher zu als in der Stadt. Aber er würde sie mitnehmen müssen. Allein der Gedanke daran ließ ihm die Haare zu Berge stehen. Wie sollte er ihrem stetigen Gezeter auf der Plantage entkommen? Wieder und wieder hatte er die Möglichkeiten durchdacht, bis ihm schließlich eine Idee gekommen war. Er hatte sie bisher nicht zur Sprache gebracht, aber jetzt schien der richtige Zeitpunkt gekommen.

»Thijs, wenn du erlaubst, würde ich dich gerne auf deiner Reise nach Watervreede und in der ersten Zeit dort begleiten.« Als Thijs und auch Jean ihn überrascht ansahen, fuhr er schnell fort: »Ich habe dir doch erzählt, dass mein Schwiegervater in Amsterdam regelmäßig Berichte von mir erwartet. Und mir kam die Idee, dass es interessant wäre, deine Geschichte von Beginn an zu dokumentieren.«

Thijs lachte. »Gerne! Wir haben immerhin schon einmal einen Mastbruch zusammen erlebt. Also: auf in das nächste Abenteuer.«

Jean lachte auch. »Willst du das wirklich, Wim? Na ja, Rozenburg ist nicht weit entfernt, und wenn dir der Aufenthalt auf Watervreede zu abenteuerlich wird, bist du bei uns immer willkommen.« Er schmunzelte. »Deine Frau wird es ja sicherlich vorziehen, bei uns Quartier zu beziehen.« Wim hatte einen kurzen Moment das Gefühl, Jean habe ihm zugezwinkert.

Dann erhoben die Männer ihre Gläser.

»Im Übrigen«, Thijs' Miene wurde wieder ernst, »solltet ihr noch wissen, dass ich Pieter Brick einen Verwaltungsposten auf Watervreede angeboten habe.«

Wim entging nicht, dass Jean kurz zusammenzuckte. Juliettes Mann schwieg einen Moment, nickte dann aber.

»Das kannst du halten, wie du willst. Pieter hat sicherlich eine gewisse Erfahrung, aber … Du solltest ihn gut im Auge behalten.«

Wim ahnte, dass Juliette auf diese Nachricht nicht so gefasst reagieren würde.

»Das werde ich.« Thijs faltete die Karte zusammen, »Dann brauche ich jetzt nur noch eine Haushälterin, denke ich. Vielleicht hat deine Gattin eine Empfehlung?«

»Ich werde sie fragen.«

Kapitel 19

»Misi Juliette. Besuch.«

Kiri stand in der Tür zum Salon, und Julie wusste auf den ersten Blick, dass es kein willkommener Gast war. »Kiri?«

»Mijnheer Brick möchte die Misi sprechen«, sagte Kiri mit kühler Stimme.

»Pieter ist hier?« Julie spürte gleich ein flaues Gefühl im Magen.

Jean war mit Wim noch bei Thijs Marwijk, die Jungen waren außer Haus verabredet, und Gesine befand sich auf ihrem Zimmer. Bevor sie aber reagieren konnte, stand Pieter bereits in der Tür, übergab Kiri mit einem höhnischen Grinsen Hut und Mantel, betrat den Salon und setzte sich lässig, ohne eine Aufforderung abzuwarten, in einen der Sessel.

»Schwiegermutter, wie schön, dich anzutreffen«, sagte er.

»Lass das, Pieter«, fauchte sie ihn an.

»Oh, warum so unhöflich?«

»Was willst du? Warum bist du hier?«

»Juliette ... nach all den Jahren, die ich fort war, woran du nicht ganz unschuldig bist, wird es mir doch wohl erlaubt sein, meinen Sohn zu besuchen und mich nach dem Stand der Dinge in der Kolonie zu erkundigen.« Er schlug die Beine übereinander, schnippte mit den Fingern und rief im Befehlston in Richtung Kiri: »Bring mir etwas zu trinken!«

Kiri rührte sich nicht vom Fleck.

»Etwas widerborstig, deine Sklavin.« Er schüttelte tadelnd den Kopf.

»Kiri, bring bitte Pieter etwas zu trinken.«

Jetzt machte Kiri auf dem Absatz kehrt und verschwand.

»Du warst immer schon etwas lasch mit den Negern, Juliette. Und offensichtlich hast du in den letzten Jahren nichts dazugelernt.«

Julie verschränkte die Arme vor der Brust. Sie fror, wollte Pieter gegenüber aber keine Schwäche zeigen. Dieser allerdings schien genau zu spüren, was in ihr vorging.

»Ein bisschen kalt, wenn der Schatten der Vergangenheit auftaucht, hm? Ach, zier dich nicht so ... «

»Ich ziere mich nicht.« Julie zwang sich, seinem Blick standzuhalten. »Ich möchte, dass du wieder aus unserem Leben verschwindest«, stieß sie hervor.

Pieter aber lächelte süffisant. »Ich gehöre zu deinem Leben dazu. Und wenn du das in den letzten Jahren verdrängt hast, solltest du dich jetzt langsam mit dem Gedanken anfreunden.«

Kiri huschte mit einer Karaffe und einem Glas in den Salon, schenkte Pieter ein und bedachte Julie mit einem fragenden Blick. Juliette nickte zur Antwort und Kiri verließ den Raum.

»Also: Was willst du?« Julie hätte jetzt auch ein Glas Dram gebrauchen können, ihre Knie waren weich und ihr Herz schlug bis zum Hals. Trotzdem zwang sie sich, Pieter in die Augen zu sehen.

»Ich werde dir sagen, was ich will: Ich werde mich in Surinam wieder häuslich einrichten. Das heißt, dass ich meinen Sohn öfter sehen möchte. Und«, er lehnte sich siegessicher in seinem Sessel zurück, »wir sollten beizeiten darüber sprechen, ob er nicht ganz zu mir zieht.«

»Kommt gar nicht infrage, was bildest du dir eigentlich ein?« Julie würde Martin jetzt nicht in die Fänge dieses Mannes übergeben! Sie wusste nur zu gut, dass Pieter nichts ohne Hintergedanken tat, es ging ihm sicher nicht um Martin als Mensch, die kaltherzige Begrüßung nach so vielen Jahren hatte Bände gesprochen. Julie hätte Martin nichts sehnlicher gewünscht, als dass Pieter in der Tat als neuer Mensch zurück nach Surinam gekehrt wäre, vielleicht hätte sie ihn dann sogar ziehen lassen können. Aber Pieter war immer noch der Alte, das spürte sie, und sie würde Martin beschützen.

»Was ich mir einbilde?« Seine Stimme klang jetzt drohend. »Hör mir gut zu: Soweit ich mich erinnere, warst du diejenige, die sich Dinge *eingebildet*, wenn nicht sogar unter Verfolgungswahn gelitten hat.« Er lachte auf. »Deine irrsinnigen Anschuldigungen gegen mich, ich hätte den Tod meiner Frau hingenommen und medizinische Versuche an den Sklaven durchgeführt ...« Er schüttelte den Kopf. »Das, Juliette, hat mich die besten Jahre meines Lebens gekostet.«

Juliette traute ihren Ohren nicht. »Du hast meine Kinder entführt und auf meinen Mann geschossen. Oder habe ich mir das auch eingebildet?«

»Ich habe meinen Sohn mitgenommen. Dass dein Bastardkind und dein Liebhaber dazwischenfunkten, dafür konnte ich doch nichts.«

»Ach, das war doch alles geplant, du wolltest mittels Erpressung ...«

»Ich wollte mein Recht! Meine Frau war die rechtmäßige Erbin von Rozenburg, und damit auch ich und mein Sohn. Du hast mit deinen Lügen alles verdreht.« Er funkelte sie drohend an. »Und jetzt werde ich wieder in dieser Kolonie leben, und du wirst mich nicht davon abhalten. Schließlich«, Pieters Gesicht drückte plötzlich Zufriedenheit aus, »schließlich trägst du immer noch ein kleines, schmutziges Geheimnis mit dir herum, liebe Juliette. Ich schätze, dein geliebter Mann ahnt gar nicht, was damals vorgefallen ist. Aber manche Dinge verjähren nicht. Also ... wenn dir dein Sohn, dein Mann, deine Sklavin und ihre Tochter und all dies«, er machte eine weitschweifende Geste, »lieb und teuer sind ... solltest du dich mit mir arrangieren.«

In Julie brodelte es, am liebsten hätte sie diesen unverschämten Menschen vor die Tür gesetzt, aber er hatte ihr soeben die Klinge an den Hals gelegt. Es war genau das eingetreten, wovor sie sich jahrelang gefürchtet hatte. Bevor sie etwas erwidern konnte, hörte sie Schritte und Stimmen im Flur. Dann sah sie Jean und Wim in der Tür stehen. Sie fing den fragenden Blick ihres Mannes auf, bevor er das Wort an Pieter richtete. »Pieter?«

»Oh, guten Abend. Ich wollte mit Juliette nur den künftigen Umgang mit meinem Sohn besprechen. Juliette ist so freundlich, mir die Freiheit zu gewähren, mein Kind endlich besser kennenzulernen.«

»Dein Kind ist inzwischen achtzehn Jahre alt. Er wird letztendlich selbst entscheiden, wie viel Umgang er mit dir haben möchte.« Jeans Tonfall ließ keinen Zweifel daran, dass er wusste, dass Pieters Besuch nicht freundschaftlicher Natur war.

»Gewiss. Und ich bin sicher, dass Martin weiß, zu wem er gehört.« Pieter stand auf. »Ich verabschiede mich.«

Nachdem Pieter das Haus verlassen hatte, ließ Julie sich resigniert in einen Sessel sinken.

»Alles in Ordnung? Hat er …?« Jeans Stimme klang besorgt.

»Nein, alles in Ordnung.« Julie mühte sich um einen möglichst gelassenen Tonfall. Sie konnte Jean gegenüber nicht zugeben, dass Pieter sie schwer getroffen hatte. Jean kannte nicht die ganze Wahrheit und das lastete schwer auf Julies Herzen. Sie wusste nicht, wie er reagieren würde, wenn er erfuhr, was sie damals getan hatte, aber eines war sicher: Sie würde es ihm erzählen müssen. Bevor Pieter es tat. Irgendwann.

»Bald sind wir wieder auf der Plantage und dann ist Pieter weit weg. Ich werde nicht zulassen, dass er einen schlechten Einfluss auf Martin ausübt.«

Wim, der in der Tür stehen geblieben war und vermutlich jedes Wort gehört hatte, hüstelte verlegen. Ihm schien die Situation unangenehm zu sein, und so warf Julie ihm einen fragenden Blick zu.

»Ich sage es nur ungern«, begann er stockend, »aber wie wir heute erfahren haben, wird sich Pieter Brick bald in der Nähe von Rozenburg befinden.«

Julie war verwirrt. »Warum? Was hat Pieter vor?«

Jean war sichtlich verlegen. Er seufzte. »Was Pieter vorhat, weiß ich nicht. Aber Thijs hat vor, ihn als Verwalter auf Watervreede anzustellen.«

»Nein!« Julie sprang auf. Das konnte doch nicht wahr sein!

»Ich werde mal nach Gesine sehen«, hörte sie Wim von der Tür aus sagen. Er war vermutlich froh, sich zurückziehen zu können. Als er den Raum verlassen hatte, sah Julie Jean flehend an. »Das dürfen wir nicht zulassen! Du musst Thijs Marwijk vor Pieter warnen.«

Jean trat einen Schritt auf sie zu und nahm sie in die Arme. »Ich habe ihm schon gesagt, dass er ein Auge auf ihn haben soll. Was soll ich ihm denn noch sagen? Dass sein zukünftiger Verwalter früher sehr jähzornig war?«

»Früher?« Julie prustete vorwurfsvoll.

»Ja, früher. Seit Pieter wieder in Surinam ist, hat er sich nichts zuschulden kommen lassen. Er ist für seine damaligen Taten zur Rechenschaft gezogen worden und ...«

Julie löste sich aus seiner Umarmung. Sie konnte nicht glauben, was er da gerade gesagt hatte. »Du nimmst ihn in Schutz? Jean? Was ist bloß los mit dir?«

»Nein, ich nehme ihn nicht in Schutz, ich hoffe aber, dass er sich geändert hat. Nicht zuletzt um unseretwillen.« Jean hob resigniert die Hände. »Solange er sich benimmt, können wir nichts machen, wir haben nichts gegen ihn in der Hand. Und Thijs können wir auch nicht vorschreiben, wen er einstellt und wen nicht. Außerdem ist die Zuckermühle auch für uns eine große Chance. Siehst du das denn nicht?«

»Nein, ich mache mir momentan nur Sorge um unsere Familie.« Julie hörte selbst, dass ihre Stimme zynisch klang.

»Juliette!«

Julie wusste, dass Jean wirklich wütend war, wenn er sie so nannte.

»Die Zuckermühle, die Thijs bauen wird, kann unsere Existenz retten. Unsere Plantage ... und unsere Familie. Ob mit Pieter oder ohne – dieses Vorhaben ist wirklich wichtig. Das ist die Chance, auf die wir so lange gehofft haben. Jetzt tut sie sich auf, und ich werde sie nicht verstreichen lassen, nur weil Pieter wieder aufgetaucht ist.«

»Aber Pieter führt nichts Gutes im Schilde!« Julie war verzweifelt. Sicherlich war Marwijks Vorhaben von großer Bedeutung für die Plantage. Aber würde das mit Pieters Beteiligung auch so sein?

»Ich bleibe dabei: Solange er sich nichts zuschulden kommen lässt, bin ich bereit, ihn zu erdulden, in Anbetracht der Möglichkeiten, die sich uns gerade auftun. Und«, er schlug einen versöhnlichen Ton an, »in Bezug auf Martin sollten wir erst einmal abwarten.«

Gerade dieses Argument konnte Julie nicht gelten lassen. »Er wird den Jungen enttäuschen. Er wird ihn uns wegnehmen, und er wird ihn manipulieren. Jean, wir werden ihn verlieren!«

Jean sah sie ernst an und sprach dann das aus, was Julie am tiefsten traf, auch wenn sie wusste, dass es nichts als die Wahrheit war: »Julie, er ist nicht unser Sohn.«

Kapitel 20

»Ich werde zu meinem Vater ziehen, wenn er auf Watervreede ist.« Masra Martin lag bekleidet auf seinem Bett und schaute zur Decke.

Karini hatte eben einen Stapel frische Hemden gebracht und in den Schrank geräumt. Jetzt verharrte sie einen Moment und drehte sich zu Masra Martin um.

»Das wird Misi Juliette aber nicht gefallen.« Karini wusste, dass es eine Menge Ärger geben würde. Misi Juliette würde ihn nicht ohne Weiteres ziehen lassen. Ganz abgesehen davon, dass sie selbst auch nicht erfreut wäre, wenn er gehen würde. Nein! Sie schüttelte den Gedanken schnell ab.

Sie betrachtete ihn nachdenklich. Seit sein Vater aufgetaucht war, war Masra Martin wie ausgewechselt. Zwar zeigte er sich in Gegenwart von Masra Jean und Misi Juliette verschlossen. Mit ihr selbst und Masra Henry aber hatte er mehrfach über seinen Vater gesprochen. Jetzt, da die Erwachsenen bald auf die Plantagen reisen würden, schien er immer unruhiger zu werden. Immerhin würden die Jungen noch fast fünf Monate warten müssen, bis auch sie die Stadt verlassen durften. Und dann standen Veränderungen an, ihre Schulzeit endete nun. Dass Masra Henry bei Masra Jean auf Rozenburg in die Lehre gehen würde, stand außer Frage. Aber Masra Martin hatte sich nie klar geäußert, ob auch er diesen Weg einschlagen wollte. In den letzten turbulenten Wochen hatte niemand dieses Thema angesprochen. Aber dass er nun mit seinem Vater gehen wollte …

»Ich würde erst einmal abwarten, was auf Watervreede passiert.

Wie man hört, ist es da ja momentan eher ... nicht so wohnlich«, gab Karini nun zu bedenken.

Masra Martin aber schien das nicht zu beunruhigen. »Ach, das Problem wird schnell gelöst sein. Und wenn ich im August komme, kann man dort bestimmt schon gut wohnen. Vater wird auch nicht ewig so hausen wollen. Er hat mir erzählt, dass er mit Thijs Marwijk schon umfangreiche Pläne für die Plantage gemacht hat.«

»Er hat es dir erzählt? Dann hast du ihn also doch besucht?«

Bisher war Karini von einem solchen Treffen nichts bekannt.

Masra Martin drehte sich auf die Seite und schaute sie mit bedrohlich zusammengekniffenen Augen an. »Erzähl das bloß nicht Tante Juliette, hörst du!« Dann fuhr er mit gedämpfter, aber aufgeregter Stimme fort: »Ja, ich habe ihn getroffen, er hat mich in das Haus von Therhorsten eingeladen. Tante Juliette habe ich erzählt, ich müsse länger in der Schule bleiben.«

Karini traute ihren Ohren nicht. »Du hast sie angelogen?«

»Ach Karini, du weißt doch selbst, wie heftig sie auf meinen Vater reagiert. Ich vermute mal, sie ...« Er brach ab und drehte sich wieder auf den Rücken.

Aber Karinis Neugier war geweckt. Sie hatte immer noch nicht verstanden, warum Misi Juliette so gereizt auf Masra Pieter reagierte. Ebenso wie ihre eigene Mutter.

»Was? *Was* glaubst du?«

»Na ja, mein Vater hat angedeutet, dass ... dass Tante Juliette womöglich Angst hat, dass er auf die Plantage aus ist.«

»Auf Rozenburg?«, fragte Karini verwundert.

»Ja, denn soweit ich das verstanden habe, haben mein Vater und Tante Juliette damals um das Erbe meines Großvaters gestritten. Es war wohl nicht ganz geklärt, ob nun Tante Juliette, die zwar die Frau meines Großvaters war, aber noch jung und unerfahren, oder eben meine Mutter und mein Vater die Plantage übernehmen sollten. Aber dann«, er senkte sichtbar betroffen den

Blick, »dann ist meine Mutter ja ... und meinen Vater haben sie in die Niederlande geschickt.«

»Und, will er Rozenburg immer noch zurück?«

»Ach was.« Masra Martin setzte sich auf. »Er sagt, dass die geplante Zuckermühle eine wahre Goldgrube werden kann. Ich glaube nicht, dass ... er war sechzehn Jahre fort, er ist unabhängig, er braucht die Plantage nicht mehr. Er wollte damals ja auch meine Zukunft sichern ... denke ich.« Sein Blick verlor sich einen Moment in weiter Ferne. »Aber die Plantage habe ich ja doch irgendwie behalten.«

»Du? Vergiss Masra Henry nicht.« Karini konnte sich ein Lachen nicht verkneifen.

»Ja, *ich* ... und Henry, aber falls irgendwas passiert, würde Tante Juliette mich doch wohl kaum mittellos dastehen lassen. Sie sagt doch immer, Rozenburg sei auch *unsere* Zukunft. Aber jetzt ... wenn mein Vater auf Watervreede ist, ändert sich alles. Was soll ich mich mit Henry später streiten?«

Karini zuckte nur mit den Achseln. Darüber hatte sie sich noch keine Gedanken gemacht. Aber sie hielt seinen Plan für falsch, er kannte seinen Vater doch gar nicht richtig. Vielleicht konnte sie ihn dazu bringen, noch einmal darüber nachzudenken.

»Warum hat man deinen Vater damals eigentlich genau fortgeschickt?«

»Hm«, machte Masra Martin, »mein Vater hat gesagt, dass er als Arzt einige Sklaven behandelt hat, diese aber wiederum auf ihren Medizinmann vertraut haben. Letztendlich sind dann einige der Sklaven gestorben. Vater sagt, das wären sie so oder so, sie waren zu krank. Die Sklaven haben sich dann aber zusammengerottet und ihm vorgeworfen, die Sklaven absichtlich umgebracht zu haben. Und Tante Juliette hat das wohl ... unterstützt. Deswegen hat man ihn in die Niederlande geschickt, wo das verhandelt wurde. Man war damals gerade sehr empfindlich, was die Sklaven anging, immerhin stand deren Freilassung unmittelbar bevor.«

Karini war überrascht. So genau hatte sie die Geschichte noch nie gehört. »Und was sagt die Misi zu dem Ganzen?«

»Sie hat mir die Geschichte auch so ähnlich erzählt. Und noch ein, zwei Sachen hinzugefügt, aber da hat sie sicher übertrieben.« Masra Martin winkte ab. »Und ich werde den Teufel tun, sie wegen Watervreede um Erlaubnis zu fragen! Das wird sie mir nie erlauben, so schlecht, wie sie auf meinen Vater zu sprechen ist.«

In dieser Sache musste Karini dem Masra recht geben. Es wäre keine gute Idee, der Misi von diesem Plan zu erzählen. Karini fühlte sich plötzlich unendlich traurig. Er würde sie einfach so verlassen. Sie und Masra Henry. Zählte ihre Freundschaft denn gar nicht?

Masra Martin schien ihr Stimmungsumschwung nicht verborgen geblieben zu sein. Er schwang die Beine über die Bettkante und setzte sich hin. »Was ist? Freust du dich nicht für mich?«, fragte er sanft.

»Doch schon, aber ... es wäre schade, wenn du von Rozenburg fortgehst«, sagte sie jetzt ehrlich. Sie konnte sich gar nicht vorstellen, wie es auf der Plantage ohne ihn wäre.

»Das hört sich ja fast so an, als würdest du mich vermissen«, neckte er sie.

Karini zuckte die Achseln. Sie wunderte sich, woher der Kloß in ihrem Hals jetzt kam.

Plötzlich fasste er ihre Hand. Karini sah ihn überrascht an, entzog sie ihm aber nicht. Und fand in seinem Blick wieder dieses Besondere, das sie schon einmal gesehen hatte. In Karinis Bauch begann es zu kribbeln, ihr wurde ganz heiß.

»Weißt du, ich fände es auch schade«, begann er stockend, »und ich habe schon darüber nachgedacht. Auf Rozenburg hast du doch auch keine Zukunft.« Er zögerte kurz, und Karini befürchtete schon, er würde nicht weitersprechen oder gar ihre Hand loslassen. »Wie wäre es ... wenn du dann später mit nach

Watervreede kommst«, fuhr er schließlich fort, »wir können dort Hilfe im Haus gebrauchen und ... ich ...« Er brach ab.

Karini traute kaum ihren Ohren. »Ich soll mit nach Watervreede?«, fragte sie zögerlich.

»Ja, warum nicht?« Masra Martin stand auf, ohne ihre Hand loszulassen, und zog sie dichter an sich heran. Das warme Gefühl breitete sich in ihr aus, vergessen waren die Zweifel von eben. Ihr Kopf schien plötzlich wie leer gefegt.

»Dann ... dann wären wir beisammen«, sagte er leise.

Kapitel 21

Julie gefiel ganz und gar nicht, wie die Dinge sich entwickelten. Insbesondere Jeans Begeisterung für die Idee der Zuckermühle war ihr ein Dorn im Auge. Dabei hatte er im Grunde doch recht: Es war eine einmalige Chance für Rozenburg. Aber Pieters Beteiligung an den Plänen versah das Ganze mit einem bitteren Beigeschmack. Das konnte nicht gut gehen.

Aber Jean war nicht der Einzige, den die geplante Zuckermühle in ihren Bann zog. Wim war ebenfalls Feuer und Flamme, und so trafen sie sich nun fast jeden Tag mit Thijs Marwijk, um die nötigen Vorbereitungen für den Aufbruch zu den Plantagen in wenigen Tagen zu treffen. Julie selbst würde mit Gesine, Karini und Jean nach Rozenburg fahren, Wim würde Marwijk nach Watervreede begleiten. Die beiden erschienen Julie wie abenteuerlustige kleine Jungen. Gesine hingegen war nicht so guter Dinge. Dass ihr Mann sich auf diese offenbar heruntergekommene Plantage begeben wollte, anstatt sie nach Rozenburg zu begleiten, das missfiel ihr sehr.

»Ach Wim, was soll ich denn da ganz allein ohne dich?«, hatte sie mehrfach, auch im Beisein von Julie, geklagt.

»Als ob es für dich einen großen Unterschied macht, ob ich da bin oder nicht«, hatte Wim lediglich kalt erwidert.

Julie beobachtete das Verhalten der Eheleute besorgt. Ihr war zwar von Anfang an aufgefallen, dass Wim und Gesine nicht gerade glücklich zusammenlebten. Dass sie in Wirklichkeit aber weit voneinander entfernt waren, das merkte sie inzwischen immer deutlicher. Wim schien die Anwesenheit seiner Frau kaum ertragen zu können. Gesine legte zuweilen sonderliche Verhaltensweisen an den Tag, die Julie ebenfalls missfielen, grundsätzlich aber konnte man ihr keinen Vorwurf machen, im Gegenteil, sie bemühte sich nicht selten um Wims Aufmerksamkeit. Die Bissigkeit in Wims Kommentaren aber erschreckte Julie. Er schien regelrecht froh, seiner Frau eine Weile entkommen zu können, obwohl er stets beteuerte, den Schritt ihrem Vater zuliebe zu wagen.

»Ja, Wim, er will Berichte über die Wirtschaftslage ... keine Berichte über Flora und Fauna aus dem Urwald«, hatte Gesine geunkt.

»Die Zuckermühle ist ein einzigartiges Vorhaben, und ich kann es von Beginn an begleiten«, hatte Wim ungeduldig hervorgestoßen.

Julie spürte, dass mehr dahintersteckte. Wims Verhalten gegenüber seiner Frau war ungewöhnlich, er hielt sie ständig auf Distanz, war selten freundlich, geschweige denn, dass er sie je berührte. Und Gesine tat ihr in dieser Hinsicht leid. Die junge Frau gab sich immer wieder sichtlich Mühe, ihren Mann zu bezirzen, Wim aber schien auf keinen ihrer Versuche in der gewünschten Form zu reagieren. Dies wiederum führte bei Gesine zu schlechter Laune. Julie beschlich ein Verdacht: War Wims Ehe ebenso eine arrangierte Sache, wie es ihre Ehe mit Karl damals gewesen war? Vielleicht, dachte Julie bei sich und seufzte im Stillen, sollte sie einmal mit Gesine über Wim reden.

Am Nachmittag erwarteten Jean und Wim Thijs Marwijk zu einer Besprechung. Julie hingegen freute sich auf Besuch von Erika. Sie hatte ihre Freundin eingeladen, sie wollte sie noch einmal sehen, bevor sie zurück auf die Plantage fuhr. Nun saß Julie im Salon und wartete. Ihr Blick glitt zu Gesine, die mit gelangweiltem Gesicht versuchte, sich mit Handarbeit zu zerstreuen. Julie seufzte. Sie würde mit Erika also nicht frei über ihre Sorgen sprechen können.

Doch zu Julies Überraschung kam auch Erika nicht allein.

»Ich dachte, du freust dich, wenn ich Inika und Sarina mitbringe, ihr habt euch ja auch lange nicht gesehen.«

Julie bedachte ihre Freundin in der Tür zum Salon mit einem dankbaren Blick, stand dann auf und umarmte sie herzlich. Erika hatte recht, es waren fast neun Monate vergangen, seit sie die beiden Inderinnen in die Stadt zu ihrer Freundin geschickt hatte.

»Wie groß du geworden bist.« Julie sah Inika verblüfft an. Aus dem Mädchen war eine ansehnliche junge Frau geworden. Inika senkte beschämt den Blick. »Danke, Misi«, flüsterte sie.

»Sie ist ein bisschen schüchtern«, kommentierte Erika lachend und schob Inika aufmunternd in den Flur.

Julie ließ ihren Blick zu Sarina wandern. Wie jedes Mal, wenn sie diese Frau genauer betrachtete, war sie fasziniert von deren feinen Gesichtszügen, den wohlgeformten Augen und dem für Sarina so typischen sanften Blick. Ihre Kleidung und die Art, wie sie ihr Kopftuch trug, ähnelten jetzt, so stellte Julie überrascht fest, mehr einer farbigen surinamischen Frau.

»Kommt herein, ich freue mich.« Julie geleitetet ihre Gäste in den Salon. Beim Anblick von Inika und Sarina setzte sich Gesine in ihrem Sessel kerzengerade hin. Sie schien verblüfft.

»Erika, darf ich vorstellen: Das ist Gesine Vandenberg, die Frau meines Cousins. Gesine, das ist Erika Bergmann.«

Erika zögerte nicht, Gesine die Hand zum Gruß zu reichen. »Mevrouw Vandenberg, es freut mich ... freut mich ausgesprochen.«

Gesines Begrüßung beschränkte sich auf ein Nicken. Sie starrte Inika und Sarina an, als fürchte sie, den beiden auch die Hand reichen zu müssen.

»Das sind Inika und Sarina. Sie haben früher bei uns auf der Plantage gearbeitet.«

Julie beobachtete interessiert, dass Inika und Sarina, wie es von ihnen erwartet wurde, einen Knicks machten und sich anschließend etwas seitlich neben die Sitzgruppe stellten. Nach wie vor gehörte es sich in Surinam nicht, dass sich farbige Bedienstete, egal welcher Herkunft, in den Räumen ihrer weißen Herrschaft setzten, außer wenn sie dazu aufgefordert wurden. Und selbst dann kam nur ein Schemel oder der Boden als Sitzgelegenheit infrage. Anders hingegen war es um farbige Geschäftsleute bestellt. Diese waren den Weißen inzwischen ebenbürtig. Was wiederum so manchem Kolonisten ein Dorn im Auge war.

Gesine hätte es wohl auch missfallen, wenn die Frauen sich in die weichen Kissen der Sessel gesetzt hätten. Jetzt waren auf ihrer Stirn tiefe Falten, und Julie ahnte, dass der bloße Umstand, dass sie potenzielle Dienstboten in ihrem Salon wie Gäste empfing, Gesine missfiel.

Erika berichtete ohne Umschweife von den Alltagsgeschehnissen im Kinderhaus. Julie lauschte ihr aufmerksam. Es tat ihr gut, eine kurze Zeit nicht an den dunklen Schatten zu denken, der über ihrer Familie schwebte.

Dann waren Stimmen und Schritte zu hören, die Männer kamen aus Jeans Büro. Als Jean die Tür zum Salon passierte, hielt er inne.

»Erika, wie nett, dass du uns besuchen kommst!« Er freute sich sichtlich, wandte sich kurz um und winkte die Männer herein. »Thijs Marwijk. Und Wim Vandenberg, Julies Cousin.«

»Oh, Juliette hat mir ja schon viel von Ihnen erzählt.« Erikas Lächeln wirkte aufrichtig fröhlich.

»Darf ich euch Erika Bergmann vorstellen, eine gute Freundin des Hauses«, fuhr Jean lächelnd fort.

»Mevrouw Bergmann, sehr erfreut.« Thijs und Wim begrüßten Erika.

»Setzen wir uns doch einen Moment.« Jean deutete auf die freien Plätze, als sein Blick auf Sarina und Inika fiel.

»Oh, wir haben ja noch mehr Gäste ...«

»Erika hat Inika und Sarina mitgebracht«, erklärte Julie kurz und fuhr dann, an Thijs und Wim gerichtet, fort: »Inika und Sarina gehören zu unseren indischen Kontraktarbeitern.« Sie zögerte kurz, auf der Suche nach den richtigen Worten. »Allerdings gab es widrige Umstände, die uns veranlasst haben, sie zu Erika in die Stadt zu schicken«, sagte sie schließlich.

Erika schien die Bemerkung jedoch falsch aufzufassen. »Ich hoffe, dass ich für Sarina bald eine Anstellung finde«, warf sie ein.

Julie bedachte Erika mit einem kurzen tadelnden Blick. Wie konnte Erika davon ausgehen, dass Jean oder gar sie selbst etwas dagegen hatten, dass sich die beiden Frauen in der Stadt aufhielten? Dass Wichtigste war doch, dass es den beiden gut ging und sie in Sicherheit waren.

Jean hingegen schien der Äußerung Bedeutung beizumessen. »Das trifft sich aber gut! Thijs, hast du nicht neulich nach einer Haushälterin gefragt?«

»Ja, ich suche noch eine.«

Julie war nicht verborgen geblieben, dass Marwijks Blick unentwegt auf Sarina lag.

»Jean, ich denke nicht, dass Sarina …«, versuchte Julie einzulenken.

»Doch, das ist ein wundervoller Vorschlag«, warf Erika ein und klatschte begeistert in die Hände. »Sarina? Könntest du dir das vorstellen?«

Die Inderin nickte nur leicht und knickste wieder.

Plötzlich kam Leben in Thijs Marwijk. »Könnte sie … könnte sie denn bereits jetzt mitfahren? Ich weiß nicht, was uns erwartet, aber ich werde sicherlich eine helfende Hand im Haushalt brauchen.«

Julie konnte die Begeisterung nicht teilen. Nicht, dass sie Sarina eine Anstellung nicht gönnte, in Marwijks Haus wäre sie sicherlich gut versorgt, aber … nein, es ging nicht.

Sie warf Jean einen langen Blick zu, in der Hoffnung, seine Aufmerksamkeit zu erregen. Nichts geschah. Himmel, wie sollte sie ihm bloß ihre Nachricht übermitteln, ohne dass die anderen misstrauisch wurden oder gar nachfragten? Sarina wieder in der Nähe ihrer Landsleute zu wissen beunruhigte sie. Ganz abgesehen vom Charakter des zukünftigen Direktors der Plantage.

»Jean, denkst du nicht, dass Watervreede etwas ... dicht an Rozenburg liegt?«, wagte sie schließlich einen Versuch.

Jean aber schien ihre Bedenken nicht zu teilen. »Ich denke, dass Thijs gut auf Sarina aufpassen wird«, sagte er augenzwinkernd.

Julie wagte noch den einen und anderen Vorstoß, der ungehört verhallte. Schließlich wurde beschlossen, dass Sarina mit nach Watervreede fahren sollte. Auf Sarinas Gesicht zeigte sich sogar ein kleines Lächeln, ihr schien der Gedanke zu gefallen.

Als die Männer sich verabschiedet und den Raum verlassen hatten, fiel Julies Blick auf Inika. Das Mädchen schien im Gegensatz zu ihrer Mutter entsetzt und kämpfte sichtlich mit den Tränen, was auch Erika nun bemerkte. »Auch für dich werden wir beizeiten eine Lösung finden«, sagte sie sanft, »vielleicht kannst du ja später, wenn es auf der Plantage gut läuft ...«

»Nein!«, entfuhr es Julie. Im gleichen Moment schlug sie sich mit der Hand vor den Mund.

»Juliette, was hast du denn, Thijs Marwijk macht doch einen sehr anständigen Eindruck.« Erika sah Julie mit großen Augen an. Die Verblüffung stand ihr im Gesicht geschrieben.

»Es ist nicht ... Marwijk ist nicht das Problem«, flüsterte sie. Sie holte tief Luft. »Pieter wird auch auf dieser Plantage sein«, stieß sie hervor. Julie sah, dass ihre Freundin die Botschaft verstanden hatte. Sie bedachte Sarina und Inika mit einem besorgten Blick.

»Oh nein!«

Vergeet niet aan wie u behoort

Vergiss nicht, zu wem du gehörst

Surinam 1879
Paramaribo, Plantage Watervreede, Plantage Rozenburg

Kapitel 1

Der letzte Rest der grauen Vergangenheit schien von Wim abzufallen, als er am Hafen stand, wo er gleich das Boot besteigen würde. Seit Jahren hatte er sich nicht mehr so lebendig und vor allem frei gefühlt. Kurz überkam ihn ein schlechtes Gewissen, Gesine allein zu lassen. Aber er war nicht hier, um Rücksicht auf Gesine zu nehmen, das hatte er sich geschworen. Sie war bei Juliette und Jean gut aufgehoben und würde sicher ohne ihn zurechtkommen. Wim hatte sich bereits gestern im Stadthaus von Juliette und Jean verabschiedet und eine Menge guter Wünsche mit auf den Weg bekommen – und einen missmutigen Blick von Gesine.

»Wim, ich hoffe, du bist dir deiner Sache immer noch sicher?« Thijs hatte ein Zeltboot gemietet, um die nötige Ausrüstung transportieren zu können, und reichte gerade die letzten Seesäcke auf das Boot, wo sie von einem der schwarzen Ruderer sicher im Bug verstaut wurden. Thijs' Gesicht war von der Anstrengung gerötet, aber er lachte.

»Natürlich«, gab Wim fröhlich zurück.

»Da kommt unser letzter Passagier.« Thijs deutete den Pier entlang, auf dem sich Erika Bergmann mit der zukünftigen Haushälterin näherte.

Thijs ging den beiden entgegen. Die Inderin lief neben Erika Bergmann her und senkte den Blick, als Thijs die Frauen erreichte. Wim betrachtete die Frau neugierig. Er hoffte, dass sie nicht so zart besaitet war, wie sie äußerlich wirkte. Sie war klein und zierlich, ihre Bewegungen waren ruhig und anmutig. So richtig konnte sich Wim die Frau nicht als Haushälterin vorstellen, war sie doch so anders als die resolute schwarze Frau, die Juliettes Haushalt vorstand. Thijs hingegen schien sehr angetan. Jetzt nahm er der Frau ihr kleines Gepäckbündel ab und trug es zum Boot.

»Mijnheer Vandenberg.« Erika Bergmann trat neben ihn. »Ich hoffe, Sie sind sich bewusst, was Sie dort draußen erwartet.« Sie lachte, aber ihr Gesicht spiegelte ehrliche Sorge wider.

Wim schmunzelte. »Mevrouw Bergmann, ich bin schließlich nicht in dieses Land gekommen, um mir bei ein paar kühlen Getränken wilde Kolonialgeschichten anzuhören. Und ich glaube, mit Thijs habe ich einen guten Reisebegleiter an meiner Seite.«

»Ja, aber passen Sie bitte trotzdem auf sich auf. Nicht alles, was über dieses Land erzählt wird, ist übertrieben. Im Regenwald lauern ernsthafte Gefahren.« Sie blickte ihn mit großen Augen an.

»Ich werde auf mich achtgeben … und auf Thijs und …«

»Sarina«, ergänzte Erika Bergmann.

»Auf Sarina auch. Das verspreche ich Ihnen, Mevrouw Bergmann.«

»Erika, sagen Sie doch bitte Erika zu mir.«

»Erika. Aber dann nennen Sie mich auch Wim.«

Erikas Sorge rührte Wim an. So schlimm würde es im Regenwald schon nicht werden. Doch Juliette war auch besorgt gewesen, im Gegensatz zu Gesine, die ihm bis zur letzten Minute nur Vorhaltungen gemacht hatte.

Thijs hatte inzwischen Sarina ins Boot geholfen, wo sie sich schüchtern einen Platz unter der Zeltplane suchte. Jetzt stand er, die Hände in die Hüften gestemmt, zwischen den Ruderern, die sich zur Abfahrt bereithielten. »Wim, es geht los! Die Flut währt nicht ewig. Mevrouw Bergmann, wir sehen uns in einigen Monaten, so Gott will.« Er lachte.

Wim verabschiedete sich mit einem kurzen Nicken von Erika

und stieg dann ebenfalls ins Boot. Es wankte bedrohlich, fand aber schnell ins Gleichgewicht. Wim setzte sich neben Thijs unter die Plane im Heck. Die Ruderer stießen vom Anleger ab und steuerten das Boot sogleich in die Mitte des Flusses. Erika stand auf dem Anleger und winkte zum Abschied.

»Nette Frau, diese Erika Bergmann«, bemerkte Thijs grinsend. Wim nickte.

Nachdem sie die letzten Häuser der Stadt hinter sich gelassen hatten, gab es am Ufer nur noch undurchdringliches Grün zu sehen. Es war unverkennbar, dass man in diesem Land stetig gegen die Natur kämpfte. Kaum zog der Mensch fort, eroberte sich der Regenwald die beanspruchten Flächen zurück.

Wenige Stunden flussaufwärts sahen sie zwischen den Bäumen, Lianen und dem Buschwerk vereinzelt ehemalige Plantagen liegen. Die Häuser waren von Kletterpflanzen überwuchert, aus den Dächern ragte das Astwerk der Bäume, und die Anleger am Fluss waren kaum noch zu erkennen. Wim und Thijs betrachteten schweigend diese Zeugnisse ehemaliger Kolonialkultur.

Etliche Stunden später stieß Thijs Wim an. »Gleich müssten wir die Plantage Rozenburg passieren.« Wim starrte angestrengt zum Ufer. Kurz darauf tauchte eine üppige Parkanlage mit einem dahinterliegenden Plantagenhaus auf. Tiefrot leuchtende Blumen am Ufer schienen ihm einen Gruß zu schicken. Und plötzlich übermannte ihn das Gefühl, tief mit diesem Ort verbunden zu sein. Dann verschwand Rozenburg aber auch schon wieder aus seinem Blickfeld.

Die Plantage hatte gepflegt gewirkt. Was sie wohl auf Watervreede erwartete? Wim ging vom Anblick maroder, halb verfallener Plantagenhäuser und dichtem Gestrüpp aus. Wie bei der Pflanzung, die sie nun passierten. Vom Fluss aus sah man nur noch die Wände des einstigen Plantagenhauses, das Dach war eingestürzt.

Thijs, der bis zuletzt guter Dinge gewesen war, war sichtlich bestürzt. »Es ist kaum zu glauben, wie sich das alles im Laufe der Jahre verändert hat. Dort ... dort auf der Plantage war ich als Kind einmal mit meinen Eltern zu einer Hochzeit.«

Am Abend steuerten sie einen Anleger am Ufer an. Thijs hatte Wim gesagt, dass sie, so der Fluss es zuließ, bis zum Abend auf Watervreede ankommen würden, doch die Gezeiten waren ihnen nicht gnädig. Thijs meinte, es wäre zwar nicht mehr weit, aber, so erklärte er Wim, die Strömung wurde jetzt zu schwach, um noch weiterfahren zu können, da die Ebbe eine Gegenströmung erzeugte, die das Rudern zu schwer machte. Die Ruderer sprangen aus dem Boot und machten es fest. Zu Wims Erleichterung war dieser Anleger in einem guten Zustand, sie würden also nicht in einer der Ruinen schlafen.

Sie hatten das Boot noch nicht verlassen, als schon die ersten Schwarzen angelaufen kamen. Die Plantage war also bewohnt. Sie wirkten freudig erregt, und Wim konnte sich gut vorstellen, dass Besucher eine willkommene Abwechslung waren. Die Ruderer gingen mit den Schwarzen, Wim und Thijs folgten einem von ihnen in Richtung Plantagenhaus.

Sarina blieb unschlüssig stehen, bis Thijs sie herbeiwinkte.

»Komm mit uns«, rief er freundlich, und zu Wim gewandt sagte er: »Sie nächtigt besser bei uns als im Arbeiterdorf.«

Wim zuckte nur mit den Achseln. Er kannte die Gepflogenheiten in diesem Land nicht. Dass er gleich einen Vorgeschmack darauf bekommen sollte, ahnte er nicht.

»Willkommen.« Auf der Veranda des heruntergekommenen Plantagenhauses saß ein beleibter Mulatte in einem Stuhl. »Setzen Sie sich, setzen Sie sich. Erzählen Sie mir, was es Neues in der Stadt gibt.«

»Das ist vermutlich der Direktor der Plantage«, flüsterte Thijs Wim zu, als sie die Stufen zur Veranda erklommen.

»Wir möchten Sie bitten, uns Unterkunft zu gewähren, Mijnheer ...«, sagte Thijs.

»Beldur ... sagen Sie Beldur zu mir. Natürlich können Sie hier nächtigen. Kommen Sie, setzen Sie sich ... Mika, etwas zu trinken für die Herren.«

Ein kleines schwarzes Mädchen erhob sich, und Wim wurde bewusst, dass sie dem dicken Mann eben die nackten Füße massiert hatte. Ihn schauderte. Kurz darauf kam sie mit einem Tablett mit zwei Gläsern und einer vollen Karaffe Dram wieder. Neben Beldurs Glas stand bereits eine geleerte Karaffe. Das Mädchen stellte das Tablett ab und schenkte den Gästen ein, bevor sie auf ein Zeichen Beldurs begann, seine Schultern zu massieren.

»Ein bisschen Entspannung nach einem langen Tag«, kommentierte Beldur und hob sein Glas.

»Und? Was treibt Sie auf den Fluss?«, fragte er ohne Umschweife.

»Ich besuche die Plantage meiner Eltern«, antwortete Thijs.

Beldur gab ein genüssliches Grunzen von sich, während die kleinen Hände des schwarzen Mädchens seine Schultern kneteten.

Wim betrachtete ihn angewidert. Dieser Mann ekelte ihn an. Er hoffte, dass er früh zu Bett gehen konnte.

Müde verfolgte er das belanglose Gespräch über das Wetter und über die diesjährige Zuckerrohrernte. Wim konnte sich nicht vorstellen, dass Beldur sich tagsüber auf den Feldern bewegte. Wahrscheinlich beließ er es eher bei Anweisungen von einem bequemen Sitzplatz aus.

»Wie ich sehe, führen Sie Ihr Mädchen selbst mit. Ich hätte Ihnen sonst auch gerne zwei meiner Mädchen für die Nacht angeboten.«

Der Tonfall gefiel Wim ganz und gar nicht. Auch Thijs schien sehr genau zu wissen, worauf ihr Gastgeber anspielte. Er verzog kurz das Gesicht, ging aber nicht weiter darauf ein und deutete stattdessen auf Sarina, die geduldig auf der untersten Stufe der Veranda wartete. »Das ist meine Haushälterin …«

»Ja, ja, man sollte sich immer eine gute Frau im Haus halten.« Wim entging der lüsterne Blick nicht, mit dem Beldur Sarina betrachtete.

»Mika wird Ihnen Ihr Zimmer zeigen. Wollen Sie die Frau noch bei sich behalten, oder soll Mika sie ins Sklavendorf mitnehmen?«

»Nein, sie kommt mit zu mir«, sagte Thijs bestimmt. Wim war erstaunt und sah, dass Sarina Thijs ebenfalls kurz verwundert ansah. Er meinte Angst in ihrem Blick zu lesen, deshalb stand er auf und trat ein paar Schritte auf sie zu: »Keine Sorge, er möchte nur nicht, dass du hier allein bist!«, flüsterte er.

Das Zimmer war klein und schäbig. Das Bett war zwar groß, die Laken aber nicht frisch. Wim überlegte kurz, dann war seine Entscheidung gefallen.

»Ich denke, wir sollten in Kleidung schlafen«, er deutete auf das schmutzige Bett.

»Ja. Besser morgen früh zerknittert, als von Wanzen befallen.«

Sarina hatte nahe der Tür bereits eines ihrer Tücher abgelegt, die sie sonst zum Kleid geschlungen um sich trug, und es auf dem Fußboden ausgebreitet. Ihr schien diese Art zu schlafen weder unbekannt noch unbequem.

Wim zögerte, legte sich dann aber mit Stiefeln in das Bett. Thijs tat es ihm gleich. Der Mond schien durch das kleine Fenster des Raumes. Plötzlich musste Wim lachen.

»Was ist?«, fragte Thijs.

»Nun, ich denke, wenn meine Frau an solch einem Ort Rast machen muss, wird sie wohl im Stehen schlafen.«

Kapitel 2

»Nein, das muss alles mit.« Misi Gesine sah Misi Juliette mit einem vorwurfsvollen Blick an. Karini stand neben ihr und verkniff sich ein Lachen.

Karini hatte zwei Tage damit zugebracht, die komplette Garderobe von Misi Gesine wieder in den großen Koffern zu verstauen. Sie hatte sich mehr als einmal gefragt, wie diese sich wohl den Transport ihrer Habe zur Plantage vorstellte. Man reiste hier eigentlich auf Zeltbooten mit leichtem Gepäck und eher selten mit einem ganzen Hausstand.

Jetzt, da Karini die Koffer hinunter in die Eingangshalle gebracht hatte, weil am morgigen Tag die Reise zur Plantage stattfinden sollte, stand Misi Juliette sichtlich verdutzt vor dem hohen Stapel. Aber Misi Gesine war der Meinung, das alles auf der Plantage zu brauchen.

»Gesine, wir werden ein zweites Schiff mieten müssen, um das alles transportieren zu können. Meinst du nicht, du könntest einige Koffer entbehren?«

Karini wusste, dass es Misi Juliette schwer haben würde mit dieser Frage. Und richtig. »Juliette. *Du* hast ja alles, was du auf der Plantage brauchst, *ich* hingegen … ich kann dort ja nicht wochenlang im selben Kleid herumlaufen.«

Misi Juliette schüttelte nur den Kopf. Karini wusste, dass sie jetzt ein bisschen wütend war. »Nein, das verlange ich ja auch gar nicht, aber einige Koffer weniger würden die Reise etwas einfacher gestalten.«

»Das muss alles mit«, wiederholte Misi Gesine jetzt in weinerlichem Ton, und Karini sah, wie sie den Arm nach oben führte und auch den Handrücken auf die Stirn legte. Karini wusste, was das bedeutete, und obwohl es ihr eigentlich nicht zustand, gab sie der Misi Juliette vorsichtig mit einer Hand ein Zeichen.

Misi Juliette sah Karini kurz an, rollte mit den Augen und zuckte die Achseln.

»In Ordnung, Gesine, in Ordnung. Ich werde ein zweites Boot besorgen.« Misi Gesine schien sich sofort zu erholen, sie senkte den Arm, und ihre Stimme klang fröhlich und kräftig, als sie sagte: »Fein. Aber meinst du wirklich, dass ein zweites Schiff nötig ist? Es ist doch gar nicht so viel.«

Karini war sich sicher, dass Misi Gesine morgen auch einer Ohnmacht nahe sein würde, sobald sie das Boot erblickte, mit dem sie reisen würde. Es fuhr schließlich kein Segler den Surinamfluss hoch.

»Karini, ich gehe zum Hafen, um für morgen ein zweites Boot zu mieten. Kommst du mit?« Es war Masra Henry, der in der Eingangshalle auftauchte, gerade als Karini die letzte Tasche auf die Koffer wuchtete.

Masra Henry betrachtete einen Moment staunend den Berg aufgestapelter Koffer. »Ist es noch mehr geworden?« Dann zuckte er die Achseln und sah Karini auffordernd an.

»Ich muss kurz meine Mutter fragen, ob sie mich noch braucht. Wenn nicht, komme ich gerne mit.«

Kiri stand in der Küche im Hof und bereitete den Reiseproviant vor. Sie winkte nur ab, zum Zeichen, dass Karini gehen konnte.

Karini eilte sich zurück in die Eingangshalle. »Schnell! Bevor Misi Gesine noch auf die Idee kommt, mir etwas Neues aufzutragen.« Sie zog Masra Henry lachend am Ärmel aus dem Haus.

Gemeinsam schlugen sie den Weg in Richtung Hafen ein. Jetzt, mitten in der kleinen Trockenzeit, war der Muschelkalk auf den Straßen wieder fast weiß und staubte bei jedem Schritt in einer kleinen Wolke auf. Die Palmen der Alleen spendeten kühlen Schatten, und ein süßlicher Duft ging von den schwer tragenden Orangenbäumen aus.

Karini lief beschwingt neben Masra Henry her. Es war lange her, dass sie zu zweit etwas unternommen hatten. Noch nicht einmal zu dritt waren sie in der letzten Zeit zusammen gewesen. Hier in der Stadt stand sie außen vor, da waren eher die Masras zusammen. Obwohl das Verhältnis der beiden, seit Masra Martins Vater in der Stadt war, schwieriger geworden war. Karini wusste nicht einmal, ob Masra Henry von Masra Martins Plänen wusste.

»Hat Masra Martin dir erzählt, was er vorhat, wenn ihr im August die Schule beendet?«, fragte sie zögerlich.

Masra Henrys Miene wurde ernst. »Ja, das hat er.«

»Und? Was denkst du?«

»Ich denke, dass meine Mutter das kaum dulden wird. Martin wird sich eine Menge Ärger einhandeln.«

Karini nickte, genau das erwartete sie auch.

»Aber es sind ja noch fast fünf Monate bis dahin, und wer weiß, ob Wim und Thijs Marwijk die Plantage bis dahin bewohnbar und urbar gemacht haben. Aber vielleicht erfährst du ja vorher schon etwas. Gesine wird doch sicherlich ihren Mann besuchen wollen. Du kannst uns ja einen Brief schreiben, wie es dort vorangeht.«

»Hm«, machte Karini. »Misi Gesine wird es nicht leicht haben auf der Plantage, wenn sie sich jetzt in der Stadt schon so langweilt.«

»Ja, aber daran wird sie sich gewöhnen müssen. Also, so eine Frau möchte ich später nicht haben.« Masra Henry lachte kurz auf.

Auch Karini schmunzelte. »Warum? Sie sieht doch gut aus, trägt schöne Kleider, hat ein gutes Benehmen ...« Sie zwinkerte ihm zu.

Er zwinkerte zurück. »Ja, das mag ja alles sein. Aber sie ist furchtbar anstrengend, findest du nicht? Außerdem ... außerdem kreischt sie ja schon, wenn sie nur einen Käfer sieht. Das wird bestimmt lustig mit ihr auf Rozenburg.« Er machte mit der Hand eine krabbelnde Bewegung.

Jetzt musste auch Karini lachen. Ja, auf der Plantage würde Misi Gesine wohl einige unliebsame Überraschungen erleben. Karini sah sich schon stetig ein nasses Tuch bei sich tragen, um Misi Gesine damit aus ihrer Ohnmacht zu erwecken.

Am Hafen suchte Masra Henry nach einem zweiten Zeltboot zur Miete. Zusätzlich mussten vier weitere Ruderer bezahlt werden, um Misi Gesines Gepäck auf die Plantage transportieren zu können. Masra Henry verhandelte mit einigen Bootsführern und entschied sich letztendlich für das günstigste Angebot.

Karini beäugte das Boot kritisch. Es war alt, und der Rumpf war bereits mehrfach ausgebessert. Der Bootsführer, ein alter krummer Schwarzer, der kaum noch Zähne im Mund hatte, grinste die beiden feist an. »Nur Koffer? Kann ich bringen nach Plantage, kein Problem. Soll ich abholen in der Stadt Gepäck?«

Masra Henry nickte und erklärte dem Mann den Weg zum Stadthaus. »Morgen früh, gleich zu Sonnenaufgang. Bezahlt wird bei Ankunft an der Plantage.« Karini fiel auf, wie souverän und reif Masra Henry war. Er verhandelte ebenso gekonnt mit dem Kapitän, wie es Masra Jean oder Misi Juliette auch gemacht hätten.

Karinis Blick wanderte vom Bootsführer wieder zum Boot. Dann dachte sie an den großen Gepäckstapel im Flur des Stadthauses und seufzte. »Ich hoffe, Misi Gesines Kleider werden nicht im Fluss landen«, sagte sie besorgt zu Masra Henry.

Der aber grinste nur. »Ach, der Kahn ist doch so gut wie jeder andere. Und solange keine Passagiere mitfahren müssen, wird es wohl gehen.«

Karini verstand, dass er dieses schäbige Boot auch mit dem Hintergedanken an Misi Gesine ausgewählt hatte. Sie stieß ihn lachend an. »Hoffentlich geht es nicht unter. Nicht auszudenken, was passiert, wenn Misi Gesines Garderobe in den Fluss fällt. Und du kommst morgen früh auf jeden Fall mit zum Hafen, wenn wir aufbrechen. Dann kannst du deiner Mutter und Misi Gesine selbst erklären, warum du ausgerechnet dieses Boot ausgesucht hast.«

»He«, er gab ihr einen Stups zurück und lief los.

Sie rannten die Hafenpromenade entlang. Atemlos hielten sie unter den Palmen an, welche die Mole entlang der Hafenpromenade säumten. Masra Henry winkte Karini zu einer Bank im Schatten. Sie setzten sich, und Karini kam allmählich wieder zu Atem. Eine ganze Weile saßen sie schweigend nebeneinander, bis Masra Henry plötzlich fragte:

»Bist du traurig, dass du mit auf die Plantage musst? Ich meine ... Eigentlich bist du doch gerne in der Stadt, oder?«

Darüber hatte Karini auch schon nachgedacht. »Ja, ich bin gerne hier. Aber ich freue mich auf die Plantage. Und so schlimm wird es mit Misi Gesine schon nicht werden, eigentlich ist sie doch ganz amüsant.« Sie bemühte sich um einen möglichst beiläufigen Tonfall. Nein, sie mochte nicht laut gegenüber Masra Henry zugeben, dass sie sich ein wenig davor grämte, ohne ihn und Masra Martin nach Rozenburg zurückzukehren. Es würde Monate dauern, bis zumindest Masra Henry nachkam. Was sie plötzlich sehr störte.

Masra Henry starrte auf den Fluss, er wirkte nachdenklich. »Wenn Martin es wirklich wahr macht und zu seinem Vater geht ... das wird ganz schön komisch werden.« Karini war erstaunt, dass ihn dieselben Gedanken umtrieben. »Aber«, er wandte Karini einen Blick zu, der voller Liebe war, und nahm ihre Hand, »du bist ja noch da. Unsere Zukunft liegt auf Rozenburg.«

Karini wurde plötzlich ganz heiß, und vor ihrem inneren Auge verschwamm Masra Henrys Gesicht mit dem von Masra Martin, der fast die gleichen Worte an sie gerichtet hatte.

»Ja«, sagte sie nur.

Kapitel 3

Inika saß in der Küche des Kinderhauses und schnitt Gemüse für das Abendessen.

Nach der Abreise ihrer Mutter hatte sie deren Aufgaben übernommen. Was nicht viel war, Misi Minou kümmerte sich um das meiste selbst, und außerdem gab es noch eine schwarze Haushälterin.

»Mutter, willst du das wirklich? Du kennst diesen Mann doch gar nicht und ...« Inika hatte versucht, ihre Mutter davon zu überzeugen, nicht mit auf diese Plantage zu fahren, und kurz die Hoffnung gehegt, ihre Mutter würde es sich anders überlegen. Vergeblich.

»Ich muss doch arbeiten und Geld verdienen, wir können nicht ewig auf Kosten von Misi Juliette und Misi Erika leben.« Sarina hatte Inikas Hand genommen. »Wir müssen doch unser Leben wieder selbst bewältigen. Und wir können uns hier auch nicht ewig verstecken.«

Inika wusste, dass ihre Mutter recht hatte. Aber es war schon gedanklich schwer, sich von dem sorgenfreien Leben am Geenkamper Weg zu verabschieden. Es war durchaus bequem.

Der Besuch bei Misi Juliette hatte in Inika alte Wünsche geweckt. Schon damals, als Hausmädchen auf Rozenburg, hatte sie sich geschworen, nicht auf ewig so zu leben. Sie wollte ein schönes Haus, ein weiches Bett und hübsche Kleider, so wie die weißen Misis. Aber vor allem wollte sie ihr Leben selbst bestimmen. Der Schock, von ihrem Vater einfach verheiratet worden zu sein, saß noch tief. Nie wieder wollte Inika von einem anderen Menschen so bestimmt werden. Es gab genug farbige Frauen in der Stadt, denen die Unabhängigkeit gelungen war. Sie waren unabhängig von den weißen Arbeitgebern, und viele waren auch unabhängig von Männern. Ein Thema, über das sie mit ihrer Mutter häufig gestritten hatte.

»Du kannst nicht ohne einen Mann leben. Als Frau muss man verheiratet sein und dem Mann das Haus führen und Kinder gebären. Das ist unsere Bestimmung. Dass ich Witwe bin, ist eine Schande.«

Inika hatte nur den Kopf geschüttelt. »Mutter, nach all dem, was uns passiert ist ...«

»Es hätte ja nicht so weit kommen müssen ...« Da war er wieder, der leise Vorwurf, den ihre Mutter in den letzten Monaten immer wieder geäußert hatte. Ihre Mutter hatte es nie laut ausgesprochen, aber Inika wusste, dass sie Inika für den Tod ihres Vaters verantwortlich machte. Sie wusste aber auch, dass ihre Mutter gegen die Hochzeit gewesen war. Inika plagte ein schlechtes Gewissen. Sie wollte für ihre Mutter nur das Beste. Nur sah sie momentan kaum einen Ausweg aus ihrer Lage. Sie waren Kontraktarbeiter. Billige Arbeitskräfte.

»Ich muss Arbeit finden und am besten beizeiten wieder heiraten, nur so werden uns die anderen wieder akzeptieren«, hatte ihre Mutter gesagt.

»Du willst doch nicht wirklich irgendwann zurück zu unseren Leuten? Sie haben uns nach dem Leben getrachtet.«

Sarina hatte geseufzt und Inika übers Haar gestrichen. »Inika, wir sind Inder. Dies ist nicht unser Land, dies ist nicht unsere Kultur. Wir gehören zu ihnen, ob wir wollen oder nicht, und wir haben auch nur in ihren Kreisen eine Chance.«

Zurück zu den Indern, gar zurück in das kleine Dorf auf der Plantage. Nein, das wollte Inika auf keinen Fall. Niemals.

Aber in der Stadt war es noch schlechter um die Kontraktarbeiter bestellt als im Hinterland. Bogo hatte Arbeit auf den Muschelbänken gefunden, auf denen unweit der Stadt unentwegt der Muschelkalk für den Straßenbelag in Paramaribo gewonnen wurde. Inika hatte ihn einmal dorthin begleitet. Aber die entweder tropfnassen oder über und über mit Muschelkalk verstaubten Arbeiter hatten Inika abgeschreckt. Es waren zerlumpte und abgerissene Gestalten, die anderswo kaum eine Chance hatten, Arbeit zu finden. Geschweige denn eine bessere. Auch sonst herrschte in der Stadt ein strikter Klassenkampf. Zuoberst in der Hierarchie standen die Mulatten und die Schwarzen, darunter die Chinesen, dann die Indianermischlinge und ganz unten kamen die Inder. Wenn man ein hübsches Mädchen war, und nur dann, konnte man vielleicht in einer der dunklen Herbergen in der Nähe des Hafens ein paar Gulden verdienen. Aber selbst dort wurden die indischen Mädchen von den Mulattenmädchen beschimpft und fortgejagt. Erst vor wenigen Wochen hatte Misi Erika wieder ein Mädchen aufgenommen und bei den Missionaren untergebracht, da es für das Kinderhaus bereits zu alt gewesen und zudem schwanger war.

Inika seufzte und legte das Messer beiseite. Sie würde sich etwas einfallen lassen müssen. Sie musste eine Möglichkeit finden, Geld zu verdienen. Und sie würde es schaffen, so schwor sie sich jetzt, dass weder sie noch ihre Mutter weiter als Dienstboten oder gar als Arbeiter auf einer Plantage leben mussten.

Kapitel 4

Jean hatte auf den Kissen unter der Zeltplane die Beine ausgestreckt und die Augen geschlossen. Aber er schlief nicht, das wusste Julie ganz genau. Von Zeit zu Zeit zuckten seine Mundwinkel als Reaktion auf Gesines Klagen. Ebenso zuckten die Ruderer hin und wieder verdächtig mit den Schultern, ein untrügliches Zeichen, dass auch sie sich das Lachen verkniffen. Karini saß vorne im Boot und senkte entweder den Blick auf den hölzernen Bootsboden oder schaute verlegen voraus auf den Fluss. Julie selbst saß an der Seite mit Helena auf dem Arm und beobachtete liebevoll ihre Tochter, die durch das sanfte Schaukeln des Bootes in einen tiefen Schlaf gefallen war. Ein echtes surinamisches Kind, befand Julie stolz.

Gesine hatte ihren Platz mittig zwischen Jean und Julie. Jean hatte ihr erklärt, dass das Boot dort am wenigsten schwankte, und so saß sie nun abwechselnd aufrecht oder sie ließ sich nach hinten in eine halb liegende Position sinken, um sich gleich wieder ruckartig aufzusetzen, begleitet von einem stetig leisen Gejammer über die schrecklichen Bootsfahrten und der immer wiederkehrenden Frage, warum man in diesem Land keine anständigen Straßen gebaut hatte.

»Das ganze Land ist doch von Flüssen durchzogen, die Boote sind also sehr praktisch«, hatte Jean ihr erklärt. Aber Gesine hatte offensichtlich keinen Sinn für Pragmatik.

Julies Gedanken wanderten zurück zum Beginn des Tages. Als sie am frühen Morgen mit der Droschke zum Hafen gefahren waren, war Gesine noch guter Dinge gewesen. Ihre Stimmung war jedoch gekippt, als sie das Boot erblickt hatte, das ihr Gepäck auf die Plantage bringen sollte.

»Nein, damit kommt mein Hab und Gut nicht sicher an«, hatte sie sich aufgeregt, während der zahnlose Bootsführer bereits ihre Koffer auf den Kahn hievte. Julie hatte Gesines Gesichtsfarbe geprüft, die von Rot zu Blass wechselte. Das konnte ja heiter werden. Hoffentlich fiel sie während der Überfahrt nicht vom Boot.

»Ein Transportdampfer war leider nicht zu bekommen«, hatte Henry seine Wahl mit unschuldigem Blick kommentiert. Julie hatte aber das Blitzen seiner Augen gesehen und das Lachen, das Karini zu verbergen versuchte.

Es war Julie klar, dass Henry Gesine ein Schnippchen schlagen wollte. In den letzten Wochen hatte Gesine in Ermangelung anderer Gesprächspartner nur allzu gerne Henry zu sich in den Salon gebeten und ihn mit belangloser Konversation gelangweilt. Julie hatte ihren Sohn dazu angehalten, freundlich zu den Gästen zu sein. Sie wusste, dass Henry gerne mit Wim gesprochen hatte, Gesine aber hatte ihn mit ihrem *Frauenkram* bald vertrieben, ebenso wie Jean und Martin. Julie hatte die Rolle der Gesellschafterin, so oft sie konnte, selbst übernommen. Da aber auch Helena ihrer Aufmerksamkeit bedurfte, und Gesine das Baby nur *herzallerliebst* fand, solange es nicht schrie, spuckte oder die Windel voll hatte, hatte auch Julie eine geeignete Ausrede, auf Gesines Gesellschaft zu verzichten.

»Das Boot wird schon halten bis zur Plantage«, war Jeans Kommentar am Hafen gewesen. »Nun komm, wir müssen los, sonst verpassen wir die Flut.« Jean war in das Zeltboot gestiegen. Gesine hatte ihn mit großen Augen angesehen, auf das Boot gezeigt und gefragt: »Wir fahren auch mit so einer Nussschale?«

»Die Nussschalen sind das gängige Transportmittel in diesem Land.« Jeans Stimme hatte einen leicht schroffen Unterton bekommen. Es missfiel ihm sichtlich, die Frau mitnehmen zu müssen.

»Komm, es wird nicht so schlimm, wie das Boot vielleicht vermuten lässt.« Julie hatte sie beim Arm genommen und ihr geholfen, vom Anleger aus auf das Zeltboot zu steigen.

Vor ihrer Abreise hatte Julie Wim noch gefragt, ob er es wirklich für sinnvoll halte, Gesine mit auf die Plantage zu nehmen.

»Sie wollte mit in dieses Land, dann soll sie es auch richtig kennenlernen. Und allein hier in der Stadt ... nein, sie wird mitfahren«, hatte Wim ihr kurz angebunden entgegnet.

Julie hatte es dabei belassen, aber ob sie Gesine auf der Plantage gerecht werden konnte? Die Frau würde sich dort langweilen. Julie hoffte darauf, dass Wim nicht allzu lange fortblieb und alsbald den Weg von Watervreede nach Rozenburg antrat.

»Ihr könnt auch jederzeit in das Stadthaus zurückkehren«, hatte sie ihm noch angeboten. Wim schien aber, im Gegensatz zu seiner Frau, gar nicht erpicht auf das Stadtleben, sondern von echter Abenteuerlust beseelt. Abendelang hatte er sich von Jean alles über das Leben im Hinterland, die Tiere und den Umgang mit dem Gewehr erklären lassen. Zur Freude von Henry und Martin hatte Jean Wim sogar das Schießen beigebracht, im Hinterhof des Stadthauses.

»Wie lange dauert es denn noch?«, fragte Gesine jetzt mit heiserer Stimme.

Es war inzwischen Mittag, und die Sonne brannte auf den Fluss herab.

»Am Nachmittag sind wir da, die Flut ist kräftig, wir werden noch heute ankommen.« Julie hatte Gesine gar nicht verraten, dass man oft über Nacht eine Rast einlegen musste, um dann mit neu einsetzender Flut weiterzufahren.

»Du solltest etwas trinken.« Julie hielt Gesine aufmunternd eine der kleinen Kalebassen hin, die mit frischem Wasser gefüllt war.

Gesine betrachtete diese aber nur mit einem angeekelten Gesichtsausdruck und schüttelte den Kopf.

Julie hoffte, dass Gesine mangels Flüssigkeitszufuhr und steigender Tageshitze nicht doch noch ohnmächtig werden würde.

Kapitel 5

»Da ist sie!« Thijs sprang im Boot auf, was dieses mächtig ins Wanken brachte.

Wim hielt sich mit beiden Händen an dem Brett fest, auf dem er nun seit dem frühen Morgengrauen gesessen hatte, und versuchte in der Richtung, in die Thijs zeigte, etwas zu erkennen. Noch war nur Regenwald zu sehen.

Sie waren gleich bei Sonnenaufgang aufgebrochen. Auf das Frühstück bei Beldur hatten sie verzichtet, schon die Nacht im Gästezimmer war nicht sonderlich erholsam gewesen. Kaum war der Mond untergegangen, hatten sich im Dunkel der Nacht unzählige Insekten und, den Geräuschen nach, auch größere Tiere eingefunden.

Wim hatte nur wenige Stunden in einem leichten Schlaf verbracht und war mehrmals hochgeschreckt, sobald Thijs neben ihm im Bett oder Sarina auf dem Boden sich gegen die krabbelnden Besucher gewehrt hatten.

Nachdem sie die Plantage verlassen hatten, hatte Thijs die Ruderer angewiesen, das Boot auf der nächsten Sandbank auflaufen zu lassen. Dort angekommen, hatte er sich seiner Kleidung, bis auf das Unterbeinkleid, entledigt und war in den Fluss gesprungen. Wim hatte nicht lange überlegt und es ihm nachgetan. Das frische kühle Nass hatte den Juckreiz der zahlreichen Pusteln, die sich über Nacht gebildet hatten, sofort gelindert.

Während die Ruderer die Rast genutzt hatten, um ein paar Maniokfladen zum Frühstück zu verzehren, war Sarina um das Boot herumgewatet und hatte sich, hüfttief im Wasser stehend, gewaschen. Dankend hatten sie dann von den Ruderern ebenfalls ein paar Fladen entgegengenommen.

»Gleich, gleich wird man das Haus sehen können.« Thijs schirmte die Augen mit der Hand gegen die gleißende Sonne ab und blieb aufrecht im Boot stehen. Die Ruderer lenkten es derweil mehr und mehr in Richtung Ufer. Wim sah, dass aus dem Wasser ein hölzerner Anleger ragte. Im vorderen Bereich erkannte er lediglich gebrochene Latten, aber zum Ufer hin schien er noch intakt. Ein Haus aber sah er immer noch nicht.

»Da ist es.« Thijs packte Wim am Hemdsärmel und zog ihn auf die Beine. Wim konzentrierte sich zunächst darauf, nicht das Gleichgewicht zu verlieren, und hob dann den Blick.

Jetzt erkannte er die Spitze eines Daches, die aus dem satten Grün hervorschaute. Hohe Bäume und dichte Bananenstauden verwehrten den Blick auf die ehemalige Plantagenanlage.

Noch bevor einer der Ruderer auf den Anleger überwechseln konnte, war Thijs mit einem Sprung auf dem Steg gelandet und machte ein paar Schritte auf das Ufer zu. Wim geduldete sich, bis das Boot sicher vertäut war, und half dann zunächst Sarina auf den Steg. Federleicht glitt die Inderin an seiner Hand auf den Anleger und sah sich besorgt um. Wim schenkte ihr ein aufmunterndes Lächeln.

»Nun kommt!« Thijs konnte seine Ungeduld kaum verbergen. Er verschwand zwischen den mannshohen Gewächsen am Ufer. Wim und Sarina folgten ihm. Ein Trampelpfad deutete darauf hin, dass es hier noch Bewohner gab. Wim hoffte inständig, dass sie ihnen wohlgesonnen sein würden. Zwischen dem vielen Grün tauchte schemenhaft ein Gebäude auf, dessen Ausmaße umso ersichtlicher wurden, je näher sie herangingen. Wim hielt überrascht die Luft an. Direkt vor ihnen erhob sich ein großes Plantagenhaus, umsäumt von einer breiten Veranda. Lianen und wilde Orchideen umschlangen die hölzerne Balustrade. Moose hatten sich zu kleinen Teppichen auf dem Boden ausgebreitet.

»Es steht noch!« Thijs hielt ebenfalls inne.

»Wer ist da?«, ertönte plötzlich eine raue Stimme. Auf einem kleinen Pfad entlang der Veranda erschien eine alte, gebeugte Schwarze, die sich langsam, sich auf einen Stock stützend, auf sie zubewegte. Wim war überrascht. Jean hatte zwar angemerkt, dass vielleicht noch jemand auf der Plantage wohnte, aber wirklich damit gerechnet hatten sie nicht, immerhin war Jean schon sehr lange nicht mehr auf Watervreede gewesen.

Die Frau kam langsam näher und streckte nun den Kopf weit vor. Ihre Augen waren von einem grauen Schleier überzogen und sie schien schlecht sehen zu können. Thijs holte Luft und Wim bemerkte, dass seine Augen geweitet waren.

»Hestia? Hestia, bist du es?«, seine Stimme klang heiser.

Die Frau kam langsam näher und wiederholte: »Wer ist da?«

Thijs sprach lauter. »Hestia, ich bin es – Thijs.«

Die Frau blieb wie angewurzelt stehen und legte den Kopf schief, als wenn sie gerade etwas vernommen hätte, was sie nicht zu glauben wagte. Dann flüsterte sie: »Jesus ... Masra Thijs?«

»Hestia«, Thijs ging auf die alte Schwarze zu, »ich wusste ja nicht, dass du noch hier bist!«

»Masra Thijs!« Hestia ließ ihren Stock fallen und streckte ihre alten Arme aus. Thijs ging vor ihr in die Knie und ließ sich von ihr in die Arme schließen.

»Hestia, ich bin wieder zu Hause.«

Kapitel 6

»Oh, ... halt mich!«

Karini ergriff die Hand von Misi Gesine. Das Boot schwankte, auch weil Masra Jean sich sehr kraftvoll abgestoßen hatte, um auf den Anleger zu gelangen. Er schien froh, dass die Fahrt nun endlich vorüber war.

Genau wie Misi Gesine. Karini half ihr aus dem Boot. Auf dem Anlegesteg verharrte sie einen Augenblick schwankend und Karini fürchtete, sie würde jetzt doch noch ohnmächtig werden. Dann richtete sie sich jedoch auf und schaute mit pikiertem Blick umher.

»Das ist also eure Plantage?« Ihr Gesicht war blass, ihre sonst so korrekt frisierten Haare klebten in verschwitzten Locken an ihrer Stirn, und ihr Kleid war zerknittert. Dennoch versuchte sie, wie immer, Haltung zu bewahren.

Misi Juliette kletterte behände aus dem Zeltboot und strich kurz über ihr Kleid. »Ja, das ist Rozenburg. Herzlich willkommen!«

Misi Gesine drehte sich um, beschirmte mit der Hand ihre Augen und schaute den Fluss hinab. »Und wann kommt mein Gepäck?«

Misi Juliette zuckte die Schultern. »Das kann noch dauern, vielleicht kommt es auch erst morgen.« Sie machte sich auf den Weg Richtung Ufer. »Kommst du, im Haus wartet sicherlich eine Erfrischung auf uns.«

»Morgen?« Karini hörte das Entsetzen in Misi Gesines Stimme, die keine Anstalten machte, den Anleger zu verlassen, sondern immer noch in die Richtung starrte, aus der sie gekommen waren. »Aber was soll ich denn dann anziehen?«

»Wenn dein Gepäck heute nicht mehr kommt, werde ich dir ein Kleid leihen.« Misi Juliette klang jetzt ungeduldig. Misi Gesine warf ihr einen skeptischen Blick zu, sie schien sich über dieses Angebot nicht zu freuen.

»Wie können diese Ruderer denn nur so unpünktlich sein?«

»Gesine«, Misi Juliette stand bereits am Ufer und stemmte nun die Arme in die Hüften, »das ist ein Fluss und keine Straße. Wenn die Flut schwach wird und das Boot sehr schwer ist«, ihr Blick hatte etwas Vorwurfsvolles, »kann es auch einmal länger dauern. Also, willst du da stehen bleiben und dich von den Moskitos stechen lassen, während du auf deine Koffer wartest, oder kommst du mit zum Haus?« Misi Juliette marschierte los, ohne auf eine Antwort zu warten.

Misi Gesine raffte ihren Rock und folgte ihr mit trotziger Miene. Karini nahm Misi Gesines Handgepäck und versuchte gar nicht erst, das Lächeln zu unterdrücken.

Karini war glücklich, als sie abends in ihrer Hängematte in der Hütte ihrer Eltern lag. Zu ihrer Überraschung war auch ihr Vater Dany gerade auf der Plantage und sie hatte sich sehr gefreut, ihn zu treffen. Nach einer überschwänglichen Begrüßung hatten sie noch lange zusammengesessen. Es war doch schön, nach Hause zu kommen! Nachdenklich ließ sie ihre Hand zu dem Jaguarzahn wandern, der jetzt an einer Kette an ihrem Hals hing. Ihr Vater hatte ihn ihr eben geschenkt. »Er wird dich beschützen«, hatte er feierlich gesagt und liebevoll gelächelt.

»Du kannst mich natürlich jederzeit besuchen kommen«, hatte er hinzugefügt und ihr zärtlich über die Wange gestrichen. Karini vermisste ihn sehr, wusste aber, dass sie in den nächsten Wochen nicht die Zeit dazu finden würde. Sie würde mit Misi Gesine genug zu tun haben.

Karini lauschte auf den ruhigen Atem ihres Vaters. Auch die Geräusche der Nacht, das Zirpen der Insekten und das Rascheln des Windes in den Bäumen rings um das Dorf drangen leise zu ihr hin. Das Feuer im Kochbereich der Hütte knisterte noch, und der Rauch, der langsam durch die Hütte waberte, um die Stechmücken fernzuhalten, hüllte sie ein.

Ihre Gedanken wanderten zu Masra Henry und Masra Martin. Misi Juliette hatte Masra Martin sehr ungern in Paramaribo zurückgelassen, gerade weil sein Vater verkündet hatte, ihn des Öfteren sehen zu wollen. Sie hatte sogar angeboten, Paul Rust noch einmal als Hauslehrer auf die Plantage zu holen, aber Jean hatte abgewunken. Masra Martin hatte sich sichtlich über die Entscheidung gefreut und nur genervt mit den Augen gerollt, als Misi Juliette ihn mehrfach gebeten hatte, auf sich achtzugeben. Ob sie wirklich Angst hatte, dass sein Vater ihm etwas antun würde?

Karini hatte eine positive Veränderung an Masra Martin ausgemacht. Er war nicht mehr ganz so mürrisch wie in den Monaten, bevor sein Vater eingetroffen war, und er war auch zu ihr wieder viel netter. Sogar ein bisschen mehr als nur nett, sie hatte oft darüber nachgedacht.

Dass zwischen ihnen etwas mehr war als nur die seit Kindertagen bestehenden Bande, spürte sie schon länger. Allerdings hatte sie dies auch bei Masra Henry gefühlt, auch er behandelte sie jetzt anders und sah sie mit anderen Blicken an. Das bereitete ihr Sorge. Sie hatte beide Jungen immer gemocht, sie waren wie Brüder für sie gewesen. Dass sich jetzt in Gegenwart beider in ihrem Bauch ein Flattern einstellte, beunruhigte sie, obwohl das Gefühl an sich eigentlich schön war.

Sie waren keine Kinder mehr. Manchmal, wenn niemand in der Nähe war, betrachtete Karini sich heimlich im Spiegel. Sie war nochmals gewachsen, ihr Busen und ihre Hüften hatten sich gerundet. Ihr Haar war etwas glatter geworden und glänzte in einem tiefen Schwarz. Ihr Gesicht hatten reife erwachsene Züge bekommen, aber es wurde auch immer deutlicher, dass sie nicht rein schwarzer Abstammung war. Als Kind hatte sie noch die charakteristisch flache Nase gehabt, diese hatte sich inzwischen gehoben und verschmälert. Auch war sie nicht mehr pausbäckig, die Wangenknochen verliehen ihrem Gesicht vielmehr eine schmalere Form.

Karini seufzte und drehte sich in der Hängematte nochmals um. Besser, sie schlief jetzt. Morgen würde vermutlich Misi Gesines Gepäck ankommen, und alles auszupacken, das würde Stunden dauern.

Karini wurde mitten in der Nacht von lauten Schreien aus dem Schlaf gerissen. Im ersten Moment wusste sie nicht recht, wo sie war. Dann spürte sie das Geflecht der Hängematte auf ihrer Haut.

Im nächsten Augenblick wusste sie auch, wer die Schreie ausstieß: Misi Gesine! Karini sprang sofort aus der Hängematte und eilte aus der Hütte in Richtung des Lärmes. Es war stockfinster, aber sie kannte sich gut aus in diesem Dorf, auch im Dunkeln.

Zwischen zwei Hütten stand Misi Gesine in Misi Juliettes weißem Morgenmantel wie eine geisterhafte Erscheinung und schrie aus Leibeskräften. Um sie herum leuchteten weiße Augenpaare auf. Die Bewohner der umliegenden Hütten waren ebenfalls herausgekommen, Misi Gesine aber schlug um sich und wehrte vehement alle Personen ab, die ihr eigentlich helfen wollten.

»Misi Gesine! Misi Gesine, ich bin es, Karini.« Karini schob sich durch die Menge vor.

»Geht weg … geht weg …« Misi Gesine drehte sich hysterisch im Kreis.

Karini musste sie regelrecht anschreien, um zu ihr durchzudringen. »Misi Gesine!«

»Oh ... oh ... gut, dass du da bist ... diese Augen ... und man sieht sie gar nicht ... Hilfe! Sie wollten mich anfassen!«

»Nein, sie wollen Ihnen helfen«, sagte Karini bestimmt und versuchte, ein amüsiertes Lächeln zu unterdrücken. Sie hörte selbst, wie barsch ihre Stimme klang, und fügte etwas sanfter hinzu: »Was machen Sie denn hier?« Die Misi aber antwortete nicht und blickte wild um sich. Karini zögerte kurz, dann griff sie nach dem Arm der Misi, um sie irgendwie zu beruhigen. Sie wusste, dass das unerhört war, und hoffte, dass Misi Gesine nicht böse sein würde, aber ... sie benahm sich gerade wie eine Verrückte.

Die anderen Schwarzen lachten und machten leise Scherze auf *taki-taki*.

Karini zischte sie an, sie sollten verschwinden. Ein Mann klopfte ihr auf die Schulter und sagte: »Karini, *kis 'yu blo*, reg dich nicht auf«, dann verschwanden die amüsierten Dorfbewohner schnell wieder in ihren Hütten.

»Misi Gesine, kommen Sie, ich bringe Sie zurück zum Gästehaus. Was wollten Sie denn hier?«

»Geister, hier ist alles voller Geister ...« Misi Gesine klammerte sich an Karinis Arm und ließ sich von ihr zurück in das Gästehaus führen.

Karini entzündete im Flur eine kleine Öllampe. Im Licht der kleinen Lampe entspannte sich Misi Gesines Gesicht etwas, vor ihrer Zimmertür aber blieb sie stocksteif stehen.

»Nein, da gehe ich nicht mehr hinein.«

Karini war überrascht. »Ist etwas nicht in Ordnung mit Ihrem Zimmer, Misi Gesine?«

»Nein ... doch ... da ... da saß etwas an der Wand«, flüsterte sie, »ein Untier.«

Karini gelang es nur mit Mühe, ein Lachen zu unterdrücken. »Ich werde nachsehen.«

Sie schlüpfte durch die Zimmertür und leuchtete einmal den

Raum ab. Gleich neben dem Fenster, in der Zimmerecke, fand sie, was sie gesucht hatte. Eine große schwarze Spinne drückte sich in die Ecke, als hätte sie selbst Angst. Mit den Spinnen und den Weißen ist es ein bisschen wie mit den Schwarzen und den Weißen, dachte sie bei sich. Die Weißen haben Angst vor ihnen, obwohl sie, weder die Spinnen noch die Schwarzen, ihnen etwas tun. Karini wusste, dass diese Spinnen in Surinam willkommene Haustiere waren, fingen und fraßen sie doch allerlei Ungeziefer, allen voran die großen Kakerlaken, die es hier zuhauf gab. Sie hatte selbst gesehen, dass die schwarzen Haushälterinnen in der Stadt, bei Abwesenheit der Herrschaften, die Spinnen zu diesem Zweck sogar absichtlich in den Räumen aussetzten. Kleine Jungen verkauften die Tiere aus geflochtenen Körbchen auf der Straße. Aber wehe, ein Weißer bekam eine dieser achtbeinigen Haushaltshilfen zu Gesicht, da war das Geschrei immer groß. Karini kicherte. »Na, dann komm mal her, du *Untier*«, sagte sie leise. Vorsichtig nahm sie die Spinne in die Hand und trat in den Flur. Die Hand, in der sie die Spinne gerade noch halten konnte, versteckte sie hinter dem Rücken. Es war eindeutig besser, wenn die Misi das Tier jetzt nicht sah.

»Alles in Ordnung, Misi Gesine, das Tier ist nun fort.«

Misi Gesine lugte vorsichtig im Schein des Öllämpchens in den Raum. »Bist du sicher?«

»Ja, Misi.«

»Würdest du vielleicht«, die Misi zögerte, die Worte schienen ihr nicht leichtzufallen, »ich fühle mich nicht ganz wohl so allein hier in diesem Haus. Könntest du heute Nacht hierbleiben?«

»Ja, Misi Gesine, gerne, ich gehe nur schnell und schließe die Tür. Bitte nehmen Sie die Lampe mit, ich komme gleich.«

Karini übergab Misi Gesine die Lampe und lief schnell zur Eingangstür des Gästehauses. Sie setzte die Spinne auf den Boden und das Insekt sputete sich unter einen Busch in Sicherheit.

Karini lief zurück zu Misi Gesines Zimmer, holte sich eine

Decke aus dem Schrank und legte sich auf den angenehm kühlen Holzboden, von dem ein leichter Orangenduft ausströmte.

»Alles in Ordnung, Misi Gesine. Sie können jetzt beruhigt schlafen, ich bin da.«

Kapitel 7

Wim saß auf der Veranda des Plantagenhauses auf Watervreede und versuchte, sich im Licht der Öllampe ein paar Notizen zum Tag zu machen. Leider zitterte seine Hand dabei so, dass er kaum schreiben konnte.

Er hatte in den letzten Stunden körperlich so hart gearbeitet wie noch nie zuvor in seinem Leben. Er war erschöpft bis ins Mark, fühlte sich aber sehr glücklich. Er legte Papier und Feder beiseite, lehnte sich zurück und betrachtete den Fluss.

Nach der bewegenden Begrüßung durch Hestia hatten sie sich auf den Weg zum Haus gemacht. Auf den ersten Blick hatte alles hoffnungslos ausgesehen, überall war dichtes Grün. Selbst das Plantagenhaus war von allen Seiten mit Kletterpflanzen bewachsen. Kleine Affen waren erschrocken davongestoben, als sie auf dem kleinen Trampelpfad um das Haus herumgingen. Vögel waren nervös umhergeflattert, und Wim hatte gar nicht so genau wissen wollen, was am Boden alles herumraschelte. Er war froh gewesen, hohe, feste Stiefel zu tragen, denn die Gefahr, gebissen zu werden, schien erheblich.

Hestia hatte versucht sich zu entschuldigen: »Masra Thijs, ich habe es versucht, so gut ich konnte, aber seit mein Mann gestorben ist ...«

»Ist schon gut«, hatte Thijs die alte Frau beruhigt. »Ich habe nicht erwartet, dass hier überhaupt noch irgendetwas steht. Und dafür«, er blickte sich um, »sieht es doch gar nicht so schlimm aus.«

Und dann hatten sie das Haus betreten. Wim hatte erleichtert festgestellt, dass es von innen besser aussah als von außen. Thijs hatte jedes Möbelstück, das noch darin stand, vorsichtig berührt, während Wim und Sarina sich zaghaft umgeschaut hatten.

»Meine Eltern haben damals alles, was sich nicht verkaufen ließ, einfach hiergelassen. Es wundert mich, dass noch so viel davon da ist.«

»Oh, Masra Thijs, Achill hat immer gut aufgepasst und alle fortgejagt, die etwas stehlen wollten.«

»Wann ... seit wann ist dein Mann ...«, hatte Thijs leise gefragt.

Hestia hatte den Blick gesenkt und mit ihrem Gehstock auf dem Boden gekratzt. »Fünf Jahre ist es jetzt her.«

»Und seitdem bist du hier ganz allein?« Thijs Stimme hatte überrascht geklungen.

Auch Wim hatte es kaum glauben können. Wie konnte die alte, gebrechliche Frau hier seit Jahren allein zurechtkommen?

»Hestia, würdest du Sarina bitte den Kochbereich zeigen? Ich hoffe, in der Küche ist noch etwas Inventar, wir haben Vorräte mitgebracht. Sarina, könntest du Hestia bitte unterstützen?«

Die Inderin hatte lediglich genickt und Hestia helfend unter den Arm gegriffen, als diese sich, auf den Stock gestützt, auf den Weg gemacht hatte.

Nachdem die beiden Frauen im hinteren Teil des Hauses verschwunden waren, hatte Thijs Wim auffordernd angesehen. »Wollen mir mal nachsehen, wie es oben aussieht?«

Wim hatte nur zu gerne zugestimmt und war ihm zur Treppe gefolgt. Im oberen Stockwerk hatte er sich staunend umgesehen. Die Zimmer sahen aus, als wären die Bewohner erst gestern fortgegangen. In den Räumen befanden sich noch die Betten, abgedeckt mit weißen Laken. Und sogar Waschschüsseln standen noch auf den kleinen Anrichten. Nur an den Fenstern hatten sich die allgegenwärtigen Kletterpflanzen ihren Weg durch die gazebespannten Rahmen gesucht. Man sah an einigen dickeren Ästen, dass diese zuweilen abgeschlagen worden waren, jetzt aber zogen sich meterlange dünne Sprösslinge an den Wänden entlang.

Thijs war sichtlich ergriffen gewesen. »Hestia hat sich offensichtlich große Mühe gegeben, das alles zu erhalten. Aber sie hat«, er hatte den dünnen Ausläufer einer Pflanze abgeknickt, »in letzter Zeit wohl den anstrengenden Weg nach hier oben gescheut.«

»Ich hatte Schlimmeres erwartet.« Wim hatte das Laken des Bettes aufgeschlagen. »Immerhin ist es hier reinlicher als bei diesem Beldur.«

Sie hatten beschlossen, sich zunächst schnell ein Bild von der Plantage zu machen und dann die Fenster der für die Nacht benötigten Zimmer im ersten Stock noch vor Einbruch der Dunkelheit gegen Mücken abzudichten.

Hinter dem Haupthaus lag der Wirtschaftshof. Auf der rechten Seite ein kleines Gästehaus, an dessen Dach aber deutlich der Zahn der Zeit genagt hatte, auf der linken ein Küchengebäude, aus dem ein leises Klappern verraten hatte, dass Sarina und Hestia dort arbeiteten. Das Küchenhaus sah auch noch recht ordentlich aus und trug ein festes Dach aus Palmwedeln. Einige Gebrauchsgegenstände lagen vor dem Häuschen und ließen darauf schließen, dass Hestia sich dort häuslich eingerichtet hatte.

In der Mitte des Wirtschaftshofes hatte offensichtlich einst der Küchengarten gelegen, die Büsche und Bäume trugen zwar noch Früchte, waren aber alle nicht gestutzt und hatten sich ausgebreitet. Hinter dem Wirtschaftshof zog sich ein langes Gebäude, in dem mittig ein großer Torbogen lag.

»Das waren früher die Ställe, und dahinter ging es zum Sklavendorf.« Thijs war langsam in Richtung Torbogen gegangen. Von dort musste früher ein breiter Weg weitergeführt haben, er war nun von niederem Bewuchs bedeckt. Ein schmaler Trampelpfad führte vom Wirtschaftshof fort.

Im ehemaligen Sklavendorf war der Verfall offensichtlich. Die

Hütten waren eingestürzt, nur wenige Wände standen noch aufrecht, und überall herrschte undurchdringliches Grün.

Wim hatte sich besorgt umgesehen. Wenn die Arbeiter kamen, würden sie hier wohnen müssen, aber das war so nicht möglich. »Die Arbeiter werden erst einmal hier etwas tun müssen, bevor wir woanders beginnen können«, hatte er beunruhigt angemerkt.

»Ja, aber die Hütten sind von recht einfacher Bauweise, sie lassen sich schnell erneuern.« Thijs hatte an einem Pfosten gerüttelt, der einst einen Hütteneingang gesäumt hatte.

Wims Blick war wieder auf den Trampelpfad gefallen, der in das Grün hineinführte. Beidseitig waren noch viele weitere Hütten zu erkennen. »Wie viele Menschen haben hier früher gelebt?«

»Wir hatten zu guten Zeiten bis zu dreihundert Sklaven auf der Plantage.« Wim hatte gemeint, Wehmut in der Stimme seines Freundes zu hören, doch er hatte die Achseln gezuckt: »So viele werden wir ja erst einmal nicht brauchen. Aber um die fünfzig werden wir hier irgendwie unterbringen müssen.«

Sie waren schweigend zurück in Richtung Haupthaus gegangen und neben der Kochhütte auf Sarina getroffen, die einen Tisch und zwei Bänke zurechtgestellt hatte. Solange das Plantagenhaus noch nicht wieder voll nutzbar war, würde dieser Platz als Esszimmer dienen.

»Masra Thijs, Masra Wim, es gibt gleich Essen.«

Wim schmunzelte bei dem Gedanken daran, wie froh er in dem Moment gewesen war, endlich eine richtige Mahlzeit zu sich zu nehmen. Der Proviant, den Kiri ihnen für die Fahrt bereitet hatte, war seit Stunden aufgezehrt gewesen. Wims Magen hatte sogar laut geknurrt, als Sarina einen Topf mit dampfender Suppe auf den Tisch gestellt hatte.

Jetzt hielt Wim einen Moment inne und ließ das Papier auf seinen Schoß sinken. Er dachte an den Moment zurück, als Sarina und Hestia sich mit ihren Schüsseln neben den Eingang des Kochhauses gehockt hatten. Wim war darüber sehr irritiert gewesen und hatte gar nicht anders gekonnt, als zu handeln. Einen kurzen Moment hatte er zunächst gezögert, dann aber mit der Hand auf die hölzerne Bank neben sich geklopft. »Nun setzt euch schon zu uns. Gerade du, Hestia, du solltest dich nicht mehr auf den Boden setzen.«

Er war jetzt noch froh, die Einladung ausgesprochen zu haben, auch wenn er damit die scheinbar unumstößliche Etikette in diesem Land gebrochen hatte. Thijs hatte ihn sichtlich überrascht angesehen, dann aber genickt. Woraufhin die beiden Frauen am Tisch Platz genommen hatten, wenn auch etwas zögerlich.

»Hestia, was ist mit deinen Kindern? Besuchen sie dich manchmal?«, hatte Thijs schließlich gefragt.

Über das Gesicht der ehemaligen Sklavin war ein Lächeln gehuscht, und ihre alten Augen hatten förmlich gestrahlt. »Oh ja, Masra! Deka ist verheiratet auf einer Plantage am Parafluss. Und Pente hat Arbeit auf den Goldfeldern. Sie kommen zweimal im Jahr«, hatte sie eifrig berichtet.

»Zweimal im Jahr? Hat dir denn hier all die Jahre niemand geholfen?«

Wim hatte gespannt auf die Antwort gewartet, aber Hestia hatte gezögert. Dann hatte sie schließlich den Kopf gewiegt. »Na ja, machmal kommen Buschneger und wollen tauschen«, hatte sie langsam gesagt, »ich tausche, wenn sie etwas helfen ... und ... Masra, bitte nicht böse sein«, es war ihr sichtlich schwergefallen, ihre Gedanken in Worte zu fassen, dann aber hatte sie leise hinzugefügt: «Es gibt einen Streuner, er hat in den letzten Monaten auch geholfen, für etwas Mehl und ein paar Fladen.«

Wim hatte die alte Frau erstaunt gemustert, aber in ihrer Miene hatte keine Spur von Angst gelegen. Thijs hatte offensichtlich ähnliche Gedanken gehabt: »Ein Streuner? Hestia, hast du keine Angst vor solchen Gestalten?«

Die Alte aber hatte nur die Achseln gezuckt und den Kopf geschüttelt. »Hier ist nichts mehr zu holen, Masra, und ... das Land ist wie ausgestorben, es kommen nur noch selten Menschen hier vorbei.«

Nach dem Essen hatte Thijs in der alten Scheune nach Werkzeug gesucht und war zunächst mit zwei großen Schlagmessern zurückgekehrt.

Eines davon hatte er Wim gereicht, nicht ohne ihn grinsend zu warnen: »Pass auf, dass du dir damit nicht selbst ins Bein schlägst.«

Wim hatte das Messer prüfend in der Hand gewogen und war erstaunt über dessen hohes Gewicht gewesen. Es lag schwer in der Hand, ließ sich aber gut führen, wenn er mit genügend Schwung ausholte. Die beiden Männer hatten sich sofort daran gemacht, im oberen Stockwerk die Fenster frei zu schlagen. Unablässig hatten sie auf die Kletterpflanzen eingedroschen und das Grünzeug einfach hinausgeworfen. Kaum hatten sie die ersten Fenster gesäubert, war Sarina mit einer Rolle neuer Gaze unter dem Arm hereingekommen.

»Masra Thijs, die lag noch in der Vorratskammer.«

»Danke, Sarina, damit können wir die Fenster gleich wieder verschließen.«

»Die Frau denkt mit, und sie ist nicht dumm«, hatte Thijs bemerkt, nachdem Sarina wieder verschwunden war. »Ich denke, sie wird uns hier eine echte Hilfe sein.«

Wim hatte bereits bemerkt, dass Thijs Sarina häufig beobachtete. Mit einer Sanftmut im Blick, die Wim nur zu gut von Hendrik kannte. Hendrik ... Wim hatte eine tiefe Sehnsucht gespürt, wie so oft, wenn er an ihn dachte. Was er allerdings, so gut es ging, vermied, wann immer möglich verbannte er alle Gedanken an ihn. Überhaupt war der geistige Abstand zu den Niederlanden inzwischen so groß geworden wie der reale. Seine Schwestern, das Kontor und seine Zukunft dort, all das war in weite Ferne gerückt. Ganz tief in seinem Inneren lauerte aber eine Stimme, die warnend flüsterte, dies sei nur ein Aufenthalt auf Zeit, eines Tages müsse er sich all dem wieder stellen. Der Gedanke, mit Gesine irgendwann wieder ein Schiff besteigen und sein Leben in den Niederlanden fortführen zu müssen, bereitete ihm Schrecken.

Also hatte Wim sich auf die glänzende Schneide des Schlagmessers konzentriert, auf jede Muskelfaser, die er nutzte, und versucht, die Gedanken in seinem Kopf zum Schweigen zu bringen. Schlag um Schlag, Schweißtropfen um Schweißtropfen hatte er sich bemüht, dieses alte Leben abzuschütteln.

Als sie in drei Zimmern alle Fenster gegen die nächtliche Insektenschar abgedichtet hatten, war Sarina mit einigen frischen Laken auf dem Arm und einem Eimer Wasser in der Hand hereingekommen.

»Ich mache die oberen Räume jetzt sauber, Masra Thijs.« Thijs hatte nur genickt und sehr zufrieden gewirkt.

Nun saß Wim auf der Veranda und ließ seinen Finger fast zärtlich über das Notizbuch streichen. Es fühlte sich sehr gut an, wieder etwas zu schreiben. Etwas Eigenes, nicht etwas, das ihm auferlegt worden war. Auch hier begann ein neuer Abschnitt in seinem Leben.

Die erste Nacht auf Watervreede gestaltete sich überraschend angenehm. Die Betten waren weich und bequem und vor allem sauber. Wim fiel schnell in einen tiefen erholsamen Schlaf.

Am nächsten Morgen schmerzten zwar seine Arme und Hände von dem ungewohnten Umgang mit dem Schlagmesser, aber nach einem guten Frühstück freute er sich schon wieder auf die körperliche Arbeit. Voller Tatendrang nahm er mit Thijs den Kampf gegen die Natur auf.

Im unteren Stockwerk waren die Fenster nicht so stark zugewachsen. Hier hatte man offensichtlich regelmäßig versucht, den Kletterpflanzen Einhalt zu gebieten.

Später, bei der Arbeit auf der vorderen Veranda, bemerkte

Wim, dass Thijs zögerte. Er ließ seinen Blick über die Pflanzenpracht wandern und hielt ebenfalls einen Moment inne.

Wim machte sich nicht viel aus Blumen, aber es würde selbst ihm schwerfallen, die prachtvoll blühenden Orchideen, die von der Decke hingen, mit dem Messer zu bearbeiten.

»Ein bisschen schade, das alles abzuschlagen, oder?« Wim hörte erleichtert, dass Thijs ihm auf seine Frage hin zustimmte, und so beschränkten sie sich darauf, den Boden der Veranda und das Treppengeländer freizulegen. Danach arbeiteten sie sich langsam um das Haus herum. Der Nachmittag verging sehr schnell, und bald rief Sarina zum Essen.

Nach dem Abendessen stellte Thijs ein paar Stühle und einen Tisch aus dem Haus auf die vordere Veranda. Wim gesellte sich zu ihm. Die Sonne senkte sich langsam über die Baumwipfel und tauchte den Fluss in ein warmes rotes Licht. Die üppigen Orchideenstände an der Decke der Veranda verströmten einen süßlichen Duft.

»Darf ich den Masras noch etwas zu trinken bringen?« Sarina erschien am Fuße der Verandatreppe. Ihr schwarzblaues Haar glänzte im Abendlicht, und ihr buntes Wickelkleid, das ihren Körper umschmiegte, stand der Pracht der Orchideen in nichts nach.

»Ja, gerne.« Thijs nickte, und auch Wim stimmte zu.

Als Sarina sich in Richtung Küche aufmachte, beugte Thijs sich zu Wim. »Ist sie nicht eine wunderschöne Frau?«

Ja, da musste Wim ihm zustimmen. Sarina war wirklich ein liebreizendes Geschöpf.

Dass auf dem Weg zur Küchenhütte noch ein weiteres Augenpaar Sarina beobachtete, ahnte niemand.

Der *Streuner* versteckte sich im verfallenen Gästehaus. Dass Weiße angekommen waren und sich anscheinend häuslich einrichteten, missfiel ihm, schließlich hatte er hier während der letzten Monate recht bequem gehaust. Die alte Schwarze hatte ihm Essen gegeben, er dafür ein paar Grünpflanzen abgehackt.

Er hatte nicht zurück zu seinen Leuten gekonnt. Die Schmach, dass seine Frau davongelaufen war, und dann auch noch die Verletzung ... nein, das wäre nicht gut ausgegangen. Als er nun aber die Frau näher betrachtete, die dort vom Plantagenhaus kam, wurde die alte Wut in ihm angestachelt. Es gab keinen Zweifel ... es war die Frau von Kadir.

Kapitel 8

*I*nika wusste, dass ihre Mutter recht hatte: Irgendwann würden sie ohne die Hilfe von Misi Erika oder Misi Juliette leben müssen, und dazu mussten sie eigenes Geld verdienen. Und das ging nicht, indem sie in einem Zimmer saß, umnebelt von der Angst, eines Tages von ihrem Ehemann gefunden zu werden. Nein, sie musste ihre Angst besiegen und hinaus. Also nahm sie all ihren Mut zusammen und bot sich an, kleinere Besorgungen zu machen oder die Kinder zur Missionsschule zu begleiten. Die ersten Male war ihr sehr mulmig zumute gewesen, sie hatte sich stets beobachtet und verfolgt gefühlt. Sie hatte immer wieder vor Nervosität gezittert, dann aber tief durchgeatmet. Er ist tot, hatte sie sich immer wieder laut gesagt und versucht, die Stimmen in ihrem Kopf zu ignorieren, die beharrlich flüsterten: *vielleicht, du weißt es nicht.* Es war ihr zunehmend besser gelungen, und nach und nach fiel die Angst von ihr ab, und sie konnte die kleinen Ausflüge sogar genießen.

Eines Nachmittags saß sie mit den Kindern vor dem Haus. Misi Minou hatte einen Korb voller Mangos mitgebracht, und nun aßen sie *bobi*. Beim ersten Mal hatte Inika noch verlegen gestutzt, als ein etwa zehnjähriger Junge Misi Minou darum gebeten hatte. Sie wusste, dass *bobi* bei den Schwarzen eigentlich das Wort war, das die Frauenbrust bezeichnete, aber Misi Minou hatte gelacht und es ihr erklärt: »*Bobi* ist auch eine ganz besondere Art, Mangos zu essen. Er will nicht die Brust, er will eine Mango essen!«

Nun rollten und klopften die Kinder und Inika die Mango so

lange auf den Boden, bis das Fruchtfleisch im Inneren breiig und saftig war. Dann bissen sie vorsichtig ein Stück der Schale heraus und saugten das Fruchtfleisch aus. Dies bedurfte einiger Übung, und die Kinder lachten, als Inika der Saft aus dem Mund tropfte, weil sie ein zu großes Loch in die Schale gebissen hatte. Inika genoss den Moment, sie fühlte sich fröhlich und unbeschwert. Sie musste selber lachen und wischte sich das Kinn sauber, als sie eine Droschke näher kommen sah. Darin saß unverkennbar Misi Erika. Sie hatte etwas in der Stadt erledigen wollen, dass sie nun so früh zurückkehrte, überraschte Inika. Als der Wagen hielt, sprang Inika auf und hielt die kleine Tür des Wagens auf. Sofort fiel ihr Misi Erikas blasses Gesicht auf.

»Misi Erika, geht es Ihnen gut?«, fragte Inika noch, da schwankte Misi Erika kurz und fiel ihr in die Arme. Inika fing sie auf und rief im gleichen Atemzug nach Misi Minou. »Misi Minou, schnell! Schnell!«

Misi Minou kam aus dem Haus. Inika sah, dass sie das Tuch fallen ließ, das sie in der Hand gehabt hatte, und auf sie zueilte.

»Grundgütiger! Was ist denn los?« Sie half Inika, Misi Erika zu stützen, die schlaff in ihren Armen hing.

»Misi Erika? Misi Erika?«

Misi Erika zeigte keine Regung.

»Wir müssen sie reinbringen«, sagte Misi Minou. Ihrer Stimme war die Sorge deutlich anzuhören. Sie trugen Misi Erika ins Haus und betteten sie dort auf eine zerschlissene Chaiselongue, die in einem kleinen Raum links der Tür stand, wo sonst die seltenen Besucher empfangen wurden.

»Schnell, Inika, hol ein Glas Wasser und sag Bogo, er soll zu Doktor Rickmers laufen.«

Inika rannte los. Sie überlegte kurz, ob es eine gute Idee war, ausgerechnet Bogo loszuschicken, der doch nicht sprach. Aber im Viertel kannten ihn inzwischen alle, und Doktor Rickmers würde sicher schnell verstehen, was Bogo wollte.

Inika fand ihn in der Küche. Er sprang sofort auf und eilte fort. Sie selbst füllte ein Glas mit frischem Wasser und durchfeuchtete ein Leinentuch, dann ging sie zurück in das kleine Besucherzimmer.

Misi Erika öffnete gerade mit flatternden Lidern die Augen. »Was ... was ist passiert?«

»Misi Erika, Sie sind ohnmächtig geworden. Hier, trinken Sie einen Schluck Wasser.« Misi Minou stützte Misi Erika und hielt ihr das Glas hin.

Inika beobachtete sie besorgt.

»Ich habe nach Doktor Rickmers schicken lassen, bleiben Sie liegen.«

»Ach, das geht schon wieder, das ist doch nicht nötig ...« Misi Erika versuchte sich aufzurichten, begann aber sofort, stark zu zittern. Die Minuten bis zu Doktor Rickmers' Ankunft erschienen Inika wie eine Ewigkeit. Schließlich aber eilte er mit hochrotem Kopf atemlos durch die Eingangstür.

»Hier!«, rief Misi Minou. »Wir sind hier.«

»Ich bin so schnell gekommen, wie ich konnte«, stieß er hervor. Inika bemerkte, dass er zusammenzuckte, als sein Blick auf Misi Erika traf. Sie wusste, dass die Misi und der Arzt sich schon lange kannten. Außerdem war er immer sehr freundlich und kümmerte sich um die Kinder des Hauses, was bei einem weißen Arzt, auch das wusste Inika, nicht selbstverständlich war. »Mevrouw Bergmann, wie geht es Ihnen?« Seine Stimme klang sanft.

»Mir ist schwindelig.« Misi Erika fasste sich an die Stirn. Ihr Gesicht war blass und ihre Lippen schienen blutleer.

»Ich möchte die Patientin untersuchen. Wären Sie so freundlich ...« Doktor Rickmers deutete auf die Tür.

»Natürlich. Inika, komm mit!«

Inika folgte Misi Minou mit schweren Schritten aus dem Raum. Im Flur blieb Misi Minou mit hängenden Schultern und traurigem Blick stehen. Auch Inika war sehr beunruhigt. So kannte sie Misi Erika gar nicht. Sie konnten nur hoffen, dass es nichts Schlimmes war.

Doktor Rickmers brauchte nicht lange für die Untersuchung. Als er aus dem Besucherzimmer trat, wirkte seine Miene besorgt.

»Mevrouw Bergmann hat hohes Fieber. Tropenfieber, denke ich. Sie muss sich schonen, und am besten wäre es, wenn sie die Stadt für eine Weile verlassen könnte, um sich in Ruhe zu erholen.«

»Danke.« Misi Minous Stimme klang belegt. »Ich werde gleich ihre Tochter Hanni verständigen lassen, sie arbeitet auf einer Missionsstation am Parafluss.«

Der Arzt nickte, verabschiedete sich und verließ das Haus.

»Inika, wir sollten Misi Erika in ihr Zimmer im oberen Stockwerk bringen, dort hat sie Ruhe.«

»Ich werde alles vorbereiten, Bogo kann uns dann helfen, die Misi nach oben zu bringen.« Inika machte sich große Sorgen. Misi Erika war sehr schwach. Als sie schließlich in ihrem Bett lag, schlief sie sofort ein.

In den nächsten Tagen besserte sich Misi Erikas Zustand nicht. Auch Misi Minou schien von einer sorgenvollen Unruhe erfüllt. Sie hatten eine Nachricht an Misi Erikas Tochter gesandt, aber es konnte Tage, wenn nicht sogar Wochen dauern, bis Misi Hanni in der Stadt eintraf oder sie zumindest mit einer Antwort rechnen konnten. Wo Misi Erikas Sohn, Masra Reiner, sich genau aufhielt, wussten sie nicht, irgendwo im Busch bei den Oayanas. Aber dorthin würde keine Nachricht gelangen.

Doktor Rickmers sah einmal am Tag nach Misi Erika und wirkte jeden Tag ein wenig nachdenklicher, wenn er aus ihrem Zimmer kam. Inika gab sich redlich Mühe, die Misi zu versorgen, sie brachte stündlich Wasser und kalte Tücher und saß bei ihr. Misi Erika öffnete aber nur selten die Augen und wenn, dann war sie nicht bei Sinnen, sondern fantasierte und schlug manchmal sogar um sich. Inika war zutiefst berührt. Misi Erika hatte sich immer sehr gut um sie gekümmert. Jetzt war sie es, die Hilfe brauchte, und dabei fühlte Inika sich vollkommen hilflos.

»Können wir denn gar nichts für sie tun?«, hatte sie Misi Minou mehrmals gefragt, aber die hatte nur den Kopf geschüttelt. »Wir müssen abwarten.«

Nach einer Woche, Misi Erikas Zustand war unverändert, bat Doktor Rickmers Misi Minou auf ein Wort. Als sie danach in die Küche kam, hob sie in einer Geste der Ratlosigkeit die Arme. »Der Doktor sagt, wir müssen Misi Erika schnell aus der Stadt bringen, sie braucht ein besseres Klima. Sonst ...«, sie schlug betroffen die Augen nieder und ließ die Arme sinken.

Inika spürte, wie sich in ihrem Hals ein Kloß bildete. Auch Bogo wirkte angespannt. Nein, das war undenkbar, sie mussten sofort etwas tun. Aber wo konnte Misi Erika hin? Für Inika gab es nur eine Lösung, sie kannte nur eine Familie, die im Hinterland lebte. Und dort, auf den Plantagen, war das Klima deutlich besser als in der Stadt, das wusste sogar Inika. «Ich weiß ja nicht, aber ... können wir sie nicht zu Misi Juliette bringen?«

Misi Minou seufzte. »Ja, darüber habe ich auch schon nachgedacht. Aber wir können Misi Juliette nicht einfach überrumpeln und ihr die kranke Misi Erika schicken.«

Inika war da anderer Meinung. »Doch! Misi Erika ist ihre Freundin, sie wird sie aufnehmen. Und sie wird das verstehen, da bin ich mir ganz sicher«, sagte Inika im Brustton der Überzeugung. Auf Misi Juliette war Verlass. Sie hatte schon in ganz anderen Situationen geholfen.

Misi Minou schien zu überlegen. »Ja, du hast recht«, sagte sie schließlich langsam. »Aber«, fügte sie dann zögernd hinzu, »wie soll Misi Erika bis zur Plantage kommen? Wir können sie doch nicht einfach ohne Begleitung auf ein Boot legen und es den Ruderern überlassen, sie auf die Plantage zu bringen.«

In Inikas Kopf rasten die Gedanken. Misi Minou hatte recht. Das Problem war nicht, wohin sie die Misi schicken sollten. Das Problem war das *Wie*. Misi Erika würde die Reise nicht allein schaffen, sie brauchte eine Begleitung. Sollte sie etwa selbst …? Inika schauderte. Wie oft hatte sie nicht in Gedanken die Szene ihrer Rückkehr auf die Plantage durchgespielt, alle Möglichkeiten abgewogen und den Gedanken dann jedes Mal verworfen. Die Inder würden ihr auch nach so langer Zeit noch nach dem Leben trachten. Sobald sie einen Fuß auf die Plantage setzte, wäre sie in Gefahr, vor allem aber, wenn Baramadir noch lebte. Andererseits stand das Leben von Misi Erika auf dem Spiel …

Sie hob den Kopf. »Ich mache es, Misi Minou, ich und … und Bogo werden Misi Erika nach Rozenburg bringen«, hörte sie sich mit fester Stimme sagen.

Misi Minou und auch Bogo schauten Inika überrascht an.

»Aber, Inika, du kannst nicht nach Rozenburg«, stotterte die Misi schließlich.

»Doch, ich kann. Misi Erika muss gesund werden, das ist das Wichtigste.« Und in diesem Moment schoss ihr ein Gedanke durch den Kopf, der schnell Gestalt annahm. Ja, so könnte sie auf die Plantage zurückkehren, ohne Gefahr zu laufen, von den Indern erneut geächtet zu werden. »Mir wird schon etwas einfallen«, fügte sie lächelnd hinzu.

Kapitel 9

Julie musste sich schnell eingestehen, dass es ein Fehler gewesen war, Gesine mit auf die Plantage zu nehmen. Die Frau langweilte sich, und ihr lag der ländliche Lebensstil in keiner Weise. Julie gab sich zwar Mühe, Gesine zu beschäftigen, diese aber zeigte nur mäßiges Interesse, was immer auch Julie versuchte ihr zu vermitteln. Julie hatte ihr den Plantagenalltag erläutert und die positiven Seiten hervorgekehrt, den aber befand Gesine für zu eintönig. Julie hatte sie mit in den Garten genommen, ihr die Pflanzen erklärt und ihr die prächtigen, alten Rosenstöcke gezeigt. *Hübsch*, hatte Gesine gesagt und verärgert nach einem Schmetterling geschlagen, der es gewagt hatte, dicht an sie heranzuflattern, und war kurz darauf wieder im Haus verschwunden. Ebenso erfolglos blieben Julies Versuche, sie für den Küchengarten oder gar die Pferde zu begeistern.

Julie wusste nicht mehr weiter. Seit ihrer Ankunft auf Rozenburg waren vier Wochen vergangen, und Gesine kam nur noch selten aus ihrem Schlafzimmer. Wenn, dann saß sie mit gelangweiltem Blick auf der vorderen Veranda und starrte auf den Fluss. Julie hoffe inständig, dass sich Wim bald zu seinem ersten Besuch auf Rozenburg einfinden und Gesine vielleicht etwas aus ihrer Lethargie helfen würde.

Jean hingegen wäre offensichtlich am liebsten nach Watervreede gefahren, um zu sehen, wie Wim und Thijs Marwijk dort vorankamen. Er hatte bereits einen Trupp Arbeiter zusammengestellt, der, sobald Marwijk ihn anforderte, auf die andere Plantage wechseln sollte, um dort auszuhelfen.

Zwischen Jean und Julie hatten sich die Wogen etwas geglättet, seit sie wieder auf Rozenburg waren. Bereits nach ein paar Tagen erschienen Julie die Sorgen, die sie in der Stadt beseelt hatten, weit entfernt. Hier auf der Plantage verlief das Leben trotz allem in gewohnten Bahnen. Aber manchmal, ganz unvermittelt, wurde Julie von der Angst getroffen, alles würde sich ändern. Dann dachte sie an Martin, an Pieter und daran, was aus Rozenburg werden würde, wenn auf Watervreede die Zuckermühle in Betrieb genommen wurde. Das Leben würde dann ganz sicher nicht mehr so beschaulich verlaufen. Und sie fragte sich mehr als einmal, ob Martin sich an ihr und Jean oder eher an seinem Vater orientieren würde. Die Ungewissheit bedrückte Julie in diesen Momenten sehr.

Sie hatte das Gefühl, Martin in dieser für ihn sicher schwierigen Zeit alleingelassen zu haben. Sie konnte die Rückkehr der Jungen auf die Plantage kaum erwarten. Am liebsten hätte sie sie hier, bevor Pieter auf Watervreede Einzug hielt. Obwohl sie vermutete, dass Pieter in der Stadt bereits versuchte, seinen Einfluss auf Martin auszuweiten. Julie hatte Kiri zwar angewiesen, Martin nicht zu viele Freiheiten zu gewähren, aber Martin war jetzt fast neunzehn Jahre alt und ließ sich von der schwarzen Haushälterin nicht mehr einschränken. Vor allem, wenn er Kontakt zu Pieter hatte und dieser ihn mit seiner Einstellung zum Verhältnis zwischen Weißen und Schwarzen beeinflusste.

Nachdenklich warf sie einen Blick auf Helena. Ihre kleine Tochter entwickelte sich prächtig und war Julie stets ein Quell der Freude. Sie krabbelte mit Eifer, gerne in Begleitung der Schildkröte. Wenn Monks es auf unerfindlichen Wegen wieder bis auf die Veranda geschafft hatte, quietschte das kleine Mädchen beim Anblick ihres gepanzerten Freundes vergnügt und sie umrundeten gemeinsam die Tisch- und Stuhlbeine. Allerdings begann Helena inzwischen auch vermehrt, sich an den Möbeln hochzuziehen, und konnte schon einige wackelige Schrittchen an Julies

Händen laufen. Das kleine Mädchen war in seiner Entwicklung viel früher dran, als Henry es einst gewesen war. Er hatte sich lieber tragen lassen, als dass er versucht hatte, sich auf seine eigenen Beinchen zu stellen. Die kämpferische Natur, welche die kleine Helena in diesen Dingen an den Tag legte, verblüffte Julie und erfüllte sie mit großem Stolz.

»Wir müssen aufpassen, dass uns der kleine Käfer nicht bald fortläuft«, bemerkte Jean mit einem liebevollen Lächeln.

Sie hatten sich am Abend auf der Veranda eingefunden. Gesine war bereits auf ihr Zimmer gegangen, und Julie genoss es, mit ihrem Mann und ihrer Tochter allein zu sein. Jean verfolgte die Fortschritte seiner Tochter mit sichtlichem Wohlgefallen, und Julie bedauerte einmal mehr, dass ihm dies alles bei seinem Sohn verwehrt geblieben war.

Kolibris umschwirrten die großen Blüten im Garten, und die Sonne tauchte die sanft schwingenden Palmenkronen in ein warmes Licht. Jean legte liebevoll seinen Arm um Julies Schultern und beide genossen einen Augenblick schweigend die Aussicht.

»Was denkst du, wie lange es noch dauern wird, bis wir von Wim und Thijs Marwijk hören?« Julie wusste, wie sehr es ihn beschäftigte, noch keine Nachricht von Watervreede erhalten zu haben. Mehrfach hatte er die Angst geäußert, dass Marwijks Plan bereits an dem Wiederaufbau der Plantage scheiterte.

Nun zuckte er die Achseln. »Ich weiß es nicht …«

In diesem Moment wurde die Tür vom Haus zur Veranda aufgestoßen.

»Misi, Masra, entschuldigen Sie die Störung, aber …«, sagte Karini, bevor sie zum Stehen kam, und deutete zum Fluss, »ich habe vom Fenster oben gesehen, dass ein Boot kommt.«

»Ein Boot?«, fragte Jean überrascht.

»Ja, es scheint auf den Anleger zuzufahren, Masra.«

Julie stand auf und strich ihr Kleid glatt. »Wer könnte das sein?

Karini, nimm bitte Helena mit nach oben, sie muss bald ins Bett. Jean?«

Jean seufzte und stand auf. »Dann sehen wir mal nach, wer zu Besuch kommt. Vielleicht sind es ja sogar Wim und Thijs.« Er sprach damit aus, was Julie vermutete.

Beide machten sich auf den Weg zum Anleger, während Karini mit Helena auf dem Arm zurück ins Haus ging.

Julie war sehr gespannt. Sie versuchte, ihren Blick zu fokussieren, konnte im Boot aber nur schwarze Ruderer und drei weitere Personen ausmachen, von denen eine zu liegen schien. Plötzlich durchfuhr sie die Erkenntnis wie ein Blitz. »Oh Gott!« Sie raffte ihren Rock und lief los. »Jean! Schnell!«

Am Anleger vertäute einer der Ruderer gerade das kleine Boot, als Julie und Jean auf den Steg liefen.

»Oh nein! Erika!« Julie stieg sofort hinab in das Boot. Ihre Freundin lag reglos auf den Kissen im Heck. Ihr Gesicht war aschfahl, und sie zitterte am ganzen Körper. Sie schien zu frieren, obwohl sich zahlreiche Schweißperlen auf ihrer Stirn gebildet hatten. Vorsichtig nahm Julie Erikas schlaffe Hand in ihre, doch Erika zeigte keine Regung. Sie war offensichtlich schwer krank! Julie hob den Blick auf der Suche nach einer Erklärung und erkannte zu ihrer eigenen Überraschung Inika. Wieder fuhr ihr der Schreck in die Glieder. Ausgerechnet Inika. Hier, auf Rozenburg! Julie schluckte. Das Mädchen musste gute Gründe haben, sich dieser Gefahr auszusetzen.

»Inika?«, fragte Julie leise, »was ist denn passiert?«

»Misi Juliette, Misi Erika ist sehr krank, der Arzt hat geraten, sie aus der Stadt zu bringen, und wir … wir wussten nicht, wohin …« Das Mädchen senkte den Blick.

Julie spürte eine Welle von Zärtlichkeit. »Schon gut, Inika, es war richtig, sie hierherzubringen. Jean – hilf bitte, Erika aus dem Boot zu tragen.«

Neben Jean tauchte ein weiterer Passagier auf. Julie hatte ihn zwischen den vier Ruderern, die mit betroffenem Blick auf dem Anleger standen, bisher nicht ausgemacht.

»Das ist Bogo«, sagte Inika eilig, als Julie ihn fragend ansah. »Sie erinnern sich doch, Misi, er war damals mit Misi Erika und mir gekommen. Bogo kann nicht sprechen. Er hat geholfen, Misi Erika hierher zu bringen.«

Jean sah Bogo an. »Wir sollten sehen, dass wir Erika ins Haus tragen.« Bogo nickte kurz, dann nahmen sie Erika unter die Arme und zogen sie behutsam auf die Beine. Erika gab ein leises Stöhnen von sich. »Wo ...?«

»Alles ist gut, du bist auf Rozenburg.«

Während Bogo Erika stützte, kletterte Jean auf den Steg und hob sie von dort aus dem Boot. Er trug sie auf seinen Armen Richtung Ufer, während Bogo Julie und Inika an Land half. Julie dankte den Ruderern für ihre Arbeit und bat sie, ins Arbeiterdorf zu gehen und sich dort versorgen zu lassen. Dann eilte sie hinter Jean her, dicht gefolgt von Inika.

Jean trug Erika gleich in eines der oberen Schlafzimmer. Julie rief nach Liv, und auch Karini war sofort da. »Schnell, holt frisches Wasser und ein paar Tücher«, dann rannte sie die Treppe hinauf ins Obergeschoss. Sie merkte nicht, dass Inika und Bogo mit verlegenem Blick hinter der Eingangstür stehen blieben.

Erika glühte förmlich, sie hatte ganz offensichtlich hohes Fieber und sah ausgezehrt aus. Julie bettete sie vorsichtig in die Kissen, und als Liv mit einer Schüssel Wasser und ein paar Tüchern kam, machte Julie ihr sogleich ein paar kühlende Umschläge.

Bilder ihrer Stieftochter tauchten in ihren Gedanken auf. Wie diese vom Fieber befallen, wochenlang gelegen und letztendlich den Kampf gegen diese tückische Tropenkrankheit verloren hatte. Mit zittrigen Fingern griff sie nach Erikas Hand und drücke diese zärtlich. Das wollte sie jetzt nicht auch noch mit ihrer besten Freundin erleben müssen. Julies Sorge wuchs, als Erika auch darauf keine Regung zeigte.

Nachdem sie die kranke Frau versorgt hatten, trat auch Jean wieder an Erikas Bett und legte Julie sanft die Hand auf die Schulter.

Julie sah ihn mit einem besorgten Blick an. »Ich glaube, sie ist sehr schwach.«

Jeans Gesichtszüge waren angespannt. »Ich werde Aniga rufen«, sagte er und verließ den Raum.

Julie hoffte inständig, dass die schwarze Heilerin Erika helfen konnte. Julie hatte vollstes Vertrauen zu ihr, kannte sie doch eine Vielzahl an Heilmitteln, die weißen Ärzten meist unbekannt waren.

Kurz darauf betrat Aniga den Raum. Sie nickte Julie zu und beugte sich dann sofort über die Patientin. Nach einer kurzen Untersuchung gab Aniga ein paar knappe Anweisungen. Dass sie diese ihrer Misi auftrug, fiel nicht ins Gewicht.

»Heißes Wasser, Tasse, Tücher, etwas Schweineschmalz und ein kleiner Sack mit Bagasse«, murmelte sie, ohne den Blick von Erika zu wenden.

Julie bemühte sich, alles zu behalten. Die beiden letzten Zutaten jedoch ließen sie stutzen. »Bagasse und Schweineschmalz?«

»Ja, Misi, bitte schnell.«

Julie eilte nach unten, wo sie in der Eingangshalle auf Liv, Karini, Inika und den jungen indischen Mann traf. Schnell trug sie Liv auf, das von Aniga Geforderte zu besorgen. Karini schickte sie los, aus der Zuckermühle Bagasse zu holen, jenen faserigen Stoff, der nach dem Pressen vom Zuckerrohr übrig blieb. Er wurde zu Ballen gepackt und dann als Brennmaterial für die großen Kochzuber genutzt, in denen der Zuckersaft zu Melasse einkochte.

Julie schärfte beiden ein, sich zu beeilen, und sie liefen los. »Aniga wird ihr helfen, hoffe ich«, sagte Julie mehr zu sich selbst. Dann legte sie Inika, die etwas verloren neben ihr stand, die Hand auf die Schulter. »Alles wird gut, Mädchen. Wie lange ist sie denn schon krank?«

»Misi Erika hat vor zehn Tagen hohes Fieber bekommen ... wir haben gleich nach dem Arzt gerufen, er hat aber nicht viel helfen können.«

Julie nickte. Sie wusste, wie schwer die Behandlung des Tropenfiebers den weißen Ärzten manchmal fiel. Dabei befiel es im Grunde fast jeden Bewohner Surinams früher oder später einmal. Auch sie selbst hatte oft damit gekämpft. Gottlob war sie aber seit Helenas Geburt von Fieberschüben verschont geblieben. Aniga würde ihr Möglichstes tun und hoffentlich auch Erika helfen, wie so vielen anderen zuvor.

»Gut, dass ihr sie hierhergebracht habt.« Julie war dem Mädchen wirklich dankbar. Zumal sich Inika dadurch selber in große Gefahr gebracht hatte. Ob ihr das nicht bewusst war? Was, wenn die indischen Arbeiter ... Julie seufzte. Nun war Inika da, und sie würde die Situation irgendwie lösen müssen. Nur wie? Ratlos blickte sie das Mädchen an.

»Inika«, begann sie zögerlich, »ich weiß nicht, ob es so gut war, dass ausgerechnet du hierhergekommen bist. Ich habe keine Ahnung, wie deine Leute darauf reagieren werden.«

»Misi, ich ... wir denken, das wird kein Problem sein.« Inika trat nun zwei Schritte vor.

Julie traute ihren Augen nicht. Erst jetzt fiel ihr auf, dass Inika die Zeichen einer verheirateten Hindu trug. Ihr Scheitel war rot gefärbt und sie trug auf der Stirn zwischen den Augenbrauen wieder einen roten Punkt.

»Ich wusste ja nicht ... du hast wieder geheiratet?«

Inika lächelte und zog Bogo am Ärmel vor. Der junge Mann genierte sich offensichtlich.

»Ja, Bogo und ich haben geheiratet. Meine Ehre dürfte damit wiederhergestellt sein, daher werden mir die anderen nichts mehr tun.«

Julie war überrascht, sich aber keineswegs so sicher wie Inika. Sie hatte noch den aufgebrachten Mob indischer Arbeiter vor Augen, der die Frauen aufgefordert hatte, ihren Männern ins Grab zu folgen. Julie entschied, Vorsicht walten zu lassen.

»Liv soll euch gleich etwas zu essen geben, ihr habt sicherlich Hunger und Durst. Und dann übernachtet ihr in einer der Hütten vorne im Dorf, bei den Schwarzen. Am besten in der Hütte von Dany und Karini. Dany ist, soweit ich weiß, wieder bei seinem Vater im Maroondorf, und Karini schläft bei Misi Gesine im Gästehaus. Sie wird euch die Hütte zeigen.« Sie betrachtete Inika nachdenklich. Das Mädchen hatte schon so viel erlebt und wirkte so zerbrechlich. Mit Nachdruck fügte sie hinzu: »Ich werde die Vorarbeiter bitten, ein Auge auf euch zu haben. Sollte im Dorf auch nur die kleinste Schwierigkeit auftreten, kommt ihr sofort in das Plantagenhaus. Auch wenn es mitten in der Nacht ist, hörst du?!«

»Ja, Misi. Danke, Misi.« Inika senkte den Blick.

Karini und Liv kamen mit den Zutaten für Aniga zurück, und Julie brachte sie mit Liv gleich hinauf an Erikas Krankenlager.

»Danke, Misi, und nun gehe, Misi, ich rufe, wenn fertig«, bekundete Aniga.

Julie wollte schon protestieren, folgte dann aber Liv nach unten, wo sie ihr auftrug, Inika und ihren Mann mit Essen und Trinken zu versorgen. »Und bring bitte eine Karaffe Dram in den Salon. Und Karini, ich möchte, dass Inika und ihr Mann in eurer Hütte schlafen.« Sie sah, dass Karinis Augen sich vor Entsetzen weiteten, der Vorschlag schien ihr ganz und gar nicht zu behagen. Aber Julie konnte keine Rücksicht auf Karinis Laune nehmen, es war wichtiger, die beiden Frischvermählten zu schützen. »Wenn noch etwas ist, oder wenn Aniga ruft – ich bin im Salon«, fügte sie knapp hinzu.

Julie ließ sich erschöpft in einen Sessel fallen. Sie starrte ins Leere und bemerkte Jean erst, als er direkt neben ihr stand. »Wie geht es Erika?«

»Aniga kümmert sich, mehr können wir im Moment nicht tun.«

Jean nickte. »Bei Aniga ist sie in den besten Händen.«

Liv brachte den Dram, und Julie wartete nicht, bis die schwarze Haushälterin zur Karaffe griff, sondern schenkte sich und Jean gleich selbst ein. In einem Zug leerte sie das Glas und musste danach scharf einatmen. Der Schnaps brannte in ihrem Hals.

»Oh Jean ... hoffentlich verlieren wir sie nicht«, flüsterte sie mit rauer Stimme.

Es dauerte fast drei Stunden, bis Liv Julie in Anigas Auftrag rief. Als sie Erikas Zimmer betrat, stieg ihr der würzige Duft von Kräutern in die Nase, darunter ein Hauch von Schweineschmalz und Zuckerrohr.

»Misi Juliette, ich habe der Misi Tee gegeben, davon muss sie trinken alle Stunde etwas. Ich habe gemacht der Misi einen warmen Körperwickel aus Bagasse und Schmalz, darin muss sie liegen bis morgen früh, dann sie muss kalt gewaschen werden und wieder warm zugedeckt. Ich komme morgen früh wieder. Misis nun alle schlafen für neue Kraft.«

»Danke, Aniga, danke.« Julie war wirklich froh, dass diese Frau auf ihrer Plantage lebte.

Kapitel 10

»So, jetzt können wir allmählich daran denken, die Arbeiter zu holen.« Thijs stemmte zufrieden die Arme in die Hüften und betrachtete das vollendete Tagwerk. Wim trat neben ihn. Er konnte ihm nur zustimmen.

Sie hatten die letzten vier Wochen damit verbracht, die Plantage wieder halbwegs urbar zu machen. Hatten Wege freigelegt, Hütten vom Bewuchs befreit, im Plantagenhaus alle Schäden beseitigt und sogar auf dem Dach ein paar neue Schindeln eingesetzt.

Morgens waren sie mit den ersten Rufen der Brüllaffen aufgestanden und abends mit der untergehenden Sonne zu Bett gegangen. Wim staunte jeden Tag aufs Neue über seine Fähigkeiten, nie hatte er handwerkliches Geschick in sich vermutet. Anfangs hatte er seine Arme tagelang kaum heben können und viele blaue Flecken und Schrammen ertragen müssen, die Sarina abends mit heilenden Salben versorgt hatte. Aber inzwischen hatte er sich an die Arbeit gewöhnt, seine Haut war gebräunt und seine Muskeln gestärkt. Und er fühlte sich gut. Für ihn war das abendliche Resultat seiner Hände Arbeit viel mehr wert, als die tabellarisch angefertigte Gewinn-und-Verlust-Rechnung, die er in den Niederlanden allabendlich hatte studieren müssen.

Zuletzt hatten sie nun fünf der Arbeiterhütten und das Gästehaus vorbereitet. Sie hatten Lianen abgeschlagen, allen Unrat entfernt sowie die morschen Palmwedel, die als Dach dienten, abgenommen. Für neue Dächer würden die Arbeiter selbst sorgen müssen, bald sollten zwanzig von ihnen von Rozenburg kommen. Wim war zunächst skeptisch gewesen, Thijs hatte ihm aber versichert, dass zwanzig Mann dafür nicht länger als einen halben Tag benötigen würden. Im Gästehaus hingegen waren die Schäden gravierender. Das halbe Dach war eingestürzt, und Thijs und Wim hatten die Überreste einfach aus den oberen Fenstern geworfen. Zerschlagene Möbel und allerlei Unrat hatten den Stapel vor dem Haus nach und nach wachsen lassen. Nun aber war alles so weit vorbereitet, dass auch hier mit dem Aufbau begonnen werden konnte. Eine Aufgabe, welche die Arbeiter übernehmen sollten, nachdem sie ihre eigenen Hütten fertiggestellt hatten und bevor es daran ging, die Wirtschaftsbereiche der Plantage instand zu setzen.

Wim und Thijs hatten mit Jean vor der Abreise in das Hinterland die wichtigsten Dinge besprochen und gewissenhaft vorbereitet. Thijs hatte verschiedene Schriftstücke aufgesetzt, die Pieter Brick auf den Weg bringen sollte, sobald er den Auftrag dazu erhielt. Dabei ging es zum einen um Anweisungen an Thijs' niederländische Bank, weitere finanzielle Mittel nach Surinam zu senden, was angesichts der weiten Entfernung einige Zeit dauern würde. Zum anderen betrafen die Schriftstücke die Bestellung für die Dampfmaschine, die aus Kuba geliefert werden sollte. Den entsprechenden Brief an Pieter Brick hatte Thijs vor wenigen Tagen mittels eines fahrenden Händlers vom Fluss auf den Weg zur Stadt gebracht.

Die Dampfmaschine allerdings bereitete Wim und Thijs Sorgen. Thijs hatte in den Niederlanden einen Mann kennengelernt, der Maschinen von in Kuba aufgegebenen Plantagen vermittelte. Auf Kuba hatte jahrelang ein erbitterter Krieg geherrscht, in dem aufständische Sklaven gegen die spanische Kolonialmacht kämpften. Die Produktionsstätten dort waren vor dem Krieg viel moderner als in manch anderer Zuckerkolonie gewesen, der Krieg aber hatte die Wirtschaft dort fast gänzlich einbrechen lassen. Eine funktionstüchtige Dampfmaschine, die zum Betrieb der

Presswalzen geeignet war, war über den Vermittler weit günstiger und schneller zu beschaffen, als eine gleichwertige, neue Maschine in England zu bestellen. Also hatten Thijs und Wim sich für diesen Weg entschieden. Ob die Maschine aufgrund der dortigen Umstände aber auch wirklich in Surinam ankommen würde, stand allerdings in den Sternen.

Der Aufbau der Dampfmaschine war jedoch nicht die erste Handlung, beruhigte sich Wim. Zunächst mussten der Rest der Plantage instand gesetzt und vor allem die Felder bestellt werden. Das erste Zuckerrohr würde dann frühestens in zwölf bis vierzehn Monaten geerntet werden können. Das war natürlich eine lange Zeit, aber Thijs plante, zuvor bereits Lohnpressungen für andere Plantagen anzubieten. Die erforderlichen Kontakte aber hatte er noch nicht knüpfen können, zumal alle Plantagen, mit Ausnahme von Rozenburg, in so weiter Entfernung lagen, dass man sich zunächst um den Transport des Zuckerrohres Gedanken machen musste. Wim seufzte. Alles in allem stand die Unternehmung also noch auf wackeligen Füßen. Thijs aber strotzte noch immer vor Unternehmungslust und Zuversicht, sodass Wim gar nicht anders konnte, als ihm zu glauben, dass das Vorhaben gelingen würde.

Jetzt blickte er sich zufrieden um. Mit Freude dachte er an sein Notizbuch, dessen Seiten sich nach und nach füllten. Das abendliche Schreiben war zu einem festen Bestandteil seines Lebens geworden, was er sehr genoss. Er hatte einen ersten umfangreichen Bericht über die Instandsetzung der Plantage geschrieben und war sehr zufrieden mit seinem Werk. Ob er allerdings dem kritischen Auge seines Schwiegervaters standhalten würde? Wenn ja, würde man seine Zeilen bald in den Niederlanden lesen! Wim wollte den Bericht im Zusammenhang mit der Reise nach Rozenburg auf den Weg bringen, die nun unmittelbar bevorstand.

Baramadir hatte sich aus dem Gästehaus in ein Versteck im Wald zurückgezogen. Die Gefahr, von den weißen Männern oder gar von Sarina entdeckt zu werden, war zu groß, er konnte nicht länger auf der Plantage herumschleichen. Aber er hatte die Ohren offen gehalten. Insbesondere Sarina war gegenüber der schwarzen Frau sehr redselig gewesen, und so hatte er erfahren, dass sie mit ihrer Tochter in der Stadt gelebt hatte. Das stachelte seine Wut nur noch mehr an. Während er sich damals verwundet durch diesen unsäglichen Regenwald hatte kämpfen müssen und fast gestorben wäre, hatten die beiden sich monatelang ein feines Leben gemacht!

Baramadir selbst hatte sich nicht auf die Plantage Rozenburg zurückgetraut. Der Mord an Kadir wäre von den anderen Indern zwar nicht geahndet worden, schließlich hatte Kadir ihm dieses zickige Mädchen als Frau gegeben. Aber er vermutete, dass die Weißen dies nicht so sahen. Und er wusste sehr wohl, welches Schicksal Inika drohte, wenn die anderen annahmen, er sei tot … Doch auch dieser Plan war offensichtlich nicht aufgegangen. Warum war diese Sarina nicht mit ihrem toten Mann dem Feuer übergeben worden? Und diese kleine, hinterhältige Inika … oh, er wusste schon, was er mit dem Mädchen anstellen würde, wenn er es erwischte. Inika hatte ihn bloßgestellt und hintergangen. Und eine Frau verließ ihren Mann nicht ungestraft! Er würde sie aufspüren und sich dann Genugtuung verschaffen. Aber dazu musste er in die Stadt und sie finden. Und dafür brauchte er ein Boot, alles andere würde viel zu lange dauern, wenn es überhaupt möglich war. Der Wald war schließlich dicht und voller Gefahren. Baramadir hatte eine Weile überlegt. Das einzige Boot auf der Plantage war das kleine Zeltboot der weißen Männer. Er hatte nicht viel Erfahrung im Steuern eines Bootes, aber soweit er gehört hatte, lag die Stadt flussabwärts. Er brauchte sich also nur hineinzusetzen und aufzupassen, dass das Boot nirgendwo auflief. Doch es war Eile geboten, die schwarze Frau hatte ihm erzählt, dass die weißen Männer die Plantage in ein paar Tagen verlassen würden. Also schlich er zwei Tage später, in einer wolkenverhangenen Nacht, zum Boot, löste das Tau und stieß das Boot vom Anleger ab.

Wim stand fassungslos am Anleger. »Das Boot ist weg!«

Die Sonne war noch nicht über die Baumwipfel gestiegen, und auf dem Fluss lag noch ein dunstiger Schleier. Sie hatten am heutigen Tag nach Rozenburg fahren wollen. Thijs hatte gesagt, es würde flussabwärts nur drei Stunden bis zur Plantage dauern, aber nun war das Boot fort.

»Wahrscheinlich hat sich das Tau gelöst, mit dem es festgemacht war.« Thijs ging auf den Steg und sah sich um. »Anders kann ich mir das nicht erklären. Aber ohne das Boot haben wir wirklich ein Problem.«

»Kommen wir nicht irgendwie anders nach Rozenburg?« Wim hatte es nicht dorthin gedrängt, aber jetzt, da sie auf Watervreede festsaßen, wurde ihm etwas bange zumute.

»Tja.« Thijs kam vom Anleger zurück zum Ufer. »So wie ich das sehe, haben wir gar keine andere Wahl, als einen anderen Weg zu finden. Aber das wird kein Spaziergang.«

»Du meinst, wir gehen *zu Fuß?*« Wim fand das, angesichts des undurchdringlichen Regenwaldes um die Plantage herum, keine erbauliche Idee.

Thijs zuckte mit den Schultern. »Uns bleibt nichts anderes übrig. Wir werden eine große Teilstrecke durch den Regenwald zurücklegen müssen. Früher gab es zwar mal einen Sklavenpfad, aber ich denke, der ist nicht mehr da. Wenn wir gut durchkommen, müssten wir noch vor Einbruch der Dunkelheit die Zuckerrohrfelder von Rozenburg erreichen.«

»So spät? Aber der Weg über den Fluss ist doch recht kurz?«

Thijs lachte. »Ja, Wim, auf dem Fluss verleiht die Strömung dem Boot ja auch Geschwindigkeit. Über Land sind es ein paar

Meilen.« Wim sah, dass sein Freund ihm einen Blick zuwarf, der vermutlich aufmunternd wirken sollte. Thijs' Stimme klang zumindest fröhlich. »Also: Wir packen die Sachen um, nehmen nur das Nötigste mit – und dann los! Es ist noch früh am Morgen, wenn wir uns eilen, können wir Rozenburg noch im Hellen erreichen.«

Wim seufzte, eine andere Wahl hatten sie wohl nicht.

Kapitel 11

Julie fiel ein Stein vom Herzen, als Erika am nächsten Tag die Augen öffnete. Der fiebrige Glanz war aus ihrem Gesicht gewichen, und ihre zuvor aschfahle Haut hatte sogar schon einen leicht rosafarbigen Hauch.

Julie hatte in der Nacht kaum ein Auge zugetan und war mehrmals an Erikas Krankenlager gegangen, hatte ihrer Freundin von Anigas Tee eingeflößt und ihr am Morgen den heilenden Umschlag abgenommen. Besorgt hatte sie wieder und wieder feststellen müssen, dass Erika sich noch immer in ohnmächtigem Schlaf befand. Am Mittag aber öffnete sie die Augen und sah Julie überrascht an.

»Juliette? Wo bin ich?«

»Erika!« Julies Stimme überschlug sich fast. »Du bist auf Rozenburg, alles wird gut, du hattest hohes Fieber und ... Inika hat dich auf Anraten des Arztes hergebracht«, sagte sie so sanft wie möglich, um ihre Freundin nicht zu beunruhigen.

»Inika? Nach Rozenburg?« Erika schaute Julie verwirrt an.

»Ja, es ist alles in Ordnung, ich erkläre es dir, wenn es dir besser geht, aber erst einmal musst du zu Kräften kommen.« Julie streichelte sanft die Hand ihrer Freundin.

Erika schloss erschöpft die Augen und im selben Augenblick war sie auch schon wieder eingeschlafen. Julie betrachtete sie einen Moment voller Wehmut. Wie zerbrechlich sie aussah! Sie zupfte fürsorglich die dünne Bettdecke zurecht und schloss dann sorgsam den Gazevorhang über dem Bett.

Freudig lief sie zum Arbeiterdorf, um Inika die gute Nachricht zu überbringen. Inika saß auf dem Boden der Hütte, als hätte sie auf Julie gewartet. Julie meinte, einen Hauch von Angst in Inikas Blick zu erkennen. Fürchtete sich das Mädchen gar vor ihr? Oder fürchtete es sich, weil es auf der Plantage war? Julie würde nicht zulassen, dass Inika hier etwas zustieß.

»Geht es dir gut?«, fragte sie sanft.

Inika nickte zaghaft. »Ja, Misi.«

»Ich wollte dir sagen, dass es Erika besser geht. Sie hat die Augen aufgemacht und mit mir geredet.«

Die Nachricht zauberte ein Strahlen in Inikas Gesicht. »Oh, Misi, das ist schön.«

Vor der Hütte erklang Gemurmel. Julies Besuche im Dorf erregten jedes Mal Aufsehen, und jetzt zeigten sich erste neugierige Gesichter im Eingang der Hütte.

Julie trat einen Schritt an Inika heran. »Inika, sag mal, hat es Probleme mit den anderen Indern gegeben?« Sie blickte dem Mädchen tief in die Augen.

Zu Julies Erleichterung schüttelte Inika den Kopf. »Nein, Misi. Als wir kamen, hat Aran gefragt, was ich hier will. Ich habe ihm gesagt, dass ich mit Misi Erika und meinem Mann gekommen bin.«

Aran, dass wusste Julie, hatte unter den indischen Arbeitern die Stellung von Kadir eingenommen und war so etwas wie der Sprecher der Gemeinschaft.

»Und das hat gereicht? Es ist wirklich kein Problem, dass du wieder da bist?« Julie konnte sich nicht vorstellen, dass es so unproblematisch war, wie Inika ihr zu vermitteln versuchte.

»Nein, Misi, durch meine Heirat mit Bogo ist meine Ehre wiederhergestellt. Niemand kann etwas dagegen unternehmen.«

Julie beruhigte das nicht. Sie dachte an Baramadir. Niemand wusste etwas über seinen Verbleib, sein Leichnam war nie gefunden worden. Was, wenn er doch lebte und plötzlich hier auftauchte? Wäre er dann noch Inikas rechtmäßiger Ehemann? Und, viel wichtiger, was würde er dann mit Inika und Bogo machen? Wenn sie die Situation richtig gedeutet hatte, war er schon in der Ehe gewalttätig gewesen. Sie wagte nicht, sich auszumalen, was geschehen würde, wenn er der Frau gegenüberstand, die ihm diese Schmach zugefügt hatte und die jetzt zudem einen neuen Mann an ihrer Seite hatte.

»Hm ... ich hoffe es, Inika. Und ... und du hast diesen jungen Mann wirklich geheiratet?«

»Ja, Misi.«

Inika schien die Befragung unangenehm zu sein. Julie beließ es dabei, wurde aber das Gefühl nicht los, dass es bei dieser Hochzeit nicht mit rechten Dingen zugegangen war. Sie war sich zudem sicher, dass Erika sie davon benachrichtigt hätte. Es sei denn, Inika hatte den Bund der Ehe mit Bogo erst vor Kurzem geschlossen und Erika war aufgrund ihrer Erkrankung nicht mehr dazu gekommen. Julie beschloss, Erika danach zu fragen, sobald es ihrer Freundin besser ging.

Im Plantagenhaus wurde Julie von einer mürrischen Gesine erwartet.

»Was ist hier eigentlich los? Ich habe gestern mehrmals nach Karini gerufen, sie kam einfach nicht, und heute Morgen war sie auch nicht sehr zuverlässig.«

Julie stöhnte innerlich auf, es fiel ihr zunehmend schwerer, den klagenden Tonfall zu ertragen. Außerdem dachte diese Person ständig nur an sich, und das war auf einer Plantage nun einmal keine geeignete Denkweise. Und ihr selbst weitgehend fremd. Sie zwang sich, ihre Stimme ruhig zu halten. »Ach Gesine, wir hatten einen Notfall. Erika Bergmann ... erinnerst du dich? Sie kam gestern mit dem Boot, und sie ist schwer krank, da mussten wir ...«

Doch Julie kam gar nicht dazu, ihre Erklärung bis zu Ende zu führen. »Das ist hoffentlich nicht ansteckend?« Gesines Stimme war jetzt schrill, und Julie sah mit Schrecken, dass Gesines linker Handrücken Richtung Stirn wanderte.

»Nein, Gesine, keine Sorge. Sie leidet an ganz gewöhnlichem Tropenfieber«, beeilte sich Julie zu erklären.

Gesine schien das Leiden der Frau nicht im Geringsten zu kümmern. »Na, ich hoffe, Karini steht mir dann morgen wieder voll zur Verfügung.«

Julie bedachte sie mit einem langen Blick. »Ja, das wird sie«, stieß sie hervor, konnte sich eine spitze Bemerkung dann aber doch nicht verkneifen. »Vielleicht kannst du dich ja auch mal ein wenig allein beschäftigen. In den Niederlanden hattest du ja auch keine *Leibsklavin*.«

»In den Niederlanden musste ich ja auch nicht so spartanisch leben«, konterte Gesine, gab einen schnaubenden Laut von sich und entschwand in die obere Etage.

Julie blickte ihr entnervt nach.

Auf der Treppe stieß Gesine fast mit Jean zusammen, der ihr mit überraschtem Gesichtsausdruck hinterherschaute und Julie dann fragend ansah. »Ist sie etwa verärgert?«, fragte er mit einem Augenzwinkern.

Julie hob die Arme und ließ sie wieder sinken. »Scheint mal wieder so ... und im Übrigen finde ich, sie benimmt sich ziemlich kindisch.«

Jean schlenderte grinsend die letzten Stufen herunter. »Hast du ihr das etwa so gesagt?«

Julie wusste, worauf er anspielte. Es war ihr in der Vergangenheit nicht immer gelungen, den richtigen Ton zu treffen. Aber es gab wenig, was sie so in Rage brachte wie Selbstgefälligkeit, und trotzdem hatte sie manchmal das Gefühl, ständig auf Menschen mit gerade diesem Charakterzug zu treffen. Und nun war das Fass einfach übergelaufen. »Nein«, sie hörte selbst, dass ihre Stimme sehr energisch klang, »aber wir sind hier nun einmal auf einer Plantage und nicht in einem Hotel, und sie muss lernen, dass

Karini nicht zu ihrer alleinigen Verfügung bereitsteht, zumal wir mit Erika …«

Augenblicklich huschte ein Schatten über Jeans Gesicht. »Wie geht es Erika. Gibt es eine Besserung?«

Julie betrachtete ihn liebevoll. Wie mitfühlend er doch war! Sie nickte. »Ja, es geht ihr besser, sie hat sogar mit mir geredet.« Allein der Gedanke an diesen kurzen Moment ließ den Ärger über Gesine verfliegen.

Kapitel 12

Gleich hinter der Plantage Watervreede begann der Regenwald. Wim stapfte tapfer hinter Thijs her, fühlte sich aber schon nach kurzer Zeit in dieser undurchdringlichen Pflanzenwelt unwohl. Thijs ging vorweg und hieb mit dem Schlagmesser den Weg frei. Wim ging dicht hinter ihm, den Sack mit ihrem Gepäck auf dem Rücken. Sie hatten sich schwere Stiefel und dicke Leinenhosen angezogen, trotzdem zerkratzten Dornen und Äste ihre Beine und auch den Rest des Körpers. Ein starker Regenschauer durchnässte sie zudem bis auf die Haut. Thijs aber schien von all dem unbeeindruckt.

»Pass auf, wo du hintrittst«, wies er Wim jetzt an, »und tritt vor allem nie auf irgendeinen Stock. Es könnte eine Schlange sein.«

Wim mühte sich nach Kräften, sah aber kaum den Boden zu seinen Füßen, da er fast gänzlich von Pflanzen bedeckt war. Er schwitzte erbärmlich, was Tausende von Stechmücken anzulocken schien.

»Lass dich von den Mücken einfach nicht ablenken«, lachte Thijs, als Wim wieder einmal beinahe ausgerutscht wäre, als er mit dem Gepäck auf dem Rücken nach den Insekten schlug.

Thijs ging unbeirrt voran, und Wim gab sich Mühe, es ihm gleichzutun. Und tatsächlich: Nach einiger Zeit machten ihm die lästigen Tiere nichts mehr aus. Wim hob den Kopf und sah sich um. Auf den ersten Blick wirkte alles um ihn herum grün, bei genauerer Betrachtung aber zeigte sich eine bunte Vielfalt des Lebens, die Wim kaum zu erahnen vermocht hatte. Auf den Blättern leuchteten kleine bunte Frösche, die erschrocken davonsprangen, sobald sie an ihnen vorbeigingen. Über ihren Köpfen flatterte und raschelte es beständig, und lautes Vogelgeschrei kündete sie weithin an. Große bunte Schmetterlinge begleiteten sie hin und wieder ein Stück, und aus weiter Ferne hörte Wim Geräusche vermeintlich größerer Tiere, die er nicht genau zu deuten wusste. Sicher war nur, dass er ihnen nicht begegnen wollte. Wim blickte angestrengt in die Baumkronen und erkannte hier und da sogar das verschreckte Gesicht eines kleinen Affen.

Und in diesem Moment, mit dem Rauschen der Blätter über sich, dem steten Geräusch des schneidenden Messers vor sich, den Schmetterlingen, der feuchten Luft und den leuchtenden Farben, spürte Wim wieder, dass er glücklich war. Er war stolz auf sich, dass er seinen Plan, nach Surinam zu reisen, wirklich in die Tat umgesetzt hatte, und er spürte, wie ihm das Leben hier, so beschwerlich es auch gerade war, guttat. Niemals hätte er gedacht, durch den Regenwald laufen zu müssen, nein, korrigierte er sich, durch den Regenwald laufen zu *können*, denn es ging ihm gut, körperlich wie seelisch. Mehr Abstand von den Niederlanden als in dieser Situation konnte er kaum bekommen. Abstand von den Zahlenkolonnen und Geschäftsberichten, Abstand von Erwartungen und Enttäuschungen, Abstand von Hendrik. Und von Gesine. Die Zeit ohne sie hatte ihm gutgetan, und er freute sich ganz und gar nicht auf ein Wiedersehen. Doch nun würde er eine Weile tagtäglich mit ihr zusammen sein – mit allem, was damit verbunden war.

»Pass auf, gleich kommen wir zum Fluss.« Thijs riss Wim aus seinen Gedanken. Einige Minuten später lichtete sich der Wald, und sie traten auf eine kleine Lichtung am Ufer. Wim war von der plötzlichen Helligkeit geblendet und musste mit der Hand seine Augen beschirmen. Der Ausblick, der sich ihm dann bot, war überwältigend.

Von Watervreede aus hatte man, eingerahmt von hohen Bäumen, nur einen Ausschnitt dessen gesehen, was sich hier offenbarte. Der Fluss lag in seiner vollen Breite vor ihnen, Schwärme bunter Papageien zogen den Flusslauf entlang, und direkt vor ihnen, in Ufernähe, lagen Inseln rotblühender Wasserpflanzen. Thijs fasste Wim am Arm und legte sich mit der anderen Hand einen Finger auf die Lippen, als Zeichen, leise zu sein. Dann deutete er zwischen die roten Blumeninseln. Wim sah zunächst nichts, dann aber entdeckte er an einer der Inseln ein Tier, ungefähr so groß wie ein Hund.

»Ein Wasserschwein«, flüsterte Thijs.

Wim beobachtete das Tier, das die Menschen am Ufer noch gar nicht bemerkt zu haben schien und nun unbeirrt näher heranschwamm. Wie ein Schwein sah es mit seinem graubraunen Fell nun wirklich nicht aus, eher wie ein überdimensionierter, europäischer Hase mit kurzen Ohren. Plötzlich ertönte aus dem Wald ein Knacken, und das Tier tauchte ab.

»Komm, wir machen hier Rast.«

Wim stellte dankbar den Gepäcksack ab und setzte sich auf einen Baumstamm am Rande der kleinen Lichtung. Thijs reichte im die Kalebasse mit Wasser und einen der Teigfladen, die Sarina ihnen als Proviant mitgegeben hatte. Eine Weile saßen sie schweigend und kauten. Wim spürte, dass die Pause ihm guttat. Er lehnte sich leicht zurück, schloss die Augen und sog die Geräusche in sich auf.

»Wirst du trotzdem wieder mitkommen nach Watervreede?«, fragte Thijs plötzlich.

Wim öffnete verwundert die Augen. Er sah, dass Thijs auf den Fluss starrte, sein Körper wirkte angespannt. Sie hatten schon einige Male darüber geredet, aber Thijs schien offensichtlich an Wims Entscheidung zu zweifeln. Sein Tonfall ließ Wim überdies vermuten, dass er die Antwort insgeheim fürchtete.

»Warum sollte ich nicht?«

Thijs hielt seinen Blick auf den Fluss gerichtet. »Na ja«, sagte er leise, »wenn du erst einmal das gediegene Leben auf einer funktionstüchtigen Plantage kennengelernt hast, wird dir das Leben auf Watervreede vielleicht nicht mehr genügen.« Seine Stimme klang traurig. Diese plötzliche Melancholie überraschte Wim, Thijs war doch sonst immer so zuversichtlich.

»Doch, natürlich komme ich wieder mit«, versuchte er seinen Freund zu beruhigen. »Ich will doch mitbekommen, wie du aus Watervreede wieder eine blühende Plantage machst«, fügte er mit einem aufmunternden Lächeln hinzu.

»Das freut mich ... weißt du .. ich muss gestehen, so ganz allein hätte ich das auch alles nicht geschafft bisher und ... es würde mich wirklich freuen, wenn wir das zusammen weitermachen. Ich ... ich habe sonst ja niemanden in Surinam.«

Thijs wandte sich ihm jetzt zu und fügte leise hinzu: »Du willst also nicht bei deiner Frau auf Rozenburg bleiben?«

Wim hätte fast aufgelacht. Nein! Alles, nur das nicht ... Aber das konnte er schlecht laut sagen. Er hatte mit Thijs kaum über Gesine gesprochen und wenn, dann nur oberflächlich. Er zwang sich zu einem kurzen Schulterzucken, auch wenn er den Wunsch verspürte, laut über den Fluss zu schreien: Nein! Ich werde mein Leben nicht weiter mit dieser Frau verbringen!

Thijs jedoch schien ihn zu durchschauen. »Du vermisst deine Frau nicht sonderlich, oder?«

Wim sperrte sich dagegen, auf das Thema einzugehen, er hatte noch nie mit jemandem darüber gesprochen. Und auch wenn die letzten Wochen sie sehr verbunden hatten, hatten sie kaum je Privates besprochen. Er versuchte auszuweichen. »Nun, man könnte sagen, dass Gesine und ich nicht unbedingt gut zusammenpassen.«

Thijs schien überrascht. »Aber hast du das nicht schon bemerkt, bevor du sie geheiratet hast?«

Wim schluckte. Thijs schien ihn wirklich gut lesen zu können, und Wim wusste nicht, wie er sich erklären sollte. Er konnte Thijs schließlich nicht gestehen, dass er sich wenig zu Frauen hingezogen fühlte. Er entschied sich für einen Teil der Wahrheit. »Es fällt mir nicht leicht, das zuzugeben, aber … ihr Vater und mein Vater waren die treibenden Kräfte bei dieser Eheschließung.«

»Du meinst … eure Ehe wurde arrangiert?«

»So würde ich es nennen, ja.«

»Oh, ich dachte …«, Thijs war sichtlich verlegen, »also, wenn ich einmal heirate, dann nur eine Frau, die ich auch ehrlich liebe.«

»Soll das ein Vorwurf sein?« Wim fühlte sich angegriffen.

»Nein. So meinte ich das nicht. Aber ich glaube einfach, dass man sonst nicht glücklich ist.« Thijs schlug Wim versöhnlich aufs Knie und stand dann auf. »Komm, lass uns aufbrechen.«

Wim schulterte den Gepäcksack und begab sich nachdenklich auf Thijs' Spur. Er musste Thijs im Stillen recht geben. In dieser Ehe würden weder er noch Gesine langfristig glücklich werden. Blieb das Ziel, das er mit der Heirat vor Augen gehabt hatte. Als Korrespondent würde er gerne arbeiten, vielleicht fanden seine Berichte aus Surinam ja Anklang. Aber das lag im Moment noch in weiter Ferne und vor allem in den Händen seines Schwiegervaters und so rechnete er sich keine guten Chancen aus. Wenn er Gesine verließ, würde er auf die Unterstützung des Verlegers verzichten müssen. Außerdem hatte er sich ja eigentlich um das Kontor zu kümmern. Die Probleme waren also nach wie vor groß. Trotzdem: Er würde mit Gesine reden müssen, vielleicht fiel ihm das hier leichter als in den Niederlanden. Diese Ehe hatte keinen Sinn.

Kapitel 13

*I*nika hatte Bogo gegenüber ein schlechtes Gewissen. Aber was hätte sie denn tun sollen? Sie hatte so große Angst um Misi Erika gehabt und eine schnelle Lösung finden müssen, um gefahrlos auf die Plantage reisen zu können.

Der Plan hatte langsam Gestalt angenommen, trotzdem hatte sie zunächst gezögert, dann aber keine andere Möglichkeit gesehen. Sie hatte Bogo mit ihrer Entscheidung einfach überrascht. «Wir heiraten», hatte sie ihm gesagt. Er schien nicht einmal erschrocken, hatte sie nur fragend aus seinen warmen braunen Augen angesehen. «Bogo, ich kann nur als verheiratete Frau auf die Plantage zurückkehren. Und du ... du bist der Einzige ...», hatte sie ihm erklärt. Sie glaubte, in dem Moment sogar ein kleines freudiges Leuchten in seinen Augen gesehen zu haben. Er hatte ihre Hand genommen und genickt.

Genau genommen hatten sie nicht wirklich geheiratet, es gab keinen Priester, der die Zeremonie durchführte, und auch keine große Feier. Inika hatte Bogo am späten Abend einfach zur offenen Feuerstelle im Hinterhof des Kinderhauses geführt, wo sonst die schwarze Haushälterin für die Kinder kochte. Im Schein der Glut hatte sie ihre Hand unter einem Tuch in Bogos Hand gelegt und das Tuch fest darumgewickelt, dann hatte sie ihn siebenmal um das Feuer herumgeführt. Bogo hatte zögerlich und mit fragendem Blick das kleine Töpfchen roter Farbe entgegengenommen, das sie bereitgestellt hatte.

»Ja, ich will es wirklich, nun mach schon«, hatte sie geflüstert. Bogo hatte ihr dann vorsichtig, ja fast zärtlich, den Scheitel eingefärbt und ihr mit dem kleinen Finger den *bindi* auf die Stirn getupft. Dann hatte er ihr einen Kuss auf den Schopf gehaucht und sie liebevoll angesehen.

Inika hoffte inständig, dass diese Verbindung vor den Göttern Bestand haben würde, sie wollte sie trotz allem nicht vergrämen. Und sie hoffte, dass Bogo sich der Zweckmäßigkeit dieser Hochzeit bewusst war und vor allem wusste, dass sie ihn nicht aus Liebe heiratete. Sie hatte es ihm mehrmals erklärt und immer wieder gefragt, ob er das verstanden habe. Er hatte stets genickt.

Trotzdem war es jetzt für Inika ungewohnt, offiziell als Ehefrau mit Bogo zusammenzuleben, auch wenn Bogo es ihr leicht machte. Abends in der Hütte legte er sich in seine Hängematte und Inika in die ihre. Als letzten Gruß hob er am Abend immer die Hand und begrüßte sie am Morgen mit einem strahlenden Lächeln. Aber ob ihm das auf lange Sicht reichen würde?

Die indischen Arbeiter auf der Plantage mieden Inika. Mit ihrer neuerlichen Hochzeit war ihre Ehre zwar wiederhergestellt und die Auflage, ihrem Mann in den Tod zu folgen, hinfällig. Aber die Schmach der Flucht lastete noch auf ihren Schultern. In Indien gab es nur die Möglichkeit, direkt nach dem Tod des Ehemannes eine neue Ehe einzugehen. Inika wusste, dass diese Hochzeiten allesamt arrangiert waren und den Frauen die Wahl des Mannes angesichts des drohenden Feuertodes egal war. Inikas Vorgehen, sich nach ihrer Flucht und nach eigenem Gutdünken selbst einen Mann zu suchen, das missfiel den anderen Indern.

Den Misis würde sie auch nicht erklären, dass die Hochzeit mit Bogo zu ihrem Plan gehörte. Obwohl Misi Juliette sehr misstrauisch geschaut hatte, als Inika ihr davon erzählt hatte. Inika war nicht ganz wohl bei dem Gedanken daran, was Misi Erika wohl sagen würde. Sie würde ihr einfach erklären, dass Bogo und sie diesen Schritt schon länger geplant, aber nichts gesagt hätten, um das Waisenhaus nicht in Verruf zu bringen. Damit hoffte sie, die überstürzte Hochzeit, angesichts Misi Erikas Krankheit und der Not, auf die Plantage fahren zu müssen, rechtfertigen zu können. Aber es stand alles auf sehr wackeligen Füßen. Wie sie das eines Tages ihrer Mutter erklären sollte, daran mochte sie gar nicht denken. Und was würde sie tun, wenn sie diese Ehe eines Tages nicht mehr brauchte … Ihr eigentlicher Plan war es schließlich gewesen, für sich und ihre Mutter ein besseres Leben anzustreben. Nun, da sie wieder mit einem Inder verheiratet war, rückte dieses Ziel zunächst in weite Ferne. Seufzend setzte sie sich an die kleine Feuerstelle in der Hütte und beobachtete die Glut. Trotzdem würde alles gut werden, sie musste nur fest genug daran glauben.

Am Abend besuchte Inika Misi Erika. Der Misi ging es sichtlich besser.

»Danke, dass ihr mich hierhergebracht habt, Inika. Ich weiß, dass das für dich kein leichter Schritt war. Umso mehr ehrt es mich, dass du ihn für mich gegangen bist.« Lange ruhte der Blick der Misi auf ihr.

»Sag, habt ihr auch Hanni benachrichtigt?« Misi Erika setzte sich aufrecht im Bett hin. Die Anstrengung, die dazu nötig war, stand ihr im Gesicht geschrieben.

»Ja, Misi, Misi Minou hat eine Nachricht geschickt, aber leider hat sich Misi Hanni bis zu unserer Abfahrt noch nicht gemeldet. Es war ja auch wenig Zeit.«

»Minou wird ihr sicherlich Bescheid geben, dass ich nicht mehr in der Stadt bin.« Misi Erika ließ sich erschöpft in die Kissen zurückgleiten. Beide schwiegen eine Weile, dann sprach Misi Erika ein Thema an, das Inika lieber vermieden hätte.

»Juliette hat mir erzählt, was du und Bogo gemacht habt, bevor ihr hierhergekommen seid.« Wieder ruhte ihr Blick lange auf Inika. »Denkst du … das war eine gute Idee? Ich meine, liebst du Bogo wirklich?«

Inikas Magen krampfte sich zusammen. Das war die Frage, die

sie gefürchtet hatte. Jetzt musste sie lügen! »Ja, Misi, machen Sie sich keine Sorgen.« Es gelang ihr nicht, dem Blick der Misi standzuhalten.

Misi Erika nickte nur zögerlich, ihr prüfender Blick schien auf Inikas Haut zu brennen. Inika hätte am liebsten fluchtartig das Zimmer verlassen, riss sich aber zusammen. Erleichtert bemerkte sie, dass die Augen der Misi jetzt zufielen, sie schien sehr erschöpft zu sein.

»Ich gehe jetzt besser. Gute Besserung«, brachte sie noch hervor, dann eilte sie aus dem Zimmer.

Kapitel 14

Wim hatte nicht mehr damit gerechnet, dass sie die Plantage noch am selben Tag erreichen würden. Aber kurz bevor die Sonne hinter den Bäumen unterging, lagen die Zuckerfelder von Rozenburg vor ihnen. Wim ließ seinen Blick über die Felder schweifen. Er stand zum ersten Mal auf einer richtigen Zuckerrohrplantage und fühlte sich im ersten Moment eingeschüchtert.

Das Zuckerrohr stand weit hoch über ihren Köpfen, und das allgegenwärtige Rascheln verschluckte jedes andere Geräusch. Thijs schritt schwungvoll voran, er genoss es sichtlich, sich nicht mehr mühsam den Weg mit dem Schlagmesser bahnen zu müssen. Wim schloss zu ihm auf, und gemeinsam liefen sie den breiten Gang zwischen den Feldern entlang. Diese wurden von Gräben unterschiedlicher Breite begrenzt, im Abstand von jeweils mehreren Hundert Metern passierten sie etwas breitere Kreeke, die von hölzernen Brücken überspannt waren.

Der Weg selbst war zerfurcht von den Spuren der Ochsenkarren, und am Wegesrand war ein offensichtlich häufig genutzter Trampelpfad zu erkennen. Wim hatte plötzlich das Gefühl, dass aus dem Zuckerrohr die unzähligen Generationen von Sklaven zu ihm flüsterten. Wie viele wohl in den letzten Jahrzehnten oder gar Jahrhunderten hier auf diesen Feldern gearbeitet hatten?

»So wird es eines Tages auch bei uns aussehen«, bemerkte Thijs. Wim war beeindruckt von dem geordneten Grün um sich herum, trotzdem sehnte er sich danach, anzukommen.

»Wie lange dauert es noch, bis wir beim Haus sind?« fragte

Wim, ihm taten die Füße weh, und er spürte unzählige Blasen an seinen Sohlen. Trotz der harten Arbeit der letzten Wochen – solche Fußmärsche war er nicht gewohnt.

»Das dauert noch«, Thijs schien fast amüsiert über die Frage, »kannst du dich erinnern, dass die Plantage auf der Karte ziemlich groß war?« Er sah prüfend zum Himmel und in die Richtung, wo die Sonne nur noch schemenhaft hinter dem Regenwald zu erahnen war. »Dann wird es dunkel sein. Hoffentlich schießen sie nicht auf uns.«

Wim fuhr der Schreck durch die Glieder. »Das ist doch nicht dein Ernst, oder? Das würden sie doch niemals tun!« Thijs zuckte die Achseln. »Wer weiß.«

Als sie im Dunkel der Nacht endlich das letzte Zuckerrohrfeld hinter sich ließen und die Brücke zum Arbeiterdorf überquerten, war es kein Gewehr, das sich ihnen entgegenstellte, sondern ein großer, knurrender Hund an der Kette. Wim und Thijs schraken zurück.

»Wer ist da?«, fragte eine barsche Stimme, ohne dass Wim im Dunkeln jemanden erkennen konnte.

»Thijs Marwijk von der Plantage Watervreede und Wim Vandenberg. Wir wollen zu Juliette und Jean Riard, wir … wir werden erwartet.«

Wim hoffte, dass Thijs Worte den Mann überzeugen würden, den Hund an der Kette zu lassen.

»Watervreede, sagen Sie?« Die Stimme klang jetzt weniger barsch.

»Ja.«

Wim erschrak heftig, als plötzlich ein hochgewachsener Mulatte direkt vor ihm auftauchte.

Der Aufseher musterte ihn von Kopf bis Fuß, dann wanderte sein Blick zu Thijs.

»Warum kommen Sie zu Fuß?«, fragte er schließlich.

»Unser einziges Boot ist verschwunden, also mussten wir laufen«, erklärte Thijs.

Der Aufseher schien nachzudenken. Wim kam der Gedanke, dass es ihn durchaus seltsam anmuten musste, dass zu später Stunde zwei Weiße zu Fuß aus den Zuckerrohrfeldern traten. Woher sollte er wissen, dass sie keine bösen Absichten hegten? Er räusperte sich. »Meine Frau ist hier auf Rozenburg, Gesine Vandenberg.«

Wim registrierte erleichtert, dass der Mann jetzt eine Reihe schneeweißer Zähne entblößte, die im Licht des aufgehenden Mondes aufblitzten. »Ah, Misi Gesine, jaja ... Dann folgen Sie mir bitte. Dort entlang.« Wim und Thijs setzten sich wieder in Bewegung, den Mann mit dem Hund an der Kette dicht hinter sich.

Der Weg wurde breiter, links und rechts davon waren jetzt Hütten zu erkennen. Sie durchquerten das Arbeiterdorf und anschließend den Wirtschaftshof, von wo aus Wim zum ersten Mal das Plantagenhaus sah. Vereinzelt leuchteten hinter den gazebespannten Fenstern noch kleine Öllampen. Wims Herz klopfte ein bisschen schneller.

Der Aufseher wies sie an, die hintere Veranda zu betreten, und Wim und Thijs stiegen die wenigen Stufen hinauf, während der Aufseher den Hund an einen Pfosten band.

»Warten Sie!«, befahl er ihnen knapp, bevor er das Haus durch eine der rückwärtigen Türen betrat. Die Tür knarrte, und im fahlen Mondlicht konnte Wim erkennen, dass auch an dieser Plantage der Zahn der Zeit nagte. Das Holz der Veranda war verwittert, die Farbe an der Balustrade blätterte ab, und die Bohlen waren blank von den unzähligen Füßen, die darüber gelaufen waren.

Es dauerte eine Weile, bis Schritte und Stimmen erklangen. Wim wusste nicht, wie spät es inzwischen war, aber um diese Zeit kamen sonst vermutlich nur selten Besucher.

»Wim? Thijs? Was in Gottes Namen ... ihr seid zu Fuß?« Es war Jean, der schwungvoll durch die Tür auf die Veranda trat, gefolgt von seinem Aufseher. Diesem nickte er kurz zu. »Danke, Galib, alles in Ordnung. Kommt rein, Männer, kommt rein, ihr seid sicher durstig und hungrig.« Jean klopfte Thijs und Wim kraftvoll auf die Schultern, er freute sich sichtlich über ihre Ankunft. Wenig später saßen sie im Salon. Eine etwas verschlafen wirkende schwarze Haushälterin brachte ihnen eine Karaffe Dram und Gläser.

»Danke, Liv. Richte bitte schnell noch zwei Zimmer im Gästehaus her.«

Die Frau nickte und verließ den Raum. Kaum war sie durch die Tür getreten, kam Juliette im Morgenmantel herein.

»Wim?« Sie blickte ihn mit verschlafenen Augen an und umarmte ihn dann herzlich. »Wie schön, dass ihr da seid! Wir haben uns schon Sorgen gemacht.« Wim erwiderte lächelnd ihre Umarmung.

Juliette ließ ihn schließlich los und begrüßte Thijs mit einem Handschlag. Dann stemmte sie die Hände in die Hüften. »Seid ihr eigentlich verrückt? Mitten in der Nacht durch den Regenwald zu gehen?«

»Ach, Mevrouw Vandenberg, wir sind schon *tagsüber* durch den Regenwald gelaufen.« Thijs grinste Juliette an.

Wim schmunzelte, Thijs war trotz der Erschöpfung der Humor offensichtlich nicht vergangen. Er hob sein Glas in die Runde. »Wir sind ja gut angekommen«, sagte er nicht ohne Stolz.

»Na, das ist ja noch schöner, dann hattet ihr Wahnsinnigen ja wenigstens auch etwas zu sehen am Tag«, konterte Juliette. Sie schüttelte den Kopf und zog ihren Morgenmantel noch etwas fester um ihren Körper. »Aber jetzt erzählt doch mal! Wie ist es euch auf der Plantage ergangen? Ach so, Wim, soll ich Gesine wecken lassen?«

»Nein ... das ist nicht nötig. Ich denke, wenn sie morgen früh erfährt, dass ich hier bin, reicht das. Danke, Juliette.« Wim war erleichtert, als sie nur nickte und dann gebannt Thijs lauschte, der sofort anfing, von Watervreede zu berichten. Wim streckte genüsslich seine schmerzenden Beine aus und spürte, wie der scharfe Schnaps ein angenehm warmes Gefühl in seinem Bauch hervorzauberte. Vergessen waren die Strapazen des Tagesmarsches.

Kapitel 15

Pieter legte zufrieden den Brief beiseite, den er soeben von einem Boten erhalten hatte. Er kam nicht umhin, ein wenig beeindruckt zu sein. Dieser Marwijk hatte es allen Gefahren wie Schlangenbissen, Fieber oder schlicht Resignation zum Trotz tatsächlich geschafft, die Plantage in wenigen Wochen so weit herzurichten, dass man dort mit den Arbeiten beginnen konnte.

Pieter hatte es Marwijk im Stillen nicht recht zugetraut. Nun aber hatte dieser ihn gebeten, die Bestellung der Dampfmaschine weiterzuleiten und dann, in einigen Wochen, zeitgleich mit der Maschine nach Watervreede zu reisen. Marwijk selbst, so schrieb er, sei mit Wim Vandenberg zurzeit auf Rozenburg und werde von dort bald mit den ersten zwanzig Arbeitern nach Watervreede zurückkehren. Pieter nippte genüsslich an seinem Dram. Damit war der erste Teil seines Plans abgeschlossen, ohne dass er viel hatte tun müssen. Er konnte sich einfach beruhigt zurücklehnen, auf die Dampfmaschine warten und dann in das Hinterland fahren, um auf einer bestens vorbereiteten Plantage zu leben.

»Martin, die Dinge entwickeln sich hervorragend. Du kannst gleich im August mit nach Watervreede kommen«, teilte er seinem Sohn mit, als dieser ihn am Nachmittag besuchte.

Martin kam seit Juliettes und Jeans Abreise regelmäßig zu ihm. Pieter spürte deutlich, dass Martin diese Besuche genoss, und wenn Juliette versucht hatte, ihn als Vater schlechtzureden, dann ließ er sich zumindest nichts anmerken. Pieter selbst war nun, da er seinen Sohn besser kennengelernt hatte, doch ein bisschen stolz auf ihn, er hatte sich zu einem wohlerzogenen und gebildeten jungen Mann entwickelt. Was Pieter jedes Mal daran erinnerte, dass er dazu nichts beigetragen hatte. Nichts hatte beitragen können. Dieser Stachel saß tief und schürte seine Wut auf Juliette noch zusätzlich. Mit dem einstigen Kleinkind hatte Pieter nicht viel anfangen können, aber diesen jungen Mann hier sah er mit anderen Augen. Und so hatte er beschlossen, Martin in seine Pläne auf Watervreede einzubinden.

Der jedoch schien von seinem Vorschlag nicht so recht begeistert zu sein. »Vater, ich weiß nicht ... ist es nicht noch zu früh? Vielleicht sollte ich doch erst nach Rozenburg gehen, um dann ...«

Pieter winkte entnervt ab. »Ach, was für ein Umstand! Nein, du kannst auch gleich mit mir kommen. Es werden ein paar aufregende Monate auf Watervreede werden, da kannst du viel lernen.«

»Ja, aber«, Martin wurde etwas kleinlaut, »Tante Juliette ...«

»Sie ist nicht deine Tante«, sagte Pieter scharf. Er sah, dass der Junge zusammenzuckte, aber seine harschen Worte taten ihm nicht leid. Im Gegenteil, es ärgerte ihn, dass Martin sich trotz seiner persönlichen Anwesenheit immer noch an Juliette orientierte. Jetzt fasste er seinen Sohn sanft an der Schulter und sah ihm tief in die Augen. »Es reicht, dass ich es dir erlaube, du musst sie nicht mehr fragen. Am besten ... am besten ziehst du jetzt schon zu mir. John Therhorsten wird nichts dagegen haben.«

»Ich soll zu dir ziehen?« Martin blickte ihn verwundert an, aber Pieter war der freudige Glanz nicht entgangen, der über das Gesicht seines Sohnes gehuscht war.

»Natürlich, warum denn nicht?«

»Ich muss erst Kiri um Erlaubnis fragen und Henry Bescheid geben«, stammelte Martin.

Pieter spürte wieder Wut in sich aufsteigen. »Sohn, du brauchst dieses Negerweib nicht zu fragen! Sie hat dir noch weniger zu sagen als Juliette.«

Zum wiederholten Male war Pieter entsetzt über Martins Umgang mit den Schwarzen. Auch wenn er tendenziell nicht an dessen Einstellung zweifelte, lag noch viel Arbeit vor ihm, der Junge war ja völlig verweichlicht! Wenn sie erst einmal auf der Plantage waren, würde Martin den Arbeitern gegenüber forsch auftreten müssen, sie würde er nicht immer *bitten und fragen* können.

Martin schien trotzdem zu zögern.

Kapitel 16

Karini hatte erleichtert aufgeatmet, als Masra Wim auf Rozenburg angekommen war. Sie hatte während der letzten Wochen allein Misi Gesine zur Verfügung gestanden. Diese Arbeit machte ihr nach wie vor Spaß, auch wenn Misi Gesine manchmal etwas anstrengend war. Karini hatte schon viel von ihr gelernt, was ihr gerade recht kam. Sie wollte für sich keine Zukunft als Küchenmagd; die Dienerschaft für eine Dame war da schon weitaus reizvoller. Trotzdem hoffte sie, dass Misi Gesine nun endlich ein wenig Ablenkung bekam.

Leider artete diese Ablenkung bereits am ersten Tag in einen handfesten Streit aus, dem Karini unfreiwillig beiwohnte, weil sie nebenbei Misi Gesines Hände mit Orangenöl massierte.

Anstatt sich zu freuen, dass ihr Mann wieder da war, machte Misi Gesine ihm nur Vorwürfe.

»Wo warst du so lange? Ich dachte, du wolltest Thijs Marwijk nur begleiten, um dir die Plantage anzusehen. Dass du dann gleich wochenlang dableibst ...« Ihre Augen blitzten förmlich vor Wut.

»Gesine«, versuchte Masra Wim zu beschwichtigen, »dort gab es eine Menge zu tun, und ich habe Thijs dabei geholfen.«

»Das sehe ich, du siehst ja aus wie ein Landarbeiter, schau dir mal deine Hände an. Gibt es dafür in diesem Land keine Neger?«

Masra Wim schien diese Bemerkung zu ärgern, trotzdem ließ er sich nicht auf eine Diskussion ein. »Es musste erst einiges erledigt werden, bevor die Arbeiter dort anfangen können, Gesine.«

Masra Wim hatte augenscheinlich nicht viel Lust, sich vor seiner Frau zu rechtfertigen. Karini wusste auch gar nicht, was Misi Gesine zu beanstanden hatte. Masra Wim hatte sich in den vergangenen Wochen ihrer Meinung nach sehr zum Positiven verändert. Er sah gesund und kräftig aus, gar nicht mehr wie ein blassgesichtiger Europäer, sondern eher wie ein echter Kolonist.

»Wann fahren wir wieder in die Stadt?«, fragte Misi Gesine vorwurfsvoll.

»In die Stadt?« Masra Wim lachte auf. »Gesine, ich bin hier, um den Aufbau der Zuckermühle zu dokumentieren. Für deinen Vater, falls du dich erinnerst. Das wird noch ein paar Monate dauern.«

»Monate?« Misi Gesine entzog Karini barsch die Hand und sprang vom Sessel auf. »Du willst mir sagen, dass du noch Monate hier in diesem Urwald bleiben willst?«, fragte sie schrill.

»Ja, das habe ich vor. Und genau genommen sind wir auch gerade deswegen in dieses Land gekommen.« Masra Wim stand auf und zog sich das Hemd gerade. Ein Jackett, wie in der Stadt üblich, trug er nicht mehr. Masra Wim trat auf seine Frau zu und sah ihr fest in die Augen. »Ich werde auf jeden Fall mit Thijs zurück auf die Plantage gehen«, sagte er mit einer Stimme, die keinen Widerspruch duldete, und schritt aus dem Raum.

Misi Gesine ließ sich in den Sessel sinken, sie schien den Tränen nahe. Mit scheinbar letzter Kraft reichte sie Karini eine Hand und legte sich die andere an die Stirn.

»Was soll ich nur machen? Ich werde noch verrückt hier in dieser Provinz. Ich weiß gar nicht, wie Juliette das aushält, man vereinsamt hier doch vollkommen.«

Karini zuckte nur die Achseln und machte sich wieder daran, Misi Gesines Hand zu behandeln.

Bereits am nächsten Tag schien Misi Gesine es sich allerdings anders überlegt zu haben. »Ich werde mit nach Watervreede gehen«, verkündete sie beim Essen, gerade als Karini den Hauptgang servierte.

Karini musste sich sehr konzentrieren, die Schale mit dem Gemüse zu halten. Alle, insbesondere Misi Juliette, sahen Misi Gesine verwundert an.

In Masra Wims Blick aber lag Entsetzen. »Willst du das wirklich? Ich meine ... Watervreede ist noch lange nicht so komfortabel wie Rozenburg. Gestern hast du doch noch gesagt ... vielleicht wäre es besser, wenn du zunächst hierbleiben würdest.« Seine Stimme klang bei Weitem nicht so selbstbewusst wie am Abend zuvor.

Karini zog sich auf ihren Platz neben dem Türrahmen zurück, wo sie zu stehen hatte, während die Herrschaften aßen.

»Nein, ich komme mit. Ich sitze nicht noch einmal wochenlang hier und warte auf dich«, hörte sie Misi Gesine jetzt sagen. Ihr entging der vorwurfsvolle Tonfall nicht. Masra Wim schien verärgert, sagte aber nichts.

Stattdessen räusperte sich Masra Thijs. Er wirkte angespannt, und sein Gesicht schien Karini infolge der Neuigkeit erblasst zu sein. »Mevrouw Vandenberg, wir arbeiten dort noch sehr hart, wir haben gerade einmal das Nötigste geschafft. Vor allem das Plantagenhaus bedarf noch einer Renovierung«, sagte er eindringlich.

Misi Gesine aber schien von der offensichtlichen Ablehnung nichts zu bemerken, sondern machte auch dieses Argument zunichte. »Das ist mir egal. Vielleicht tut es Ihrem Plantagenhaus ja ganz gut, wenn bei den Arbeiten eine Frau zugegen ist«, sagte sie spitz.

Masra Thijs hob die Augenbrauen, sein Blick wanderte zu Masra Wim, dann zuckte er die Achseln.

Misi Gesine wandte sich derweil an Misi Juliette. »Juliette, wenn du erlaubst, würde ich Karini gerne mitnehmen. Soweit ich das sehe, gibt es auf Watervreede ja noch kein Personal.« Karini horchte auf, aber Misi Juliette schien nicht begeistert von der Idee. »Karini soll mit nach Watervreede?«, fragte sie ungläubig. »Aber Sarina ist doch dort.«

Doch Misi Gesine schien auch das nicht gelten lassen zu wollen. Vermutlich fürchtete sie, dass Sarina sich um zu viele andere Dinge kümmern musste und zu wenig Zeit für sie haben würde. »Du meinst diese indische Frau? Ach Gott, nein, die hat doch sicherlich keine Erfahrung.« Karini fühlte sich geschmeichelt. Sie hatte nicht geahnt, dass Misi Gesine so große Stücke auf sie hielt.

Masra Jean mischte sich ein. »Gib ihr Karini doch mit, Julie. Hier gibt es für sie doch nicht viel zu tun, und wenn du eine zusätzliche Hilfe brauchst, ist Inika doch auch noch da.«

Karini war sich nicht sicher, ob sie überhaupt nach Watervreede wollte. Natürlich hatte sie mit Masra Martin auch schon einmal darüber geredet. Er hatte auch gesagt, dass sie dort hinkommen sollte, sobald er dort lebte. Aber das hatte sie als Träumereien abgetan. Es war ja noch nicht einmal sicher, ob er selbst überhaupt dort einziehen würde im August. Und ihr Vater hatte ihr geraten, unbedingt auf Rozenburg zu bleiben. Andererseits hatte Masra Jean recht. Hier auf der Plantage gab es nicht viel zu tun.

Am Abend trat Wim missmutig auf die Veranda. Es gefiel ihm überhaupt nicht, wie die Dinge sich entwickelten. Er hätte Gesine am liebsten in die Stadt zurückgeschickt, das aber traute er sich nicht, schon wegen des Eindrucks, den das auf Juliette und Jean machen musste. Und wenn sie schon nicht zurück in die Stadt konnte, wäre es ihm lieber gewesen, sie hier auf Rozenburg zu wissen, auch wenn er wiederum Juliette gegenüber ein schlechtes Gewissen hatte. Gesine war kein einfacher Mensch und sie schien sich hier in den letzten Wochen nicht unbedingt beliebt gemacht zu haben. So gesehen war es wohl recht, dass er Juliette von Gesine erlöste und sie mitnahm. Mitsamt ihres Gepäcks. Wim seufzte. Allein der Gedanke daran kostete ihn Nerven. Thijs hatte mit Jean abgesprochen, dass er sich für die Rückfahrt zwei Boote von Rozenburg leihen konnte. Das größere Transportschiff, auf dem die Arbeiter und Gesines Gepäck übersetzen sollten, würde anschließend nach Rozenburg zurückkehren, ein kleines Zeltboot hatte Jean Thijs leihweise angeboten, denn gänzlich ohne Transportmittel ging es auf einer Plantage nicht. Gesine würde also mitkommen nach Watervreede. Für ihn selbst war es die denkbar schlechteste Lösung.

»Sie machen keinen besonders glücklichen Eindruck«, hörte er plötzlich jemanden von der Seite sagen.

Wim drehte sich erschrocken um. Auf einer Liege, auf weiche Kissen gebettet, lag Erika Bergmann.

»Oh, entschuldigen Sie, ich hatte Sie nicht bemerkt! Geht es Ihnen besser, Erika?«

Erika lachte schwach auf. »Wie man es nimmt, ich komme zumindest schon wieder auf eigenen Füßen bis hierher«, sie klopfte auf die Decke, unter der sie lag, »dann muss ich aber auch erst einmal wieder Pause machen.« Sie lächelte ihn an. »Kommen Sie, setzen Sie sich doch bitte einen Moment zu mir. Wie geht es mit Ihren Arbeiten auf Watervreede voran?«

Wim freute sich, sie zu sehen. Auch wenn er sie nur kurz kennengelernt hatte in der Stadt, sie war ihm sehr sympathisch gewesen.

»Nun setzen Sie sich schon, ich freue mich über etwas Unterhaltung.«

Wim zog sich einen Stuhl heran und setzte sich neben ihr Krankenlager. Sie sah zwischen den wuchtigen Kissen zart und zerbrechlich aus.

»Nun sagen Sie schon: Stand die Plantage noch, als Sie dort ankamen?«

Wim schmunzelte. Und begann zu erzählen, von den ersten

Tagen auf Watervreede, von den Arbeiten dort und schließlich von ihrem abenteuerlichen Fußmarsch nach Rozenburg.

Erika lauschte seinen Erzählungen aufmerksam und stellte hier und da kleine Zwischenfragen.

»Oh Wim, Sie sind ja mutiger, als ich gedacht habe«, warf sie ein, als er das Wasserschwein erwähnte.

Wim lachte laut auf. Ja, er sah das ähnlich, er hatte sich das alles auch nicht zugetraut. Diese Frau schien wirklich an Menschen interessiert zu sein. Er mochte sie.

»Und jetzt erzählen Sie mir bitte die Geschichte von Ihrem Fußmarsch noch zu Ende«, bat sie neugierig.

Wim berichtete von dem Marsch durch die Zuckerrohrfelder und von ihrem Aufeinandertreffen mit dem Aufseher. »Ein bisschen wie Diebe und Landstreicher haben wir uns gefühlt«, sagte er und lächelte bei dem Gedanken.

Erika lachte laut auf. Und Wim spürte, wie gut ihm ihre Aufmerksamkeit tat. Diese Frau gab ihm das Gefühl, dass er wirklich stolz auf das sein konnte, was er in den letzten Wochen geschafft und erlebt hatte. Ganz im Gegensatz zu Gesine ... wenn sie zumindest einen Bruchteil dieses Interesses gezeigt hätte, hätte ihn das vielleicht schon versöhnlich gestimmt. Stattdessen bekam er aus ihrem Mund immer nur Vorwürfe zu hören. Nichts als Vorwürfe.

»Wenn ich wieder gesund bin, muss ich Sie unbedingt auf Watervreede besuchen kommen.« Sie seufzte.

»Gerne! Das würde mich ausgesprochen freuen.«

Eine Weile saßen sie schweigend nebeneinander und lauschten den Geräuschen der Nacht.

»Ihre Frau ist nicht ganz so begeistert von Ihren Plänen, oder?«, fragte Erika schließlich.

Wim starrte nachdenklich auf den Fluss. Er war ergriffen von einer seltsamen Wehmut, die er in dieser Stärke nie zuvor gefühlt hatte. Er wusste, dass es richtig war, was er tat, und dass ihn nichts auf der Welt davon abbringen würde, nach Watervreede zurückzukehren. Aber wie sollte er das jemandem, noch dazu einer Fremden wie Erika, begreiflich machen? »Nein«, sagte er schließlich leise. Er rang mit sich. »Aber ich kann nicht anders, ich muss dorthin. Ich ahne, dass die Erfahrungen, die ich hier in Surinam mache, sehr wichtig für mich sind. Und ich möchte sie nicht missen.«

Er warf ihr einen schüchternen Blick zu, unsicher, ob er zu weit gegangen war. Erika jedoch hielt seinem Blick stand und nickte dann. »Ja, manchmal muss man einfach seinen eigenen Weg gehen«, sagte sie wie aus weiter Ferne. Und fügte dann leise hinzu: »Ich habe das auch lange Zeit gemacht, da mein Mann ...«, sie schluckte und schwieg eine Weile. Wim ließ sie gewähren, er wusste, dass sie beizeiten weitersprechen würde. »Es war sehr hart«, sagte sie schließlich leise, »aber die Dinge, die ich erlebt habe, haben mein Leben verändert.«

Wim war ihr dankbar für ihre Offenheit und spürte, dass es im Moment keiner weiteren Worte bedurfte. Die Sonne war inzwischen so weit untergegangen, dass nur noch ein schwacher roter Schein auf dem Wasser zu sehen war, so, als würde tief unten im Fluss ein Feuer brennen.

»Wissen Sie, man kann dieses Land lieben lernen. Als ich damals aus Deutschland hierherkam, waren die Gegensätze so groß. Aber heute ist dieses Land ein Teil von mir geworden«, sagte sie schließlich. In ihrer Stimme schwang Begeisterung mit.

Wim nickte zustimmend. Er wusste, was sie meinte. Auch wenn er selbst noch nicht so lange in der Kolonie war, irgendetwas hier berührte seine Seele.

Plötzlich zog ein Windhauch über die Veranda und ihn fröstelte. »Erika, es wird kalt. Soll ich Sie ins Haus begleiten?«

»Nein, vielen Dank. Gleich kommt doch der schönste Teil des Abends, bleiben Sie noch einen Moment hier, bitte. Ich möchte, dass Sie das auch sehen.«

Wim wusste nicht, was sie meinte, blieb aber auf seinem Platz sitzen.

»Da, es geht los! Sehen Sie das?« Erika setzte sich auf ihrem Lager auf und zeigte zum Ufer.

Kurz nachdem der letzte Lichtstreif sich über dem Fluss zurückgezogen hatte und die Nacht anbrach, flammten plötzlich am Fluss Tausende kleiner Lichter auf. Wim war verblüfft, so etwas hatte er noch nie gesehen.

Erika lachte vergnügt auf. »Ist das nicht wunderschön? Das sind kleine Laternenkäfer.«

Nun erhob sich eine ganze Wolke aus winzigen Lichtern und tanzte über den Fluss, darüber tauchten am Himmel die ersten Sterne auf, als wollten sie den Reigen ihrer kleinen Brüder auf der Erde begleiten.

Kapitel 17

Julie saß mit Gesine, Thijs und Wim bereits beim Frühstück, als Jean von seinem morgendlichen Rundgang zurückkehrte.
»Thijs, Wim, die Männer haben heute in der Früh am Ufer ein Boot gefunden. Es ist zwar gekentert, scheint aber ansonsten intakt zu sein. Vielleicht ist es das Boot von Watervreede.«
»Wirklich? Dann hat es der Fluss wohl hierhergetrieben, was für ein Zufall! Aber das wäre doch gut, dann bräuchten wir uns nur eines von euch zu leihen.«
»Die Männer werden euch nachher helfen, es zu bergen. Es hat sich in den Mangroven ein Stück flussabwärts verfangen.«

Nach dem Frühstück machte sich Jean auf den Weg zu den Feldern, Wim und Thijs machten sich mit einigen Männern an die Bergung des Bootes und Gesine kommandierte Karini zum Packen ab. Wim und Thijs wollten bereits in zwei Tagen zurück nach Watervreede.
Julie nutzte die Gelegenheit, sich mit Helena auf dem Arm zu Erika zu begeben, die am Vormittag wieder ihren Platz auf der Veranda eingenommen hatte. Zu Julies Freude ging es Erika schon viel besser, sie aß mit großem Appetit und war guter Dinge.
»Oh, hallo meine Kleine.« Erika begrüßte Helena liebevoll. Das Mädchen lachte und klatschte mit seinen kleinen Händen, als es Erika sah.
Julie musste lachen. »Sie mag dich wirklich.«
»Ach, sie ist ja auch herzig.« Erika streichelte Helena über das blond gelockte Köpfchen. Helena versuchte, sich mit ihren klei-

nen Ärmchen an der Balustrade der Veranda hochzuziehen. Die Frauen beobachteten das kleine Mädchen schweigend. Dabei huschte ein dunkler Schatten über Erikas Gesicht.

Julie wusste, dass Erika schwer an der Trennung von ihren Kindern trug. Dabei war es nicht so sehr die räumliche Entfernung, die ihr zusetzte, als vielmehr die gefühlsmäßige Distanz. Reiner hatte sich früh von Erika gelöst, er ging seinen eigenen Weg, und selbst die gerade mal achtzehnjährige Hanni zog es vor, am anderen Ende der Kolonie zu leben, anstatt bei ihrer Mutter.

Julie konnte sich das nicht erklären, Erika war so ein herzensguter Mensch. Eines allerdings war unbestritten: Um Hannis Vater machte Erika ein großes Geheimnis oder besser gesagt, sie hatte nie darüber geredet. Hanni konnte nicht das Kind von Reinhard sein, dieser war damals schon zu lange verschollen, und Erika hatte zudem erst nach Hannis Geburt erfahren, dass Reinhard auf Batavia lebte.

Der Grund für die gefühlsmäßige Distanz zwischen Erika und ihrer Tochter lag vielleicht auch in diesem dunklen Geheimnis.

Erikas Stimme holte Julie aus ihren Gedanken zurück.

»Dein Cousin ist wirklich sehr nett. Ich finde es beachtlich, wie gut er sich hier in Surinam zurechtfindet«, sagte sie lächelnd.

»Ja«, Julie nickte, »ich hätte auch nicht gedacht, dass er hier solche wagemutigen Abenteuer in Angriff nimmt. Wenn er dadurch nur nicht seine Frau vergrault.«

Erika schmunzelte. »Sie ist sicher kein einfacher Charakter. Und so anders als er. Ich frage mich, was sie verbindet.«

Julie nickte. Sie hatte auch schon oft darüber nachgedacht. »Schau dir die beiden doch an. Sie sind eher wie Feuer und Wasser als wie Mann und Frau. Ich befürchte, dass Wims Hochzeit mit Gesine ähnlich wie meine damals von meinem Onkel arrangiert wurde.«

»Ja, wahrscheinlich hast du recht. Hoffentlich geht das auf Watervreede gut. Ich habe deinem Cousin übrigens gesagt, dass ich ihn gerne dort besuchen würde, sobald ich wieder gesund bin. Ich finde die Entwicklung dort sehr spannend, und natürlich möchte ich auch gerne Sarina wiedersehen. Wim hat sich sehr positiv über sie geäußert und auch Thijs Marwijk ist voll des Lobes. Es war wohl doch eine gute Entscheidung, sie mitgehen zu lassen.«

Julie runzelte die Stirn und zog Helena auf ihren Schoß. Das Mädchen war sichtlich müde und kuschelte sich nun in ihre Arme. Julie strich ihm zärtlich über das blonde Haar.

»Ich hoffe, es bleibt auch so friedlich, wenn Pieter dort Einzug hält.«

Vom Fluss her kamen Wim und Thijs auf das Haus zu. Beide waren bis zur Hüfte nass, scherzten aber offensichtlich miteinander und lachten.

»Juliette, stell dir vor …«, Wim nahm die Stufen der Veranda in einem Satz, »unter dem umgekippten Boot saß ein Kaiman, er hat nach Thijs geschnappt.« Er breitete die Arme aus, um zu zeigen, wie groß das Tier gewesen war.

Thijs klopfte ihm auf die Schulter. »Na, übertreib mal nicht, so riesig war er nicht, und er hatte mehr Angst vor uns als wir vor ihm.« Er wandte sich an Julie. »Hier … das haben wir im Boot gefunden, es hatte sich an einem der Bretter verfangen. Ob das Boot doch von jemandem gestohlen wurde?«

Julie fand, dass diese beiden erwachsenen Männer aussahen wie zwei Jungen auf Abenteuerreise. Sie konnte sich ein Lachen nicht verkneifen. Dann aber fiel ihr Blick auf das nasse Stück Stoff, das Thijs nun hochhielt. Ihr stockte für einen Moment der Atem. Julie wusste sofort, woher dieses längliche blaue Stück Tuch stammte.

Dieser Stoff wurde von den indischen Männern als Turban getragen und sie kannte nur einen, der die Farbe Blau bevorzugte: Baramadir.

Kapitel 18

Der Schlag traf Inika hart und unvermittelt. Es wurde dunkel um sie herum.

Als ihre Sinne langsam wiederkehrten, war sie völlig verwirrt. Was war geschehen? Dann wurde ihr bewusst, dass sie getragen wurde, sie hing bäuchlings über einer Schulter. Sie konnte ihre Hände nicht bewegen, diese waren fest zusammengebunden. Panisch versuchte sie zu strampeln, aber auch ihre Beine waren gefesselt.

»Damit hast du nicht gerechnet, was?«

Die Stimme ließ sie erstarren. Baramadir. Er lebte. Damit wurde ihr schlimmster Albtraum Wirklichkeit. Sie wand sich in dem Versuch, sich zu befreien, aber sein Griff wurde nur fester. Hilflos, wie ein Stück Vieh, hing sie über seiner Schulter. Inika begann zu schreien.

»Ja, schrei ruhig, diesmal wird dir keiner zu Hilfe kommen, diesmal wirst du bei mir bleiben, du kleines Miststück.« Er lachte höhnisch auf.

Mehrmals versuchte sie, sich seinem Griff zu entwinden, doch Baramadir packte jedes Mal nur noch fester zu. Inika sah ein, dass es zwecklos war, in dieser Lage Widerstand zu leisten. Sie musste warten, bis er sie absetzte. Fieberhaft dachte sie nach. Sie wusste nicht, wie lange er sie schon so durch den Wald geschleppt hatte. Es war Abend gewesen, daran konnte sie sich erinnern, doch jetzt schien es bereits tiefe Nacht zu sein. Baramadir schien den Weg zu kennen, trotz der Dunkelheit lief er unbeirrt weiter.

Inikas Kopf schmerzte, und sie schmeckte getrocknetes Blut

auf ihren Lippen. Trotzdem hob sie ab und zu den Kopf und versuchte zu erkennen, wo sie waren. Doch es war aussichtslos, außerhalb der Plantage lag nur dichter Regenwald. Eine Ewigkeit später warf Baramadir sie regelrecht von seiner Schulter, sodass sie hart auf dem Boden aufkam. Sogleich versuchte sie wieder, sich zu befreien, aber die Fesseln ihrer Hände waren so stramm gezogen, dass sie kaum noch ihre Finger spürte.

In der Dunkelheit sah Inika ein Messer aufblitzen. Ängstlich versuchte sie, sich im Sitzen etwas fortzuschieben, als Baramadir sich mit der Klinge in der Hand zu ihr herunterbeugte.

»Wenn du versuchst, wieder davonzulaufen, bringe ich dich um.« Seine Stimme war leise und drohend. »So lange hab ich jetzt auf dich gewartet ...«

Er schnitt ihr die Fußfesseln auf. Inika trat sofort impulsiv nach ihm, verfehlte ihn jedoch knapp. Sie sah, wie sich sein Gesicht vor Wut verzerrte, und dann sah sie die Faust kommen. Er schlug ihr ins Gesicht. Vor ihren Augen tanzten kleine Sterne, der Schmerz im Kiefer war fast unerträglich. *Bleib wach, verliere nicht wieder das Bewusstsein,* sagte eine innere Stimme zu ihr.

Er packte sie bei den Handfesseln und schleifte sie auf dem Rücken noch ein paar Meter weiter, bevor er sie wieder fallen ließ. Sie spürte, wie die Äste am Boden ihr Kleid zerrissen, dann hörte sie ein Rascheln und dass er etwas trank. Der süßlich scharfe Geruch von Zuckerrohrschnaps drang in ihre Nase. Dann trat er wieder zu ihr.

»Weißt du eigentlich, was du mir angetan hast? Diese Schmach ...«

Er packte Inika unter dem Kinn an ihrem Sari und zerrte daran herum. Sie versuchte mit letzter Kraft, sich seinem Griff zu entwinden und strampelte mit den Beinen. Plötzlich riss der Stoff, und Sekunden später war sie nackt. Baramadir lachte. Er ließ sich auf die Knie fallen, nestelte an seiner Hose, packte ihre Beine und drückte sie auseinander.

»Du wirst mir nicht mehr fortlaufen.«

Mit einem groben Stoß drang er in sie ein. Der Schmerz traf Inika mit voller Wucht und sie hatte das Gefühl, alles in ihr würde reißen. Was ab dann geschah, nahm sie nur noch wie durch einen zähen Nebel wahr.

Als Inika die Augen wieder aufschlug, war es hell. Sie lag unter einem Baum. Sie versuchte, sich zu bewegen, konnte sich jedoch keinen Millimeter rühren. Sie spürte erneut Fesseln an Händen und Füßen und bemerkte entsetzt, dass sie dieses Mal sogar an einen Baum gebunden waren. Panisch blickte sie sich um. Von Baramadir war nichts zu sehen, trotzdem war sie sich sicher, dass er nicht weit entfernt war. Sie fror und bemerkte, dass sie immer noch gänzlich nackt war, ihre zerrissene Kleidung lag neben ihr auf dem Waldboden. Sie versuchte, sich zusammenzukauern, aber die Fesseln machten eine bequemere Haltung unmöglich. Ihr gesamter Körper schmerzte, und jedes Mal, wenn sie sich bewegte, schienen in ihrem Unterleib tausend Messer zu stecken.

»Wieder wach? Schade, dass du das Beste verpasst hast.« Baramadirs Zunge schien schwer vom Alkohol. Er kam von hinten um den Baum herum unter dem Inika lag, löste ihre Fesseln vom Baumstamm und zog sie auf die Füße.

»Du bist ein bisschen schmutzig, Mädchen.« Er kippte einen Eimer kaltes Wasser über sie. Unter ihr bildete sich eine schlammige Pfütze aus Blut und Erde.

»Und jetzt geh auf die Knie ...«

Nach vielen Stunden merkte sie nicht einmal mehr, was er mit ihr tat. Ihr ganzer Körper war ein einziger großer Schmerz, der sich zugleich schützend um ihre Gedanken legte. Irgendwann ließ er von ihr ab, betrank sich weiter und setzte sich dann an den nächsten Baum, um zu ruhen. Inika lag auf dem Waldboden im Dreck, zog die Knie an die Brust und wimmerte. Er hatte ihr die Fußfesseln abgenommen, aber laufen konnte sie nicht mehr.

War sie bewusstlos gewesen? Irgendwo in weiter Ferne hörte sie Hundegebell, dann Stimmen. Plötzlich waren diese ganz nah. Schatten huschten an ihr vorbei, dann erklangen laute Rufe. Jemand versuchte, sie an den Handfesseln fortzuziehen. Dann ein Schuss, gefolgt von einem Laut wie von einem sterbenden Tier. Stille.

Neben ihr erschienen Stiefel, leisere Stimmen. Sie spürte, wie man sie zudeckte und wie jemand sie auf die Arme hob. Sie wollte schreien, doch kein Laut kam aus ihrer Kehle. Sie wollte sich wehren, doch plötzlich hielten sie Hände ganz fest. Schlanke, lange Finger an einer warmen Hand. Nicht wie die von Baramadir, grob und massiv. Sie öffnete die Augen und blickte in Bogos Gesicht. Er trug sie auf seinen Armen.

»Bringt sie zurück auf die Plantage«, hörte sie noch die Stimme von Masra Jean sagen, dann wurde es wieder dunkel um sie.

»Misi Juliette!« Karini kam um das Haus gelaufen. Julie stand auf der vorderen Veranda und wartete nervös auf die Rückkehr der Männer.

Sofort, nachdem Julie das Tuch gesehen hatte, hatte sie nach Inika suchen lassen. Aber das Mädchen schien wie vom Erdboden verschluckt. Jean hatte einen Suchtrupp zusammengestellt und die Hunde auf die Fährte von Baramadir angesetzt. Noch einmal würde er nicht entkommen. Julie hatte Jean noch nie so aufgebracht erlebt.

»Sie haben sie gefunden, Misi Juliette«, stieß Karini nun atemlos hervor.

Julie atmete erleichtert auf. Ein Schimmer in Karinis Blick verriet Julie aber, dass das nicht allein eine gute Nachricht war. Sie eilte von der Veranda.

»Wo sind sie? Wo ist Jean?«
»Sie sind zum Arbeiterdorf gegangen.«
»Ins Dorf?« Julie rannte los.
»Juliette, warte!« Erika blieb mit Helena auf dem Schoß auf der Veranda zurück.

Im Arbeiterdorf bot sich Julie ein dramatisches Bild. Jean und die Aufseher standen umringt von indischen Arbeitern auf dem Dorfplatz. Dann sah sie in der Mitte Bogo stehen, Inikas reglosen Körper auf den Armen. Für einen Moment glaubte sie, ihr Herz würde aufhören zu schlagen, dann rannte sie zu ihm. Bogos Gesicht war schmerzverzerrt und Tränen liefen in Strömen über seine Wangen. Er wiegte Inika vorsichtig wie ein kleines Kind.

»Oh nein ...« Sie widerstand dem Impuls, dem Mädchen über den Kopf zu streicheln, ihre Hände stockten vor dem zerschlagenen Gesicht, das sich ihr darbot. »Oh Gott, was hat er ihr angetan?«

Julie blickte Hilfe suchend in Richtung Jean und zuckte zurück. So hatte sie ihn noch nie gesehen. Er schien tief berührt, zugleich aber sehr entschlossen. Nun trat er vor die Inder.

»Seht her! Seht genau her, was euer Landsmann mit diesem armen Mädchen gemacht hat!« Wütend zeigte er auf Inika. »Ist das der Wunsch eurer Götter? Ist das eure Kultur? Jetzt hört gut zu ...«

Drohend, mit seinem Gewehr in der Hand, machte er einen Schritt auf die Versammlung zu und brüllte: »Ich sage euch: Ab heute seid ihr keine Inder mehr, ihr gehört jetzt zu diesem Land, zu meinem Land und zu meiner Plantage! Und wenn noch einmal jemals einer Frau oder gar einem Mädchen auch nur ein Haar gekrümmt wird, hänge ich den Schuldigen persönlich an einen Baum und ziehe ihm bei lebendigem Leib die Haut ab. Habt ihr das verstanden? Habt ihr das verstanden?«

Die Menge schwieg.

»Verschwindet, macht eure Arbeit.«

Die Inder wehrten sich nicht gegen diese Aufforderung und stoben in verschiedene Richtungen davon.

»Jean?« Julie sah ihren Mann verblüfft an.

Dieser drehte sich nur wutschnaubend um, drückte seinem Aufseher die Flinte in die Hand und ging in Richtung Plantagenhaus.

Bogo stand immer noch hilflos mitten auf dem Platz, Inikas schlaffen Körper auf dem Arm.

»Bogo komm, bring sie in das Plantagenhaus, schnell!« Julie zeigte zum Haus, drehte sich um und rief: »Aniga! Aniga!«

Aus der Gruppe der Schwarzen, die diesem Schauspiel beigewohnt hatten, löste sich die alte Heilerin und trat an Bogo und Inika heran. Betroffen warf sie einen Blick auf das Mädchen, dann zu Julie, bevor sie Bogo zum Haus folgte.

Auf der hinteren Veranda hielt Aniga an. »Müssen Mädchen erst waschen, Misi.«

Julie rief nach Karini und Liv, die Inika sogleich behutsam auf ein Laken legten. Aniga wickelte sie aus der Decke und löste die Fesseln von ihren Händen.

Julie stockte der Atem. »Sie ... sie lebt doch noch, oder?«

»Sie lebt noch Misi, aber ...«, Aniga schlug das letzte Stück Stoff beiseite und weitere schwere Wunden der Misshandlung wurden sichtbar. »Aber kann sein, dass ihr Geist ist tot«, fügte die schwarze Heilerin leise hinzu.

Plötzlich trat Gesine auf die Veranda. »Was ist hier los? Karini?« Beim Anblick des nackten, geschundenen Mädchens auf dem Boden taumelte Gesine zurück und klammerte sich an den Türrahmen. »Oh Gott ...«

Das hatte Julie gerade noch gefehlt. »Gesine, geh ins Haus!«, herrschte Julie sie streng an.

Inika schwankte tagelang zwischen Leben und Tod. Aniga tat alles, was in ihrer Macht stand, und versorgte die Wunden. Als Inika schließlich die Augen aufschlug und sich fragend umschaute, traf Julie ihren Blick. Julie wurde sofort gewahr, dass sich dieses Mädchen verändert hatte.

De geest van de zwarte man

Der Geist des schwarzen Mannes

Surinam 1879–1880
Plantage Watervreede, Plantage Rozenburg,
Paramaribo

Kapitel 1

Karini war stolz, während der letzten drei Monate auf Watervreede so gut mit Misi Gesine ausgekommen zu sein. Damals war alles sehr schnell gegangen. Nachdem Misi Gesine sich fürchterlich über Inikas Zustand erschreckt hatte, hatte sie ihren Mann sogar gedrängt, so schnell wie möglich nach Watervreede überzusiedeln. »Hier gibt es so viele Wilde«, hatte sie gezetert. Dass alle anderen wussten, wer Inika das angetan hatte, schien sie nicht zu bemerken. Und auch Misi Juliettes Hinweis, dass keine Gefahr mehr drohe, glitt an ihr ab. Karini hatte sich über Misi Gesine geärgert: Anstatt auch nur einmal an Inika zu denken, die mit dem Tod kämpfte, dachte die Misi nur an sich. Die Stimmung auf Rozenburg war sehr bedrückt gewesen, aber Karini wäre am liebsten dort geblieben, um Inika zumindest in dieser schweren Zeit Beistand leisten zu können. Aber sie hatte zugesagt, mit Misi Gesine nach Watervreede zu gehen, und schon bald das Boot mit Misi Gesine, Masra Wim und Masra Thijs bestiegen.

Auf Watervreede ließ das Geschehene sie alle nicht los. Masra Thijs hatte die unheilvolle Aufgabe, Sarina zu berichten, was ihrer Tochter widerfahren war. Die Inderin war tief getroffen, lehnte aber das Angebot ab, nach Rozenburg zu ihrer Tochter zu fahren. Karini wusste, wie schwer Sarina das fiel, doch die Angst vor ihren Landsleuten war stärker. Masra Wim hingegen stürzte sich in die Arbeit, auch ihn hatte der brutale Vorfall schockiert.

Misi Gesine fand ihre ganz eigene Art, sich auf andere Gedanken zu bringen. Mit gekünstelter Fröhlichkeit machte sie sich gleich nach ihrer Ankunft daran, dem Plantagenhaus die Handschrift einer Frau zu verleihen. Möbel wurden umgestellt, alte Teppiche entsorgt, Fenstervorhänge umgenäht und neu gestaltet. Misi Gesine stand dabei allerdings meist in der Mitte des jeweiligen Raumes, während Karini und Sarina ihre Anweisungen ausführten.

Dann schlich sich auf Watervreede allmählich ein Alltag ein. Jeder freute sich auf den August, wo eine Zusammenkunft aller anlässlich der eintreffenden Dampfmaschine geplant war.

Masra Thijs und Masra Wim hatten gute Vorarbeit geleistet. An den großen Haufen Lianen und Kletterpflanzen, die später auf dem Wirtschaftshof verbrannt worden waren, hatte Karini erahnen können, wie das Haus vormals ausgesehen haben musste. Was die Gestaltung der vorderen Veranda anging, hatte es einen kurzen garstigen Wortwechsel zwischen den Masras und Misi Gesine gegeben. Misi Gesine war nicht sehr angetan von den großen Orchideen, die von der Decke der Veranda herabhingen. Die Masras bestanden aber beide darauf, die Pflanzen dort zu belassen. Karini fand die Blumen auch sehr schön, zudem verströmten sie am Abend einen angenehmen, süßlichen Duft. Die Orchideen blieben schließlich, wo sie waren.

Die Arbeiter, die von Rozenburg mit herübergekommen waren, hatten in Windeseile ihre eigenen Hütten instand gesetzt und sich dann an das Dach des Gästehauses gemacht.

Nun nahte der August und die Ankunft der Dampfmaschine mit großen Schritten. Alle Arbeiten auf der Plantage wurden mit betriebsamer Eile vorangetrieben. Masra Wim hatte von einem fahrenden Händler am Fluss Unmengen neuer *singeis*, länglicher Dachschindeln aus hartem Holz, gekauft, wie sie überall im Hinterland verwendet wurden, und die Arbeiter angewiesen, die Hütten damit einzudecken.

»Die Palmwedel verrotten doch viel zu schnell«, hatte er gesagt.

Auch Karini hatte eine kleine Hütte bekommen, auf der nun

singeis lagen. Karini mochte das Geräusch des Regens, der auf das dichte Dach prasselte; Dächer mit Palmenwedeln neigten eher zum Tropfen.

Den Händlern war nicht verborgen geblieben, dass die Plantage wieder urbar gemacht wurde, und so legten sie nun des Öfteren an, um ihre Waren anzupreisen. Masra Thijs hatte viele weitere Dinge gekauft, sogar vier brüllende Ochsen hatte er einem Händler abringen können, der die Tiere eigentlich zum Schlachten in die Stadt bringen wollte.

Inzwischen war die Zugkraft der Tiere zur geschätzten Hilfe auf der Plantage geworden. Neben den Ochsen befanden sich auf dem Plantagengrund auch einige Hühner sowie zwei Jagdhunde, die der Masra von einem Maroon erworben hatte. Die Plantage erwachte langsam zum Leben.

Karini war stolz auf die Fortschritte auf Watervreede und freute sich auf die Reaktion der anderen, wenn sie die einst fast verfallene Plantage in neuem Glanz erstrahlen sehen würden. Und sie war zudem stolz, weil sie das erste Mal in ihrem Leben außerhalb des Schattens von Rozenburg, ihrer Eltern und fern ab von Masra Henry und Masra Martin etwas geschafft hatte. Sie fühlte sich viel erwachsener als noch vor wenigen Monaten, und Watervreede war ihr ein Heim geworden. Obwohl Misi Gesine immer noch anstrengend war.

Mit Spannung hatte Karini die Ankunft von Misi Juliette, Masra Henry und Masra Martin erwartet. Die letzten Tage hatten sich zäh in die Länge gezogen, und als eines Mittags Anfang August schließlich nur Misi Juliette, Misi Helena, Masra Jean und Masra Henry aus dem Boot stiegen, schlug Karinis Vorfreude in Sorge um. Masra Martin war nicht mitgekommen. Sie ahnte, dass es Unbill gegeben hatte und auch noch geben würde.

Nach dem Abendessen kam Masra Henry zu ihr. »Lass uns zum Fluss gehen«, sagte er fröhlich.

Wie in alten Zeiten liefen sie los und erreichten atemlos das Flussufer. Von den Bananenstauden vor Blicken aus Richtung des Plantagenhauses geschützt, setzten sie sich und beobachteten den Sonnenuntergang.

»Bist du zufrieden hier auf Watervreede?« Der Blick, den Masra Henry ihr zuwarf, schien besorgt. »Ich meine … es war sehr ungewohnt ohne dich in der Stadt. Und als ich dann vor einer Woche mit deiner Mutter endlich auf Rozenburg ankam und wir hörten, dass du mit Gesine nach Watervreede gegangen bist …«, er brach ab.

Karini fühlte sich geschmeichelt. Er schien sich tatsächlich um sie zu sorgen, vermisste sie sogar. »Mir geht es gut. Es gefällt mir hier, und ich brauche ja auch nur leichte Arbeiten zu machen«, Karini lachte leise. »Haare hochstecken hier, neues Kleid rauslegen da, Getränke holen. Die schweren Arbeiten im Haus und das Kochen übernimmt Sarina.«

»Du bist also Gesines Dienstmagd«, resümierte Masra Henry leise.

Karini zuckte zusammen. Seine nüchterne Feststellung versetzte ihr einen Stich, auch wenn er recht hatte. Aber immerhin bin ich schon Dienstmagd und nicht mehr nur einfaches Küchenmädchen, dachte sie trotzig. »Ja«, antwortete sie betont gelassen und wechselte das Thema.

»Was ist mit Masra Martin?«

Masra Henry zuckte die Achseln. »Ach der … Martin hat sich entschieden, bei seinem Vater zu wohnen. Er kommt gemeinsam mit ihm hierher, wenn die Dampfmaschine gebracht wird.«

Karini war nicht wirklich überrascht, sie konnte Masra Martins Entscheidung in gewisser Weise sogar nachvollziehen. Aber Misi Juliette sah das sicher anders.

»Wie hat deine Mutter reagiert, als Masra Martin nicht mit dir kam?«

»Mutter hat sich zuerst sehr aufgeregt, sich dann aber beruhigt.

Ich meine ... ich kann schon verstehen, dass Martin bei seinem Vater sein will. Ich ... ich habe meinen Vater ja auch nie kennengelernt«, sagte Masra Henry nachdenklich.

»Masra Jean ist doch jetzt dein Vater.« Karini sah ihn vorwurfsvoll an. Sie fand ihn in diesem Moment kleinlich, schließlich würde er seinen Vater in Zukunft täglich um sich haben. Im Gegensatz zu ihr selbst. Ihr Vater lebte jetzt bei den Maroons, und er würde selbst bei ihren seltenen Besuchen auf Rozenburg meist nicht da sein. Sie spürte, wie eine Welle von Wehmut sie durchfuhr und mühte sich, sich auf Masra Henry zu konzentrieren.

»Ja, aber nicht mein leiblicher«, sagte er jetzt und verzog das Gesicht.

Karini wollte dieses Argument nicht gelten lassen. »Aber einen besseren Vater hättet ihr beide doch nicht haben können!«

»Ja, stimmt, ich klage ja auch nicht, aber Martin hat halt noch einen ... einen echten Vater.« Er schien betrübt.

Kapitel 2

Julie war die Fahrt nach Watervreede nicht leichtgefallen, das Geschehene lastete schwer auf ihrem Herzen und hier musste sie Sarina nochmals von den Vorfällen auf Rozenburg berichten. Julie konnte sie aber insofern beruhigen, als dass Inika sich stetig auf dem Weg der Besserung befand. Zumindest, was die körperlichen Verletzungen betraf. Dass Julie sich nicht sicher war, wie tief die seelischen Wunden waren, das verschwieg sie Sarina.

Julie hatte oft mit Erika darüber gesprochen. Sie wussten beide, dass der Übergriff und die Schändung durch Baramadir eine tiefe Wunde in der Seele des Mädchens hinterlassen hatten. Inika mühte sich redlich, sich nichts anmerken zu lassen, ihre demonstrative Fröhlichkeit, das zu laute Lachen und die scheinbare Gelassenheit wirkten aber häufig aufgesetzt und unnatürlich. Was beide Frauen als Alarmzeichen werteten. Erika hatte, als sie sich vom Tropenfieber erholt hatte, deswegen sogar angeboten, bei Inika auf Rozenburg zu bleiben, die aber hatte das Angebot nicht annehmen wollen. »Fahren Sie ruhig, Misi Erika, mir geht es gut. Wenn Sie erlauben, bleibe ich mit Bogo aber auf Rozenburg.«

»Natürlich, Inika, du darfst so lange hierbleiben, wie du möchtest«, hatte Erika gesagt und Julie einen vielsagenden Blick zugeworfen. Julie hatte bestätigend genickt. Nichts lag ihr ferner, als das Mädchen fortzuschicken. Und so war Erika vor wenigen Wochen in die Stadt zurückgekehrt.

Nun stand Julie mit Jean, Helena und Henry neben Thijs, Gesine, Wim, Karini und Sarina am Ufer und starrte auf das Wasser. Die Augustsonne brannte vom Himmel, aber keiner wollte es sich nehmen lassen, diesen wichtigen Moment zu verpassen. Die Dampfmaschine kam.

Thijs hatte berichtet, dass deren Lieferung von Kuba nach Surinam laut Pieter problemlos erfolgt war. Innerhalb Surinams aber gab es grundsätzlich immer Schwierigkeiten, wenn es darum ging, große, sperrige und schwere Dinge zu bewegen, und so hatte sich der Weitertransport zur Plantage als echte Herausforderung entpuppt.

Die Maschine war so groß und schwer, obwohl sie in mehrere Einzelteile zerlegt war, dass man sie kaum mit Ruderbooten transportieren konnte. Also hatte Pieter in der Stadt einen Transportsegler beschafft und auch schon das Umladen der Maschine auf die Plantage organisiert. Er plante, die Einzelteile mit Flößen und Flaschenzügen überzusetzen.

Jean schien das für eine gewagte Methode zu halten. »Hoffentlich landet Thijs' Maschine dann nicht im Fluss«, hatte er besorgt geäußert, aber auch keine bessere Lösung an der Hand gehabt. Julie hoffte, dass alles gut ging. War die Maschine erst einmal aufgebaut, konnte der Betrieb der Zuckerrohrmühle starten.

Thijs hatte vor einigen Stunden mehrere Arbeiter losgeschickt, um flussabwärts nach dem Boot Ausschau zu halten. Als sie aufgeregt wiederkehrten und riefen: »Das Schiff kommt!«, hatte es niemanden mehr im Haus gehalten. Selbst Gesine, die zuvor noch leidvoll über die Hitze geklagt hatte, war aufgesprungen und aus dem Haus gelaufen.

Julie war positiv überrascht vom Zustand auf Watervreede, in den letzten Monaten hatte sich auf der Plantage anscheinend sehr viel entwickelt. An die halb verfallene Pflanzung aus Wims und Thijs' Erzählungen erinnerte kaum etwas. Und Gesine hatte in der Tat im Haus für Ordnung und etwas Wohnlichkeit gesorgt. Sie schien endlich eine Aufgabe gefunden zu haben, die ihre Langeweile milderte. Julie und Jean hatten nach deren Abfahrt noch gescherzt, wann Gesine wohl Watervreede überdrüssig sein würde, aber sie hatte sich anscheinend mit ihrem Schicksal arrangiert. Und auch Karini, der Julie nachdrücklich versichert hatte, dass sie jederzeit nach Rozenburg zurückkehren könne, wenn es ihr auf Watervreede nicht mehr gefalle, hielt tapfer aus. Sie schien sogar recht zufrieden mit ihrer Aufgabe zu sein.

Julies Blick glitt zu Wim. Um ihn brauchte sie sich wahrlich keine Sorgen zu machen. Er fühlte sich auf Watervreede sichtlich wohl, sein Körper war sonnengebräunt, seine Arme muskulös, und um die Augen hatten sich kleine Lachfältchen gebildet.

Julie atmete tief durch. Sie war offensichtlich die Einzige, die sich nicht so recht über die Ankunft des Schiffes freuen konnte. Zumal damit nicht nur die Dampfmaschine ankommen würde, sondern auch Pieter und Martin. Vor dem ersten Zusammentreffen mit Martin war ihr mulmig, aber sie war entschlossen, dem Jungen keine Vorwürfe zu machen. Sie hatte geahnt, was passiert war, als Henry mit Kiri allein aus Paramaribo angereist war. Im ersten Moment hatte sie sich darüber geärgert, als sie aber Henrys betroffenes Gesicht gesehen hatte, hatte sie sich seinetwillen schnell wieder beruhigt.

»Er will unbedingt mit seinem Vater die Maschine nach Watervreede bringen. Ich habe versucht es ihm auszureden, aber ...«

»Ist schon gut, Henry. Es war zu erwarten, dass es Martin zu seinem Vater zieht«, hatte Julie ihn beschwichtigt, auch wenn es sie durchaus schmerzte.

Aber die beiden waren jetzt junge Männer und mussten ihren eigenen Weg finden. Julie wusste, dass sie diese Entwicklungen nicht aufhalten konnte und durfte. Und wenn dies bei Martin bedeutete, dass er bei seinem Vater glücklich war, so sollte dies wohl so sein. Julie hatte sich dennoch vorgenommen, ihm noch einmal ins Gewissen zu reden, seine Pläne zu überdenken. Sie hatte vor allem Angst, gestand sie sich ein, dass Martin nicht selbstbestimmt, sondern von Pieter beeinflusst handelte. Nicht auszudenken, wenn sich Martin von Pieters Ansichten anstecken ließ ... Ansätze dazu hatte er ja bereits mehrfach gezeigt, allein wie er Karini manchmal behandelte, gab ihr zu denken. War es Pieter tatsächlich gelungen, Martin schon als Kleinkind zu prägen? Julie hatte sich immer Mühe gegeben, aus Martin einen anständigen Jungen zu machen, und nun fürchtete sie insgeheim, dass Pieter ihre Bemühungen zunichtemachen könnte.

Thijs Marwijks Stimme riss sie aus ihren Gedanken. »Da kommt es, da kommt es«, rief er und schlug Wim auf die Schulter. Und richtig: In der Mitte des Flusses tauchten nun hinter dem dichten Ufergrün einer Biegung erst ein Mast und dann der Bug des Transportseglers auf.

Langsam schob er sich noch ein Stück den Surinamfluss herauf und ankerte schließlich in der Mitte des Flusses. Der Kapitän konnte das Schiff aufgrund der zahlreichen Sandbänke nicht weiter zum Ufer hinsteuern. Am Schiffsheck waren zahlreiche Flöße vertäut, die nun von schwarzen Arbeitern, die mit kleinen Booten um das große Schiff herumruderten, gelöst und in Position gebracht wurden. Marwijk, Wim, Henry und Jean ruderten ebenfalls zum Segler hinüber, während die Frauen das Schauspiel vom Ufer aus beobachteten.

Das Abladen zog sich in die Länge. Julie wollte gerade vorschlagen, sich auf die schattige Veranda zurückzuziehen, als sich ein kleines Boot vom Segler in Richtung Ufer schob. Julie kniff die Augen zusammen und erspähte darin eine weibliche Person, die mit einem Taschentuch winkte.

»Erika!« Julie übergab Helena an Karini, raffte ihren Rock und stürmte auf den Anleger.

»Was machst du denn hier?« Julie nahm ihre Freundin herzlich in Empfang.

Erika lachte freudig und ließ sich von Julie aus dem kleinen Ruderboot helfen. »Ich habe deinem Cousin doch versprochen, dass ich ihn auf Watervreede besuche«, sagte sie lachend. »Die

Dampfmaschine hat in der Stadt für so viel Aufsehen gesorgt, dass ich sie gar nicht verpassen konnte.« Atemlos erklomm sie gemeinsam mit Julie das Ufer. »Als ich dann Martin traf, dachte ich mir, ich könnte doch einfach mitfahren. Immerhin erlebt man das nicht alle Tage.«

»Ach Erika«, Julie umarmte ihre Freundin, sie freute sich wirklich. »Es ist schön, dich wohlauf zu sehen.«

»Oh, Mevrouw Bergmann, sehr angenehm.« Gesines Begrüßung fiel dagegen etwas kühler aus.

Julie bemerkte in Gesines Blick etwas Abschätzendes, das sie nicht recht einordnen konnte. Stand Gesine Erika jetzt etwa skeptisch gegenüber? Auf Rozenburg waren sie doch auch miteinander ausgekommen.

Erika begrüßte Gesine gewohnt freundlich und zeigte dann hinüber zum Schiff. »Das Entladen wird noch dauern«, erklärte sie. »Man muss erst die Flöße ausrichten, Leittaue zum Ufer spannen, die Flöße daran befestigen und dann die Teile der Dampfmaschine umladen.«

Julie lachte. »Du hast dich ja zu einer echten Fachfrau in Transportdingen weitergebildet.«

»Na ja«, Erika senkte leicht beschämt den Blick. »Die Fahrt war lang, und Pieter hat es mir ausführlich erklärt.«

»Pieter …« Julie versuchte, sich zu beherrschen. Auf ihn hätte sie gut und gerne verzichten können.

Kapitel 3

Wims Aufregung stieg, je mehr er sich mit Jean und Thijs im Ruderboot dem Schiff näherte. Als ihr Boot anlegte, traute er seinen Augen nicht: Gerade half Pieter Erika auf ein weiteres Ruderboot vom Schiff hinunter. Wim freute sich sehr und rief nach ihr. Sie winkte ihm stürmisch entgegen und lachte: »Ich habe es Ihnen doch versprochen, Wim!«

Thijs stieß ihn mit dem Ellenbogen an und grinste. Wim seufzte beschämt, er konnte sich vorstellen, was Thijs dachte. Er mochte Erika Bergmann sehr gerne, aber nicht auf *diese* Art. Trotzdem freute er sich wirklich, dass sie ihr Versprechen gehalten hatte und ihn nun auf Watervreede besuchte. Er war sich sicher, dass auch Juliette begeistert sein würde.

»Hallo Erika, schön, Sie zu sehen«, rief er, bevor er seine Aufmerksamkeit dann aber der sperrigen Dampfmaschine widmete.

Jean hatte sich in eines der Ruderboote gesetzt, das die Flöße ausrichten sollten, und Pieter Brick stand vorne am Heck des Schiffes und überwachte die Führungstaue. Martin hatte derweil mit einigen Ruderern übergesetzt, um die Enden dieser Taue am Ufer der Plantage zu befestigen.

Wim gesellte sich zu Thijs an der Reling. Für sie gab es nichts zu tun, Pieter hatte den Abladevorgang genauestens geplant. Thijs wirkte angespannt, und Wim ahnte, was in ihm vorging. Er, der sonst so resolut und tatkräftig war, war ausgerechnet auf seiner eigenen Plantage bei diesem langersehnten Ereignis zum Nichtstun verdammt.

»Hoffentlich hält das alles«, sagte er mit Besorgnis in der Stimme.

Wim folgte seinem Blick und beäugte die Konstruktion, die vor ihren Augen entstand. Die Führungstaue der Flöße verliefen allmählich vom Schiff bis zum Ufer. Dort wurden sie mithilfe von Ochsen fest um einen Baum gespannt, das andere Ende wurde entsprechend vom Transportschiff, oder besser gesagt von dessen Anker, gehalten. Die Taue spannten sich nach und nach, und der Schiffsrumpf gab ein ächzendes Geräusch von sich. Dann schien sich die Verbindung mit einem Ruck zu stabilisieren und der Transportsegler lag ruhig in der Strömung der Flussmitte.

Thijs blieb dennoch skeptisch. »Wenn nur der Anker hält ...«

Pieter Brick trat zu ihnen, er schien durchaus positiv gestimmt. »Das wäre geschafft. Jetzt verbinden wir die Flöße mit den Tauen, und dann können die Ochsen die Flöße mittels der Umlenkrollen herüberziehen.«

Thijs klopfte ihm auf die Schulter. »Ich muss Ihr Wissen als Konstrukteur loben. Das ist eine gut ausgeklügelte Sache.« Da ertönte unterhalb der Reling ein Pfiff, das Zeichen von Jean, dass die Flöße bereitstanden.

»Dann wollen wir mal sehen«, sagte Brick und ging zu dem Ladearm, der die Einzelteile der Dampfmaschine vom Deck des Schiffes auf die Flösse setzen sollte.

»Wie werden denn gleich die Teile emporgezogen?« Wim konnte sich nicht erklären, wie dies mithilfe weniger Männer bewerkstelligt werden sollte.

Brick tippte sich an die Stirn, lachte und befestigte ein dickes Tau, das wiederum zu einem Flaschenzug am Ladebalken führte, um das erste Teil der Dampfmaschine. »Kommen Sie, ich zeige es Ihnen.« Er nahm das Ende des Taues und ging damit zum Heck des Schiffes. Dort wartete im Wasser ein weiteres kleines Boot. Brick warf den Ruderern das Tauende zu. »Jetzt passen Sie mal auf.«

Die Männer entnahmen ihrem Schiff einige Bretter und steckten sie seitlich am Rumpf in das Wasser. Die Strömung des Flusses drückte sogleich das kleine Boot kräftig vom Transportschiff fort. Das Tau spannte sich, und sofort hörten die Männer den Flaschenzug hinter sich klirren. Bevor Wim seine Befürchtung aussprechen konnte, das kleine Boot würde zu kräftig fortgezogen, spannte sich zwischen Segler und Ruderboot eine Kette. Die Kette, an der das kleine Boot am Segler hing, war eben so lang bemessen, dass das Teil der Dampfmaschine am Tau in der Luft schwebte.

»Genie! Mijnheer Brick, Sie sind ein Genie!« Thijs war sichtlich beeindruckt und auch Wim zollte ihm Anerkennung.

Arbeiter schwenkten nun den Ladearm über eines der großen Flöße, auf einen Pfiff hin regulierten die Männer auf dem Ruderboot den Strömungswiderstand, und das Maschinenteil schwebte sachte auf das Floß hinab. Das Tau des Flaschenzuges wurde gelöst, und das Bauteil auf dem Floss festgebunden, dann ertönte erneut ein lauter Pfiff von Brick, dieses Mal als Zeichen in Richtung Ufer, und die Ochsen zogen an.

Es war bereits dunkel, als die Ochsen das letzte Floß an Land brachten. Fackeln markierten den Weg, auf dem die Tiere die Maschinenteile mühsam zum zukünftigen Mühlengebäude zogen.

Wim war äußerst beeindruckt, mit welch einfachen Mitteln die Dampfmaschine letztendlich ihren Weg an Land gefunden hatte. Er zollte Brick für seinen Plan und dessen Umsetzung großen Respekt.

»Männer, jetzt kann es bald losgehen.« Thijs hob einladend die Arme, nachdem das letzte Teil an Ort und Stelle gebracht worden war. »Nach diesem Tag haben wir uns alle einen Drink verdient, oder? Folgt mir bitte.«

Kapitel 4

Karini ging gerade mit einem Tablett, auf dem ein kleiner Imbiss für die Misis angerichtet war, in den Salon, als die Männer lachend und polternd das Plantagenhaus betraten.

»Karini, für uns auch Getränke«, wies Masra Thijs sie an.

»Ist es endlich geschafft?« Misi Gesine schaute mit müden Augen auf. Es war spät geworden.

»Ja, alles ist an Land«, kam Masra Pieter Masra Thijs zuvor und ließ sich auf einen der Sessel fallen, als wäre er hier zu Hause.

»Karini, schön dich zu sehen«, flüsterte Masra Martin, als er durch die Tür trat. Karini stutzte. Sie schenkte ihm ein kurzes Lächeln, dann eilte sie sich, die Getränke zu holen.

Es war weit nach Mitternacht, als Karini erschöpft die letzten Gläser aus dem Haus trug. Die Herrschaften waren längst zu Bett gegangen.

»Hey!« Eine Stimme aus dem Dunkeln auf der Veranda ließ Karini kurz zusammenzucken. Dann erkannte sie Masra Martin. Er stand lässig an die Balustrade gelehnt, ein Glas Dram in der Hand.

»War ein aufregender Tag heute.« Er trat einen Schritt auf sie zu. »Ich wusste ja gar nicht, dass du auch hier bist.«

In Karinis Magen flatterten ein paar Schmetterlinge empor.

»Ja, ich bin vor einigen Wochen mit Misi Gesine hierhergekommen. Auf Rozenburg gab es nicht viel zu tun für mich, daher …«

Masra Martin lachte leise auf. »Das ist doch praktisch. Ich

habe in der Stadt schon hin und her überlegt, wie ich Juliette davon überzeugen kann, dass du auch nach Watervreede kommen kannst.«

»Du hättest sie vielleicht erst einmal fragen sollen, ob *du* überhaupt hierherkommen darfst. Ich glaube, sie war böse, dass du Masra Henry hast allein fahren lassen«, sagte sie spitz.

Karini war der kritische Gesichtsausdruck der Misi nicht entgangen, nachdem die Männer am Abend das Haus betreten und Masra Martin sich ganz selbstverständlich zu seinem Vater gesetzt hatte.

»Sie wird das schon verstehen«, erwiderte Masra Martin knapp und nahm einen Schluck Dram. »Karini, meine Zukunft liegt hier. Hier auf Watervreede, bei meinem Vater.«

Karini war überrascht. Sie konnte verstehen, dass es ihn zu seinem Vater zog, aber sie fragte sich, wie er alles, was ihm einst lieb und gewohnt gewesen war, so einfach aufgeben konnte. »Und Rozenburg? Rozenburg ist doch dein Zuhause!«

Masra Martin schnaubte amüsiert. »Karini, ich bin fast erwachsen ... Wir sind alle fast erwachsen.« Ein Grinsen huschte über sein Gesicht. »Fast ... kleine Karini. Auf jeden Fall müssen wir doch jetzt alle an die Zukunft denken. Und auf Rozenburg ... Soll ich mich mit Henry später darum streiten müssen?«

»Ihr müsst euch doch gar nicht streiten! Ihr seid doch sonst auch immer gut miteinander ausgekommen!«

»Karini, wenn die Zuckermühle in Betrieb ist, dann habe ich hier doch viel bessere Aussichten als auf Rozenburg. Das ... das sagt mein Vater auch.«

»Wenn er das sagt ...« Karini wurde plötzlich gewahr, dass nichts mehr so sein würde wie früher. Und sie war wütend auf Masra Martin, für den es plötzlich nur noch seinen Vater zu geben schien. Dennoch bemühte sie sich, sich nichts anmerken zu lassen. Betont gelassen zuckte sie mit den Achseln und schickte sich an, das Tablett zum Küchenhaus zu bringen.

Masra Martin folgte ihr. »Und da du ja auch schon hier bist ...«

»Hattest du Angst, ohne Dienstmädchen leben zu müssen?«, fragte Karini schnippisch. Sie stellte das Tablett neben dem Spültisch vor dem Kochhaus etwas ruppig ab. Die Gläser gaben ein leises Klirren von sich.

»Nein ...«, er stellte sein Glas ab, packte sie am Arm und drehte sie zu sich um. »Ich hatte ... gehofft, dass ... dass *unsere* Zukunft hier auf Watervreede liegt.«

Karini traute ihren Ohren nicht. *Unsere* Zukunft ... Er hatte es also wirklich ernst gemeint damals.

»Ja, unsere.« Er legte eine Hand an ihre Wange und strich zärtlich mit dem Daumen über ihre Haut.

Karini durchfuhr ein wohliger Schauder. Sie hielt einen Moment ganz still und genoss das Kribbeln, das ihren ganzen Körper befallen hatte. Wie weich Masra Martins Hand doch war ... *Masra Martins* Hand! Nein! Das durfte sie nicht. Es gehörte sich nicht.

»Masra Martin ...«, sie drückte ihn sanft von sich fort. »Du bist betrunken, geh ins Bett.« Eilig tauchte sie die ersten Gläser in das Spülwasser. »Nun geh!«

Kapitel 5

Aus ein paar Tagen wurden letztendlich mehrere Wochen. Julie gelang es nicht, Jean und Henry zur Abfahrt von Watervreede zu bewegen. Die Männer waren nur am Aufbau der Dampfmaschine interessiert. Selbst Jean, der die eigene Plantage sonst nur sehr ungern in die Obhut seiner durchaus tüchtigen Aufseher übergab, schien keine innere Unruhe heimzutreiben. Und Erika, deren Anwesenheit Julie sehr genoss, war zu Julies Erstaunen aufrichtig begeistert und brannte abends darauf, sich jeden einzelnen Schritt von Wim erklären zu lassen. Gesine hingegen verzog zumeist gelangweilt das Gesicht.

Julie war erleichtert, dass sie Pieter kaum zu Gesicht bekam. Wie die anderen hielt er sich den ganzen Tag über im Wirtschaftsbereich der Plantage auf, wo die Maschine in der ehemaligen Scheune aufgebaut wurde. Zusätzlich musste im Anschluss an die Scheune ein neues Kesselhaus angelegt werden, und einige der Arbeiter hatten begonnen, den Kanal, der vom Fluss bis dorthin führte, so zu verbreitern, dass stetig Wasser nachfloss. Martin und Henry waren ebenfalls den ganzen Tag vor Ort. Wohlwollend bemerkte Julie, dass die Jungen kaum noch über Kleinigkeiten stritten, sondern bei den Arbeiten gemeinsam an einem Strang zogen.

In den ersten Tagen war das Verhältnis zwischen Julie und Martin sehr angespannt gewesen, aber nach und nach wurde der Umgang mit ihm leichter. Julie war durchaus bewusst, dass die Situation für ihn nicht einfach war. Groll hegte sie eher gegen Pieter, der es verstand, seinen Sohn an sich zu binden. Bei den wenigen gemeinsamen Mahlzeiten in den vergangenen Wochen hatte Pieter stets von Martin und sich in der Wir-Form gesprochen und ihr dabei vielsagende Blicke zugeworfen. Julie hätte in diesen Momenten am liebsten sofort ihre Sachen gepackt und wäre nach Rozenburg zurückgefahren. Jean, der ihren Ärger durchaus bemerkte, hielt sie jedes Mal davon ab. »Julie, lass dich doch von Pieter nicht vergraulen. Nur noch ein paar Tage, dann fahren wir«, hatte er gesagt. Aber es wurden dann doch immer wieder ein paar Tage mehr …

So war es bereits Mitte September, als die Dampfmaschine endlich in Betrieb genommen werden konnte. Jean hatte auf Booten einige Fuhren Zuckerrohr von Rozenburg nach Watervreede schaffen lassen. Auf Rozenburg lief laut Nachricht seiner Vorarbeiter alles wie gewohnt zu seiner Zufriedenheit, nur der Transport des Zuckerrohrs per Schiff bereitete ihm Bedenken. »Das geht so nicht. Der Weg den Fluss hinauf ist viel zu umständlich«, hatte er bestimmt, und schon hatten die Männer ein weiteres Projekt, über das sie grübeln konnten: den Bau eines Landweges zwischen Rozenburg und Watervreede.

Erst jedoch galt es, die Maschine in Betrieb zu nehmen. Im Kesselhaus wurde seit dem frühen Morgen geheizt, und nun versammelten sich alle um das Gerät, das ab diesem Tag ihre Zukunft bestimmen sollte. Thijs Marwijk hielt sichtlich gerührt eine kurze Rede, in der er sich bei Pieter, Wim, Jean, Martin und Henry für ihre Hilfe bedankte und mit einem Augenzwinkern auch bei den Frauen, die so geduldig den Ehrgeiz der Männer ausgehalten hatten. Als er geendet hatte, herrschte einen Moment gespanntes Schweigen. Dann gab Marwijk das Kommando, woraufhin einer der Arbeiter das Ventil öffnete. Der Dampf bahnte sich vom Kesselhaus seinen Weg, und schließlich tat die Maschine schnaufend den ersten Kolbenschlag. Helena erschrak heftig und begann auf Julies Arm zu weinen. Julie konnte es ihrer Tochter nicht verübeln. Der Lärm der nun ratternden und klappernden Maschine war unerträglich. Schützend legte sie ihre Hand auf den Kopf des Mädchens und trug sie nach draußen.

»Juliette.«

Ruckartig drehte sie sich um. Und blickte direkt in Pieters kalte Augen.

»Was willst du?«, zischte sie ihn an.

»Warum so unhöflich, Juliette?« Er trat neben sie.

Julie legte intuitiv schützend die Arme um Helena.

Pieter lächelte süffisant. »In Anbetracht der Tatsache, dass da drin auch gerade *deine* Zukunft angelaufen ist, wäre ein etwas freundlicherer Ton angebracht. Ich hoffe nur«, er machte ein gespielt besorgtes Gesicht, »dass Rozenburg jetzt auch dem zukünftigen Konkurrenzdruck gewachsen ist. Hier werden bald ganz andere Zeiten anbrechen.« Wie um diese Aussage zu bestätigen, machte er eine ausschweifende Geste mit den Armen, hielt dann aber abrupt inne. Er hakte seine Daumen lässig in den Hosenbund und wanderte ein paar Schritte um Julie herum.

»Dir ist hoffentlich klar, dass Martin hier bei mir bleiben wird. Er muss noch vieles lernen. Vor allem den Umgang mit den Negern, da habt ihr in der Ausbildung die Zügel ja eher locker gehalten ... nett übrigens, dass du mir gleich ein kleines Negermädchen hierhergebracht hast.« Sein Lachen ließ Julies Herz zu Stein werden. Aber es kam noch schlimmer. »Ist das nicht die Tochter deiner Kiri?«

Karini! Sie konnte sie auf keinen Fall hier bei Pieter lassen. »Mach dir keine Hoffnung, Pieter, Karini wird mit uns zurück nach Rozenburg kommen.«

»Ach ja, das wir meinem Sohn aber missfallen. Ich glaube, er mag das kleine Ding. Aber ich schätze, auch da muss er noch einiges lernen.« Sein Blick bekam etwas Lauerndes. »Aber lass dir eines gesagt sein: Auf meinen Sohn hast du ab jetzt keinen Einfluss mehr. Denk immer daran, ich weiß etwas, was dein Jean nicht weiß und dein Sohn vermutlich auch nicht. Also ...«

»Was weiß ich nicht?« Jean trat mit misstrauischem Blick aus dem Wirtschaftsgebäude.

Pieters Tonlage änderte sich sofort. »Ach Jean, ich sagte nur gerade zu Juliette, dass du noch gar nicht weißt, wann ihr die erste große Lieferung Zuckerrohr bringen könnt.«

»Ich werde mich bei dir melden. Julie? Gehen wir zum Haus?« Er nahm Julie am Arm und führte sie von Pieter fort.

»Hat er Ärger gemacht wegen Martin?«, fragte er, als sie außer Hörweite waren.

»Nein ... er ... ach ...«

»Julie, was ist los? Hat er dich mit irgendetwas bedroht?« Jean wirkte ehrlich besorgt. »Ich kann dir nicht helfen, wenn du mir nicht sagst, was los ist.«

Julie löste sich mit einer barschen Bewegung aus seinem Griff. »Du glaubst mir doch sowieso nicht, er hat dich doch um den Finger gewickelt. Das ganze Theater hier veranstaltet er doch nur aus einem Grund: Er will Rozenburg wiederhaben.« Sie spürte, wie Tränen aus ihren Augen und die Wangen hinabliefen.

»Julie, glaubst du im Ernst, Pieter arbeitet so hart für Watervreede, um sich Rozenburg wiederzuholen? Und überhaupt ... wie sollte er das anstellen? Ich glaube, das bildest du dir ein.« Jean schüttelte den Kopf.

Julie schluchzte. Seit Pieter das erste Mal bei ihr gewesen war, lag diese Last schwer auf ihrer Seele. Sie hatte Fehler gemacht, vor allem aber den, ihrem Mann etwas zu verschweigen. Und jetzt drohte es, auf sie zurückzufallen. Julie haderte mit sich, aber es gab nur eine Lösung: Sie musste es Jean sagen, bevor Pieter das Geheimnis zu seinen Gunsten ausnutzte. »Er ... er kann mich erpressen.« Sie hielt kurz inne, fand aber keine Worte. Jeans Blick war voller Neugier und Wärme, und so fasste sie neuen Mut.

»Jean ... damals ... der Unfall von Karl am Fluss ... es war kein Unfall ...« Julie schluckte.

»Wie meinst du das?« Jean trat einen Schritt an sie heran, Julie wehrte aber seine Umarmung ab.

»Karl hätte Kiri erschlagen, dabei hatte sie nicht einmal etwas getan, da konnte ich nicht ... da musste ich ... ich wollte ihn ja nicht erschlagen, ich dachte ... Jean, ich habe Karl umgebracht, und Pieter weiß das.«

Jean sah Julie betroffen an. »Warum hast du mir das denn nie erzählt?«

Im gleichen Moment trat jemand aus dem Schatten eines Baumes. Henry. Julie erschrak, als sie seinen Blick traf, der voll tiefer Trauer lag. »Ich weiß es jetzt auch«, stieß er hervor, bevor er auf dem Absatz kehrtmachte und davonlief.

Kapitel 6

Karini grollte. Zuerst hatte Misi Juliette sie mit Misi Gesine nach Watervreede gehen lassen, und jetzt befahl sie ihr, unverzüglich mit nach Rozenburg zu kommen. Sofort nach dem ersten Probelauf der Dampfmaschine hatte Misi Juliette angeordnet zu packen, und bereits wenige Stunden später waren sie auf dem Rückweg zur Plantage Rozenburg. Die Stimmung im Boot war sehr angespannt. Nicht nur Karini war wütend, auch Masra Henry saß mit bedrückter Miene im Bug des Schiffes neben ihr, anstatt hinten bei seinen Eltern. Misi Juliette und Masra Jean hatten noch kein Wort gesprochen, auch das war ungewöhnlich. Karini fragte sich, was diesen plötzlichen Aufbruch verursacht haben könnte, hier auf dem Boot aber konnte sie Masra Henry nicht danach fragen. Irgendetwas musste vorgefallen sein.

Masra Martin war ebenfalls überrascht gewesen. »Wieso bleibst du nicht hier?«, hatte er sie gefragt. Karini wusste es nicht, aber Misi Juliettes Worte waren unmissverständlich gewesen. Was hätte sie denn machen sollen? Selbst Misi Gesines Protest hatte Misi Juliette nicht von ihrer Entscheidung abbringen können.

»Juliette, du kannst mir Karini doch jetzt nicht einfach wieder wegnehmen«, hatte Misi Gesine empört gerufen.

»Karini gehört zu unserer Plantage. Du hast noch Sarina, und wie ich gehört habe, bekommt Watervreede in ein paar Tagen neue Arbeitskräfte.« Misi Juliette hatte sich auf keine weiteren Diskussionen eingelassen.

»Karini?« Ihre Mutter war ebenfalls überrascht, als Karini mit nach Rozenburg kam. Mit fragendem Blick sah Kiri zu Misi Juliette, diese aber hob nur die Hand als Zeichen, dass Kiri sich weitere Nachfragen sparen konnte. Kiri kannte die Misi gut genug, und so beließ sie es dabei.

»Schön, dass du wieder da bist«, sagte sie stattdessen und strich Karini einmal kurz über das Haar. Karini zuckte nur mit den Achseln.

In den nachfolgenden Tagen besserte sich die Stimmung auf Rozenburg nicht. Masra Henry schmollte, redete kein Wort mit seinen Eltern und auch nicht mit Karini. Dabei hätte sie so gerne gewusst, was passiert war.

Irgendwann hielt sie es nicht mehr aus. Als sie am späten Nachmittag sah, dass Masra Henry zum Fluss ging, folgte sie ihm und setzte sich schweigend zu ihm unter den Baum. Auf dem Wasser trieb ein Schwarm Wasservögel, und die Sonne senkte sich langsam hinter die Baumkronen.

»Was ist passiert, Masra Henry?«, wagte Karini nach einer Weile des Schweigens zu fragen.

Masra Henry starrte weiter auf den Fluss, seine Augen aber verengten sich leicht. Karini wartete geduldig.

Irgendwann seufzte er, blickte sie kurz an und holte tief Luft. »Ich habe gehört, wie meine Mutter zugegeben hat, dass sie meinen Vater getötet hat.«

»Sie hat was?« Karini war geschockt. Sie hatte mit einer Art Familienzwist gerechnet, aber nie und nimmer mit so einer schwerwiegenden Sache.

»Wie ... ich meine ... oh Gott.« Karini fehlten die Worte.

»Ja genau, so fühle ich mich auch.« Masra Henry zog die Beine bis an die Brust und legte seine Arme um die Knie.

»Ich weiß nicht, wie ich damit umgehen soll, ich weiß auch nicht, was ich meiner Mutter sagen soll. Soweit ich mitbekommen habe, hat Jean es auch nicht gewusst. Ich habe es zufällig auf Watervreede gehört. Ich denke«, er lachte kurz auf, »dass es auch nicht für meine Ohren bestimmt war.«

»Aber ... was genau hast du denn gehört?« Karini hatte die Hoffnung, dass Masra Henry vielleicht etwas falsch verstanden hatte.

Er seufzte nochmals. »Nein, das war eindeutig. Sie sagte: Karl hätte Kiri erschlagen, dabei hatte sie nicht einmal etwas getan, da konnte ich nicht ... da musste ich ... ich wollte ihn ja nicht erschlagen, ich dachte ... Jean, ich habe Karl umgebracht, und Pieter weiß das.«

Misi Juliette – eine Mörderin? Karini hatte das Gefühl, der Boden würde unter ihr weggerissen.

Kapitel 7

Julie hatte ein fürchterlich schlechtes Gewissen und zudem das Gefühl, dass in ihrer Familie etwas zerbrochen war. Sie hatte das Vertrauen von Jean und Henry missbraucht.

Jean ließ sich zwar nichts anmerken, aber der Blick, mit dem er Julie immer wieder bedachte, sprach Bände. Henry ging ihr gänzlich aus dem Weg, er sprach nicht einmal mit ihr, und wenn er meinte, sie bemerke es nicht, starrte er sie oft eindringlich und nachdenklich an. Sein Blick brannte geradezu auf ihrer Haut. Gerne hätte sie ihn in den Arm genommen, ihm alles erzählt ... aber sie zögerte lange, ohne den Mut dafür aufzubringen.

Nach einer Woche hielt sie es nicht mehr aus. Sie musste sich ihrem Sohn und auch ihrem Mann erklären, ansonsten würde Henry sich vielleicht ganz von ihr abwenden und die Distanz zu Jean möglicherweise irgendwann unüberbrückbar werden. Außerdem trieb die Angst vor Pieter sie an: Wenn er, egal auf welchem Weg, noch etwas verlauten ließ, bevor sie mit den beiden gesprochen hatte, könnte es ihm tatsächlich gelingen, ihre Familie zu spalten. Er war auf jeden Fall auf dem besten Wege dazu, und das musste sie verhindern. Sie nahm all ihren Mut zusammen und bat Jean und Henry abends in den Salon zu einem Gespräch.

Henry erschien mit einem mürrischen Gesichtsausdruck und Jean mit angespannter Miene.

»Ich möchte euch erzählen, was damals vorgefallen ist«, sagte sie leise.

Henry gab ein Schnauben von sich und starrte auf den Teppich. Jean hingegen sah sie lange an und sagte: »Julie, du musst nicht, wenn du nicht möchtest.«

»Doch, ich möchte. Ich habe schon viel zu lange geschwiegen. Ihr solltet wissen, was damals hier geschehen ist.« Julie holte tief Luft, unwillkürlich tauchten die Szenen des unheilvollen Abends vor ihren Augen auf. Plötzlich fror sie. Sie schien fast die dunstige, feuchte Luft des Flusses zu riechen, sie sah vor ihrem inneren Auge genau, wie Karl aus dem Boot stieg.

»Karl war an dem Tag aus der Stadt zurückgekehrt. Wir mussten ihm mitteilen, dass einige der Arbeitssklaven von der Plantage fortgelaufen waren. Pieter hatte sie mit seinen Medikamenten behandelt, und da einige das ... nicht gut vertrugen ... bekamen die anderen es mit der Angst und wollten zum Medizinmann der Maroons. Karl war darüber sehr wütend, und noch am Fluss kam es zu einem Handgemenge. Er ist erst mit dem Gürtel auf den Dorfvorsteher losgegangen. Ich ... ich bin dazwischengegangen, und da ... da schlug er mich. Kiri wollte mir zu Hilfe eilen, aber auch sie wurde von ihm getroffen. Er war völlig außer sich, rasend vor Wut und schlug wieder und wieder zu. Ich«, Julie musste schlucken, »ich habe dann ... da lag ein Ruder und ... es war Notwehr, was hätte ich denn machen sollen ... ich wollte ihn nicht umbringen. Das müsst ihr mir glauben! Kiri war schwer verletzt ... ich hatte doch nur Angst.« Julie senkte den Blick. Sie schämte sich der Tränen nicht, die über ihre Wangen kullerten.

Einen Moment lang herrschte vollkommene Stille. Dann trat Jean an sie heran und nahm sie liebevoll in den Arm.

»Julie ... ach, Julie ... ich glaube dir ja, trotzdem hättest du mir ... uns das eher erzählen sollen.«

Henry saß schweigend in einem der Sessel und knetete seine Hände.

Julie war Jean für seine Geste und für seine Worte dankbar. Sie betrachtete ihn liebevoll und löste sich dann aus seiner Umarmung. Noch war nicht alles gesagt. »Pieter war damals auf der

Plantage, als es geschah, und hat gleich nach Karl gesehen. Ich«, ihre Stimme brach, »ich konnte Martina und Pieter doch nicht sagen, dass ... also habe ich gesagt, es wäre ein Unfall gewesen. Ich hatte Angst. Angst davor, dich, Henry, zu verlieren, und Angst, dass man mich ins Gefängnis steckte. Pieter hat offiziell bestätigt, dass es ein Unfall war. Aber so, wie er mir damals gegenübergetreten ist, wusste er, dass das nicht stimmte, und er hat es seitdem gegen mich verwandt. Er hat mich erpresst, hat mir immer gedroht, dass, wenn ich ihm nicht Rozenburg überlassen würde, mein Kind ohne Mutter aufwachsen müsse.«

Jean schnaubte wütend und stemmte die Arme in die Hüften. Er sah besorgt aus. »Das ist nicht gut ...«

Henry sprang von seinem Platz. »Aber das ist doch Jahre her, da wird heute doch niemand mehr ...«

Jean trat an ihn heran und legte ihm die Hand auf die Schulter. »Nein, Henry, das ist leider etwas, was vermutlich nicht verjährt, und leider könnte es sein, dass Pieter es wieder hervorholt. Wer weiß schon, was in diesem Mann vorgeht. Wir müssen also wachsam sein.«

Der Blick, mit dem Jean jetzt Julie bedachte, sagte noch mehr. Julie wusste, was er meinte: Sie mussten achtgeben, dass Pieter in Bezug auf Henry nicht offiziell Karls Vaterschaft anzweifelte. Denn, das wussten sie beide, Pieter war sehr genau im Bilde darüber, dass Henry nicht Karls Sohn sein konnte. Julie lag es schwer im Magen, ihrem Sohn nicht die volle Wahrheit sagen zu können. Denn würde herauskommen, dass Henry nicht Karls leiblicher Sohn war, dann müsste das Erbe von Rozenburg neu verhandelt werden. Julie hatte Gänsehaut. Pieter hatte immer noch einige Trümpfe im Ärmel, und wenn er versuchen würde, diese auszuspielen, dann kämen stürmische und schwere Zeiten auf sie zu.

Jean nahm seinen Sohn und Julie in den Arm. »Alles wird gut, was auch immer passiert. Wir müssen zusammenhalten.«

Kapitel 8

*I*nikas Wunden waren verheilt, doch in ihrer Seele klaffte ein dunkles schwarzes Loch. Sie konnte sich nicht mehr an alles erinnern, was im Wald geschehen war. Die Fesseln, der Geruch nach Alkohol, alles andere war nur noch ein zäher Nebel in ihrem Kopf, und sie spürte, dass es besser für sie wäre, wenn sie nicht versuchen würde, sich an das zu erinnern, was in diesem Nebel lag. Ihr Körper sprach eine deutliche Sprache: Sie hatte Schlimmes erleiden müssen. Es quälte sie die Frage, wer schuld an diesem schlimmen Erlebnis war. Sie selbst, weil sie damals geflohen war? Die Inder und Aufseher, weil sie es nicht geschafft hatten, Baramadir zu stellen? Oder gar Misi Juliette und der Masra ... oder vielleicht sogar Misi Erika, weil sie krank geworden war? Sosehr sie auch darüber nachdachte, kam sie immer zu demselben Schluss: Letztendlich war sie selbst es gewesen, die entschieden hatte, nach Rozenburg zurückzukehren.

Inika zog sich mehr und mehr zurück, sie konnte die wissenden Blicke der übrigen Plantagenbewohner nicht ertragen. Bei den Indern lag zudem immer noch etwas Vorwurfsvolles darin, bei den Herrschaften etwas Mitleidiges.

Als Karini von Watervreede zurückkam, freute sich Inika ein wenig. Karini hatte nichts von Inikas wochenlangem Kampf zurück in das Leben mitbekommen, und selbst wenn, dann zeigte sie es nicht. Sie behandelte Inika nicht anders als sonst und schien selbst über eigenen Problemen zu brüten. Oft verrichteten die beiden Mädchen ihre Tätigkeiten im Haus und in der Küche gemeinsam, aber schweigend.

Bogo hingegen zog es trotz allem zu seinen Landsleuten. Inika ließ ihn gewähren, er war lange allein unter Schwarzen und Weißen gewesen und genoss es jetzt sichtlich, im Kreis der Inder verweilen zu können. Im Gegensatz zu Inika nahmen sie ihn in ihrer Mitte auf. Masra Jean hatte ihn mit zu den Arbeitern auf die Felder geschickt, und Inika war es ganz recht, dass er die meiste Zeit nicht da war.

Je mehr sie sich erholte, desto stärker wuchs in ihr auch der Wunsch, etwas an ihrer Lage zu ändern. Irgendwann würde ihr keine Schonfrist mehr gewährt werden, das wusste sie. Aber eine Zukunft als Arbeiterin auf der Plantage, das wollte sie nicht. In der Stadt allerdings war die Lage auch nicht aussichtsreicher. Der einzige Ausweg schien ihr momentan zu sein, sich möglichst bei der Misi anstellig zu zeigen.

Inika begann, sich vermehrt im Haus einzubringen. Die Misi sollte sehen, dass sie trotz allem ein fleißiges Mädchen und durchaus dankbar war, dass man ihr geholfen hatte.

»Lass mich das machen«, sagte sie immer häufiger zu Kiri, Liv oder Karini, wenn es darum ging, Essen zu servieren oder Getränke zu bringen. Die Misi lächelte sie dann immer wohlwollend an. »Danke, Inika, das machst du sehr gut.« Das Lob der Misi streichelte Inikas Seele.

Nur Karini zeigte sich manchmal ungehalten über Inikas neu erwachtes Interesse an häuslichen Tätigkeiten. Sie wurde insbesondere garstig, wenn Inika Masra Henry bediente. Inika war egal, was die anderen über sie dachten. Sie würde alles versuchen, um aus dem Sumpf der Arbeiterschaft herauszukommen. Je mehr sich ihre Stellung verbesserte, desto geringer würde die Gefahr, dass ihr noch jemals jemand in ihrem Leben Leid antun würde.

Kapitel 9

Karini war beruhigt, dass sich die Wogen auf Rozenburg geglättet hatten. Acht Monate waren seit ihrer Rückkehr von Watervreede vergangen. Masra Henry hatte sich mit seiner Mutter versöhnt. Karini war ihm dankbar, dass er ihr eines Abends von den damaligen Geschehnissen berichtet hatte. Dass ihre eigene Mutter von den Vorfällen damals ebenfalls betroffen gewesen war, zudem in diesem Ausmaß, machte sie noch immer traurig. Dennoch sah sie seitdem die Beziehung ihrer Mutter zu Misi·Juliette mit anderen Augen. Dass die beiden weit mehr verband als das Dienstverhältnis, hatte sie lange geahnt, Karini erinnerte sich an den einen oder anderen Blick, den die beiden ausgetauscht hatten, an beredtes Schweigen, an plötzlich verstummende Gespräche. Aber einen solchen Grund für diese durchaus unübliche Vertrautheit zwischen Herrin und Bediensteter hätte sie sich niemals träumen lassen. Karini hatte lange darüber nachgedacht, sich aber nicht getraut, Kiri darauf anzusprechen. Alles, was sie wusste, hatte sie von Masra Henry erfahren, und auch wenn sie ihrer Mutter gerne gesagt hätte, was sie empfand, beließ sie es dabei.

In Anbetracht der familiären Spannungen und der Vorfälle um Inika schien im Übrigen auch den anderen daran gelegen, kein weiteres Übel heraufzubeschwören. Auf Rozenburg bemühte sich jeder um einen geregelten Alltag und ging unbeirrt seiner Arbeit nach. Augenscheinlich brachte diese Kontinuität den Frieden zurück.

Masra Jean und Masra Henry hatten viel auf den Feldern zu

tun. Während ihrer Abwesenheit hatten sich die Aufseher gut um die Plantage gekümmert, seit ihrer Rückkehr aber hatten umfassendere Arbeiten angestanden. Die Pflanzung wurde nochmals erweitert, und in Kürze standen die ersten größeren Transporte an die Zuckerrohrmühle auf Watervreede an. Beide Plantagen hatten in der Tat die Instandsetzung des Landweges vorangetrieben, um den Transport möglichst einfach zu gestalten. Aus dem ehemaligen Sklavenpfad wurde eine breite Fahrspur für die Ochsenkarren.

Misi Juliette kümmerte sich um die kleine Misi Helena und Kiri und Liv um den Haushalt. Für Karini blieb nicht viel zu tun, und so verbrachte sie ihre Zeit mit Masra Henry, wenn dieser einmal frei hatte oder nicht anderweitig abgelenkt wurde. Und diese Ablenkung ging von Inika aus.

Inika. Karini wusste selbst nicht richtig, wie ihr geschah, aber jedes Mal, wenn sie auf Inika traf, überkam sie Wut. Warum war dieses Mädchen nicht in die Stadt zurückgekehrt? Sie gehörte nicht auf die Plantage, für harte Arbeit war sie zu zart, und im Haushalt gab es eigentlich genug Personal. Jeder behandelte dieses Mädchen mit Samthandschuhen! Sicherlich, sie hatte Schlimmes erlebt, aber sie ließ sich nichts anmerken und hatte auch mehrmals betont, dass es ihr nichts ausmache, wieder zu arbeiten. Aber anstatt sich nützlich zu machen, verdrehte sie mit ihrem leisen, glockenhellen Lachen und ihren sanften, schwebenden Bewegungen Masra Henry den Kopf. Karini hatte die beiden mehrmals zusammen am Fluss gesehen, unter dem Mangobaum, auf *ihrem* Platz, wo *sie* sich abends gerne mit Masra Henry traf. Warum tat dieses Mädchen das? Sie war schließlich mit diesem stummen Inder verheiratet. Und warum ließ Masra Henry es geschehen?

Ja, sie war eifersüchtig. Aber gegenüber Inika fühlte sie sich trampelig und tollpatschig. Und dass sich jedermanns Aufmerksamkeit sofort auf das Mädchen mit der goldfarbenen Haut und den langen glatten schwarzen Haaren richtete, wo immer sie auch auftauchte, ärgerte Karini maßlos.

»Sie hat Schlimmes erlebt, lass sie«, hatte ihre Mutter sie angeherrscht, als Karini sich einmal über Inikas Verhalten empört hatte. Aber genau das konnte sie nicht, sie konnte sie nicht einfach ignorieren.

Der Groll über Inika und Masra Henry ließ Karini immer öfter an Masra Martin denken. Als sie eines Abends Ende Mai eine der seltenen Stunden allein mit Masra Henry am Fluss verbrachte, sprachen sie über die alten Zeiten, als sie noch alle gemeinsam auf Rozenburg gelebt hatten. Masra Henry schien Masra Martin zu vermissen, zum wiederholten Male überlegte er, wie es ihm wohl erging.

»Ach, auf Watervreede gibt es für ihn sicher eine Menge zu tun, und ich denke, er genießt die Zeit mit seinem Vater.« Die Bemerkung sollte beiläufig klingen, aber Karini musste sich insgeheim eingestehen, dass sie Masra Martin vermisste. Sehr sogar.

Karini hatte von Anfang an nicht verstehen können, warum die Misi sie von Watervreede zurück nach Rozenburg beordert hatte. Hier wurde sie doch überhaupt nicht gebraucht, ganz im Gegensatz zu Watervreede. Sie hatte sich nach ihrer Rückkehr bitterlich bei ihrer Mutter über Misi Juliette beschwert. Aber auch bei diesem Thema war Kiri mit Misi Juliette einer Meinung.

»Du gehörst hier nach Rozenburg. Und wenn Misi Gesine ein Dienstmädchen haben will, muss sie eines anstellen.«

»Ich hätte beizeiten sicherlich auch Lohn erhalten«, hatte Karini geantwortet und dann trotzig hinzugefügt: »Masra Martin wollte auch, dass ich bleibe.«

»Masra Martin ... Du gehörst nicht dorthin, Kind«, hatte ihre Mutter geschnaubt und sichtlich wütend die Hütte verlassen. Karini hatte das Thema fortan nicht wieder angesprochen. In ihrem Inneren aber war es allgegenwärtig.

Kapitel 10

»Gesine, meine Liebe, ist Ihr Mann noch gar nicht im Haus?« Pieter betrat den Salon und bemühte sich um einen bestürzten Gesichtsausdruck. Natürlich wusste er, wo sich Wim Vandenberg herumtrieb, eben noch hatte er ihn mit Erika Bergmann zu einem Spaziergang aufbrechen sehen.

Erika Bergmann kam häufig zu Besuch nach Watervreede. Sie reiste zwar alle paar Wochen in die Stadt, um sich um die unsäglichen schwarzen Hurenkinder zu kümmern, aber meistens tauchte sie schon bald wieder auf der Plantage auf. Zur Freude von Vandenberg, der dann immer viel Zeit mit ihr verbrachte.

Gesine Vandenberg hingegen wurde immer ungehaltener. Ihr Leben war ausschließlich von Langeweile geprägt und ihr missfiel das Leben auf der Plantage grundlegend. Dass ihr Mann seine Zeit dazu lieber ohne sie verbrachte, verschlechterte ihre Laune zusätzlich. Es war bereits mehrmals zu lautstarken Streitereien zwischen Vandenberg und seiner Frau gekommen.

Pieter betrachtete diese Entwicklung mit Wohlwollen. Wenn die beiden ernsthaft in Streit gerieten – umso besser für ihn. Früher oder später würde er den Cousin von Juliette gerne loswerden, der Mann war schlau, und Pieter konnte nicht riskieren, dass er seine Pläne gefährdete. Pieter musste nur dafür sorgen, dass Gesine bei ihm selbst bleiben wollte, ihre finanziellen Möglichkeiten waren überaus verlockend. Und so hatte er begonnen, Gesine zu umschmeicheln. Sie war zwar als Frau für ihn nicht sonderlich ansprechend, aber sie war wütend auf ihren Mann und nahm seine Fürsorge und Aufmerksamkeit gerne an.

Wie leicht sich doch alles fügte! Vandenberg würde sich, im Falle eines ernsthaften Zerwürfnisses zwischen ihm und Gesine, von der Plantage zurückziehen müssen, und damit auch Marwijk nicht länger beeinflussen. Pieter könnte dann endlich auch seine Vormacht weiter ausbauen.

Marwijk hatte seit Wochen sowieso eher wenig Interesse an den Arbeitsabläufen auf der Plantage. Er zeigte sich zwar durchaus erfreut, dass sein Plan in die Tat umgesetzt worden war, aber seit die wichtigsten Arbeiten getan waren und es darum ging, die Arbeiter auf die Felder zu treiben und die Pflanzungen instand zu setzen, verfiel Marwijk in den alten kolonialen Lebensstil. Er überließ die Organisation auf den Feldern und die Beaufsichtigung der Arbeiter seinem Direktor.

Pieter hatte nichts dagegen, dies war schließlich sein Ziel gewesen. Marwijks schwindendes Interesse zeigte ihm, dass der junge Mann geschäftlich doch eher wankelmütig war. Marwijks Aufmerksamkeit galt mehr der indischen Haushälterin, Pieter hatte die beiden mehrfach in trauter Zweisamkeit erwischt. Diese Sarina hatte sich dann stets beschämt zurückgezogen, und Pieter wurde schnell gewahr, dass sie für Marwijk mehr war als eine Haushälterin. Pieter hatte dafür nur Verachtung übrig. Haushälterinnen nahm man sich, aber man hatte keine Liebelei mit ihnen.

Marwijks heimliche Liebschaft mit dieser indischen Frau bot ihm aber noch einen weiteren Trumpf, dachte Pieter amüsiert. Und er würde nicht zögern, ihn auszuspielen, sollte Marwijk gar auf die Idee kommen, sich gegen ihn zu stellen. Mit schwarzen Frauen ließ man sich nicht offiziell ein. Die, die es getan hatten, wurden von der kolonialen Gesellschaft gemieden. Sich aber gar mit einer indischen Kontraktarbeiterin einzulassen war ein schwerer Fauxpas. Marwijk schien dies nicht zu wissen.

Marwijk indes war leicht zu beeinflussen und hörte, was die Bewirtschaftung der Plantage anging, zumeist auf seinen Rat.

Pieter hatte über einhundert neue Arbeitskräfte in der Stadt anwerben lassen, und diese zeigten sich sehr gehorsam. Am Anfang war zwar eine gewisse Härte nötig gewesen, um diese Leute ordentlich zum Arbeiten zu bringen, doch in der Hinsicht konnte er auf seine Erfahrung zurückgreifen. Schwieriger als vermutet gestaltete sich hingegen das Anlernen seines Sohnes. Martin war einen liberalen Umgang mit den Arbeitern gewohnt.

Pieter hatte mehrmals eingreifen müssen, inzwischen zeigte sich Martin aber recht anstellig. Er hatte verstanden, dass das Tragen der Flinte auf dem Feld ein wichtiges Zeichen für die Arbeiter war und dass man bei Bestrafungen nicht zimperlich sein durfte. Pieter bedauerte zutiefst, dass die Zeiten vorbei waren, in denen man die Peitsche gebrauchen durfte. Aber die Flinte war ein ebenbürtiges Hilfsmittel. Ein gezielter Schuss in den Fuß eines Arbeiters, natürlich als bedauerlicher Unfall, hatte Pieter gleich den nötigen Respekt eingebracht. Martin war bei diesem Vorgehen etwas blass um die Nase geworden. Pieter hatte ihn dann aber darauf einschwören können, dass man sich die Untergebenheit der Arbeiter nur so sichern konnte.

»Du darfst ihnen gegenüber keine Schwäche zeigen. Das sind über hundert Männer, was geschieht wohl, wenn man ihnen auch nur ein klein wenig nachgibt? Sie werden einem auf der Nase herumtanzen und die ganze Plantage niederwirtschaften.« Dies hatte Martin schließlich eingesehen.

Inzwischen konnte er Martin allein mit den Arbeitern losschicken und hatte somit Zeit, sich vermehrt um Gesine zu kümmern. Ihr schien die Rolle der vernachlässigten Ehefrau zu gefallen, sie genoss es sichtlich, sich von ihm bemitleiden zu lassen. Dieses Bedürfnis zu befriedigen fiel ihm alles andere als schwer. Es lief also alles zu seiner Zufriedenheit. Jetzt mussten nur noch die ersten Zuckerrohrlieferungen von den anderen Plantagen und insbesondere von Rozenburg kommen.

Kapitel 11

»Martin? Was für eine schöne Überraschung.« Julie freute sich ehrlich, ihren Ziehsohn wiederzusehen. Er war gerade mit einem Boot von Watervreede gekommen, und sie war ihm, mit Helena an der Hand, ein Stück entgegengegangen.

Es war bereits Ende Juli, die Trockenzeit stand unmittelbar bevor. Waren seit ihrem Aufbruch von Watervreede etwa schon gut zehn Monate vergangen? In diesem Land zerschmolz die Zeit in der Tropenhitze.

»Tante Juliette, ich freue mich auch.« Martins Augen strahlten, und er schien zu meinen, was er sagte. »Vater schickt mich, ich soll mit Jean den ersten Zuckerrohrtransport besprechen.«

Julie freute sich, dass Martin ihr so offen entgegentrat, sie hatte in Bezug auf ihr Zusammentreffen böse Vorahnungen gehabt. Diese waren aber wie fortgewischt, als sie ihn jetzt freundlicher denn je erlebte. Auch äußerlich hatte er sich verändert, er wirkte kräftig und muskulös.

»Jean und Henry sind noch im Wald, die Arbeiter bereiten gerade den Weg vor.«

»Ja, die ersten sind vor ein paar Tagen zu uns auf die Felder durchgestoßen. Es wird einfacher für alle, wenn der Landweg fertig ist.«

Julie hörte aus Martins Worten Wehmut heraus. Hatte er gar Heimweh? Sie gab sich Mühe, keinen peinlichen Moment des Schweigens aufkommen zu lassen. »Komm, wir gehen rein, du hast sicherlich Durst.«

»Karini«, rief sie im Haus. »Karini?«

Das Mädchen kam aus dem hinteren Wirtschaftsbereich des Hauses. Als sie Martin erblickte, huschte ein freudiges Lächeln über ihr Gesicht.

»Bring uns bitte etwas zu trinken in den Salon.«

Karini nickte und verschwand.

Julie blieb nicht verborgen, dass Martin ihr einen Moment zu lange hinterhersah. Sie musste sich ein Schmunzeln verkneifen. Karini wurde von Monat zu Monat erwachsener und hübscher. Wie eine kleine unscheinbare Blume, die plötzlich eine wunderschöne Blüte entfaltete. Julie hatte selbst des Öfteren in den vergangenen Monaten innegehalten und bewundert, zu welch reizender jungen Frau sich Karini entwickelt hatte. Sie war jetzt fast achtzehn.

Julie hatte sich in Anbetracht der heranwachsenden Kinder schon einmal zu der Überlegung hinreißen lassen, wie schön es wäre, wenn vielleicht Henry und Karini zusammenfinden würden. Sie meinte, bei den jungen Leuten immer wieder Anzeichen entdeckt zu haben, dass sie einander zugetan waren. Andererseits ... Vielleicht wäre es gut für die Kinder, eines Tages doch anderweitig ihr Glück zu finden. Aber sie konnte sich weder Henry mit einer der verwöhnten Mädchen aus der Stadt vorstellen noch Karini mit einem jungen Mann aus dem Arbeiterdorf – und ein weißer Mann würde ihr sowieso verwehrt bleiben. Und genau da lag das Problem. Julie seufzte. Selbst wenn sich zwischen Henry und Karini Gefühle entwickelten, wäre die Hürde, die ihnen durch ihre unterschiedliche Hautfarbe im Weg stand, immer noch sehr hoch. In dieser Hinsicht hatten sich die Zeiten im Land wohl kaum geändert.

»Wie ergeht es euch auf Watervreede?« Julie brannte auf Neuigkeiten, zu lange hatte sie nichts von dort gehört.

»Danke, gut! Die Dampfmaschine läuft sehr gut, und wir kommen mit den Arbeiten auf den Zuckerrohrfeldern voran. Ich soll dir allerherzlichste Grüße von Erika ausrichten.«

»Erika? Ist sie immer noch auf Watervreede? Ich dachte, sie wäre schon längst wieder in die Stadt gereist!«

»Ja, da war sie auch, immer mal wieder, aber nun ist sie wieder auf Watervreede und … sie versteht sich ausgesprochen gut mit Wim.«

»Mit Wim?« Julie fragte sich, nicht zuletzt wegen Martins Tonfall, ob eventuell mehr dahintersteckte als eine Freundschaft. Das würde Gesine sicher nicht gefallen …

»Und wie geht es Gesine?«

Martin grinste. »Sie ist nicht sehr erbaut darüber, dass ihr Mann so viel Zeit mit Erika verbringt. Aber …« Das Grinsen verschwand aus seinem Gesicht, und er senkte den Blick.

Julie sah, dass ihn ein Gedanke zu quälen schien, und wartete auf die Fortsetzung. Als er nicht weitersprach, fragte sie behutsam: »Aber was? Ist irgendetwas nicht in Ordnung?«

»Nun ja«, er druckste herum und hob dann den Kopf. Sein Blick enthielt eine Mischung aus Trauer und Wut. »Ich finde … ich finde, mein Vater verbringt etwas zu viel Zeit mit Gesine.«

»Oh.« Diese Neuigkeit machte Julie in der Tat stutzig. Pieter hatte ihrer Erfahrung nach noch nie etwas ohne Hintergedanken getan. Er war nie und nimmer an Gesine interessiert, es sei denn, eine Liaison brächte ihm einen Vorteil. Und Gesine war reich, sehr reich. War er etwa tatsächlich auf Watervreede aus? Direktor war er dort immerhin schon, und Thijs Marwijk schien ihm zu vertrauen.

»Na ja, dein Vater wird seine Gründe dafür haben«, sagte sie so gelassen wie möglich. »Und Thijs Marwijk, wie geht es ihm?«

»Ihm geht es gut. Er überlässt die meisten Aufgaben inzwischen meinem Vater.«

Julie betrachtete Martin nachdenklich. Sie musste zugeben, dass es ihr jedes Mal einen schmerzhaften Stich ins Herz gab, wenn er *mein Vater* sagte. Vater … was war Pieter bisher schon für ein Vater gewesen? Sie beherrschte sich aber, keine abfällige Bemerkung fallen zu lassen. In diesem Moment betrat Inika mit einem Tablett voller Getränke den Salon.

»Danke, Inika.« Julie nutzte die Gelegenheit, das Thema zu wechseln. »Erinnerst du dich noch an Inika?«

Martin sah das indische Mädchen an und lächelte. »Ja, natürlich.«

Auf Inikas goldbrauner Haut zeigte sich eine leichte Röte. Mit einer federleichten Bewegung stellte sie das Tablett ab, nickte und verließ den Raum.

Karini wartete auf der hinteren Veranda auf Masra Henry. Dass Masra Martin da war, war eine wichtige Nachricht, die sie Masra Henry gerne selbst mitteilen wollte. Er würde sich bestimmt freuen.

Bei aller Aufregung konnte sie die Wut auf Inika aber nicht verdrängen. Vorhin hatte es dieses Mädchen doch wieder geschafft, sich vorzudrängen! Karini war zur Küche gegangen, um Getränke herzurichten. Dabei klopfte ihr das Herz noch bis zum Hals. Sie war von Masra Martins Besuch überrascht worden und bei seinem Anblick ganz durcheinandergeraten.

Als sie dann aus Versehen beim Eingießen der Gläser etwas Saft aus der Karaffe verschüttete, hatte Liv sie böse angesehen. »Was ist denn los mit dir, Karini? Lass Inika das Tablett hineinbringen, du verschüttest ja noch alles.«

Und bevor Karini etwas erwidern konnte, hatte Liv Inika das Tablett in die Hände gedrückt und sie losgeschickt. Karini hatte nicht gewagt zu widersprechen, es wäre ja auch sinnlos gewesen. Ihre Wut auf Inika aber wuchs. Insbesondere, als das indische Mädchen wieder aus dem Haus kam, mit einem seltsamen Lächeln auf dem Gesicht. Und das war kein gutes Zeichen, Inika lächelte äußerst selten. »Er ist sehr nett, der Masra Martin«, hatte sie zu Karini gesagt.

Karini blickte ihr hinterher und wusste nicht, was sie sagen sollte. Sie hatte ja recht.

Aus der Ferne sah Karini endlich zwei Reiter auf die Plantage zukommen. Sie sprang auf und rannte Masra Jean und Masra Henry entgegen, die schließlich am Stall von den Pferden stiegen. Da bemerkte sie, dass Inika vom Arbeiterdorf her ebenfalls auf die beiden zulief. Masra Henry winkte Inika zu, und Karini beobachtete mit zunehmendem Groll, wie das indische Mädchen zu ihm eilte und mit ihm sprach. Karini blieb stehen. An dem Aufleuchten seines Gesichtes konnte sie erahnen, was Inika ihm gerade mitgeteilt hatte. Wutschnaubend drehte sie sich um und stapfte zurück zum Plantagenhaus. Jetzt reichte es! Was bildete dieses Mädchen sich ein!

Am Abend fing Masra Henry Karini ab, als diese sich vom Plantagenhaus auf den Weg ins Arbeiterdorf machen wollte.

»Karini, kommst du mit Martin und mir zum Fluss? Er hat einiges zu erzählen.«

Karini verspürte sofort große Lust, ihm zu folgen. Aber wieso kam er mit der Frage erst jetzt, schließlich hatte er schon den ganzen Abend Zeit gehabt. Und warum hatte Masra Martin sich noch nicht nach ihr erkundigt? Fragte Masra Henry am Ende nur aus Pflichtgefühl? Sie zuckte die Achseln. »Nehmt doch Inika mit, sie hört euch bestimmt gerne zu.« Sie hörte selbst, dass ihre Stimme schnippisch klang.

Masra Henry sah sie verblüfft an. »Was hat das mit Inika zu tun?«

Karini fühlte sich nicht wohl in ihrer Haut. »Na, ich mein ja nur ...«

»Was?«

»Schon gut ...« Karini war klar, dass sie sich gerade ziemlich albern benahm, der kleine Seitenhieb auf Inika war ihr herausgerutscht. So wie Masra Henry sie jetzt ansah, war vollkommen klar, dass sowohl Masra Martin als auch er selbst sie am Fluss dabeihaben wollten. Und sie wollte doch nichts lieber, warum sollte sie diese Chance verstreichen lassen? Zumal Masra Henry Inika ja offensichtlich nicht gefragt hatte.

Wenig später saßen alle drei unter dem großen Mangobaum. Masra Martin hatte zuvor drei reife Früchte gepflückt, und nun rollte jeder eine mit der Hand auf dem Oberschenkel, um das Fruchtfleisch zu zerdrücken.

»Wie in alten Zeiten«, bemerkte Masra Martin, seine Stimme aber klang bedrückt.

»Ja, wie früher. Und nun erzähl, wie geht es dir auf Watervreede?« Masra Henry biss ein Loch in die Schale der Mango, legte den Kopf in den Nacken und ließ sich den süßen Saft in den Mund tropfen.

»Ach, ganz gut so weit.«

Karini wunderte sich, dass Masra Martin der Frage auswich. Er war doch sonst nicht so kurz angebunden.

»Was heißt ganz gut? Nun sag schon, wie kommst du zum Beispiel mit deinem Vater aus?« Masra Henry sah Masra Martin aus den Augenwinkeln an, immer noch den Kopf in den Nacken gelegt.

Karini bemerkte, dass Masra Martin kurz zögerte. »Na ja ... eigentlich ganz gut. Er hat mir schon viel beigebracht über die Plantagenwirtschaft.«

»Als ob du das hier nicht auch lernen könntest«, sagte Karini leise.

»Natürlich könnte ich das. Aber ... auf Watervreede ist es doch ein bisschen anders als auf Rozenburg. Jean und mein Vater ... ich denke, die beiden haben eine sehr unterschiedliche Auffassung darüber, wie man eine Plantage führt.«

»Wie meinst du das?« Masra Henry warf die leere Schale der Mango fort und blickte Masra Martin fragend an.

Der richtete sich jetzt auf. »Hier auf Rozenburg ist alles etwas … wie soll ich sagen, familiärer. Mein Vater geht auf Watervreede sehr streng mit den Arbeitern um. Allerdings schaffen die so auch ein beachtliches Pensum.«

»Willst du damit sagen, dass Jean falsch mit unseren Arbeitern umgeht?«

»Nein, aber … anders eben.«

»Hat er etwa wieder die Peitsche hervorgeholt?« Masra Henry lachte, verstummte aber, als er Masra Martins ernstes Gesicht sah.

»Martin, du kennst die Gesetze der Kolonie«, sagte er nun ernst. »Wenn dein Vater … er war lange fort. Trotzdem darf man die Arbeiter heute nicht mehr so behandeln wie einst die Sklaven.«

»Ich weiß.« Masra Martin starrte auf den Fluss.

Kapitel 12

Inika fand die beiden jungen Masras sehr nett. Ihr blieb nicht verborgen, dass beide sie mit einem freundlichen Blick bedachten, sie immer sehr höflich behandelten und ihr kleine Komplimente machten. Inika war zu Beginn irritiert gewesen und hatte nicht gewusst, wie sie damit umgehen sollte. Abgesehen von Bogo hatte sie noch nie ein Mann so angesehen, oder ihr gar nette Worte gesagt. Und außerdem ... wer wusste schon, ob sie damit nicht etwas bezweckten? Oder ob die Freundlichkeit nicht eine Fassade war? Inika hatte lange in sich hineingehorcht und überrascht festgestellt, dass die weißen Masras ihr nicht so viel Angst einjagten wie die anderen erwachsenen Männer aus dem Arbeiterdorf. Im Gegenteil, insbesondere die Aufmerksamkeit von Masra Henry schmeichelte ihr sogar.

Abends, wenn Inika in ihrer Hängematte lag, und Bogo, erschöpft von der Feldarbeit, eingeschlafen war, dann schweiften ihre Gedanken ab. Inika wusste sehr wohl, dass sie inzwischen Liv, Kiri und vor allem Karini ein Dorn im Auge war. Das Haus war an Frauen gänzlich überbesetzt, und trotzdem hatte die Misi entschieden, dass Inika leichte Tätigkeiten verrichten sollte, um sich abzulenken. Die schweren Arbeiten mussten die anderen Frauen ausführen. Inika wusste allerdings nicht, wie lange dieser Umstand noch anhalten und die Misi sie noch in Schutz nehmen würde. Liv hatte bereits einige Male geäußert, dass man doch für Inika beizeiten eine andere Lösung finden müsse. Inika vermutete, dass die ältere Haushälterin Angst um ihre Stellung hatte. Ebenso schien sich Karini über den Umstand zu ärgern, dass

Inika von den jungen Masras so wohlwollend bedacht wurde. Das schwarze Mädchen war schlicht eifersüchtig. Inika konnte das sogar verstehen, Karini war immerhin mit Masra Henry und Masra Martin hier aufgewachsen. Aber zum einen waren sie keine Kinder mehr und zum anderen ... Karini konnte ja schlecht mit beiden anbändeln.

Wie es wohl wäre, wenn sie einen jungen weißen Mann an ihrer Seite hätte? Dann würde sie niemand mehr niedere Hausarbeiten verrichten lassen, sie könnte aus dieser unseligen Hängematte heraus in ein weiches Bett wechseln, und man würde sie mit Ehrfurcht behandeln und sie nicht dauernd herumschicken. Die beiden Masras hatten doch gute Zukunftsaussichten! Masra Henry würde Rozenburg erben, Masra Martin auf Watervreede vermutlich einen guten Posten innehaben. So gesehen kämen also beide infrage.

Inika sah in den jungen Männern eine echte Chance. Würde sich einer der beiden ihr zuwenden, könnte sie ein sorgenfreies Leben führen. Aber es gab ein Problem: Bogo. Inika war zwar fest davon überzeugt, dass die kleine Zeremonie, die sie am Feuer abgehalten hatten, in keiner Weise Bestand hatte, doch sie hatten die Trauung nun einmal offiziell verkündet. Das konnte sie nicht rückgängig machen. Bogo hatte sich immer gut um sie gekümmert und ihr in den dunkelsten Stunden ihres Lebens auch treu zur Seite gestanden. Aber er war eben nur ein Freund, nicht ihr Mann. Ob sie überhaupt einmal einen Mann lieben könnte?

Sie hatte sich in dieser Hinsicht eine ganz pragmatische Art zu denken angeeignet. Männer hatten sie bisher immer nur benutzt, warum sollte sie es nicht ebenso halten? Sie war jung und hübsch, warum also sollte sie nicht ihre Mittel einsetzen, um zu ihren Zielen zu gelangen? Bisher hatte allein die Vorstellung ihr Angst bereitet, aber wenn es nun einen Mann gab, so wie Bogo, der sie nicht verletzte? Und so, wie die Masras sie behandelten, konnte sie sich schwer vorstellen, dass sie wie Baramadir ... Nein, das hier war ihre Chance, und die würde sie sich nicht entgehen lassen. Nur Bogo, ihren einzigen wirklichen Freund, den wollte sie ungern verletzen.

Kapitel 13

Als die Trockenzeit im August anbrach, konnten endlich die ersten Ochsenkarren das Zuckerrohr über den Landweg nach Watervreede bringen. Watervreede war nun binnen eines halben Tages fußläufig erreichbar. Die Arbeiter auf Rozenburg ergriff eine gewisse Euphorie, die auch Karini empfand.

Mit dieser Verbindung wurde auf Rozenburg zugleich auch der Betrieb umgestaltet. Masra Jean hatte die Felder so bepflanzen lassen, dass die Erntezeiten nun mit den Trockenzeiten zusammenfielen und die Wagen sicher durch den Wald gelangen konnten. Somit wurde fünf Monate lang geerntet und der Pressvorgang komplett nach Watervreede ausgelagert. In den Regenzeiten würde man die Pflanzen wachsen lassen und alte Felder neu bestellen. Die Arbeiter, die mit dem Transport betraut wurden, hatten zudem Aussicht auf Abwechslung. Da auch andere Plantagen ihr Zuckerrohr auf Watervreede in Lohn mahlen lassen würden oder es gleich an die Zuckerrohrmühle verkaufen wollten, anstatt mühselig selbst zu mahlen, war dort ein reger Betrieb zu erwarten, was wiederum reisende Händler vom Fluss anziehen würde.

»Auf Watervreede wird es demnächst schlimmer zugehen als auf einem Marktplatz«, hatte Masra Jean angemerkt.

Durch diesen Umstand ergaben sich auch für die Frauen der Arbeiter ganz neue Möglichkeiten. Sie konnten dort ihre Waren, zum Beispiel geflochtene Matten oder kunstvoll gestaltete Kalebassen aus Flaschenkürbissen, anbieten.

Der erste Treck von Ochsenkarren, der eines frühen Morgens loszog, wurde feierlich von Rozenburg verabschiedet. Masra Jean und Masra Henry begleiteten die Wagen auf ihren Pferden durch die Felder. Karini blieb mit Masra Martin und Misi Juliette zurück. Sie würden am Nachmittag mit dem Boot nach Watervreede übersetzen, wo Masra Thijs zu einem feierlichen Empfang geladen hatte. Misi Juliette hatte zunächst nicht hinfahren wollen, aber Masra Jean und die Jungen hatten sie bestürmt, dass sie das nicht verpassen dürfe. Schließlich hatte sie widerwillig zugestimmt. Warum Misi Juliette so eine Abneigung gegen die Plantage Watervreede hegte, war Karini ein Rätsel.

Karini beschlich eine seltsame Wehmut, als sie etwas später mit Masra Martin über das Gelände der alten Zuckerrohrmühle auf Rozenburg schlenderte. Masra Martin blieb am Eingang stehen und stützte sich mit einem Arm am Torbogen ab. Der vertraute süße und schwere Geruch nach Melasse und Feuer kitzelte in Karinis Nase.

»Hier wird es jetzt still werden.« Auch Masra Martin schaute traurig.

»Ja ...« Karini klaubte ein Stück trockenes Zuckerrohr vom Boden auf und spielte damit herum. »Dafür dürfte es bei dir auf Watervreede jetzt erst richtig aufregend werden.«

Masra Martin drehte sich zu ihr um. »Komm doch wieder mit, Karini. Hier gibt es doch wirklich nichts für dich zu tun. Und bei uns ... bei mir ...«

Karini senkte betrübt den Blick. »Ich würde ja gerne, aber ich glaube, Misi Juliette und meine Mutter hätten etwas dagegen.«

»Karini, du bist fast erwachsen, sie können dir nicht mehr alles verbieten. Du darfst auch arbeiten, für wen du willst.« Masra Martin trat einen Schritt näher. »Ich würde mich wirklich sehr freuen, dich wieder in meiner Nähe zu haben.« Er sah ihr tief in die Augen und legte eine Hand auf ihren Oberarm. Die Haut darunter, nein, an ihrem ganzen Körper, begann zu prickeln.

»Ich werde Tante Juliette einfach heute Abend darum bitten. An einem Tag wie heute wird sie wohl kaum einen Streit darüber anfangen«, er zwinkerte ihr zu. »Und dann ... wir beide gemeinsam auf Watervreede ... das wird toll.«

Keiner der beiden ahnte, dass hinter einer Gebäudeecke Inika stand, die aufmerksam zugehört hatte.

Kapitel 14

Inika freute sich riesig auf das Wiedersehen mit ihrer Mutter. Misi Juliette hatte Inika eingeladen, der Feier auf Watervreede beizuwohnen. Mit ihr saßen neben der Misi noch Misi Helena, Kiri und Karini sowie Masra Martin im Boot. Bogo hatte etwas traurig geschaut, als sie ihm sagte, sie würde mit zur Feier der Herrschaften fahren. »Ich kann meine Mutter endlich wiedersehen, und ich soll auf Misi Helena aufpassen, hat Misi Juliette gesagt«, erklärte sie ihm. Er schien zu verstehen.

Inika beobachtete Masra Martin und Karini aus den Augenwinkeln. Die beiden vermieden fast schon zu auffällig, sich anzusehen. Inika hatte die beiden am Morgen zufällig an der alten Zuckerrohrmühle stehen sehen. Eigentlich hatte sie nicht lauschen wollen, aber dann war es doch passiert. Was sie gehört hatte, gefiel ihr. Wenn Karini wirklich nach Watervreede gehen würde – umso besser für sie. Ihre stetige Widersacherin im Haus wäre damit fort, und Inika könnte sich noch besser gegenüber Misi Juliette und vor allem dem jungen Masra Henry hervortun.

Auf der Plantage Watervreede herrschte festliche Stimmung. Im Garten vor dem Plantagenhaus standen Tische und Stühle aufgebaut und bunte Lampions hingen an den Bäumen. Misi Gesine rauschte aufgeregt hin und her, als hätte sie ein Staatsfest zu organisieren.

Die Ankömmlinge wurden ehrenvoll begrüßt, und Inikas Herz machte einen freudigen Sprung, als sie ihre Mutter erblickte. Doch ihre Begrüßung fiel nur kurz aus. Sarina wurde von Misi

Gesine in die Küche gescheucht, und Misi Juliette drücke Inika die kleine Misi Helena in den Arm. Inika freute sich, Misi Erika wiederzusehen, die sie kurz mit ein paar netten Worten bedachte.

Ein wenig später versammelten sich alle an der Stelle, wo der Waldweg zur Plantage durchbrach. Es dauerte nicht lange, und das Schnauben von Pferden war zu hören. Masra Henry und Masra Jean ritten winkend aus dem Dunkel des Regenwaldes, ihre Pferde waren tropfnass geschwitzt, aber auf den Gesichtern der Männer lag ein Lächeln.

»Sechs Stunden!«, rief Masra Jean stolz den Wartenden entgegen.

»Willkommen!«, erwiderte Masra Thijs, klatschte in die Hände und fügte hinzu: »Dann muss ich ja jetzt auch nicht mehr so lange laufen.«

Die Geschichte des verwegenen Fußmarsches von Masra Thijs und Masra Wim war unter den Weißen zur beliebten Anekdote geworden. Inika hingegen krampfte sich bei dem Gedanken daran schmerzvoll der Magen zusammen. Immerhin war es zu der Zeit gewesen, als auch Baramadir ... daran schienen die Weißen aber nicht mehr zu denken.

Die Ochsenwagen wurden zum neuen Mühlengebäude gezogen, die Tiere abgeschirrt und in die Stallungen gebracht. Die Arbeiter, die den Transport begleitet hatten, gesellten sich zu den Arbeitern der Plantage Watervreede, die in der Mitte des Wirtschaftshofes ein großes Feuer entfachten. Masra Thijs hatte auch ihnen ein Festessen zur Verfügung gestellt.

Inika beobachtete mit Misi Helena an der Hand, wie ihre Mutter Sarina sich zusammen mit Karini und Kiri mühte, den Weißen das Essen zu bringen. Diese hatten sich vorne im Garten versammelt, um den Tag feierlich ausklingen zu lassen. Inika bemerkte enttäuscht, dass Sarina hier ebenso nur eine Haushälterin war, wie sie es schon auf Rozenburg gewesen war. Eigentlich hatte sie nichts anderes erwartet, wenn auch heimlich gehofft. Obwohl ihre Mutter durchaus glücklich aussah. Sie schien mit Masra Thijs einen sehr vertrauten Umgang zu pflegen.

Inika schritt zu Misi Juliette, um ihr ihre Tochter zurückzubringen. Das kleine Mädchen freute sich sichtlich und kletterte auf einen Stuhl neben seiner Mutter.

»Danke, Inika, ich hoffe, auch du hast einen schönen Abend.« Misi Juliette nickte ihr aufmunternd zu, was bedeutete, dass sie sich jetzt nach hinten auf den Wirtschaftshof zu den Arbeitern gesellen durfte. Sehnsuchtsvoll ließ Inika noch einmal den Blick über die fein gedeckten Tische mit den Damastdecken gleiten und eilte sich dann, die Weißen allein zu lassen.

Am Feuer der Arbeiter ging es fröhlich zu, und Sarina, Karini und Kiri gesellten sich ebenfalls dazu. Alle lobten den Neuanfang. Inika fiel auf, dass Karini nervös wirkte. Kein Wunder, würde sich doch spätestens morgen entscheiden, ob sie hierbleiben durfte oder nach Rozenburg zurückkehren musste.

Kapitel 15

*J*ean war sichtlich erschöpft von dem Ritt durch den Wald. »An manchen Stellen ist der Boden noch sehr morastig, aber das wird sich in einigen Wochen auch gegeben haben.« Selbst als er mit Julie am späten Abend ihr gemeinsames Zimmer im Gästehaus von Watervreede bezogen hatte, ließ ihn der Tag nicht los.

Julie hingegen beschäftigten ganz andere Dinge. Sie war mit sehr gemischten Gefühlen nach Watervreede gefahren, die letzte Begegnung mit Pieter hing ihr noch nach.

»Hier geht es jetzt um die Zukunft von Rozenburg, und letztendlich liegt sie nicht in Pieters Hand, sondern in unserer und der von Thijs«, hatte Jean sie wieder und wieder beschworen.

Julie konnte es drehen und wenden, wie sie wollte, ohne die Zuckerrohrmühle auf Watervreede würde es zukünftig auf Rozenburg nicht gehen. Pieter hatte es anscheinend geschafft, noch weitere Plantagen flussaufwärts von den Vorteilen dieser Art der Zuckerrohrverarbeitung zu überzeugen, und so waren regelrechte Flößergemeinschaften geplant, die die dampfbetriebene Mühle beliefern sollten. Um konkurrenzfähig zu bleiben, musste Rozenburg in Kooperation mit Watervreede treten. Einen Vorteil hatten sie immerhin: Sie waren die Einzigen mit einer direkten Landverbindung.

Pieter allerdings hatte sich den ganzen Abend von ihr ferngehalten und sich im Lob der anderen Männer gesonnt. Julie hatte sich daher heute nicht viele Gedanken um ihn machen müssen. Ganz anders verhielt es sich mit den anderen Anwesenden und dem offensichtlichen Beziehungsgeflecht. Martin hatte es bereits angedeutet, aber nun war es Julie mit eigenen Augen gewahr geworden: Erika und Wim schienen einander sehr zugetan. Gesine hingegen hing förmlich an Pieters Lippen, und auch Thijs Marwijk und Sarina tauschten zu vertraute Blicke aus, als dass Julie noch glauben konnte, dass Sarina hier nur die Haushälterin war. Nun, das war Marwijks Angelegenheit, er wusste sicher, was er tat. Aber die Sache zwischen Erika und ihrem Cousin ... Sie wusste nicht, was sie davon halten sollte. Leider hatte sie noch keine Gelegenheit gehabt, mit Erika unter vier Augen zu sprechen. Sie nahm sich fest vor, es am nächsten Tag nachzuholen.

Am nächsten Morgen aber wurde sie zunächst von Martin aufgehalten.

»Juliette, auf ein Wort bitte.« Die etwas harsche Anrede und der befehlende Ton, den Martin anschlug, ließ sie kurz zusammenzucken. Sie rief nach Inika und überließ ihr Helena, dann folgte sie Martin neugierig in den Salon. Hier auf Watervreede war er unverkennbar der Sohn von Pieter. Vergessen schienen die letzten beschaulichen Tage auf Rozenburg, wo es Julie fast angemutet hatte, alles wäre wieder wie früher.

»Juliette, ich möchte, dass Karini hier bei mir bleibt.« Martin kam sofort zur Sache, er schien einiges von seinem Vater gelernt zu haben. Er sprach, als gäbe es an seinem Willen nichts zu rütteln.

Julie war überrascht, spürte aber vor allem eine leichte Wut ob dieser Art. »Martin, das kann ich nicht entscheiden.« Sie mühte sich um einen ruhigen Tonfall, sie wollte keinen Streit. »Das muss letztendlich Karini selbst wissen, und sie muss die Erlaubnis ihrer Eltern einholen.«

Martin jedoch schienen ihre Argumente nicht zu beeindrucken. »Sie gehört zu Rozenburg, natürlich kannst du das entscheiden.«

»Nein. Du weißt genau, dass die Dinge heute anders geregelt sind. Sie *gehört* nicht zu Rozenburg. Sie *arbeitet* auf Rozenburg.«

Martin zögerte kurz. Dann schlug er einen etwas versöhnlicheren Ton an. »Ja. Es ist nur so, dass ich ... dass wir hier für ... uns eine gute Zukunft sehen.«

»*Uns?*« Juliette war verblüfft. Dann aber musste sie lächeln. Daher wehte also der Wind. Für einen kurzen Moment war sie versucht, ihm Glück zu wünschen, doch dann kam ihr ein Gedanke. Flüchtig erst, doch dann mit voller Wucht. Der dunkle Schatten der Vergangenheit schob sich über Julies Geist. Martin und Karini ... da gab es ein Problem. Aber wie sollte sie ihm das klarmachen?

»Martin, ich denke ... ich muss dir etwas sagen.« Sie hatte gehofft, dies nie zur Sprache bringen zu müssen, aber angesichts der neuen Entwicklungen blieb ihr keine Wahl. Es wäre vielmehr unverantwortlich, Martin darüber im Unklaren zu lassen. Martin musste es wissen, bevor ...

Martin sah sie fragend an. Es war der gleiche Blick, den er früher als Kind immer gehabt hatte, wenn er nach seinen Eltern gefragt hatte. Eine Mischung aus Neugier, Trauer und ... Trotz.

»Martin, was ich dir jetzt erzähle, das weiß nicht einmal Karini selbst«, begann Julie zögerlich. »Ich möchte auch nicht, dass du ihr etwas verrätst, denn letztendlich ist dies Sache ihrer Eltern. Ich habe vor langer Zeit versprochen, mich nicht einzumischen. Also behalte es bitte für dich und vor allem überlege gut, was dies für eure Zukunft bedeuten könnte.« Julie musste den Blick senken, sie konnte Martin nicht in die Augen sehen. Dann holte sie tief Luft. »Martin, deine Mutter und Karinis Vater ... sind Halbgeschwister. «

»Was?« Martin sprang auf.

Im gleichen Moment stürmte Karini mit wütendem Gesicht in den Raum. Sie stockte kurz, als sie Julie sah. Dann fing sie sich aber, reckte den Kopf in die Höhe und sagte: »Misi Juliette, auch wenn meine Mutter dagegen ist, dass ich hierbleibe, werde ich es tun.« Karini hatte also zeitgleich das Gespräch mit ihrer Mutter gesucht. Diese hatte ihre Zustimmung aber offensichtlich verweigert, ohne den Mut zu finden, Karini über die Umstände aufzuklären. Julie hoffte jetzt, dass Martin mit seinem Wissen verantwortungsvoll umgehen würde.

Inika beaufsichtigte die kleine Misi Helena, seit Masra Martin Misi Juliette um ein Gespräch gebeten hatte. Inika war mit dem kleinen blonden Mädchen in den Garten gegangen und beobachtete mit ihr gerade ein paar große blaue Schmetterlinge auf den üppigen Blumen, als Masra Henry zu ihnen trat.

»Hallo, Inika. Hallo, kleine Prinzessin.« Lachend hob er seine kleine Schwester auf den Arm, die ihn mit fröhlichen »Heny!«-Rufen empfing. »Wo stecken denn alle?«

»Ich glaube im Haus, Masra«, antwortete Inika knapp.

Masra Henry schien das als Erklärung zu genügen. »Ach, ist es nicht herrlich? Jetzt werden die Zeiten auf Rozenburg sich ändern. Meine Eltern, ich, Karini, du … wir werden alle bessere Tage erleben.« Er schien geradezu euphorisch.

Inika sah ihre Chance gekommen. »Nun, Karini scheint ihre Zukunft ja eher hier auf Watervreede zu planen«, sagte sie in belanglosem Ton. Innerlich war sie aber doch sehr gespannt, wie Masra Henry auf diese Nachricht reagieren würde.

»Wie meinst du das?« Masra Henry setzte seine kleine Schwester ab und blickte Inika fragend an.

»Oh … meine Mutter erwähnte nur, dass Masra Martin plant, Karini hier auf der Plantage zu behalten«, log Inika.

Masra Henry schien ehrlich entsetzt. »Martin will was? Das sieht ihm ähnlich!« Wütend ging er in Richtung Plantagenhaus. Inika lächelte zufrieden. Für sie würde vieles leichter werden auf Rozenburg, wenn Karini hierbliebe und Masra Henry ganz allein wäre … er würde ihre Gesellschaft suchen.

Henry stürmte derweil wütend ins Haus. Es war ihm unbegreiflich, dass ihn sein Bruder so offensichtlich hintergangen hatte. Hinter seinem Rücken waren also Dinge passiert, von denen er nichts geahnt hatte. Martin und Karini? Als Dienstmädchen würde Martin Karini wohl kaum engagieren wollen ...

Als Henry ins Haus kam, hörte er Stimmen aus dem Salon. Eine gehörte unverkennbar Karini. »Misi Juliette, auch wenn meine Mutter dagegen ist, dass ich hier bleibe, werde ich es tun«, sagte sie. Henry kannte sie gut genug, um herauszuhören, dass sie sehr aufgebracht war.

Dann sprach Martin: »Juliette, ich denke, es ist richtig, wenn Karini bei mir bleibt.« *Bei mir bleibt.* Martins Worte hallten in Henrys Kopf wider, und er wäre am liebsten in den Raum gestürmt. Wie hatte er nur so blind sein können? Wie hatte er nicht bemerken können, dass die beiden ihre Zukunft gemeinsam planten? Der schmerzhafte Stich in seiner Brust verriet ihm nur allzu deutlich, dass es ihm keinesfalls gleichgültig war. Er mochte Karini mehr als eine Schwester, das hatte er sich nicht zuletzt in den vergangenen Monaten eingestehen müssen. Aber er hatte sich nie getraut, es ihr zu sagen. Jetzt war ihm Martin anscheinend zuvorgekommen. Mit gesenktem Blick und hängenden Schultern verließ Henry das Haus. Er würde wohl ewig der Zweite bleiben.

Kapitel 16

Julie stand auf der Veranda von Watervreede und blickte zum Fluss. Diese Plantage bringt nur Unruhe, dachte sie bei sich. Jeder Aufenthalt in diesem Haus hatte ihr zuletzt nur Unglück und familiären Ärger beschert. Auch das Gespräch mit Martin und Karini heute hatte nicht sonderlich erfreulich geendet. Karini wollte um jeden Preis auf Watervreede bleiben und war nicht gewillt, sich mit ihrer Mutter auszusprechen oder gar zu versöhnen. Martin war nach Julies Offenbarung zwar etwas zurückhaltender gewesen, hatte aber weiter gefordert, dass Karini blieb. Auch Kiri würde sich damit abfinden müssen. Ihre Tochter schlug nun ihren eigenen Weg ein.

»Juliette, ich habe dich gesucht.« Es war Erika, die nun aus dem Haus kam. »Lass uns ein Stück gehen, wir hatten ja noch gar keine Zeit füreinander.« Erika hakte sich bei Juliette ein und führte sie von der Veranda herunter. Bereits nach wenigen Metern bemerkte sie: »Was ist los, bedrückt dich etwas?«

Julie war Erika dankbar für ihre Frage. Sofort begann sie, von Martin und Karini zu erzählen. Das komplizierte Verwandtschaftsverhältnis ließ sie jedoch aus, davon wussten nur Jean, Martin, Kiri und Dany, und so sollte es auch bleiben. Schließlich lag die Blutsverwandtschaft zwei Generationen zurück. Martins Großmutter Felice, Karls erste Ehefrau, hatte ein Verhältnis mit Aiku, dem Leibsklaven ihres Mannes, gehabt. Aus dieser Verbindung war schließlich Dany entstanden, aber diese Beziehung war zu prekär, als dass man sie zu irgendeiner Zeit hätte öffentlich machen können.

Julie äußerte schließlich ihre Hoffnung auf den Tag, an dem Herkunft und Hautfarbe keine Rolle mehr spielten in diesem Land.

Erika verstand sofort, was Julie meinte.

»Martin und Karini ... das wäre keine unproblematische Beziehung, oder?«

»Ach Erika. Gibt es überhaupt einfache Beziehungen in diesem Land?«, Julie seufzte und drückte ihrer Freundin den Arm. Sie hoffte für die Kinder einfach nur das Beste.

Schweigend gingen sie durch den Garten bis zum Fluss. Die Sonne stand hoch, und an den Ufern hatten sich unzählige Papageien auf den Bäumen niedergelassen, um zu ruhen. Es war nicht nur die wärmste Tageszeit um die Mittagsstunden, es war auch die stillste in diesem Land.

»Juliette«, Erika brach das Schweigen. »Es tut mir ja fast ein bisschen leid, dich damit jetzt auch noch belasten zu müssen, aber du sollst es als Erste erfahren.« Sie holte tief Luft und schien sich sammeln zu müssen.

»Dein Cousin Wim wird seine Frau verlassen.«

»Verlassen?« Julie überraschte die Nachricht nicht wirklich. Es nun aber aus dem Mund von Erika zu erfahren, weckte in ihr einen leisen Verdacht.

»Ich will dir ja nicht zu nahe treten, aber ... zwischen dir und Wim ... ihr versteht euch ja doch recht gut, wie ich sehe.«

Erika schüttelte den Kopf, dann schaute sie sich um, als hätte sie Angst, belauscht zu werden.

»Es ist jetzt nicht so, wie du denkst. Ich ... ich werde mich wohl nie wieder mit einem Mann einlassen können. Nach dem ... was ich erlebt habe.« Ihre Stimme brach und sie schluckte. »Und Wim, ja, wir verstehen uns sehr gut, als Freunde«, fuhr sie schließlich fort, »nicht als Mann und Frau, wie man vielleicht denken mag. Wim ... die Ehe mit seiner Frau war nur von seinem Vater gewollt. Und Wim hat auch sein Päckchen zu tragen. Ich mag nur so viel sagen: Er ist Frauen eigentlich nicht so zugetan, wie es Männer im Allgemeinen sind. Daher ... wir werden sozusagen eher eine Zweckgemeinschaft bilden als ...«, sie blickte Julie in die Augen, »du verstehst.«

Julie nickte, aber die Gedanken rasten in ihrem Kopf.

Sie hatte also mit ihrer Vermutung, dass Wims Ehe mit Gesine von ihrem Onkel als Mittel zum Zweck herbeigeführt worden war, richtiggelegen. Der arme Wim, dachte sie bei sich. Sie konnte gut nachvollziehen, wie er sich fühlte. Dass er allerdings nichts mit Frauen ... Sie hatte zwar gehört, dass es Männer gab, die etwas aus der Art schlugen, aber ... Sie schüttelte den Kopf, um diese Gedanken zu verscheuchen, und konzentrierte sich wieder auf Erika.

»Erika, für dich und Wim ... Na ja, es freut mich natürlich. Wie immer ihr auch zusammenleben werdet ... Aber Gesine, das wird kein Spaß.«

»Ich weiß Juliette, ich weiß. Deshalb wollte ich dich vorbereiten.«

Julie war inständig froh, als sie am Nachmittag wieder das Boot besteigen konnte, um nach Rozenburg zurückzukehren. Der wütende Blick von Kiri ließ allerdings keinen Zweifel daran, dass es daheim noch einiges zu besprechen gab.

Henry und Jean waren den Heimweg bereits etwas früher zu Pferd angegangen. Henry hatte keinen Hehl daraus gemacht, Watervreede schnell verlassen zu wollen, er wirkte traurig. Julie hatte ihn gefragt, was ihn bedrückte, er aber hatte nur abgewinkt und sein Pferd bestiegen. Nahm es denn an diesem Tag gar kein Ende mit den Unstimmigkeiten?

Julie betrachtete ihre kleine Tochter, die im Heck des Bootes auf Inikas Schoß saß und mit der Halskette des indischen Mädchens spielte. Ach, meine Kleine, dachte sie bei sich, hoffentlich werden wir nicht so viele Probleme haben, wenn du einmal groß bist. Julies Blick wanderte zu Inika. Das Mädchen machte einen zufriedenen Eindruck. Julie hoffte, dass der Besuch bei seiner Mutter dem Mädchen wieder etwas Last von der Seele genommen hatte. So sorglos es sich im Alltag auch zeigte, Julie konnte nicht glauben, dass das Geschehene keine Spuren in seiner Seele hinterlassen hatte. Sie spürte, dass es im Inneren des Mädchens nicht so ruhig und gelassen zuging, wie es nach außen zu vermitteln versuchte.

Kapitel 17

Pieter war guter Dinge. Alles bahnte sich zu seiner Zufriedenheit an. Rozenburg hatte in die Zusammenarbeit eingewilligt, das war ein wichtiger Baustein in seinem Plan. Juliettes Mann war ein schlauer Bursche. Pieter hatte von Anfang an gewusst, dass Rozenburg das Angebot, das sich durch die neue Zuckerrohrmühle ergab, nicht abschlagen konnte. Obwohl Juliette ihn hasste – und er kostete jede Minute ihres Leides aus –, hatte Jean sie überzeugt, dass es nicht anders ging.

Jetzt musste sich Pieter nur noch um die Angelegenheiten auf Watervreede kümmern. Aber auch die schienen wie am Schnürchen in die richtige Richtung zu laufen. Die knallenden Türen und die aufgebrachten Stimmen, die er eines Morgens im Haus vernahm, waren Musik in seinen Ohren, die er schon längst erwartet hatte zu hören. Zwischen Gesine und Vandenberg war ein heftiger Streit entbrannt. Erika Bergmann war vor wenigen Tagen in die Stadt abgereist, und Pieter konnte sich an fünf Fingern abzählen, worum es nun ging. Schmunzelnd lauschte er aus dem Büro den Anschuldigungen, die Gesine ihrem Ehemann an den Kopf warf. Da Vandenberg darauf nicht konterte, vermutete Pieter, dass er sich seiner Sache sicher war und Gesine verlassen würde. Es folgte lautes Wehklagen und Geschluchze, aber auch darauf gab es keine nennenswerten, hörbaren Reaktionen von Vandenbergs Seite. Weiteres Türenknallen verriet Pieter, dass er sich nun auf seinen Auftritt vorbereiten sollte: Er würde der tröstende Freund an Gesines Seite sein. Dieses Weib war so leichtgläubig und einfach zu umgarnen, ihm fehlte fast schon der Reiz bei der Sache. Aber es war sinnvoll und zu seinem Besten. Gesines Vermögen würde ihm so manches erleichtern.

»Meine Liebe, um Himmels willen, was ist denn los?« Pieter bemühte sich um einen bestürzten Gesichtsausdruck, als er in den Salon trat. Gesine Vandenberg saß schluchzend in einem der Sessel und trocknete sich die Tränen mit einem Taschentuch.

Dieses schwarze Mädchen Karini, das sein Sohn unbedingt auf die Plantage hatte locken müssen und das nun wieder Gesine Vandenberg zu Diensten war, stand mit betroffenem Gesicht neben seiner Herrin. Pieter scheuchte es mit einer barschen Handbewegung und einem bösen Blick aus dem Raum. Das angstvolle Gesicht des Mädchens gab ihm eine kurze innere Befriedigung, die das nun Folgende leichter ertragen ließ. Er nahm in einem Sessel neben Gesine Platz, tätschelte ihr als Zeichen des Mitgefühls die Hand und fragte nochmals: »Kann ich etwas für Sie tun? Sie sind ja ganz außer sich, Gesine.«

Drei Stunden später hatte Gesine sich so weit beruhigt und von Pieter trösten lassen, dass er sicher war, sie würde ihm von nun an aus der Hand fressen. Er hatte ihr zugesprochen, sich schnellstmöglich von diesem wankelmütigen Mann zu lösen. Sollte er doch sein Glück bei dieser Frau finden. Gesine hätte Besseres verdient, und Wim wüsste ihren Einsatz hier auf der Plantage im Übrigen auch gar nicht zu würdigen. Denn genau da lag in Pieters Augen der Haken: Er musste sie unbedingt dazu bringen, hierzubleiben und nicht überstürzt abzureisen. Doch auch dieses Problem erübrigte sich, als sie ihm unter Tränen berichtete, dass Vandenberg zu Erika Bergmann in die Stadt wollte. So würde Gesine zunächst auf der Plantage bleiben, um in der Stadt nicht als gefallene Ehefrau dazustehen.

»Nein, das geht nicht, was sollen denn die Leute denken, ich in der Stadt und mein Mann bei einer fremden Frau?«, hatte sie von sich aus beschlossen.

Pieter hatte fast lachen müssen. Als ob sich in Paramaribo noch jemand an Wim und Gesine Vandenberg erinnern könnte, die vor eineinhalb Jahren kurz ein paar Wochen lang dort verweilt hatten. Aber er riss sich zusammen und ermutigte sie: »Nein, bleiben Sie hier, bis die Wogen sich geglättet haben, dann können Sie in aller Ruhe die nächsten Schritte einleiten.«

Thijs Marwijk zeigte sich wenig überrascht von Vandenbergs Entschluss. Pieter vermutete, dass Vandenberg den Schritt zuvor mit seinem Freund besprochen hatte. Martin hingegen wunderte sich etwas über die plötzlichen Entwicklungen und zeigte sich ebenfalls betroffen, als Vandenberg sich anschickte, zu Erika Bergmann nach Paramaribo abzureisen. Aber Pieter sprach Martin gut zu und versprach, den Kontakt zu Vandenberg zu halten. Er hoffte insgeheim natürlich auf das Gegenteil, damit Marwijk sich zukünftig allein auf Pieter als Ratgeber berufen musste. Und er hoffte, dass Vandenbergs Bestreben, dass seine Berichte in Europa Anklang fanden, sich erfüllte, denn dann hätte dieser anderes im Kopf, als sich um Watervreede zu scheren. Und früher oder später würde Vandenberg sich auch wieder um sein Kontor in Amsterdam kümmern müssen.

Pieters Geduld wurde aber auf eine harte Probe gestellt. Thijs Marwijk zeigte sich nämlich in den folgenden Wochen, trotz Wims Abreise, wenig umgänglich, sein Interesse an den Arbeitsabläufen rund um die Zuckerrohrmühle schien zu neuem Leben erweckt. Er schlich um die Mühle herum und sprach mit den Arbeitern. Pieter fühlte sich beobachtet. Auch im Büro erwischte er ihn, wie er die ersten angelegten Bücher kontrollierte. Was bildete dieser Grünschnabel sich ein?

»Mijnheer Brick, hier muss aber noch einmal etwas verbessert werden … Mijnheer Brick, die Arbeiter brauchen regelmäßige

Pausen ...« *Mijnheer Brick*. In Pieter kochte unterschwellig die Wut. Jetzt hatte er sich monatelang aufgeopfert, dass alles zum Besten lief, und nun kritisierte Marwijk plötzlich sein Werk.

In Pieter wuchs der Wunsch, sich dieses Problems zu entledigen.

Kapitel 18

»Masra Henry? Darf ich noch etwas zu trinken bringen?«
Henry saß mit einem Buch auf der Veranda. Inika kam, in der ihr eigenen Art, aus dem Haus. Man hörte dieses Mädchen nie laufen, gerade so, als schwebe sie. Nur das leise Rascheln ihres Kleides und das glockenzarte Klingen ihres Schmuckes verrieten, dass sie sich näherte.

»Ja gerne. Einen Saft bitte.«

Inika schwebte wieder davon. Henry blickte ihr nachdenklich hinterher. Sie war zwar nun schon lange hier auf Rozenburg, aber trotzdem umgab sie immer ein Hauch von Geheimnis und Fremde. Ihre Bewegungen waren immer geschmeidig, und sie sprach auf eine melodische, wohlklingende Art, schaute ihm aber selten direkt in die Augen, sondern hielt meist den Blick gesenkt. Und eigentlich, das musste Henry sich eingestehen, war sie auch kein kleines Mädchen mehr. Wie alt sie jetzt wohl war? Fünfzehn vielleicht? Nein, sie wirkte ein bisschen älter. Was hatte sie nicht schon alles erleben müssen! Mit Schaudern dachte er an den aufgebrachten Mob, der sie damals dem Feuer übergeben wollte. Und dann die Geschichte mit diesem Baramadir, der sie in den Wald entführt hatte und … Details hatte seine Mutter ihm verschwiegen, was aber im Grunde Aussage genug war.

Inika trat wieder auf die Veranda und brachte ihm ein Glas und eine Karaffe mit Saft.

»Danke. Komm – setz dich doch einen Moment zu mir.«

Sie zögerte kurz, setzte sich dann aber mit einer sanften Bewegung auf den Holzboden der Veranda.

Henry fragte sie ein paar belanglose Dinge, um ihre Schüchternheit zu verscheuchen. Er genoss den Klang ihrer Stimme und ließ seinen Gedanken freien Lauf. Früher, als Kind, hatte sie oft mit ihm, Martin und manchmal auch Karini zusammengesessen. Er erinnerte sich noch gut daran, wie sie ihr die ersten Worte Niederländisch beigebracht hatten. Henry wünschte einmal mehr die alten Zeiten zurück. Er fühlte sich einsam auf Rozenburg. Die Abende, an denen er einst mit Karini und Martin unter dem großen Mangobaum gesessen hatte, verbrachte er dort nun allein. Er war immer noch wütend auf sie, sie hätten ihm von ihren Plänen erzählen müssen! Karini hatte in den letzten Monaten nicht einmal angedeutet, dass sie nach Watervreede zurückwollte. Daraus schloss Henry, dass sie es in aller Heimlichkeit besprochen hatten, und das kränkte ihn. Insgeheim hatte er sich doch seine Zukunft hier auf der Plantage mit Karini ausgemalt! Sie war seine beste Freundin und, wenn er ehrlich zu sich war, konnte er sich auch kein anderes Mädchen an seiner Seite vorstellen. Aber jetzt hatte er sie an Martin verloren. Hätte er doch nur den Mut gehabt, ihr seine Gefühle zu offenbaren! Damals in der Stadt, als dieser trunkene Bursche sich an ihr vergreifen wollte, da war die Eifersucht in ihm hochgekocht. Aber mehr als eine vage Andeutung, in der Hoffnung, sie würde diese richtig deuten, war ihm nicht über die Lippen gekommen. Martin hatte wahrscheinlich nicht lange gefackelt. Das hatte er jetzt davon. Er war ein Feigling.

»Soll ich lieber gehen, Masra Henry?«

Henry schüttelte die Gedanken ab. Er musste eine ganze Weile schweigend zum Fluss gestarrt haben. »Nein, nein, bleib noch. Es tut mir leid.«

»Ist alles in Ordnung, Masra Henry?«

»Ach Inika – hör doch mit diesem *Masra* auf, bitte.« Er schenkte ihr ein aufmunterndes Lächeln.

»Henry …« Sie lächelte zaghaft.

In den kommenden Wochen trafen sie sich immer öfter am Abend auf der Veranda und sogar unter dem Mangobaum am Fluss. Henry gefiel es, jemanden zum Reden zu haben, und Inika war eine geduldige Zuhörerin. Selbst sprach sie nicht viel. Henry lockte sie mit kleinen Fragen, etwas mehr von sich preiszugeben, aber sie blieb verschlossen und zurückhaltend. Henry empfand ihr Schweigen aber nicht als unangenehm. Karini war nie auf den Mund gefallen gewesen und hatte immer mitreden wollen. Karini ... Nach und nach fand er sich damit ab, dass er sie verloren hatte.

Kapitel 19

Karini hatte nicht geahnt, zu welch dramatischen Wendungen es auf Watervreede kommen würde. Die Trennung von Masra Wim war für Misi Gesine eine Katastrophe. Zumindest stellte die Misi es zunächst so dar. Karini befand allerdings, dass ihre Trauer doch etwas zu schnell verflog. Nach einigen durchweinten Nächten, die auch Karini den Schlaf geraubt hatten, da Misi Gesine auch in der Nacht zahlreiche Wünsche geäußert hatte, schien die Trauer eines Morgens plötzlich verflogen. Und nach Masra Wims Abreise zu Misi Erika in die Stadt besserte sich Misi Gesines Laune schlagartig. Der Alltag kehrte auf der Plantage ein, doch die Ruhe täuschte und war nur von kurzer Dauer. Masra Pieter war nun immer häufiger in Gegenwart von Misi Gesine anzutreffen, und Karini bemerkte mit Schrecken, dass er die Frau regelrecht umgarnte. Auch Martin schnitt immer eine unwillige Grimasse, wenn Karini ihm erzählte, dass Misi Gesine und Masra Pieter wieder gemeinsam im Salon saßen.

Mit Martin entwickelte es sich auch nicht so, wie Karini es erhofft hatte. Sie war nach wie vor das Dienstmädchen im Haus, und Martin hatte seit ihrer Entscheidung, auf Watervreede zu bleiben, zudem keine neuerlichen Andeutungen bezüglich ihrer gemeinsamen Zukunft gemacht. Allerdings hatte er ihr recht bald angeboten, ihn allein mit seinem Vornamen anzureden, was sie zunächst als gutes Zeichen gewertet hatte. Seither aber war nichts weiter passiert. Hatte sie sich am Ende zu große Hoffnungen gemacht? Hatte sie sich vielleicht zu sehr in romantischen Vorstellungen verloren? Und sich dafür mit ihrer Mutter und Misi Juliette überworfen? Hatten die Frauen vielleicht doch recht gehabt? Hätte sie nicht hierbleiben sollen? Diese Gedanken kreisten ständig in ihrem Kopf.

Es war inzwischen Oktober. Karini stand in dem kleinen Kochhaus von Watervreede und bereitete das Essen vor. Draußen ergossen sich Sturzbäche, ein mächtiges Gewitter hatte sich aufgebaut. Ungewohnt in der Trockenzeit, aber nicht außergewöhnlich. Eigentlich hieß Karini eine solche Abkühlung willkommen, aber heute erschwerte sie ihre Aufgabe ungemein. Vom Himmel herab und vor dem Eingang der Küche bildete der Regen einen dichten Vorhang. Das Wetter passte zu Karinis betrübter Laune.

Plötzlich tauchte durch die Regenwand eine Gestalt auf, kurz darauf betrat Martin völlig durchnässt das Küchenhaus. Wasser lief aus seinem Haar, tropfte auf seine Schultern, und zu seinen Füßen bildeten sich kleine Pfützen.

Karini war überrascht, ihn hier zu sehen. »Warum kommst du bei diesem Wetter her?« Sie reichte ihm ein Tuch, mit dem er sich sogleich nachlässig abtrocknete. Dann setzte er sich auf die Bank am alten Tisch. Seine hängenden Schultern verhießen nichts Gutes.

»Er will sie heiraten«, sagte er leise und schüttelte den Kopf.

»Wer will wen heiraten?« Karini wusste nicht, wovon er sprach.

»Na, mein Vater ... ich ... ich habe gerade gehört, wie er Gesine angeboten hat, sie zu heiraten.«

Oh nein! Karini wusste nicht, was sie sagen sollte.

Martin stützte die Ellenbogen auf die Knie und fuhr sich vornübergebeugt mit den Händen durch die Haare. »Ich glaube das einfach nicht. Was ... was will er denn mit dieser Frau?«

Karini setzte sich neben Martin auf die Bank. Seit Masra Wim mit Misi Gesine aufgetaucht war, hatte sie Misi Gesine eher als belustigendes Mitbringsel angesehen. Diese Frau, die sich ständig umzog, dreimal täglich ihre Frisur wechselte und sich benahm, als wäre der König persönlich zu Gast ... Karini hatte es gefallen, für sie zu arbeiten. Dass Misi Gesine aber nun einen festen Platz in ihrer Mitte einnehmen wollte, das erschreckte sie. Plötzlich kam ihr ein Gedanke.

»Sie würde dann deine Stiefmutter!« Die Bemerkung rutschte aus ihr heraus, gleich schlug sie sich die Hand vor den Mund.

Martin blickte sie mit gequälter Miene an. »Ja. Schöne Aussichten, oder?«

Eine ganze Weile sprach niemand ein Wort. Karini bereitete das Essen vor, während Martin schweigend auf der Bank vor sich hinstarrte. Schließlich deckte sie die Schalen ordentlich ab, damit der Regen nicht hineinschlug, und eilte sich, das Essen ins Haus zu bringen. Martin blieb im Kochhaus sitzen. Er schien nicht besonders erpicht auf die Gesellschaft seines Vaters und Misi Gesines beim Essen.

Karini stöhnte. Sarina war nicht da, um zu helfen. Sie ließ es sich sonst nie nehmen, dem Haushalt vorzustehen, aber heute war sie nicht zur Arbeit erschienen. Karini war daraufhin noch am Morgen zu Sarinas Zimmer gegangen. Wenn niemand auf der Plantage zu Besuch war, bewohnte sie im unteren Stockwerk des Gästehauses eine kleine Kammer.

»Geh fort, mir geht es nicht gut«, hatte Sarina gesagt.

»Soll ich dir etwas bringen?«

»Nein, Karini ... geh ... kümmere dich um die Küche.«

Karini tat, wie Sarina es ihr aufgetragen hatte. Als sie jetzt das Essen ins Plantagenhaus brachte, fiel ihr auf, dass auch Masra Thijs nicht am Tisch saß. Masra Pieter und Misi Gesine hingegen waren bester Laune.

Zurück in der Küche füllte sie Essen auf einen Teller und reichte ihn Martin, der ihn dankbar entgegennahm. Er deutete auf den Stuhl am Tisch, und Karini setzte sich zu ihm.

»Weißt du, was mit Masra Thijs ist? Er war nicht bei Tisch.«

Martin zuckte kauend die Achseln. »Heute Morgen fühlte er sich nicht wohl ...«

»Komisch ...« Karini stocherte nachdenklich in ihrem Essen herum. »Sarina geht es auch nicht gut heute.«

Martin sah sich kurz um, als fiele ihm jetzt erst auf, dass Sarina in der Küche fehlte.

»Vielleicht das Wetter, es ist ja auch schrecklich draußen. Schlimmer als in der Regenzeit.« Er deutete auf den kleinen Wasserfall, der sich vor der Tür vom Dach zum Boden ergoss.

»Ja, vielleicht ...« Karini konnte nicht behaupten, dass das Argument sie überzeugte.

Auch am nächsten Tag erschien Sarina morgens nicht wie gewohnt in der Küche. Karini machte sich inzwischen ernsthaft Sorgen. Als sie vorsichtig an Sarinas Kammer klopfte, kam keine Reaktion. Karini klopfte nochmals, etwas energischer. »Sarina?«

Keine Antwort. Vorsichtig öffnete Karini die Tür. In der Kammer war es heiß und stickig. Sarina lag in dem schmalen Bett und rührte sich nicht, ihre Augen waren geschlossen, ihre Haut aschfahl. Karini trat vorsichtig an das Bett heran. »Sarina?« Sie legte der indischen Haushälterin zaghaft die Hand auf die Schulter, sie wollte sie nicht erschrecken. Sarina jedoch zeigte keine Regung. Dafür spürte Karini durch den Stoff von Sarinas Nachtgewand, dass die Frau regelrecht glühte. Sie hatte unverkennbar hohes Fieber.

Eilig rannte Karini zum Plantagenhaus. Im Flur traf sie auf Masra Pieter. Ausgerechnet Masra Pieter.

»Hey, was ist los? Warum rennst du hier so rum? Wo bleibt das Frühstück?« Er sah sie böse an. Karini fiel in diesem Moment auf, dass Masra Pieter sie eigentlich noch nie bei ihrem Namen genannte hatte. Für ihn war sie immer nur *Hey du* oder *Negermädchen*.

»Entschuldigung, Masra. Ich ... ich suche Masra Thijs.«

»Da wirst du kein Glück haben. Er fühlt sich nicht gut und ist auf seinem Zimmer geblieben. Bring uns jetzt den Kaffee rein.«

Karini war verwundert über die Gleichgültigkeit, die Masra Pieter an den Tag legte. Sie eilte sich, den Kaffee aus der Küche zu holen, um ihn nicht noch mehr zu verärgern. Als sie mit der Kanne wieder im Haus ankam, traf sie auf Martin. Dieser kam soeben die Treppe herunter und knöpfte sich noch den letzten Knopf seines Hemdes zu.

»Karini? Guten Morgen. Ist Sarina immer noch unpässlich?«

»Ja«, sagte Karini leise und blickte sich wachsam um. Sie wollte nicht, dass Masra Pieter sie sah oder hörte. »Und Masra Thijs liegt auch krank danieder.«

»Wirklich? Was ist denn nur los?«

Karini eilte sich, die Karaffe mit Kaffee in das Esszimmer zu bringen. Masra Pieter schenkte ihr einen ungehaltenen Blick, enthielt sich aber eines Kommentars.

Dann lief sie schnell nach oben zum Schlafzimmer von Masra Thijs und klopfte.

»Ja?«

Seine Stimme klang belegt und schwach. Das war kein gutes Zeichen. Karini öffnete die Tür. »Ich bin es, Masra. Ich wollte fragen, ob ich Ihnen irgendetwas bringen soll.«

Der Masra lag im Bett, und seine Augen glänzten fiebrig. »Ein Tee. Ich glaube, ein Tee wäre ganz gut, Karini, danke. Ist ... ist Sarina auch noch ...?«

»Sarina ist auch krank«, antwortete Karini ehrlich.

»Sag bitte Pieter, er möge doch bitte einmal zu mir heraufkommen.«

»Ja, mache ich, und dann bringe ich Ihnen Ihren Tee.«

»Masra Thijs wünscht Sie zu sprechen.« Weisungsgemäß richtete Karini im Esszimmer aus, was Masra Thijs ihr aufgetragen hatte. Masra Pieter nickte nur kurz.

»Vater?« Martin sah Masra Pieter vorwurfsvoll an.

»Was denn? Kann man in diesem Haus nicht mal seinen Kaffee in Ruhe trinken?« Masra Pieter verzog ungehalten das Gesicht.

»Vater! Thijs ist krank, Sarina ist krank … und du bist Arzt.«

»Ich gehe ja gleich zu Thijs! Martin, ein bisschen Fieber ist ja wohl nichts Ungewöhnliches in diesem Land, das weißt du selbst.«

Misi Gesine, die bisher geschwiegen hatte, mokierte sich jetzt über Sarinas Abwesenheit. »Wie lange wird das denn wohl dauern, Pieter? Wenn Sarina fehlt, muss Karini ja alles ganz allein machen. Zudem – ich muss doch packen. Ich muss noch in die Stadt wegen dieser Papiere.«

Masra Pieter winkte ab. »Ach, sie fängt sich auch schnell wieder, keine Sorge, meine Liebe. Das Negermädchen wird dir beim Packen helfen, und deine Scheidung in der Stadt wird schnell erledigt sein.«

Karini war wütend. Misi Gesine würde sich jetzt also von Masra Wim scheiden lassen – und ihre einzige Sorge war, dass sie ihre Sachen gepackt bekam. Karinis Sorgen hingegen galten den Kranken, aber die schienen hier niemanden außer ihr selbst und Martin zu interessieren.

Kapitel 20

Wim war seine Entscheidung nicht leichtgefallen. Natürlich war er froh, den Schritt gewagt zu haben. Die unglückliche Beziehung zu Gesine hatte an seiner Seele genagt und dort deutliche Spuren hinterlassen. Trotzdem verspürte er gegenüber Gesine doch eine gewisse Verantwortung.

»Sie kommt auf Watervreede schon zurecht, mach dir keine Sorgen.« Erika hatte versucht, ihn zu beruhigen. Und sie hatte recht, schließlich waren Thijs, Sarina, Martin, Karini und Pieter Brick auch noch da. Letzterer hatte sich in den vergangenen Monaten ja geradezu aufopfernd um Gesine gekümmert. Normalerweise wäre ein Ehemann wohl äußerst eifersüchtig gewesen, Wim hingegen hatte Bricks Bemühungen mit Gleichmut, ja fast schon mit Erleichterung beobachtet. Gesine war durchaus gereift in der Zeit, in der sie jetzt in Surinam verweilten. Sie würde die Trennung verkraften, und sie würde auch, so sie dies überhaupt wollte, den Weg zurück nach Europa finden.

Was ihn selbst betraf, war Wim sich diesbezüglich nicht sicher. Noch zog ihn nichts in die Heimat. Ihn erwarteten dort das kalte und triste Amsterdam und ein Handelskontor, das unter der Leitung seines Prokuristen auch hervorragende Geschäfte machte. Er brauchte sich nicht zu eilen. Im Moment war er geneigt, in Surinam zu bleiben. Natürlich hatte ihm die Arbeit auf der Plantage viel bedeutet, sie war heilsam gewesen und hatte ihn nicht nur körperlich gestärkt und verändert. Doch so wohl er sich auf Watervreede gefühlt hatte, irgendwann hatte er sich eingestehen müssen, dass seine Zukunft nicht in der Plantagenwirtschaft lag.

Er hatte gespürt, dass es Zeit war, neue Wege zu gehen, auch wenn er keine Ahnung hatte, wohin diese ihn führen würden. Trotzdem hatte er entschieden, den nächsten Schritt zu machen. Und der beinhaltete, Gesine und auch Watervreede hinter sich zu lassen, auch wenn Letzteres ihn schmerzte. Er hatte Thijs aber versprochen, dass sie sich auf Rozenburg wiedersehen würden. Denn auf Rozenburg, das wusste er, würden ihm und Erika immer die Türen offen stehen.

Erika hatte versprochen, ihm zu helfen. Wim wollte nichts als schreiben und hoffte, sich damit etablieren zu können. Natürlich musste er dies nun ohne seinen Schwiegervater schaffen, aber auch in Surinam waren gute Berichterstatter gefragt. Erika wollte versuchen, die nötigen Kontakte zu knüpfen.

»Du wirst dich aber eher mit Ameisenplagen auf Plantagen und Erläuterungen zum Ackerbau abgeben müssen«, hatte sie ihn lachend gewarnt. Doch das war Wim egal.

Er war unendlich dankbar, Erika kennengelernt zu haben. Diese Frau beeindruckte ihn jeden Tag aufs Neue. Nach und nach hatten sie sich besser kennengelernt, hatten Vertrauen zueinander gefasst, und daraus war eine tiefe Freundschaft entstanden. Er hätte sich nicht einmal träumen lassen, dass ihm dies mit einer Frau einmal möglich sein würde. Aber, und das war der wesentliche Punkt, es war wirklich nur eine Freundschaft. Von beiden Seiten.

Erika hatte Wim an einem mondhellen Abend am Fluss leise und mit brüchiger Stimme erklärt, sie hoffe, dass er keine *Absichten* bei ihr hegte. Diesen Wunsch könne sie ihm nämlich nicht erfüllen. Wim war sofort sehr erleichtert gewesen, er hatte schon Sorge gehabt, sie könnte Gefühle für ihn entwickeln, die er nicht erwidern würde. Diese Enttäuschung hatte er ihr gerne ersparen wollen. »Nein, Erika, was auch immer zwischen uns ist, es wird sich immer nur um eine rein ... freundschaftliche Verbundenheit handeln.« Sie hatte ebenfalls zutiefst erleichtert gewirkt.

Einige Wochen später hatten sie begonnen, sich gegenseitig ihr Seelenleben zu offenbaren. Zaghaft zunächst, doch schnell immer offener und stets ehrlich. Wim hatte noch nie mit jemandem über seine Beziehung zu Hendrik geredet. Auch Erika gegenüber hatte er sich geschämt, aber sie hatte ihn ermutigt. »Wim, das ist nichts Schlimmes, ich werde die Letzte sein, die dir Vorhaltungen macht.« Sie hatte ihm die Hand auf den Arm gelegt und ihn gezwungen, ihr in die Augen zu schauen. Und Wim hatte geredet. Und geredet. Von Hendrik, von seinem Vater, seinem Leben mit Gesine, seinen Wünschen, Träumen und Hoffnungen. Es war, als würde ihm ein schwerer Felsen von der Seele genommen, er fühlte sich regelrecht erleichtert. Er wusste seine Geschichte bei Erika gut aufgehoben. Erika hingegen hatte sich schwerer daran getan, ihm ihre Geschichte zu erzählen. Was Wim schließlich zu hören bekam, steigerte seine Bewunderung für diese Frau noch. Seine eigenen Sorgen erschienen dagegen klein und unscheinbar.

Erika war von einem Plantagenbesitzer über lange Zeit gedemütigt und misshandelt worden. Die körperlichen Übergriffe wogen so schwer, dass sie es sogar vorgezogen hatte, zu sterben, als die Gewalt länger ertragen zu müssen. Die Geschehnisse setzten Erika noch heute zu, war ihre damals noch ungeborene Tochter doch im Zuge der tätlichen Übergriffe gezeugt worden. Erika trug schwer daran, sie hatte ihre Tochter nie lieben können und machte sich das zum Vorwurf. Wim hatte versucht sie zu trösten, auch wenn er wusste, dass keine Worte der Welt diesen Schmerz vergessen lassen konnten.

Erika sagte ihm deutlich, dass es ihr nie wieder möglich sein würde, sich auf einen Mann einzulassen. Aber das Leben als alleinstehende Frau war nicht leicht. Trotz aller Bemühungen fühlte sie sich immer einsam, stand sie am Rand der Gesellschaft. Wim wusste, welches Gefühl sie meinte, auch er kannte es besser, als ihm lieb war.

Etwas später hatte Wim eher scherzhaft angemerkt, dass sie

doch eigentlich das perfekte Paar seien. Und aus diesem Scherz war nach gründlicher Überlegung ein Plan gereift. Eine augenscheinliche Beziehung würde sich nach außen durchaus positiv auswirken und barg zugleich für sie beide keine Gefahren. Aus einer zunächst absurden Idee wurde nach und nach Ernst. Wim hatte sich von Gesine getrennt, um offiziell eine Beziehung mit Erika einzugehen.

Inzwischen waren sie seit einigen Wochen zurück in Paramaribo. Dort stieß sich niemand an dem Paar. Im Gegenteil, im Kinderhaus wurden sie euphorisch empfangen, und Wim fühlte sich in die kleine, etwas außergewöhnliche Familie gleich gut aufgenommen. Was Erikas leibliche Kinder von ihm halten würden, stand noch in den Sternen, Erika versicherte ihm aber, er bräuchte sich keine Sorgen zu machen. »Reiner lebt die meiste Zeit im Regenwald, da schert man sich um Beziehungen nicht so wie in der Stadt. Die Eingeborenen haben andere und offenere Sitten.« Erika errötete leicht. »Und Hanni ... ich weiß auch nicht.« Erika zuckte mit den Achseln.

Dass Wim noch verheiratet war, daran erinnerte sich in der Stadt niemand. Erika verwies ihn an einen seriösen Advokaten, der die nötigen Scheidungspapiere aufsetzte. In den Niederlanden würde dies sicherlich höhere Wellen schlagen. An seinen Schwiegervater mochte Wim dabei gar nicht denken, aber auch diese Wogen würden sich glätten. Gesine war noch jung, und ihr würden viele Männer zu Füßen liegen. Selbst Pieter Brick war ja offensichtlich nicht abgeneigt.

Wim genoss die neu erlangte Freiheit. Und sobald Gesine in die Stadt kam und in die Scheidungspapiere einwilligte, konnte sein neues Leben beginnen.

Kapitel 21

»Wir müssen irgendetwas tun.« Karini war verzweifelt. Auch an diesem Morgen gab es keine Besserung. Sarina und Masra Thijs lagen seit Tagen im Fieber und wurden immer schwächer, obwohl Masra Pieter behauptete, sich um die beiden zu kümmern. Misi Gesine war in die Stadt gefahren, sie hatte nur ihre Scheidung im Kopf.

»Aber Vater sagt doch ...« Martin schaute sie betrübt an.

»Ja, dein Vater sagt, das geht vorbei. Aber schau dir die beiden doch an! Sarina ist bereits zu schwach, um die Augen zu öffnen, und Masra Thijs geht es genauso, er liegt nur noch im Fieberwahn.«

»Aber was sollen wir denn machen?« Martin schien ratlos.

»Meiner Meinung nach sollte jemand nach Rozenburg fahren und Hilfe holen. Misi Juliette oder ... am besten Tante Aniga.«

»Die Negerin?«

Karini schnaubte wütend. »Diese *Negerin* hat schon vielen Menschen geholfen. Und hier gibt es unter den Arbeitern keinen Heiler.«

Martin schien skeptisch, und Karini meinte sogar, Angst in seinem Blick zu erkennen. »Ich weiß nicht ... Vater wäre sicherlich nicht erfreut, wenn wir uns da einmischen.«

»Meine Güte! Die beiden sterben womöglich, wenn wir jetzt nicht schnell etwas unternehmen.«

»Aber so ein bisschen Fieber ...«

Karini rang verzweifelt die Hände. »Martin!« Warum tat er sich so schwer einzusehen, dass hier wirklich Gefahr drohte? Karini hatte schon oft genug Kranke mit Fieber gesehen und auch bei deren Versorgung geholfen. Aber irgendwie war das hier anders, das war kein normales Tropenfieber. »Bitte, fahr nach Rozenburg und hol Hilfe.«

Als Martin sich am Nachmittag immer noch nicht gerührt hatte, packte Karini ihn wütend am Ärmel und zog ihn mit in die obere Etage. »Karini, was soll das? Bist du verrückt?«

»Nein! Du kommst jetzt sofort mit, ich will, dass du das selber siehst.« Sie zog ihn durch den ganzen Flur und öffnete dann leise die Tür zu Masra Thijs' Zimmer. Die zugezogenen Vorhänge ließen nur wenig Licht in den Raum, aber der schlechte Zustand des Kranken war unübersehbar, und die dumpfe, vom Fieber geschwängerte Luft im Zimmer ließ keine Fragen offen.

»Da. Guck ihn dir an, er hat seit zwei Tagen die Augen nicht mehr aufgemacht. Genau wie Sarina.« Karini trat leise an das Bett von Masra Thijs, nahm einen feuchten Lappen aus der Schale auf dem Nachttisch und tupfte ihm vorsichtig die Stirn ab. Dann drehte sie sich zu Martin um, der mit blassem Gesicht im Türrahmen stand. »Martin, die beiden sind schwer krank und ich … ich gebe mir ja Mühe, aber ich bin keine Krankenschwester und weiß auch nicht mehr, was ich tun soll. Dein Vater kommt einmal am Tag, guckt, fühlt den Puls und geht wieder. Was soll ich denn machen? Sie sterben mir unter den Händen weg, wenn wir nichts unternehmen.« Karini kullerte eine dicke Träne über die Wange. Angst und Erschöpfung forderten allmählich ihren Tribut. Erst hatte sie überlegt, Hestia um Hilfe zu bitten, aber die alte Frau konnte kaum noch laufen und sah sehr schlecht, man konnte sie also kaum mit der Pflege zweier Kranker betrauen. Karini hatte für das Haus und die Küche eine der Arbeiterfrauen abkommandiert, aber sie allein schaffte die Versorgung der beiden Schwerkranken nicht länger.

»Wenn es morgen nicht besser ist, werde ich mit Vater reden«, versprach Martin. Karini seufzte. Das war nicht viel, aber immerhin etwas.

Weit nach Mitternacht tappte Karini im Dunkel der Nacht über den Wirtschaftshof. Sie war bei Sarina gewesen, es ging ihr unverändert schlecht.

Als sie zurück zu ihrer Hütte wollte, sah sie eine Bewegung an der hinteren Veranda des Plantagenhauses. Sie hielt inne und lauschte. Spielte ihr müder Geist ihr nun schon Streiche? Karini wollte gerade weitergehen, als erneut ein Geräusch zu hören war. Sie erstarrte vor Schreck. Dann brach der Mond für einen kurzen Moment durch die Wolken, und Karini sah eindeutig jemanden auf das Gästehaus zugehen. Karini hörte ein leises Knarren. Die Tür vom Gästehaus! Langsam, bedacht, im Schatten der Bäume zu bleiben, schlich Karini zurück in die Richtung, aus der sie gekommen war. Vorsichtig tastete sie sich an der Hauswand entlang bis an das Fenster von Sarinas Kammer heran. An Sarinas Bett stand eine Gestalt. Wieder erhellte ein Mondstreif kurz die Nacht. Es war Masra Pieter. Er zog eine kleine Flasche aus seiner Jackentasche, packte mit einer Hand Sarinas Kinn, tröpfelte ihr etwas aus der Flasche in den Mund und steckte sie wieder weg. Dann schickte er sich an zu gehen. Karini duckte sich und krabbelte rückwärts unter einen Busch. Dornen zerstachen ihr die Beine und den Rücken, aber Masra Pieter durfte sie hier auf keinen Fall entdecken. Wieder knarrte die Tür. Schritte entfernten sich. Karini blieb in ihrem Versteck hocken. Was hatte er da nur getan? Er kam doch nicht mitten in der Nacht, um Sarina Medizin zu geben? Plötzlich kam Karini ein böser Verdacht. Masra Pieter scherte sich nicht um die Kranken. Vielleicht, weil er ganz genau wusste, warum sie krank waren?

Plötzlich packte sie jemand bei den Haaren und zog sie aus ihrem Versteck. Entsetzt erkannte sie Masra Pieter! Ehe Karini schreien konnte, drückte er ihr die Hand auf den Mund. »Wenn du schreist, bringe ich dich um.« Er zerrte sie hinter sich her, bis weit hinter das Mühlengebäude. Dort warf er sie auf den Boden. »Was hattest du da zu suchen? Was hast du gesehen?« Er beugte sich zu ihr hinunter und schlug ihr ins Gesicht.

»Nichts«, wimmerte Karini.

»Ich frage dich noch einmal: Was hast du gesehen?« Er schlug erneut zu, Karini spürte, wie ihre Lippe platzte, und schmeckte Blut. Sie musste husten. Er trat ihr in die Seite. »Wenn du verdammtes Negermädchen auch nur einen Ton sagst, dann ...« Er trat noch einmal zu. Karini wurde schwarz vor Augen.

Als sie die Augen wieder öffnete, schien der Mond über ihr. Einen kurzen Moment wusste sie nicht, was geschehen war, dann spürte sie die Schmerzen und krümmte sich zusammen. Schwer atmend versuchte sie, ihren Körper unter Kontrolle zu bringen. Sie horchte in sich hinein. Insbesondere ihr Bauch und ihre Rippen schmerzten, und sie schmeckte, dass ihre Lippe immer noch blutete. Sie nahm all ihre Kraft zusammen und versuchte, sich aufzusetzen. Als der erste Schwindel sich gelegt hatte, kam die Erinnerung zurück. Karini verstand sofort die Tragweite dessen, was geschehen war, und fasste einen Entschluss. Sie musste weg von hier. Und sie musste Hilfe holen. Masra Pieter würde nicht nur Masra Thijs und Sarina umbringen, sondern sie womöglich auch. Langsam richtete sie sich auf, kleine Sterne tanzten vor ihren Augen und ihre Knie drohten nachzugeben. Dann aber gelang es ihr, ein paar Schritte zu laufen. Und noch ein paar. Die Schmerzen ließen zwar nicht nach, aber sie lief.

Sie lief in den Wald hinein, auf dem Weg, der nach Rozenburg führte.

Kapitel 22

Henry erreichte in aller Frühe mit einer Arbeiterkolonne das Zuckerrohrfeld, als ein paar Arbeiter aufgeregt riefen und winkten. Er wendete sein Pferd und trabte auf sie zu. Zwischen den Männern lag eine Person am Boden. Im ersten Moment dachte er, einer der Arbeiter wäre erkrankt, doch dann sprang er schockiert vom Pferd.

»Karini? Oh Gott … Karini?« Er beugte sich über das Mädchen. In seinem Kopf überschlugen sich die Gedanken. Wie kam sie hier auf das Feld? War sie etwa gelaufen, mitten in der Nacht? Dann sah er ihr zerschlagenes Gesicht. Eine heiße Wut schoss durch seinen Körper.

Behutsam hob er sie hoch, legte sie kurz einem Arbeiter in die Arme und stieg auf sein Pferd. Der Mann reichte ihm Karini vorsichtig hinauf. Mit einer Hand am Zügel, mit dem anderen Arm das Mädchen haltend, trieb er sein Pferd in Richtung Plantage.

»Mutter!« Sein Ruf hallte über den Wirtschaftshof. Die Panik in seiner Stimme überraschte ihn selbst.

Juliette und Kiri kamen fast gleichzeitig aus dem Haus gestürmt.

»Henry? Ist etwas passiert?« Doch im selben Moment schlug sie sich die Hand vor den Mund. »Grundgütiger!«

»Sie lag im Feld, hinten am Wald. Sie muss gelaufen sein.«

Gemeinsam hoben die Frauen Karini vom Pferderücken und legten sie behutsam auf den Boden.

»Oh Gott! Wer hat sie denn so zugerichtet?« Juliette wischte Karini vorsichtig mit einem Rockzipfel das Blut aus dem Gesicht.

Das Mädchen gab ein leises Stöhnen von sich und die Augenlider flatterten.

»Ich weiß es nicht, Mutter. Aber ich werde es herausfinden.« Henry wendete sein Pferd und trieb es an.

»Henry, nein! Warte!«, hörte er seine Mutter verzweifelt rufen, doch er ritt blind vor Wut geradewegs zurück in die Zuckerrohrfelder und in Richtung Watervreede.

Julie blickte ihm hinterher. Sie wusste, dass sie ihn nicht aufhalten konnte.

»Kiri, komm, wir bringen sie ins Haus.« Gemeinsam trugen sie das Mädchen in eines der Zimmer. Julie schickte Kiri nach einer Schüssel und etwas Wasser und ließ sie ihre Tochter vorsichtig waschen. Julie strich dem Mädchen immer wieder behutsam über die Haare und beobachtete erleichtert, dass Karini wieder zu Bewusstsein kam. Das Mädchen blickte sich fragend um, dann krümmte es sich vor Schmerzen.

»Bleib ruhig liegen, Kind.« Kiri tupfte ihr das Blut von der Lippe. Ihre Miene war versteinert, wie Julie erschrocken bemerkte. So hatte sie ihre Angestellte lange nicht gesehen.

»Was ist passiert?«

»Masra Pieter«, kam es leise aus Karinis Mund.

Julie sog scharf die Luft ein.

Plötzlich öffnete das Mädchen die Augen ganz weit. »Masra Thijs ... Sarina ... sehr krank ... Masra Pieter ... sie brauchen Hilfe ...«, stieß sie hervor.

Julie erstarrte. Das konnte nur eines bedeuten! Pieter hatte doch wohl nicht schon wieder ... Sie sprang auf. »Kiri, ich reite los und suche Jean, wir müssen nach Watervreede. Geh und hole Aniga, setz sie mit ein paar Männern und ... am besten Inika ... in ein Boot und schick sie auch dorthin.«

Julie rannte aus dem Haus zum Stall, sattelte und zäumte in aller Hast ihre Stute und galoppierte vom Hof. Ihre Gedanken wanderten zu Henry, sie hatte ihn selten so wütend gesehen. Hoffentlich machte er gerade keinen Fehler. Er hatte einen großen Vorsprung. Wenn ihre Befürchtungen sich bewahrheiten sollten …

Julie fand Jean in den Zuckerrohrfeldern. »Jean! Henry … Watervreede … schnell!«, rief sie ihm nur atemlos zu. Erleichtert bemerkte sie, dass er sein Pferd sofort wendete. In vollem Galopp setzte er ihr nach.

Als Henry auf Watervreede ankam, drohte sein Pferd zusammenzubrechen. Er hatte es im schnellen Galopp durch den Wald getrieben, Stunde um Stunde und ihm kaum eine Pause gegönnt. Jetzt trabte das Tier mit letzter Kraft auf den Wirtschaftshof und blieb schließlich mit gespreizten Beinen schwer atmend stehen. Seine Flanken bebten, und der Schweiß floss in dicken Tropfen den Hals herunter. Henry klopfte ihm kurz dankbar und anerkennend auf die Seite, überließ es einem herbeigeeilten Stallburschen und machte sich eilig auf in Richtung Plantagenhaus. Je näher er Watervreede gekommen war, desto mehr hatte sich auch seine Wut gesteigert. Wie konnte es sein, dass Karini so geschlagen wurde? Er kannte Karini nun schon zeit seines Lebens und konnte sich nicht vorstellen, dass sie etwas verbrochen hatte. Doch selbst wenn sie einen Fehler gemacht hatte – eine solche Behandlung war schlichtweg unrecht! Es war noch früh am Vormittag und er hoffte, Martin und Pieter wären noch nicht auf der Plantage unterwegs.

Henry betrat das Haus über die hintere Veranda. Im Flur kam ihm eine schwarze Frau entgegen, die ihn verschreckt anschaute.

»Wo ist der Masra?«, fragte Henry. Die Frau deutete nach vorne auf das Esszimmer und schickte sich dann an, schnell das Haus zu verlassen.

Ohne sich in irgendeiner Form anzumelden, trat Henry an den Tisch, an dem Martin und sein Vater saßen.

»Henry?« Martin sprang von seinem Stuhl auf.

Falls Pieter überrascht war, ließ er es sich nicht anmerken. Er nippte seelenruhig an seinem Kaffee. »Ah, Juliettes geliebter Sohn. Hast du uns unser Negermädchen wiedergebracht?«

Henry wollte schon antworten, als er sah, dass Martins Blick zu seinem Vater wanderte und dann zurück zu Henry. Er meinte für einen Augenblick, Überraschung darin zu lesen, aber dieses Mal würde Martin ihn nicht täuschen! Was bildete er sich ein? Mit drei langen Schritten war er bei ihm und packte ihn am Kragen. »Was habt ihr mit ihr gemacht? Warst du das? Hast du sie so zugerichtet?«

Martin war von diesem Angriff sichtlich überrumpelt und hob abwehrend die Hände. »Henry, wovon redest du?«

»Schluss jetzt!« Pieter funkelte die beiden jungen Männer böse an.

Henry aber packte noch fester zu. »Sag mir, was passiert ist!«, zischte er. »Los, wird's bald! Karini lag heute Morgen grün und blau geschlagen auf unserem Feld.«

»Was?« Martin schüttelte heftig den Kopf. Henry zögerte. Martins Überraschung schien echt.

»Schluss jetzt, sage ich.« Pieter erhob sich und packte Henry an der Schulter und zog ihn von Martin weg. »Das kleine Biest war nicht artig, da musste man ihr mal Gehorsam beibringen.«

Henry traute seinen Ohren nicht. Was bildete dieser Mensch sich ein? Er wollte sich auf Pieter stürzen, aber Martin hielt ihn zurück und schob sich zwischen ihn und seinen Vater. Sein Blick war dunkel, als er sich an seinen Vater wandte. Es war ein Blick, den Henry aus ihrer Kindheit kannte.

»Hast du sie geschlagen, Vater? Sag!«

Pieter zuckte nur die Achseln.

Jetzt war es Martin, der mit dem Arm ausholte, doch Pieter war schneller und umklammerte die Hand seines Sohnes mit eisernem Griff.

»Martin, nun scher dich mal nicht so um das Mädchen. Sie ist widerborstig, das war ihre Mutter früher auch schon.« Er lachte auf. »Hast du eigentlich Spaß gehabt mit dem kleinen Ding? Ihr müsstet doch gut zusammenpassen. Ihre Mutter habe ich mir damals schnell gefügig gemacht.«

Henry brauchte einen Augenblick, um das Gesagte zu verstehen, dann wurde ihm übel. Er zwang sich mit aller Kraft, diesem Gefühl nicht nachzugeben.

»Was hast du ihr angetan?« Martin fand die Sprache als Erster wieder. Sein Gesicht war blass und angespannt, und nun bäumte er sich auf in dem Versuch, sich von seinem Vater loszureißen. Pieter jedoch hielt ihn weiter fest, und Henry war versucht, Martin zu Hilfe zu eilen, als Pieter erneut sprach.

»Ja, Martin, deine Kleine ist wohl auch mein Fleisch und Blut. Und darum kann ich sie auch erziehen, wie ich möchte. Und ... genau genommen gehört sie mir.« Mit diesen Worten stieß er Martin von sich.

Martin sah seinen Vater entsetzt an.

Henry vermochte nicht zu glauben, was er da gerade gehört hatte. Karini? Gezeugt von Pieter?

Pieter schien die Situation voll auszukosten, auf seinem Gesicht lag ein süffisantes Lächeln. Plötzlich war aus dem Flur ein Poltern zu hören, schnelle Schritte kamen näher. Gleich darauf trat Jean mit dem Gewehr in der Hand ins Esszimmer, gefolgt von Juliette.

Pieter verzog das Gesicht. »Wie nett, jetzt ist die ganze Familie ja vereint.«

»Halt den Mund, Pieter, halt einfach den Mund«, zischte Juliette ihn an. »Wo ist Thijs Marwijk?«

Julie lief nach draußen, um zu sehen, wo das Boot blieb. Sie hatte keine Ahnung, was im Esszimmer geschehen war, aber Henry und Martin wirkten sehr verstört. Sie würde sich später darum kümmern, jetzt war es zunächst wichtig, dass den Kranken geholfen wurde. Martin hatte sie schweigend zu Thijs Marwijk geführt. Es stand nicht gut um den Mann.

Die Ruderer hatten sich mächtig ins Zeug gelegt. Julie sah, wie Bogo im Boot ungeduldig zwischen den rudernden Männern in den Bug des kleinen Zeltbootes stieg und das Tau in die Hand nahm, mit der das Boot gleich festmachen würde. Julie war froh darüber, dass Inika nicht allein kam. Wenn es um ihre Mutter ähnlich stand wie um Thijs, dann …

Julie lief ihnen auf dem Steg entgegen, und Bogo warf ihr das Tau zu. Mit einem Sprung war er auf dem Steg und zog mit ihr das Boot in Position. Inika half Aniga auf, die Reise in dem kleinen Boot war für die alte Frau vermutlich beschwerlich gewesen. Mit wackeligen Schritten erklomm sie den Steg, dann kletterte Inika hinauf.

»Misi, wo ist meine Mutter?« Ihr stand die Sorge im Gesicht geschrieben.

»Im Gästehaus, in der unteren Etage, gleich neben dem Eingang.« Julie hatte kaum geendet, da stob das Mädchen davon. Julie wandte sich an Aniga: »Wir gehen zuerst zu Thijs Marwijk. Es geht ihm nicht gut.« Julie fasste die schwarze Heilerin am Arm und führte sie zum Plantagenhaus.

Im Schlafzimmer trat Aniga an das Bett des Kranken, murmelte etwas Unverständliches, fasste an das dünne Laken, mit dem Marwijk zugedeckt war, und zog es mit einem Ruck fort. Behutsam schob sie das Oberteil seines Nachtgewandes ein kleines Stück hoch, sodass sie einen Blick auf den Brustkorb des Kranken werfen konnte.

»Grundgütiger.« Julie hatte es geahnt. Marwijks Körper war mit tiefroten Flecken übersät.

Als sich ihre Blicke trafen, nickte Aniga und sprach: »Misi wissen noch, wo wir so etwas gesehen haben … oder, Misi?«

Julie nickte und hielt sich vor Entsetzen die Hand vor den

Mund. Pieter... »Kannst du ihm helfen, Aniga?«, fragte sie schließlich, auch wenn sie sich vor der Antwort fürchtete.

Die schwarze Frau wiegte den Kopf einmal hin und her, dann nickte sie. »Macht einen Waschzuber, kaltes Wasser rein, sehr kalt ... müssen Fieber fortjagen.«

Julie eilte nach unten und aus dem Haus, um die Waschzuber zu suchen. Sie fand sie am Küchengebäude, aber sie waren zu schwer, als dass sie diese hätte allein tragen können. Sie lief zum Gästehaus und fand Bogo in Sarinas Zimmer.

Inika saß mit betroffener Miene auf der Bettkante ihrer Mutter und hielt deren Hand. Julie fuhr der Schreck in die Glieder. Sarina wirkte, so das überhaupt möglich war, noch kränker als Marwijk. Sie würde Aniga gleich hierherschicken. Atemlos bedeutete sie Bogo, ihr zu folgen. Gemeinsam schleppten sie einen Zuber zur Schwengelpumpe im Hof, und Bogo begann sogleich, ihn zu befüllen.

Kurz darauf kamen Martin und Jean mit Thijs Marwijk aus dem Haus. Julie war entsetzt, der Mann bestand nur noch aus Haut und Knochen.

»Ausziehen und da rein, schnell!«, sagte Aniga hinter ihnen und zeigte auf den inzwischen gefüllten Badezuber.

Jean und Martin zogen Marwijk aus, dann packten sie ihn an Armen und Füßen und hoben ihn vorsichtig in das kalte Wasser. Marwijk zuckte kurz zusammen und stöhnte, wehrte sich aber nicht.

Aniga deutete auf die Pumpe: »Weiterpumpen, immer kaltes Wasser. Wo ist Frau?«

Julie wies ihr den Weg zu Sarina. Jean und Martin holten einen weiteren Zuber und pumpten Wasser in Eimer, die sie in die Wanne entleerten, bis Bogo schließlich mit Sarina auf seinen Armen aus dem Gästehaus trat.

Julie und Inika nahmen Sarina die Kleidung ab. Julie blieb nicht verborgen, dass Sarina dieselben tiefroten Male auf ihrem

Körper trug. Niemand scherte sich darum, dass die beiden Kranken nun nackt waren. Ihnen musste geholfen werden.

Von der Veranda ertönte in diesem Moment Pieters höhnische Stimme. »Die Mühe lohnt nicht, die Negerin wird mit ihren Buschheilmitteln nicht helfen können.« Er stand lässig an die Balustrade gelehnt und beobachtete das Treiben um die Kranken. Julie warf ihm einen bitterbösen Blick zu.

»Jean, bring ihn hier weg, sonst vergesse ich mich.«

Jean stellte den Eimer ab und eilte mit großen Schritten auf die Veranda zu. Er packte Pieter am Arm und schob ihn zurück in das Haus. Aniga bereitete den Kranken Tee und flößte ihnen noch im Zuber verschiedene Mittel ein, die sie in einem kleinen Beutel mitgebracht hatte. Julie stellte keine Fragen. Sie vertraute der schwarzen Heilerin.

Nachdem Thijs Marwijk und Sarina einige Zeit in dem kalten Wasser gelegen hatten, befahl Aniga, sie herauszunehmen, nass in Decken zu wickeln und sie wieder in die Betten zu legen.

»Müssen warten, Misi, müssen warten.«

»Wo ist er?« Julie war so wütend, dass Jean sie zurückhalten musste.

»Julie!«, sagte er beschwörend.

»Wo ist Pieter?«

Jean deutete auf das Büro. Julie riss die Tür auf. »Komm raus, du …«

Pieter trat aus der Tür, strich seine Jacke glatt und lächelte sie triumphierend an.

Julie blickte in sein Gesicht und konnte sich nicht zurückhalten, sie holte aus und schlug mit der flachen Hand zu. Sein Grinsen aber wurde nur noch breiter. Bevor sie ihm jedoch eine zweite Ohrfeige verpassen konnte, trat Jean hinter sie und hielt ihre Hand fest. »Julie … Nicht!«

»Juliette«, Pieter wischte sich mit dem Handrücken über die

getroffene Wange. »In Anbetracht der für dich verwirrenden Gesamtsituation will ich mal über deinen kleinen Ausbruch hinwegsehen.« Er trat einen Schritt vor.

»Du hast versucht, sie umzubringen«, zischte Julie ihn an. »Das, liebe Schwiegermutter, beweise erst einmal. Ich habe versucht, ihnen zu helfen. Aber ihr seid ja anscheinend der Ansicht, dass eure Negermedizin ihnen besser helfen wird.« Pieter reckte den Kopf und hob lässig die Hand. »Viel Glück.« Lachend drehte er sich um, ging hinter den großen Schreibtisch und nahm in dem Sessel dahinter Platz. »Sehr traurig übrigens, sehr traurig, wenn Marwijk von uns gehen würde. Aber natürlich werde ich mich dazu bereit erklären, Watervreede an der Seite meiner zukünftigen Frau weiterhin zu verwalten.«

Julie lauschte seinen Worten ungläubig. Er war verrückt, das hatte sie immer geahnt, aber nun hatte er offensichtlich endgültig den Verstand verloren. Hatte er wirklich versucht, mit Giftmischerei an die Plantage zu kommen? Sie brauchte frische Luft.

Julie lief auf die vordere Veranda und atmete einige Male tief ein und aus. Dieser Mistkerl! Die Gedanken rasten in ihrem Kopf. Pieter hatte genau die gleiche Methode angewandt wie einst bei den Sklaven. Diese hatte er damals nicht töten wollen, aber da sie doch starben, wusste er ja, wie er es anstellen musste. Dass er sich jetzt Thijs Marwijks und Sarinas entledigen wollte, sah ihm ähnlich. Dann hätte er Watervreede womöglich für sich.

Julie stützte sich auf das Geländer und atmete tief durch. Sie musste einen klaren Kopf behalten. Wenn Marwijk wieder gesund war, würde er entscheiden müssen, was geschah.

Kapitel 23

Karini hatte sich nach einigen Stunden so weit erholt, dass sie aufstehen und laufen konnte, wenn auch auf wackeligen Beinen. Am Morgen, als sie auf den Feldern von Rozenburg angelangt war, hatten der Schmerz und die Erschöpfung sie übermannt. Jetzt fühlte sie sich deutlich besser.

Als ihr gewahr wurde, dass alle nach Watervreede aufgebrochen waren, war Karini erleichtert. Sie hatten ihr also geglaubt. Am liebsten hätte sie es ihnen gleichgetan, auch wenn Masra Pieter dort war. Die Sorge um die Kranken war größer als die Angst. Sie verspürte die gleiche Wut, wie damals, als der Lehrer der Jungen sie geschlagen hatte. Sie würde ihm entgegentreten, sie würde den anderen sagen, was er getan hatte. Und Misi Juliette und Masra Jean würden sie sicher beschützen.

Doch Kiri hielt sie auf. »Du wirst auf keinen Fall noch einmal dort hingehen. Ich habe dir von Anfang an gesagt, dass das kein Ort für dich ist.« Kiris Stimme klang unerbittlich und doch trat sie nun an ihre Tochter heran und nahm sie in den Arm.

Karini genoss den Moment, spürte die Wärme des Körpers ihrer Mutter, ihre Hand, die ihr sanft über den Kopf strich. »Jetzt sag mir: Wer hat dir das angetan?«, hörte sie ihre Mutter in ihr Haar murmeln.

Karini schmiegte sich an sie. »Masra Pieter.«

Sofort hörte die Hand auf, über ihren Kopf zu streichen. Überrascht bemerkte Karini, dass Kiris Körper sich spannte.

»Also doch! Ich wusste es, dieser ... dieser ... Hat er dir sonst noch etwas angetan? Hat er dich ... «, stieß sie hervor.

Karini hatte ihre Mutter noch nie so wütend und aufgebracht erlebt. »Nein ...« Karini wusste nicht, worauf ihre Mutter hinauswollte.

Kiri löste sich aus der Umarmung und schob Karini auf Armlänge von sich weg. »Und Masra Martin ...? Hast du mit ihm etwa ...?« Ihr Blick war jetzt prüfend.

»Nein! Mutter, was ist denn los?«

Erstaunt bemerkte Karini, wie ihre Mutter förmlich in sich zusammensackte. Als sie schließlich den Blick hob, sah sie ihre Tochter mit traurigen Augen an.

»Er ist dein Halbbruder.«

»Was?« Karini glaubte, sich verhört zu haben. »Mein *Halbbruder*? Aber ... aber Vater?«

Kiri seufzte. Sie ließ sich schwerfällig auf dem Boden nieder, das Gespräch kostete sie sichtlich Kraft. Dann klopfte sie mit der Hand neben sich auf den Boden. Karini setzte sich langsam. Die Gedanken rasten in ihrem Kopf.

»Karini, hör mich an. Masra Martin ist dein Halbbruder ... aber egal, was gewesen ist ... ihr ... ihr könnt nicht ... das darf nicht sein.«

»Du meinst ... Masra Pieter ...?« Karini schoss ein Gedanke durch den Kopf, der langsam Gestalt annahm. Vergessen waren in diesem Moment ihre körperlichen Schmerzen, denn in ihrer Seele brannte plötzlich ein loderndes Feuer. War Dany am Ende gar nicht ihr Vater? Und hatten ihre Eltern sie etwa all die Jahre belogen? Aber dann hätte Masra Pieter ja ...

»Er hat mich vergewaltigt, damals ... hier auf der Plantage ... immer und immer wieder ... und ich ...«, hörte sie jetzt die leise Stimme ihrer Mutter neben sich. Sie weinte.

»Oh Gott, warum hast du denn nichts gesagt?« Karini strich ihr liebevoll übers Haar.

»Karini, ich konnte nichts dagegen tun, die Misi wäre sonst in Gefahr gewesen. Der Masra ... er hat immer gedroht ...«

»Was hat er gedroht? Hatte er dich mit irgendetwas in der Hand, Mutter?«

Kiri nestelte an ihrem Kleid. Ihre Mutter kam ihr plötzlich um Jahre gealtert und sehr zerbrechlich vor. »Masra Pieter hat immer gewusst, dass Masra Henry nicht der Sohn von Masra Karl war, sondern von Masra Jean. Wäre das aber herausgekommen, hätte Misi Juliette die Plantage und alles verloren. Masra Pieter hat Misi Juliette und mich damit erpresst. Nicht einmal die Misi weiß, dass der Masra mich damals ... «

»Oh Mutter, warum hast du denn nie ... ich bin also ... und Masra Henry ist gar nicht ...?«

»Karini, was ... wie hätte ich dir das denn sagen sollen?« Sie strich ihrer Tochter zärtlich über die Wange. Dann wurde ihr Blick ernst. »Du gehst auf keinen Fall zurück nach Watervreede und ... und am besten gehst du fort. Fort von Rozenburg ... du solltest ins Maroondorf gehen, dort bist du sicher.«

»Nein!« entfuhr es Karini. In das Maroondorf wollte sie auf keinen Fall. Sie konnte doch jetzt nicht ihrem Vater ... Dany ... gegenübertreten. Sie musste zunächst über das Gehörte nachdenken. »Mutter, ich kann das nicht. Nicht jetzt ...«

»Aber hier kannst du nicht bleiben, glaub mir. Es ist zu deiner Sicherheit, wer weiß, was noch passiert.« Kiri zögerte kurz. »Oder du gehst in die Stadt. Ja, vielleicht ist das eine gute Idee. Solange Masra Pieter Watervreede nicht verlässt, bist du dort sicher. Ich beschaffe sofort ein Boot.«

Karini wusste, dass ihre Mutter recht hatte. Hier war es zu gefährlich, solange sie nicht genau wussten, was auf Watervreede passierte. Sie versuchte, ihre Gedanken zu ordnen. Wenn ... wenn sie und Martin Halbgeschwister waren ... wenn Martin das gewusst hatte ... sie schauderte. Martin war um keinen Deut besser als sein Vater.

Wenige Stunden später saß Karini bereits in einem Boot in Richtung Paramaribo.

»Geh zu Misi Erika«, hatte ihre Mutter ihr aufgetragen. »Die Misi wird dir helfen. Du bleibst in der Stadt.«

Kapitel 24

Das Fieber sank, aber noch hatte Sarina die Augen nicht wieder aufgeschlagen.

Es war bereits später Abend. Während die Misi sich um den kranken Masra kümmerte, versorgten Inika und Bogo Sarina. Sie wechselten sich ab, ihrer Mutter kalte Umschläge zu machen. Bogo lag jetzt auf der Matte neben Sarinas Bett und schlief, und Inika saß auf der Bettkante und betrachtete ihre Mutter. Wie schön sie doch war! Kurz blitzten Erinnerungen aus ihrer Kindheit auf. Ihre Mutter hatte mit ihr an der Hand getanzt, aber das war lange her. Wären sie doch nie in dieses Land gekommen ...

Plötzlich sah Inika im Mondlicht, dass die Augen ihrer Mutter sich ein kleines bisschen öffneten. »Inika?«, hauchte ihre zarte Stimme.

»Ja, ich bin hier, Mutter.«

»Ich habe großen Durst.«

»Ich hole dir Wasser, warte ...« Inika freute sich sehr, dass ihre Mutter endlich wieder bei Bewusstsein war. Sie stieg über den schlafenden Bogo und streckte sich nach dem Krug. Er war leer. Inika fluchte leise. Sie würde Wasser holen müssen. Sie eilte aus dem Haus, über den Hof zum Küchenhaus mit den Fässern.

Gerade als sie im Dunkeln eine kleine Kalebasse mit Wasser abgefüllt hatte, trat ein Schatten in die Tür.

»Wo haben diese verdammten Negerweiber nur den Dram versteckt ...« Masra Pieter war sichtlich betrunken.

»Ah, wie nett ...«, er hatte sie offensichtlich bemerkt und kam schwankend auf sie zu. »Was machst du hier, willst du was stehlen? Ihr seid doch alle gleich ... ich hab gesehen, wie du dem Bastardsohn von Juliette schöne Augen gemacht hast ... na, darf ich vielleicht auch mal? Ein indisches Mädchen hatte ich noch nicht.« Masra Pieter packte sie an den Haaren und zog sie zurück zum Arbeitstisch. »Mädchen, du solltest gefügig sein, deine Misi Juliette und ihre ganze Bagage wird es demnächst nicht mehr geben, bettelarm werden sie dastehen. Erlogen haben sie sich die Plantage, erlogen! Ja, da staunst du ... Sie hat meinen Schwiegervater erschlagen damals, das feine Weib, nachdem sie ihm das Kind dieses Taugenichts Riard untergeschoben hat. Aber hier brechen bald andere Zeiten an, ich werde Herr über alles sein ... also komm her ... zier dich nicht so ... du wirst dich daran gewöhnen ...«, lallte er. Er bedrängte sie jetzt körperlich so stark, dass ihr fast die Luft wegblieb.

In Inika wallte Panik hoch. Sie kannte diesen Griff, so hatte Baramadir sie immer ... sie versuchte, sich am Tisch festzuhalten, aber er packte noch fester zu. »Na, ob ihr kleinen Inderinnen genauso nett seid wie die Negermädchen?« Er drückte ihren Kopf auf die Tischplatte und riss ihren Sari hoch. Von hinten beugte er sich über sie. Inika würgte, als er brutal in sie eindrang. Und dann kamen die Erinnerungen, viele alte und böse Erinnerungen. Sie fühlte sich wie gelähmt, unfähig, einen Muskel zu rühren, während die Bilder durch ihren Kopf rasten.

Als er keuchend zum Ende kam, fiel die Kalebasse mit Wasser um. Das Wasser ergoss sich in einer Lache über den Tisch und floss langsam gegen ihr Gesicht. Inika war erstaunt, wie kühl es sich anfühlte. Sie ließ ihre Finger in Richtung der Pfütze wandern und wie in Trance langsam durch das Wasser fahren. Wie weich es war! Plötzlich stießen ihre Finger gegen etwas Hartes. Ein Messer! Inika war mit einem Schlag hellwach, die Bilder in ihrem Kopf verschwanden. Die Angst schlug um in Wut, in ihrem Körper war nichts als glühender Zorn. Sie spürte seinen schweren Körper auf ihrem Rücken und zugleich den Schaft des Messers in ihrer Hand. Nie wieder würde sie ein Mann grob anfassen, das hatte sie sich geschworen! Sie umklammerte das Messer und spürte, dass er von ihr abließ, hörte, wie er seinen Gürtel schloss ... Inika wirbelte herum und stieß zu. Masra Pieter gab einen überraschten Laut von sich und taumelte. Er wankte rückwärts, und es gab einen dumpfen Aufschlag, als er rücklings auf die Getreidesäcke an der Wand fiel. Inika verharrte einen Moment schwer atmend und zwang sich zur Ruhe. Sie konnte ihren Blick nicht von Masra Pieter wenden, der nun keinen Laut mehr von sich gab. Dann machte sie zwei schnelle Schritte zum Regal, schnappte sich eine andere Kalebasse, füllte sie, so rasch es ging, mit Wasser und rannte zurück zum Gästehaus und in die Kammer ihrer Mutter. Bogo schlief immer noch, und auch ihre Mutter hatte die Augen jetzt geschlossen. Inikas Herz pochte bis zum Hals. Leise setzte sie sich wieder auf ihren Platz, als wäre nichts passiert. Sie musste das vergessen. Sie wusste, dass sie das konnte. Es war ja nicht das erste Mal.

Am nächsten Morgen wurde sie unsanft von Bogo geweckt, der kräftig an ihr rüttelte. Aufgeregt zeigte er nach draußen auf den Hof. Schlagartig kamen ihr die Geschehnisse der Nacht in den Sinn. Wie hatte sie nur so töricht sein können zu glauben, es vergessen zu können? Das machte es noch lange nicht ungeschehen, sicher wussten schon alle Bescheid. Inika rappelte sich auf, strich ihr Kleid glatt und trat aus dem Gästehaus. Innerlich zitterte sie vor Angst. Jetzt würde man sie des Mordes an Masra Pieter beschuldigen! Sie folgte Bogo auf wackeligen Beinen zum Kochhaus, äußerlich um einen möglichst unschuldigen Ausdruck bemüht. Dort standen Misi Juliette, Masra Jean und Masra Martin mit betroffenen Gesichtern.

»Inika!« Misi Juliette kam Inika ein paar Schritte entgegen. »Habt ihr heute Nacht irgendetwas gehört?«

Inika war verwirrt. *Etwas gehört?* Wenn die Misi doch wusste, dass Inika in die Geschehnisse der Nacht verwickelt war, warum stellte sie dann eine solche Frage? Es sei denn, die Misi wusste gar nicht ... Die Gedanken überschlugen sich in ihrem Kopf, und Inika fand keine andere Erklärung für diese Frage. Aber dann ... Inika bemühte sich um einen möglichst gleichgültigen Gesichtsausdruck. Wenn sie eines gelernt hatte in den letzten Jahren, dann die Fähigkeit, ihr Inneres nicht nach außen zu kehren und gute Miene zum bösen Spiel zu machen. Das hatte ihr mehr als einmal geholfen. »Nein, Misi, warum?«

Misi Juliette allerdings hob nur die Arme. »Was ist denn nur passiert ... wer könnte denn so etwas tun?«

»Julie, wir müssen das melden.« Masra Jean trat an die Misi heran. Abschätzend warf er einen Blick auf Masra Martin. »Wo warst du heute Nacht?«

»Jean, du glaubst doch nicht, dass Martin ...« Die Fassungslosigkeit stand der Misi im Gesicht geschrieben.

»Nein ... aber irgendjemand von der Plantage muss es gewesen sein.«

Masra Martin schüttelte den Kopf. »Ich war mit Henry lange am Fluss, wir ... wir haben geredet.«

Misi Juliette sah suchend zum Plantagenhaus. »Henry? Wo steckt er eigentlich?« Sie lief zurück zum Haus, kam aber kurze Zeit später aufgelöst zurück. »Jean! Henry ist fort!«

Inika ging zurück zu ihrer Mutter. Ihr hallten die Worte von Masra Pieter im Kopf nach. *Bastardsohn* hatte er Henry genannt, und dass Henry kein Recht auf Rozenburg hätte, hatte er gesagt. Inika war nicht dumm, sie konnte eins und eins zusammenzählen. Die Geschichte um den angeblichen leiblichen Vater von Henry, den Misi Juliette erschlagen hatte. Masra Jean ... und dass Misi Juliette auf Masra Pieter nie gut zu sprechen gewesen war. In ihrem Kopf arbeitete es fieberhaft, während sie die kalten Wickel ihrer Mutter wechselte. Wenn Henry nicht der Erbe von Rozenburg war, dann ... dann wäre Masra Martin der Einzige, der ein Anrecht auf Rozenburg hatte. Nicht die schlechteste Wahl ...

Waar het hart u naar toe leidt

Wohin das Herz dich führt

Surinam,
Vereinigtes Königreich der Niederlande 1880–1881
Paramaribo, Plantage Rozenburg,
Plantage Watervreede, Amsterdam

Kapitel 1

Karini schrak auf, als das Boot im Hafen von Paramaribo anlegte.

Kiri hatte ihrer Tochter auf der Plantage eilig einige Sachen zusammengesucht und in einen Sack gepackt, dann zwei Männer aus dem Dorf geholt und sie zusammen mit Karini ins Boot gesetzt. Karini hatte während der Fahrt gedankenversunken auf das Wasser gestarrt und kaum bemerkt, dass es dunkel geworden war.

Vom Hafen aus machte sie sich nun mit schweren Beinen auf zum Kinderhaus von Misi Erika. Sie war schrecklich müde, und ihr Körper schmerzte. Als sie am Kinderhaus ankam, schaffte sie es noch zu klopfen, um dann in der Tür Misi Minou in die Arme zu sinken.

Am nächsten Morgen wurde Karini von den Sonnenstrahlen auf ihrem Gesicht geweckt. Sie spürte, dass sie in einem Bett lag, und genoss für einen Moment die Weichheit der Laken. Dann schob sich plötzlich ein Schatten vor die Sonne. Und mit ihm kamen die Erinnerungen. Karini blinzelte und erkannte, als sich ihre Augen an die Helligkeit gewöhnt hatten, Misi Erika, die sich nun über sie beugte. »Karini, meine Güte? Was ist denn passiert?«

Karini war froh, sie zu sehen. Sie setzte sich auf und nahm dankbar ein Glas Wasser entgegen. Dann sah sie, dass auch Masra Wim an ihr Bett trat. Er sagte nichts, sein besorgter Blick aber sprach Bände.

Misi Erika setzte sich auf die Bettkante und nahm Karinis

Hand. »Und jetzt erzählst du uns, was passiert ist und warum ... warum du so aussiehst.«

Karini ließ sie gewähren, die Nähe tat ihr gut. Wie von selbst begann sie zu sprechen. Sie hörte ihre eigene Stimme wie aus weiter Ferne, die von all dem berichtete, was passiert war: von dem sich stetig verschlimmernden Zustand der beiden Kranken, von ihrer Beobachtung, als Masra Pieter Sarina ein Mittel verabreicht hatte, von Masra Pieters Schlägen und von seinen Drohungen; von ihrer nächtlichen Flucht nach Rozenburg und schließlich davon, dass ihre Mutter sie jetzt in die Stadt geschickt hatte. Das Wissen um ihren leiblichen Vater behielt sie für sich. Es lastete wie ein großer schwarzer Fleck auf ihrer Seele, und sie wusste noch nicht, wie sie damit umgehen sollte.

Als sie geendet hatte, herrschte einige Minuten vollkommene Stille. Misi Erika war sichtlich betroffen und streichelte immer wieder Karinis Hand.

Masra Wim begann, unruhig im Zimmer auf und ab zu gehen. »Wir hätten nicht fortgehen dürfen. Vielleicht wäre das alles dann nicht passiert!«

»Wim, mach dir doch keine Vorwürfe!« Nach einer kurzen Pause fügte sie hinzu: »Wir müssen mit Gesine reden. Die Papiere sind unterzeichnet, sie wollte so schnell wie möglich zurück auf die Plantage und zu Pieter. Dabei ist es doch wohl mehr als eindeutig, dass er nur auf ihr Geld aus ist! Und nach allem, was er jetzt getan hat ... Wir können Gesine nicht in ihr Unglück rennen lassen. Sie bringt sich in Lebensgefahr!«

»Sie wird uns kaum glauben. Die Geschichte ist ja schon fast zu abenteuerlich.«

»Aber Karini wird sie glauben. Man braucht sich das Mädchen ja nur anzusehen.« Misi Erika wandte sich an Karini. »Glaubst du, dass du es schaffst, das Ganze noch einmal zu erzählen?«

Karini nickte. Sie wollte ja auch nicht, dass Misi Gesine etwas geschah.

Wenige Stunden später standen sie vor dem Haus, in dem Misi Gesine in der Stadt untergekommen war. Karini war sehr erschöpft, und sie fühlte sich ein bisschen, als würde sie alles nur träumen. Ein Hausmädchen mit gestärkter Schürze und weißem Häubchen öffnete die Tür.

»Wir möchten zu Frau ... Vandenberg.« Masra Wim zögerte kurz, als bereite es ihm Schwierigkeiten, Misi Gesine beim Namen zu nennen.

»Wim? Ich denke, in dieser Situation schickt es sich nicht, sich gegenseitig zu besuchen«, erklang sofort Misi Gesines hochmütige Stimme aus einem Nebenraum.

»Doch, es schickt sich«, sagte Misi Erika und zog Karini an der Hand in das Haus, am verdatterten Hausmädchen vorbei in den Raum, aus dem Misi Gesines Stimme erklungen war. Misi Gesine sprang auf.

»Was erlauben Sie sich ...«, rief sie entrüstet, verstummte aber, als ihr Blick auf Karini fiel. »Karini? Mädchen ... was ist denn mit dir passiert?« Sie schlug sich die Hand vor den Mund und warf Misi Erika und Masra Wim einen fragenden Blick zu.

»Sie sollten sich anhören, was Karini zu berichten hat. Es gibt Entwicklungen ... die nicht sehr erfreulich sind.«

Karini erzählte zum zweiten Mal an diesem Tag von den Geschehnissen, die ihr fast schon wie ein ferner Traum vorkamen. Doch die schmerzenden blauen Male in ihrem Gesicht sprachen eine andere Sprache, und sie hielt schließlich erschöpft inne.

Eine Weile sprach niemand ein Wort. Misi Gesine war sichtlich erschüttert, sie starrte ins Leere und schüttelte hin und wieder den Kopf.

Dann stand sie plötzlich mit einem Ruck auf, strich ihr Kleid glatt und atmete einmal tief durch. »Danke, dass ihr mich benachrichtigt habt.« Ihr Blick ruhte eine Weile auf Karini, die überrascht war, so viel Mitgefühl darin zu lesen. Dann veränderte sich der Gesichtsausdruck der Misi und sie ließ ihren Blick zu Masra Wim wandern. »Dieses Land ... ich denke, es ist das Beste, wenn ich nach Europa zurückkehre.« Sie zögerte einen Moment, und ihre Gesichtszüge wurden hart. »Für *alle* das Beste ...«, fügte sie schließlich hinzu und Karini meinte, einen drohenden Ton in ihrer Stimme zu hören. »Ich werde noch heute eine Nachricht an meinen Vater aufsetzen, der alle nötigen Anweisungen treffen wird. Und ...«, ihre Augen wurden schmal, »er wird nicht erfreut sein über dein Verhalten, Wim. Du solltest ihm besser eine Weile nicht unter die Augen treten. Aber«, fügte sie mit einem Blick auf Misi Erika schnippisch hinzu, »das wird ja vermutlich auch nicht der Fall sein.«

Masra Wim räusperte sich. »Gesine, es tut mir aufrichtig leid. Aber unabhängig von den Entwicklungen, die uns beide betreffen, habe ich tatsächlich Angst um dich, man weiß schließlich nicht ... was Pieter Brick noch einfällt. Vielleicht ist es wirklich das Beste, wenn du in die Niederlande zurückkehrst. Ich kann gerne am Hafen nachfragen, wann ein Schiff geht«, sagte er ruhig.

Misi Gesine schien dieses freundliche Angebot jedoch zu missfallen. »Ach, du kannst mich wohl nicht schnell genug loswerden«, stieß sie mit einem Seitenblick auf Misi Erika hervor. »Aber gut, es ist nach all dem, was geschehen ist, wirklich nicht zu viel verlangt, wenn du dich nach einem Schiff erkundigst. Und du könntest dafür sorgen, dass mir beizeiten mein restliches Hab und Gut von Watervreede nachgeschickt wird.«

»Selbstverständlich. Wir werden auf dem Rückweg am Hafen anhalten.«

Die Misi schenkte Masra Wim einen kalten Blick.

Masra Wim kam recht schnell von der Hafenmeisterei zurück. »Wir sollten noch einmal bei Gesine vorbeifahren. Ein Schiff geht gleich übermorgen, in aller Frühe, das nächste erst in ungefähr zwölf Wochen. Entweder muss sie sich eilen oder lange warten.«

Eine Stunde später war beschlossen, dass Misi Gesine bereits in weniger als zwei Tagen das Land verlassen würde.

Kapitel 2

Henry hatte in der Nacht kein Auge zugetan.
Am Abend zuvor, als die Sonne bereits tief stand, hatte er lange mit Martin am Fluss gesessen und geredet. Martin war vollkommen verstört. Die Taten seines Vaters ließen keinen Zweifel an seinem Charakter, und es war Martin schwergefallen, das Bild von seinem Vater, das er über so viele Jahre aufrechterhalten hatte, zusammenfallen zu sehen. Henry war nicht minder entsetzt. Weitaus mehr aber belastete sie beide Kiris und Karinis Schicksal. Kiri war ihnen eine stetige Begleiterin gewesen, und dass sie solche Qualen hatte erleiden müssen, lastete schwer auf der Seele der Jungen. Es fiel ihnen nicht leicht, mit dem Wissen um Karinis Herkunft und den Geschehnissen des Tages umzugehen.

»Unvorstellbar, dass er das getan hat. Die arme Kiri, was hat sie alles erleiden müssen.« Henry hatte nervös ein Stück Erde in seiner Hand geknetet.

»Und ich hätte fast … meine Güte, stell dir mal vor, wenn wir das erst später erfahren hätten!« Martin hatte das Gesicht verzogen. »Ich habe wirklich versucht, meinen Vater kennenzulernen und etwas Gutes an ihm zu finden. Ich habe mich jahrelang über Tante Juliette geärgert, weil sie ihn in meinen Augen immer schlechtgeredet hat. Aber jetzt … ich möchte mit diesem Mann nichts mehr zu tun haben.« Martin hatte den Kopf gehoben und ihm fest in die Augen geblickt. »Wirklich, Henry. Es ist mir sehr peinlich, dass ich so blind gewesen bin.«

Henry hatte seine Hand auf die Schulter seines Ziehbruders

gelegt und den Blick erwidert. »Egal was passiert, wir halten zusammen, ja?«

Martin hatte genickt und gelächelt. Henry hatte gespürt, dass Martin etwas sagen wollte, ihn aber nicht bedrängt. »Was ... was machen wir mit Karini, sie muss es doch auch erfahren. Und ich ...«, hatte er schließlich gesagt, »ich glaube nicht, dass ich es ihr sagen kann.«

»Ja, sie muss es wissen, das sind wir ihr schuldig. Ich mache das.«

Martin hatte ihm einen dankbaren Blick zugeworfen. Bis lange nach Sonnenuntergang hatten sie noch nebeneinandergesessen und stumm auf den Fluss geschaut.

Henry schlief nicht in dieser Nacht. Noch vor Sonnenaufgang schlich er aus dem Haus und sattelte sein Pferd. Die kühle Morgenluft weckte seine Lebensgeister. Er musste zu Karini, er hatte schon zu viele Chancen vertan und das, was er ihr nun zu sagen hatte, lag schwer auf seinem Herzen. Und er brauchte ein bisschen Zeit für sich. Binnen eines Tages hatten sich so viele Dinge verändert, dass er noch nicht recht wusste, wie seine Zukunft damit aussehen mochte. Hier auf Watervreede würde man auch ohne ihn auskommen.

Er ritt langsam, schonte sein Pferd, das sich noch nicht vollständig vom scharfen Ritt erholt hatte und zeitweise sogar lahmte. So kehrte er erst am Nachmittag nach Rozenburg zurück. Kiri trat mit seiner kleinen Schwester Helena zur Begrüßung auf die Veranda, die Kleine freute sich sichtlich, ihn zu sehen.

»Heny, Heny«, rief sie fröhlich, während sie eifrig mit der Hand wedelte. Ihr glückseliges Lächeln stand im Gegensatz zu dem bitterernsten Ausdruck von Kiri.

»Kiri.« Henry begrüßte sie knapp, winkte seiner Schwester zu und brachte zunächst sein Pferd in den Stall. Er wollte sich einen Moment sammeln, bevor er Kiri entgegentrat. Sie konnte nicht ahnen, dass er alles wusste, und er würde sie das auch nicht wissen lassen. Schweren Schrittes ging er auf das Haus zu.

»Na Prinzessin, wie geht es dir?« Er betrat die Veranda und hob Helena auf seine Arme.

»Kiri, ich möchte mit Karini sprechen. Geht es ihr besser?« Aber Kiri sagte keinen Ton, sie zeigte nicht einmal eine Regung. Henry musterte sie skeptisch. »Sag mir bitte, wo Karini ist.« Doch die Frau schwieg. Henry sah den Schmerz in ihren Augen, und plötzlich kam ihm ein Gedanke. Sie dachte doch nicht etwa …

»Meine Güte, Kiri, ich habe damit doch nichts zu tun! Es war Pieter, dieser Mistkerl! Er hätte sogar Thijs und Sarina fast umgebracht.« Er bemerkte, dass sie kurz zusammenzuckte. »Sag mir doch bitte, wo Karini ist«, fügte er sanfter hinzu.

Kiri aber gab keine Antwort. Ihm blieb nichts anderes übrig, als Karini zu suchen. Henry stellte Helena auf den Boden und machte sich auf den Weg ins Arbeiterdorf. Dort war Karini nicht, also lief er zum Gästehaus. Doch auch dort fand er sie nicht. Zuletzt rannte er durch das Plantagenhaus und rief ihren Namen. Nichts. Atemlos erreichte er die hintere Veranda, wo Kiri mit Helena auf dem Schoß auf dem Boden saß. Sie wich seinem Blick aus.

»Verdammt, Kiri, sag jetzt endlich, wo sie ist!«

»Sie ist fort, Masra.«

Kapitel 3

Karini hatte die ganze Nacht wachgelegen und gegrübelt. Ihre Schmerzen waren etwas abgeklungen, aber sie wurde die Angst nicht los, dass Masra Pieter sie suchen und finden würde. Was, wenn Masra Thijs und Sarina nun doch gestorben waren? Sie mochte nicht daran denken. Und wenn es wirklich Masra Pieter war, der die Schuld daran trug, oder zumindest jetzt verdächtigt wurde, weil Karini es Misi Juliette und auch in der Stadt erzählt hatte … Sie mochte sich nicht ausmalen, was er dann mit ihr tun würde. Sie hatte fürchterliche Angst. Am besten, sie lief weit, weit fort, so schnell es ging. Am besten … nein, die Idee war zu wahnwitzig. Oder vielleicht doch nicht? Karini versuchte, sich an den Gedanken zu gewöhnen. Ob Misi Gesine sie mitnehmen würde nach Europa?

Als der Morgen anbrach, hatte Karini beschlossen, einen Versuch zu wagen. Misi Gesine war immer nett zu ihr gewesen, und vielleicht würde sie sie auch beschützen, so wie sie sich mit dieser Reise selbst schützte.

»Du willst *was?* Mit nach Europa? Karini, das ist doch nicht dein Ernst?« Misi Erika war entgeistert, nachdem Karini all ihren Mut zusammengenommen und gefragt hatte.

»Doch Misi, ich muss weit weg, bevor Masra Pieter mich findet. Ich bin hier nicht sicher. Auf Rozenburg und hier bei Ihnen in der Stadt wird er als Erstes nach mir suchen.«

Masra Wim mischte sich ein. »Erika, so absurd es vielleicht klingt: Karini hat recht. Solange nicht bewiesen ist, was genau auf Watervreede vorgefallen ist und was aus Brick wird, sollte Karini ihm nicht über den Weg laufen. Wir können sie nicht Tag und Nacht beschützen, vor allem nicht auf längere Sicht. So gesehen wäre sie in weiter Ferne am sichersten aufgehoben, zumal Gesine alles daransetzen wird, diesem Mann nie wieder zu begegnen.«

Karini war froh, dass Masra Wim ihre Partei ergriff. Misi Erika jedoch schien noch nicht überzeugt. »Ich weiß nicht.« Sie zog die Augenbrauen hoch. »Ich weiß wirklich nicht ...«

»Fragen wir Gesine doch einfach.« Masra Wim schlug sich mit den Händen auf die Knie und stand auf.

»Karini? Mit in die Niederlande?« Misi Gesine wandte überrascht den Kopf und musterte Karini nachdenklich. »Ja Kind, willst du das denn wirklich?« Karini versuchte, möglichst fröhlich dreinzusehen. Ihr Herz zersprang fast vor Glück, als sie die Misi sagen hörte: »Eigentlich sind wir doch die ganze Zeit gut miteinander ausgekommen. Ich hatte noch nie eine bessere Zofe. Wenn ich es mir recht überlege ... warum nicht?«

Karini verneigte sich demütig. Innerlich aber brandeten wahre Gefühlswogen durch ihren Körper. Sie würde in die Niederlande reisen! Sie freute sich unbändig über das Lob der Misi Gesine und würde sich anstrengen, alles richtig zu machen. Dann kam ihr ihre Mutter in den Sinn. Sie hatte nicht einmal mehr die Möglichkeit, sich von ihr zu verabschieden, und für einen Moment erwog Karini, ihre Entscheidung zurückzunehmen. Aber nein, ihr Leben stand vor einer entscheidenden Wendung, das war die Möglichkeit, die sie sich immer erhofft hatte. Und außerdem hatte Masra Wim recht, sie würde in diesem Land keine ruhige Minute mehr haben, Masra Pieter würde alles dransetzen, dass sie schwieg.

Masra Wim riss sie aus ihren Gedanken. »Gesine, ich danke dir für dein Angebot. Karini ist in Europa sicher aufgehoben, und sollte sich die Geschichte um Pieter bewahrheiten, wird man ihn zur Rechenschaft ziehen ... aber bis dahin ist es noch ein weiter

Weg. Wenn Karini zurückmöchte ... ich könnte dem Kontor Bescheid geben.«

Misi Gesine winkte ab. »Ist schon gut, ich brauche deine Hilfe nicht. Ich werde mich um Karini kümmern, sie ist bei mir in den besten Händen. Und wenn sie eines Tages doch zurückwill, werde ich alles in die Wege leiten.«

Misi Gesine bedachte sie mit einem langen Blick, der Karini noch fröhlicher stimmte. »Na, dann kann doch eigentlich nichts mehr passieren. Wir besteigen morgen früh zusammen das Schiff. Alles wird gut.«

Die Sonne durchbrach den grauen Himmel am frühen Morgen des 2. November, als würde sie den Reisenden eine gute Fahrt wünschen wollen. Die *Zonsopgang* war ein großer Segler, der aus Brasilien kam und nun von Surinam nach Rotterdam fahren sollte.

»Oh, das Schiff sieht viel besser aus als der Kahn, mit dem wir hergekommen sind.«

Karini sah, wie Misi Gesine Masra Wim von der Seite einen langen Blick zuwarf. Karini stand neben ihnen und Misi Erika am Hafen und umklammerte ihren kleinen Gepäcksack. Sie war sehr nervös. Gleich würde sie dieses große Schiff besteigen. War es richtig, was sie tat? Und was würde ihre Mutter sagen?

»Misi Erika?«, flüsterte Karini und zupfte diese am Ärmel. »Würden Sie meiner Mutter ausrichten, dass ... dass es mir leidtut und dass ich mich melde und dass ... dass ich sie lieb habe.« Karini schniefte, unterdrückte aber die aufsteigenden Tränen.

»Natürlich, Karini, sei unbesorgt.«

»Gesine, ich wünsche euch eine gute Reise. Und alles Gute.« Masra Wim reichte Misi Gesine zum Abschied die Hand.

Die Misi ergriff sie nur kurz. »Wim, leb wohl.« Misi Erika bedachte sie nur mit einem kalten Blick. »Komm, Karini, wir müssen gehen.«

»Karini, hier.« Masra Wim gab ihr einen Zettel. »Pass gut darauf auf, auf dem Zettel steht die Adresse meines Kontors. Wenn du Hilfe brauchst, kannst du dich jederzeit dort melden.«

Karini nickte dankbar und steckte den Zettel sorgsam in ihr Kleid. Dann folgte sie Misi Gesine zu dem kleinen Zeltboot, das sie zur *Zonsopgang* bringen sollte.

»Was werde ich diese kleinen Nussschalen vermissen«, Misi Gesine verzog das Gesicht. »In den Niederlanden haben wir wenigstens Straßen und Kutschen.«

Das Boot legte ab. Nun gab es kein Zurück mehr.

Kapitel 4

Es dauerte drei Tage, bis der Posthalter nach Watervreede kam. Er repräsentierte im Hinterland die Vertretung der Obrigkeit: Er stellte Passierscheine aus, nahm Zölle ab und ermittelte auch in polizeilichen sowie in kleineren Angelegenheiten für den Richter. Mord allerdings war keine kleine Angelegenheit, dessen waren sich auf Watervreede alle bewusst.

Jean hatte vier Arbeiter abkommandiert, etwas außerhalb des Plantagengrundes eine Grube auszuheben und Pieters Leichnam bis zur Ankunft des Posthalters hineinzulegen, so wie man ihn im Kochhaus vorgefunden hatte. Die Grube wurde abgedeckt, sodass sich an dem Leichnam keine Tiere zu schaffen machen konnten.

Julie hatte am ersten Tag damit gerechnet, dass sich jemand zu der Tat bekennen würde, aber nichts dergleichen geschah. In der Folge betrachtete jeder jeden mit Misstrauen.

Am zweiten Abend hielt Julie es nicht mehr aus. »Was sollen wir bloß tun? Es könnte jeder von uns gewesen sein, einen Grund hatten wir doch irgendwie alle.«

Jean runzelte die Stirn. »Ja, du hast recht … ich war es jedenfalls nicht!« Er grinste schief.

»Ich auch nicht.« Julie hingegen war todernst. »Thijs Marwijk und Sarina lagen krank in ihren Betten. Inika und Bogo waren bei Sarina im Gästehaus. Martin war zuerst lange mit Henry am Fluss und dann im Bett.« Ihre Gedanken wanderten zurück zu dem Gespräch, das sie am Nachmittag nach Pieters Tod mit ihrem Ziehsohn geführt hatte. Er hatte völlig verstört gewirkt und war kaum ansprechbar gewesen. Julie hatte sich seinen Zustand zunächst mit seiner Trauer über den Verlust seines Vaters erklärt und war völlig überrascht gewesen, als er sie schließlich im Salon zu einem Gespräch gebeten hatte. Was er ihr dann eröffnet hatte, lastete seitdem schwer auf ihr. Die Gewissheit, dass Kiri früher auf ihrer Plantage so viel Leid hatte ertragen müssen, war für Julie kaum auszuhalten. Sie wurde von schweren Schuldgefühlen geplagt – dass sie nichts gemerkt hatte! Und dass dabei Karini ...

Jean unterbrach ihre Gedanken. »Ich habe keine Ahnung, wirklich nicht. Oder könnte es einer von den Arbeitern gewesen sein?« Er schenkte sich noch ein Glas Dram ein.

Julie betrachtete ihn nachdenklich. Seit der vergangenen Nacht quälte sie ein Gedanke, von dem sie nicht wusste, wie sie ihn in Worte fassen sollte. Sie hatte von einem Tross Arbeiter, der mit einer Lieferung Zuckerrohr nach Watervreede gekommen war, gehört, dass Henry tatsächlich auf Rozenburg war. »Henrys Aufbruch nach Rozenburg macht natürlich keinen guten Eindruck«, sagte sie schließlich zögerlich.

Jean zuckte sichtlich zusammen. Julie wusste, dass er dasselbe dachte wie sie.

»Er wollte doch nur zu Karini ... sagt Martin«, sagte er schließlich langsam. »Dann war er zur fraglichen Zeit vielleicht schon gar nicht mehr hier ...«

Posthalter Wegemakers stieg behäbig aus dem Boot. Er war ein älterer, gesetzter Mann, der den Anschein erweckte, es sei ihm eine Last, seinen Posten zu verlassen, der einige Stunden flussaufwärts lag. Julie war aufgebracht, sie wollte diese Sache so schnell wie möglich beenden. Und wissen, wer der Täter war, auch wenn sie sich insgeheim vor der Antwort fürchtete. Aber der Posthalter schien ihre Eile nicht zu teilen. Mit einer Ruhe, die Julie fast zur Weißglut brachte, begann er seine Untersuchungen. Jean hatte es übernommen, den Mann auf dem Außengelände herumzuführen und ihm auch Pieters Leichnam zu zeigen, in dessen Brust immer noch das Messer steckte. Julie hielt sich im Hintergrund, sie ahnte, dass dies nach einigen Tagen erst recht kein schöner Anblick mehr war. Posthalter Wegemakers warf nur einen flüchtigen Blick auf den aufgedunsenen Körper, mehr Aufmerksamkeit schenkte er anschließend hingegen der Küche. Sorgfältig ließ er seinen Blick durch den Raum gleiten. »Hm, hier ist es also passiert. Wer hatte denn Zugang zum Kochhaus?« Er beäugte die Nahrungsmittel wie ein hungriger Gast.

»Im Prinzip jeder auf der Plantage, wobei die Arbeiter normalerweise in ihren Hütten kochen.«

Wegemakers wiegte sanft den Kopf hin und her, als sei er tief in Gedanken versunken, enthielt sich aber jedes weiteren Kommentars. Nach einer schier endlosen Weile bat er darum, Pieters Büro und Schlafzimmer sehen zu dürfen. Julie zeigte es ihm bereitwillig, auch wenn sie der Meinung war, dort keinen Hinweis auf Pieters Mörder zu finden. Sie hatte die Räume selbst gründlich inspiziert und nichts verändert. Das Bett lag noch zerwühlt da, und auch auf Pieters Schreibtisch befanden sich die Unterlagen, die er dort abgelegt hatte. Julie hatte es sich nicht nehmen lassen, einen prüfenden Blick darauf zu werfen. Kein Blatt hatte sie angefasst, doch außer einigen akkurat geführten Abrechnungen hatte sie nichts entdecken können.

Wegemakers schritt durch das Zimmer, blätterte in den Papieren und schien sich an der einen und anderen Stelle in den Text zu vertiefen, bevor er nachdenklich den Raum verließ und um ein Gespräch mit Thijs, Julie und Jean bat. Thijs Marwijk war inzwischen so weit genesen, dass er Wegemakers in seinem Zimmer empfangen konnte. Bekleidet mit einem Schlafrock saß er in seinem Bett, während Julie und Jean in Sesseln Platz nahmen und dem Posthalter bereitwillig Auskunft gaben. Julie und Jean hatten beschlossen, dem Mann die Wahrheit zu sagen, er würde ohnehin herausfinden, dass es eine Vielzahl an Motiven gab.

Wegemakers notierte sich eifrig die Namen der Personen, die

in der fraglichen Nacht auf der Plantage beziehungsweise im Plantagenhaus gewesen waren.

Schließlich setzte sich Wegemakers eine kleine Lesebrille auf die Nase, studierte noch einmal eingehend seine Notizen und wiegte dann den Kopf: »Ich fasse zusammen: Sie, Mevrouw Riard, und Ihr Mann waren hier, um den Kranken zu helfen, an deren Zustand, wie Sie befürchteten, Pieter Brick nicht unschuldig war. Ihr Ziehsohn, der leibliche Sohn des Pieter Brick, hatte zum einen kürzlich erfahren, dass sein Vater wieder heiraten wollte, zum anderen, dass dieses«, er schaute auf seinen Zettel, »*Negermädchen* seine Halbschwester war.« Die Art, in der er das Wort betonte, ließ keinen Zweifel daran, wie bedenklich er diesen Umstand fand.

Julie spürte unmittelbar einen Kloß in ihrem Hals. Jean schien ihren Schmerz zu spüren und streichelte ihr sanft über den Arm. Wegemakers fuhr fort: »Ihr eigener Sohn, Henry, hatte dies ebenfalls gerade erfahren und war sehr betroffen von der Geschichte mit dem Negermädchen, das zuvor auch noch von Pieter Brick geschlagen worden war.« Der Posthalter setzte sich aufrecht hin und atmete einmal tief durch. »Zudem waren die kranke Inderin, ihre Tochter und deren Mann im Gästehaus. Eine schwarze Heilerin und die Ruderneger, die sie von Ihrer Plantage mitgebracht hatten, befanden sich im Arbeiterdorf.« Er schloss seine Aufzählung und sah Julie einen Moment betroffen an. »Mevrouw Riard, ich mag es kaum aussprechen, aber hier hat scheinbar jeder einen Grund, Pieter Brick nach dem Leben zu trachten.«

Julie nickte. Daran bestand kein Zweifel. Blieb die Frage, welche Rückschlüsse der Posthalter ziehen würde. Angespannt wartete sie auf die Fortsetzung.

Wegemakers räusperte sich. »Nun, ich würde gerne noch Ihren Sohn Henry befragen. Denken Sie, es ist möglich, ihn hierher zu bestellen, oder muss ich …«

Julie spürte, wie sie innerlich erstarrte. Sie warf Jean einen hilflosen Blick zu, der einen Moment zögerte, bevor er antwortete: »Wenn Sie erlauben, werde ich ihn holen. Allerdings wird das einen Tag dauern.« Jean stand auf und strich seine Hose glatt.

»Gut, ich werde warten.«

Julie warf Jean einen langen Blick zu. Wie gerne hätte sie Henry aus der Sache herausgehalten und die Angelegenheit schnell abgehandelt, stattdessen würde der Posthalter nun länger als erwartet auf Watervreede verweilen.

Jean sattelte noch in der gleichen Stunde sein Pferd und machte sich auf den Weg nach Rozenburg.

Als Jean und Henry am nächsten Mittag zusammen auf Watervreede eintrafen, las Julie sofort in Jeans Gesicht, dass etwas nicht stimmte. Sie lief zu ihm, als er vom Pferd stieg.

»Karini ist verschwunden und Kiri sagt nicht, wo sie ist. Henry hat sie überall gesucht ... selbst ins Maroondorf hat er jemanden geschickt. Nichts.«

»Oh nein!« Kiri hatte ihre Tochter also fortgeschickt. Julie konnte es ihr nicht verdenken. »Hast du Kiri gesagt, dass Pieter tot ist?«

Jean nickte. Henry sprang von seinem Pferd.

»Mutter ... ist Pieter wirklich tot?«

Julie bemerkte, dass es ihm nur mit Mühe gelang, seine Erleichterung zu verbergen. Sie wollte gerade zu einem warnenden Kommentar ansetzen, als Wegemakers die hintere Veranda betrat. »Ah, der Sohn, dann kann ich ja weitermachen.« Er winkte Henry zu sich. »Kommen Sie bitte mit.«

Jean nickte seinem Sohn aufmunternd zu. »Alles in Ordnung, Henry, erzähl ihm einfach, was geschehen ist.«

Wegemakers nahm Henry mit ins Haus. Julie sah in Jeans Augen, dass er mindestens so besorgt war wie sie selbst.

Inika war nervös, seit der Posthalter gegen Mittag auf die Plantage gekommen war. Nachdem er sich alles angesehen, mit den Herrschaften gesprochen und sogar nach Masra Henry hatte schicken lassen, sprach er auch kurz mit Sarina und Bogo. Inika war erleichtert, als sie hörte, dass ihre Mutter sich in der Tat nicht mehr daran zu erinnern schien, dass Inika in der besagten Nacht für kurze Zeit das Zimmer verlassen hatte. Insgeheim hatte sie diese Befürchtung gehegt, sich aber nie getraut, Sarina darauf anzusprechen.

Als der Posthalter sie schließlich selbst zur Befragung rief, schlug Inikas Herz bis zum Hals. Sie konzentrierte sich darauf, sich ihre Nervosität nicht anmerken zu lassen, während der Posthalter ihr einige allgemeine Fragen zu ihrer Person und anschließend zum Verlauf des Abends und der entsprechenden Nacht stellte. Inika registrierte erleichtert, dass er ihr gegenüber keineswegs misstrauisch schien, und so durfte sie den Raum nach kurzer Zeit verlassen.

Auf dem Rückweg zur Küche horchte sie in sich hinein, wie sie es in den letzten Tagen so oft getan hatte. Aber sosehr sie sich auch bemühte, sie empfand kein schlechtes Gewissen, Masra Pieter erstochen zu haben. Letztendlich war es Notwehr gewesen – er hatte ihr Gewalt angetan, und sie hatte sich gewehrt, doch wie konnte sie sicher sein, dass ein Richter das im Falle einer Verhandlung auch so sehen würde? Zumal das Opfer ein Weißer war? Nein, es war besser, zu schweigen und so zu tun, als ob nichts gewesen wäre. Sie versuchte, sich mit Arbeit im Plantagenhaus abzulenken. Es gab mehr als genug zu tun. Ihre Mutter war noch nicht wieder ausreichend bei Kräften, und Karini war fort, also übernahm Inika diese Aufgabe nur zu gern. Es fiel ihr nicht schwer, sie hatte nun lange genug auf Rozenburg im Haushalt gedient.

Diese Position ermöglichte es Inika, sich so oft wie möglich im Plantagenhaus aufzuhalten. Ein Umstand, der ihr sehr gefiel. Sie polierte die Möbel aus edlem dunklen Holz und schüttelte die weichen Betten sorgsam auf. Dabei konnte sie die Geschehnisse weit von sich schieben und sich in Tagträumen verlieren. Wie es wohl war, tagtäglich in so einem Haus zu leben, ohne darin arbeiten zu müssen? Meist mahnte sie eine innere Stimme, dass sie sich bald im Arbeiterdorf oder gar im Gefängnis wiederfinden würde, in ihren Träumen jedoch führte sie ein glückliches, sorgloses Leben unter dem Dach eines solchen Hauses. Niemand würde ihr mehr etwas zuleide tun, im Gegenteil: Sie wäre diejenige, die Anweisungen gab. Nach und nach verschwammen Wirklichkeit und Traum, und sie musste sich nicht selten zusammenreißen, in das Hier und Jetzt zurückzufinden. Inika fasste einen Entschluss: Sie würde sich anpassen, sie würde jede Möglichkeit nutzen, die sie ihren Träumen ein Stück näherbrachte. Und eine dieser Möglichkeiten lag hier auf Watervreede. Bei Masra Martin.

Und jetzt war Henry zur Befragung durch den Posthalter nach Watervreede zurückgekehrt.

Als die Untersuchung beendet war und der Posthalter sich anschließend endlich anschickte, die Plantage zu verlassen, waren alle sichtlich erleichtert, auch wenn er keine Antwort auf die Frage nach dem Mörder von Masra Pieter geben konnte. Inika stand mit Misi Juliette und dem Posthalter im Flur, bereit, ihm seine Jacke und seinen Hut zu reichen.

»Mevrouw Riard, ich werde meine Aufzeichnungen an die Polizeistation und an die Kolonialverwaltung in Paramaribo schicken. Rechnen Sie bitte damit, dass man Sie noch einmal zu den Vorfällen befragen wird. Dafür werden wir dann allerdings alle in die Stadt reisen müssen.«

Misi Juliette nickte und bedankte sich für seine Mühe. Inika übergab dem Posthalter seine Jacke und seinen Hut und knickste demütig, bevor er mit einer angedeuteten Verbeugung in Richtung der Misi und der Masras das Haus verließ. Masra Jean brachte ihn zu seinem Boot.

Inika trat mit Misi Juliette auf die vordere Veranda, wo die Misi an der Balustrade stehen blieb. Auch Henry und Masra Martin traten durch die Tür und setzten sich in zwei Sessel im hinteren Bereich der Veranda. Alle blickten dem Posthalter und Masra Jean schweigend nach, dann sagte die Misi entschlossen: »Ich denke, wir sollten nach Hause fahren.«

Inika schrak hoch. Sie wollte nicht zurück nach Rozenburg, zurück in die kleine Hütte des Arbeiterdorfes. Sie wollte hierbleiben, denn auch wenn auf Watervreede viele dunkle Schatten hausten, lag doch ihre größte Chance hier. Und jetzt, wo Masra Pieter nicht mehr lebte ...

»Misi Juliette?«

»Ja?«

Die Misi blickte sie interessiert an, und Inika beschloss, einen Versuch zu wagen. »Misi Juliette, ich würde gerne auf Watervreede bleiben, solange es meiner Mutter noch nicht so gut geht. Und jetzt, wo Karini fort ist, wird man hier doch ein Hausmädchen brauchen.«

Nun war es heraus. Gespannt beobachtete sie Misi Juliette, die sie nachdenklich ansah.

»Sie hat recht«, stimmte Masra Martin ihr zu, »ich kann hier jede helfende Hand gebrauchen, wenn ihr alle abreist. Und Sarina und Thijs werden sicher noch einige Zeit brauchen, bis sie wieder vollends genesen sind.«

Misi Juliette wiegte nachdenklich den Kopf. »Inika, denkst du, das schaffst du hier alles allein?«, fragte sie schließlich.

Inika war überzeugt, den Haushalt zur Zufriedenheit von Masra Thijs und auch von Masra Martin führen zu können, und antwortete mit fester Stimme. »Ja, Misi, ich denke schon.«

Wieder schwieg die Misi eine lange Weile, auch die jungen Masras sagten kein Wort. Gerade, als Inika befürchtete, die Misi würde ihren Vorschlag ablehnen, seufzte Misi Juliette auf und sagte langsam: »Gut, wir machen es so. Du bleibst auf Watervreede und führst den Haushalt, bis Sarina wieder auf den Beinen ist.« Sie lächelte.

Inika fiel ein Stein vom Herzen. Sie spürte, wie sich pure Freude in ihr ausbreitete, und musste sich zusammenreißen, nicht laut zu jubeln. Auch in Masra Martins Gesicht lag jetzt ein Lächeln. »Danke, Misi Juliette, ich werde immer mein Bestes geben«, antwortete Inika fröhlich.

»Gut. Dann bleibst du also hier. Ich bin müde und werde mich noch etwas ausruhen, bevor wir aufbrechen.« Misi Juliette nickte ihr kurz aufmunternd zu, bevor sie sich auf den Weg ins Haus machte.

»Inika, hol uns doch bitte einen Dram«, bat Henry. Inika bemerkte irritiert, dass er sich mit keinem Wort an der Diskussion beteiligte, sondern nur schweigend im Hintergrund gesessen hatte. Sie konnte seinen Gesichtsausdruck nicht recht deuten, aber er wirkte nachdenklich. Sie eilte sich, die Karaffe und zwei Gläser zu holen. Als sie wieder auf die Veranda trat, waren Masra Martin und Henry in ein Gespräch vertieft.

»Willst du wirklich hierbleiben oder kommst du irgendwann zurück nach Rozenburg?« Henry sah seinen Ziehbruder durchdringend an. Inika füllte die Gläser so langsam wie möglich, sie interessierte sich durchaus für die Antwort.

»Nein, ich werde zunächst hierbleiben, bis Thijs Marwijk wieder gesund ist. Aber dann ... ich weiß nicht. Henry, seien wir doch mal ehrlich. Du, Jean, ich ... drei Männer sind ein bisschen viel für eine Plantage. Vielleicht gehe ich in die Stadt, wer weiß?« Masra Martin verstummte und starrte vor sich hin. »Danke, Inika ...«, sagte er schließlich.

Das war das Zeichen für Inika, sich zurückzuziehen. Sie hätte das Gespräch gerne noch eine Weile belauscht, aber eigentlich hatte sie auch so schon genug gehört. Sie nickte kurz und ging dann durch das Plantagenhaus zurück zum Kochhaus, verstaute die Karaffe wieder an ihrem Platz und setzte sich grübelnd auf die alte Holzbank am Tisch.

Noch einmal durchdachte sie ihren Plan. Nach allem, was sie von Masra Pieter erfahren hatte, bevor ... sie schauderte ... war Henry gar nicht der rechtmäßige Erbe von Rozenburg, sondern Masra Martin. Und dann ... er war, gelinde gesagt, die bessere Partie. Inika schalt sich kurz selbst, weil sie diese Dinge so profan bedachte. Aber sie hatte sich nun einmal in den Kopf gesetzt, einen der beiden jungen Männer für sich zu gewinnen. Allerdings schienen Karini und Masra Martin einander nicht abgeneigt zu sein, aber da Karini ja nun anscheinend fort war ... wäre Masra Martin für sie selbst vielleicht die bessere Wahl. Der Haken an der Sache war, dass Masra Martin gar nicht wusste, dass Henry nicht der rechtmäßige Erbe von Rozenburg war. Allerdings ... wenn sie Masra Martin diese Information zur rechten Zeit gab, würde er sie vielleicht gegen Henry verwenden. Sicherlich täte ihr das ein bisschen leid um Henry, aber wenn sie erst einmal die Verbündete von Masra Martin war, würde sich für sie alles zum Guten wenden. Sie würde die Zeit auf Watervreede nutzen, um sein Vertrauen zu gewinnen.

Ja, so könnte es gehen. Allerdings würde Bogo auch hierbleiben. Sie seufzte und ärgerte sich einmal mehr darüber, dass sie den Burschen aus einer Idee heraus geheiratet hatte, auch wenn sie damals keine andere Wahl gehabt hatte. Jetzt lagen die Dinge anders.

Kapitel 5

Die *Zonsopgang* hatte binnen eines Tages die Mündung des Surinam verlassen und war auf offenes Meer gelangt. Karini hatte Misi Gesine geholfen, sich in der Kabine einzurichten, und dann nach Aufforderung der Misi ihre Schlafmatte neben die Tür gelegt. Der Matrose, der Misi Gesine an Bord willkommen geheißen hatte, hatte Karini misstrauisch beäugt und Misi Gesine angeboten, Karini auf dem Matrosendeck schlafen zu lassen.

»Nein, junger Mann, wo denken Sie hin, das Mädchen bleibt bei mir, sie ist meine Zofe.«

Karini hatte sich insgeheim gefragt, ob es einen Unterschied zwischen den Tätigkeiten und der Stellung eines Dienstmädchens und der einer Zofe gab, aber das Wort gefiel ihr. Misi Gesine jedenfalls schien Karinis Gesellschaft zu gefallen, sie war durchweg gut gelaunt und ließ sogar vereinzelt ein Lob über ihre Lippen kommen. Sie schien sich wirklich zu freuen, wieder in ihre Heimat zu fahren. Am Abend, als Karini ihr die Haare bürstete, erzählte sie ihr von den Niederlanden. Auch wenn viele Dinge Karini vollkommen unbekannt waren, und andere sogar seltsam klangen, so wusste Karini dennoch einiges aus den Erzählungen von Misi Juliette und aus der Schule. Sie würde sich schon daran gewöhnen, an dieses Land.

Karini war durchaus traurig gewesen, als sie an Deck gestanden und beobachtet hatte, wie sich das Festland immer weiter entfernte. Wehmütig hatte sie auf den Schwarm bunter Vögel geblickt, der sie ein Stück auf das Meer hinaus begleitet hatte, hatte die Bäume und das üppige Grün des Ufers verschwinden sehen.

Dann war das Schiff allein auf See, hier gab es nichts außer Meer und Wellen, die weiße Schaumkronen vor sich hertrieben. Karini hatte diese Weite durchaus beeindruckt und sie hatte für einen Moment die Augen geschlossen. Egal, was kommen würde, sie würde es meistern.

Misi Gesine wurde im Verlauf der Reise nicht müde zu betonen, dass eine der wenigen positiven Seiten ihres Lebens in Surinam die häufigen Bootsfahrten gewesen waren, durch die sie sich an das Geschaukel, wie sie es ausdrückte, auf dem Wasser gewöhnt hatte. »Karini, du glaubst gar nicht, wie sehr ich auf der Hinfahrt gelitten habe.«

Karini konnte das nicht nachvollziehen. Ob große oder kleine Schiffe, sie selbst war von klein auf daran gewöhnt, mit ihnen zu fahren. Dass es in den Niederlanden weniger Boote, dafür aber umso mehr Pferdewagen geben sollte, daran würde sie sich gewöhnen müssen. Karini kannte Pferdewagen aus Paramaribo, war aber selbst nur wenige Male damit gefahren.

»Wenn wir in den Niederlanden angekommen sind, werden wir dir erst einmal neue Kleider besorgen«, sagte Misi Gesine eines Abends.

Karini zuckte zusammen – hatte sie vielleicht einen Fleck auf ihrem Kleid? Verstohlen sah sie an sich hinunter, konnte aber keinen Makel entdecken. »Was stimmt nicht mit meinen Kleidern?«, fragte sie verwirrt.

Misi Gesine lachte. »Kind, in den Niederlanden trägt man eine andere Mode. Außerdem ist es kalt, du wirst dich wundern. Und Schuhe wirst du auch brauchen.«

Schuhe? Karini hatte, bis auf dünne Sandalen, in ihrem Leben noch nie Schuhe besessen oder getragen. Aber wenn Misi Gesine meinte, sie bräuchte Schuhe, würde sie wohl welche tragen müssen. Aber damit nicht genug.

»Und deine Haare Mädchen, du musst üben, sie hochzustecken. Und das«, Misi Gesine deutete auf den kleinen Anhänger aus dem Zahn eines Jaguars, den Karini trug, »das versteckst du am besten unter deinem Kleid.«

Und so ging es die ganze Reise über weiter. Je näher sie Europa kamen, desto mehr Anweisungen gab Misi Gesine, was Karini zu tun und zu lassen hätte. Karini war verwirrt, sie versuchte sich, so gut es ging, alles zu merken, hatte aber jetzt schon Angst, sich irgendwann einmal falsch zu verhalten. Es schien doch viele Stolperfallen zu geben, und ihr wurde gewahr, dass ihr Leben in den Niederlanden nicht so einfach werden würde wie in Surinam.

Surinam ... manchmal, wenn sie allein war, befiel sie eine große Sehnsucht. Das Heimweh nach Rozenburg, nach ihrer Mutter, Misi Juliette, Masra Henry und allen anderen nahm ihr dann fast die Luft zum Atmen. Sie fühlte sich verlassen, wie ein Blatt auf dem Surinamfluss, das nicht wusste, wohin es das Wasser treiben würde. Jedes Mal schimpfte sie im Stillen mit sich selbst. Sie hatte Glück, überhaupt noch am Leben zu sein, und die Chance, die Misi Gesine ihr geboten hatte, war einmalig. Wie viele Mädchen mit ihrem Hintergrund kamen schon in die Niederlande? Karini kannte bisher kein schwarzes Mädchen, das es bis dorthin geschafft hatte.

Nach einer schier endlosen Weile bekam Karini schließlich den ersten Vorgeschmack auf Europa. Die Temperaturen sanken, und es wurde bitterkalt. Karini kam nicht umhin, sich zwei ihrer Kleider übereinander anzuziehen, das waren aber auch schon alle, die sie mitgenommen hatte. Ihre Füße waren durch die Kälte fast taub, so fror Karini.

Kapitel 6

Masra Thijs war erst Ende November wieder so weit genesen, dass er sein Bett für einige Stunden am Tag verlassen konnte. Das schwere Fieber hatte an seinen Kräften gezehrt, und Inika befürchtete ständig, dass ihn die Schwäche doch noch einmal übermannen könnte. Aber ihre Sorge war unbegründet, er wurde von Tag zu Tag kräftiger, und auch Sarina gewann zunehmend an Stärke. Sie besuchte Inika schon im Kochhaus und gab ihr Ratschläge für die Zubereitung des Essens, denn beim Kochen fehlte Inika die Erfahrung. Inika war ihr nicht nur dankbar für diese Hinweise, sie genoss die Nähe ihrer Mutter, auch wenn sie nicht über die Geschehnisse sprachen.

Eine Sache aber irritierte Inika. Sie war nicht dumm, und sie hätte blind sein müssen, nicht zu bemerken, dass Masra Thijs und Sarina einander schon bald häufig Besuche abstatteten. Dann saßen sie zusammen und sprachen sehr vertraut miteinander. Inika war durcheinander. Sie mochte Masra Thijs, er war sehr nett und immer höflich. Aber dass ihre Mutter sich ihm zugetan fühlte, das überraschte sie. Ausgerechnet ihre Mutter? Die ihr selbst seinerzeit Vorhaltungen gemacht hatte, sie müssten als Inderinnen ihre Herkunft wahren, das heißt einen indischen Ehemann finden und die indischen Sitten pflegen? Diese Vorgaben schienen für sie jetzt nicht zu gelten, sie hielt sich ja nicht einmal an die in Surinam üblichen Regeln bezüglich des Umgangs zwischen Masra und Angestellter. Sie saß sogar auf einem Stuhl!

Inika hätte gerne mit ihr darüber geredet, traute sich aber nicht, sie darauf anzusprechen. Inika fühlte sich zunehmend einsam auf der Plantage, es war überhaupt sehr still geworden, nachdem Misi Juliette mit Masra Jean und Henry wieder nach Rozenburg zurückgekehrt war. Zumindest im Plantagenhaus. Inika fehlte ein Gesprächspartner, mit dem sie sich über Dinge austauschen konnte. Denn auch Masra Martin arbeitete von früh bis spät und schien, sehr zu Inikas Verdruss, den Kontakt zu ihr nicht intensivieren zu wollen. Überhaupt wirkte er sehr zurückgezogen und stets in Gedanken versunken. Nur äußerst selten verirrte sich ein Lächeln auf seine Lippen, und Inika vermutete, dass er auch deshalb so hart arbeitete, um düstere Gedanken aus seinem Kopf zu vertreiben.

Draußen auf der Plantage ging die Wirtschaft unbeirrt weiter. Mehrmals in der Woche legten größere Flöße mit großen Lieferungen Zuckerrohr an, und auch von Rozenburg trafen Ochsenkarren voller Zuckerrohr ein. Die Pflanzen wurden in der Mühle gemahlen, der gepresste Saft anschließend zu Melasse eingekocht und dann von Transportschiffen in die Stadt gebracht. Masra Martin kümmerte sich sowohl um die Abläufe auf der Plantage als auch um die Zuckerrohrmühle. Dass er diese Arbeit jetzt allein verrichten musste, zehrte für alle sichtbar an seinen Kräften. Abends kam er müde und erschöpft nach Hause, um sich morgens bei Sonnenaufgang bereits wieder im Kesselhaus einzufinden und das Anheizen der Dampfmaschine zu überwachen. Aber der Einsatz schien sich zu lohnen, die Geschäfte liefen gut, das hatte Inika mitbekommen.

Masra Thijs war sehr zufrieden mit Masra Martins Arbeit. Oft hörte sie, wie Masra Thijs ihn abends lobte. Richtig freuen konnte sich Masra Martin aber offensichtlich nicht darüber. Er reagierte meist nicht einmal, sondern starrte weiter gedankenversunken vor sich hin. Inika beobachtete sein Verhalten mit zunehmender Sorge. So konnte es nicht weitergehen. Ihr lag das Wohl von Masra Martin nicht zuletzt aus eigenem Interesse am Herzen.

Zudem ärgerte sie sich zunehmend über ihre Mutter, die sich

mit der Selbstverständlichkeit im Plantagenhaus bewegte, die Inika sich für sich selbst erträumte. Als Sarina ihr dann eines Morgens aus Masra Thijs' Schlafzimmer entgegenkam und sichtlich beschämt an ihr vorbeihuschte, während Inika gerade melden wollte, dass das Frühstück angerichtet war, fasste Inika den Beschluss, etwas zu ändern. Sonst würde sie am Ende noch zum Dienstmädchen ihrer eigenen Mutter werden.

Noch am selben Abend hatte Masra Martin sich mit einem Glas auf die vordere Veranda zurückgezogen, die Sonne tauchte den Fluss in warmes rotes Licht. Als Inika ihm zum ersten Mal Dram nachschenkte, nahm sie all ihren Mut zusammen und hockte sich neben ihn auf die verwitterten Holzdielen.

»Masra, du darfst nicht immer nur zurücksehen«, sagte sie zögernd.

Zunächst befürchtete sie, er werde sie schelten, zu ihrer Erleichterung aber hob er nur den Blick und sah sie nachdenklich an. »Findest du, dass ich das mache?«, fragte er schließlich.

»Ja, Masra Martin, du denkst unentwegt über das nach, was passiert ist. Aber ... man kann es nicht ändern. Man muss einfach weitermachen.«

Masra Martin starrte in das Glas in seiner Hand und ließ die Flüssigkeit kreisen. »Ja«, er seufzte. »Vielleicht sollte ich das wirklich tun.« Er hob sein Glas und trank einen großen Schluck. Dann lächelte er sie an.

Fortan leistete sie ihm des Öfteren am Abend auf der Veranda Gesellschaft.

Kapitel 7

Der Hafen von Rotterdam liege, wie der von Paramaribo, ein Stück im Landesinneren, erklärte ein männlicher Passagier gerade der Misi Gesine. Karini stand frierend hinter ihnen an Deck und hoffte, dass sie bald wieder in die wärmere Kabine gehen würden. Das Schiff steuerte auf den Nieuwe Waterweg zu. »Das ist kein echter Fluss«, wusste der Mann zu berichten, »er wurde von Menschenhand geschaffen. Er ist noch keine zehn Jahre alt, aber schon bedeutend für den Schiffsverkehr!«

Karini interessierten diese Ausführungen nicht sonderlich. Bereits seit einigen Stunden war Land in Sicht, und alles, was sie bisher gesehen hatte, war eintönig grau. Sogar die Vögel waren hier grau. Zudem schrien sie laut und schauten sie mit ihren kleinen Augen böse an, während sie dicht neben dem Schiff herflogen. Anstelle einer Küste, die sanft vom Meer emporstieg und in einem üppigen Regenwald mündete, gab es hier künstliche Wälle – und keine Bäume.

»Das sind Deiche, zum Schutz vor dem Meer«, hatte Misi Gesine ihr erklärt. Karini erinnerte sich, dass schon ihr Lehrer davon gesprochen hatte, verstand aber nicht, warum man zu diesem Zweck so große Wälle brauchte. In Surinam baute man die Häuser einfach auf einen Steinsockel.

Das Meer, die Nordsee, war auch ganz anders als vor Surinam. Es war viel unruhiger. Seit das Schiff den großen Ozean zwischen Surinam und Europa verlassen hatte, an der Insel England vorbeigefahren und dann zu dieser Nordsee gekommen war, wurde es mehr und mehr durchgeschaukelt. Die Gischt, die zuvor noch wie lustige Schaumkronen vor den Wellen aufgestoben war, schlug nun hoch bis über die Reling, und wenn Karini nicht aufpasste, wurde sie nass. Und das Wasser war auch nicht so türkis schillernd wie in Surinam, es war grau, fast schwarz, und schien unfreundlich zu jedem zu sein, der es wagte, mit dem Schiff darauf zu fahren.

Als es zu regnen begann, schickte sich Misi Gesine endlich an, unter Deck zu gehen. Karini spürte ihre Füße kaum noch und der Regen traf sie mit kleinen, nadelspitzen Tropfen. Sie war froh, als sie wieder in der kleinen Kabine waren.

»Misi Gesine? Ist es immer so kalt in den Niederlanden?« Karinis Zähne schlugen aufeinander, ein für sie vollkommen ungewohnter Zustand. Vor allem aber störte sie, dass sie damit nicht aufhören konnte, sosehr sie die Zähne auch aufeinanderpresste.

Misi Gesine lachte. »Nein, Karini, jetzt ist gerade Winter.«

»Also Anfang der Regenzeit?«

Die Misi aber lachte wieder, auch wenn Karini nicht verstand, was daran so lustig war.

»Ja, so in etwa, aber es kann auch Schnee geben. Vielleicht hast du Glück und lernst das dieses Jahr noch kennen.«

Karini wusste nicht recht, ob sie das wollte. Der Lehrer hatte gesagt, dass Schnee aussah wie die Samen vom Seidenwollbaum und auf dem Boden eine weiche Matte bildete. Das klang durchaus schön, aber die Misi hatte ihr erklärt, dass Schnee gefrorenes Wasser war, doch dafür mussten die Temperaturen nun noch weiter sinken. Ihr aber war es jetzt schon zu kalt, es war sogar schon seit Tagen undenkbar, ohne Decke auf der Matte zu schlafen. Misi Gesine hatte ihr netterweise eine besorgt, und nun steckte Karini vorsichtig ihre kalten Füße darunter. Im Moment war sie nicht einmal sicher, ob sie überhaupt jemals wieder warm werden würden.

Am nächsten Tag legte das Schiff im Hafen von Rotterdam an. Karini war fasziniert, dass es direkt bis an den Pier fuhr. Man brauchte keine kleinen Boote zum Übersetzen. Hier wurde lediglich ein langer Steg an das Schiff gelegt, über den die Passagiere dann an Land gingen. Karini tappte vorsichtig hinter Misi Gesine her. Unter ihr schlug das Wasser an die Kaimauer.

Neugierig sah sie sich um. Auf dem Pier herrschte, wie im ganzen Hafen, ein wildes Durcheinander. Hunderte von Menschen liefen hin und her, trugen Kisten und Koffer. Karini konnte teilweise ihre Gesichter nicht erkennen, so tief hatten die Leute ihre Mützen ins Gesicht gezogen und ihre Kragen bis zu der Nase hochgeschlagen. Es war windig und kalt, ein feuchter Nebel hing über dem Hafen, und Karini zog sich fest den dicken Umhang um die Schultern, den Misi Gesine ihr gegeben hatte. »Hier, Kind, sonst bist du erfroren, bevor wie überhaupt in Amsterdam sind.«

Amsterdam, das lag wiederum an einer ganz anderen Stelle in diesem Land, das hatte Misi Gesine ihr erklärt. Dorthin würden sie mit einer Droschke fahren. Nun ging Misi Gesine auf einen Mann zu, der mit ernster Miene auf dem Kai stand und alles um sich herum wachsam beobachtete, und erkundigte sich nach einer Möglichkeit, eine Droschke zu mieten. Er nickte und zeigte in eine Richtung. Dann winkte Misi Gesine nach zwei Jungen, denen sie auftrug, das Gepäck zu tragen. Karini staunte, als sie bemerkte, dass auch diese Jungen barfuß waren. Weiße Jungen, die ohne Schuhe liefen? Das hatte sie noch nie gesehen. Die Jungen schleppten eifrig Misi Gesines Koffer und machten leise Witze über Karini. Karini ahnte den Grund dafür: Weit und breit war kein Mensch von dunkler Hautfarbe zu sehen. Karini fühlte sich plötzlich sehr einsam.

Kapitel 8

»Mutter! Wir müssen Karini doch suchen. Sie ist jetzt schon fast sechs Wochen fort!« Henry schlug mit der flachen Hand gegen einen der Holzständer der Veranda. Er war wütend und konnte nicht verstehen, warum seine Mutter keine Anstalten machte, sich mit dem Thema zu beschäftigen. Immer wieder hatte er sie gedrängt, auf seine Fragen zu antworten oder zumindest einen Trupp loszuschicken, hatte aber stets nur ausweichende Antworten erhalten. So wie jetzt.

Seine Mutter saß neben ihm an dem kleinen Tisch und spielte mit Helena. »Henry, für Karini ist es sicherlich besser, zunächst das Erlebte in Ruhe zu verarbeiten. Sie hat Schlimmes durchgemacht.« Juliettes Blick wie auch ihr Tonfall sagten Henry, dass dahinter noch mehr lag, als nur die Sorge um Karinis zerschlagenes Gesicht.

Henry war entsetzt, als ihm die Bedeutung ihrer Worte aufging. »Meinst du etwa ... nein, das hat er nicht getan!«

Doch seine Mutter zuckte nur mit den Schultern. »Henry, ich weiß es nicht. Aber zuzutrauen wäre es Pieter gewesen ...«

Henry spürte, wie sich der Hass in ihm ausbreitete. »Wer immer ihn auch erstochen hat, derjenige hat ...«, stieß er angewidert hervor.

»Sch ... sch ... so etwas darf man nicht einmal denken.« Der Blick, den seine Mutter ihm zuwarf, war streng. Sie deutete auf Helena, die inzwischen munter alles Gehörte nachplapperte.

Aber Henry wollte das nicht gelten lassen. »Ach, du hast ihn doch auch so oft zum Teufel gewünscht.«

»Ja, im Stillen.« Sie bedachte ihn mit einem langen Blick. »Und bedenke bitte, dass man aufpassen muss, was man sagt, solange man den Schuldigen nicht gefunden hat.«

»Ja, ist ja schon gut.« Henry wandte sich trotzig um.

Henry hatte auch Kiri immer wieder nach Karinis Verbleib gefragt, aber auch sie schwieg eisern. Dabei war er sich sicher, dass sie die Antwort kannte, hatte seine Mutter sie doch gefragt: »Ist Karini gut aufgehoben?«, woraufhin Kiri genickt hatte.

Eine weitere Woche verstrich, dann kam eines dunstigen Vormittags, während die Familie beim Frühstück zusammensaß, plötzlich Erika in das Plantagenhaus gestürzt.

»Juliette, entschuldige bitte, aber wir haben gestern erst erfahren, was passiert ist. Das mit Pieter, meine ich …«

Julie stand auf und umarmte ihre Freundin, die vollkommen durcheinander schien. »Oh, das tut mir leid. Ich hatte gehofft, dass ihr über Gesine von den Entwicklungen erfahren würdet. Ich hatte sie benachrichtigen lassen.«

Henry sah, dass diese Information Erika keineswegs beruhigte. »Das ist es ja, diese Nachricht erreichte uns gestern über Umwege, denn Gesine ist gar nicht mehr im Land.«

Henry traute seinen Ohren nicht. Und auch seine Mutter schien überrascht. »Oh, das wusste ich nicht. Wieso denn? Ich dachte … wegen der Scheidung …«

Erika hob in einer Geste der Hilflosigkeit die Arme. »Ja, sie war ja auch eine Weile in der Stadt, aber dann kam Karini.«

Nun hielt es Henry nicht mehr auf seinem Stuhl. »Karini? Karini ist in der Stadt?«

»Ja, nein … sie war in der Stadt.«

»Ist? War? Wo ist Karini? Weiß sie, dass Pieter tot ist?« Henry war vollkommen aufgebracht.

»Nein, sie ist mit Gesine gegangen.«

»Was?«, fragten Henry und Julie wie aus einem Mund.

»Gesine war nach Karinis Bericht über Pieter, Sarina und Thijs Marwijk so entsetzt, dass sie es vorzog, in die Niederlande zurückzukehren. Das Schiff ging keine zwei Tage später. Und Karini ... das arme Mädchen hatte so fürchterliche Angst, dass Pieter sie beschuldigen würde, ihn in Verruf bringen zu wollen oder ... gar Schlimmeres.« Erika schluchzte jetzt. »Wir wussten ja nicht, was noch alles passiert war. Karini wollte mit Gesine fahren, und Wim und ich haben ihr geholfen. Wir dachten, das wäre für sie der sicherste Weg. Gerade weil ich doch wusste, was für ein Mensch Pieter ist.« Wieder schluchzte sie laut auf.

»Ist schon gut, Erika, ihr konntet ja nicht ahnen, was passiert ist. Und ihr habt richtig gehandelt, nun ist sie wirklich in Sicherheit.«

Henry beobachtete, wie seine Mutter ihrer Freundin einen dankbaren Blick zuwarf. Er aber konnte das nicht nachvollziehen. »Als ob ein Aufenthalt in den Niederlanden, noch dazu bei Gesine, für Karini *sicher* wäre!« Er fühlte sich, als würde er bald explodieren. Wie sollte es Karini in der Gegenwart von Gesine gut gehen, dazu noch mit der fremden Kultur und in dem fremden Land, in dem sie sich befand? Sie, die kaum über die Grenzen Paramaribos hinweggekommen war? »Ich werde sie suchen«, sagte er entschlossen. Er war selbst erstaunt, die Worte aus seinem Mund zu hören, doch in dem Moment, wo er sie aussprach, war er sich sicher, dass sein Entschluss richtig war.

Er blickte sich um und sah geradewegs in die Augen seiner Mutter, in deren Blick sich Entgeisterung spiegelte.

»In vier Wochen geht ein Schiff«, hörte er Erika in diesem Moment leise sagen.

»In vier Wochen erst?« Diese Antwort gefiel ihm ganz und gar nicht. Aber er hatte keine andere Wahl. »Egal. Ich muss sie finden. Sie muss wissen, was passiert ist.«

Kapitel 9

Die Droschke rumpelte viele Stunden über die harten Wege Richtung Amsterdam. Karinis Körper schmerzte. Anstatt weicher Muschelsandwege gab es hier nur hart gepflasterte Straßen oder löcherige und matschige Landwege. Immer, wenn sie aus dem Fenster sah, bot sich ihr das gleiche Bild: Weites Land in einheitlichem Wintergrau, Bäume ohne Blätter und Tiere, die auf den Koppeln eng zusammengedrängt standen. Die Sonne brach nur selten durch die tief hängenden dunklen Wolken und wenn, spendete sie keine Wärme. Dieses Land schien Karini unendlich farb- und trostlos, und ihre Stimmung wurde mehr und mehr getrübt. Außerdem schmerzten ihre Knochen und vor allem ihre Füße. Misi Gesine hatte die Droschke in Rotterdam kurz nach der Abfahrt einmal anhalten lassen, um in einem Geschäft für Karini Schuhe zu kaufen. Der ältere Verkäufer hatte auf Karinis schwielige, nackte Füße geschaut, den Kopf geschüttelt und anschließend ein paar klobige schwarze Holzschuhe unter seinem Tresen hervorgezogen. Karini hatte sie auf Geheiß von Misi Gesine angezogen und sich sofort gefühlt, als hätte sie zwei Eimer an den Füßen. Sie konnte kaum laufen und war unbeholfen hinter Misi Gesine her wieder zur Droschke gestolpert.

»Du wirst dich schon daran gewöhnen. Und irgendwann kannst du dann auch schöne Schuhe tragen.« Misi Gesine warf einen selbstverliebten Blick auf ihre eigenen zarten und eleganten Damenschuhe.

Dann kauften sie noch ein neues Kleid für Karini. Es war sehr schwer und lang und aus einem dicken, kratzigen Wollstoff und es war, wie könnte es anders sein, grau. Karini fror zwar nun nicht mehr so stark, musste sich aber ständig kratzen.

Und dann war es endlich so weit: Die Droschke erreichte Amsterdam. Die Stadt begrüßte sie mit anhaltendem Regen. Misi Gesine erklärte Karini, dass sie zu ihren Eltern fahren würden, und so hoffte Karini auf ein baldiges Ende des Gerumpels. Die Straßen wurden enger und die Häuser höher. Wenn Karini aus dem Fenster blickte, sah sie nur braungraue Fassaden, die sich an ihnen vorbeischoben. Kaum ein Baum oder ein Strauch war zu sehen, und auch die Dächer lagen hoch über ihren Köpfen. Karini fragte sich immer wieder, ob dies wirklich das Land von den Bildern im Flur des Stadthauses war. Auf denen hatte es freundlicher und bunter gewirkt.

»Gleich sind wir da!« Misi Gesine durchbrach Karinis Gedanken. Sie rutschte unruhig auf ihrem Platz hin und her.

Die Droschke hielt vor einem mächtigen Steinbau, vor dem es keine Auffahrt und nicht einmal eine Veranda gab. Lediglich drei Steinstufen führten zu einer wuchtigen Holztür, die nun von einem hageren weißen Mann in Livree geöffnet wurde. Und zum ersten Mal seit Beginn ihrer Reise sah Karini etwas, das ihr Herz erfreute. Hier dienten also wirklich die Weißen den Weißen. Sie hatte so viel davon gehört, aber es nun mit eigenen Augen zu sehen, das war schon etwas Besonderes.

Der Mann trat trotz des schlechten Wetters an die Droschke heran und öffnete Misi Gesine die Tür. »Mevrouw Vandenberg, herzlich willkommen. Ihr Vater wird sich sicherlich sehr freuen.«

Karini fiel erstaunt auf, dass er dabei keine Miene verzog. Noch erstaunter aber war sie über das Verhalten von Misi Gesine.

Die Misi stürmte geradezu über die drei Stufen in das Haus und rief in der Eingangshalle laut: »Vater? Vater!«, während sie sich den Schal von den Schultern zog. Karini folgte ihr zögerlich und konzentrierte sich vor allem darauf, in den klobigen Schuhen nicht aus dem Gleichgewicht zu geraten.

»Gesine?« Mit einem überraschten Gesichtsausdruck trat aus einer seitlichen Tür ein hochgewachsener, kräftiger Mann. Die Ähnlichkeit war nicht zu übersehen, dies war unverkennbar Misi Gesines Vater.

»Kind! Was machst du denn hier? Warum hast du nicht geschrieben, dass du kommst? Ich freue mich so sehr ... wie schön.« Er trat an seine Tochter heran und legte ihr kurz den Arm um die Schultern.

Karini stand in der großzügigen Eingangshalle, die sie mehr an eine Kirche als an ein Wohnhaus erinnerte, und schaute verlegen auf ihre klobigen Holzschuhe.

»Oh, hast du jemanden mitgebracht?« Jetzt hatte Misi Gesines Vater sie entdeckt.

»Das ist Karini ... ach Vater, ich habe so viel zu erzählen.«

Misi Gesines Vater trat auf Karini zu. »Herzlich willkommen.«

Karini schaute ihn nur verlegen an. Der Schreck fuhr ihr in die Glieder – wie sollte sie sich bloß verhalten? Sie entschied sich für einen Knicks. »Guten Tag, Masra«, sagte sie höflich.

Er sah sie verblüfft an. Karini bemerkte aus den Augenwinkeln, dass der hagere weiße Mann in Livree leicht das Gesicht verzog. Lächelte er gar? Misi Gesines Vater antwortete nicht, sondern wandte sich wieder seiner Tochter zu.

Misi Gesine versuchte, sich zu erklären. »Karini hat in der Kolonie für mich gearbeitet.«

Ohne Karini weiter zu beachten oder sich gar vorzustellen, schritt Gesines Vater nun zu seiner Tochter und wies ihr einladend mit dem Arm den Weg »Dann komm, Kind. Wiebold, zeigen Sie dem Mädchen eine Kammer.«

Der hagere Diener beäugte Karini kurz mit einem, wie sie fand, leicht pikierten Blick. »Komm mit«, sagte er barsch. Karini warf der Misi einen Blick zu, doch die war schon auf dem Weg hinter ihrem Vater her. Also folgte sie Wiebold durch einen schmalen zweiten Flur zu einer steilen Stiege. Karinis Schuhe machten einen polternden Lärm. Vier Treppen erklommen sie, bis sie in einen weiteren Flur gelangten, wo Wiebold Karini zu einer der hintersten Türen führte. »Hier. Ich werde dich holen, wenn Mevrouw Vandenberg es wünscht.«

Karini bedankte sich artig und betrat die Kammer. Neugierig blickte sie sich um. Es gab einen Stuhl, einen kleinen Tisch und … ein Bett, ein richtiges Bett! Karini setzte sich zögerlich auf die Bettkante. Das Bett war weich. Sie musste lächeln. Das gefiel ihr.

Kapitel 10

Henry saß an Deck und starrte in die Segel. Diese spannten sich nur mäßig im lauen Wind und trieben das Schiff seit einer Woche langsam gen Osten. Stunde um Stunde wünschte er sich, sie würden schneller vorankommen.

Er war sofort, nachdem Erika ihm von den Geschehnissen in der Stadt berichtet hatte, nach Paramaribo gefahren. Am Hafen hatte er wochenlang nach dem Schiff Ausschau gehalten, und doch hatte ihm niemand sagen können, ob er mit dem Schiff überhaupt würde mitreisen können.

»Das müssen Sie bei der Ankunft den Kapitän fragen«, erklärte ihm der Hafenmeister.

Henry wartete ungeduldig Tag für Tag, dass dieses Schiff eintreffen würde. Als es dann eines Tages wirklich den Fluss heraufkam und vor Paramaribo ankerte, war Henry eher an Bord als die ersten Matrosen an Land.

Der Kapitän war ein rauschbärtiger alter Holländer, sein Gesicht war von Falten zerklüftet und die Haut von der salzigen Luft gegerbt. »Wir haben keine Kabinen mehr frei, junger Mann«, offenbarte er Henry knapp.

Henry aber war fest entschlossen. Er würde Karini suchen und finden, doch dafür musste er nach Europa. Und zwar so schnell wie möglich. Also mit diesem Schiff. Er verhandelte und bot dem Kapitän Geld, schließlich sogar mehr Geld und letztendlich gar ein kleines Vermögen, bis dieser doch einlenkte und Henry eine Hängematte bei den Matrosen im Mannschaftsraum anbot. Henry war es egal, er hätte auch auf Deck geschlafen, wenn nötig.

Nach den ersten zwei Tagen auf See war er auch versucht gewesen, dorthin umzuziehen. In dem engen Mannschaftsraum tief unten im Schiff war die Luft so schlecht, dass Henry kaum atmen konnte. Zudem schien irgendwo zwischen den Frachtsäcken, die im hinteren Bereich lagerten, ein Tier, vermutlich eine Ratte, verendet zu sein – es roch nach Verwesung. Die Matrosen schien dies nicht zu beirren. Schon bald war der Gestank auch wegen der Aborteimer und dem scharfen Alkohol nicht mehr so stark. Henry ging so oft wie möglich an Deck.

Dort atmete er tief ein und starrte in die Weite des Horizonts. Aber er hatte keine Augen für die Schönheiten des Meeres. Er gesellte sich nicht zu den anderen Passagieren, wenn diese staunend die Delfine beobachteten, die das Schiff begleiteten, und er mochte auch nicht den Matrosen abends bei Kartenspiel und Schnaps beiwohnen. Es war seine erste große Reise, und er hoffte jeden Tag, die Zeit würde schneller vorübergehen.

Denn eines war ihm in den letzten Wochen klar geworden: Er konnte und wollte nicht ohne Karini sein. Wie töricht war er doch gewesen! Und er fühlte sich schuldig. Hätte er ihr doch nur schon früher gesagt, was er für sie empfand, dann wäre sie vielleicht niemals mit nach Watervreede gegangen. Dieses Mal würde er ihr seine Liebe gestehen.

Die Fahrt wurde ungemütlich und machte Henry zunehmend zu schaffen. Je näher sie Europa kamen, desto heftiger schüttelten die Winterstürme das Schiff durch. Hinzu kam die Sorge um seine Zukunft. Er war sich sicher, Karini zu finden, doch auch für ihn war es das erste Mal, dass er Surinam verließ.

Wim hatte ihm strikte Anweisungen gegeben, was er in den Niederlanden zu tun hatte. »Hier, diesen Brief gibst du sofort bei deiner Ankunft auf, er wird an mein Kontor gehen. Und auf diesem Zettel steht die Anschrift von Gesines Familie in Amsterdam, dort wirst du Karini hoffentlich finden.«

Henry war Wim sehr dankbar für diese Unterstützung. Aber je weiter er sich von Surinam entfernte, desto mehr wurde ihm gewahr, dass er nun ganz auf sich allein gestellt sein würde.

Kapitel 11

*I*nika war manchmal sehr unwohl. Zunächst hatte sie gedacht, sie hätte sich bei ihrer Mutter angesteckt, aber dann konnte sie es nicht länger vor sich selbst leugnen. Es war fast dreizehn Wochen her, seit Masra Pieter sie ... und sie zeigte deutliche Symptome einer Schwangerschaft. Es konnte nur in der verhängnisvollen Nacht geschehen sein. Sie hatte sonst nicht ...

Inika war verzweifelt. Was sollte sie jetzt bloß tun? Bogo würde sofort wissen, dass es nicht sein Kind war. Zumal das Kind ein Mischling sein würde, für alle sichtbar. Sie beide hatten zudem nie das Lager geteilt, und Inika würde es auch jetzt nicht übers Herz bringen. Bogo war ihr Freund, ihr einziger Freund, der einzige, der ihr nie wehgetan und der sie immer beschützt hatte. Sie würde ihn nicht mit noch einer Lüge belasten und ihm, neben der Zweckhochzeit, noch ein fremdes Kind unterschieben.

Kurz dachte sie daran, es von einer der schwarzen Frauen wegmachen zu lassen. Inika hatte davon in der Stadt gehört, damals bei Misi Erika: Sie konnten das. Aber ob es auf Watervreede eine Medizinfrau gab, die sich darauf verstand? Wen sollte sie danach fragen? Außerdem war es gefährlich, angeblich waren dabei schon viele Frauen gestorben. Es gab nur eine Lösung, sosehr Inika der Gedanke auch missfiel: Sie würde das Kind austragen und sie brauchte einen Vater, einen weißen Vater. Sonst würde der Verdacht doch schnell wieder auf Masra Pieter fallen, was wiederum den Verdacht erwecken könnte, Inika hätte ihn ... es war verzwickt.

Während Inika noch über dieses Problem grübelte, agierte Martin ihr gegenüber immer vertrauensvoller. Er hatte ihr inzwischen sogar verboten, ihn mit Masra anzusprechen, und lud sie immer wieder ein, ihm Gesellschaft zu leisten.

Inika kam ein Gedanke, den sie zunächst verwarf, dann aber wieder und wieder durch ihren Kopf kreisen ließ. Wenn sie Martin jetzt dazu bringen würde, mit ihr das Bett zu teilen, wäre ein Vater für das Kind gefunden. Niemand würde genau nachrechnen. Schon bei dem Gedanken, einem Mann so nahe zu sein, brach Inika der Schweiß aus, doch sosehr sie die Sache auch drehte und wendete, es führte wohl kein Weg daran vorbei. Kurz schob sich Baramadirs Gesicht in ihr Blickfeld, dröhnte Masra Pieters Stöhnen in ihren Ohren, doch sie schob die Gedanken harsch beiseite. Dieser eine katastrophale Moment war nichts gegen ein Leben in Schande. Sie hatte keine Wahl.

Also gab sie sich bei ihren Treffen mit Martin redlich Mühe, war nett zu ihm und anschmiegsam, und nach wenigen weiteren Tagen sah Inika in seinem Blick ein begehrliches Glänzen. Sofort stieg Ekel in ihr auf, aber sie schob ihn beiseite. Ihr Plan ging auf, nur das zählte.

An einem heißen, dunstigen Abend führte er sie zum Fluss. »Inika, ich möchte mich bei dir bedanken, dass du mir hier während all der Wochen beigestanden hast.« Er nahm ihre Hand. Sie versuchte ein liebliches Lächeln auf ihre Lippen zu zaubern, aber allein seine Berührung ließ sie erschaudern. Sie riss sich zusammen, sie brauchte diesen Mann.

»Inika, du bist eine sehr hübsche junge Frau geworden. Eine wahre Blume, die aufgeblüht ist.« Martin strich ihr zärtlich über die Wange.

Inikas Herz wurde zu Stein. Ja, vielleicht, aber sie war eine giftige Blume.

Er zog sie sanft an sich und küsste zaghaft ihre Lippen. Sie ließ es geschehen, gab sich Mühe, ebenfalls irgendwie das Gefühl von Zuneigung zu erwecken. Eine Stimme tief in ihrem Inneren befahl ihr, fortzurennen. Auch dieser Mann würde Dinge mit ihr machen, die sie nie, nie wieder erleben wollte. Aber sie durfte diesem Impuls nicht nachgeben, sie musste es geschehen lassen. Mit scheinbar unmenschlicher Kraft zwang sie sich, sich an ihn zu schmiegen. Sofort wurden seine Küsse fordernder und er legte ihr die Hand auf den Rücken. Dann zog er sie sanft auf den moosbewachsenen Boden. Inika wappnete sich innerlich gegen das, was jetzt geschehen würde. Er gab sich sichtlich Mühe, zärtlich zu ihr zu sein, dennoch gelang es Inika nur mit äußerster Anstrengung, den Schein zu waren. Sie empfand nichts als Ekel. Doch Martin tat ihr nicht weh, und sie war sogar ein bisschen überrascht, dass es nicht so schlimm war, wie sie erwartet hatte. Damit konnte sie leben.

Was ihr allerdings wenig später einen schmerzhaften Stich versetzte, war die Tatsache, dass Bogos Sachen fort waren, als sie in die kleine Kammer kam, in der sie hausten. Er musste etwas gesehen haben. Andererseits war sie ihm so wenigstens keine Erklärung schuldig.

Kapitel 12

»Du darfst mit diesen Schuhen hier nicht herumlaufen.« Wiebold hatte Theresa, eines der Dienstmädchen von Misi Gesines Vater, angewiesen, sich um Karini zu kümmern. Ihre erste Tat hatte darin bestanden, Karini eine Dienstmädchenuniform zu geben. Karini war sich von Anfang an albern darin vorgekommen. Ein schwarzer Rock, eine schwarze Bluse und dazu eine weiße, gestärkte Schürze und ein kleines weißes Häubchen. Der Stoff der Uniform war fast noch kratziger als der des Wollkleides.

Und dann hatten Theresa offensichtlich ihre Schuhe nicht gefallen. Karini hatte zuerst verlegen auf die derben Holzschuhe an ihren Füßen geblickt und dann fragend zu Theresa.

»Die zerkratzen den ganzen Boden, dann lauf lieber wieder barfuß wie ... wie ihr das da drüben im Urwald auch macht.«

Karini hatte also die Holzschuhe ausgezogen und war barfuß hinter Theresa her in die untere Etage getappt, wo Misi Gesine mit ihrem Vater zu Tisch gesessen hatte. Karini hatte sich artig neben die Tür gestellt, wie sie es aus Surinam kannte. Misi Gesines Vater hatte sie beim Essen gemustert, und sein Blick war an ihren nackten Füßen hängen geblieben. »Gesine, was sind das nur für Sitten da drüben? Haben die den Negern denn gar keine Kultur beigebracht? Es tut mir so leid, mein Kind, dass ich dich mit diesem ... diesem Hallodri habe gehen lassen. Ich hätte wissen müssen, dass Wim Vandenberg eine unzuverlässige, labile Person ist.«

Karini hatte keine Ahnung, was Misi Gesine ihrem Vater erzählt hatte, war sich seit dieser Bemerkung aber sicher, dass sie die Geschichte zu ihren Gunsten ausgelegt hatte.

In den ersten Tagen nach ihrer Rückkehr spielte Misi Gesine die Rolle der armen verlassenen Ehefrau, die ganz allein zurückgekehrt war aus einem Land voller Wilder, so virtuos, dass schon bald das gesamte Personal von ihrem großen Leid überzeugt war. Karini war irritiert, enthielt sich aber jeglicher Bemerkungen, auch wenn sie mit der Misi allein war.

Karini fühlte sich in Amsterdam nicht nur allein, sondern zudem noch außerordentlich unsicher. Keine der ihr vertrauten Umgangsformen schien in diesem Land üblich. Selbst im Haushalt durfte sie nicht helfen. Sie hatte Theresa ihre Unterstützung angeboten, die hatte sie aber nur mit einem verzogenen Gesicht angesehen, als hätte Karini irgendeine ansteckende Krankheit. »Nein, das lass mal lieber«, hatte sie förmlich ausgespien.

Misi Gesine ließ sich nach wie vor von Karini beim Ankleiden und beim Frisieren helfen. Ansonsten fühlte sich Karini wie ein schmuckes Beiwerk. Sie hatte zu stehen und zu warten.

Nach wenigen Tagen hatte sich herumgesprochen, dass Misi Gesine wieder in der Stadt war. Immer mehr Karten und Einladungen trudelten ein, und Misi Gesine nahm jede einzelne in Begleitung von Karini wahr, die stets das wollene Kleid anziehen musste. Überall, wo sie ankamen, bestaunten die Leute Karini wie ein seltenes Tier. Kurz nach dem Jahreswechsel trat eine Frau sogar zu Beginn eines Kaffeekränzchens ganz dicht an Karini heran: »Oh, ein Mohrenmädchen«, stieß sie mit spitzer Stimme hervor. »Ist sie zahm? Kann sie sprechen?«

Karini konnte sich eine Antwort in blütenreinem Niederländisch nicht verkneifen. »Ja, Misi, sie kann sprechen.«

Die Frau war verschreckt zurückgewichen, und Misi Gesine hatte Karini böse angesehen, aber kein weiteres Wort über den Vorfall verloren.

Als Misi Gesine Karini dann eines Abends Ende Januar bat, doch bitte am Abend ihr *buntes Negerkleid* anzuziehen und den Herrschaften nach dem Essen *etwas Traditionelles* vorzutanzen, wurde Karini bewusst, dass Misi Gesine sie vorführte. Sofort wurde sie von einer Welle der Sehnsucht nach ihrer alten Heimat übermannt.

Kapitel 13

*J*nika hörte mit Sorge, dass Masra Thijs und Martin immer öfter über die Zukunft von Watervreede sprachen. Masra Thijs hatte Martin mehrfach eine Teilhaberschaft angeboten, Martin aber hatte diese stets abgelehnt. Es sei ihm unangenehm, so hatte Inika ihn sagen hören, hier das fortzuführen, was sein Vater begonnen hatte. Inika konnte es ihm nicht verdenken, andererseits hoffte sie natürlich, um ihrer selbst willen, auf eine zügige Entscheidung. Wenn Martin die Stelle auf Watervreede annahm, wäre die Zukunft ihres eigenen Kindes gesichert, noch besser aber wäre es, wenn er sich in Richtung Rozenburg orientieren würde. Dafür allerdings würde es eines Hinweises bedürfen, den zu geben Inika gerne bereit war. Sie wartete nur noch auf eine gute Gelegenheit.

Sie trafen sich fast jeden Abend, und Inika hatte sich ihm mehrmals hingegeben. So konnte sie sicher sein, dass er seine Vaterschaft nicht anzweifeln würde. Die Wankelmütigkeit in Bezug auf seine Zukunft jedoch beunruhigte sie. Was wollte er tun, wenn er seinen Platz nicht auf einer der Plantagen sah? Und was würde sie dann tun? Nein, sie würde sich ihre Zukunft an Martins Seite nicht nehmen lassen. Er gehörte auf eine Plantage, und er würde eine Frau an seiner Seite brauchen. Zumal diese Frau ihm ein Kind gebären würde.

»Ach, Martin, willst du denn wirklich der Plantagenwirtschaft entsagen?«, fragte sie ihn eines Abends, als sie wieder gemeinsam auf ihrem Platz unter den hohen Bäumen am Fluss lagen.

»Was soll ich denn machen? Hierbleiben, wo mich hinter jedem Baum der Geist meines Vater ansieht?« Martin setzte sich auf und starrte auf den Fluss. »Ich mag die Arbeit hier wirklich sehr, aber ich habe das Gefühl, dass ich nicht hierhergehöre.«

Inika war froh, dass das Gespräch in diese Richtung lief. »Und Rozenburg? Was ist mit Rozenburg?«, fragte sie so beiläufig wie möglich, ohne ihn aus den Augen zu lassen.

Martin verzog verächtlich das Gesicht. »Rozenburg gehört Juliette und Henry. Da will ich mich nicht einmischen. Ich bin doch nur der arme Ziehsohn, den Juliette durchgebracht und guten Willens großgezogen hat.« Er schnaubte.

Inika spürte seine Ablehnung, trotzdem kannte sie ihn mittlerweile gut genug, um zu wissen, dass ihm die Plantage Rozenburg durchaus am Herzen lag. Ihre Chance war gekommen. »Hm, ich glaube, das siehst du falsch. Hat Misi Juliette dir das nie erzählt?«

»Was erzählt?« Erfreut sah sie, dass er den Köder schluckte.

Inika wandte den Blick auf ihre Füße, in dem Versuch, so zu tun, als würde sie sich zieren. »Ach ... ich weiß nicht, vielleicht habe ich mich ja auch verhört ...«

»Nun sag schon.« Er sah sie ungeduldig an.

»Ich habe einmal gehört, wie Misi Juliette zu Masra Jean gesagt hat, dass Henry sein Sohn wäre.«

»Na, ist er doch auch.« Martin zuckte die Achseln.

»Nein, sie meinte das ... im leiblichen Sinne.«

Martin sah sie verblüfft an. »Was sagst du da?«

Inika holte tief Luft, als würde es ihr sehr schwerfallen, weiterzusprechen. »Nun ja. Überleg einmal. Wenn Misi Juliette ihren damaligen Mann, deinen Großvater, gar erschlagen hat, weil Henry nicht sein Sohn war, und dein Vater das die ganze Zeit ebenfalls gewusst hat ...«, sie legte sich in einer theatralischen Geste die Hand auf den Mund, als hätte sie selbst gerade die böse Gewissheit erlangt. »Dann könnte es doch sein ... ich meine,

Misi Juliette war in der Nacht auf Watervreede, warum hat sie eigentlich noch niemand verdächtigt?«

Martin starrte sie an. »Ach, Inika, das ist doch verrückt. Juliette hat niemals meinen Vater ... «, sagte er langsam. Inika konnte ihm förmlich ansehen, wie die Gedanken in seinem Kopf kreisten.

Und richtig: »Wenn Henry gar nicht der Erbe von Rozenburg ist?«, sagte Martin nach einer kurzen Weile, bevor er aufsprang und sein Hemd anzog. »Ich muss nachdenken ... allein.«

Inika bemühte sich um einen betroffenen Gesichtsausdruck. »Es tut mir leid, wenn ich ...«

»Du hast nichts falsch gemacht, Inika. Du nicht.«

Kapitel 14

Karini fühlte sich schrecklich. Misi Gesine hatte von ihr tatsächlich verlangt, vor diesen *blanken* herumzuhüpfen. Die Männer hatten gelacht und die Frauen geklatscht. Karini hatte gehört, wie eine Frau zu Misi Gesine sagte: »Putzig, das Negermädchen, und so unterhaltsam. Bringen Sie sie doch das nächste Mal bitte mit, wenn Sie zu uns kommen.«

Sollte das jetzt ihre Zukunft sein? Als Tanzäffchen von Misi Gesine? Warum tat sie das nur?

Als Misi Gesine ihr wenige Wochen später in der Tat auftrug, sich abends hübsch zu machen, sie seien eingeladen, begehrte Karini auf.

»Nein, Misi Gesine, ich werde nicht noch einmal vor diesen Leuten tanzen.«

Die Misi jedoch duldete keinen Widerspruch. »Ach, nun stell dich doch nicht so an. Ihr Neger tanzt doch gerne, oder?«

Karini fühlte sich gekränkt. Auch wenn sie bei Misi Gesine angestellt war, bedeutete das nicht, dass sie sich beleidigen und demütigen lassen musste. »Nein, Misi Gesine, das werde ich nicht machen. Ich bin als Ihre Zofe mit in dieses Land gekommen. Nicht als ... als ...« Ihr fehlten die Worte.

»Karini, wenn du nicht tust, was ich von dir verlange, werde ich mich womöglich genötigt sehen, dir zu kündigen. Und was willst du dann machen? Überleg dir das gut, Kleine«, sagte Misi Gesine spitz und ging von dannen.

Karini lief wütend in ihre kleine Kammer unter dem Dach und warf sich weinend aufs Bett. Misi Gesine hatte sich verändert in den letzten Wochen. Und das nicht gerade zum Besten. Karini war bitter enttäuscht. Sie hatte wirklich geglaubt, dass Misi Gesine sie gut behandeln und für sie sorgen würde. Stattdessen behandelte sie sie wie ein Möbelstück, das sie vorzeigen konnte. Es war ein Fehler gewesen, mit hierherzukommen. Karini kuschelte sich in ihr buntes Kleid. Es roch nach zu Hause, nach Orangen und Orchideen. Und … raschelnd fiel ihr ein Zettel entgegen – der Zettel mit der Adresse von Masra Wims Kontor! *Wenn du Hilfe brauchst, kannst du dich jederzeit dort melden.*

Karini nahm den Zettel in die Hand und betrachtete ihn lange. In ihr reifte schließlich ein Entschluss: Sie würde nicht länger bei Misi Gesine bleiben. Sie würde jetzt sofort ihre Sachen packen und zu dieser Adresse gehen. Denn auch wenn sie dort niemanden kannte, so würde die Verbindung zu Masra Wim ausreichen, um Hilfe zu bekommen, da war sie sich sicher. Und Hilfe brauchte sie. Dieses Land war grau, kalt und böse, sie hatte hier noch keinen einzigen freundlichen Menschen kennengelernt. Karini wollte nach Hause. Selbst wenn dort die Gefahr bestand, in den Fängen von Masra Pieter zu landen, aber vielleicht konnte sie ja sogar das umgehen. Oder sich erklären. Oder … das würde sich dann zeigen, sie musste erst einmal zurück in ihre Heimat, sonst würde sie hier verwelken wie eine Blume ohne Wasser.

Sie packte hastig ihre Sachen in ihr kleines Bündel und hängte sich die Kette mit dem Jaguarzahn um den Hals. Gleich fühlte sie sich stärker. Über ihre beiden bunten Kleider zog sie das Wollkleid. Die Dienstuniform schmiss sie achtlos auf das Bett, und auch die Holzschuhe ließ sie stehen. Barfuß war sie immer noch schneller, selbst wenn ihre Zehen abfrieren würden.

Leise schlich sie aus dem Haus. Sie hatte ihre Vormittagsaufgaben bereits erledigt und war sich sicher, dass ihr Verschwinden nicht so bald auffallen würde. Und bis Misi Gesine ihr Vorzeigeäffchen suchte, dachte Karini verbittert, war sie längst weit fort. Entschlossen verließ sie das Haus und lief los. Sie wusste nicht, in welche Richtung das Kontor von Masra Wim lag, aber sie musste zunächst so weit wie möglich von diesem Haus wegkommen.

Die Straßen von Amsterdam waren schmutzig und nass. Karini achtete sehr darauf, nicht auszurutschen, und lief dicht an den Hauswänden entlang. Überall fuhren Droschken herum, niemand nahm Rücksicht auf Fußgänger. Sprang sie nicht rechtzeitig zur Seite, spritzte ihr der Dreck, den die Kutschenräder aufwirbelten, bis ins Gesicht. Als sie meinte, weit genug gelaufen zu sein, verringerte sie ihr Tempo. Es war bitterkalt, und ihr Atem bildete kleine weiße Wolken vor ihrem Gesicht. Mit klammen Fingern holte sie den Zettel von Masra Wim aus ihrem Kleid und blickte sich um. Sie entdeckte ein Geschäft, dort würde sie nach dem Weg fragen.

Als sie durch die Tür trat, erklang ein leises Glöckchen. In dem Laden war es so wohlig warm, dass ihre nackten Füße sofort anfingen zu kribbeln. Zwei Frauen, die am Tresen standen, sahen Karini verschreckt an.

»Entschuldigen Sie bitte, Misi, könnten Sie mir sagen, wo ...«, setzte Karini höflich an. Doch plötzlich polterte aus einem Raum hinter der Ladentheke ein dicker *blanker* mit hochrotem Gesicht.

»Was fällt dir ein, meine Kunden zu belästigen? Raus!«, brüllte er.

Karini stolperte vor Schreck rückwärts aus dem Laden, wobei das Glöckchen an der Tür wieder hektisch klingelte.

Sie lief auf die Straße und noch ein ganzes Stück weiter. Ihr Herz klopfte bis zum Hals. Dennoch musste sie es noch einmal versuchen, irgendjemand würde ihr schon sagen können, wo diese Adresse lag.

An einer Straßenecke sah sie eine Frau. Vielleicht konnte die ihr weiterhelfen. Sie ging auf die Dame zu.

»Entschuldigen Sie, Misi ...?«

Die Frau sah verschreckt hoch, ihre Augen weiteten sich, dann machte sie auf dem Absatz kehrt und ging eilig davon. Karini blieb bestürzt stehen. Was hatten denn alle nur? Lag es daran, dass sie schwarz war?

Während Karini noch dastand und sich fragte, ob man die *blanken* hier vielleicht anders ansprach und ob sie etwas Falsches gesagt hatte, kam von hinten eine Droschke in scharfem Trab angefahren. Karini bemerkte sie erst, als es zu spät war. Das Wasser einer großen Pfütze von der Straße spritzte im hohen Bogen über sie. Sie machte einen Sprung zur Seite, war aber trotzdem tropfnass. Verärgert wischte sie sich den Schmutz aus dem Gesicht und bemerkte dabei, dass sie noch den Zettel von Masra Wim in der Hand hielt. Oh nein! Vorsichtig faltete sie das nasse Stück Papier auseinander. Sie sah noch, wie sich die Tinte zu kleinen Rinnsalen zusammenfand, um dann einen großen Fleck zu bilden. Von der Schrift war nichts mehr zu lesen. Karini begann zu weinen. Wie sollte sie nun das Kontor finden?

Es war spät am Abend, als eine Frau Karini ansprach. »Kindchen, was läufst du denn im Dunkeln hier durch die Straßen, und das auch noch barfuß?«

Karini wäre ihr fast in die Arme gefallen. Seit Stunden irrte sie durch die Stadt. Niemand wollte ihr helfen. Alle drehten sich pikiert weg oder beschimpften sie sogar. Sie sei schmutzig, schwarz und habe keine Schuhe an. Das schien in diesem Land Grund genug, sie fortzujagen.

Als diese Frau sie nun am Arm anfasste, um sie aufzuhalten, schreckte Karini im ersten Moment zurück.

»Du brauchst keine Angst zu haben, ich tue dir nichts! Ich will dir helfen, du kannst nachts hier nicht so rumlaufen, sie fangen dich doch ein und sperren dich weg. Komm mit.«

Karini war verzweifelt und wusste nicht, was sie tun sollte, und die Frau wirkte so nett und bot ihr zudem noch Hilfe an … also folgte sie ihr.

»Ich bin Tante Dela«, sagte die Frau, als sie Karini durch einen dunklen Hinterhof in ein schmales Haus führte.

»Ich bin Karini, Misi Dela.«

»Tante ... nicht Misi, oder was auch immer ...«, lachte die Frau.

Sie führte Karini in eine kleine Küche und wies auf einen Stuhl. »Setz dich. Sag, warum irrst du in der Nacht durch Amsterdam? Wo kommst du her?« Sie ging zu dem kleinen Herd und schürte das Feuer, dann goss sie eine Flüssigkeit aus einer Kanne in einen Becher und reichte ihn Karini. »Hier trink, das wird dich aufwärmen.«

Der Becher lag warm und wohlig in ihrer Hand. Karini roch an der Flüssigkeit und spürte, wie ihr Herz einen Sprung machte. Es war Kaffee, starker und heißer Kaffee. Karini spürte sofort, wie sich die Wärme in ihr ausbreitete.

»Nun erzähl, Kind. Ist dir etwas zugestoßen?«

Karini erzählte Tante Dela ihre Geschichte, angefangen bei der Reise mit Misi Gesine bis zu dem Punkt, wo Misi Gesine von ihr verlangt hatte ... Am Ende konnte sie ihre Tränen nicht mehr zurückhalten. »Und jetzt ... jetzt habe ich die Adresse verloren und habe kein Geld und weiß nicht ...«

Tante Dela legte ihr tröstend den Arm auf die Schulter. »Nun wein mal nicht, Mädchen. Du kannst heute Nacht erst einmal hierbleiben, ich habe hier so etwas wie ... eine Herberge. Du bekommst einen Platz zum Schlafen und morgen schauen wir mal, wie wir dir helfen können.«

Karini schaute Tante Dela dankbar an. Sie war freundlich und wirkte aufrichtig – und sie war der einzig nette Mensch, den sie bisher in den Niederlanden getroffen hatte.

Kapitel 15

Ein aufkommender schwerer Sturm in den ersten Märztagen zwang das Schiff, auf dem sich Henry befand, im französischen Calais anzulegen.

»Wie lange werden wir hierbleiben müssen?« Henry schrie gegen den Wind an.

Der Kapitän strich sich das Regenwasser aus dem Bart und zuckte lediglich die Achseln.

»Ich muss aber in die Niederlande!«, rief Henry beharrlich.

»Dann müssen Sie von Bord gehen und sich eine Kutsche suchen, wir können mit dem Schiff bei dem Wetter nicht weiter nach Rotterdam. Und das kann dauern. Wenn wir jetzt auf die Nordsee rausfahren, kommen wir womöglich nie an.«

Henry stand unschlüssig an Deck und raufte sich das nasse Haar. Das Schiff wurde hin und her geschaukelt und knarrte bedrohlich, wenn der Wind es gegen die Kaimauer drückte. Der Kapitän hatte recht, die Weiterreise per Schiff war zu diesem Zeitpunkt zu gefährlich. Henry fasste einen Entschluss: Er würde von Bord gehen. Es war zwar eine weite Strecke von Frankreich bis nach Amsterdam, aber sie war durchaus zu bewältigen. Schnell packte er seine Sachen und verließ das Schiff über den schwankenden Steg, über den zuvor die Matrosen von Bord gegangen waren. Diese wiederum schien der Zwangsaufenthalt nicht zu stören. Henry dünkte, dass sie froh waren, die Nacht auf dem weniger schwankenden Lager einer Hafendirne verbringen zu können.

Im Hafen von Calais rüsteten sich alle hektisch gegen den

Sturm. Eilig wurden Kisten und Güter festgezurrt und mit dicken Segeltüchern abgedeckt. Die Hafenkneipen schlossen die Fensterläden, und die wenigen Menschen, die noch herumliefen, trieb es in die Häuser. Weit und breit war keine Droschke zu sehen. Henry fror erbärmlich. Nachdem er einmal den ganzen Hafen abgelaufen war und seine Finger am Riemen seines Gepäcksackes bereits taub waren, beschloss er, ebenfalls in einer der Hafenkneipen Schutz vor dem Wetter zu suchen. Dort konnte man ihm zudem vielleicht sagen, wo er eine Droschke mieten konnte.

Henry wurde schwungvoll mit der Tür in den Raum der kleinen Spelunke gedrückt. Eilig schloss er die Tür und sah sich um. Der Gastraum, in dem er sich befand, war klein und voller Rauchschwaden. An den Tischen kauerten überwiegend Matrosen, die ihr Schicksal mit Alkohol begossen. Der Gastwirt schaute über seine kleine Theke. »Möchten Sie etwas trinken?« Henry nickte.

»Junger Mann, kommen Sie zu mir an den Tisch.« Ein gediegener älterer Herr, der auf dem gleichen Schiff wie Henry gewesen war, winkte ihn zu sich. Henry nahm die Einladung dankbar an. Von betrunkenen Matrosen hatte er bereits auf dem Schiff Abstand gehalten.

»Sehen Sie, sehen Sie, kaum ist man in Europa, lernt man das Klima Südamerikas zu schätzen. Wo kommen Sie her, mein Sohn? Brasilien? Surinam?«

»Aus Surinam«, antwortete Henry und setzte sich auf einen Stuhl. Der Gastwirt stellte ihm etwas barsch einen Humpen Bier vor und hielt dann die Hand auf.

Henry fuhr der Schreck in die Glieder. Er war auf Zahlungen in Frankreich nicht eingerichtet. »Ich ... ich habe nur Gulden.«

»Schon gut, die nimmt der Kerl auch«, sagte der Mann vom Schiff. Henry reichte dem Wirt einige Münzen, der sich gleich darauf grummelnd zurück hinter die Theke trollte.

»Schrievenberg mein Name«, sagte Henrys Gegenüber und streckte die Hand zur Begrüßung vor.

»Henry ... Henry Leevken.«

»Freut mich.« Er schüttelte Henrys Hand. »Und? Gehen Sie wieder an Bord, oder reisen Sie über Land weiter?«

»Nein, das dauert mir zu lange, und wer weiß, ob der Kapitän die Reise überhaupt fortsetzt. Ich dachte, ich könnte vielleicht mit einer Droschke weiterreisen. Ich muss nach Amsterdam.«

»Amsterdam ... das ist aber noch eine ziemlich weite Strecke.« Der Mann nahm einen tiefen Zug aus seinem Bierglas und starrte dann gedankenverloren vor sich hin. »Aber wissen Sie was? Wenn ich es mir recht überlege, habe ich wenig Lust, mich noch weiter auf diesem Kahn durchschaukeln zu lassen. Lassen Sie uns zusammen eine Droschke mieten. Geteiltes Leid ist halbes Leid.«

»Gerne. Dann auf eine gute gemeinsame Reise.« Henry war sich nicht sicher, ob die Reise wirklich gut werden würde, aber zumindest war die Aussicht, den Weg nach Amsterdam nicht allein antreten zu müssen, sehr erfreulich.

Am nächsten Morgen fühlte sich Henry um hundert Jahre gealtert. Jeder Knochen schmerzte ihn, und von der schlechten Luft im Gastraum hatte er Kopfschmerzen und einen rauen Hals.

Er hatte mit Schrievenberg die ganze Nacht in der verrauchten Spelunke ausgeharrt. Draußen hatte der Sturm getobt, und die Idee, sich ein Herbergszimmer zu suchen, hatte er, angesichts des Wetters, schnell verworfen. So hatte er mit dem Kopf auf den Armen auf dem verklebten Tisch geruht, während Schrievenberg zwei Stühle zusammengerückt, die Füße auf dem einen hochgelegt hatte und mit dem Kopf im Nacken ebenfalls eingeschlafen war. Am nächsten Morgen weckte sie das Poltern eines Wischeimers und das Gezeter der Frau des Gastwirtes, die den Schankraum reinigen wollte. Dabei waren Henry und Schrievenberg durchaus nicht die Einzigen, die die Nacht dort verbracht hatten, weshalb die Frau schimpfte wie ein streitsüchtiger Papagei, alle Männer hochtrieb und aus dem Haus jagte. Während sich die

Matrosen zu ihren Schiffen trollten, standen Henry und Schrievenberg im Nieselregen.

»So schlecht ist das Wetter doch gar nicht mehr. Meinen Sie nicht, das Schiff ...« Henry sah sich unschlüssig um.

»Nee, nee, das war ja erst der Vorgeschmack, der eigentliche Sturm wird noch aufziehen. Die Schiffe werden mindesten zwei Wochen hier festsitzen. Um diese Jahreszeit ist die Nordsee sehr tückisch.«

Nein, zwei Wochen wollte Henry keinesfalls untätig herumsitzen. »Und mit der Droschke? Wie schnell sind wir damit im Amsterdam?«

»Hm«, Schrievenberg wackelte mit dem Kopf. »Ich denke, in acht bis zehn Tagen.«

»So spät?« Henry war ehrlich überrascht, er hatte gehofft, die Strecke über Land schneller hinter sich bringen zu können. Betrübt senkte er den Kopf. Was sollte er tun? Sollte er warten, bis das Schiff wieder fahren konnte oder den Weg mit Schrievenberg über Land antreten? Er würde so oder so Zeit verlieren, blieb die Frage nach der Finanzierung. Die Schiffspassage hatte er bezahlt, sie würde ihm keine zusätzlichen Kosten verursachen. Ganz im Gegensatz zur Miete einer Droschke, zumal über einen solch langen Zeitraum. Andererseits würde Schrievenberg ja die Hälfte des Betrages übernehmen, und wenn er dadurch tatsächlich schneller und sicherer ans Ziel kam ...

»Sie werden auf jeden Fall eine Droschke nehmen?«

»Ja, auf das Schiff steige ich nicht mehr.« Schrievenberg nickte. »Was ist? Kommen Sie mit?« Er nickte ihm aufmunternd zu.

Henry sah noch einmal kurz zum Hafenbecken, wo die Masten der Schiffe im Takt der hohen Wellen auf und nieder wippten, umkreist von einigen tapferen Möwen. Dann klappte er seinen Kragen hoch, wandte sich zu Schrievenberg um und nickte. »Nach Amsterdam, Mijnheer Schrievenberg.«

Es war nicht leicht, eine Droschke zu finden. Die Aussicht auf eine mehrtägige Fahrt über Land bei unstetem Wetter schien die meisten Kutscher abzuschrecken. Henry konnte es ihnen nicht verübeln, zumal sie ja anschließend vermutlich ohne Fahrgast die gesamte Strecke zurückreisen mussten. Nach über einer Stunde fanden sie endlich jemanden, der nach zähen Verhandlungen über den Fahrpreis gewillt war, die beiden Männer zu transportieren. Erleichtert packte Henry das Gepäck in den Wagen, half Schrievenberg beim Einsteigen und die Fahrt ging los.

Kapitel 16

Dass Tante Dela keine gewöhnliche Herberge führte, wurde Karini gleich am nächsten Morgen bewusst. Um den kleinen Tisch in der Küche scharten sich drei weitere Mädchen. Müde, mit übernächtigten Gesichtern, die einstmals üppige Schminke verwischt, saßen sie dort und umklammerten die Becher mit dem heißen Kaffee. Als Karini hereinkam, sahen sie sie nur kurz an und begrüßten sie mit einem schwachen Nicken.

»Guten Morgen, Karini, ich hoffe, du hast gut geschlafen.« Tante Dela war offensichtlich bester Laune. »Mädchen, ich möchte euch Karini vorstellen, ich habe sie gestern Nacht ganz allein auf der Straße aufgegriffen. Karini, das sind Karla, Johanne und Beke.«

Karini lauschte ihren Worten und plötzlich fiel es ihr wie Schuppen von den Augen: Die Mädchen waren *kapumeids,* Huren, wie sie sich in Paramaribo am Hafen herumtrieben! Wo war sie hier nun hingeraten?

»Na, da hast du aber *Glück* gehabt.« Das Mädchen, das ihr als Beke vorgestellt worden war, schaute Karini mit einem schiefen Grinsen an.

Tante Dela aber schob Karini zum Tisch. »Komm, setz dich, magst du auch einen Kaffee?«

»Ja, danke Misi.« Karini lächelte sie schüchtern an.

»Misi?« Beke lachte. »Mädchen, wo kommst du denn her?«

»Aus Surinam«, antwortete Karini.

»Aus *wo?*«

Karini wurde bewusst, dass Beke die Frage zunächst wohl nicht ganz ernst gemeint hatte, jetzt aber wirklich überrascht zu sein schien.

»Sie ist als Dienstmädchen in die Niederlande gekommen«, erklärte Tante Dela mit gewichtigem Unterton, während sie den Kaffee eingoss.

»Wirklich?« Jetzt schien auch Karlas und Johannes Interesse geweckt. Karla beugte sich vor und begutachtete Karini genauer. »Sag, wo liegt dieses Surinam?«

Karini zuckte die Achseln. »In Südamerika.«

»Stimmt es, dass es da Menschen gibt, die auf Bäumen leben?«, fragte Johanne.

»Nein, wir ... ich meine, ich weiß nicht, wie es woanders ist, aber wir leben ganz normal.«

»Und warum sprichst du Niederländisch?« Beke schlürfte an ihrem heißen Kaffee.

»Surinam gehört zu den Niederlanden.«

»Ach was ...« Karla schüttelte den Kopf. »Die Niederlande sind doch hier.«

Karini war sprachlos. In Surinam hörte vermutlich jedes Kind, egal welcher Hautfarbe, etwas über die Niederlande. Hier hingegen schien Surinam gänzlich unbekannt.

Karla sah Karini an, als ob sie ihr nicht glauben würde. »Seid ihr da alle Neger?«

»Nein, es gibt auch Weiße. Niederländer halt.«

»Also bist du doch keine Niederländerin.«

»Doch.«

»Ach Mädchen, nun hört mal auf.« Tante Dela ging dazwischen. »Ist doch egal, ob schwarz, braun oder weiß ...!«

Johanne sah Tante Dela mit einem geringschätzigen Blick an. »Na, Onkel Alvers wird es nicht egal sein.« Sie deutete auf Karini. »So braun, wie die ist, wird sie ihm ein hübsches Sümmchen einbringen.«

»Einbringen?« Karini sah Tante Dela verwundert an. Dann

dämmerte ihr, was Johanne meinte. Um Gottes willen, Tante Dela wollte doch nicht etwa, dass sie … auf gar keinen Fall!

Tante Dela schien ihre Gedanken zu erraten. »Nein, Kindchen, hab keine Angst, du musst nicht …«, sagte sie in ruhigem Ton. »Allerdings … wenn du länger hierbleiben willst, ich meine … Kost und Logis kann ich dir nicht frei geben.« Sie schien ehrlich bestürzt.

Karini schüttelte den Kopf. Tante Dela war nett zu ihr, aber Karini hatte nicht vor, länger hierzubleiben. Abgesehen davon, dass sie kein Geld hatte, um Kost und Logis zu bezahlen. Und verdingen würde sie sich dafür ganz sicher nicht. Außerdem wollte sie ja nicht bleiben, sie war auf der Reise. Zurück nach Surinam. Dort fühlte sie sich zu Hause, dort kam sie mit dem Klima zurecht, dort wusste sie, wie sie sich zu verhalten hatte, und, so wurde ihr jetzt wieder wehmütig klar, dort hatte sie Menschen um sich, die sich um sie kümmerten, denen ihr Wohl am Herzen lag und die ihr etwas bedeuteten. Ja, sie würde zurückgehen. Aber dafür musste sie erst das Kontor von Masra Wim finden. »Nein, vielen Dank für Ihre Hilfe. Ich habe kein Geld, und ich muss schnellstmöglich dieses Kontor finden, dort wird man mir schon helfen. Ich muss zurück nach Surinam.«

»Ja, das weiß ich doch. Aber hier in den Niederlanden, Kindchen, da geht nichts ohne Geld. Du wirst dir etwas verdienen müssen.« Tante Dela legte ihr vertrauensvoll den Arm um die Schultern.

Karla kicherte. »Mit Kokosnüssen kannst du hier nicht bezahlen, außer …«, sie fasste sich an ihren üppigen Busen und wippte damit herum.

Kapitel 17

Die Fahrt von Calais über den Landweg nach Rotterdam entpuppte sich als ebenso schaukelig wie eine Schiffspassage. Die Straßen waren vom vielen Regen aufgeweicht und schlammig. Die Pferde vor dem Wagen mussten sich des Öfteren kräftig in die Geschirre legen, um den Wagen voranzuziehen, und mehr als einmal schlingerte das Gefährt so stark, dass Henry angst und bange wurde. Schrievenberg war wenig redselig und döste die meiste Zeit vor sich hin. Ihn schienen die Zustände der Straßen und Wege wenig zu kümmern. Mehrmals sah er Henry mit einem müden Grinsen an. »Junger Mann, das wird schon.«

Die ersten Meilen führte sie der Weg parallel zur Küstenlinie. Der scharfe Seewind rüttelte an der Droschke. Sie machten Rast in kleinen Fischerdörfern, die Pferde brauchten häufiger eine Pause. Bereits am ersten Abend sprach der Kutscher sie an, er müsse den Fahrpreis erhöhen, da der Futterbedarf der Pferde durch das schlechte Wetter und die damit verbundene Anstrengung steige. Schrievenberg nickte nur und gab dem Kutscher ein kleines Geldsäckchen. Henry hatte mit ihm in Calais abgesprochen, die Fahrtkosten zu teilen, bisher aber hatte Schrievenberg alles bezahlt. Henry war dies furchtbar unangenehm, aber seine Mittel waren begrenzt, und als er jetzt hörte, dass die Kutschfahrt teurer wurde als gedacht, war er seinem Reisebegleiter dankbar, dass dieser ohne ein Wort die Kosten trug.

Sie querten die belgische Grenze und rasteten in Brügge, der ersten größeren Stadt. Henry war fasziniert von der Bauweise der Häuser, er hatte von den unterschiedlichen Baustilen in Europa gelesen, jetzt aber die Werke vieler Jahrhunderte dicht an dicht nebeneinander zu sehen begeisterte ihn. Wie jung war doch dagegen Surinam!

Die mächtige Kathedrale St. Salvator mit ihren fünf Kapellen überragte die Stadt und schützte ihre Nachtruhe in der nahe gelegenen Herberge. Bereits am nächsten Tag kamen sie nach Gent, und hier wurden Henrys Erwartungen noch übertroffen. Die Hauptstadt von Surinam kam ihm im Gegensatz zu Gent wie ein Dorf vor. Die von Grachten durchzogene Stadt begrüßte die Ankömmlinge mit langen, dicht stehenden Bürgerhäusern und imposanten Handelsgebäuden. Mitten in der Stadt fuhren sie um eine mittelalterliche Wasserburg herum, die Gravensteen. Henry hatte ein solches Bauwerk noch nie gesehen, dass es so etwas in Europa überhaupt gab, überraschte ihn.

Tag um Tag, Herberge um Herberge näherten sie sich Amsterdam. Von Gent über Sint-Niklaas, Antwerpen, Brecht, über die belgisch-niederländische Grenze nach Breda und dann über Utrecht immer weiter gen Norden. In Henrys Kopf verschwammen die Städte und Dörfer. In Surinam reiste man von Plantage zu Plantage, hier aber von Stadt zu Stadt, und die Fülle verwirrte ihn. Aber trotz seiner schier unendlichen Größe, der weiten Felder und unzähligen kleinen Dörfer und großen Städte erschien das Land trist und grau, im Gegensatz zu der üppigen Tropenpracht seiner Heimat. Die Menschen, denen sie begegneten, schauten immer misstrauisch und übellaunig. In den Herbergen blieben die Gäste unter sich, ein Umstand, der Henry ebenfalls fremd war. In Surinam kannte fast jeder jeden, und man freute sich immer über Besuch. Neuankömmlinge wurden stets gefragt, woher sie kamen und wohin sie gingen. Hier in diesem Land interessierte das niemanden. Und dann war da noch etwas: In Surinam sprach man in Bezug auf die Niederlande immer gerne von *der goldenen Heimat*, die aber hatte Henry noch nicht finden können.

Abseits der imposanten Architektur und Größe der Städte, drückten sich zahlreiche zerlumpte Gestalten an die Häuserecken, hielten die Hände auf und bettelten mit zahnlosen Mündern nach ein paar Münzen. In den Herbergen hatte man im Gastraum schneller eine Dirne auf dem Schoß als einen Krug Bier auf dem Tisch, und auch die baufälligen Häuser auf dem Land sprachen nicht gerade von Reichtum. Da ging es sogar den ehemaligen Sklaven in Surinam besser, befand Henry. Vieles, was er sah, verwirrte ihn, machte ihn nachdenklich und ließ ihn an den Geschichten über die Niederlande zweifeln. Er bekam Heimweh, Heimweh nach dem wohlig warmen Klima der Tropen, den Geräuschen des Regenwaldes und selbst nach den mückenumschwirrten Abenden am Fluss. Wie es Karini wohl erging? Ob sie ähnlich empfand? Ob Gesine sie gut behandelte? Je näher sie Amsterdam kamen, desto mehr wurde Henry von der Angst befallen, diese Reise umsonst angetreten zu haben. Wenn es ihr bei Misi Gesine so gut gefiel, dass … Was, wenn Karini gar nicht mit zurück nach Surinam wollte? Nein, wenn er ihr seine Liebe gestehen würde und sie erfuhr, dass ihr keine Gefahr drohte, würde sie wieder mit zurückkommen. Wer wollte denn schon freiwillig in diesem grauen, kalten Land bleiben?

·

Kapitel 18

Karini hätte sich am liebsten gleich am nächsten Tag auf den Weg gemacht, Masra Wims Kontor zu suchen. Aber was konnte sie da eigentlich erwarten? Die Leute kannten sie nicht, und ihr einziges Pfand, der Zettel von Masra Wim, hatte sich mit dem Regen aufgelöst. Für die Rückreise nach Surinam brauchte sie Geld, und es war mehr als fraglich, ob die fremden Menschen in Masra Wims Kontor ihr, einem fremden schwarzen Mädchen, etwas geben würden. In einem hatte Tante Dela recht: Ohne Geld war man nichts in diesem Land. Karini besaß keine einzige Münze, außerdem hatte sie keine Unterkunft und konnte sich nicht einmal etwas zu essen kaufen.

Also blieb sie bei Tante Dela. Hier wollte sie in Ruhe überlegen, was sie tun konnte, um das Geld für ihre Rückreise zu bekommen. Sie versuchte, sich im Haus nützlich zu machen, das kannte und konnte sie wenigstens. Nach zwei Wochen aber empfing Tante Dela sie eines Morgens mit einem betrübten Gesicht.

»Kindchen, wir müssen uns etwas überlegen. So gerne, wie ich dich hab, und du bist ein wirklich anständiges Mädchen, aber ich kann dich nicht mehr mit durchfüttern.« Sie zuckte entschuldigend mit den Achseln. »Wenn du also noch länger hierbleiben möchtest, dann musst du etwas Kostgeld abliefern. Ich bekomme sonst auch Ärger mit Onkel Alvers.« Sie machte eine umfassende Geste. »Ihm gehört die Hütte hier schließlich.«

Karini senkte betrübt den Kopf. Sie hatte es kommen sehen und war den Tränen nahe. »Aber wo soll ich denn hin? Ich kenne doch niemanden hier, der mir helfen würde. Und ich habe überhaupt kein Geld!«

»Na, nun wein mal nicht, Mädchen. Vielleicht finden wir ja einen Weg. Du könntest dir ja ein paar Gulden verdienen, aber ...«

Karini hob den Kopf. Das klang, als hätte Tante Dela eine Idee für eine Stelle. Und wenn sie erst ihr eigenes Geld verdiente, könnte sie hier wohnen bleiben und Tante Dela einen Teilbetrag für Kost und Logis überlassen, ansonsten sparsam leben und den Rest für eine Fahrkarte nach Surinam sparen. Ihre Hoffnung wurde aber sogleich zerstört, als sie den Ausdruck in Tante Delas Gesicht sah. »Ich weiß ja nicht, ob dir das liegt ... aber du musst ja nicht gleich mit den Männern Umgang haben.«

Karini wurde stocksteif auf ihrem Stuhl. Nein! Mit Männern würde sie nicht das tun, was die anderen Mädchen taten. Nicht für alles Geld der Welt! Sie hatte ja bisher nicht einmal überhaupt mit einem Mann ...

»Sagtest du nicht, du kannst tanzen? Vielleicht wäre das ja eine Möglichkeit.« Tante Dela warf ihr einen aufmunternden Blick zu.

In Karinis Kopf rasten die Gedanken. Natürlich konnte sie tanzen, sie liebte es, sich im Rhythmus der Trommeln zu bewegen, allein auf die Musik zu hören und sich fallen zu lassen. Wie ihre Mutter ... wie gerne hatten sie zusammen getanzt. Karini zwang sich, die Erinnerung an ihre Mutter beiseitezudrängen. Sie war unsicher, ob Tante Dela diese Art von Tanz meinte, vielleicht ging es eher um eine Vorführung wie bei Misi Gesine. Allein der Gedanke an die Demütigung ließ sie vor Wut kochen. Andererseits ... sie hatte es nicht schlecht gemacht, und dieses Mal würde sie Geld dafür bekommen, anstatt wie ein Äffchen belächelt zu werden.

»Ja, tanzen könnte ich vielleicht«, sagte sie schließlich leise.

Tante Dela klatschte in die Hände und freute sich sichtlich. »Das ist doch fein, Mädchen, damit haben wir das Problem schon gelöst. Dann bringe ich dich heute Abend zu Onkel Alvers, und wir schauen mal, ob er mit dir etwas anfangen kann.«

»Tanzen?« Onkel Alvers war ein kleiner, dicker, rotgesichtiger Mann mit einer mächtigen Nase im Gesicht und wenig Haaren auf dem Kopf. Karini mochte ihn auf Anhieb nicht. Tante Dela hatte Karini bei Einbruch der Dunkelheit durch ein paar dunkle und windige Gassen geführt, bis zu einem Haus, aus dem nur wenig Licht, dafür aber umso lautere Musik drang. Durch eine Seitentür waren sie eingetreten, und in einer Art kleinem Büro hatte Tante Dela Karini Onkel Alvers vorgestellt. Er beschaute Karini wie einen Sonntagsbraten beim Fleischhändler auf dem Markt.

»Na ja, eine nette Hautfarbe hat sie schon und auch genug ...«, er deutete auf Karinis Busen. Sie wurde rot.

»Und etwas genierlich, das ist nett, das mögen die Kerle.« Er quetschte sich hinter seinem Schreibtisch hervor und bedeutete ihr, ihm zu folgen.

»Du kannst heute Abend dann mit Johanne nach Hause kommen«, sagte ihr Tante Dela noch, dann musste Karini sich auch schon eilen, Onkel Alvers zu folgen. Er führte sie durch einen engen Flur, an dessen Ende zwei Türen lagen, öffnete die linke einen Spalt breit und schob Karini vor, damit sie gucken konnte. Aus dem Raum, der in schummeriges Licht getaucht war, drang Musik und Gelächter. Karini sah Tische, an denen Männer saßen, und frivol gekleidete Mädchen, die zwischen den Tischen umherschwirrten wie bunte Schmetterlinge.

»Das ist der Gastraum. Lass dich von den Kerlen nicht anfassen, das kostet extra. Wenn einer Ärger macht, sag Bescheid.« Onkel Alvers zog die Tür zu und öffnete die andere. »Hier kannst du dich umziehen.« Er trat in den Raum. Dort saßen mehrere Mädchen vor kleinen Spiegeln und schminkten sich. Es roch nach Parfüm. »Jette? Jette!«, rief Onkel Alvers ungeduldig, woraufhin eine vollbusige Frau mit einer üppigen blonden Lockenmähne herbeieilte. »Gib dem Mädchen etwas zum Anziehen. Bitte etwas Passendes ... Exotisches ... sie soll nachher tanzen.«

Jette musterte Karini kurz und nickte Onkel Alvers zu, dann zog sie Karini am Arm mit sich. Kurz darauf stand Karini, nur mit einem kurzen Baströckchen und einer Girlande aus Seidenblumen über dem Busen bekleidet, im Raum. Jette musterte ihr Werk und nickte. »So werden sich alle Männer den Hals nach dir verrenken.«

Karini fühlte sich äußerst unwohl. Daheim in Surinam, im Arbeiterdorf der Plantage, war es nicht außergewöhnlich, spärlich bekleidet zu sein, aber hier, umgeben von Weißen, da fühlte sie sich einfach nur nackt.

Karini blieb nicht viel Zeit, darüber nachzudenken. Kurz darauf führte Jette sie in den Schankraum, wo es eine kleine Bühne gab.

»So, jetzt gehst du da hoch und tanzt, solange die Musik spielt.«

Karini sah am Fuß der Bühne drei Männer mit Instrumenten sitzen. Auf ein Zeichen von Jette begannen sie zu spielen. Karini seufzte, raffte dann all ihren Mut zusammen und stieg auf die Tanzfläche. Sie wollte schließlich Geld verdienen. Tanzen konnte sie, sie war schon als Kind bei jedem *dansi* wild ums Feuer getanzt. Das hier ist auch nicht viel anders, sagte sie sich, auch wenn die Musik in ihren Ohren fremd klang. Sie begann, die Beine und ihre Hüften zu schwingen. Die Männer im Schankraum johlten und klatschten. Karini bemerkte erleichtert, dass der Tanz ihnen zu gefallen schien und niemand sie auslachte. Ermutigt machte sie weiter. So tanzte Karini die halbe Nacht, verdiente sich damit Geld für einige Übernachtungen bei Tante Dela und machte Onkel Alvers glücklich, da das Bier in Strömen floss.

Kapitel 19

»Mevrouw Riard, dann sind wir für den Moment fertig.« Posthalter Wegemakers war nun doch noch einmal nach Rozenburg gekommen, um eine weitere Befragung durchzuführen. Es war Mitte März, und Julie ärgerte sich ein bisschen, dass die Mühlen der Justiz langsamer arbeiteten als die der Zuckerrohrmühlen. Sie hatte sich im Alltag nach Kräften gemüht, das Ganze weit von sich zu schieben. Tief in ihrem Inneren wollte sie nicht glauben, dass es jemand aus ihrem Haus oder von der Plantage gewesen war, der Pieter ... Und jetzt, wo Julie und Jean ihre Geschichte noch einmal erzählen mussten, fragte sie sich beunruhigt, warum der Posthalter nun alles noch einmal haargenau wissen wollte. Dennoch war ihr klar, dass die Sache aufgeklärt werden musste, sonst würde sie mit ihrer Familie niemals Ruhe finden.

»Vielleicht hofft er ja, dass jemand bei seiner Version der Geschichte ins Straucheln kommt oder Täterwissen preisgibt«, hatte Jean Julie versucht zu beruhigen. Wenig erfolgreich, wie sie zugeben musste.

Wegemakers sortierte raschelnd seine Papiere. »Den stummen Inder brauche ich ja nicht noch einmal zu befragen, denke ich ...«

Julie erwiderte nichts. Ihr tat Bogo leid. Er war vor Wochen nach Rozenburg zurückgekehrt, allein. Eines Tages war er plötzlich wieder bei den Indern im Dorf erschienen, und Julie hatte sofort befürchtet, dass wieder etwas geschehen war auf Watervreede. »Ist etwas mit Inika?«, hatte sie ihn besorgt gefragt, Bogo aber hatte nur den Kopf geschüttelt und zwei Finger in der Luft gekreuzt – sein Zeichen dafür, dass alles in Ordnung war. Julie hatte es dabei belassen. Inika war bei ihrer Mutter, und was zwischen dem jungen Paar vorgefallen war, ging sie im Grunde nichts an.

Posthalter Wegemakers Stimme riss sie aus ihren Gedanken.
»Dann würde ich jetzt gerne Ihren Sohn sprechen.«
»Mein Sohn ist nach Europa gereist.«
»Nach Europa?« Er sah sie überrascht an. »Und was tut er da? Wann erwarten Sie ihn zurück?« Er rückte sich seine kleine Lesebrille auf der Nase zurecht. »Ich meine, es ist schon sehr ungewöhnlich, dass er gerade jetzt nach Europa reist.«
»Wie meinen Sie das?« Julie musste sich mühen, nicht aufzubrausen, der unterschwellige Vorwurf war ihr nicht entgangen.
»Nun ja, es laufen noch Ermittlungen zu dem Todesfall, der Mörder ist noch nicht gefunden und Ihr Sohn reist Hals über Kopf nach Europa?«
»Er ist nicht *Hals über Kopf* nach Europa gereist, und er wird ganz sicher wiederkommen!« Julie hielt es nicht mehr auf ihrem Platz. Sie stand auf und wanderte im Salon umher.
»Was hat ihn denn dazu bewogen, diese Reise anzutreten?«
Julie setzte zu einer Antwort an, doch Jean kam ihr zuvor. »Henry sucht Karini Rozenberg. Das Mädchen ist … etwas überstürzt abgereist. Er möchte sie über den aktuellen Stand der Entwicklungen in Kenntnis setzen und sie bitten, wieder mit zurück in die Kolonie zu kommen.«
Julie entging nicht der traurige Blick von Kiri, die soeben Kaffee für den Posthalter hereinbrachte, als Jean den Namen ihrer Tochter erwähnte.
»Aha, soso, überstürzt …«
Julie ballte die Hände zu Fäusten. Wegemakers' zweideutige Anmerkungen trafen sie wie kleine Nadelstiche. »Karini hat mit Pieter Bricks Tod nichts zu tun. Sie war in der besagten Nacht gar nicht auf Watervreede.«

»Ist das wirklich ganz auszuschließen, Mevrouw Riard?«

Juliette blickte ihm fest ins Gesicht. »Das Mädchen war verletzt und erschöpft. Es war die ganze Nacht bei seiner Mutter hier auf Rozenburg.« Sie hatte jetzt wirklich genug.

»Und Ihr Sohn, der ja in der besagten Nacht die Plantage Watervreede irgendwann verlassen hat ... gibt es Zeugen dafür, dass er hier auf Rozenburg war?«

Juliette sah aus dem Augenwinkel, wie auch Jean seine Hände auf dem Schoß zu Fäusten ballte. Sie kannte ihn gut genug, um zu wissen, dass er innerlich sehr aufgewühlt war. »Ja natürlich, unsere Haushälterinnen können beide bezeugen, dass er hier war.«

Der Mann blätterte wieder raschelnd in seinen Papieren. »Die beiden Frauen haben ausgesagt, dass Henry Leevken nachmittags auf Rozenburg ankam. Wenn man davon ausgeht, dass man zu Pferd gut sechs Stunden unterwegs ist ... war er also zur Tatzeit noch auf der Plantage Watervreede.« Er hob den Blick und schaute Julie direkt ins Gesicht. »Erlauben Sie mir die Anmerkung, Mevrouw Riard, aber der Umstand, dass Ihr Sohn jetzt in Europa weilt, erleichtert das Ganze nicht gerade. Zudem ... es lässt eher Fragen aufkommen.«

»Was wollen Sie damit sagen?« Julie fixierte ihn. Sie konnte nur noch schwer an sich halten, nicht auf ihn loszugehen.

»Es sieht ja fast so aus, als wolle sich Ihr Sohn weiteren Befragungen entziehen.«

Julie prustete empört. »Na hören Sie mal, erst melden Sie sich wochenlang nicht und jetzt verlangen Sie, dass ... dass ...«

Posthalter Wegemakers erhob sich, seine Miene war ernst. »Mevrouw Riard, solch eine Untersuchung dauert nun einmal seine Zeit, und es ist doch eher unüblich, dass, solange eine Untersuchung nicht abgeschlossen ist, einer der Verdächtigen das Land verlässt.«

»Verdächtigen? Sie glauben doch nicht, dass mein Sohn ...?«

»Mevrouw Riard, so wie ich das sehe, sind momentan noch

alle verdächtig, die in besagter Nacht auf der Plantage waren. Ihr Sohn hat ohne Anmeldung und Erlaubnis das Land verlassen. Das wird Konsequenzen haben.«

»Er kommt doch wieder.« Jean war ebenfalls aufgestanden.

»Ja? Und wann?«

»Das kann ich Ihnen nicht genau sagen.«

»Sehen Sie ...« Der Posthalter klaubte seine Unterlagen zusammen und schickte sich an zu gehen. »Mevrouw Riard, Mijnheer Riard, meine Arbeit hier ist so weit abgeschlossen. Ich denke, es wird dazu in einigen Wochen in der Stadt eine Anhörung geben. Bis Sie vom Gericht hören, sollten Sie allerdings darauf achten, dass nicht noch mehr Verdächtige das Land verlassen.« Mit diesen Worten drehte er sich um und verließ das Haus.

Julie ging zu Jean und schmiegte sich an ihn. »Das kann er doch nicht ernst meinen! Denkst du, er verdächtigt Henry?«

Jean drückte sie an sich. »Ich weiß nicht, was er denkt. Ich glaube nicht, dass Henry ... aber seine Abreise zum jetzigen Zeitpunkt war vielleicht wirklich etwas unglücklich. Wir müssen abwarten.«

Julie umarmte ihn fester. »Ich hoffe, die beiden kommen wohlbehalten wieder zurück«, murmelte sie in seine Schulter. Lange standen sie so und hielten sich aneinander fest.

Kapitel 20

Amsterdam mit seinen vielen Grachten erinnerte Henry ein wenig an Paramaribo. Die Stadt kam ihm riesig vor. Sofort nach der Ankunft verabschiedete sich Schrievenberg von Henry. Henry hatte ihm einen Teil der Fahrtkosten übergeben, und der Mann hatte wohlwollend genickt. »Junger Mann, es war mir eine Ehre, vielleicht trifft man sich eines Tages wieder. Und nun viel Glück bei der Suche nach dem Mädchen.«

Henry hatte etwas unschlüssig auf der Straße gestanden und nicht gewusst, was er als Erstes tun sollte. Kalter Nieselregen fiel vom Himmel herab, und Henry fragte sich zum wiederholten Male, ob es in diesem Land wohl immer und ewig regnete. Fröstelnd schlug er seinen Kragen hoch. Er beschloss, zunächst das Kontor von Wim Vandenberg aufzusuchen. Leider hatte er in Calais versäumt, den Brief, den Wim ihm gegeben hatte, aufzugeben. Jetzt würde er also direkt persönlich vorsprechen. Vielleicht hatte man dort bereits etwas von Karini gehört.

Das Kontor der Vandenbergs lag im Handelsviertel nahe des Hafens. Henry fragte sich durch. Er hatte gehofft, diesen Stadtteil schnell erreichen zu können, hatte aber wieder einmal die Entfernungen unterschätzt und gelangte erst nach geschlagenen zwei Stunden Fußmarsch ans Ziel.

Das Handelsviertel lag an einer breiten Gracht, auf der einige Frachtschiffe vor Anker lagen. Die weit ausladenden Flaschenzüge an den Häusergiebeln ließen darauf schließen, dass viele der Güter gleich vom Schiff in die Lagerräume gehoben wurden. Henry reckte ein ums andere Mal den Hals, um die Konstruktionen zu begutachten. In Surinam baute niemand eine solche Vorrichtung. Aber dort gab es auch genug Schwarze, die man für jegliche Arbeit heranziehen konnte. Die hingegen sah er hier nirgendwo, was ihn überraschte. Er wusste nicht wieso, aber er hatte fest damit gerechnet, dass es in den Niederlanden ebenso viele Schwarze gab wie in Surinam. Warum hatte man jahrhundertelang Sklaven nach Surinam gebracht, das Heimatland dabei aber nicht bedacht?

Inmitten einer dicht gedrängten Häuserreihe fand er das Handelskontor Vandenberg, so verkündete es ein großes bronzenes Schild. Ein schmuckloser, wuchtiger Bau mit einer großen Eingangstür. Henry klopfte mithilfe des goldenen Türrings, und sogleich öffnete ihm ein blasser junger Mann mit dunklen Haaren und Lesebrille.

»Guten Tag! Mein Name ist Henry Leevken und ich komme aus Surinam. Wim Vandenberg trug mir auf, mich hier zu melden, wenn ich in Amsterdam angekommen bin.« Henry haspelte schnell seine Begrüßung herunter, da er befürchtete, der blasse junge Mann könnte ihm die Tür vor der Nase zuschlagen.

»Ja … kommen Sie doch bitte herein.« Der junge Mann trat beiseite und ließ Henry eintreten. Im Kontor war es schummerig und es roch nach einer Mischung aus Kaffee, Gewürzen und dem unverkennbar süßen Duft von Melasse. Ein langer Flur, in dem Henry nun stand, kündete davon, dass das Haus zwar an sich recht schmal war, hinten heraus aber ungeahnte Dimensionen annahm. Das Lagerhaus schien gleich daran anzugrenzen.

»Bitte, folgen Sie mir hier entlang. Mein Name ist van Galen. Ich bin der Prokurist hier, während Mijnheer Vandenberg in Surinam verweilt. Ich hoffe, er ist wohlauf.«

»Ja, es geht ihm gut«, versicherte Henry und folgte van Galen in ein Büro. Dort standen neben einem großen Schreibtisch einige Stehpulte. An einem davon stand ein Mann, der nun, da Henry den Raum betrat, kurz aufschaute und nickte.

»Bitte, setzen Sie sich doch, Mijnheer Leevken.« Er deutete auf einen Stuhl und nahm selbst hinter dem großen Schreibtisch Platz. Henry überreichte dem Mann den Brief, den er von Wim erhalten hatte. Galen studierte ihn kurz und bedachte Henry dann mit einem fragenden Blick. »Was kann ich für Sie tun?«

»Ich bin gekommen, weil ich nach einer jungen Dame suche, Karini Rozenberg. War sie noch nicht hier?«

»Nein, ich bedaure.«

»Können Sie mir dann vielleicht sagen, wo die Damstraat liegt? Ich möchte zum Haus der Familie van Honthorst.« Henry war froh, vorab Wims zweiten Zettel studiert zu haben, wie sonst hätte er Kenntnis von Gesines Familiennamen haben können?

»Oh ja, natürlich. Die Damstraat liegt fast im Zentrum.«

»Danke.« Henry erhob sich. »Komme ich ... ist das fußläufig erreichbar oder sollte ich besser eine Droschke nehmen?«

Van Galen lachte. »Eine Droschke wäre sicherlich bequemer und schneller.« Auch er erhob sich und reichte Henry die Hand. »Hat mich sehr gefreut. Sollten Sie Schwierigkeiten haben oder Ihre Rückreise planen, werden wir Ihnen hier jederzeit behilflich sein.«

»Danke, vielen Dank.« Henry war wirklich froh über diese Anlaufstelle in Amsterdam. Sie gab ihm ein kleines bisschen ein Gefühl von Sicherheit in diesem fremden Land.

Kapitel 21

»*M*ädchen, du sorgst wirklich für gute Geschäfte.« Onkel Alvers lobte Karini jeden Abend, wenn sie von der kleinen Bühne stieg, und das machte sie jetzt schon seit fast einer Woche tagtäglich. Ihr kleiner exotischer Auftritt hatte sich herumgesprochen, jeden Abend trafen ein paar mehr Männer in Onkel Alvers Schankraum ein.

»Aber hör mal: Ein paar haben schon nachgefragt ... Du könntest deine Einkünfte noch verbessern, wenn du ... na, du weißt schon.«

Karini traute ihren Ohren nicht. Der Schreck stand ihr offensichtlich deutlich im Gesicht geschrieben, denn nun mischte sich auch Jette ein.

»Wenn sie nicht will, dann lass sie ...« Jette schob Karini schnell in den Umkleideraum der Mädchen. »Er will immer nur Fleisch verkaufen.« Sie schüttelte den Kopf.

»Ja, aber recht hat er.« Beke zog sich gerade eine lange rote Perücke vom Kopf, die ihr langes blondes Haar allabendlich verdeckte. Dann drehte sie sich zu Karini und Jette um. »Bei deiner Hautfarbe würdest du im Vergleich zu uns fast das Doppelte einbringen. Guck dich doch mal um ... ich muss mir sogar dieses Ding hier auf den Kopf ziehen, weil Rot besser ankommt als Blond.« Sie wedelte mit dem roten Haarschopf.

Karini überlegte. Fast das ganze Geld, das sie durch das Tanzen verdiente, ging an Tante Dela für Kost und Logis. Karini hatte eigentlich gehofft, etwas mehr davon für ihre Heimreise nach Surinam sparen zu können. Aber eine Schiffspassage war sicherlich teuer, und mit dem wenigen Geld, das übrig blieb, würde sie ewig brauchen, bis sie die Summe beisammen hatte. Sie hatte bereits hin und her überlegt, wie sie an mehr Geld kommen könnte. Selbst wenn sie das Kontor von Masra Wim fand, würde man ihr wohl kaum das Geld für die Überfahrt zur Verfügung stellen. Zumal sie keine Zeit für die Suche fand. Die ganze Nacht über hatte sie Auftritte auf der Bühne von Onkel Alvers, tagsüber schlief sie erschöpft, und wenn sie am Nachmittag erwachte, wurde es draußen bereits wieder dunkel. Die Tage waren fürchterlich kurz in diesem Land, umso länger die Nächte.

Sie hatte inzwischen mitbekommen, dass alle anderen Mädchen in Onkel Alvers Herberge sich im Schankraum um die Männer kümmerten und dass zwischendurch immer mal eine mit einem Gast die Stiege nach oben ging, wo die Zimmer lagen. Was dort passierte, konnte sie sich denken. Da es aber alle Mädchen taten …

»Was bringt es denn ein, wenn man … mit einem Mann … nach oben geht?«, fragte sie Jette leise.

Jette seufzte. »Du willst doch nicht wirklich, oder?« Als Karini nicht antwortete, fuhr sie fort. »Na ja, wir bekommen meist einen *rijksdaalder*. Du vielleicht sogar zwei.«

»Zweieinhalb Gulden?« Karini erschien das nicht viel für diese Dienste. Andererseits bekam sie für das Tanzen wesentlich weniger.

Unterdessen grinste Beke über das ganze Gesicht. »Vielleicht biste ja noch Jungfrau, dann bestimmt sogar drei.«

Karini sah sie fragend an.

»Oh nein …« Jette fasste Karini am Arm und drehte sie zu sich um. »Sag jetzt nicht, du bist noch …«

Karinis Blick schien sie zu verraten.

Beke lachte. »Ach schau an, ein *kuiken!*«

»Das ist nicht lustig, Beke.« Jette schien ernsthaft besorgt. »Lass das bloß nicht Onkel Alvers wissen, der verscherbelt sie dann …«

»Wer ist noch ein *kuiken?*« Es war zu spät. Onkel Alvers stand hinter den Mädchen in der Tür. »Du, Karini? Na bravo ... ich hatte gerade wieder eine Anfrage. Sagen wir drei *rijksdaalder* und dann halbe-halbe, und wir kommen ins Geschäft. Mädchen, das ist doch leicht verdientes Geld! Überleg's dir.« Onkel Alvers klatschte in die Hände und verließ den Umkleideraum der Mädchen.

Karini hatte keine genaue Vorstellung von dem, was die anderen meinten, verstand aber, dass es in Bezug auf das Geld eine einmalige Chance zu sein schien. Und so schwer konnte es doch nicht sein! Wenn sie auf einen Schlag so viel Geld verdienen konnte, dann war das doch eine gute Möglichkeit. »Ist es ... ich meine, ist es schwer mit diesen Männer zu ...?« Karini fehlte der richtige Ausdruck. Ihr erstes Mal hatte sie sich anders ausgemalt.

Jette stemmte die Hände in die Hüften. »Du willst das wirklich tun?«

»Ich will irgendwann wieder nach Hause. Wenn es mir genügend Geld einbringt ... ja.«

Jette schüttelte immer noch den Kopf. »Na, dann komm, ich erzähle dir, was du machen musst. Wenn du es dann immer noch willst, wird Onkel Alvers sich freuen.« Ihr Lachen klang spöttisch.

Etwas später hatte Jette Karini haargenau erklärt, was die Mädchen auf den Zimmern mit den Männern machten. Karini war der Kern der Erzählungen nicht fremd, auch wenn sie nie selber Teil der Handlungen gewesen war. Aber daran würde sie sich schon gewöhnen. Karini war nicht prüde. Daheim in Surinam und gerade bei den Schwarzen ging man mit diesem Thema recht offen um. Zumal sich in den kleinen Hütten Zwischenmenschliches kaum verbergen ließ. Und letztendlich klang die Arbeit aus Jettes Mund auch weder besonders schwer noch gefährlich. Sie wusste, dass Onkel Alvers aufpasste, dass die Kunden seiner Herberge keinen Ärger machten. Die Huren in Paramaribo hatte

Karini zwar als verlumpte und abgerissene Gestalten in Erinnerung, die bei jedem Schiff, das im Fluss vor Anker ging, die Röcke lupften und sich den Matrosen zur Schau stellten. Aber die Mädchen hier waren alle sauber und ordentlich, und keines machte ein Geheimnis daraus, womit es sein Geld verdiente. So schlimm konnte es also nicht sein. Und welche Alternative hatte sie?

Karini erbat sich einen Tag Bedenkzeit, änderte ihre Entscheidung aber nicht. Am Tag darauf sagte sie Onkel Alvers, dass sie es tun würde.

Dieser grinste über das ganze Gesicht. »Ich werde dir einen besonders netten Mann aussuchen Mädchen, keine Sorge.«

Am Abend, nach Karinis drittem Tanz, kam Onkel Alvers und holte sie aus dem Raum der Mädchen. »Kundschaft, Kleine. Jetzt zeig mal, was du kannst.«

In Karini breitete sich eine nervöse Spannung aus. Mit einem Mal zweifelte sie an ihrem Entschluss und hätte am liebsten die Flucht ergriffen. Was, wenn der Mann nicht nett zu ihr war? Im Schankraum wartete ein Mann mittleren Alters auf Karini. Er hatte zwar kaum noch Haare auf dem Kopf, sah aber ansonsten recht gepflegt aus. Karini schritt langsam auf ihn zu und kam nicht umhin zu bemerken, dass er jede ihrer Bewegungen mit begierigem Blick verfolgte.

»Lächeln, Mädchen, immer lächeln.« Onkel Alvers stieß Karini an und wies dann auf die Stiege in die obere Etage.

Karini setzte ein Lächeln auf, holte tief Luft und schritt dann dem fremden Mann voraus nach oben in eines der Zimmer. Sie selbst betrat es zum ersten Mal und war überrascht ob der spartanischen Einrichtung. Im Raum standen lediglich ein Bett und ein Stuhl sowie eine Waschschüssel in einer Ecke. Karini atmete tief durch. Sie war nicht hier, um sich gemütlich einzurichten. Sie rief sich Jettes Worte in Erinnerung und konzentrierte sich auf das, was vor ihr lag. Nachdem die Tür hinter ihnen zugefallen war, entkleidete sie sich mit ein paar tänzelnden Bewegungen. Sie sah, dass der Mann sie nicht aus den Augen ließ, und, noch bevor sie sich auf das Bett legte, mit fahrigen Fingern seine Hose öffnete. Karini erschrak beim Anblick seines erigierten Gliedes, aber sie beruhigte sich mit dem Gedanken daran, dass die anderen Mädchen das auch taten. Als er sich auf sie legte, verspürte sie einen kurzen stechenden Schmerz im Unterleib. Dann bewegte er sich hastig hin und her und sackte nach wenigen Sekunden mit einem Grunzen über ihr zusammen. Es war schneller vorbei, als Karini gedacht hatte. Der Mann rappelte sich auf, schloss seine Hose, bedachte Karini mit einem wohlwollenden Blick und verließ den Raum. Sie selbst wartete, bis er verschwunden war, wusch sich dann an der Waschschüssel und zog sich wieder an. Karini war erstaunt. Das Ganze hatte nicht länger gedauert, als ein paar Orangen auf dem Markt zu verkaufen.

Als Karini die Stiege wieder hinabstieg, nickte Onkel Alvers ihr zu. Karini ging noch zweimal an diesem Abend auf die Tanzbühne, und am frühen Morgen nahm sie von Onkel Alvers ihr Geld entgegen. Es war deutlich mehr als sonst. Karini beschloss, dass es eine gute Möglichkeit war, schnell zu Geld zu kommen. Sie würde es wieder tun.

Kapitel 22

»Henry? Was machst du denn in den Niederlanden?« Gesine war sichtlich verblüfft, ihn vor der Tür ihres Elternhauses zu sehen.

Henry war nicht gewillt, sich lange zu erklären. Er hatte Gesine nie gemocht. »Ich möchte zu Karini.«

»Oh, das tut mir leid, aber Karini ist nicht mehr hier.« Gesines Miene sollte wohl Betroffenheit widerspiegeln, Henry aber durchschaute sie. Und er fand ihre Antwort mehr als seltsam. Karini war mit Gesine in die Niederlande gereist, da war es doch höchst unwahrscheinlich, dass sie hier ihren eigenen Weg gesucht hatte.

»Wo ist sie denn?«

»Ich glaube, das Negermädchen kam mit den Gepflogenheiten hier nicht gut zurecht. Eines Morgens war sie einfach fort.«

Gesines Worte empörten Henry, und ihr hochnäsiger Ton stachelte seine Wut an. Sie schien sich in der Tat keiner Schuld bewusst zu sein. »Und wohin? Sie kennt doch niemanden in diesem Land! Hast du sie etwa einfach gehen lassen?« Henry war wütend. Er selbst hätte es keine zwei Tage allein in Gesines Gegenwart ausgehalten, aber Karini war es gewohnt, sich unterzuordnen. Dieses Land hatte bisher verwirrend und ungastlich auf ihn gewirkt, und er konnte sich gut vorstellen, dass Karini ähnlich empfand. Es musste schon etwas Gravierendes vorgefallen sein, dass sie sich zur Flucht entschieden hatte.

Gesine unterbrach seine Gedanken. »Es tut mir leid, ich kann dir nicht helfen. Wenn du mich jetzt entschuldigen würdest …«

Der Diener, der Henry die Tür geöffnet hatte, deutete ihm den Weg hinaus.

Henry versuchte, Gesines Blick zu erhaschen, doch sie wich ihm aus. »Falls es dich interessiert: Pieter ist tot«, stieß Henry hervor. Zu seiner Überraschung aber zuckte Gesine in einer Geste der Gleichgültigkeit nur mit den Achseln. Eine in Henrys Augen höchst erstaunliche Reaktion, da sie diesen Mann doch fast geheiratet hätte ... Aber nein. Henry wollte sich nicht darüber aufregen, Gesine war es nicht wert. Er konnte Wim plötzlich sehr gut verstehen. Diese Frau war eine Plage.

Er murmelte ein undeutliches »Auf Wiedersehen« und verließ das Haus. Ziellos marschierte er durch Amsterdam, umgeben von trübem Wetter, Nieselregen und Menschen, die hastig mit gesenktem Kopf an ihm vorbeieilten. Henry beschloss, sich zunächst einmal um ein Zimmer für die Zeit der Suche zu kümmern, und schlug die Richtung ein, in der er das Stadtzentrum vermutete. Dort würde es sicherlich eine Herberge mit einem Zimmer für ihn geben. Und dann würde er versuchen, Karini zu finden. Wie, das wusste er noch nicht. Er musste versuchen, sich in sie hineinzuversetzen. Wo würde es Karini hintreiben? Wo würde er sich an ihrer Stelle aufhalten, wenn er in einer Stadt gestrandet wäre, in der er niemanden persönlich kannte? Noch dazu, wenn er ohne Geld unterwegs war? Er würde sich sicherlich als Erstes an jemanden wenden, mit dem er zumindest einen Anknüpfungspunkt hatte: Familie Vandenberg. Aber das hatte er bereits versucht, dort war Karini nicht aufgetaucht, aus welchem Grund auch immer. Eine andere Lösung fiel ihm nicht ein. Missmutig stapfte er durch den Nieselregen.

Henry fand ein kleines, ungemütliches Zimmer in einem Haus namens Grachtensteegen. Die Herbergsmutter war eine dicke, feiste Frau mit einer fleckigen Schürze. »Aber keine Huren im Haus, junger Mann«, herrschte sie Henry an, als sie ihm das

Zimmer zeigte. Henry schüttelte nur müde den Kopf. Nachdem die Frau verschwunden war, zog er sich seine feuchten Sachen aus und legte sich in das Bett. Die Laken waren klamm, und er zitterte. Es war ungewohnt, so zu frieren, befand er. Zu später Stunde bemerkte er, dass er auch in diesem kalten Land nicht vor Ungeziefer gefeit war. Irgendetwas krabbelte unter seiner Decke und stach ihn unentwegt. Ohne Decke konnte er aber auch nicht liegen, dann würde er vermutlich erfrieren. Missmutig warf er sich hin und her, auf der Suche nach Schlaf.

Am nächsten Morgen servierte ihm die Frau, deren Schürze über Nacht noch mehr Flecken bekommen zu haben schien, einen Trank, den sie stolz als Kaffee bezeichnete. Henry war schon ob des Zustandes der Tasse skeptisch, als er dann aber durch die braune Brühe den Boden des Porzellans sehen konnte, verzichtete er auf das Frühstück und eilte sich, die Herberge zu verlassen. Kurz war er geneigt, sich einen anderen Schlafplatz zu suchen. Sein Geldbeutel aber war nicht sonderlich gut gefüllt, und so beschloss er, das vergleichsweise günstige Zimmer zu behalten.

Er wanderte zunächst ziellos umher. Dann kam ihm der Gedanke, die Stadt systematisch abzulaufen. Das Stadtzentrum war von mehreren ringförmig angelegten Grachten durchzogen, das hatte er mittlerweile verstanden. Würde er jede Straße entlang der Grachten abgehen, dann über die Brücken zur jeweils nächsten wechseln, könnte er nach und nach die ganze Stadt durchsuchen. Vorausgesetzt, dass Karini sich genau zu dem Zeitpunkt, an dem er eine Stelle passierte, dort aufhielt. Nein, die Wahrscheinlichkeit war zu gering.

Resigniert setzte Henry sich auf eine Bank nahe einer Gracht. Es war über Tag noch kälter geworden und die Feuchtigkeit auf dem Boden knisterte plötzlich unter seinen Füßen. Henry spürte ein Kribbeln in der Magengegend. Eis? Vorsichtig fuhr er mit der Sohle seines Schuhs über die blanke Fläche, die sich zu seinen Füßen gebildet hatte. Fasziniert wischte Henry mit der Schuhspitze auf der blanken Schicht herum und sah die grauen Wolken über sich wie in einem Spiegel vorüberziehen. Und als wolle ihn der Himmel ermutigen, nicht aufzugeben, mischten sich unter den dünnen Regen dicke weiße Flocken. Es schneite. Henry sah zum ersten Mal in seinem Leben Schnee. Und freute sich wie ein kleiner Junge.

Kapitel 23

Inika versuchte, ihre Schwangerschaft so lange zu verbergen, wie es nur eben ging. Sie bemerkte jedoch, dass ihre Mutter sie gelegentlich mit einem abschätzenden Blick musterte, und Inika mühte sich dann, besonders fleißig zu arbeiten, um keinen Verdacht aufkommen zu lassen. Inika wollte Martin eigentlich erst von dem Kind erzählen, wenn dieser eine Entscheidung bezüglich seiner Zukunft gefällt hatte. Aber bald würde selbst ihr weitestes Kleid ihren Bauch nicht mehr verbergen können. Die Zeit drängte. Inika hoffte immer noch darauf, dass Martin auf sein Erbe bezüglich der Plantage Rozenburg pochen würde. Sehr zu ihrem Ärger schien er jedoch nichts dergleichen zu beabsichtigen. Sie wollte ihn nicht bedrängen, überlegte aber, wie sie ihm einen weiteren Impuls in diese Richtung geben konnte. Sie grübelte viel darüber nach, bis ein ganz anderes Problem zurück auf die Plantage kam: der Posthalter, mit dem Wunsch nach einer neuerlichen Befragung. Als er sie eines Nachmittags rufen ließ, konnte sie ihr nervöses Zittern nur mit äußerster Anstrengung unterdrücken.

Martin hatte bereits mit dem Beamten gesprochen und fing sie auf dem Weg in den Salon ab.

»Inika, ich glaube, sie tappen immer noch im Dunkeln. Aber mach dir keine Sorgen, erzähl einfach das Gleiche wie beim letzten Mal. Ich denke, wir haben nichts zu befürchten.« Inika sah, dass er sich mühte, sie zu beruhigen, doch ihr entging nicht, dass Martins Mienenspiel seinen Worten widersprach.

Inikas Nervosität stieg. Was, wenn der Posthalter etwas Neues herausgefunden hatte, wenn er einen Verdacht hegte? Wenn dieser sich gar auf sie bezog? Die Gedanken rasten in ihrem Kopf. Sie war die Situation sicher hundertmal in Gedanken durchgegangen: Offiziell war sie die ganze Nacht bei ihrer Mutter gewesen, die sich ja Gott sei Dank an nichts anderes erinnerte. Könnte sie jemand anderes, abgesehen von Bogo, in dieser Nacht gesehen oder gehört haben? Sie selbst hatte niemanden bemerkt. Was aber, wenn jemand dem Posthalter nun einen Tipp gegeben hatte? Vielleicht wusste Martin ja schon mehr.

Sie zwang sich zur Ruhe und hob dann den Blick. »Martin, was ist los? Hat der Mann irgendetwas gesagt, das ich wissen sollte?« Sie bemühte sich um einen möglichst belanglosen Ton, hörte aber selbst, dass ihr das nur bedingt gelang.

Martin beugte sich vor. »Er war schon auf Rozenburg, da hat er im Grunde aber auch nichts Neues erfahren«, sagte er flüsternd. »Aber ... Henry und Karini sind seit Wochen in Europa, und es gibt keine Nachricht von ihnen. Karini scheint der Beamte nicht zu verdächtigen, aber«, er schluckte, »Henry ... seine Reise zum jetzigen Zeitpunkt wirft kein gutes Licht auf ihn.«

Inika fiel eine zentnerschwere Last von den Schultern. Henry also ... Und wenn sie nun diese Information für sich verwenden könnte? Sofort begann es in ihrem Kopf fieberhaft zu arbeiten. Äußerlich jedoch mühte sie sich um einen entsetzten Gesichtsausdruck, zumal Martins offensichtliche Betroffenheit sie wirklich anregte. »Der Arme ... und er weiß nicht einmal etwas davon.« In Inikas Kopf reifte eine Idee.

»Nun geh, lass den Posthalter nicht zu lange warten. Er scheint die Sache schnell hinter sich bringen zu wollen.« Martin schob Inika in Richtung Salontür.

Inika holte tief Luft und betrat den Raum. Der Posthalter sah sie mit einem geringschätzigen Blick an.

»Das indische Dienstmädchen ... dann habe ich ja fast alle befragt. Setz dich.«

Inika hockte sich vor dem Mann auf den blanken Holzboden. Wie immer ärgerte sie sich über diese niedere Position und über die herablassende Anrede. Irgendwann, so dachte sie wütend, würde sie in Gesellschaft von Weißen nicht mehr auf blanken Böden und Holzdielen sitzen müssen. Nein, nicht irgendwann, sondern bald, korrigierte sie sich. Wenn das Kind erst geboren war, würde sich alles ändern. Diese Chance würde sie sich nicht nehmen lassen. Inika faltete die Hände in ihrem Schoß und setzte ein liebliches Lächeln auf. Dann hob sie den Blick.

»So, dann erkläre mir doch bitte noch einmal, was du gemacht hast in dieser Nacht«, sagte der Posthalter, in einem Tonfall, der fast schon gelangweilt klang. Das würde sich gleich ändern.

Inika wiegte den Kopf, als müsse sie angestrengt überlegen. »Ich habe mich um meine kranke Mutter gekümmert. Ich war die ganze Nacht in der Kammer im Gästehaus, mit meiner Mutter und mit meinem Mann Bogo.« Inika wusste, dass diese Aussage riskant war. Ihre Mutter hatte nichts gesehen oder gehört, und Inika konnte sich sicher sein, dass sie das auch so ausgesagt hatte. Was Bogo betraf, konnte sie sich nicht so sicher sein. Einerseits wusste sie nicht, was er in der besagten Nacht gesehen hatte, außerdem war Bogo sicherlich immer noch verletzt – und Inika wusste nicht, wie er aus dieser Verletztheit heraus reagieren würde. Was, wenn er immer noch verliebt war und sich durch eine Aussage an ihr rächen würde? Sie glaubte allerdings, ihn gut genug zu kennen: Wenn er noch Gefühle für sie hegte und außerdem etwas gesehen hatte, würde er sie vermutlich eher schützen denn verraten. Und außerdem … Bogo sprach nicht und es war fraglich, ob er dem Posthalter, falls er überhaupt etwas gesehen hatte, davon berichten konnte.

»Du hast also nichts gehört oder gesehen.«

»Nein, ich habe geschlafen, bis mein Mann mich am Morgen geweckt hat. Da standen dann Misi Juliette, Masra Jean und Masra Martin vor dem Kochhaus.«

»Henry Leevken war da schon fort?«

»Ja, Masra, Masra Henry war da schon fort.«

»Ist dir sonst noch etwas aufgefallen an dem Morgen?«

Inika wiegte den Kopf leicht hin und her. Jetzt galt es, sich zu konzentrieren. Das hier war die Chance, auf die sie gewartet hatte. Dann senkte sie betroffen den Blick und sprach mit leiser Stimme weiter. »Misi Juliette war sehr böse an dem Morgen, auch auf den armen Masra Pieter, obwohl er tot dalag. Sie hat geschimpft und geflucht, wie ich es von der Misi gar nicht kenne ...«

»Ah ja?« Erfreut bemerkte sie, dass sie die Aufmerksamkeit des Posthalters tatsächlich gewonnen hatte.

Sie neigte den Kopf ein wenig, öffnete die Augen noch ein klein wenig mehr und mühte sich um einen traurigen Blick. »Masra, ich ... ich bin nur ein Dienstmädchen, aber ... ich bin auch ein gutes Mädchen und«, sie schniefte leise und tupfte sich eine Träne von der Wange, »ich denke, ich darf das nicht erzählen, weil ... weil das nicht für meine Ohren bestimmt war, aber ... aber ich habe gehört, wie Masra Henry und Misi Juliette sich am Abend vor ... oh, der arme Masra Pieter ... sie haben sich gestritten, weil ... weil doch Masra Henry gar nicht der Sohn von Masra Leevken war, sondern von Masra Jean.« Wieder schniefte sie betont laut. »Bitte«, sie verlieh ihrer Stimme einen flehenden Tonfall, »ich bin nur ein Dienstmädchen, das zufällig etwas gehört hat. Aber der arme Masra Pieter ... er wusste, dass ... vielleicht ist er ja deshalb umgebracht worden.«

Der Posthalter zog sich seine Brille von der Nase und warf Inika einen langen Blick zu. »Mädchen, du hast alles richtig gemacht. Mach dir keine Sorgen«, sagte er schließlich langsam. Er lehnte sich zurück und sagte lange kein Wort, Inika konnte die Gedanken hinter seiner Stirn förmlich kreisen sehen. Doch plötzlich kam Leben in ihn. »Aber dann wäre ja Pieter Brick samt seinem Sohn der rechtmäßige ...« Er stand ruckartig auf. »Mädchen, du hast vielleicht den Fall gelöst!« Eilig verließ er den Raum.

Inika atmete erleichtert auf. Der Samen war gesät, nun würden die Dinge sich von selbst entwickeln. Und zwar in ihrem Sinne.

Keine zwei Stunden später verließ der Posthalter die Plantage. Martin und Inika sahen ihm nach, als er sein Boot bestieg und in Richtung Paramaribo davonfuhr.

Martin sah Inika misstrauisch an. »Er war so aufgeregt. Hast du ihm irgendetwas erzählt? Irgendetwas anderes als beim letzten Mal?«

Inika überlegte fieberhaft, was sie tun sollte. Dann fasste sie einen Entschluss. Wenn sich die Dinge nun tatsächlich in ihrem Sinne entwickelten, musste Martin fest zu ihr stehen. Sie blickte ihn an und schüttelte den Kopf. »Nein. Aber vielleicht ... nun ja, vielleicht hat er bemerkt ...«

»Was?«

»Martin«, sie nahm seine Hand. »Ich ... wir bekommen ein Kind.«

Martin sah sie mit großen Augen an. Die Überraschung stand ihm im Gesicht geschrieben. »Du bist schwanger? Und du bist sicher, dass ich ...?«

Inika zwang sich zur Ruhe. »Ja, Martin, ganz sicher. Es ist dein Kind«, hörte sie sich mit fester Stimme sagen.

Martin strahlte über das ganze Gesicht. »Oh, das ist ja wundervoll!« Er nahm sie in seine Arme und drehte sie einmal im Kreis.

Angesichts seines glücklichen Ausdrucks war Inika für einen kurzen Moment geneigt, selbst daran zu glauben. Aber sie wusste, dass die Idylle auf Lügen gebaut war und auf sehr wackeligen Beinen stand.

Kapitel 24

Karini wusste nicht mehr, wie viele Männer sie in den letzten Wochen die Stiege hinaufbegleitet hatten. Sie zählte am Abend nur das Geld, legte die Münzen sorgsam zu den anderen in ihr Versteck in dem kleinen Herbergszimmer bei Tante Dela und fiel todmüde ins Bett. Dann schlief sie bis weit nach Mittag, trank Tante Delas starken Kaffee und lauschte dabei den Erzählungen der anderen Mädchen, bevor sie sich mit Beke, Johanne und Karla wieder auf den Weg zu Onkel Alvers Gastwirtschaft machte. Es gab sogar Momente, in denen sie sich bei Tante Dela und den anderen Mädchen ein bisschen zu Hause fühlte. Das beißende Heimweh, das sie manchmal überfiel, wenn sie allein in ihrem Zimmer aufwachte, versuchte sie zu unterdrücken. Sie konnte nicht zurück nach Surinam, zumindest solange sie nicht das Geld für die Überfahrt gespart hatte. Sie hatte sogar einmal am Tisch laut überlegt, sich eine Anstellung als Dienstmädchen zu suchen, woraufhin Beke gelacht hatte. »Du bist lustig! Schau dich doch mal an: Du siehst aus, als wärest du einmal durch den Kamin gerutscht, du trägst nie Schuhe und … bist jetzt auch noch eine Hure. Glaubst du, irgendeine feine weiße Familie stellt dich an? So?«

Karini war wie vor den Kopf geschlagen. Sie hatte mehrfach überlegt, wo sie noch mehr verdienen und damit schneller die für die Reise erforderliche Summe zusammenbekommen konnte. Außerdem sehnte sie sich, das musste sie sich eingestehen, nach einer Arbeit, bei der sie mehr Respekt vor sich selber haben konnte. *Blanken* dienen, das konnte sie, und schlechter würde sie dort sicher nicht verdienen, also war ihr diese Möglichkeit stets erstrebenswert erschienen. Jetzt aber musste sie Beke schweren Herzens recht geben. Ihr Traum zerplatzte wie eine reife Mango, die auf dem Boden aufschlug. Sie würde in diesem Land keine anständige Anstellung finden. Da war das, was sie jetzt gerade tat, doch das Ertragreichste, auch wenn sie sich tief in ihrem Inneren dafür schämte. Was würde ihre Mutter wohl sagen, wenn sie wüsste, dass sie ihren Körper verkaufte? Oder gar ihr Vater! Der ja aber in Wirklichkeit gar nicht ihr Vater war … Karini schüttelte den Gedanken ab. Sie würden es nie erfahren. Über diesen Teil ihrer Zeit in Amsterdam würde sie Stillschweigen bewahren, wenn sie zurückkam nach Surinam.

Karini schlurfte wie jeden Tag müde und übernächtigt nach zu wenigen Stunden Schlaf in Tante Delas Küche, setzte sich wortlos an den Tisch und nahm ihre Tasse Kaffee in Empfang. Kurz warf sie einen Blick zu dem kleinen Fenster, das auf den dunklen Hinterhof hinausführte. Dicke, weiße Flocken tanzten vom Himmel herab, wie die Samen des Seidenwollbaums, wie ihr Lehrer und auch Masra Henry immer gesagt hatten. Masra Henry! Karinis Magen zog sich schmerzhaft zusammen. Ob er sie wenigstens vermisste? Das flaue Gefühl in ihrem Bauch verstärkte sich. Karini schob den Gedanken an Masra Henry beiseite, doch es war zu spät. Hastig sprang sie auf und rannte durch den Flur zum Abort, um sich dort laut würgend zu übergeben.

Johanne, die gerade aus ihrem Zimmer kam, hatte sie offensichtlich gehört. »Alles in Ordnung? Ist dir nicht gut?«, rief sie durch die geschlossene Tür.

Karini konnte nicht antworten.

Als sie später auf wackeligen Beinen wieder in die Küche kam, blickte sie in die besorgten Gesichter von Johanne, Beke, Karla und Tante Dela. »Kindchen, du hast doch wohl nicht etwa getrunken gestern Nacht! Du weißt, dass ihr das nicht dürft.«

»Nein, ich habe nichts getrunken.« Karini hielt sich den Handrücken vor den Mund. Der Geruch des Kaffees und irgendein anderer Geruch, nach saurer Milch oder gebratenen Eiern, ließ ihren Magen erneut rebellieren. Karini zwang sich, tief durchzuatmen. »Vielleicht hab ich etwas Falsches gegessen«, sagte sie schließlich und ließ sich matt auf ihren Stuhl fallen. Die Mädchen wandten sich wieder ihrem dampfenden Kaffee zu. Karini hingegen schob ihren Becher von sich fort.

Tante Dela schien ihr Leiden ernsthaft zu beunruhigen. »Kindchen, du hast es aber mit den Männern immer so gemacht, wie Jette es dir erklärt hat, oder? Ich meine mit ... du weißt schon.«

Karini wusste, wovon Tante Dela sprach. Jette hatte ihr mehrmals und nachdrücklich die Benutzung der *kleinen Sicherheit* erklärt. Diese bestand aus einem Stück Baumwollstoff, das in Ölen und einer Paste aus Weihrauch getränkt wurde, um Schwangerschaften zu verhindern. Die Frauen führten es ein, bevor sie mit den Männern das Bett teilten.

Karini musste nicht lange überlegen. »Ja, ich habe es immer genau so gemacht, wie Jette gesagt hat.«

»Du hast auch jedes Mal einen frischen genommen?« Beke sah sie eindringlich an.

Karini war unsicher, zuckte dann aber die Achseln. »Ich glaube, ja.«

»Du glaubst?« Johanne stellte mit einem Knall ihren Kaffeebecher auf den Tisch. Karini zuckte zusammen.

»Karini, weißt du, was das bedeutet?«

Karini wusste es nicht.

Karla half ihr auf die Sprünge. »Mädchen ... du hast dir ein Ei ins Nest gelegt! Du hast nicht aufgepasst ... du bist schwanger!«

Karini traute ihren Ohren nicht. »Schwanger?« Nein, das war doch unmöglich! Sie hatte doch ... sauer stieg ihr der Inhalt ihres Magens im Hals empor. Sie sprang auf und rannte wieder zum Abort. Würgend kauerte sie sich vor den Eimer. Nein! Das konnte nicht sein. Das durfte nicht sein!

Die hübsche weiße Pracht, die vor Wochen noch vom Himmel gefallen war, hatte sich binnen weniger Tage in einen grauen Matsch verwandelt. Nur auf den Dächern waren noch kleine weiße Mützchen zu sehen, die aber auch nach und nach abrutschten und mit einem leisen Platschen zu Boden fielen, wo sie sich mit dem restlichen grauen Schnee und dem immerwährenden Nieselregen vermischten.

Karini stapfte hinter den anderen Mädchen her. Sie lief immer noch barfuß; lieber fror sie sich die Füße ab, anstatt in diesen unbequemen Holzschuhen zu laufen. Beke, Karla und Johanne liefen im Alltag mit diesen klobigen Dingern behände herum. Nur abends, bei Onkel Alvers, tauschten sie die Holzschuhe gegen weiche seidene Schühchen, die für den Gebrauch im Freien aber keineswegs taugten.

Karini war wütend. Am besten, sie erfror gleich mit. Oder sie sprang in eine der übel riechenden Grachten und ertrank, oder sie stürzte sich vor eine Droschke. Wie hatte sie nur so dumm sein können! So vielen Männern beizuliegen, das musste doch irgendwann Folgen haben. Jetzt hatte sie zwar ein prall gefülltes Geldsäckchen, aber auch sie selbst würde in einigen Monaten … sie mochte nicht daran denken. So brauchte sie gar nicht erst nach Surinam zurückzukehren. Wie sollte sie das jemals erklären? Das Geld, das hätte sie noch schönzureden gewusst. Da wäre ihr etwas eingefallen. Aber ein Baby?

»Karini, nun komm.« Beke winkte ihr ungeduldig zu. Karini aber hatte wenig Lust, sich zu eilen. Tante Dela hatte Onkel Alvers sichtlich betroffen und mit einer eindeutigen Geste erklärt, dass bei Karini jetzt Schluss sei mit dem Sonderverdienst. Onkel Alvers hatte diese Neuigkeit gar nicht gefallen. »Aber tanzen kann sie doch noch, oder?«, hatte er hervorgestoßen.

»Ja, tanzen kann sie erst einmal noch. Aber sorg dafür, dass keiner mehr das Mädchen anfasst.«

»Dann muss sie eben ein paarmal öfter tanzen pro Nacht.« Onkel Alvers hatte grimmig mit den Achseln gezuckt und war verschwunden. Also tanzte Karini wieder Nacht für Nacht.

Nach einer Woche nahm Karini ihren Mut zusammen und fragte Tante Dela, was jetzt wohl aus ihr werden würde. »Ich kann doch bald nicht mehr tanzen, eine Schwangere wollen die Männer auf der Bühne doch nicht sehen.« Es gelang ihr nicht, die aufkommenden Tränen zu unterdrücken.

Tante Dela nahm sie tröstend in den Arm. »Nein, Mädchen, es dauert zwar noch etwas, bis man es sieht, aber dann geht das nicht mehr. Hast du denn nichts gespart? Ich meine ... wenn du Geld hast, kannst du ja erst mal hierbleiben, je nachdem, um welche Summe es sich handelt, sogar bis das Baby da ist. Wir bringen es dann zu den Beginen in den Begijnhof, dort wird man sich kümmern und du kannst wieder ...«

Karini war entsetzt. »Ich soll das Kind fortgeben?«

»Ja, Kindchen, was denkst du denn? Willst du es etwa behalten und mit durchfüttern? Dann kannst du deine Arbeit bei Onkel Alvers vergessen.«

Karini war geschockt. So weit hatte sie noch gar nicht gedacht. Ihr wurde bewusst, dass sie sich in eine Sackgasse begeben hatte. Ihr Geld würde für eine Überfahrt noch nicht reichen, sie würde es ausgeben müssen, um zu überleben, wenn sie nichts mehr dazuverdiente ... es schien ein aussichtsloser Kreislauf zu werden. Aber das Kind fortgeben? So, wie die Huren die Kinder bei Misi Erika abgegeben hatten? Nein, das kam nicht infrage. Das Kind konnte schließlich nichts dafür, dass sie so dumm gewesen war ...

Karini fasste einen Entschluss. Solange sie noch konnte, würde sie bei Onkel Alvers tanzen. Wenn es dann nicht mehr ging, würde sie bei Tante Dela bleiben, bis das Kind auf der Welt war, auch wenn sie dafür den größten Teil ihres Geldes opfern musste. Und dann ... dann würde sie mit dem Kind fortgehen. Irgendwo in diesem Land musste es doch eine Möglichkeit geben unterzukommen, ohne das Kind fortgeben zu müssen.

Kapitel 25

»Wir müssen in die Stadt.« Jean hielt Julie den Brief vor die Nase. »Das Gericht möchte alle noch einmal anhören.«

»Alle?« Julie seufzte. »Aber wir haben dem Posthalter doch jetzt schon zweimal alles erzählt.« Es war inzwischen Ende April, und das Ganze schien sich unendlich hinzuziehen.

»Uns bleibt keine Wahl: Wenn das Gericht es anordnet, können wir nichts dagegen machen. Sogar Aniga soll mitkommen.« Jean faltete das Blatt Papier zusammen, das am Morgen von einem Boten gebracht worden war. »Und vielleicht ist es dann endlich vorbei. Vielleicht findet man ja heraus, wer Pieter erstochen hat, und wir haben wieder Ruhe.«

Julie nahm Helena auf den Arm, die zuvor in immer schnelleren Kreisen um sie herumgelaufen war. Das Mädchen war nun fast drei Jahre alt und sehr neugierig. Julie musste stetig aufpassen, dass die Kleine nicht davonlief. Sie seufzte. »Dann werden wir uns vermutlich mehrere Wochen in Paramaribo aufhalten müssen.«

Jean nickte. »Wir werden die Plantage schon wieder an die Aufseher übergeben müssen.« Dies bereitetete ihm sichtlich Sorge. Seit die Mühle auf Watervreede lief, mussten alle Arbeiten viel zügiger verrichtet werden, um einen reibungslosen Abtransport der Ernte zu gewährleisten. Daran gewöhnten sich die Arbeiter aber nur zögerlich, und auch die Vorarbeiter mussten hin und wieder aufgefordert werden, die Zeitpläne einzuhalten. Bei längerer Abwesenheit würden deutliche Anweisungen nötig sein, zumal auch Watervreede nur unter der Aufsicht von Vorarbeitern stehen würde, Martin und Thijs Marwijk würden sicherlich auch zu der Anhörung kommen müssen.

Dann hellte sich Jeans Miene auf. »Sehen wir es doch positiv! Du kannst Erika und Wim besuchen, und Martin wird auch dort sein.« Er nahm ihre Hand. »Und vielleicht … vielleicht kommt Henry ja auch bald wieder«, fügte er leiser hinzu.

Julie spürte, wie ihr die Tränen in die Augen stiegen. Henry war nun schon drei Monate fort. Manchmal befürchtete sie sogar, er werde überhaupt nicht wiederkommen. Sie hatten nichts von ihm gehört. Keine Nachricht, kein Brief und auch keine Mitteilung von Wim, dass er oder Karini sich im Kontor der Vandenbergs gemeldet hatten. Julie schalt sich selbst, denn allein die Überfahrten dauerten mehrere Wochen, ein Brief konnte eigentlich kaum angekommen sein, aber jeder Tag ohne ihn und ohne die Gewissheit, dass es ihm gut ging, drückten Julie auf der Seele.

Sie drückte seine Hand. »Ach Jean, hoffentlich ist ihnen nichts passiert.«

In seinem Blick lag Zärtlichkeit. »Es geht ihnen sicher gut. Karini geht wahrscheinlich ganz in ihrer Aufgabe als Zofe bei Gesine auf, und Henry genießt das Leben in Europa.« Jeans Gesicht aber sagte Julie, dass er selbst nicht so recht an seine Worte glaubte.

Julie reiste eine Woche später mit Jean, Helena, Bogo und Aniga nach Paramaribo. Erika und Wim nahmen sie dort im Stadthaus sichtlich erfreut in Empfang.

»Habt ihr schon etwas von Henry und Karini gehört?«, fragte Julie ihre Freundin gleich bei der Ankunft.

»Nein, Juliette, es tut mir leid. Wim hat sich vom Hafenmeister eine Liste mit allen Schiffen geben lassen, die in der letzten Woche erwartet wurden, und denen, die noch erwartet werden. Wir waren jedes Mal am Hafen, aber bisher … nichts.«

Julie wandte sich ab. Sie hatte große Hoffnung auf positive Nachrichten gehabt. Sie war den Tränen nahe.

Einen Tag später trafen Thijs Marwijk, Sarina, Martin und Inika in der Stadt ein. Julie war verblüfft, als sie Inikas deutlichen Babybauch bemerkte. »Inika, ich wusste ja gar nicht, dass du ein Kind erwartest!«

»Juliette, ich erkläre dir das später«, antwortete Martin kurz und fasste Inika am Arm. »Wir werden auch nicht im Stadthaus wohnen«, fügte er fast schon unwirsch hinzu.

Martins abweisendes Verhalten versetzte Julie einen Stich. Wie wenig sie doch von seinem Leben auf Watervreede wusste! Seit Pieters Tod hatte sie nichts mehr von ihm gehört. Selbst die Arbeiter, die regelmäßig das Zuckerrohr nach Watervreede lieferten, hatten ihr auf Nachfrage nicht viel über Martin sagen können. »Dem Masra geht es gut. Der Masra arbeitet hart«, hatten sie lediglich berichtet. Seine Distanziertheit tat ihr weh, und sie hatte keine richtige Erklärung dafür. Aber sie ließ ihn gewähren – welche andere Wahl hatte sie?

Julie blieb auch Bogos bestürzte Miene in Anbetracht von Inikas Zustand nicht verborgen. Seine Reaktion verriet ihr klar und deutlich, dass es nicht sein Kind war, das Inika unter dem Herzen trug.

Bei der ersten Anhörung vor dem Kolonialgericht in Paramaribo ging es nur um die Anwesenheit der Beteiligten. Julie war bereits am ersten Tag irritiert von dem aufwendigen Vorgehen. Wenn das so weiterging, mussten sie tatsächlich mit einigen Wochen Aufenthalt in der Stadt rechnen. Nachdem ein Gerichtsdiener alle Namen und Daten der Anwesenden aufgenommen hatte, gab der Richter bekannt, damit wäre es fürs Erste getan.

Gerade als Julie und Jean den kleinen Gerichtssaal verlassen wollten, winkte der Gerichtsdiener sie zu sich. Die Gesprächseröffnung war ihm sichtlich unangenehm. »Mevrouw Riard«, begann er schließlich, »ich wollte Sie darüber in Kenntnis setzen, dass wir in den Niederlanden die Suche und die Festsetzung Ihres

Sohnes beantragt haben. Seine Anwesenheit ist für den Prozess von maßgeblicher Bedeutung, auf ihn kann nicht verzichtet werden. Da es dem Gericht wichtig ist, diesen Fall zum Abschluss zu bringen, und sich Ihr Sohn augenscheinlich auch bei Ihnen nicht gemeldet hat, sahen wir uns gezwungen, diesen Schritt zu gehen.«

Julie hatte das Gefühl, der Boden würde unter ihren Füßen wegsacken. Sie klammerte sich an Jeans Arm und zwang sich zu einem kurzen Nicken, dann verließ sie auf wackeligen Beinen den Gerichtssaal. Ein Blick in Jeans blasses, fast starres Gesicht vor der Tür zeigte ihr, dass auch er die Worte des Mannes richtig deutete. »Jean! Sie wollen Henry verhaften!«, rief sie bekümmert, bevor ihre Stimme brach.

Kapitel 26

*H*enry war kurz davor, aufzugeben. Selbst der anbrechende Frühling konnte seine Stimmung nicht aufhellen. Für das Wunder der wiedererwachenden Natur, das ihm eigentlich fremd war, denn in Surinam verloren die Bäume nie ihre Blätter, hatte er keinen Blick. Unablässig streifte er Tag für Tag durch die Stadt. Einmal hatte er fast gedacht, er hätte Karini gefunden. Von Weitem hatte er eine Frau gesehen, die unverkennbar dunkler Hautfarbe war. Henry war ihr hinterhergeeilt, hatte sie am Arm gepackt und zu sich umgedreht. Er hatte aber in ein fremdes, verblüfftes Gesicht geschaut. »Verzeihung«, hatte er gemurmelt und war schnell weitergegangen. Er bewohnte immer noch das schäbige, kleine Zimmer bei der dicken Frau mit der fleckigen Schürze, deren Namen er immer noch nicht kannte. Sie bekam jede Woche ein paar Gulden von ihm, und nachdem er sich vier kleine Schüsseln gekauft, diese mit Wasser befüllt und an jeweils einem Fuß des Bettes abgestellt hatte, ließen ihn auch die Bettwanzen in Ruhe. Ja, mit Ungeziefer kannte er sich aus, es war in Surinam allgegenwärtig. Stattdessen trieb ihn eine andere Sorge um. Er musste sich sein Geld inzwischen gut einteilen, viel war von seinem Reisebudget nicht mehr übrig. Entweder würde er sich eine Arbeit suchen oder in Wims Kontor um Hilfe bitten müssen. Noch sträubte er sich allerdings, für ihn war es gleichbedeutend mit dem Eingeständnis seines Versagens.

An einem lauen Abend in den ersten Maitagen kam Henry gerade von seiner wöchentlichen Runde aus dem Hafenviertel. Er hatte sich angewöhnt, an jedem Wochentag eine andere Route durch die Stadt zu gehen und dies jeweils zu einer anderen Tageszeit. Bisher aber ohne Erfolg. Vor den Spelunken am Hafen standen windige Männer und warben für ihre Häuser. Das warme Wetter schien die Menschen durstig zu machen, und die frühlingshafte Luft rührte sie zum Feiern. Henry war nicht in Feierlaune. Er drückte sich an die Mauer, welche die Straße von der Gracht trennte, und umging damit diese seiner Meinung nach lästigen Anwerber.

Einer von ihnen, ein kleiner, dicker Mann mit kahlem Kopf und dicker Nase jedoch schien es an diesem Abend besonders ehrgeizig angehen zu wollen. Er lief sogar über die Straße, um sich Henry in den Weg zu stellen. »Mijnheer, Mijnheer, kommen Sie doch auf einen Trunk herein, hier finden Sie die exotischsten Tänzerinnen und die saubersten Mädchen der ganzen Stadt. Zudem ist das Bier am heutigen Tag frisch gezapft und wohlgekühlt.« Der Mann wedelte mit den Armen vor Henrys Nase herum.

Henry seufzte und befühlte die drei Münzen, die er noch in der Jackentasche hatte. Davon musste er sich eigentlich etwas zu essen kaufen. Aber ein Bier … dieses Getränk war durchaus wohlschmeckend. Nicht zu vergleichen mit dem, was man in Surinam so nannte. Henry hatte sich diesem Genuss jetzt schon des Öfteren hingegeben, wenn auch mit einem schlechten Gewissen. Aber heute? Der Tag war erfolglos gewesen, wieder hatte er Karini nicht gefunden, und seine Laune war in dem Takt gesunken, in dem die Frühlingsstimmung um ihn herum gestiegen war. Vielleicht sollte er wirklich … er zuckte die Achseln und ließ sich von dem Mann über die Straße in dessen Schankraum führen.

Henry stellte überrascht fest, dass es in diesem Schankraum in der Tat nicht so verqualmt und düster war wie in manch anderem in Amsterdam. Er suchte sich einen freien Tisch, was nicht einfach war, das Lokal war gut besucht, und der eifrige Gastwirt stellte auch sogleich einen Humpen vor ihn. Henry gab dem Mann einen Gulden und nickte.

»Einen schönen Abend wünsche ich, Mijnheer. Und sollten Sie Interesse an einem der Mädchen haben, sagen Sie Bescheid. Wir haben saubere Zimmer und ...«

Henry winkte ab und der Gastwirt zog sich zurück. Wehmütig beobachtete er die jungen Damen, die im Gastraum umherschwirrten wie einst Kolibris in dem Plantagengarten von Rozenburg. Er ertränkte sein aufkommendes Heimweh mit einigen großen Schlucken Bier. Die kleine Drei-Mann-Kapelle am Fuß einer kleinen Tanzbühne spielte auf, und hinter einem fadenscheinigen Vorhang tauchte eine Tänzerin auf. Henry interessierte das Programm nicht, er hielt sich an seinem Humpen Bier fest und schaute auf die verschwindende Krone. Plötzlich jedoch kamen die Füße der Tänzerin in sein Blickfeld. Sein Gehirn registrierte sie mehr, als dass er sie mit den Augen wahrnahm, und dann fand dieses Bild den Weg in sein Bewusstsein. Irgendetwas stimmte nicht und irgendetwas war ihm vertraut. Die Haut war zerschunden und zudem noch dunkel – welche niederländische Frau hatte schon solche Füße? Neugierig blickte er auf und traute seinen Augen nicht: Dort auf der Bühne tanzte Karini zu den Klängen der Musik! Spärlich bekleidet mit einem Baströckchen und einer Blumengirlande tänzelte sie über die Bretter. Zuerst dachte er, sein Geist wolle ihm einen Streich spielen. Irritiert nahm er einen weiteren großen Schluck aus seinem Glas, dann sah er genauer hin, konnte aber nichts mehr erkennen. Die Männer im Gastraum scharten sich johlend um die Bühne. Henry versuchte, sich nach vorne durchzudrängen, er winkte und rief, kam aber nicht bis zur Bühne durch. Die Musik endete, Karini verbeugte sich und huschte wieder hinter den Vorhang. Im Gastraum kehrte Ruhe ein, und Henry nutzte die Gelegenheit, um mit einem Satz auf die Bühne zu klettern.

»Hehe, junger Mann, nicht so eilig.« Jemand packte ihn am

Bein und zog ihn wieder herunter. »Wenn Sie ein Mädchen wollen, müssen Sie Bescheid sagen.« Henry blickte direkt in die Augen des kleinen, dicken Gastwirtes.

»Nein ... ich muss unbedingt mit diesem Mädchen ...«

»Das steht der Kundschaft momentan nicht zur Verfügung. Ich hab noch eine schöne Rote, soll ich die mal rufen?«

»Nein, Sie verstehen nicht ... ich will nicht ... ich muss mit dem Mädchen reden, ich kenne es, es heißt Karini.«

Jetzt hielt der Gastwirt inne. »Sie kennen Karini also?«

»Ja, ich kenne sie, sie kommt aus Surinam und ich ... ich suche sie seit Langem!«

Henry spürte, wie seine Wut wuchs. Nun hatte er so lange nach Karini gesucht, war ihr bis nach Europa gefolgt, wochenlang durch Amsterdam geirrt und hatte sie nun endlich gefunden – da würde dieser Mann ihn nicht davon abhalten, sie anzusprechen! Energisch schob er sich an dem Gastwirt vorbei.

»Hierbleiben, Bürschchen ...« Der Mann packte ihn mit erstaunlicher Kraft am Ärmel. »Reden, sagen Sie ... nun, reden kostet hier auch zwei Gulden.«

»Zwei Gulden? Ich will mit ihr reden, nicht mehr!«

»Trotzdem.« Der Gastwirt setzte eine bestimmende Miene auf.

Henry sah ein, dass er keine Wahl hatte. Er kramte in seiner Jackentasche. Es war das letzte Geld, das er bei sich hatte. »Hier ... und jetzt bringen Sie mich zu ihr.«

Der Gastwirt grinste feist, ließ die Münzen in seiner Tasche verschwinden und bedeutete Henry, mitzukommen.

Henry folgte ihm hinter den Gastraum in einen kleinen Flur und durch eine weitere Tür. Der Mann öffnete diese und rief in den Raum: »Besuch für Karini!« Vor ihnen erschien eine üppige Blondine, die misstrauisch erst auf den Gastwirt schaute und dann auf Henry.

»Jette, wenn der Bursche Ärger macht ... du weißt ja, wo ich bin.« Mit diesen Worten gab er Henry einen Schubs, dass er fast an Jettes üppigem Busen landete.

»Was willst du von Karini?« Jette baute sich vor ihm auf, dass ihm der Blick in den Raum verwehrt blieb.

»Ich muss sie sprechen ... ich suche sie schon sehr lange.«

»Henry?« Hinter Jette tauchte Karinis ungläubiges Gesicht auf.

»Oh Gott, Karini, endlich!« Henry sprang um Jette herum und umarmte Karini stürmisch und lange. Karini stand zunächst reglos da, dann erwiderte sie seine Umarmung. Um sie herum kicherten einige der Mädchen.

Karini hatte zunächst ihren Augen nicht getraut. Als Onkel Alvers *Besuch für Karini* gerufen hatte, hatte sie mit einer Verwechslung gerechnet – wer sollte sie hier schon besuchen? Sie kannte niemanden und schon gar niemanden, der sich in dieses Etablissement verirren würde. Als dann aber eine Stimme hinter Jettes Rücken zu sprechen begonnen hatte, war sie zusammengezuckt – die Stimme hatte durchaus vertraut geklungen, auch wenn sie den Bruchteil einer Sekunde gebraucht hatte, sie ihrem Eigentümer zuzuordnen. Konnte er wirklich hier sein, hier in Amsterdam?

»Henry?« Als ihr klar wurde, dass er tatsächlich vor ihr stand, und er sie stürmisch umarmte, blieb ihr fast die Luft weg. Dann aber schmiegte sie sich an ihn und vergrub ihr Gesicht an seiner Schulter. Sie ließ ihren Tränen freien Lauf, es waren Tränen der Freude. Henry war da, und mit ihm strömten schlagartig all die verdrängten Erinnerungen an Surinam durch ihren Kopf. Sie hatte sich in den letzten Wochen regelrecht gezwungen, nicht an ihre Heimat zu denken, zu schmerzlich waren die Erinnerungen, zu schmerzhaft der Gedanke, in absehbarer Zeit nicht dorthin zurückkehren zu können. Karini war Henry dankbar, dass er sie gewähren ließ. Sie spürte seine Nähe, sein Verständnis, seine Hand, die weich und warm über ihren Rücken strich. Karini schluchzte laut auf.

Henry löste sich vorsichtig aus der Umarmung und schob ihren Kopf von seiner Schulter. Dann umfasste er sanft mit beiden Händen ihr Gesicht und strich ihr mit den Daumen die Tränen von den Wangen. »Karini, ich habe dich fast ein halbes Jahr lang gesucht, ich bin nach Europa gereist und quer durch Amsterdam gelaufen, Tag für Tag. Jetzt habe ich dich gefunden«, sagte er leise, sein Blick war voller Zärtlichkeit, und Karini hatte das Gefühl, in seinen Augen zu versinken. »Karini, ich liebe dich. Und ich wünschte, ich hätte schon vor langer Zeit den Mut gehabt, es dir zu sagen«, er schluckte, »ich liebe dich, und ich möchte, dass du wieder mit mir nach Hause kommst.«

Karini spürte, wie eine Welle der Liebe und Zärtlichkeit sie durchspülte. Unwillkürlich musste sie lachen, während ihr immer noch Tränen über die Wangen liefen. Sie sah in Henrys blaue Augen und strich ihm zärtlich, ganz vorsichtig, als könne er sich in Luft auflösen und sich alles als ein Traum entpuppen, über die Wange.

»Ich ... ich liebe dich auch, Henry«, sagte sie, bevor ihre Stimme brach.

Leise Seufzer brachten die beiden zurück in die Wirklichkeit. Um sie herum standen die anderen Mädchen und sahen sie mit verzückten Gesichtern an.

Jette setzte dem verzauberten Augenblick ein Ende, indem sie laut in die Hände klatschte. »Jaja, los jetzt. Karini hat ihren Prinzen, und wir anderen müssen weiterarbeiten. Beke – du übernimmst die nächste Tanznummer. Ich denke«, sie zwinkerte Karini zu, »Karini setzt eine Runde aus. Los, los, raus jetzt, Mädchen.« Sie scheuchte die jungen Frauen aus dem Raum und schloss energisch die Tür von außen.

Karini war außer sich vor Glück. Henry hatte sie gesucht, und er hatte sie gefunden. Mit beidem hatte sie nicht gerechnet, und sie freute sich unbändig darüber. Sie war froh über seine Worte, wollte nichts lieber, als mit ihm zusammen sein, zusammen zurückkehren nach Surinam, aber nun würde sie um eine ausführliche Erklärung nicht herumkommen. Wie musste es in seinen Augen wirken, sie ausgerechnet hier zu finden? Verlegen trat sie einen Schritt zurück.

»Henry, es tut mir leid«, begann sie zögerlich.

Er unterbrach sie energisch: »Karini, du musst dich doch nicht entschuldigen!« Er bedachte sie mit einem langen Blick. »Ich habe mir große Sorgen um dich gemacht, nach allem, was geschehen ist. Und jetzt bin ich einfach nur froh, dich gefunden zu haben, wenn auch ein bisschen überraschend.« Er sah sich im Raum um. »Aber wie kommst du hierher, Karini?«

Die Gedanken rasten in Karinis Kopf. Die Situation war ihr entsetzlich peinlich, und eigentlich wollte sie ihm auch alles erzählen, aber was würde dann werden? Würde er sich dann nicht einfach umdrehen und gehen, zurück nach Surinam? Ohne sie, und vor allem: ohne das Kind? Wie sollte, wie konnte sie ihm nur erklären, was geschehen war? Würde sie ihm ihre Gefühle überhaupt glaubhaft vermitteln können, und, noch wesentlicher, war es nicht wahrscheinlich, dass ihre Worte etwas an seinen Gefühlen für sie änderten? »Ach Henry, das ist eine lange Geschichte«, begann sie zögerlich. »Ich ... ich muss nachher noch einmal auf die Bühne, aber dann will ich es dir erzählen. Wartest du auf mich?«

»Ja, natürlich warte ich auf dich! Glaubst du, ich lasse dich jetzt noch einmal aus den Augen?« Das Lächeln, das er ihr schenkte, war liebevoll.

Und es stach schmerzhaft in Karinis Herz. Wie lange noch würde er so für sie empfinden? Was, wenn das, was sie ihm sagen würde, ihn enttäuschte? »Wir sprechen nachher. Geh ... geh wieder nach vorne in den Schankraum. Ich komme später zu dir.« Sie drängte ihn zur Tür. Sie brauchte einen Moment für sich, um ihre Gedanken und Gefühle zu ordnen.

»Kann ich nicht hier warten?«

»Nein, die Mädchen müssen sich gleich wieder umziehen.«

Widerwillig ließ er sich von ihr aus dem Raum schieben.

»Später. Versprochen.« Sie schloss energisch die Tür hinter ihm und lehnte sich rücklings an das raue, alte Holz. Wieder flossen ihr Tränen über die Wangen, dieses Mal aus Verzweiflung. Was sollte sie ihm nur sagen? Wie sollte sie ihm erklären, dass sie ein Kind von einem Fremden erwartete?

Spät in der Nacht, nachdem Karini ihren letzten Tanz aufgeführt hatte, verschwand sie nicht hinter dem Vorhang, sondern trat zu Henry an den Tisch.

Sie hatte sich entschieden, ihn nicht anzulügen. Wenn sie es ihm nicht erzählte, würde sie ihn fortschicken müssen, und das brachte sie nicht übers Herz, weder um ihrer selbst noch um seinetwillen. Er war monatelang auf der Suche nach ihr gewesen, hatte die weite Reise auf sich genommen, sein ausgezehrtes Gesicht und seine ehrlichen Worte und Gesten sprachen Bände. Er meinte es ernst. Das schmeichelte ihr, bereitete ihr aber zugleich auch Angst. Dennoch würde sie nicht davonlaufen. Dieses Mal nicht.

»Da bin ich.« Etwas zögerlich setzte sie sich zu ihm.

Er nahm gleich ihre Hand in die seine und drückte sie. »Ich freue mich so! Jetzt fahren wir wieder nach Hause.« Sein Lächeln war voller Zuversicht. Karini wurde warm ums Herz. »Aber jetzt sag mir: Wie bist du hier gelandet?«

Schlagartig war der kurze, zauberhafte Moment vorbei. Es war Zeit für die Wahrheit. »Ach, Henry«, Karini sah ihm fest in die Augen, »Misi Gesine war nicht sehr nett zu mir. Da bin ich … ich bin einfach …«

»Fortgelaufen, ja, ich weiß. Ich war bei Gesine.« Kurz verdunkelten sich seine Augen und Karini meinte, Wut in seinem Blick zu erkennen.

»Ich wusste nicht, wo ich hinsollte und ...« Karini spürte, wie ihr die Tränen in die Augen traten, obwohl sie sich fest vorgenommen hatte, nicht zu weinen. »Und die Menschen in diesem Land waren so unfreundlich und gar nicht nett zu mir. Da habe ich Tante Dela getroffen, sie hat mir geholfen. Und ich konnte bei ihr und den Mädchen bleiben.«

»Tante Dela?«

»Tante Dela hat eine kleine Herberge, in der die Mädchen wohnen.« Karini deutete auf Karla, Johanne und Beke, die jetzt aus dem Umkleideraum in die fast leere Wirtschaft gekommen waren, um an der Theke mit Onkel Alvers abzurechnen. Als sie den Kopf in Henrys Richtung wandte, sah sie, dass er verstand.

Und richtig. »Karini, das ... das sind Huren, oder?«, sagte er zögernd.

Das Wort klang hart in Karinis Ohren, auch wenn sie in seinem Blick las, dass er es nicht so meinte. »Ja, es sind Huren ... und sie haben mir geholfen.« Henry war nicht dumm. Die nächste Frage lag nahe, das wusste Karini.

»Hast du auch ... ich meine ...?«

»Ja, Henry.« Die Worte kamen ihr unendlich schwer über die Lippen, aber sie wollte ihn nicht belügen.

»Oh.« Er senkte betroffen den Blick und zog seine Hand von der ihren.

Die Geste sagte mehr als tausend Worte, und Karini konnte es ihm nicht verdenken. Aber sosehr es auch schmerzte, sie wollte zumindest versuchen, sich zu erklären. »Ich brauchte Geld und eine Bleibe. Bitte versteh doch: Tante Dela und Onkel Alvers haben mich nie zu etwas gezwungen, sie haben mich immer gut behandelt. Besser als jeder andere in dieser Stadt.«

Karini wartete auf seine Reaktion. Sie hatte diesen Moment in Gedanken durchgespielt, in allen möglichen Szenarien. Nun aber schwieg Henry. Lange sprach niemand ein Wort.

Dann fragte er schließlich leise: »Willst du ... kommst du wieder mit nach Hause, Karini?«

Karini fiel ein Stein vom Herzen. Diese Frage bedeutete ihr viel: Henry stieß sie nicht von sich, sondern wollte immer noch, dass sie mit ihm zurück nach Surinam ging! Trotzdem ... gab es noch zwei Probleme. Das Kind und ... »Henry, ich weiß nicht ... ich habe Angst, dass Masra Pieter ...«

»Pieter ist tot!« Henry spie die Worte förmlich aus.

Karini traute ihren Ohren nicht. Masra Pieter war tot? Sollte sie etwa von seiner Seite nichts mehr zu befürchten haben? Aber wie konnte das sein? Das letzte Mal hatte er doch noch äußerst lebendig gewirkt ... Hatte er etwa an einer schweren Krankheit gelitten? Plötzlich kam ihr ein Gedanke. Was, wenn jemand ... »Was ist denn passiert?«

Henry erzählte Karini von den Geschehnissen. Angefangen bei seinem eiligen Ritt nach Watervreede und dem anschließenden Streit mit Masra Pieter und Martin, nachdem er Karini gefunden hatte, bis hin zu dem Moment, als Masra Jean nach Rozenburg gekommen war, um ihm zu berichten, dass Masra Pieter tot war. Er zögerte kurz. »Pieter hat gesagt, er hätte ... Martin ist also ...?«

»Ich weiß es, meine Mutter hat es mir erzählt.«

Henry schien diese Antwort zu erleichtern. Er nahm Karinis Hand und drückte sie kurz, bevor er berichtete, wie er Kiri wochenlang bedrängt hatte, ihm Karinis Aufenthaltsort zu verraten. Karini durchfuhr eine Welle der Zärtlichkeit. Sie war stolz auf ihre Mutter und ihr dankbar, dass sie geschwiegen hatte. Dann wanderten ihre Gedanken wieder zu Masra Pieter.

»Aber wer zum Teufel hat ihn denn umgebracht?«

»Ich weiß es nicht.« Henry zuckte die Achseln. »Es ist mir auch egal, ich hoffe, Pieter schmort in der Hölle.«

Wieder schwiegen beide eine lange Zeit. Karini wusste nur zu gut, dass viele einen Grund hatten, Pieter zu töten. Ob es aber tatsächlich jemand von den Plantagen gewesen war? Karini schauderte. So ganz mochte sie den Gedanken nicht zu Ende denken. Onkel Alvers klappte derweil die Stühle auf die Tische.

»Wir müssen gehen. Onkel Alvers schließt gleich.«

Sie verließen den Gastraum und traten Hand in Hand in die laue Frühlingsnacht.

»Ich ... ich würde dir gerne anbieten, mit zu mir zu kommen, ich habe ein Zimmer gemietet ... aber ... die Herbergsmutter, sie ist ein Drachen.«

Karini musste lachen. »Ist schon gut, mir ist heute sowieso nicht mehr nach Schlaf.«

Hand in Hand wanderten sie durch die Straßen von Amsterdam. Sie kamen zum Hafen, wo die ersten Fischer im fahlen Morgengrauen bereits ihre Schiffe klarmachten und die Möwen noch verschlafen auf den hohen Pollern saßen. Sie setzten sich auf eine Kaimauer und starrten auf das Wasser.

»Fast ein bisschen wie zu Hause.« Henry wandte ihr den Kopf zu, auf seinem Gesicht lag ein Lächeln. »Karini, ich finde es nicht schlimm, dass du ... nun ja ... du musstest ja Geld verdienen.«

Karini war ihm unendlich dankbar für diesen Satz. Wie viel Angst hatte sie doch vor seiner Reaktion gehabt – und auch, wenn sie ihn recht gut kannte, so hatte sie nicht zu hoffen gewagt, dass er das akzeptieren würde. Sie empfand so viel Dankbarkeit, so viel Zärtlichkeit für diesen Mann, dass es sie fast physisch schmerzte, ihm jetzt die Hand zu entziehen. Denn da war noch etwas. Und das würde er vermutlich nicht so leicht hinnehmen können.

»Da ist noch etwas, was ich dir sagen muss.« Es gelang ihr nicht, seinem Blick standzuhalten, und sie senkte beschämt den Blick. Sie atmete tief durch, sie hatte sich geschworen, ihm die Wahrheit zu sagen, und dies war der richtige Augenblick. »Ich ... ich erwarte ein Kind.« Nun war es heraus. Ängstlich betrachtete sie ihn aus den Augenwinkeln. Und es war, wie sie befürchtet hatte. Er sackte zusammen und ließ den Kopf hängen.

»Heißt das ... dass du einen anderen Mann hast?«, hörte sie ihn fragen.

»Nein!« Karini verspürte ob dieser Frage ein Verlangen zu lachen. »Es ist einfach so, dass das leider passieren kann, wenn man ... so sein Geld verdient.« Sie schluckte schwer. »Aber das Kind kann schließlich nichts dafür, dass ich so dumm war, nicht genug aufzupassen ...« Karini wagte nicht, Henry anzuschauen. Am liebsten wäre sie im Erdboden versunken.

Und plötzlich, nach einer langen Weile, spürte sie, wie Henry ihre Hand wieder in seine nahm und ganz fest drückte. Er wandte ihr den Blick zu und zwang sie wortlos, ihn anzusehen. »Karini, wir waren beide dumm«, sagte er eindringlich, »das Kind aber, das sollte dafür nicht bestraft werden. Ich ... ich liebe dich trotzdem und werde auch dieses Kind, als das deine, lieben. Ich verspreche es dir. Wenn ... wenn wir nur ab heute zusammenbleiben.«

Es gab keine Worte für das, was Karini in diesem Moment empfand. »Das bleiben wir«, stieß sie unter Tränen hervor und küsste ihn zärtlich auf die Wange.

Am nächsten Morgen saßen Karini und Henry gemeinsam bei Tante Dela in der Küche und tranken einen heißen Kaffee. Während Tante Dela Henry noch etwas misstrauisch beäugte, saßen die Mädchen mit ähnlich verzückten Gesichtern wie in der vergangenen Nacht um sie herum. Henry war das augenscheinlich peinlich, und Karini stieß ihn mehrfach in die Seite, was wiederum das Gekicher der anderen Mädchen nach sich zog. Irgendwann war Tante Dela der verzuckerten Stimmung überdrüssig. »Und? Was wollt ihr beiden jetzt machen?«

Henry setzte sich aufrecht hin. »Mevrouw, wir werden zurück nach Surinam gehen.«

»Aha, soso ... Karini, du musst aber noch die Miete bezahlen für diese Woche.«

»Selbstverständlich, Tante Dela.« Karini lächelte sie milde an.

Sie wusste, dass sich hinter deren harter Schale ein weicher Kern verbarg.

Beke schien den Plan nüchtern zu betrachten. »Ist das nicht fürchterlich teuer, so eine Schiffsreise?«

Darüber hatten sie auch schon geredet. »Ja, aber wir werden Hilfe bekommen, ganz sicher. Wir werden zum Kontor des Cousins meiner Mutter gehen, und dort wird man uns unterstützen.«

Karini hoffte, dass Henry in dieser Hinsicht recht behalten würde. »Ich werde jetzt meine Sachen holen, und dann können wir aufbrechen.« Karini stand von ihrem Platz auf.

Tante Dela wurde mit einem Mal hektisch. »So, Mädchen, dann verabschiedet euch mal von Karini. Die Nacht war lang und der Tag wird kurz, ihr müsst noch etwas schlafen. Augenringe bekommen wir nicht bezahlt.«

Beke, Karla und Johanne erhoben sich murrend. Dann nahm jede von ihnen Karini in den Arm und drückte sie zum Abschied. Karini konnte sich die Tränen nur schwerlich verkneifen. Sie wusste sehr wohl, dass sie den Mädchen viel zu verdanken hatte.

Johanne trat als Letzte an sie heran und umarmte sie.

»Richte bitte auch Jette meinen Dank aus. Und Onkel Alvers ... er muss sich wohl eine neue Attraktion suchen«, sagte Karini lächelnd.

Johanne wischte sich verlegen eine Träne von der Wange. »Mach's gut, Karini, und grüß den Urwald von mir.«

Karini und Henry machten sich zu Fuß auf den Weg zum Kontor der Familie Vandenberg. Die Luft war lau, und die Vögel zwitscherten. Verglichen mit dem Lärm, den surinamische Vögel veranstalteten, war dies eher eine leise, fast schüchterne Melodie, die ihren Weg begleitete.

»Dass es in diesem Land überhaupt einmal grün wird.« Karini schaute die Baumreihen entlang, welche die Grachten säumten.

Bisher war ihr noch gar nicht aufgefallen, dass der Winter dem Frühling Platz gemacht hatte. Alles schien plötzlich zum Leben zu erwachen, und selbst die Menschen wirkten freundlicher, auch wenn sie den jungen weißen Mann und das schwarze Mädchen an seiner Hand mit deutlichem Missfallen begutachteten.

Henry lachte leise. »Daran können wir uns ja schon einmal gewöhnen, in der Kolonie wird es uns auch nicht besser ergehen.«

»Ja«, sagte Karini. Sie war schließlich nur ein bisschen weiß.

Endlich klopfte Henry an die große Tür des Handelskontors. Ein blassgesichtiger Mann mit Brille öffnete ihnen.

»Mijnheer van Galen, erinnern Sie sich an mich? Henry Leevken.«

»Oh ja, selbstverständlich.« Der Mann öffnete die Tür nun ganz. »Wie ich sehe, haben Sie das Mädchen, das Sie suchten, gefunden.« Er hielt einen Moment inne, besann sich dann aber. »Kommen Sie doch bitte herein.« Van Galen führte sie in ein Büro. Karini sah aus den Augenwinkeln, dass ein anderer Mann, der zuvor an einem der Stehpulte gestanden hatte, hektisch den Raum verließ.

»Mijnheer van Galen, wir gedenken, wieder nach Surinam zu reisen. Ich wollte mich erkundigen, ob Wim Vandenberg diesbezüglich Vorkehrungen getroffen hat.«

»Ja ... nein ... Mijnheer Leevken, sehen Sie, da gibt es ein ...«

Er kam nicht dazu, seinen Satz zu beenden. Der Mann, der eben noch hastig den Raum verlassen hatte, kam wieder herein. Hinter ihm trabten zwei uniformierte Polizisten in das Büro.

»Mijnheer Leevken?«

»Ja?« Henry drehte sich um. Die Verblüffung stand ihm im Gesicht geschrieben.

Der Polizist schnaufte, als wäre er eilig gelaufen. »Im Auftrag der Königlichen Kolonialverwaltung muss ich Sie leider festnehmen.«

Karini traute ihren Ohren nicht. Und auch Henrys Stimme war die Verwunderung deutlich anzuhören. »Festnehmen? Warum?« Henry trat einen Schritt zurück.

»Ich muss Sie bitten, mit mir zu kommen. Sie stehen im Verdacht, in der Kolonie einen gewissen Pieter Brick ermordet zu haben. Zur Feststellung des Tatherganges haben wir den Auftrag, Sie unverzüglich auf ein Schiff zu begleiten, das Sie nach Surinam bringen wird.«

Karini war geschockt. Verdächtigten diese Herren Henry allen Ernstes, Masra Pieter umgebracht zu haben?

Henry schien die Situation ebenso absurd wie ihr. »Ja, aber da wollen wir doch sowieso hin!« Er zuckte die Achseln.

»Solange das Schiff nicht abfahrbereit ist, müssen wir Sie in Gewahrsam nehmen. Auf dem Schiff unterstellen wir Sie der Aufsicht des Kapitäns, der Sie in der Kolonie dann der Verwaltung überstellen wird.«

Karini bekam es mit der Angst. Sie würden also nach Surinam reisen, aber als Gefangene! Henry schien gelassener zu sein.

»Wie Sie meinen. Karini, komm, ich denke, wir müssen mit den Herren mitgehen.«

Der Polizist trat einen Schritt vor. »Die Anweisung bezieht sich nur auf Sie, Mijnheer Leevken.« Er packte Henry am Arm und führte ihn ab.

Henry schien verblüfft, dann aber kam Leben in ihn. »Karini?« Er drehte sich noch einmal zu ihr um, ohne einen vernünftigen Satz äußern zu können, dann schoben ihn die Polizisten auch schon zur Tür hinaus.

Karini fühlte sich wie versteinert. Der Mann schien das wirklich ernst zu meinen. Aber warum sollte Henry Masra Pieter getötet haben? Und dann freiwillig nach Surinam zurückkehren wollen? Das ergab doch alles keinen Sinn. Hilfe suchend drehte sie sich zu van Galen um. »Können wir denn gar nichts tun?«

Dieser nahm sich seine Brille ab und wischte sich mit der Hand einmal über das Gesicht. »Es tut mir sehr leid, Mevrouw ... Mevrouw ...«

»Rozenberg«, sagte Karini.

»Mevrouw Rozenberg. Wir haben auch erst vor ein paar Tagen davon erfahren und bekamen Anweisung, uns unverzüglich bei der Polizei zu melden, wenn Henry Leevken hier auftauchen würde.« Er zuckte die Achseln.

»Hat Masra Wim denn eine Nachricht geschickt?«

»Schon lange nicht, Mevrouw. Die letzten Nachrichten, die wir von ihm erhielten, beinhalteten, dass wir Henry Leevken auf dessen Anfrage hin eine Rückfahrt nach Surinam ermöglichen sollten.«

»Das ist doch schon einmal gut«, Karini dankte Masra Wim im Stillen für das Angebot. »Jetzt sind wir hier. Henry braucht Hilfe und ich ... ich muss auch zurück nach Surinam.«

Van Galen wand sich sichtlich. »Mevrouw, es tut mir leid«, sagte er schließlich leise. »Henry Leevken unterliegt nun der Obhut der Polizei und Sie ... leider muss ich sagen, dass wir keine Anordnung haben, für Ihre Rückreise einzutreten. Die Überfahrten sind sehr teuer. Ich hoffe, Sie verstehen, dass wir nicht einfach ...« Plötzlich ging ein Ruck durch ihn und er straffte sich. »Und ich handle hier strikt nach Weisung. Es tut mir leid. Bedürfen Sie denn noch meiner Hilfe? Sonst muss ich Sie jetzt bitten zu gehen.«

Karini war wütend. Was bildete sich dieser blassgesichtige Kerl ein! Sie konnte sich nicht vorstellen, dass Masra Wim nicht auch für sie eine Rückfahrkarte in Aussicht gestellt hatte. Aber vielleicht hatte er es wirklich schlicht nicht erwähnt, schließlich wollte sich Misi Gesine um sie kümmern. Sie hatte mehrfach betont, dafür Sorge zu tragen, falls Karini zurückwollte ... aber zu Misi Gesine würde sie nicht zurückgehen, das war sicher. Ohne ein weiteres Wort wandte sie sich um und schritt zur Tür hinaus.

»Oh Kindchen, das ging aber schnell.« Tante Dela wirkte ehrlich betroffen, als Karini wenige Stunden nach ihrem Abschied bereits wieder in die Küche des kleinen Hinterhauses trat. Karini hatte sich keinen anderen Rat gewusst, als hierher zurückzukommen und in Ruhe nachzudenken.

»Nein, so ist das nicht ... sie haben Henry verhaftet und ich ...« Karini setzte sich an den Tisch und starrte auf die Platte.

»Dich haben sie nicht mitgenommen. Sei doch froh.« Tante Dela reichte ihr eine Tasse Kaffee.

»Ja, bin ich auch. Aber jetzt wollen sie ihn nach Surinam bringen, ohne mich! Was soll ich denn jetzt machen?« Sie umklammerte die Tasse mit beiden Händen.

»Was soll er denn ausgefressen haben, der Bursche?« Tante Dela rückte sich einen Stuhl zurecht und setzte sich Karini gegenüber. Karini hob den Blick. Sie war Tante Dela dankbar für ihr Interesse.

»Er soll Masra Pieter umgebracht haben. Aber er war es bestimmt nicht. Henry könnte nie einen Menschen töten!« Karini war zutiefst von Henrys Unschuld überzeugt.

»Oooh«, machte Tante Dela und schüttelte dann den Kopf. »Nein, wie so einer sah mir dein Henry nun wirklich nicht aus.«

»Bist du schon wieder da?« Beke kam verschlafen in die Küche, und Tante Dela klärte sie gleich über die Geschehnisse auf. Beke nahm sich eine Tasse und setzte sich ebenfalls an den Tisch. »Oh. Und nun?«

»Ich weiß es nicht.« Karini war zutiefst verzweifelt. Wie hatte die Situation nur so verfahren werden können? Sie war allein in einem fremden Land, hatte kein Geld, keine Wohnung, keine Fahrkarte zurück in die Heimat, keine Arbeit, trug ein Kind unter dem Herzen und ihr Geliebter saß im Gefängnis und wartete auf seine Auslieferung. Sie spürte, wie ihr die Tränen über die Wangen liefen und schluchzte leise.

»Hör mal«, sagte Beke plötzlich, »ich habe eine Idee. Ich habe einen Mann gehabt die letzten Wochen, der kam fast jeden Abend zu mir. Er ist Polizist.« Karini blickte sie an und sah, dass Beke die Schultern zuckte. »Ja, auch die haben offensichtlich ihre Schwächen. Also, ich kann ihn ja fragen, ob man was machen kann. Für deinen Henry. Oder damit ihr zusammen nach Surinam reisen könnt.«

Karini streckte dankbar die Hand aus und drückte die von Beke. Das war immerhin eine Möglichkeit »Oh Beke, würdest du das tun?«

Beke nickte. »Es kann natürlich sein, dass ich dem Kerl ein bisschen vom Preis nachlassen muss für diese Information …«, fügte sie hinzu.

»Ich zahle es dir aus. Bitte, bitte frag ihn«, rief Karini.

»Das werde ich, aber bis morgen früh wirst du dich gedulden müssen.« Beke drückte nun ihre Hand. »Außer, du willst noch einmal zu Onkel Alvers in die Wirtschaft«, fügte sie augenzwinkernd hinzu.

Das wollte Karini nicht. »Nein, ich werde hier warten. Das heißt, wenn ich darf?«, sie warf Tante Dela einen fragenden Blick zu.

»Ja, ist ja schon gut, du kannst hierbleiben«, sagte diese zu Karinis Erleichterung. »Aber wenn sie deinen Henry nicht laufen lassen oder ihr beide irgendwie auf das Schiff kommen dürft, will ich ab übermorgen wieder Miete haben«, fügte sie in geschäftsmäßigem Ton hinzu.

»Ja, Tante Dela.« Wo sollte sie sonst auch hin?

In der Nacht war an Schlaf nicht zu denken. Karini taperte in der kleinen Küche hin und her und wartete sehnsüchtig auf die Rückkehr der Mädchen. Hoffentlich war dieser Mann heute auch zu Beke gekommen.

Der Morgen graute bereits, als Karini die ihr wohlbekannten Schritte und Stimmen im Hinterhof hörte. Sie sprang auf und riss die Tür auf, lange bevor die Mädchen überhaupt davorstanden. »Beke?«

»Sch, sch. Du weckst noch die Nachbarn. Geh rein ... ich erzähle dir gleich alles.«

Tante Dela war im Morgenrock in der Küche aufgetaucht und schürte das Feuer im Herd, um Kaffee zu kochen.

Beke ließ sich müde auf einen Stuhl fallen. »Hat mich 'ne ganze Extrarunde gekostet. Nur, dass du es weißt, ich bekomm einen *rijksdaalder* von dir.«

»Ja, bekommst du! Nun erzähl!«

Beke räusperte sich. »Also, der Kerl hat gesagt, dass wenn sie ihn verhaftet haben, kann man da nicht viel machen. Außer, er will ausbrechen und für den Rest seines Lebens auf der Flucht sein.« Sie grinste schief. »Aber er hat gesagt, wenn man ihn zurück in die Kolonie schaffen will und du unbedingt dort mit hinwillst, dann geht das nur als seine Frau«, sie kicherte, »also als Henrys Frau, meine ich. Dann dürfen sie euch nicht trennen und müssen dich auch mitnehmen.«

Karinis Hoffnung schwand. Das war nicht gerade die Nachricht, die sie erwartet hatte. »Ja, aber wir sind doch gar nicht verheiratet!«

Tante Dela beugte sich über den Tisch. »Na ja Kindchen, heiraten kann man immer und überall. Und in Anbetracht der Umstände sollte sich doch ein Priester finden lassen, der euch traut, wenn auch im Gefängnis. Himmel, immerhin bist du schwanger! Kein Priester wird euch unter diesen Umständen die Ehe verwehren.« Sie klatschte plötzlich in die Hände. »Ich habe eine Idee«, rief sie aufgeregt. »Johanne, hattest du nicht unter deinen Kunden einen Pfarrer?«

Johanne nickte müde. »Ja, aber der kommt nur alle paar Wochen.«

»Aber du weißt, in welcher Kirche er tätig ist?«

»Ja, er hat es mal erwähnt.«

»Prima.« Tante Dela stand auf und zupfte sich ihren Morgenrock zurecht. »Kinder, aufstehen und anziehen! Wir gehen in die Kirche.«

Karini starrte Tante Dela an. Ein Blick in die Runde zeigte ihr, dass die anderen Mädchen nicht weniger überrascht waren.

Zwei Stunden später betraten mitten in der Morgenandacht fünf frivol gekleidete Damen eine kleine Kirche im Amsterdamer Stadtteil Czaar Peterbuurt. Dem Pastor auf der Kanzel blieben hörbar die Worte im Halse stecken, als Tante Dela sich mit den Mädchen in die hinteren Bänke des Gotteshauses setzte und Johanne ihm auch noch neckisch zuwinkte. Dieser Auftritt verwirrte den armen Mann offensichtlich so, dass er seine Andacht kürzer ausfallen ließ als gewöhnlich, was die wenigen Besucher zum Murren brachte, die er dann nach dem letzten Amen auch noch schnell aus dem Haus jagte. Dann stürmte er mit zornigem Gesicht auf die Frauen zu, die sich ebenfalls erhoben hatten, sich jedoch nicht anschickten, die Kirche zu verlassen. Bevor er aber seiner Empörung Luft machen konnte, hob Tante Dela die Hand.

»Guter Mann, ich kann verstehen, dass unsere Anwesenheit Sie nicht sonderlich erfreut, aber wir sind nicht hier, um Sie bloßzustellen, keine Sorge. Sie werden der Gemeinde unsere Anwesenheit schon irgendwie erklären können, vielleicht sind wir auch einfach Schäfchen auf der Suche nach Gott ...«, sie grinste kurz, dann aber wurde ihr Ton wieder ernst. »Wir brauchen einen Geistlichen, der eine Trauung vollziehen kann unter, nennen wir es, etwas außergewöhnlichen und dringlichen Umständen.« Tante Dela sah den Mann eindringlich an, dessen Kopf so hochrot war, dass Karini befürchtete, er könnte gleich platzen. »Sollten wir keinen Geistlichen finden, befürchte ich, unsere Johanne hier könnte zum Glauben finden wollen und zukünftig des Öfteren den Drang nach Gottes Nähe verspüren.«

Der Priester ließ die Schultern hängen, und Karini beobachtete fasziniert, wie das Rot aus seinem Gesicht wich und einer fahlen Blässe Platz machte. »Wo soll die Trauung stattfinden?«, stieß er schließlich stockend hervor.

»Auf der Polizeistation am Hafen. In zwei Stunden.« Tante Dela wirkte zufrieden, sie drehte sich auf dem Absatz um und verließ, gefolgt von den Mädchen, die Kirche. Kichernd machten sie sich auf den Weg zurück zu Tante Delas Herberge.

Bei Karini hingegen wollte nicht so recht eine fröhliche Stimmung aufkommen. Sie war beeindruckt von Tante Delas Vorstellung, eine Sorge aber blieb. »Was ist, wenn … wenn Henry mich gar nicht heiraten will?«, sagte sie mitten in das Geschnatter der anderen.

Tante Dela legte ihr den Arm um die Schultern. »Ach Kindchen, so wie er sich gestern gefreut hat, brauchst du dir darüber doch keine Sorgen zu machen.« Sie klatschte in die Hände. »Was für ein Tag heute, jetzt wird auch noch geheiratet!«

Tante Dela hatte sich ihr prächtigstes Kleid angezogen und sah plötzlich nicht mehr aus wie eine Herbergsmutter, sondern wie eine feine Dame der gehobenen Amsterdamer Gesellschaft. Karini staunte, dagegen fühlte sie sich fast schon schäbig. Beke hatte ihr eines ihrer seidenen Kleider geliehen, dessen heller Stoff sich schön von Karinis dunkler Haut absetzte. Ein paar der dünnen Schühchen hatten sie ihr auch übergezogen, aber Karini fühlte sich nicht wohl in dieser Verkleidung. Tante Dela ließ ihr keine Wahl. »Das muss, Kind, das muss. Und jetzt machen wir den Jungs mal Dampf in dem Laden«, sagte sie, bevor sie schnurstracks auf die Polizeistation zusteuerte.

Die Polizisten der Station am Hafen staunten nicht schlecht, als gegen späten Mittag fünf Damen und ein rotgesichtiger Priester durch die Tür traten.

»Mijnheern«, Tante Dela schob Karini vor sich, »meine Nichte wünscht, ihren Verlobten zu sehen. Und zwar sofort. Denn die beiden werden jetzt heiraten. In Anbetracht dessen, was dem jungen Mann bevorsteht, haben Sie doch sicher nichts dagegen, dass er das schwangere Mädchen noch zur Frau nimmt. Wo bitte müssen wir entlang?«

Die Polizisten warfen sich kurz erstaunte Blicke zu, waren aber so überrascht, dass sie die Gruppe ohne Widerrede zu Henrys Zelle führten.

»Karini!« Henry sprang bei ihrem Anblick sofort von der kleinen Holzpritsche auf und blickte dann verwundert auf die seltsame Versammlung vor seiner Zelle.

»Henry«, Tante Dela warf ihm einen eindringlichen Blick zu, »ich gehe davon aus, dass du meine *Nichte* heiratest, bevor …« Tante Dela betonte jedes Wort einzeln und zeigte dann mit einer vorwurfsvollen Geste auf Karinis Bauch.

Die Mädchen hatten bei der Wölbung mit einem Baumwolltuch nachgeholfen, denn in Wirklichkeit sah man von Karinis Schwangerschaft noch nicht viel.

Henry starrte Tante Dela verblüfft an. Er zögerte einen Moment, sagte dann aber: »Ja, natürlich, natürlich … wie könnte ich das Mädchen im Stich lassen?«, und grinste über das ganze Gesicht.

»Gut«, Tante Dela gab dem Priester einen Stups, »los, fangen Sie an.«

Kurze Zeit später durfte Karini ihren Mann als Braut küssen – durch das Gitter einer Zelle in einer Amsterdamer Polizeistation.

Kapitel 27

Am 10. Mai des Jahres 1881 wurde der Gefangene Henry Leevken in Begleitung seiner Frau Karini auf das Schiff *Travenvoorst* gebracht und dort der Aufsicht des Kapitäns unterstellt.

Es war schon ein seltsames Abschiedskomitee, das sich am Hafen eingefunden hatte. Drei Freudenmädchen und eine gediegene ältere Dame winkten mit weißen Taschentüchern und putzten sich nebenbei mit diesen auch immer wieder die Nasen. Karini winkte von der Reling aus zurück. Henry nickte nur, man hatte ihm die Handfesseln nicht abgenommen.

Kaum war die *Travenvoorst* aber von Amsterdam aus über den Noordhollands Kanaal bei Den Helder in die Nordsee gelangt, trat der Kapitän an Henry heran und sagte lachend: »Na Bursche, wegschwimmen wirst du mir ja wohl nicht.« Er nahm Henry die Handfesseln ab und wünschte ihm eine gute Reise.

Karini war ungemein erleichtert über diese bevorzugte Behandlung. Der Kapitän schien ein netter Mann und ein guter Menschenkenner zu sein. Henry und Karini durften sich ab diesem Tag frei auf dem Schiff bewegen. Es waren keine weiteren Passagiere an Bord, das Schiff brachte Fässer mit Backeljau nach Surinam. Dieser beliebte Trockenfisch wurde dort gerne und häufig gekauft, allerdings verbreitete er einen strengen Duft, weshalb das Handelsschiff als Passagierboot ungeeignet war. Henry und Karini störte der Geruch nicht, im Gegenteil. Für sie roch es nach Heimat, und die sehnten sie sich jetzt schnellstmöglich herbei. Was auch immer Henry in Surinam erwartete, Karini würde zu ihm halten. Immer und immer wieder sprachen sie auf der Reise über die verhängnisvolle Nacht auf Watervreede. Da aber weder Karini noch Henry wirklich zugegen gewesen waren, fanden sie keine Erklärung für die Vorgänge. Eines jedoch war sicher, und darin waren sie sich einig: Pieter hatte bekommen, was er verdient hatte.

Das Meer war ruhig und der Wind stand günstig. Sie kamen gut voran und der Kapitän teilte ihnen eines Tages mit, dass sie in ungefähr drei Wochen die Kolonie erreichen würden, so Gott wolle.

In Paramaribo wartete derweil Julie sehnsüchtig auf die Heimkehr ihres Sohnes.

»Wir haben Ihren Sohn gefunden, er wird nun zurück in die Kolonie gebracht. Man erwartet seine Ankunft in etwa zwei Wochen.« Ein Beamter des Gerichts war mit dieser Nachricht zum Stadthaus gekommen.

Julie bedankte sich für die Mitteilung und schloss nachdenklich die Tür hinter dem Mann. »In zwei Wochen? Wie konnte der Mann das so schnell wissen?« Julie war verblüfft.

Thijs Marwijk faltete seelenruhig seine Zeitung zusammen. »Ich denke, man hat es der Verwaltung telegrafiert«, sagte er amüsiert.

Julie wusste nicht, wovon er sprach. »Was heißt das?«

»Juliette«, Marwijk lachte. »Sie sollten sich des Öfteren mal Zeitungen auf Ihre Plantage liefern lassen! Telegrafie ist das Kommunikationsmittel der Zukunft. Man hat dazu doch ein langes Kabel von England bis nach New York gelegt!«

»Durch das Meer?«

»Ja«, erklärte er weiter, »durch das Meer. Damit können jetzt per Morsezeichen Nachrichten von einem Kontinent zum anderen übermittelt werden. Und wenn die Nachrichten in New York ankommen, können sie per Brief weitergeschickt werden, was, wie man sieht, deutlich schneller geht, als die Nachrichten über den ganzen Atlantik zu verschiffen. Die Handelsschifffahrt entlang der Küsten ist ja inzwischen sehr ausgereift.«

Julie war beeindruckt. Und die Nachricht von Henrys baldiger Ankunft freute sie, wenngleich sie auch sehr beunruhigt war. Seit Wochen waren sie nun schon in Paramaribo und warteten darauf, dass sich die Dinge bei Gericht weiterentwickelten. Dort aber wartete man auf Henrys Ankunft und währenddessen durften sie alle die Stadt nicht verlassen. Julie seufzte. Nun schien sich zumindest in dieser Hinsicht etwas zu bewegen. Sie wusste, dass die Situation insbesondere Thijs Marwijk sehr belastete. »Hoffentlich geht es dann endlich weiter. Ich kann nicht ewig von der Plantage fortbleiben, vor allem, weil Martin auch in der Stadt ist. Ich bin wirklich gespannt, was ich auf Watervreede vorfinde, wenn ich mal wieder dorthin darf.«

Julie sah, dass Jean Marwijk beflissentlich zunickte. Auch Rozenburg musste bereits seit Wochen ohne seinen Direktor auskommen, und Julie wusste, dass Jean sich viele Gedanken über den Zustand der Plantage machte, auch wenn er seinen Vorarbeitern vertraute und sie gut eingewiesen hatte. Es war eher der Umstand, in Paramaribo zur Untätigkeit verdammt zu sein, der inzwischen an den Nerven aller fraß.

Eine ganze Weile sprach niemand ein Wort. Plötzlich kam Julie ein Gedanke. »Hoffentlich hat Henry Karini gefunden.« Von Karini hatte der Mann vom Gericht nichts gesagt.

Kapitel 28

Am 22. Juni warteten Julie und Jean am Hafen von Paramaribo sehnsüchtig auf das Schiff, das bereits vor der Flussmündung des Surinam lag und noch an diesem Tag in den Fluss und somit auch in den Hafen einlaufen sollte. Unruhig lief Julie unter den Palmen an der Hafenkante entlang. Jean hatte sich auf eine Bank gesetzt und harrte so auf seine Art aus.

Als sich beim Fort Zeelandia endlich der Mast am Himmel auf Paramaribo zuschob, fiel Julie ein Stein vom Herzen. »Sie kommen!«

Julie ging mit Jean zu den Anlegestegen, von wo aus die kleinen Zeltboote starteten, um Passagiere und Seeleute von den Schiffen zu holen. Heute bewegten sich nur wenige Boote in Richtung des Frachtschiffes, und dennoch hatte Julie das Gefühl, Stunden seien vergangen, bis das Schiff Anker geworfen hatte und die kleinen Zeltboote an die Backbordseite des großen Schiffes stießen, dort warteten, dann die Fracht und die Passagiere aufnahmen und wieder ablegten.

Julie beschirmte ihre Augen mit der Hand und fokussierte ihren Blick auf der Suche nach Henry. Plötzlich sah sie in einem der Boote einen dunklen Haarschopf, der, wie sie meinte, zu einer Frau gehörte. »Oh Jean, da ist Karini! Karini ist mit dabei!« Sie zupfte vor Freude an seinem Ärmel. Sie sah noch drei weitere Gestalten an Bord, konnte aber keine Details erkennen.

Ihre Freude verflog schnell, als das Zeltboot am Anleger festmachte. Henry saß zwischen zwei Matrosen, und Julie schrie erschreckt auf, als sie sah, dass seine Hände gefesselt waren. Die beiden Männer zogen ihn jetzt auf die Füße und schoben ihn wie einen Schwerverbrecher zwischen sich auf den Holzsteg. Julie nahm Jeans Hand. Sie war wie gelähmt vor Schreck, ihren Sohn so auf dem Pier stehen zu sehen. Hinter ihm entstieg Karini dem Boot. Das Mädchen sah müde und erschöpft aus und ... Julie kniff die Augen zu Schlitzen zusammen, war das nicht ein Babybauch?!

Julie ließ Jeans Hand los und rannte den beiden entgegen. »Henry, Karini!«, rief sie und winkte. Sie hätte die ganze Welt umarmen können, so glücklich war sie, beide hier in Surinam zu sehen. Als sie ihren Sohn jedoch umarmen wollte, hielt der eine Matrose sie zurück.

»Mevrouw, wir haben den Auftrag, den Gefangenen sofort zu Gericht zu bringen.«

Sein Tonfall duldete keinen Widerspruch, auch wenn sie meinte, in seinem Blick so etwas wie Bedauern erkannt zu haben. Julie spürte, dass sich ihre Augen mit Tränen füllten. Dennoch wandte sie den Blick nicht ab.

»Mutter!« Henrys Stimme war voller Liebe und Wärme und er strahlte sie an. »Alles ist gut, mach dir keine Sorgen um mich.« Julie war ihm dankbar für seine tröstenden Worte, auch wenn sie sich gewünscht hätte, diejenige zu sein, die tröstete. Mit einem Kopfnicken fügte Henry hinzu: »Kümmere dich um Karini.«

Julie wischte sich mit dem Handrücken die Tränen aus den Augen. »Ja, das werde ich tun. Mach dir keine Sorgen. Jean wird dich begleiten, ich komme dann nach.« Henry nickte ihr kurz zu und dann musste Julie mit ansehen, wie ihr Sohn von den beiden Matrosen zu einer Droschke gebracht wurde. Jean verwehrten die Matrosen allerdings die Fahrt im Wagen, sodass er sich eine eigene Kutsche heranwinkte.

Julie fluchte leise, dann wurde sie gewahr, dass Karini neben ihr stand. Sie schloss das Mädchen in die Arme. »Oh, Karini, ich bin so froh, dass ihr wohlbehalten wieder da seid!«

»Misi Juliette, ich freue mich auch, wieder hier zu sein! Die letzten Wochen waren nur sehr aufregend und …«

»Komm, das kannst du mir zu Hause erzählen. Lass uns zum Stadthaus fahren.« Julie sah, dass das Mädchen erschöpft war.

Karini folgte ihr langsam zu den Droschken.

Im Wagen bemerkte Julie, dass Karini sie immer wieder von der Seite ansah. »Karini, möchtest du mir etwas sagen?«

»Ja, Misi, aber ich weiß nicht, wie ich es erklären soll. Henry und ich … wir haben … wir mussten … wir haben geheiratet.«

Julie war ehrlich verblüfft. Sie wusste zwar, dass Henry Karini aus Liebe nachgereist war, aber dass sie jetzt gleich als ganze Familie zurückkehrten, das kam ein bisschen überraschend. Aber sie freute sich darüber.

»Das sind ja Neuigkeiten. Ich freue mich für euch! Ach, ich bin so unendlich froh, dass ihr wieder da seid. Über alles andere reden wir später.« Sie blickte kurz nachdenklich auf Karinis zartes Bäuchlein und nahm das Mädchen liebevoll in den Arm. »Alles wird gut.«

Im Stadthaus angekommen empfingen Erika, Wim, Thijs und Sarina Karini fröhlich. Alle waren überrascht von ihrer Schwangerschaft, aber jeder hatte so viel Anstand, das Mädchen nicht darauf anzusprechen. Nur der Blick von Liv, die kalte Getränke für alle herbeibrachte, blieb einen Augenblick zu lange an Karini hängen. Julie war überrascht, als Karini beschämt den Blick senkte. Das Mädchen schien sich nicht so recht über ihren Zustand zu freuen. Dann aber zog es Julie auch schon zu Henry. Sie winkte kurz in die Runde und machte sich gleich wieder auf den Weg. Doch gerade, als sie das Haus verlassen wollte, trat Jean durch die Tür.

Er nahm sie in den Arm. »Julie, es ist alles in Ordnung. Henry ist dort gut untergebracht und muss jetzt nur noch zwei oder drei Tage warten, bis wir alle wieder zur Anhörung gerufen werden.

Ich denke, dann werden sich die Umstände aufklären, und man wird ihn freilassen.«

Julie kannte Jean gut genug, um die Zweifel in seiner Stimme auszumachen. Es war beruhigend zu wissen, dass es Henry gut ging und nun endlich etwas geschah – aber mit welchem Ende, das stand in den Sternen.

Jean schien ihre Zweifel zu spüren und drückte sie liebevoll an sich. »Das stehen wir jetzt auch noch durch, Julie. Und bald ist das alles vorbei.«

Kapitel 29

Karini war unendlich froh, wieder surinamischen Boden unter den Füßen zu haben. Zum Ende der Überfahrt hatte sie Tag um Tag ihre Ankunft herbeigesehnt. Als dann endlich Land in Sicht gekommen war, hatte Henry sie in den Arm genommen. »Jetzt sind wir wieder zu Hause.« Sie hatte den Duft des nahen Regenwaldes tief eingeatmet und sich an ihn geschmiegt. Dennoch hatte sich in die Erleichterung auch Sorge gemischt. Jetzt galt es, einige Hürden zu überwinden. Karini hatte schreckliche Angst davor gehabt, was Misi Juliette zur Hochzeit und zu dem Baby sagen würde.

Henry und sie hatten sehr genau überlegt, was sie ihr sagen würden. Sie hatten die Geschichte wochenlang immer und immer wieder besprochen, bis Karini fast glaubte, es sei wirklich so gewesen: Sie hätte etwas länger als in Wirklichkeit bei Misi Gesine gearbeitet, dann sei Henry gekommen und sie sei mit ihm gegangen. Die Hochzeit hätten sie mit einer kleinen Gruppe neu gewonnener Freunde gefeiert, und gleich nach der kleinen Hochzeitsreise ins Amsterdamer Umland sei Karini in anderen Umständen gewesen. Was das junge Paar selbst überrascht, aber natürlich freudig gestimmt hätte. Sie hatten, und das entsprach der Wahrheit, ja nicht geahnt, dass Henry in Surinam des Mordes beschuldigt wurde, und daher auch keine Eile walten lassen. Der Brief, den sie geschickt hätten, sei nicht angekommen? Das täte ihnen unendlich leid, aber das Problem der unzuverlässigen Kommunikation sei ja nicht neu. Sie hätten dann eine weitere Nachricht, direkt im Kontor der Vandenbergs aufgeben wollen, dabei sei Henry dann aber überraschend verhaftet worden. Und dann sei alles so schnell gegangen, dabei hätten sie sowieso bald zurückkehren wollen, da Karini ihr Kind in Surinam gebären wollte.

Sie hatten die Geschichte immer wieder durchdacht, bis sie schließlich glaubwürdig klang. Aber dass ihre gemeinsame Zukunft nun auf einer Lüge aufbauen sollte, missfiel Karini sehr. Ihr blieb indes keine Wahl, also erzählte sie der Misi später am Abend ihre Version. Erleichtert bemerkte sie, dass der Plan offensichtlich aufging. Die Misi schien keine Zweifel zu hegen.

»Ich bin so froh, dass euch nichts passiert ist. Ich habe schon das Schlimmste befürchtet.« Sie nahm Karini liebevoll in den Arm. »Und was bekomme ich nun zurück? Eine Schwiegertochter und ein zukünftiges Enkelkind.«

»Ja, Misi.« Karini fühlte sich unsicher und wusste nicht, was sie sagen sollte. Das Ausmaß der Geschichte wirkte jetzt, da sie erzählt war, ganz anders als noch vor wenigen Wochen in den fernen Niederlanden oder gar auf hoher See.

Die Misi blickte ihr tief in die Augen. »Das *Misi* kannst du jetzt weglassen, Karini. Ich werde heute noch eine Nachricht nach Rozenburg schicken lassen und deinen Eltern Bescheid geben. Deine Mutter wartet sicher schon voller Sorge.«

»Danke, Mi…« Karini stockte. Sie hatte ihr Leben lang Misi zu dieser Frau gesagt, wie sollte sie ihre Schwiegermutter denn nun bloß anreden?

»Juliette, sag einfach Juliette.«

Kapitel 30

Und dann war er Ende Juni plötzlich da, der Tag der Gerichtsverhandlung. Alle, die der Posthalter vernommen hatte, sowie Karini, waren vom Gericht geladen worden und befanden sich im Saal. Der Gang war für alle schwer, die meisten von ihnen hatten sich nie zuvor in einer solchen Situation befunden. Julie sah mit Erleichterung, dass Henry keine Fesseln mehr trug, als er aus einer Seitentür in den Verhandlungssaal geführt wurde. Er machte sogar einen sehr ruhigen Eindruck, wenn man davon absah, dass er nicht einmal zu ihr hinblickte. Er hielt den Kopf gesenkt, wie in Gedanken versunken.

Der ehrenwerte Richter Flavius van Parkensteen ging behäbig zu seinem Platz, rückte seine weiß gelockte Perücke zurecht und ließ seinen Blick im Saal umherwandern. Julies Nervosität stieg.

»Wie ich hörte«, eröffnete er die Sitzung, »sind nun alle Personen, die zu dem bedauerlichen Tod von Pieter Brick etwas zu sagen haben, anwesend.« Er warf Henry einen Blick zu, den Julie nicht zu deuten vermochte.

Jetzt räusperte sich der Gerichtsdiener und erhob sich langsam von seinem Stuhl rechts neben Richter van Parkensteen. Bedächtig faltete er ein Blatt Papier auseinander und begann vorzulesen: »Anwesend sind heute die nachfolgend namentlich genannten Personen: Juliette Riard, verwitwete Leevken, geborene Vandenberg; Jean Riard, der ihr angetraute Ehemann; Henry Leevken, Sohn von Juliette Riard aus erster Ehe; Martin Brick, Sohn des Verstorbenen und Enkelsohn von Juliette Riard aus erster Ehe; Thijs Marwijk, Besitzer der Plantage Watervreede, dem

Tatort; des Weiteren eine ehemalige Sklavin der Plantage Rozenburg namens Aniga; die Kontraktarbeiter namens Sarina, Inika und Bogo.« Er hielt inne und blickte kurz auf, bevor er fortfuhr: »Die Ehefrau des Beklagten, Karini Leevken, geborene Rozenberg, sowie als weitere Zeugen Wim Vandenberg und Erika Bergmann.«

Als der Gerichtsdiener das Blatt schließlich beiseitelegte, schauten alle verlegen in die Runde. Besonders die alte Aniga kauerte ganz hinten im Saal, sie fühlte sich sichtlich unwohl. Julie hatte ihr mehrfach versichert, dass sie nichts zu befürchten habe, Aniga aber schien sich nicht von den Erinnerungen an den jahrelangen Gebrauch der Peitsche, insbesondere im Zusammenhang mit offiziellen Stellen, befreien zu können.

Der Gerichtsdiener räusperte sich, als wolle er sich die Aufmerksamkeit sichern. Dann nahm er ein weiteres Blatt Papier in die Hand und holte tief Luft: »Die bisherigen Ermittlungsergebnisse haben Folgendes ergeben: Ich beginne mit den angegebenen Aufenthaltsorten in der Tatnacht. Jean und Juliette Riard – in ihrem Schlafgemach; Martin Brick – Schlafgemach; Thijs Marwijk – Schlafgemach; Henry Leevken – auf dem Weg zur Plantage Rozenburg.« Juliette bemerkte beunruhigt, dass der Richter Henry einen abschätzenden Blick zuwarf. Sie knetete nervös ihr Taschentuch. Das hier gefiel ihr überhaupt nicht.

Der Gerichtsdiener fuhr im gleichen, fast schon leiernden Tonfall fort: »Kontraktarbeiter Sarina, Inika, Bogo – in ihrer Kammer; nicht auf der Plantage anwesend: Hausmädchen Karini Leevken, ehemals Rozenberg, deren Aufenthaltsort: Plantage Rozenburg. Anzumerken: Thijs Marwijk sowie die Kontraktarbeiterin Sarina waren zur Tatzeit schwer erkrankt und bettlägerig.«

Der Richter nickte dem Gerichtsdiener kurz zu, der sich daraufhin setzte. Julies Nerven waren zum Zerreißen gespannt. Der Richter räusperte sich und begann zu sprechen: »Es haben sich durch die Befragung der Zeugen folgende Erkenntnisse ergeben: Thijs Marwijk und die Kontraktarbeiterin Sarina scheiden als Täter aus, sie waren nicht in der Lage, das Bett zu verlassen, obwohl sie durchaus ein Motiv hatten, Pieter Brick zu töten. Pieter Brick wird unter anderem vorgeworfen, ihre Erkrankung mutwillig herbeigeführt zu haben. Dies wird bestärkt durch Aussage der Heilerin namens Aniga sowie durch die Beobachtung des ehemaligen Hausmädchens Karini, die auch als Verdächtige ausgeschlossen werden kann, da sie zur Tatzeit nicht mehr auf der Plantage Watervreede anwesend war.« Er ließ seinen Blick über die Anwesenden gleiten und fuhr dann mit ernster Stimme fort: »Wie gesagt: Es wird bestärkt, konnte aber nicht bewiesen werden. Damit bleiben folgende Personen unter Verdacht: Martin Brick gab an, zur Tatzeit in seinem Bett gewesen zu sein, dafür gibt es keine Zeugen. Jean und Juliette Riard waren ebenfalls auf ihrem Zimmer und bezeugen dies gegenseitig. Die Kontraktarbeiterin Inika befand sich mit ihrem Mann und ihrer Mutter ebenfalls in einem Raum. Henry Leevken«, der Richter nickte in Henrys Richtung, »dessen Befragung ich vor zwei Tagen selbst durchführen konnte, war zur Tatzeit nicht anwesend.« Er hielt kurz inne, und Julie meinte, vor Spannung platzen zu müssen. »Mijnheer Leevken«, nochmals fixierte der Richter Henry mit seinem Blick, »ich bedaure noch einmal die Unannehmlichkeiten, die wir Ihnen mit Ihrer Verhaftung bereitet haben.«

Julie verstand nicht, was der Richter damit sagen wollte. Wurde Henry jetzt doch nicht mehr beschuldigt?

Der Richter blätterte in einem Stapel Papier, der vor ihm lag. Dann stützte er sich auf die Ellenbogen und räusperte sich erneut. Die Stimmung war angespannt, niemand im Saal bewegte sich.

»Durch die Zusammenfassung der Untersuchungsergebnisse bleibt letztendlich nur eine Verdächtige – die auch ein Motiv hatte.«

Julie hatte das Gefühl, kurz vor einer Ohnmacht zu stehen,

und zwang sich zur Ruhe. Sie warf einen Blick zu ihrem Sohn, der nun zusammengesackt auf seinem Stuhl saß und auf seine Knie starrte.

»Juliette Riard.«

Julie traute ihren Ohren nicht. Als sie jetzt ihren Namen hörte, blieb ihr fast das Herz stehen. Sie spürte den Blick des Richters und aller anderen auf sich und schrumpfte auf ihrem Stuhl zusammen.

»Ich? Aber ...«

»Sch, sch ... sag erst einmal nichts«, hörte sie Jean von der Seite flüstern. Sie blickte ihn an, tiefe Sorgenfalten hatten sich auf seiner Stirn gebildet.

»Mevrouw Riard. Punkt eins: Wir sind bei unseren Nachforschungen bezüglich des tragischen Ablebens Ihres ersten Mannes auf gewisse Ungereimtheiten gestoßen. Insbesondere, was die Erbfolge auf der Plantage betrifft. Gehe ich recht in der Annahme, dass Ihr Sohn Henry nicht das leibliche Kind Ihres verstorbenen Ehemannes Karl Leevken, sondern der Sohn Ihres jetzigen Mannes ist?«

Julie senkte beschämt den Blick, der Richter schien dies als stumme Zustimmung zu werten.

»Zunächst ist davon auszugehen, dass Pieter Brick, als Ihr Schwiegersohn und damals noch praktizierender Arzt, dies gewusst hat und dass es sich nachfolgend bei dem Unglück, das Ihrem Mann zugestoßen war, womöglich nicht um einen Unfall gehandelt hat und ...«

Julie wusste nicht, wie ihr geschah. Sie hatte diese Geheimnisse so lange gehütet und gehofft, dass sie sie niemals heimsuchen würden. Es wussten nur äußerst wenige Menschen davon, wie also hatte der Richter davon erfahren können? Ihr Blick wanderte zu Henry, der den Kopf hängen ließ. Nein, ihr Sohn hatte nicht verraten, was er wusste, ebenso wenig wie ihr Mann, da war sie sich sicher. Blieb noch Pieter, aber er war tot. Es sei denn, er hatte

Martin gegenüber irgendwann eine Bemerkung fallen lassen. Sie wandte den Kopf ruckartig in dessen Richtung, Martin aber saß mit versteinerter Miene neben Inika und wich ihrem Blick aus. Martin also. In Julies Kopf kreisten die Gedanken wild durcheinander.

»Wir erwarten ein Kind«, hatte er Julie mit Inika an der Hand kurz und knapp vor wenigen Wochen mitgeteilt. Seitdem hatte er sich im Stadthaus nicht mehr sehen lassen. Julie war das Gefühl nicht losgeworden, dass Martin irgendetwas sehr belastete, und das war sicherlich nicht der Tod seines Vaters gewesen. War es die Tatsache, dass sie jetzt unter Verdacht gestellt wurde? Das würde zumindest seine Zurückhaltung in den letzten Wochen erklären. Aber der Richter war noch nicht fertig.

»Aber Letzteres soll nicht Gegenstand dieser Verhandlung sein – es geht darum, den Mörder von Pieter Brick auszumachen. Stimmt es, Mevrouw Riard«, fuhr der Richter fort, »dass der Vater Ihres Sohnes Henry nicht Karl Leevken, sondern Ihr jetziger Mann, Jean Riard, ist?«

Julie schluckte schwer, so hatte Henry es nicht erfahren sollen. Dennoch war es Zeit für die Wahrheit. »Ja«, antwortete sie mit dünner Stimme. Dann sah sie zaghaft zu ihrem Sohn hinüber. Henry hielt den Blick starr nach unten gerichtet. Der Richter fuhr fort.

»Dann gehe ich auch recht in der Annahme, dass das Erbe, das Sie und Ihr Sohn auf der Plantage Rozenburg angetreten haben, nicht rechtens war? Und dass Sie das wussten?«

»Ja.« Julie kullerten Tränen über die Wange.

»Gehe ich recht in der Annahme, dass Pieter Brick über all dies informiert war?«

»Ja.«

»Wusste sonst noch jemand, außer Ihrem jetzigen Mann, in Bezug auf die Vaterschaft von diesem Umstand?«

Julie sah irritiert auf. »Nein!«

Der Mund des Richters wurde von einem leichten Lächeln umspielt. »Das ist wichtig zu wissen«, sein Blick schwenkte durch den Saal, »denn es gab nur eine Person, die uns bei den Befragungen auf diesen Umstand hingewiesen hat, und von wem hätte sie es wissen können, wenn nicht von Pieter Brick selbst?«

Der Blick des Richters heftete sich auf Inika.

Julie war verwirrt. Inika?

Sarina stieß einen kurzen Schrei aus und Martin sprang entsetzt auf. »Du hast ... Du hast das ausgesagt?«, seine Stimme war spitz und schrill.

»Mijnheer Brick, bitte setzen Sie sich. Wussten Sie auch davon?«

Julie sah, wie Martin sich sichtlich wand. »Ja, nein ... doch«, gab er schließlich kleinlaut zu.

»Wann hat Ihnen das Arbeitermädchen davon erzählt – vor oder nach der besagten Nacht?«

Martin wurde rot. »Danach!«, rief er energisch. »Lange, nachdem mein Vater *getötet wurde*.« Er spie die letzten beiden Worte förmlich aus und rückte auf seinem Stuhl so weit wie möglich von Inika weg.

Der Richter bedachte Inika mit einem langen Blick. »Also, Inika, sagen Sie uns, woher Sie das wussten? Gehe ich recht in der Annahme, dass Sie zu Pieter Brick etwas mehr Kontakt hatten als nur als ... Hausmädchen?«

Julie sah, wie Inika sich hektisch umblickte. Kein Wort kam über ihre Lippen. Sie sah aus wie ein weidwundes Tier, das in der Falle saß und hektisch einen Fluchtweg suchte.

Dem Richter schien dies Genugtuung zu bereiten. »Waren Sie in der besagten Nacht im Kochhaus?«

Inika schüttelte den Kopf, wurde aber deutlich bleich im Gesicht. Julie fühlte sich zunehmend unwohl. Sollte diese zarte Frau Pieter wirklich erstochen haben? Und wenn ja, warum?

»War es nicht zufällig so?«, fuhr der Richter nun fort und

beugte sich etwas über seinen Tisch, als würde er geradezu auf ein Geständnis aus Inkas Mund lauern.

Das Mädchen sprang hektisch auf. »Nein, ich ... ich war es nicht!«, rief sie fahrig. Sie fuhr sich mit den Fingern durchs Haar und schien angestrengt zu überlegen. »In der Nacht ... ja, ich war im Kochhaus und habe von Masra Pieter erfahren, dass ... « Inika brach ab.

Alle starrten das Mädchen an. Julie senkte betroffen den Blick.

Plötzlich sprang Bogo neben ihr auf und riss den Arm hoch.

Der Richter sah ihn verwundert an. »Was soll das jetzt bedeuten? Haben Sie mit der Sache doch etwas zu tun?«

Bogo nickte und klopfte sich auf die Brust und riss wieder den Arm hoch.

»Wollen Sie damit sagen, dass *Sie* Pieter Brick erstochen haben?«

Julie beobachtete entsetzt, dass Bogo heftig nickte. Inika neben ihm schien nicht weniger entgeistert zu sein, das Mädchen wirkte wie erstarrt.

»Was haben Sie dazu zu sagen, Inika?«

Julie wartete wie alle anderen gespannt auf Inikas Antwort. Ihr entging nicht der eindringliche Blick, den Bogo Inika zuwarf, bevor das Mädchen stockend zu sprechen begann.

»Wir waren beide im Kochhaus in dieser Nacht.« Inika senkte den Blick und sprach leise. »Masra Pieter kam betrunken herein, er hat uns wirre Dinge erzählt, von Masra Henry und Masra Martin, und dass sein Sohn doch eigentlich der Erbe von Rozenburg wäre. Dass er bald die Plantage führen würde und wir uns daran schon mal gewöhnen sollten. Bogo und ich wollten gehen, als Masra Pieter«, sie schluchzte. »Er ... er wollte mich anfassen ... da ist Bogo dazwischengegangen und hat ... er wollte mich doch nur beschützen!«

Bogo nickte immer noch beflissen.

Der Richter lehnte sich zufrieden in seinem Stuhl zurück.

»Dann haben wir den Mörder also gefunden. Nehmen Sie den Mann fest«, sagte er zu den zwei Beamten, die zuvor Henry hereingeführt hatten. »Das Gericht wird sich beraten. Das Urteil wird in zwei Tagen um elf Uhr verkündet.« Mit diesen Worten erhob er sich und verließ den Saal. Bogo wurde abgeführt, und alle anderen blieben wie versteinert sitzen. Julie starrte ihm nachdenklich hinterher.

Am 27. Juni des Jahres 1881 wurde Bogo für die Tat verurteilt. Die Strafe belief sich auf zwölf Jahre. Da er seine Frau hatte beschützen wollen, ließ der Richter Milde walten. Julie dünkte aber, dass dieser Richter, der in den vergangenen Wochen mehr in ihren Familienbeziehungen herumgesucht hatte als je ein Mensch zuvor, vielleicht auch zu der Einsicht gekommen war, dass Pieter sich auch so einiges hatte zuschulden kommen lassen. Auch wenn das natürlich keinen Mord rechtfertigte. Julie hatte der Urteilsverkündung in Begleitung von Jean und Inika beigewohnt. Mit einem traurigen Blick in Richtung Inika ließ Bogo sich nach der Urteilsverkündung abführen. Julie sah ihm nachdenklich hinterher. Sie wurde das Gefühl nicht los, dass das nicht rechtens war. Inikas versteinerte Miene ihr gegenüber sprach Bände, obwohl die Geschichte der beiden durchaus glaubwürdig klang. Bogo war zwar zuvor niemals gewalttätig geworden, Julie wusste aber, dass er Inika aufrichtig liebte und … wenn Pieter ihr etwas hätte antun wollen, hätte er sie auch beschützt. Dass Inika aber wiederum von Martin ein Kind erwartete, das passte nicht so recht ins Bild.

Wenige Tage später kehrten alle nach Rozenburg zurück. Auch Sarina und Thijs Marwijk sowie Erika und Wim waren mitgekommen. Julie wollte sofort mit ihren Söhnen reden, das duldete jetzt keinen Aufschub mehr. In der Stadt waren alle sehr hektisch und durcheinander gewesen und niemand hatte richtig gewagt, den anderen anzusprechen.

Kiri brach vor Glück in Tränen aus, als sie ihre Tochter wieder in die Arme schließen konnte. Julie gab den beiden einen Moment Zeit füreinander, dann rief sie Henry und Karini sowie Martin und Inika in den Salon, um alle Unstimmigkeiten ein für alle Mal zu beseitigen. Auch Jean rief sie dazu. Dieser setzte sich sichtlich angespannt neben Julie.

Julie blickte in die Runde und holte tief Luft. »Vorweg möchte ich eines klarstellen: Ich mache keinem von euch einen Vorwurf. Ihr seid irgendwie doch alle meine Kinder, und ich liebe euch alle.« Sie faltete die Hände in ihrem Schoß, senkte den Blick und fuhr leise fort: »Ja, Henry, du bist der leibliche Sohn von Jean. Wie oft war ich versucht, es dir zu sagen, habe es aber nicht gewagt, weil ich damit Pieter freie Hand über das Erbe von Rozenburg gegeben hätte, und das hätte der Plantage und allen, die auf ihr leben, nicht gutgetan. Aber jetzt ... Auch wenn Henry nicht der direkte Erbe ist«, sie bedachte Karini mit einem liebevollen Blick, »wächst hier gerade die nächste Generation heran, und diese hat über Karini und ihren Vater durchaus ein Anrecht, auf Rozenburg zu leben. Karini, du bist wegen Pieter nicht nur die Halbschwester von Martin, sondern wegen deines Vaters auch eine Enkelin von Martins Großmutter.« Sie fing Karinis verwirrten Blick auf. »Das wird dir deine Mutter noch einmal in Ruhe erzählen, keine Sorge. Und da Karini nun mit Henry verheiratet ist«, sie wandte sich an Martin, »hoffe ich doch, Martin, dass du die Verhältnisse einzuschätzen weißt.« Nun war es heraus. Julie war sich nicht sicher, wie Martin nach all den Geschehnissen auf diese Aussage reagieren würde. Aber sie hatte sich offensichtlich umsonst Sorgen macht, sein reumütiges Gesicht sprach Bände.

»Juliette, ich wusste nicht, dass Inika bei ihrer Aussage ... bitte glaube mir, es macht für mich keinen Unterschied, ob Henry der Sohn von meinem Großvater ist oder von Jean. Oder Karini ... Er ist wie ein Bruder für mich, Karini ist und bleibt meine Schwester, und du«, Julie wurde warm ums Herz bei dem zärtlichen

Blick, den er ihr jetzt zuwarf, »du warst immer wie eine Mutter für mich. Juliette, es tut mir so unendlich leid. Ich habe mich von Inika in eine Richtung lenken lassen.« Er warf dem schwangeren Mädchen einen bösen Blick zu. »Und ich hatte nicht einen Moment vor, euch Rozenburg streitig zu machen. Es gibt niemanden, der all die Jahre so wie du um eine Plantage gekämpft hat. Ohne dich wären wir doch heute alle nicht mehr hier!«

Seine Worte taten Julie gut, und sie war stolz auf ihn – stolz auf seinen Mut, diese Worte zu äußern. »Danke, Martin.« Sie trat einen Schritt auf ihn zu und strich über seinen Arm. »Wir hatten alle eine schlimme Zeit. Und auf eine Art tut mir das mit deinem Vater auch sehr leid. Aber du hast hoffentlich inzwischen verstanden, dass er ein … schwieriger Mensch war und sehr viel Unglück über unsere Familie gebracht hat.«

Martin nickte, und Julie meinte, ein Glitzern in seinen Augen zu sehen. Sie ließ ihren Blick zu Jean wandern, der sich nun an Inika wandte, die sichtlich zusammengesunken neben Martin saß.

»Inika, ich möchte dir nur eines mit auf den Weg geben: Wenn du in unserer Familie eines Tages Vertrauen und Achtung erlangen willst, dann darfst du nie wieder hinter unserem Rücken solche Intrigen spinnen.«

Inika nickte und tupfte sich ein paar Tränen aus den Augenwinkeln.

Julie fing Jeans bedeutungsvollen Blick auf und nickte. Sie hätte noch so vieles sagen wollen, aber die Zeit würde alles richten. Jetzt war es erst einmal wichtig, dass die Mädchen ihre Kinder gesund zur Welt brachten und Ruhe in der Familie einkehrte.

»Na dann.« Jean stand auf und schenkte sich und den Jungen einen Dram ein. »Auf die Zukunft. Martin, wie ich hörte, plant Thijs mit Sarina eine Reise und will dir Watervreede anvertrauen. Aber darüber wird er sicher selber noch mit dir sprechen. Auf gutes Gelingen!« Er hob sein Glas und prostete Martin zu. »Und du – Sohn«, wandte er sich mit einem breiten Lächeln an Henry, »wirst mir hoffentlich ab jetzt hier auf Rozenburg zur Seite stehen.«

»Ja, Vater.« Henry lächelte ihn an und klopfte ihm auf die Schulter. Julie kannte ihren Mann gut genug, um zu wissen, dass diese Antwort ihm viel bedeutete.

Julie betrachtete ihre kleine Familie und fühlte, wie eine Welle der Zärtlichkeit sie durchlief. Dann öffnete sich die Tür, und Wim und Erika kamen mit Helena an der Hand herein.

»Dürfen wir?«

»Natürlich!« Julie breitete die Arme aus, und ihre Tochter flog hinein. Glücklich schloss sie das kleine Mädchen in die Arme. Hoffentlich würden Helena eines Tages mit ihren Neffen oder Nichten solch turbulente Zeiten erspart bleiben.

Nachwort

Surinam, das kleinste Land Südamerikas, unterscheidet sich in vielerlei Hinsicht stark von seinen großen Nachbarn. Ganz besonders auffällig sind, als Folge der interessanten und wechselvollen Geschichte dieses Landes, die bunte Zusammensetzung der Bevölkerung sowie die Vielfalt an Sprachen.

Surinam erlangte erst 1975 die Unabhängigkeit vom niederländischen Königreich. Die Amtssprache in Surinam ist noch heute Niederländisch, und auch sonst sind die Spuren der ehemaligen holländischen Kolonialzeit unübersehbar. So tragen viele Örtlichkeiten, Straßen sowie Viertel niederländische Namen, und die Architektur der Hauptstadt Paramaribo ist geprägt von weißen Gebäuden im niederländischen Kolonialstil.

Daneben finden sich allerorten Zeichen des Einflusses der Hindustanen, deren Vorfahren einst als Kontraktarbeiter in das Land gebracht wurden. So gibt es in der Stadt zum Beispiel zahlreiche Hindutempel, es wird ein dem Hindi ähnlicher Dialekt gesprochen, indische Kräuter sowie Gewürze finden Verwendung in der alltäglichen Küche, und auch die surinamische Musik ist, dank Instrumenten wie Sitar, Tabla oder Dhantal, stark indisch geprägt. Die im 19. Jahrhundert als Kontraktarbeiter angeworbenen Inder stellen heute mit siebenundzwanzig Prozent die mit Abstand größte Bevölkerungsgruppe in Surinam.

Neben den Hindustanen leben zahlreiche weitere Bevölkerungsgruppen in Surinam, unter ihnen Kreolen und Javaner. Die Nachkommen der im 18. Jahrhundert in das Landesinnere geflohenen schwarzen Sklaven, die Maroons, stellen heute zirka zehn Prozent der Bevölkerung. Europäer dagegen machen nur noch etwa ein Prozent der Bevölkerung aus.

Ein großer Einschnitt in der Geschichte des Landes war die Abschaffung der Sklaverei am 1. Juli 1863. An diesem Tag kamen zirka 35 000 Sklaven frei und wurden unter eine zehnjährige Staatsaufsicht (Arbeitspflicht) gestellt. Den Plantagenbesitzern wurden pro gemeldetem Sklaven 300 Gulden Entschädigung zugeteilt, den einstigen Sklaven hingegen nur je 60 Gulden.

1873, nach Ablauf dieser Frist, entstand eine gewisse Unruhe im Land. Viele Kolonisten sahen ihre Existenz bedroht und verließen Surinam, ebenso wie viele ehemalige Arbeitssklaven die Plantagen endgültig verließen. Der Mangel an Arbeitskräften war aber nicht das einzige Problem der Zuckerrohrplantagenbesitzer in Surinam. Der Anbau von Zuckerrüben in den europäischen Ländern ließ die Importe aus Übersee deutlich einbrechen. Bei anderen Kolonialgütern wie Tabak, Baumwolle und Kakao dominierten im Anbau riesige Plantagen, überwiegend aus Ländern, in denen die Sklaverei noch erlaubt war. Surinam war nicht mehr konkurrenzfähig.

Ersatz für die fehlenden Plantagensklaven sollten Kontraktarbeiter aus Britisch-Indien sein, weshalb die Niederlande im September 1870 mit England einen Anwerbungsvertrag schlossen. Im Juni 1873 betraten die ersten Kontraktarbeiter aus Britisch-Indien surinamischen Boden. Die 399 Passagiere hatten mit dem Segelschiff *Lalla Rookh* von Kalkutta aus ihre Heimat verlassen und wussten so gut wie nichts über ihren Bestimmungsort. In den nachfolgenden Jahren wurden mehr und mehr Menschen aus Indien nach Surinam gebracht.

Die ins Land eingeführten Kontraktarbeiter hatten eine Vertragslaufzeit von fünf Jahren, danach konnten sie auf Kosten der niederländischen Regierung nach Indien zurückkehren. In der Zeit von 1873 bis 1916 wurden zirka 34 000 Personen von Kalkutta nach Surinam verschifft. Ungefähr ein Drittel der Kontraktarbeiter machte von dem Recht auf bezahlte Rückreise in ihr Geburtsland Gebrauch.

Auf politischen Druck der Nationalisten in Britisch-Indien beendete England 1916 das Auswanderungsübereinkommen mit den Niederlanden. Nachfolgend verlegte sich Surinam auf die Einfuhr von indonesischen Arbeitern, die in Surinam Javaner genannt wurden. Die Immigration der Javaner endete am 13. Dezember 1939, bis dahin waren insgesamt etwa 35 000 Javaner in die Kolonie gekommen.

Sich als Autorin mit dieser bunten Vielfalt zu befassen ist fürwahr eine Herausforderung. Ich musste mir während des Schreibens jederzeit der facettenreichen Geschichte des Landes bewusst sein. Die Recherche hat mich in viele Richtungen getrieben, die Berichte aus der Kolonialzeit stammen allerdings überwiegend aus der Hand Weißer. Wie es den ehemaligen Sklaven und Kontraktarbeitern erging, ist kaum übermittelt. Hier setzt die Fantasie der Autorin an, und so habe ich mir erlaubt, auf Basis der historisch belegten Daten eine fiktive Geschichte zu spinnen. Dies bezieht sich auch auf die Überfahrt der Kontraktarbeiter. Gut belegt ist die oben genannte erste Fahrt der *Lalla Rookh* von Kalkutta nach Surinam. Diese und auch andere Schiffe pendelten anschließend regelmäßig mit Passagieren aus Indien nach Surinam. Die Handlung und Motivationen sind allerdings frei erfunden, genau wie die Plantagen mit den dazugehörigen Familien und Sklaven.

Nach *Im Land der Orangenblüten* war es für mich sehr spannend, das Leben von Juliette auf der Plantage Rozenburg weiterzuverfolgen. Mich hat insbesondere Inikas Schicksal sehr gerührt. Was mochte es für ein Kind in der damaligen Zeit, bedeutet haben, von seinen Eltern in ein völlig fremdes Land gebracht zu werden? Und wie schwer mag es gewesen sein, für das Kind wie auch für die Erwachsenen, sich dort einzuleben und zurechtzufinden? Dies sind Erfahrungen, die einen Menschen ganz sicher grundlegend prägen und verändern.

Auch die Figur der Karini fasziniert mich. Sie wurde in eine Zeit des Umbruchs hineingeboren. Sie hat die Sklaverei selbst nicht erlebt, die Ereignisse und Erfahrungen aus dieser Zeit jedoch waren noch allgegenwärtig. Die Generation der Eltern war noch fest mit dem Sklavenstand verwurzelt und gab ihre alten Gewohnheiten und Denkweisen nur zögerlich auf. Die Kinder standen, im Zeichen des Wandels und des Fortschritts, zwischen diesen Welten. Obwohl inzwischen Hunderte Jahre vergangen sind, prägt das afrikanische Kulturgut heute noch das Gesicht des Landes.

Und nicht zu vergessen die Kinder der niederländischen Kolonisten, die unter der tropischen Sonne aufgewachsen waren und von denen manche das Stammland in Europa nie kennengelernt, aber die Tradition und Kultur ihrer Eltern und Großeltern trotzdem in der Ferne fortgeführt haben.

Erfreulicherweise gibt es heute zwischen den Niederlanden und der ehemaligen Kolonie einen regen Austausch. So trifft man in den Niederlanden immer wieder auf Köche oder Musiker aus Surinam oder auf junge Studenten, die es nach Europa zieht. Und eines spürt man bei diesen Menschen sehr oft: Ihr Herz hängt an der Heimat, weil diesem kleinen Land, auf der anderen Seite des Atlantischen Ozeans, etwas ganz Besonderes innewohnt.

Dank

Ein Buch zu schreiben ist wie eine Reise, die zwar durchaus gut geplant ist, aber dennoch immer etwas Ungewissheit mit sich bringt.

Hier gilt der Dank insbesondere meinem Agenten Bastian Schlück, der dieses Buch auf die Reise gebracht hat, dem Verlagshaus Bastei Lübbe, das dem Buch ein Ziel gab, und meinen Lektorinnen Marion Labonte und Melanie Blank-Schröder, die diese Reise begleiteten.

Ein Buch zu schreiben bedeutet nicht nur Freude – auch wenn die Arbeit als Autorin an sich wirklich wundervoll ist. Es bedeutet, dass Freud und Leid manchmal dicht zusammenliegen, man muss gewillt sein, auch zu lernen, manchmal die Richtung zu ändern und Ratschlägen und Anregungen mit Offenheit zu begegnen. Es ist ein immerwährender Prozess der Entwicklung, in dem man nicht nur zu der Geschichte, sondern auch immer ein Stück zu sich selbst findet.

Und da die Arbeit an einem solchen Buch sich über einen längeren Zeitraum hinzieht, wird sie begleitet vom Alltag. Die Geschichte eines Buches kann man beeinflussen – das Leben um einen herum aber muss man mit allen Höhen und Tiefen hinnehmen.
Hier geht der Dank an meinen Mann, ebenso wie an Sandra und Susanne, die mich auf dem Weg – im Alltag wie während der Entstehungszeit eines Buches – immer begleiten.

»*Eine farbenprächtige Familiensaga im Surinam der Kolonialzeit. Spannend und mitreißend.*« SARAH LARK

Linda Belago
IM LAND DER
ORANGENBLÜTEN
Roman
720 Seiten
ISBN 978-3-404-16661-9

Rotterdam 1850: Die junge Julie Vandenberg verliert bei einem tragischen Unfall ihre Eltern. Ihr Onkel übernimmt die Vormundschaft – jedoch nur, um Julies große Erbschaft im Blick zu behalten. Als sie achtzehn Jahre alt ist, verheiratet er sie mit seinem Geschäftspartner Karl Leevken, bei dem er Schulden hat und der durch Julies Mitgift besänftigt werden soll. Julie ist nun an einen Mann gebunden, den sie kaum kennt, doch scheint er charmant, charismatisch, weltgewandt. Sie folgt ihm in die niederländische Kolonie Surinam in Südamerika, wo Karl sehr erfolgreich eine Zuckerrohrplantage betreibt. Welches Schicksal wird sie in jenem fernen tropischen Land erwarten?

Bastei Lübbe Taschenbuch

Große Geschichte und große Gefühle in der Karibik:
hochdramatisch, spannend, farbenprächtig

Sarah Lark
DIE INSEL DER ROTEN
MANGROVEN
Roman
672 Seiten
ISBN 978-3-7857-2460-6

Jamaika, 1753: Deirdre, die Tochter der Engländerin Nora Fortnam und des Sklaven Akwasi, lebt behütet auf der Plantage ihrer Mutter und ihres Stiefvaters. Die jungen Männer der Insel umschwärmen sie trotz ihrer anrüchigen Herkunft. Doch Deirdre zeigt an keinem Interesse bis der junge Arzt Victor Dufresne um ihre Hand anhält. Fesselnder Roman vor historischem Hintergrund. Bewegende Geschichte in grandioser Landschaft von der internationalen Bestsellerautorin Sarah Lark.

Lübbe Hardcover